Elisabeth Eberle

»Paulina«

EDITION OCTOPUS

Elisabeth Eberle, »Paulina«

Die Edition Octopus erscheint im
Verlagshaus Monsenstein und Vannerdat OHG, Münster
www.edition-octopus.de

Satz: Claudia Rüthschilling
Umschlag: Claudia Rüthschilling
Alle Fotos: Privat – Fotoatelier M. Kühnle

Druck und Bindung: MV-Verlag

ISBN 978-3-86582-403-5

Du bist der Vogel, dessen Flügel kamen,
wenn ich erwachte in der Nacht und rief...
Du bist der Schatten, drin ich still entschlief,
und jeden Traum in mir entsinnt dein Samen,
du bist das Bild, ich aber bin der Rahmen,
der dich ergänzt, in deinem Relief.

Wie nenn ich dich? Sieh, meine Lippen lahmen.
Du bist der Anfang, der sich groß ergießt,
ich bin das langsame und bange Amen,
das deine Schönheit scheu beschließt.

Du hast mich oft aus dunklem Ruhn gerissen,
wenn mir das Schlafen wie ein Grab erschien
und wie Verlorengehen und Entfliehn,
da hobst du mich aus Herzensfinsternissen
und wolltest mich auf allen Türmen hissen
wie Scharlachfahnen und Draperien.

Du, der du von den Wundern redest wie vom Wissen
Und von den Menschen wie von Melodien
Und von den Rosen: Von Ereignissen,
die flammend sich in deinem Blick vollziehn,
du Seliger, wann nennst du einmal ihn,
aus dessen siebentem und letztem Tage
noch immer Glanz auf deinem Flügelschlage
verloren liegt...
Befiehlst du, dass ich frage?

Rainer Maria Rilke, 1875 – 1926
»Der Schutzengel«

Ursprünge

Als er 25 Jahre alt war, kehrte Chaijm Seeligmann Odessa den Rücken. Er und seine Eltern waren unter den vielen, die Russland um die Jahrhundertwende verließen, um den Pogromen, die in regelmäßigen Abständen über die jüdische Bevölkerung hinweggingen, zu entrinnen. Nach langer beschwerlicher Reise gelangten sie schließlich nach Sachsen, wo sie bereits nach kurzer Zeit eine neue Bleibe fanden. Mit einem letzten Eintrag hatte der junge Chaijm seine Reisenotizen beschlossen: »Angekommen, Dresden, an der Elbe, den 30. Mai 1901.«

Die Seeligmanns fanden sich erstaunlich schnell in der deutschen Sprache zurecht, hatte doch das Jiddische, das sie in ihrer alten Heimat am Schwarzen Meer gesprochen hatten, hier seinen Ursprung. Chaijm fand rasch Arbeit in einer kleinen Werkstatt, mitten in der Altstadt. Bis zu seinem Eintritt war der Meister dort alleine gewesen. Neben Reparaturen wertvoller Uhren betrieb er einen kleinen Handel und fertigte von gut betuchten Kunden persönlich in Auftrag gegebene Goldschmiedearbeiten an. Mit den Jahren hatte sich die Exklusivität der Arbeiten dieses trotz allem bescheiden gebliebenen Mannes jedoch weit über die Grenzen der Stadt hinaus herumgesprochen. Er entlohnte Chaijm äußerst gut. Selbst kinderlos geblieben, hatte er nicht lange gezögert, als der junge Einwanderer eines Tages bei ihm um eine Anstellung vorgesprochen hatte. Schließlich war es einst ein russischer Uhrmachermeister gewesen, der diese Handwerkskunst von St. Petersburg, nach Sachsen gebracht hatte.

Chaijm war froh gewesen, die Empfehlung für diese Werkstatt über ein Mitglied der jüdischen Gemeinde erhalten zu haben. Im Gegensatz zu einigen anderen, die während dieser Jahre von Osten und häufig aus sehr ärmlichen Verhältnissen des Schtetls herkommend, in den Großstädten Deutschlands eine Bleibe suchten, war es Chaijm und seine Eltern rasch gelungen, anerkannte Mitglieder der Dresdner Bevölkerung zu werden. Diesem Umstand verdankten es die alten Seeligmanns, dass sie wenigstens im Alter ein Leben in Sicherheit und mit einer soliden, wenn auch nicht luxuriösen Grundversorgung genießen konnten. Chaijm leistete ihnen Gesellschaft, so gut es ging, machte sie mit der Kultur des Landes und der Stadt vertraut und kam mit seinem Lohn für ihre Versorgung auf.

Dass er eines Tages mit einem hübschen dunkelhaarigen Mädchen namens Charlotte auftauchte, war für seine Mutter nicht so leicht gewesen, aber sie hatte ihre anfängliche Reserviertheit rasch aufgegeben und die junge Frau herzlich willkommen geheißen. »Chaijm«, hatte sie eines Tages zu ihrem Sohn gesagt, »es ist schejn, dass du gefunden hast ein Meijdchen, nun bist du hier ganz glicklich. Es lag der Seijgen Jahwes nicht auf unserem Leben in Russland, nur Unglick und Elend hat es eijnebracht, geplacht und verheehnt hab'n sie uns, bis wir wären fast vor Kummer zu friehe gestorben! Aber hier, in Deutschland, da hat der Ewige Erbarmen mit uns gezejgt, hier bleibe und nimmst das Weibchen, und du wirst haben Seehne und Techter, wie sich das für unsereiner geheert!«

Diese Worte hatten Chaijm viel bedeutet, denn immer wieder hatte er sich gefragt, ob die Eltern die Sehnsucht nach Russland trotz aller ihrer dort erlittenen Schmähungen und Nöte nicht doch überfallen würde, besonders an den hohen Feiertagen wie Neujahr oder Pessach. Die Art, wie diese Tage in der Dresdner Gemeinde begangen wurden, unterschied sich doch sehr von der in Russland. Hier übte man alles viel freier aus.

Chaijms Eltern jedoch hatten sich für ihr Alter erstaunlich schnell in die neuen Gepflogenheiten eingefunden. Nie wäre es ihnen in den Sinn gekommen, wegen der Ausübung religiöser Traditionen in Konflikte zu geraten. Sie schätzten das Eingebundensein in die Gemeinschaft, ohne sich jedoch von ihr in beengende Bahnen leiten zu lassen. Von Knechtschaft und Unterdrückung jeglicher Art hatten sie wahrhaftig genug!

Bald nachdem Charlotte und Chaijm geheiratet hatten, waren die Alten kurz nacheinander gestorben. Die jungen Leute hatten sie bis zuletzt zu Hause gepflegt. Sie waren froh gewesen, dass sie sich, entgegen den Vorstellungen von Charlottes Vater, nach der Heirat dazu entschlossen hatten, zunächst zwei kleine Zimmer in Chaijms elterlicher Wohnung zu beziehen und damit noch auf den Luxus eines eigenen Heimes zu verzichten. So hatten sie es den Alten ersparen können, in ihren letzten Wochen und Tagen in fremden Räumen von fremden Menschen umgeben und versorgt zu werden.

*

Die Herkunft von Charlotte und Chaijm hätte unterschiedlicher nicht sein können. Während Chaijm von frühester Kindheit an den Kampf um das tägliche Leben kannte, war Charlotte als sogenannte »höhere Tochter« zu einer in

Familie und Gesellschaft geachteten jungen Frau herangewachsen. Ihr Vater, Friedrich Winter, stammte aus einer über Generationen geachteten Familie. Zwar hatte er als einziger von mehreren Söhnen den Kaufmannsberuf anstatt des Staatsdienstes gewählt, war aber darin, was das Ansehen und ganz gewiss den Verdienst anbetraf, seinen ehrgeizigen Brüdern niemals unterlegen gewesen. Charlottes Mutter Cäcilie war eine geborene Mendelssohn, jedoch nicht in direkter Linie mit der Familie des Musikers verwandt. Charlotte kannte die Welt des gehobenen Bürgertums, sie hatte es geliebt, wenn in der Villa ihrer Eltern Empfänge und Bälle gegeben wurden und sie als Kind oft für einen kleinen Teil des Abends dabei sein durfte oder wenn sie in ihren Jugendjahren bei diesen Gelegenheiten von jungen Männern umschwärmt und hofiert worden war. Und doch war sie aufmerksam genug gewesen, um zu bemerken, dass sich hinter dem galanten Auftreten gewisser Herren und der bestechenden Eleganz vieler Damen häufig persönliche Tragödien und so manche Lebensenttäuschungen verbargen. Auch im Haus ihrer Eltern war sie, als Älteste von drei Geschwistern, oft genug Zeugin heftiger Auseinandersetzungen und langanhaltender Missstimmungen geworden. Die Virtuosität jedoch, mit der diese Dinge vor der Öffentlichkeit verborgen blieben, hinterließ in Charlotte den schalen Geschmack einer Lebenslüge. Vielleicht hatte sie sich gerade deshalb sofort in Chaijm verliebt, weil sie sich von seiner aufrichtigen und schnörkellosen Art so angezogen gefühlt hatte. Dass er »nur« ein Handwerker- und kein Bankiers- oder Fabrikantensohn oder wenigstens noch ein schneidiger Offizier gewesen war, hatten ihr die Eltern lange für übel genommen, auch wenn sie die Verbindung der beiden nicht in Wirklichkeit zu verhindern gesucht hatten. Dass ihre Tochter jedoch mit dem Schwiegersohn in die Mietwohnung von dessen Eltern zog und nicht in eine herrschaftliche Beletage in einem der beiden Stadthäuser, die Friedrich Winter gehörten, nahm Charlottes Vater ihr übel. Er empfand es als eine Abkehr von ihrem und damit auch von seinem Stand und Namen, und das enttäuschte ihn.

Im Gegensatz zu seinen später geborenen Kindern, hatte er Charlotte gegenüber sehr liebevolle Gefühle gehegt. Dass nun gerade sie sich so anders entwickeln würde, als er es sich gewünscht hatte, empfand er als eine Kränkung.

Der Kontakt wurde lau und brach gänzlich ab, nachdem Friedrich Winter eines Morgens im September 1903 die »Dresdner Neuesten Nachrichten« aufschlug und seine hochschwangere Tochter klar und deutlich auf einem Zeitungsbild entdeckte. Sie war auf einer Wahlversammlung der Sozialdemokratischen Partei um den inzwischen gänzlich ergrauten August Bebel aufgenommen worden, der sich hierbei, der Berichterstattung nach, zu üblen Beschimpfungen seiner Mitstreiter und Genossen und zu zügellosen Worten im Hinblick auf

seine Gegner hatte hinreißen lassen. Dass er sich als den »Todfeind der bürgerlichen Gesellschaft sah«, war hinreichend bekannt. Nicht zuletzt deshalb war der überraschende Wahlsieg der Sozialdemokraten im Juli desselben Jahres ein Alarmsignal für die großbürgerlich-konservativen kaisertreuen Kreise gewesen, denen Charlottes Vater natürlich von Haus aus angehörte.
Friedrich Winter hatte es sich etwas kosten lassen, Charlotte an einem kleinen Privatinstitut ausbilden zu lassen. Schließlich sollte seine Erstgeborene ein solides kaufmännisches Wissen und entsprechende Führungsqualitäten vermittelt bekommen. Zu seiner Enttäuschung war ihm kein Sohn vergönnt gewesen. Um der Tradition Rechnung zu tragen, hatte er deshalb Charlotte als seine Nachfolgerin ausersehen, obwohl vielleicht gerade sie die größten Fähigkeiten für jene Dinge mitbekommen hatte, die den schöpferischen Geist und die Sinne ansprachen – ganz im Gegenteil zu seiner zweiten Tochter, die schon früh dem Rechnen, der Mathematik und den Naturwissenschaften zugetan war. Der Plan des Fabrikanten, seine älteste Tochter in seinem Sinne erfolgreich mit dem Sohn einer seiner hanseatischen Lieferanten zu verheiraten, was der Fortführung seiner Schokoladenfabrik sehr zugetan gewesen wäre, war an Charlottes Hartnäckigkeit gründlich gescheitert. Diese hatte zwar keine Mühe, den Kaufmannsberuf zu Erlernen, jedoch war sie keineswegs von der Welt der Bilanzen und Renditen und der peniblen Ordnung von Zahlen und Journalen angetan. Die schwere, mit heißem Atem angereicherte Luft der Kontore im Betrieb ihres Vaters verursachte ihr nichts anderes als dumpfe Kopfschmerzen. Nein, dahin wollte sie niemals, weder als Nachfolgerin ihres Vaters noch als Chefin eines dieser blassen und schmalbrüstigen Herren mit den schwarzen Stulpen über den weißen Hemdsärmeln und den lüsternen Blicken!
Charlotte kam in Gestalt und Wesen ganz nach ihrer Mutter. Von ihr hatte sie das Klavierspielen und die ersten Tanzschritte gelernt und war an deren Hand viele Male die Loschwitzer Höhen hinaufgestolpert, um den greisen Ludwig Richter zu besuchen. Der starb, als sie noch keine fünf Jahre alt gewesen war, aber noch als längst erwachsene Frau konnte sie sich mühelos an die Mixtur von Tabakduft und Rosenwasser, die seine Wohnung und sein Atelier stets einhüllte, in Erinnerung rufen. Unwillkürlich musste sie dann für einige Sekunden die Augen schließen und mit geschlossenen Lippen ganz tief Luft holen, um die Vergangenheit zu schmecken.
Charlottes Vater war nicht sehr von den Besuchen dieser und ähnlicher Art angetan, die seine Frau mit der Kleinen zu machen pflegte. Er hatte für die Künstler nichts weiter übrig, als dass sie durchaus schöne Bilder zu malen vermochten, von denen man das eine oder andere an die Wände hängen konn-

te, um damit seinen gesellschaftlichen Stand dezent zu unterstreichen. Ansonsten fand er, dass die Kunst nicht sehr alltagstauglich wäre und man nun mal von »romantisierenden Traumgebilden«, wie er es nannte, nicht gut leben könne. Charlotte hatte versucht, sich von den väterlichen Ansichten nicht allzu sehr bedrücken zu lassen, und doch schmerzte es sie, dass dies eine Entfremdung zwischen ihr und ihrem Vater zur Folge hatte.
Aber durch die Ehe mit Chaijm hatte sie auch eine Ablenkung von dieser traurigen Tatsache gefunden, die ihr den Preis des Verlustes wert erscheinen ließ. Für allen Wohlstand und alles Ansehen der Welt hätte sie ihre Liebe zu Chaijm niemals aufgeben, um stattdessen gelangweilt an der Seite eines an Geld und Einfluss reichen Fabrikanten zu leben. Ihre Kinder von Gouvernanten und Hauslehrern oder alten und sittenstrengen Jungfern in abgekühlten Pensionatszimmern großziehen und unterrichten zu lassen entsprach ganz und gar nicht ihren Vorstellungen von einem Dasein als Mutter.

Dass Charlotte nur eine einzige Tochter geboren hatte und die Hoffnung auf ein weiteres Kind nur einmal bestanden und durch eine zu spät erkannte Komplikation jäh beendet worden war, hatte lange Zeit wie eine Trübung über ihrer Ehe mit Chaijm gelegen. Charlotte hatte darüber beinahe ihre sonst lebensfrohe und zupackende Art verloren. Nach dem Tod von Chaijms Eltern waren sie dann doch in die Victoriastraße gezogen, und dort war auch Viola zur Welt gekommen. Als diese drei Jahre alt war, hatte sich ein weitere Schwangerschaft angekündigt, die jedoch nach wenigen Monaten mit dem Tod eines kleinen Jungen endete. Die Trauer war groß, und manchmal wussten Chaijm und Charlotte nicht, wie sie sich darüber hinweghelfen konnten. Chaijm hatte seine Arbeit, die ihn ablenkte, aber Charlotte füllten der Haushalt und die Erziehung des einzigen Kindes nicht aus. Zunehmend geriet sie in Gefahr, Viola, die inzwischen Vierjährige, mit einem übergroßen Maß an Fürsorge zu überschütten, was zu weiteren Spannungen zwischen ihr und Chaijm führte. Charlotte versank in Schwermut und zog sich von allem zurück. Bis eine unerwartete Wendung eintrat: Nach einigen Jahren, in denen er nur die allernötigste Kontaktpflege zu seiner Tochter gesucht hatte, trat Friedrich Winter auf den Plan.
Er war zu dem Schluss gekommen, dass es für ihn nur eine Möglichkeit gab, um seiner Ältesten zu helfen. Also ließ er sich eines Sonntagnachmittags von seinem Chauffeur zu der Adresse der Seeligmanns bringen und hielt tapfer stand, als er in das verwunderte Gesicht der Tochter sah. »Ich weiß, dass du erstaunt bist, mich zu sehen, aber würdest du deinen alten Herrn vielleicht hereinlassen?«, begrüßte er sie. »Natürlich«, stammelte diese, war aber dennoch

für einige Augenblicke wie angewurzelt und mit offenem Mund in der Wohnungstür stehen geblieben. »Ist etwas mit Mutter?« Ihre Augen waren plötzlich so voller Angst und Sorge, dass es dem alten Winter beinahe leidgetan hatte, dass er so unvermittelt aufgetaucht war. »Nein, keine Sorge, alles wohlauf«, beruhigte er die Tochter knapp.

»Ich wollte nach meinem Enkelkind sehen, wie es mir mein gutes Recht als Großvater gestattet, oder?« Ein verschmitztes Lächeln lag auf seinem Gesicht. Das hatte Charlotte immer so geliebt, leider war es nur allzu selten zu sehen gewesen. Aber heute, in dieser etwas nervösen und angespannten Atmosphäre, brach es das Eis. »So, so, Großvaterpflichten«, grinste sie und bemühte sich, etwas herablassend zu wirken, »wenigstens scheinst du dich daran zu erinnern, dass du ein solcher bist.« Sie war einige Schritte zurück in den Wohnungsflur getreten und hatte mit einer weit ausholenden Armbewegung ihrem Vater angedeutet, näher zu treten. »Natürlich wollte ich auch zu dir und zu meinem Schwiegersohn, ich habe euch lange nicht gesehen, und da dachte ich, es wäre an der Zeit ...« »Ach, lassen wir das, Vater!« Charlotte hatte ihren Vater vermisst, und nach all den trüben Tagen, in denen sie manchmal geradezu meinte von einem unsichtbaren Sog in die Tiefe gezogen zu werden, überwog einfach nur die Freude, dass er den Weg zu ihr gefunden hatte. Ein wenig scheu nahm sie ihm Hut und Mantel ab, brachte beides ziemlich umständlich an der Garderobe unter, drehte sich dann aber energisch um und umarmte den großen Mann kurz, aber fest, jedoch ohne ihm direkt in die Augen zu sehen. »Komm herein, ich werde Kaffee machen. Wenn du schon einmal da bist, sollst du sehen, dass deine Tochter eine gute Hausfrau geworden ist und weiß, was sich gehört.«

»Daran habe ich nie gezweifelt, meine Liebe, und offen gestanden, ich hätte auch nichts anderes erwartet«, gab Friederich Winter mit dem Brustton der Überzeugung zurück. »Schön habt ihr es, sehr geschmackvoll, sehr gepflegt, aber wo ist die Kleine, du bist allein, mitten am Sonntagnachmittag? Und Chaijm, er kümmert sich doch um dich, oder?« Ein wenig argwöhnisch und mit leicht zusammengezogenen Augenbrauen nahm er Charlotte am Arm und drehte sie zu sich her. »Es geht dir nicht gut, ich weiß es, und deshalb bin auch gekommen. Das Kind, nicht wahr, du hast es nicht verwunden. Charlotte, glaube mir, ich weiß, wie das ist, wenn man ...« Er sprach leise aber eindringlich, und als er fortfuhr, legte er seine große Hand noch fester um den Arm der Tochter. »Ich habe lange nachgedacht, ich kann es nicht ertragen, wenn mein Kind leidet, du brauchst eine neue Aufgabe, es ist eine schöne, sie wird dir helfen. Die Gedanken müssen eine neue Richtung bekommen ...« »Papa«, unterbrach Charlotte scharf, »Papa, es tut hier drinnen weh, verstehst du?« Sie

zeigte auf ihr Herz. »Hier – und nicht da oben im Verstand! Es liegt auch nicht an den Armen und den Beinen, sie funktionieren ganz gut, verstehst du Papa? Du kannst arbeiten, Tag und Nacht, und es mag dir helfen zu vergessen, ich aber kann Tag und Nacht nicht vergessen und deswegen auch nicht arbeiten, das ist der Unterschied zwischen uns beiden. Und jetzt gib mich frei, sonst bekommst du am Ende doch keinen Kaffee!«
Damit hatte sie ihre leidenschaftlichen Worte abrupt beendet, sich in die Küche begeben und dort angefangen, mit Wasserkessel und Kaffeefilter zu hantieren. Er sollte nicht sehen, dass ihr die Tränen in die Augen traten. »Geh ins Wohnzimmer und nimm Platz«, befahl sie ihm etwas lauter, als es nötig gewesen wäre, aber sie wollte ihre kehlige Stimme übertönen. »Ich sitze bereits!«, kam es fröhlich zurück. Charlotte atmete durch. Es beruhigte sie, dass er sich so unbeschwert und ohne übertriebene Etikette auf ihrem Sofa niederließ und sich wohlzufühlen schien. Dann würde bei seinem Besuch vermutlich doch nichts schief gehen, wie sie es nun nach der unmittelbar zurückliegenden Szene schon befürchtet hatte. Bis der Kaffee gefiltert und Charlotte einige kleine Gebäckstücke auf ein Silbertellerchen gelegt hatte, fand sie ihre Fassung wieder und konnte sich im Wohnzimmer an das Decken des Tisches machen. Das feine Geschirr, das auf seiner Rückseite mit den gekreuzten blauen Schwertern gezeichnet war, hatte Charlotte von ihren Eltern als Teil ihrer Aussteuer erhalten. »Ah, es lebt noch«, bemerkte Friederich Winter trocken und nahm eines der hauchdünnen Tässchen zwischen seine breiten, äußerst gepflegten Finger, hob es hoch und schaute prüfend darunter, so als müsse er sich davon überzeugen, ob alles noch am rechten Platz wäre. Dann stellte er mit sehr zufriedenem Gesichtsausdruck und einem aufmunternden Lächeln für seine Tochter die Tasse ab. »Ist es gestattet?«, fragte er und zog ein dünnes silberfarbenes Zigarrenetui aus dem Inneren seines Jacketts. Zwar mochte Charlotte es nicht sonderlich, wenn in der Wohnung geraucht wurde, aber sie wollte es ihrem Vater auf keinen Fall abschlagen. »Ja, natürlich, fühl dich wie zu Hause«, gab sie ihm zur Antwort und goss den dunklen, würzig riechenden Kaffee ein.

Sie saßen immer noch, als sich durch lautes Kinderlachen und die tiefe Bassstimme eines Mannes die Rückkehr Chaijms und Violas ankündigte. Sie hatten den Nachmittag bei einem weit in der Welt herumgekommenen Bekannten verbracht, mit dem Chaijm sich über feinmechanische Apparate und Neuerungen bei Messgeräten und Instrumenten verschiedenster Art austauschte, Magazine und Skizzenzeichnungen studierte und in fachlichen Träumereien schwelgte. Die Leute hatten auch Kinder, und Viola liebte es, wenn sie die beiden besuchen durfte, denn es gab eine Menge wertvoller Spielsachen dort. Charlotte verband mit der Frau des Hauses kein allzu herzliches Verhältnis. Diese war stets darauf bedacht, nach der neuesten Mode gekleidet zu sein und die elegantesten Hüte zu tragen, die ihr Mann meistens aus dem Ausland mitbrachte. Wirklich reden konnte man nicht mit ihr, sie nannte es altmodisch »Konversation machen«. Manchmal begleitete Charlotte Chaijm, aber es langweilte sie schnell, und die hohe Stimme zusammen mit der gekünstelten Sprache von »Madame« gaben ihren Nerven den Rest. Deshalb war sie auch heute lieber alleine geblieben und hatte ein Buch gelesen, bis dann plötzlich ihr Vater erschienen war.

Chaijm war gleichermaßen überrascht und für ein paar Augenblicke sehr nervös gewesen, als er seinen Schwiegervater dasitzen sah. Und Viola hatte sich geziert, als sie dem Besucher die Hand geben und »Guten Abend, Großvater« sagen sollte. Sah sie ihn doch sehr selten, zu Weihnachten und den anderen Feiertagen und hin und wieder, wenn sie die Großmutter oder eine der Tanten besuchten. Aber sie überwand ihre anfängliche Scheu schnell und saß, nachdem Charlotte ein leichtes Abendessen aufgetischt hatte und Chaijm mit seinem Schwiegervater einen Cognac trank, noch auf dem Schoß von Friedrich Winter. So genoss sie, bereits im Nachthemd, die letzte Viertelstunde bei den Erwachsenen, bevor sie endgültig zu Bett geschickt wurde. Er war »gar nicht so schlecht, der seltene Großvater«, wie sie dann altklug befand. Konnte man doch lustige Späße mit ihm machen, ihn an seinem gezwirbelten Schnauzbart zupfen, und er war gut im Grimassen schneiden. Darin stand sie ihm jedoch in nichts nach, und auch was den Einfallsreichtum ihrer Spiele betraf, hatte sie für ein vierjähriges Kind bereits ein großes Repertoire auf Lager. Zudem bewunderte sie seine großen und kräftigen Hände. Beim Anblick der beiden war über Charlotte ein Anflug von Wehmut gekommen. Es war ihr, als seien hundert Jahre vergangen, seitdem sie selbst als kleines Mädchen auf Vaters Schoß gesessen und, ebenso gerne wie die Kleine heute, mit seinen Fingern und Händen gespielt hatte. Warum nur, hatte sie sich dann gefragt, war es zu dieser Entfremdung gekommen?

Als dann schließlich und endlich Viola trotz lautstarken Protests in ihrem Kinderbett lag, unterbreitete Friedrich Winter seinem Schwiegersohn seine Pläne, die er zuvor schon mit Charlotte besprochen hatte. »Ein Ladengeschäft, du?« Etwas verwirrt war Chaijm schon, als er erfuhr, dass für Charlotte der Reiz einer Ladeninhaberin für verschiedene Schokoladenwaren, Pralinées und feines Gebäck entsprechend groß zu sein schien. Aber sie war so sichtlich von dieser Idee begeistert, und ihr Eifer, der ihre blassen Gesichtszüge direkt frisch machte, überzeugte Chaijm sehr schnell von dem Einfall seines Schwiegervaters. Er wunderte sich nur, dass seine Frau, die doch einstens mit nichts Kaufmännischem in Berührung kommen wollte, nun genau dies würde tun müssen.

Aber vermutlich lockte sie die Art der Waren, und eine entsprechend schöne Ausstattung des Ladens vermochte sicherlich Charlottes Sinne anzuregen. Gut! Chaijm hatte ein zu großes Herz, als dass er mit Bedenken und Unmut die gerade aufkeimende Lebensfreude seiner Frau wieder dämpfen wollte. Sollte es schiefgehen, war es nicht seine Sache. Der Schwiegervater trug das Risiko in vollem Umfang, wie er zusicherte. Und ein Wort war ein Wort beim alten Winter. Die Tatsache, dass das Geschäft im Erdgeschoss des Hauses liegen sollte, in dem sich auch ihre private Wohnung befand, würde verhindern, dass dadurch eine stundenlange Trennung von Viola nötig sein würde. Denn das wollten Chaijm und Charlotte beide nicht.
So kam es, dass bald nach diesem denkwürdigen Sonntag Charlotte Seeligmann stolze Inhaberin eines für »feinste Chocoladenwaren & Gebäcke« werbenden Ladengeschäftes in der Victoriastraße war, die »Winter'sche Chocolatérie«.

Neue Zeit

Zehn Jahre später, am 9. November 1918, dem Tag, als Philipp Scheidemann, auf einem Fenstersims des Berliner Reichstages stehend, die erste deutsche Republik ausgerufen hatte, obwohl Wilhelm II. erst eine Stunde später seinen Thronverzicht als deutscher Kaiser verlautbaren ließ, war Chaijm Seeligmann gerade damit beschäftigt gewesen, eine tiefe Wunde in seinem Unterschenkel mit Johanniskrautöl zu beträufeln. »Viola«, sagte er, »jetzt bist du Zeugin einer untergegangen Zeit, Deutschland wird keine Kaiser und Könige mehr haben.« Er hatte bei diesen Worten nicht von der Wunde in seinem Bein aufgesehen, die er jeden Tag für eine Stunde lang offen ließ, damit »reinigende Luft rankommt«, wie er sagte. »Obwohl ...«, hatte er beim vorsichtigen Abtupfen des Fleisches hinzugefügt und dabei sehr intensiv in das Loch, das die Kugel hinterlassen hatte, hineingestarrt, »... die Brise da draußen im Moment zu steif ist, um das Fenster zu öffnen.« Wobei er natürlich nicht die Witterung dieses Novembertages meinte, das hatte Viola schon verstanden. Chaijm stöhnte kurz auf, als er das große weiße Taschentuch an den Wundrand hielt, damit das kostbare Öl nicht davonlief. Es half weitaus besser als alles andere, was er vom alten Sanitätsrat Meyer erhalten hatte.

Charlotte hatte das kleine, bauchige Fläschchen mit der dunkelroten, trägen Flüssigkeit von einer treuen Kundin bekommen. Es war ein selbst hergestellter Aufguss aus den gelben Blüten des echten Johanniskrautes, gezogen in gehaltvollem Sonnenblumenöl. Die Kundin hatte darauf geschworen. Es läge eine »wunderbare Heilkraft in dieser Kostbarkeit der Natur, Ihr Mann und Sie werden an mich denken«, hatte sie mit Überzeugung zu Charlotte gesagt, und Viola, die hinter der Tür, die vom Treppenhaus zur Ladentür führte, gestanden und die Szenerie durch den Spalt beobachtet hatte, hatte sich Mund und Nase zuhalten müssen, damit sie sich nicht durch ihr Kichern verriet. Später, als sie ihrem Vater oben in der Wohnung »Schneewittchens«, wie sie Baronin von Witte nannte, großzügiges Geschenk für den »lieben Herrn Seeligmann« überbrachte und währenddessen in ihrer unnachahmlichen Art die vorangegangene Begegnung zum Besten gab, hatten die drei Seeligmanns herzlich gelacht.

Es sollte sich tatsächlich als richtig erweisen, wovon die von Witte da so überzeugend gesprochen hatte: Schon eine Woche später konnte Chaijm feststellen, dass die Wundränder etwas heller geworden waren und nicht mehr so fürchterlich brannten. Auch der penetrante Geruch, der aus dem Inneren des verletzten Gewebes drang, war deutlich abgemildert, und die Gaze musste nicht mehr so häufig erneuert werden, weil die Wunde länger deutlich trockener blieb. Ob er es sich nur einbildete oder nicht, war ihm einerlei, aber Chaijm fühlte sich in seiner gesamten körperlichen Verfassung zunehmend besser und kräftiger. Wie es auch sein mochte, das Wundermittel der hilfsbereiten Spenderin war nicht zu verachten! Und als Frau von Witte einige Zeit darauf in Charlottes Laden stand, um von der inzwischen zum Luxus gewordenen Borkenschokolade ein Fünfzig-Gramm-Schächtelchen zu kaufen, servierte Charlotte dieser einen Tee, um ihre Dankbarkeit zu unterstreichen. Sogar jetzt, in den Kriegsjahren, war Frau von Witte eine der wenigen beständigen Käuferinnen in dem immer leerer werdenden Laden gewesen.

Am Tag vor dem 9. November war Chaijm mit zwei Kameraden seiner ehemaligen Dienststelle unten auf dem Altmarkt bei einer Kundgebung gewesen. Nur mit Mühe hatte er es geschafft, einen der beiden, Fritz Niederau, der auf einem Auge ganz, auf dem anderen Auge zu fünfzig Prozent erblindet war, einigermaßen ruhig halten zu können. Die Demonstration hätte planmäßig friedlich sein sollen, und anfangs war es auch so gewesen. Die ehemaligen Soldaten hatten gehofft, auf diese Weise ihre Forderungen, sowohl für den endgültigen Frieden als auch für eine bessere Versorgung der Invaliden und ihrer Familien, deutlich machen zu können. Im Verlauf der Kundgebung war jedoch immer stärker der Ruf nach gezielten Aktionen laut geworden, und irgendwann hatte sich eine größere Menge der Demonstranten aus den Reihen gelöst und sich in Richtung des Hauptbahnhofs und der Albertstadt, in der die Garnison beheimatet war, aufgemacht. Allein die Umstände, dass sein Bein an diesem Tag stark schmerzte und er um Fritz' Seelenzustand besorgt gewesen war, hatten Chaijm davon abgehalten, sich den anderen anzuschließen. Fritz war innerlich sehr unruhig gewesen an diesem Tag, er schwankte wie immer zwischen ohnmächtiger Wut, die er jedoch meist gegen sich selbst richtete, und niederdrückendem Schweigen, in dem er stunden-, ja, sogar tagelang verharren konnte. Er trug schwer an seiner Versehrtheit. Er würde nicht mehr imstande sein, seine vorherige Arbeit als kaufmännischer Angestellter in der Rauchwarenfabrik aufnehmen zu können. Wovon sollten sie leben? Seine Frau hatte erst vor wenigen Wochen einen winzigen Jungen zur Welt gebracht, der allerdings nur wenige Tage alt geworden war. Mangelerscheinungen bei Kind und Mutter, hatte der Sanitätsrat gesagt. Obwohl Fritz häufig den größten Teil seiner kargen Mahlzeiten an seine »drei Mädchen«, wie er Töchter und Ehefrau liebevoll nannte, abtrat, waren Mathilde Niederaus Kleider trotz ihrer fortschreitenden Schwangerschaft nie zu eng geworden. Im Gegenteil. Mathilde war jedoch manchmal beinahe froh gewesen, dass Fritz dies nicht so genau beobachten konnte, wie sie Chaijm eines Tages bekannt hatte. Sie spürte, wie ihr Mann darunter litt, als »elender Krüppel«, wie er sich nannte, tatenlos dasitzen zu müssen – das Wort »zusehen« vermied er tunlichst -, während Frau und Kinder hungerten. Die Dunkelheit lag nicht nur über Fritz' Augen, sie verdüsterte auch die Zukunft und den Lebensmut der jungen Familie. Aber so wie Fritz gab es viele, viel zu viele, und Chaijm, der nur eine Kugel tief ins Gewebe seines linken Wadenmuskels abbekommen hatte, fühlte sich wie ein zu Unrecht Bevorzugter, wenn er sich sämtlicher verwundeter und unter grausamsten Umständen zu Tode gekommener Soldaten, die er allein im Osten gesehen hatte, erinnerte. Er hatte sich fest vorgenommen, zu tun, was in seinen Möglichkeiten lag, um für eine Besserung der allgemeinen Lage der Bevölkerung einzutreten. Deshalb hatte er auch am gestrigen Tag an den Protestgängen teilgenommen, obwohl er keine Erfahrung darin hatte, sich öffentlich und lautstark für etwas einzusetzen. In Russland hätte man es niemals gewagt, es wäre einem Todesurteil gleichgekommen. Angst hatte er auch gehabt, das gestand er sich ein, und unbegründet war das nicht, was die Ereignisse der letzten Tage bestätigten. Im Letzten sicher war sich Chaijm jedoch nicht, ob die revolutionären Umtriebe der einzig richtige Weg sein würden, um etwas Grundlegendes zu verändern. Sein Missfallen erregten die Proteste überall dort, wo mit Gewalt zur Sache gegangen wurde, wenn sie auch manches Mal berechtigt zu sein schien. Der lange Winter des vorigen Jahres, in dem man auch in den Wohnungen bitterlich fror, weil die Öfen aufgrund des fehlenden Nachschubs an Kohle und Gas oft genug unbeheizt bleiben mussten, war eine schlimme Erfahrung gewesen. Die Nahrungsmittelknappheit hatte ein Übriges dazu beigetragen, um den Ummut der Bevölkerung in Wut und Aggression zu verwandeln. Kartoffeln hatten in endlos langen Wochen und Monaten durch Kohlrüben ersetzt werden müssen. Die ohnehin nicht mehr allzu nahrhaften Brotrationen waren immer nochmals verkürzt worden, und selbst diese durften dann laut Gesetz zu einem Anteil von sechzig Prozent aus den wässrigen und fade schmeckenden gekochten Rüben bestehen. Von Marmelade, Pudding, Koteletts und diversen undefinierbaren Suppenerfindungen, die man aus dem leidlichen Knollengewächs herstellen musste, ganz zu schweigen.

Irgendwann hatte sich dann ein Ende des Krieges abgezeichnet. Mit ihm allerdings entluden sich dann wie eine aufgestaute Brandung das Geschrei und der Lärm auf den Straßen. Rebellierende Soldaten, aufgebrachte Arbeiter und plündernde Horden, unter denen nicht selten Kinder und Heranwachsende waren, waren ein beinahe alltägliches Bild in den Städten geworden. Dazu kam das untrügliche Knattern von Maschinengewehren, durchsetzt vom lauten Kreischen schnell und hart abgebremster Lastkraftwagen, auf deren Laderampen, Dächern und Führerhäusern sich uniformierte Landser und Matrosen oder hagere Fabrikarbeiter drängten und mit lauten Rufen die Parolen der Machtübernahme für Soldaten- und Arbeiterräte forderten. Gewaltige Demonstrationszüge rollten durch die Straßen – und mittendrin von Entbehrung und Bitterkeit vorzeitig gealterte Frauen, von denen manche ihre verschreckten und mit Hungerblicken apathisch dreinschauenden Kinder hinter sich herzogen oder eng an sich gepresst auf den Armen trugen.

*

Viola erinnerte sich lange Zeit nur allzu gut an diese Tage und die darauffolgenden unruhigen Wochen und Monate, die nicht nur die Abdankung des Kaisers, sondern auch die des sächsischen Königs Friedrich August mit sich gebracht hatten. Aber es war ihr etwas seltsam zumute gewesen, als ihr bewusst geworden war, dass die Revolution, von der sie bisher geglaubt hatte, dass es die nur in Russland gäbe, nun in den allzu vertrauten Straßen und zum Teil auch in den Wohnzimmern einiger ihr bekannter Leute eingezogen war. Der Vater ihrer Freundin Gisela, schon lange Mitglied der Unabhängigen Sozialdemokratischen Partei, war ein entschlossener Gegner der Monarchie gewesen und hatte dies mit zunehmender Schärfe und bei allen sich bietenden Gelegenheiten zum Ausdruck gebracht. Wenn Viola bei Gisela zu Hause war oder mit ihr und deren Brüdern auf die immer gefährlichen, aber auch aufregenden und von Abenteuerlust geprägten Hamsterfahrten ging, gehörte es wie eine magische Übung dazu, dass »der rote Erich«, wie man ihn nannte, seine Kinder und ihre Freunde auf sein »Alle Macht den Arbeitern« einschwor. Die jungen Leute ließen es über sich ergehen, während Giselas Mutter immer ein wenig verlegen dreinblickte und ihrem Mann auch das eine oder andere Mal besänftigend die Hand auf den Arm legte und ihr sanftes »Erich, lass doch« flüsterte. Viola war jedes Mal verwundert darüber gewesen, welche Wirkung diese Worte hatten, oder vielleicht war es auch der Blick, mit dem diese bewundernswerte Frau sie unterstrich, jedenfalls war Erich Schulze dann immer sofort still geworden, und seine funkelnden Augen und der glühende Eifer, mit dem er gesprochen hatte, machten einem milden und bedauernden Gesichtausdruck Platz. Sofern seine Tochter und ihre Freundin noch unschlüssig abwartend dastanden, scheuchte er sie mit einem »Ja nun macht schon, worauf wartet ihr noch?« davon und seufzte ein gespieltes: »Diese Jugend!«

Als einige Tage nach der Abdankung des Kaisers das Druckereigebäude der »Dresdner Volkszeitung« gestürmt werden sollte und von dort geschossen wurde, war Viola, die eben auf dem Rückweg vom Zahnarzt gewesen war, in den Sog der flüchtenden Menschenmenge geraten. Plötzlich war vor ihren Füßen eine männliche Gestalt, halb auf der Straße, halb auf dem Bürgersteig liegend, aufgetaucht, und Viola stolperte über seinen Körper. Vor Entsetzten hatte sie dabei aufgeschrien. Aber der Gedanke, auf einen verletzten oder gar toten Menschen getreten zu sein, ließ sie nur noch schneller laufen, bis sie so um Atem ringen musste, dass ihr beinahe schwarz vor Augen wurde. Chaijm und Charlotte waren zu Tode erschrocken gewesen, als Viola zu Hause in knappen Worten schilderte, was ihr widerfahren war.

Am 19. Januar 1919 war Charlotte Seeligmann dann hoch erhobenen Hauptes am Arm ihres Mannes in das Wahllokal im neuen Rathaus gegangen. Denn erstmals in der Geschichte Deutschlands durften Frauen an die Wahlurnen! Es war ein ungewohntes und nicht von allen gern gesehenes Bild gewesen, als in den Reihen der Wahlberechtigten nicht nur Männer-, sondern auch reichlich Damenhüte auszumachen gewesen waren. Auf dem Weg zum Rathaus hatten Charlotte und Chaijm Mathilde Niederau abgeholt, denn diese hatte nicht so recht den Mut aufbringen wollen, sich allein unter die Menge der wählenden Frauen zu mischen. Fritz war seit Tagen in seiner schwermütigen Stimmung versunken und trotz Chaijms Überredungskünsten nicht zu bewegen gewesen. »Wenigstens einen Versuch ist es wert«, hatte Chaijm wieder und wieder zu ihm gesagt. Aber Fritz hatte nur eins ums andere Mal den Kopf geschüttelt. Bis Chaijm schließlich die Geduld verloren hatte. »Fritz, noch mal! Dann tu es wenigstens für Mathilde und die Mädchen!« In einem Augenblick der Verzweiflung und der Wut, die er beim Anblick des in gebeugter Haltung dasitzenden Mannes in sich aufkeimen spürte, hatte Chaijm sich zu seinen ersten lauten Worten dem Freund gegenüber hinreißen lassen. Es sollten allerdings auch die einzigen bleiben, denn Chaijm war sofort beschämt über seinen Ausbruch gewesen. »Fritz«, hatte er gesagt und ihn mit einer flüchtigen Geste am Arm berührt, »das wollte ich nicht.« »Ist schon gut«, hatte dieser gemurmelt und zum ersten Mal an diesem Abend den Blick zu Chaijm erhoben. »Du hast ja recht, so recht, aber ich kann es nicht.« Damit beendeten sie beide diese Sache.

Was die Nationalversammlung anbetraf, verzeichnete der Ausgang der Wahl ein durchaus überraschendes Ergebnis, da es der sozialdemokratischen Partei auch nicht zusammen mit den Stimmen der Unabhängigen gelingen konnte, die Fünfzigprozentmarke zu übersteigen.

Erst als der Frühsommer des Jahres 1919 sich ankündigte, begann es in den Straßen wieder ruhiger zu werden, und man versuchte, so gut es ging, eine Art Normalität zu schaffen, wenn dies auch häufig auf groteske Weise der Fall war.

*

Charlotte trug schwer daran, dass die Folgen des Krieges auch vor ihrem geliebten Laden nicht haltgemacht hatten. Doch woher sollten die Leute denn Geld für Schokolade nehmen, wenn sie nicht einmal mehr wussten, wie sie von den kleinen Rationen Grundnahrungsmitteln satt werden sollten, die es zu kaufen gab? Mit Pralinen ließen sich keine Öfen heizen, und das Herstellen von süßen Backwaren war am Ende des dritten Kriegswinters verboten worden – abgesehen davon, dass die Zutaten ohnehin nicht mehr in der nötigen Qualität vorhanden waren, wenn es sie denn überhaupt noch gab.
Der mit äußerster Vorsicht zu genießende Schwarzmarkt war nur eine kurzfristige und zudem höchst gefährliche Lösung. Man konnte bei Verstößen dagegen im Gefängnis landen, zu empfindlichen Geldstrafen verurteilt werden oder auch Konzessionen und Gewerbescheine entzogen bekommen. Auch Friedrich Winter konnte nur noch mit äußerster Vorsicht agieren, schon mehr als einmal hatte er eine Verwarnung erhalten. Dennoch hatte Charlotte lange Zeit noch von den Beständen und aus dem Fundus des reichhaltigen Lagers oder später dann von diversen, wenn auch nicht ganz legitimen, Geschäftsverbindungen ihres Vaters schöpfen können, doch auch diese Reserven waren immer knapper geworden. So hatte sie sich, wie manch anderer Geschäftsinhaber gewisser Genussgüter, eines Tages schweren Herzens dazu entschlossen, die Rollläden an Ladentür und Schaufenster für eine unbestimmte Zeit herunterzulassen und das Gitter davor zu schließen. Ihr Vater hatte geholfen, die restlichen Bestände an Waren in Stanniolpapier und winzige Pappschachteln zu verpacken und in einer Holzkiste einzulagern. »Wegen Warenmangel Öffnungszeiten nach Vereinbarung oder Anmeldung. Bitte zweimal läuten bei Seeligmann – Tür um die Ecke«, hatte Viola auf die Rückwand eines alten Kalenders geschrieben und dieses Hinweisschild an das geschlossene Rollo gedrahtet.
Von dem übrig gebliebenen Restbestand an Schokoladen- und anderen Süßwaren verkaufte Charlotte nun an einige wenige Kunden kleinste Mengen. Die läuteten, wie angewiesen, an der Wohnungstür und brachten ihr Anliegen meist ein wenig verschämt und betont leise vor, bis auf Baronin von Witte, die

im Allgemeinen dazu geneigt war, zu ihrem Tun und Lassen zu stehen. Dann bat Charlotte – gleichbleibend freundlich und zuvorkommend – die Kaufwilligen, sie durch den Hausflur in den Laden zu begleiten, wobei sie stets voranging, um beim Betreten des dunklen Raumes sofort das Licht anzudrehen. Nicht immer jedoch gelang es ihr, dabei ein leichtes Zittern ihrer Hände zu verbergen. Für gewöhnlich entfuhr der erwartungsvollen Kundschaft ein leises »Hmm« oder »Ahh«, wenn der warme Schein der Deckenlampe den Laden mit seinen verschnörkelten Eisenregalen und den bemalten Wänden in ein warmes, fast märchenhaft anmutendes Bild tauchte. Die kunstvollen Rosetten und Einfassungen der Stuckdecke zeichneten dann ihre Muster auf die Fußbodendielen, die Viola, allerdings sehr zu ihrem Missfallen, vor der Schließung des Ladens hatte bohnern müssen. Beschwingt von dieser Atmosphäre, machte Charlotte sich dann in feierlicher Weise daran, die Ware aus den Tiefen der Holzkiste zu befördern, vorsichtig von den vielen Lagen von dünnem Seiden– und Stanniolpapier zu befreien, um möglichst unauffällig zu prüfen, ob das wertvolle Gut, zumindest äußerlich sichtbar, noch unverdorben war. Kam es dann zum Kauf, holte Charlotte Bleistift und Papierblock aus der Thekenschublade und stellte in gewohnter Manier eine Quittung aus, hebelte die Zahlen in dieses metallene Ungetüm von Registrierkasse, das auf der aus rötlichem Kirschbaumholz gefertigten Vitrine thronte, und kurbelte bedächtig, bis die Schublade mit den Fächern für Scheine, Münzen und Belege aufsprang. Obwohl die Kasse leer war, hatte Charlotte nie im Traum daran gedacht, sich von den Kunden das Geld in die Hand ausbezahlen zu lassen, um es dann entweder in der Rocktasche oder in einer ausgedienten Zigarrenschachtel verschwinden zu lassen. Geld gehörte in eine Kasse, alles andere ziemte sich für ein seriöses Geschäft nicht. Seitdem sie den Laden zugemacht hatte, war Charlotte noch nie in die Verlegenheit geraten, den Kunden Rückgeld ausbezahlen zu müssen. Für gewöhnlich hatten diese einen bereits zuvor genau festgelegten Betrag mitgebracht, den sie auszugeben gedachten, oder die versierte Geschäftsfrau stellte den Einkauf so klug zusammen, dass der Preis in jedem Fall genau mit dem übereinstimmte, was sie zuvor mit einem höflichen »Wie viel darf es denn ausmachen?« in Erfahrung gebracht hatte. Nachdem sie dann die Kunden mit Handschlag und einem freundlichen »Schönen Dank für ihr Vertrauen, ich hoffe, sie werden zufrieden sein« verabschiedet und durch die Tür in den Hausflur entlassen hatte, ging sie daran, den Warenausgang und die Einnahmen in einem langsam und sehr sorgfältig ausgeführten Schriftzug in das große blauschwarze Kontobuch einzutragen. Es schien, als würde sie dabei jeden einzelnen Buchstaben und jede Ziffer, die sie schreiben durfte, genießen, das Papier beobachtend, wie es sich langsam mit der Tinte vollsog, andächtig auf das leichte Kratzen des Füllfederhalters hörend und wehmütig einem verfliegenden Geschmack nachspürend, wenn es zu Ende war. Genauso wie ihre Kundschaft es wohl mit Schokolade, Kuchen und Bonbons machen würde.

Für Charlotte waren diese willkommenen Unterbrechungen des harten Alltags wichtige, ihr die Lebensfreude erhaltende Rituale geworden, denn sie spürte immer wieder, dass eine gewisse Schwermut nach ihr griff, wie ein früher Herbstnebel nach dem Spätsommer. Dieser Zustand war wie eine Bedrohung, zog er sie doch in eine gewisse Lähmung und Tatenlosigkeit, ähnlich wie sie damals, als sie ihr zweites Kind verloren und den Laden noch nicht gehabt hatte.

Immer wieder aber gönnten sich die Seeligmanns auch selbst etwas von den Süßigkeiten, die sie bis dahin nicht hatte verkaufen können und die wie alle Lebensmittel nur eine begrenzte Zeit essbar und ansehnlich waren. Bei Schokoladenwaren sah man den beginnenden Verfall ganz deutlich, wenn der Glanz immer stumpfer wurde und Nüsse, Mokkabohnen, Kirschen oder sonstiger Putz etwas zu schrumpfen begannen und in das Konfekt hineinzukriechen schienen. Spätestens aber, wenn sich ein feiner weißer oder gräulicher Überzug über die edlen Stücke zog, war es an der Zeit, ein kleines Fest zu feiern und sich selten gewordenen Gaumenfreuden hinzugeben. Meist planten sie das für einen Sonntagabend ein, entweder wenn sie ganz alleine waren oder aber besonders gern gesehene Gäste hatten. Dann bekam allerdings jedermann nur ein winziges Stückchen von dem Luxus zu spüren, wenn auch der Hochgenuss dann beinahe bedeutungsvoller war, weil man ihn mit anderen teilte und sich in der Gemeinschaft wenigstens für einige Zeit etwas leichter fühlte.

Neue Generation

Chaijm Seeligmann zog leise die Tür hinter sich zu. Mit dem Handrücken fuhr er sich über die Augen und erlaubte sich nun endlich, laut zu seufzen: »Masltow, Alterchen, jetzt bist du Großvater, kaum dass du fünfzig Sommer gesehen hast! Aber ich fürchte, ich habe das kleine Wesen bereits ins Herz geschlossen, obwohl wir uns noch gar nicht kennen, aber es wird schon gut gehen, schon irgendwie gut.«
Er betrat das Wohnzimmer, stemmte die Arme in die Hüften, schaute sich einige Sekunden lang mit einer Mischung aus Stolz und Zufriedenheit in dem geschmackvoll eingerichteten Salon um, ließ sich auf das samtene Sofa fallen, faltete die Hände über dem stattlichen Leib, schloss die Augen und fiel in einen tiefen Schlaf. Wie oft schon war er um diese Fähigkeit beneidet worden: einfach einzuschlafen und so mitten aus den Ereignissen der Tagesordnung zu flüchten – und sei es nur für wenige Augenblicke.
»Es ist der Schlaf der Gerechten«, pflegte er dann zu sagen, wenn andere sich über ihn beschwerten, ihm dieses Glück ein wenig neideten oder sich darüber lustig machten. Über all den Ereignissen seines Lebens hatte er sich sein Schläfchen nicht nehmen lassen, und er hatte auch gar nicht vor, das in Zukunft zu tun! Charlotte und er hatten eine Tochter großgezogen, also würden sie es auch mit einem Enkelkind aufnehmen. Das Leben bestand unter anderem aus dem Geborenwerden und Heranwachsen neuer Generationen.

»Man sollte es nicht für möglich halten!« Chaijm fuhr aus dem kurzen Schlaf auf und saß mit einem Ruck kerzengerade. Charlotte stand vor ihm, ein weißes Leinentuch über dem rechten und eine Schürze über dem linken Arm. Eine von feinen Silberfäden durchzogene Haarsträhne hing ihr in die Stirn, und ihre Augen blickten mit einer Mischung aus gespielter Strenge und lächelnder Milde auf den Gatten hinunter. Chaijm liebte es, wenn sie so aussah: Von Geschäftigkeit und Konzentration erhitzt, die in Nacken und Stirn aus der aufgesteckten Haarpracht gelösten Locken, mit dem klaren, warmen Blick ihrer braunen Augen und dem von Lachfältchen umspielten Mund. Unwillkürlich stand er auf und zog sie an sich. Überrascht von seiner Aktion streckte sie die Arme rechts und links zur Seite, um zu verhindern, dass das gestärkte Tuch und die schmutzige Schürze zu Boden fallen würden. »Ach, weg mit dem Zeug«, brummte Chaijm und streifte mit einer schnellen Handbewegung die Tücher von Charlottes Armen, sodass die weißen Stoffe wie müde gewordene Segel zu Boden fielen. Dann ließ er sich wieder bequem zurückfallen und zog Charlotte auf seinen Schoß. Die wollte gerade energisch protestieren, als Chaijm beide Hände um ihren Kopf legte und sie leidenschaftlich küsste. Er spürte, wie die Spannung aus ihrem Körper wich und sie sich weich und warm an ihn schmiegte.

Sie liebten sich immer noch. Nach all den Jahren, in denen sie nun schon verheiratet waren, nach Auseinandersetzungen und Enttäuschungen, nach Ratlosigkeiten und manchen Kümmernissen – und nicht zuletzt Violas wegen, die sie am heutigen Tag zu Großeltern gemacht hatte. Sie waren einander noch nicht überdrüssig geworden und hatten sich nie lange mit einem leidenschaftslosen Leben zufriedengegeben.

»Chaijm, mein Lieber!« Charlotte befreite sich mit einer schnellen Bewegung aus der Umarmung ihres Mannes und setzte sich mit einem Schwung aufrecht hin. Sie gab dem überraschten Gatten einen nicht ganz sanften Rippenstoß, sodass dieser unwillkürlich kerzengerade zu sitzen kam. Dann legte sie die Hände nebeneinander in ihren Schoß und schielte mit sehr bemüht strenger Miene zu Chaijm hinüber, wobei sie sich das Lachen nur mühsam verkneifen konnte: »Ab heute ist es endgültig vorbei mit der Jugend, also bitteschön keine solchen Kindereien mehr! In meiner neuen Stellung als Großmutter muss ich dafür sorgen, dass du dich in Zukunft anständig zu benehmen weißt, und du bist dir doch wohl im Klaren darüber, dass sich Überfälle dieser Art für dein Alter nicht mehr ziemen.« »Jawohl, Gnädigste«, gab Chaijm schlagfertig zurück, wobei er wie ein ertappter Schuljunge den Hals zwischen die Schultern zog und mit gespielter Ängstlichkeit zu Charlotte hinaufsah. Sie lachten herzlich, und in diesen Augenblicken fühlten sie sich noch jung und stark genug, um die neue Herausforderung anzunehmen. Die Anspannung der vergangenen Monate, seit sie von Violas Schwangerschaft erfahren hatten, fiel in diesen Momenten von ihnen ab wie Staub. Nun war das kleine Wesen da, zu ändern gab es nichts mehr, und sie wollten es auch nicht. Kaum dass der erste kräftige Schrei des winzigen Mädchens erklungen und Viola von den heftigen Wehen erlöst war, hatten sie das Neugeborene ins Herz geschlossen. Paulina war ihr Enkelkind! Dass dessen Vater für sie ein Unbekannter bleiben sollte, hatten sie akzeptiert. Viola wollte es so, und dann mussten sie sich eben damit abfinden.

*

Als die Seeligmanns Violas Widerstand gespürt hatten, irgendetwas über den Mann, mit dem sie dieses Kind gezeugt hatte, preiszugeben, bedrängten Chaijm und Charlotte sie nicht weiter. Viola war noch jung, und gewiss war es ein Fehler gewesen, sich auf eine solche Beziehung einzulassen, aber sie konnten nun einmal keinen Einfluss darauf nehmen, wie Violas Leben in Berlin aussah, geschweige denn, mit wem sie dort verkehrte. Schon früh war ihnen klar geworden, dass ihre Tochter kein leicht zu lenkendes Kind war, spätestens aber, als sie zu einer jungen Frau herangewachsen war, hatten Chaijm und Charlotte bemerkt, dass sie Viola von ihren Plänen, als Tänzerin und Schauspielerin nach Berlin zu gehen, nicht mehr abbringen konnten. Sie setzte all ihren Eifer daran, ihr Ziel zu erreichen. Allein die Tatsache, dass Charlottes Cousin mit seiner Familie in der Hauptstadt wohnte und sich Viola – sofern sie Hilfe brauchte – an ihn würde wenden können, hatte eine gewisse Beruhigung dargestellt, auch wenn die Seeligmanns genau wussten, dass Viola es alleine schaffen wollte und nur im alleräußersten Notfall zugeben würde, nicht zurechtzukommen. Andererseits hatte sie sich schon manche Male, wenn sie mit unvorhersehbaren Dingen konfrontiert worden war, mit erstaunlicher Ruhe, die zuweilen sogar an eine gewisse Abgebrühtheit erinnerte, reagiert. Dennoch: Trotz aller Beruhigung, dass Viola vieles anscheinend problemlos meisterte, spürten die Seeligmanns gelegentliches Unbehagen: Würde die Tochter die Gefahr des Lebens denn hoch genug oder zumindest richtig einschätzen können? War ihr ein gewisses Draufgängertum zu eigen, welches vielleicht eher zu einem Jungen passte, und würde sie sich dadurch nicht in maßloser Selbstüberschätzung in riskante Situationen begeben? In diesen Dingen, so dachte Charlotte manchmal, kam Viola wohl ihrem Großvater am nächsten. Sie erinnerte sich nur allzu deutlich daran, was dieser immer wieder zu ihrer Mutter gesagt hatte, wenn diese Zweifel und Ängste an dessen geschäftlichen Aktionen hegte: »Man muss alles auf eine Karte setzen, meine Liebe, ansonsten spült dich das Leben in den Rinnstein, und dort ist, für den Fall, dass es schiefgehen könnte, dann immer noch Platz genug.« Es war unbestritten so, Viola hatte einen Teil des Charakters von Friedrich Winter mitbekommen.

Gleichzeitig zeichnete sie jedoch ein weiches Gemüt und ein großes Mitleid für all diejenigen aus, die, nach den Worten ihres Großvaters, tatsächlich in den Rinnstein gespült worden waren. Viola konnte unter Umständen halbe Tage lang nur mit Mühe essen, spielen oder sich anderen Dingen hingeben, wenn sie einen Menschen oder auch ein Tier leiden sah. Und auch das hatten Charlotte und Chaijm oft mit gemischten Gefühlen beobachtet. Eines Tages waren sie jedoch zu dem Entschluss gekommen, dass sie Viola zwar nach

ihrem besten Gutdünken erziehen könnten, sie aber in ihrer Art und Veranlagung sich entwickeln und gewähren lassen müssten, auch wenn es ihnen gewiss nicht immer leicht fiel.
Viola war kein Kind langer Reden. Ob und wie sie an anderen Orten und mit anderen Menschen über ihre innersten Empfindungen sprach, erfuhren die Seeligmanns nie. Aber sie hatten gelernt, die Tochter zu verstehen: die Sprache ihrer Augen, ihres Gesichtes, ihrer Hände. Die Art ihres Ganges und ihrer Körperhaltung, das Maß ihrer Schritte und das Geräusch ihrer Schuhe oder Füße. Ihr stummes Lächeln oder ihr lautes, herzhaftes Lachen. Ihre vielfältige Mimik und die ausgefallenen Ideen, sich die Haare zu frisieren, oder die Vorliebe, sich sehr geschmackvoll zu kleiden. Von Anfang an hatte sich ihr außergewöhnliches Talent zur Imitation gezeigt. Ebenso verblüffend konnte sie sich mithilfe der komischsten Requisiten in eine andere Person verwandeln oder eine Szene spielen, die sie jedoch im nächsten Augenblick wieder gänzlich ablegen konnte, um zum gewöhnlichen Tagesgeschehen überzugehen. Mit zunehmendem Maße entwickelte sie die Perfektion, ihrem Tanz und ihrem Gesang Ausdruck zu verleihen, und über diese Dinge hatten die beiden Seeligmanns herausgefunden, wie angefüllt Violas Inneres war.
Als sie mit ihrer Tanzausbildung in Dresden beinahe fertig gewesen war und über eine befreundete Künstlerin ihrer geliebten Lehrerin einen Kontakt nach Berlin erhielt, war Viola nicht mehr aufzuhalten gewesen. An einem Spätsommermorgen hatte sie Dresden in Richtung Berlin verlassen. Sie hatte sich in die weitere Vervollkommnung ihrer tänzerischen Ausbildung gestürzt und sich auf die Aufnahmeprüfung für die Schauspielschule vorbereitet. Um einen Teil ihres Lebensunterhaltes selbst bestreiten zu können, nahm sie Engagements in Tanzlokalen und verschiedenen kleineren Kabaretts an, die in diesen Jahren wie Pilze aus dem Boden schossen. Häufig jedoch war die Ausstattung solcher Örtlichkeiten ebenso dürftig wie die Bezahlung der Künstler, und Viola musste für ihre Kostüme selbst aufkommen. Sie lieh sich hin und wieder Verschiedenes zusammen, und die Tänzerinnen halfen einander auch aus, sofern sie sich gut miteinander verstanden bzw. sich als Kolleginnen und nicht als Rivalinnen betrachteten, was recht oft der Fall war. Schließlich lebte man in unsicheren Zeiten, und jeder musste sehen, dass er nicht um einen Wohn- und Schlafplatz kam und sich, so gut es ging, ernähren konnte. Viola hatte beides und war zudem sehr beliebt. Sie konnte sich schnell den Gefallen und die Gunst einiger ihrer Arbeitgeber erringen, was ihr zu dem Glück verhalf, nicht in allzu große existenzielle Not zu geraten. Sicherlich hätte sie auch von ihren Eltern noch mehr Unterstützung bekommen können, doch die wirtschaftliche Lage des Landes war durch die noch nicht lange zurückliegenden

Kriegsjahre und die politischen Umwälzungen nicht gut. Die Inflation hatte die Preise in groteske Höhen getrieben, und es schien kein Ende in Sicht. Löhne wurden in diesen Monaten wöchentlich, gegen Ende sogar an einzelnen Tagen ausbezahlt, und man beeilte sich, das Geld sofort in die nächstgelegenen Geschäfte zu tragen, um möglichst noch etwas Brauchbares dafür zu bekommen, bevor es wieder wertlos war.

*

Es war einer dieser Tage gewesen, an denen Viola von einem ermüdenden Einkauf in ihre Wohnung zurückkehrte, die sie mit einer Freundin teilte, als sie beim Durchqueren des schon von der Dämmerung recht trübe gewordenen Hinterhofes plötzlich eine endgültige Gewissheit überkam: Es bestand kein Zweifel, sie erwartete ein Kind!

Schon seit Wochen hatte sie zwischen Hoffen und Bangen gelebt, den Gedanken an eine etwaige Schwangerschaft weit von sich geschoben, hatte das gelegentliche körperliche Unwohlsein auf ihre zu dieser Zeit nicht sehr üppige Ernährung, das viele Tanzen, Singen und Unterwegssein bis in die späten Abend- und Nachtstunden und den mangelnden Schlaf zurückgeführt.

Sie war an diesem Tag lange auf den Beinen gewesen. Erst hatte sie in einem der kleineren Theater für eine Rolle in Kleists »Familie Schroffenstein« vorgesprochen, war dann zu ihrer Gesangslehrerin gefahren und hatte dort, ihres »blassen Aussehens« wegen, wie die energische Dame festgestellt hatte, eine Tasse echten Bohnenkaffee bekommen. Anschließend war sie zu Fuß in die »Diele« gegangen, wie sich die Tanzlokale neuerdings nannten, in der sie gerade an mehreren Abenden in der Woche die in Mode gekommenen amerikanischen Tänze wie Shimmy, Charleston und Foxtrott, aber auch den argentinischen Tango tanzte. Dort hatte sie sich am Nachmittag mit dem Besitzer getroffen, um über weitere Engagements und vor allem über die Bezahlung zu sprechen. Das Gespräch war nicht ganz zu ihrer Befriedigung verlaufen, sie sollte noch einen zusätzlichen Abend da sein, aber nur für eine unbedeutende Aufstockung ihrer Gage. Dafür würden sie die alkoholischen Getränke nichts kosten. Natürlich war sie diesen Genüssen nicht abgeneigt, aber wenn man die schnellen Tänze eine halbe Nacht lang durchhalten wollte, konnte man nicht nur Hochprozentiges zu sich nehmen, und in den letzten Wochen empfand sie eher einen Ekel, wenn sie an einem Weinglas roch. Trotzdem hatte Viola dem Vorschlag des Dielenbesitzers zugestimmt. Es fehlte ihr an Zeit und Energie, sich von Neuem auf die Suche nach einem zusätzlichen Verdienst zu machen, und außerdem: Wer garantierte ihr schon, dass sie so ohne Weiteres ein Engagement bekommen würde? Aber es gab noch einen anderen Grund, warum Viola gar nicht weg wollte aus dem »Tiger-Rag«. Hier hatte sie, kurz nach ihrer Ankunft in Berlin, August zum ersten Mal gesehen, und nach wie vor konnten sie sich unbehelligt an einem Abend in der Woche dort treffen. Der Barbesitzer war Augusts Freund, sie hatten für einige Zeit gemeinsam in einem Sanitätsbataillon gedient, und Karl, genannt Charlie, der allerdings nicht immer ganz koscheren Geschäften nachging, hatte eine entscheidende Fähigkeit: Er konnte absolut dichthalten, er war die »Verschwiegenheit in Person«, wie er sich selbst charakterisierte, und das war für Viola und August von größter Bedeutung.

Als Viola an diesem frühen Abend in der Schlange vor dem Milchladen gestanden hatte und mit dem Gedanken spielte, dass sie beide sich eine andere Möglichkeit als sicheren Treffpunkt würden suchen müssen, war ihr schon wieder ganz flau im Magen geworden. Die Vorstellung, an den Donnerstagabenden nicht mehr für wenigstens einige Stunden mit August allein sein zu können, ließ ein Gefühl von Angst und Unsicherheit in ihr aufkeimen. Plötzlich war ihr das Stehen zwischen den vielen Leuten schwergefallen, aber sie nahm sich zusammen und beteiligte sich an einer der üblichen Unterhaltungen, die sich wie immer um die unruhige, oft sogar chaotische Lage in der Hauptstadt drehten. Das lenkte sie gerade lange genug ab, bis sie an die Reihe kam und der resoluten Frau hinter der Theke ihre Wünsche bestellen konnte. Kaum hatte sie den gewohnten Stapel Geldscheine nach vorn gereicht, als sie spürte, wie sich ihr Magen zusammenkrampfte und den Kloß, den sie schon den ganzen Tag über darin verspürt hatte, nach oben beförderte. Sie drängte sich vorbei an den wartenden Frauen, versuchte deren Kommentare zu überhören und rannte nach draußen. Nachdem sie sich in das Gestrüpp unter einem Baum übergeben hatte, trat sie den Heimweg an. Eine bleierne Müdigkeit saß ihr in den Knochen, und sie hätte lieber die Straßenbahn genommen, als zu Fuß zu gehen. Aber sie scheute das Gemisch der Gerüche in den Waggons und entschied sich deshalb für die frische Abendluft. Als endlich die belebteren Straßen hinter ihr lagen, hatte sie das Gefühl, als würden ihre Arme immer länger werden und die Taschen, die sie trug, immer schwerer. Sie war froh, endlich im dritten Hof angelangt zu sein, als ihr ein kurzer, aber stechender Schmerz den Arm hinauf und durch die Achselhöhle hindurch in die Brust schoss, sodass sie beinahe ihre Tasche hatte fallen lassen. So schnell dieser Schmerz gekommen war, war er auch wieder weg, in Viola aber hatte er die unumstößliche Gewissheit hinterlassen, dass sie Mutter werden würde.

Zu ihrer eigenen Verwunderung war sie nicht einmal sonderlich schockiert darüber gewesen. Vielleicht weil sie es die ganze Zeit gewusst hatte? Oder war sie zu müde und zu ausgelaugt, um der Wahrheit gänzlich ins Gesicht zu sehen? Jedenfalls erinnerte sie sich später noch daran, dass sie sich in der Küche zuerst eine Stulle dünn mit schon leicht ranzig riechender Butter bestrichen, dann ein Glas Leitungswasser getrunken und sich anschließend auf ihr Bett geworfen hatte, um eine kleine Weile auszuruhen und die schmerzenden Beine hochzulegen.

Sie musste eingeschlafen sein. Erst als das vertraute Geräusch von klappernden Pferdehufen und der dumpfe Klang von gefüllten Milchkannen an ihre Ohren drang, wachte sie verwirrt auf und schnellte hoch. Bis auf die Schuhe und den Mantel war sie noch vollständig angekleidet, und als sie das matt glänzende Butterbrot mit den nach oben gebogenen und eingetrockneten Rändern auf dem Tischchen neben sich liegen sah, begriff sie, dass sie seit dem gestrigen Abend geschlafen haben musste. Dabei fühlte sie sich keineswegs erholt, im Gegenteil! Ihre Arme und Beine schmerzten, durch das schnelle Aufrichten war ihr schwindlig geworden, ihr Herz klopfte stark, und schon wieder kroch eine leichte Übelkeit in ihr hoch. Erst jetzt fuhr ihr der Schreck in die Glieder! Sie schwang die Beine über die Bettkante, was die Übelkeit nur noch verstärkte und ihren leeren Magen rebellieren ließ. Stöhnend fuhr sie sich mit der Hand durch die Haare. »Warum hast du nicht aufgepasst, du blöde Kuh?«, flüsterte sie verzweifelt in ihre Handfläche hinein. Dabei wusste sie ganz genau, dass diese Frage sinnlos war, denn sie hatte sich nie ernsthaft darüber Gedanken gemacht, dass *es* ihr passieren könnte. Das betraf nur die anderen, und die schienen ja dann offenbar auch zu wissen, wie und wo man es wieder loswerden konnte. Bei diesem Gedanken erschrak Viola noch einmal, diesmal jedoch über sich selbst. »Nein!«, sagte sie laut. »Das wirst du nicht tun! Niemals!« Sie stand auf und versuchte den pochenden Schmerz in ihren Schläfen nicht zu beachten, aber er bemächtigte sich ihrer dennoch, und mit ihm ein bohrendes Hungergefühl. Sie griff nach der eingetrockneten Brotscheibe und biss hinein. Der Geschmack des hart gewordenen Streichfettes störte sie nicht, sie hatte das Gefühl, seit Tagen nichts mehr zu sich genommen zu haben. Gierig aß sie die Stulle und ging dabei im Zimmer umher, griff wahllos nach irgendwelchen Dingen, die auf dem Fußboden, auf der Fensterbank und der alten, abgewetzten Chaiselongue verstreut lagen. Lauter Gegenstände, von denen sie nun plötzlich glaubte, dass sie da nicht hingehörten oder irgendwie geordnet werden müssten. Als sie ein in der Mitte aufgeschlagenes Buch, das mit den Seiten nach unten neben ihrem Bett lag, aufhob, fiel eine Fotografie heraus. »August!« Plötzlich hielt sie mit ihrem wirren geschäftigen Treiben inne und ließ die Hand, in der sie das Bild hielt, sinken. Das Buch fiel krachend zu Boden. Was würde August nur dazu sagen? Sie verlassen, oder etwa von ihr verlangen ...? Nein, nein, diesen Gedanken durfte sie nicht zu Ende denken! Aber was, wenn er es zu Bedingung machen würde? Sie liebte ihn doch über alles! Ihn verlieren? Und überhaupt, wie sollte sie denn in diesem Zustand tanzen? Schauspielern, leben? Und danach? Wie sollte sie arbeiten gehen, wovon das Kind ernähren, anziehen, wo Windeln waschen und trocknen? Ihre Lage wurde ihr nun mit einem Schlag bewusst. Sie fühlte sich wie in einem Sturm, der aus heiterem Himmel über sie und ihre Lebensplanung hereingebrochen war, und dessen unberechenbaren Wirbeln sie sich nicht mehr würde entziehen können! Langsam sank sie auf einen Stuhl, zog die Beine hoch, umklammerte die Knie mit ihren langen, schmalen Armen, legte den Kopf darauf und fing an, hemmungslos zu weinen. Es war das erste Mal, dass sie so verzagt war, seitdem sie vor gut anderthalb Jahren ihr Dresdner Elternhaus verlassen hatte.

So fand Greta sie, die in der Zwischenzeit, von Viola völlig unbemerkt, die Wohnung betreten hatte. Diese hatte eine lange und nicht sehr vergnügliche Nacht hinter sich gebracht und war nicht gut gelaunt. In aller Frühe schon war sie durch halb Berlin gelaufen, um möglichst schnell das unerfreuliche Quartier zu vergessen, indem sie die vergangenen Stunden verbracht hatte, und hoffte nun auf eine erfrischende Morgenwäsche, einen heißen Kaffee und darauf, sich einfach nur in Ruhe ihren Studien widmen zu können. Daher war sie alles andere als erfreut, als sie schon beim Öffnen der Wohnungstür bemerkte, dass sie nicht allein war. Viola musste hier sein, ihr Mantel hing am Haken. »Na ja, war wohl nüscht, mit dem Alleenesein, det Fräuleinjen is ooch schon uffjestanden«, seufzte sie nicht eben leise. Dann streckte sie sich selbst die Zunge heraus, als sie ihr übermüdetes Gesicht in dem rechteckigen, von abgeschürftem Blattgold umrahmten Spiegel entdeckte, der wie vieles hier in dieser Wohnung schon weitaus bessere Tage gesehen hatte. Erst dabei nahm sie das erstickte Schluchzen war, das aus der halb geöffneten Tür des großen Zimmers in Flur und Küche drang. Sofort hatte Greta ihre eigene Missbefindlichkeit vergessen. »Aber, aber«, sagte sie nur. Ihre tiefe und volle Stimme ließ Viola aufhorchen. »Ach, du bist es«, flüsterte diese gequält, und die Art, wie sie aus ihren großen dunkeln Augen blickte, war für Greta Erklärung genug, dass es hier nicht mit einem bisschen » Det wird schon wieder werden« getan sein würde. In Greta erwachte das, was sie selbst oft spöttisch »das Muttertier« nannte, sie stieß sich von dem Türrahmen, an den sie sich einen Moment lang gelehnt hatte, ab. »Kindjen, ick gloobe, det is en richtjer Kummer, wa?« Sie trat dicht an Viola heran und nahm deren Gesicht zwischen ihre kräftigen Hände. Dass sie gänzlich unberingt waren, fiel Viola in diesem Augenblick nicht auf, sie spürte nur deren angenehme Kühle. »Sieh mich an«, befahl Greta leise, was Viola allerdings schon tat, es blieb ihr nichts anderes übrig, denn Gretas Bestimmtheit konnte man sich unmöglich entziehen. Also blickte sie in die graugrünen ein wenig an eine Katze erinnernden Augen der vor ihr Stehenden. Einige Sekunden lang sprach keine der beiden. Dann spürte Viola, wie sich der Griff um ihr Kinn und ihre dichten braunen Locken lockerte. Greta ließ die Hände sinken und gab Viola frei. »Wie lange schon?« Die Frage blieb förmlich in der Luft stehen, während Greta ihre Jacke auszog und in die Küche lief. »Weiß nicht«, war schließlich Violas knappe Antwort. Abgelenkt durch das Rauschen des kalten Wassers, war es für Greta unmöglich gewesen, etwas zu verstehen. »Ick höre!«, rief diese und suchte nach einem Handtuch, was aber vergeblich war. Also fuhr sie sich mit den feuchten Händen einige Male über ihr müdes Gesicht und anschließend durch die Haare. In der Zwischenzeit hatte sich Viola erhoben und war zu der Freundin geschlurft, wo sie sich mit ausgestreckten Armen auf der Konsole des ziemlich hinfällig aussehenden Geschirrschrankes abstützte und den Kopf hängen ließ. »Ick hab dir nich verstanden, wat haste jesacht, wann et passiert seen muss?« Greta gab nicht nach. Doch als Viola sie mit ihren verweinten Augen von unten herauf anblickte und die Schultern hochzog, um ihre scheinbare Ahnungslosigkeit noch einmal wortlos zum Ausdruck zu bringen, bemerkte sie trocken und ohne noch eine weitere Antwort zu erwarten: »Du siehst schrecklich aus.« »Du auch!«, kam es prompt zurück, und dabei umspielte plötzlich der altbekannte Anflug eines Lächelns die Lippen der Freundin. Greta blieb auch dies, wie vieles andere, nicht verborgen. »Ziemlich abjetaakelt, wa?« Sie war vor den Spiegel getreten, in dessen Glas sie sich wenige Minuten zuvor schon mit jener selbstverachtenden Geste begrüßt hatte, und betrachtete die dunklen Schatten um ihre Augen und die Spuren von verwischtem Lidschatten, Wimperntusche und rotbraunem, zu hässlichen Streifen gewordenem Rouge. So weit war es also mit ihr gekommen!

Als sie einige Sekunden so stand und nochmals versuchte, das Gemisch der Farbschattierungen mit den Fingern zu beseitigen, da fiel Viola auf, dass die beiden Ringe an Gretas linker Hand fehlten. Irgendetwas musste geschehen sein mit der Freundin, seitdem sie sich das letzte Mal gesehen hatten, und das war nicht lange her. »Und du, wo bist du die ganze Zeit über gewesen heute Nacht?«, traute sie sich nach einer kleinen Pause zu fragen.

Mit energischem Schwung warf die Angesprochene die Haare in den Nacken und wandte sich entschlossen von dem kalten Spiegelglas ab, das ihr in unverhohlener Weise klargemacht hatte, was sie in den vergangenen vierundzwanzig Stunden endgültig zu Ende gebracht hatte. Niemals würde sie so etwas

wieder tun! Nichts konnte so ausweglos sein, dass man sich selbst verkaufen musste! Aber darüber wollte und konnte sie jetzt nicht reden, und Violas Problem war ein dringlicheres und war ihr, zugegebenermaßen, eine nicht ganz unwillkommene Ablenkung von ihrer eigenen schmerzenden Seele. »Dat erzähl ick dir een anderet Mal«, gab sie zu verstehen. »Jetzt jeht et erst mal um dir, meene Liebe. Weeßt de wat?« Sie legte der Jüngeren die Hand auf den Rücken. »Ick wasch mir jetzt und schlüpf in den Morjenmantel und du wäscht dir ooch dat Jesichtjen, und dann jibts ne jute Tasse Kaffee, na ja, wenigstens ne heeße, und dann beratschlajen wir uns mal, eenverstanden?« Viola nickte ergeben, und der Gedanke an den Kaffee belebte sie tatsächlich ein wenig, auch wenn sie sich lediglich mit aufgebrühtem Gerstenpulver begnügen mussten, anstatt sich an Bohnenkaffee gütlich zu tun, wonach ihr, und mit ziemlicher Sicherheit auch Greta, der Sinn sehr viel mehr gestanden hätte. Aber den tranken sie gewöhnlich nur noch im Romanischen Café am Kurfürstendamm, denn dort gab es ihn noch zum einigermaßen erschwinglichen Preis von im Moment, sage und schreibe, 600 Mark! Gelegentlich hatte Viola auch schon von ihrer Mutter ein halbes Pfund geröstete Bohnen zugeschickt bekommen, die wurden dann aber äußerst sparsam eingeteilt und nur bei besonderen Anlässen gemahlen und aufgesetzt, wenn sie sich was gönnen wollten oder vielleicht auch mussten, wie zum Beispiel um nach einer durchgearbeiteten und anstrengenden Nacht wieder »tagesfähig« zu werden, wie sie das nannten.
»Weeß Aujust et schon?« Die Beiläufigkeit, mit der Greta vom Vaters des Kindes sprach, während sie mit einiger Mühe versuchte, sich von ihrer Bluse zu befreien, in deren Knöpfen sich ihre Haare heillos verfangen hatten, nahm Viola kurz den Atem. Augenblicklich spürte sie, wie ihr eine Welle heißer Röte ins Gesicht stieg, wie einem Backfisch, der sich ertappt fühlt, weil nun endgültig klar sein würde, dass man den letzten Flaum seiner Kinderjahre abgestreift hatte. Aber sie fing sich rasch wieder, obwohl sie froh war, dass Greta immer noch mit ihrer durchaus misslichen Lage beschäftigt war, und in diesem Fall machte Viola auch keinerlei Anstalten, der Guten zu ihrer Befreiung zu verhelfen. Stattdessen wollte sie gerade tief durchatmen, um ihr ein möglichst belangloses »August, aber wie kommst du denn darauf«, entgegenzuhalten, als Greta ziemlich genervt »Nun hilf mir doch mal!« rief. »Es hat keinen Zweck«, murmelte Viola, stellte den Kaffeefilter ziemlich unsanft auf den Tisch, ging zu Greta hinüber und griff beherzt in das Gewirr aus Stoffen, Haaren und Händen. »Warum bist du dir so sicher, dass August ...« Sie vollendete den Satz nicht, denn draußen ertönte ein ohrenbetäubender Knall. Nach einer sekundenlangen Stille drangen laute Schreie, vermischt mit dem Klagen aufheulender Motoren und dem untrüglichen Geräusch genagelter Schuhe,

die über Straßenpflaster, Höfe und Treppenhäuser hasteten, zu ihnen herauf. Unwillkürlich hatten die Finger der beiden Frauen sich ineinandergekrallt und dann hatte Greta mit einem Ruck die Arme hochgerissen und die Bluse über den Kopf gezogen. An einem der Knöpfe hing ein ganzes Büschel ihrer dunkelblonden Haare. Den kurzen Schmerz beachtete sie gar nicht, als sie die Hände sinken ließ, mit denen sie die Freundin immer noch festhielt, und ihr deren vor Schreck geweitete Augen angstvoll entgegenstarrten. »Geht es jetzt los?« Beinahe tonlos formten Violas blutleere Lippen diese Frage, die schon seit Wochen in den Köpfen der Bevölkerung Berlins herumgeisterte. Die Verunsicherung, die die Umbrüche nach dem Ende des Krieges und zuletzt die Ausweglosigkeit der galoppierenden Inflation mit sich gebracht hatte, schürte die Angst der Berliner vor einem Bürgerkrieg.

Das Bild des toten Manns, über den Viola einstens in Dresden gestolpert war, war in Bruchteilen von Sekunden vor ihren inneren Augen aufgetaucht, als sie sich, erschreckt durch die Schüsse, an Greta geklammert hatte. Dabei gehörte dies in den letzten Monaten beinahe zum Alltag. Aber es waren die ersten Gewehrschüsse, seitdem Viola der Tatsache ins Auge sah, dass sie ein Kind erwartete. Vielleicht war dies der alleinige Grund für ihre übersteigerte Reaktion. Denn Viola war trotz aller Sorge, die sie mit Tausenden anderer Menschen in diesen Tagen teilte, alles andere als eine überängstliche Person.

»Viola!« Greta durchfuhr sofort ein großes Bedauern, weil sie eben dabei war, die Freundin anzuschreien und sie zu schütteln. Aber es schien ihr, als müsste sie diese dadurch in die Wirklichkeit zurückholen. So schnell der Lärm und der Tumult wie aus dem Nichts heraus von der Straße zu ihnen heraufgedrungen waren, ebbten sie wieder ab, und der Spuk war vorüber. Aber Viola hatte das offenbar noch gar nicht bemerkt, denn ihre Augen starrten sie zwar an, jedoch kam es Greta so vor, als hätte sich dieser furchtsame Blick in irgendeiner unbekannten Ferne festgehakt. So hatte sie die Freundin noch nie erlebt, und plötzlich schlich sich auch in ihr eine schon lange geahnte Gewissheit ein, dass die oft so stark und zäh wirkende Viola Seeligmann tatsächlich zerbrechlicher war, als sie es zeigte.

Greta war allerdings klar, dass der Grund für Violas heftiges Empfinden nicht allein im völlig unvorhergesehenen Erleben der vergangenen Minuten lag, denn diese war, genau wie sie selbst, tage und nächtelang in der Stadt unterwegs. Sie wussten wohl, dass sie einem Pulverfass glich, aber noch nie hatte sich eine von ihnen davon abhalten lassen, dahin zu gehen, wo sie wollte. Und noch nie hatte sich Viola diesbezüglich auch nur annähernd ängstlich oder verschreckt gezeigt. Konnte es sein, dass dies ein erstes Zeichen eines angeborenen Mutterinstinktes war?

Noch einmal sprach Greta die Freundin an, nur diesmal sanfter. Viola ließ die Arme sinken und wandte sich verschämt ab. »Tut mir leid«, flüsterte sie und durchquerte mit unendlich müden Schritten das Zimmer, um ans Fenster zu treten. Greta war stehen geblieben und betrachtete die hoch aufgeschossene Gestalt. Wie schmal diese geworden war! Unterhalb der ohnehin schon schmalen Schultern Violas spannte sich zwischen zwei spitz hervorstehenden Punkten der grüne Stoff ihrer dünnen Sommerbluse. Ihre von der Sonne leicht gebräunten Arme schauten wie zwei dünne Hölzer aus den kurzen Ärmeln, und an den Unterarmen wölbten sich ihre schon immer kräftigen Adern.

Greta rührte dieses Bild, und sie fühlte sich mit einem Male abgekämpft und leer. Sie hob mit einer langsamen und spannungslosen Bewegung ihre noch am Boden liegende Bluse auf, öffnete den Knopf ihres Rockes und streifte ihn ab. In Unterrock und Strümpfen ließ sie sich auf das Chaiselongue fallen, legte sich auf die Seite und rückte ganz nach hinten. »Setz dir zu mir«, lud sie Viola ein und schloss für einen Augenblick die Augen. Sie brannten ob der mit aller Kraft zurückgehaltenen Tränen, die sie beim Anblick der Freundin und bei der Erinnerung an ihren eigenen Schmerz nun mit Macht überkamen. Aber sie würde nicht weinen! Sie hatte es sich schon auf ihrem Nachhauseweg in den Morgenstunden nicht erlaubt, und nun musste sie um Violas Willen stark bleiben. Außerdem hatte sie doch ein Ziel vor Augen, das zu erreichen ihr oberstes Gebot war und bleiben sollte! Sie hatte sich geschworen, dafür alles zu geben, und dafür war ihr bisher jedes Mittel recht gewesen. Aber ab heute, so hatte sie sich auf ihrem einsamen Nachhauseweg vor einer Stunde geschworen, würde alles anders werden!

Viola schlurfte zu Greta hinüber und ließ sich neben ihr nieder. Die beiden Frauen verharrten eine ganze Zeit lang stumm nebeneinander. Inzwischen war es auch draußen wieder ganz still geworden, kein neuerliches Aufflackern verdächtiger Geräusche war zu vernehmen. Nach einer Weile legte Viola ihre Hand auf Gretas Arm. »Es wird schon gut gehen, nicht wahr?«

»Bestimmt«, gab Greta zur Antwort und versuchte alle Zuversicht in ihre Stimme zu legen, die sie im Moment aufbringen konnte. »Schon irgendwie gut«, bestätigte sie noch einmal ihre Antwort, als sie in Violas verzweifelt bittende Augen blickte. In diesem Moment hatte Greta zum ersten Mal in ihrem Leben wirklich das Gefühl, als hätte sie ein Versprechen gegeben, für dessen Einhaltung sie gar nichts würde tun können. Ihr war so elend zumute.

*

August schob den leeren Teller von sich, wischte sich mit dem Taschentuch über den Mund und lehnte sich zurück. Aus der Innentasche seines Jacketts holte er ein braunes Lederetui, zog den Verschluss aus der Lasche und betrachtete genüsslich das schokoladenbraune, an feinsten Samt erinnernde Deckblatt seiner »Romeo y Juliette«. Dann entledigte er sie mit spitzen Fingern ihrer rot gestreiften Bauchbinde, schnitt mit einer gekonnten Bewegung das kunstvoll umwickelte Ende ab und entzündete mit einer leisen beschwingten Melodie auf den Lippen ein rasches Streichholz. Den Luxus, eine kubanische Zigarre zu rauchen, gönnte er sich nicht häufig, aber heute war er guter Dinge, da er einen ganz persönlichen Triumph zu verzeichnen hatte. Er hatte sich schon sehr auf das Treffen mit Viola gefreut, zumal sie sich in der vorangegangenen Woche nicht gesehen hatten. Er war in geschäftlichen Dingen unterwegs gewesen, und Viola hatte ihm über Charlie ausrichten lassen, dass sie krank wäre. Dies hatte ihn tatsächlich ein wenig beunruhigt, denn in letzter Zeit hatte er hin und wieder den Eindruck gehabt, dass sie noch schmaler und auch blasser aussah als sonst. Allerdings war ihm keine weitere Veränderung an ihr aufgefallen, und so hatte er sich keine allzu großen Sorgen gemacht. Er hatte sich nur vorgenommen, hin und wieder, sofern es ihm gelingen würde, sich seiner Pflichten zu entledigen, und mit ihr in den Spreewald hinaus zu fahren. Vielleicht tat die Stadtluft ihr nicht gut, und bestimmt war auch ihre momentane Lebensführung nicht allzu förderlich, um vor Gesundheit zu strotzen. Einmal mehr hatte er sich einen Feigling gescholten um der Tatsache willen, dass er bis heute nicht den Mut dazu aufgebracht hatte, Viola einfach unbehelligt in seinem Restaurant speisen zu lasen, damit sie wenigstens zweimal pro Woche in den Genuss eines nahrhaftes Menüs kommen würde. Er wusste, dass sie nicht im Überfluss lebte und doch, so beteuerte sie immer wieder, nicht hungrig vom Tisch aufstand. Es war Viola häufig nicht so wichtig, was sie aß. Das Gefühl, sich satt gegessen zu haben, verschaffte ihr genügend Zufriedenheit, was die Nahrung anbetraf. Allerdings liebte auch sie den Genuss edler Speisen. Sie hatte nichts gegen Fleisch und Fisch, gegen feines Obst und Gemüse, geschweige denn gegen Kuchen und Schokoladen jeglicher Art. Im Gegenteil. Viola war auch in dieser Hinsicht den angenehmen Seiten des Lebens durchaus zugetan. Andererseits konnte sie mühelos auf vieles verzichten wenn es darauf ankam.

Mit einem forschenden Blick sah August auf seine Geliebte, die ihm gegenübersaß und immer noch damit beschäftigt war, das ohnehin schon nicht üppig ausgefallene Stück gebratenen Rindfleisches umständlich zu bearbeiten. »Schmeckt es dir etwa nicht?«, wollte er wissen, denn es kam ihm merkwürdig vor, dass sie so lange brauchte, um damit fertig zu werden. Zwar war es ihm

bewusst, dass er selbst viel zu schnell aß, und er war es gewohnt, immer lange vor ihr mit dem Essen fertig zu sein. Aber heute wollte es ihm einfach zu lange dauern. An einem vermehrten Genuss der Mahlzeit konnte es nicht liegen, denn dazu passten Violas Gesichtsausdruck und das sonst so elegante und leichte Spiel ihrer Hände nicht.
Schuldbewusst schaute Viola von ihrem Teller auf, straffte ihren Rücken und legte das Besteck zur Seite. Dann tupfte sie sich bedächtig den Mund. Überraschend schnell faltete sie jedoch die Serviette zusammen und schob sie unter den Teller, sodass die restliche Soße zusammen und ein klein wenig davon über den Rand hinauslief. Sofort breitete sich ein brauner Fleck auf dem hellen Tischtuch aus. August runzelte für einen Moment die Stirn, denn das gefiel ihm nun ganz und gar nicht. Sie konnte doch nicht einfach so achtlos eine solche Mahlzeit beenden, die sie ansonsten in seinem Beisein sehr genoss und die für einen erheblichen Teil der Bevölkerung Berlins längst keine Selbstverständlichkeit mehr war! Aber Viola schien es gar nicht zu kümmern! Sie zog mit einem heftigen Ruck den Stuhl so nahe an das kleine Tischchen heran, dass sie und August mit den Knien aneinanderstießen. Unwillkürlich hatte sich dieser bei der Berührung nach vorne gebeugt und musste die Rauchwolke seiner Zigarre bewusst zur Seite hinausblasen, um sie nicht direkt in Violas Gesicht zu befördern. »Aber was machst du denn?«, fragte er mit verwunderter und kurz aufblitzender ärgerlicher Miene, um aber sogleich spitzbübisch lächelnd hinzuzufügen: »Steht dir etwa der Sinn nach anderen Dingen, dass du das da verschmähst?« Er zeigte mit seiner Zigarre auf den halb leer gegessenen Teller. »August!« Zum zweiten Mal in diesen Minuten blieb Viola die Antwort schuldig. Stattdessen beugte sie sich noch weiter vor. Dann legte sie ihre Hand auf die seine. Sie war eiskalt! »August«, wiederholte Viola noch einmal leise und beinahe beschwörend, und den großen und stattlichen Mann durchfuhr ein kleiner Schauer, denn die Art und Weise wie sie heute seinen Namen aussprach, rührte an das Gefühl seiner tief empfundenen Liebe zu dieser bezaubernden Frau.
»Ich erwarte ein Kind.«
Das war es also! August fiel beinahe die Zigarre aus der Hand. Er legte sie auf die elfenbeinfarbene Ascheschale und stieß den ganzen Rauch auf einmal aus dem Mund. Diesmal traf er wirklich Violas Gesicht und hüllte es in einen Nebelschleier aus würzigherbem Geruch. Sie spürte sofort ein Brennen in den Augen, machte jedoch keine Anstalten, die Dunstwolke mit den Händen zu vertreiben oder den Kopf abzuwenden. Unumwunden sah sie August durch den Nebel hindurch an und unterdrückte den aufkommenden Hustenreiz. Es war ihr, als würde jegliches Geräusch die Bedeutung ihrer Worte stören, die

auch August sprachlos gemacht hatten. Er starrte sie an und blieb völlig regungslos. Viola schluckte und schluckte, um das Kratzen im Hals zu beseitigen, aber schließlich war ihr Rachen so trocken, dass sie sich nicht mehr länger beherrschen konnte. Sie zog ihre Hand von der Augusts zurück und begann heftig und keuchend zu husten. Das weckte August aus seiner Versteinerung Er bemerkte, dass ihm der Schweiß von der Stirn lief. Er öffnete den obersten Hemdenknopf und suchte gleichzeitig in der Hosentasche nach seinem Taschentuch. In dem Augenblick begann die Musik wieder zu spielen, und das Klatschen und Johlen des Publikums erinnerte ihn vollends daran, dass er sich in der absoluten Wirklichkeit befand. Er warf den Kopf in den Nacken. Nun gut: Er würde also zum zweiten Mal Vater werden. Er, Karl-August Leibfried, ein erfolgreicher Mann von knapp vierzig Jahren.

1933

Paulina rannte, was das Zeug hielt. Sie hatte zu lange für die Schulaufgaben gebraucht, die Mütze nicht gefunden, und dann hatte sie unbedingt noch durch den Laden flitzen und eine von Großmamas herrlich duftenden Orangenpralinées naschen müssen! Schließlich hatte sie einen langen Nachmittag vor sich, und den konnte man nur überstehen, indem man ihn versüßte. Großmama hatte wie immer ein wenig geschimpft, dass das jetzt auch noch sein müsse, und »Kindchen, warum gehst du nicht wenigstens zwei Minütchen früher aus dem Haus!« hinter ihr her gerufen. Das tat sie jedes Mal, wenn Paulina die Wohnungstür im ersten Stock zuschlug, mit eiligen Schritten, meist zwei Stufen auf einmal nehmend, zuerst die Holz- und dann die Steintreppe herunterpolterte, wie ein kleiner Blitz vom Flur her durch die hintere Ladentür hereingeschossen kam, im Vorbeigehen zwei oder drei Pralinen von einem der silbernen Tabletts stibitzte, sich behände zwischen den Regalen, Tischen, Vitrinen und oft genug erstaunter Kundschaft hindurchschlängelte und den Laden durch die Tür, die zur Straße führte, verließ. »Wiedersehen, Großmama!« rief sie dann, drehte sich noch einmal nach hinten um und wedelte mit den Armen, wobei ihr hin und wieder das Missgeschick passierte, dass die Mappe, die sie bei sich trug, zu Boden fiel und, sofern sie in der Eile nicht richtig verschlossen worden war, deren Inhalt sich auf den Stufen, die zum Trottoir hinunterführten, verteilte. So war es auch heute gewesen. Paulina hatte rasch die Klaviernoten und die Tanzschuhe, das Leibchen und die Strumpfhose an ihren Platz zurückgestopft, viele Falten und Knicke in Noten und Kleidern hinterlassen und sich dann den langen Tragegurt der Mappe über den Kopf auf die Schulter gestreift. Damit sie nicht allzu sehr hin und her geschleudert wurde und sie beim Laufen behinderte, drückte sie das unförmig gestopfte Behältnis fest an sich. Fräulein Gustorff sah es nicht gerne, wenn man zu spät kam! Alle ihre Schüler hatten damit schon ihre Erfahrungen gemacht. Paulina war eigentlich immer zu spät, was Fräulein Gustorffs Ansicht von Pünktlichkeit und Ordnung anbetraf, denn sie traf gewöhnlich ihren Vorgänger im Flur, wenn er das Haus gerade verlassen wollte. Meist gaben sie sich den schweren, kalten Türknauf in die Hand. Am Gesichtsausdruck oder den Augen des vorhergehenden Schülers übergehen konnte Paulina dann meist erkennen, welche Art von Stimmung sie oben in der Wohnung der Lehrerin antreffen würde, und je nachdem ging sie im Geist noch schnell die kritischen Stellen ihrer Stücke durch, oder aber sie rannte pfeifend und zuversichtlich die Stiege hinauf und rief, sobald sie die einen Spaltbreit geöffnete Wohnungstür erkennen konnte: »Ich komme schon!«

Heute allerdings hatte Paulina das große Mädchen, das erst seit den letzten Wochen die Stunde vor ihr hatte, schon die Straße überqueren sehen, als sie schnaufend und mit erhitztem Gesicht die schwere Eingangstür des mehrstöckigen Hauses aufzog. Sie musste sich auf eine kleine Rüge gefasst machen, das war klar!

Vorsichtig schob sie sich durch die Wohnungstür in den mit schweren dunklen Teppichen ausgelegten Flur, zog sich die Tasche über den Kopf und die Mütze gleich mit, streifte Schal und Handschuhe ab, zog den Mantel aus und versuchte ihn an den kunstvoll gearbeiteten Garderobenhaken aufzuhängen. Leider erfolglos, denn der Mantel kam sofort wieder herunter und fiel zu Boden. Großmutter hatte also immer noch nicht die abgerissene Schlaufe angenäht! Paulina beließ alles, wie es war, um nicht noch mehr unnötige Zeit zu verschwenden, als sie urplötzlich ein befremdliches Gefühl beschlich, da ihr eben erst auffiel, dass sie von Fräulein Gustorff noch keinen Laut vernommen hatte. So lange sie sich erinnern konnte, war dies nicht ein einziges Mal der Fall gewesen. Deshalb schlich sie auf Zehenspitzen, was jedoch aufgrund der dämpfenden Teppichunterlage gar nicht nötig gewesen wäre, den Flur entlang und schlüpfte durch die angelehnte Tür des Musikzimmers. Zuerst dachte sie, es wäre niemand da, dann erschrak sie: Fräulein Gustorff saß in sich zusammengesunken in dem schweren alten Sessel aus dunkelbraunem faltigen Leder, die mageren Hände lagen in ihrem Schoß, und Paulina meinte ein leises Zittern der schlanken und mit feinen Fältchen durchzogenen Finger zu bemerken. Paulina war so überrascht, dass sie völlig vergaß, Fräulein Gustorff »Guten Tag« zu sagen. Als diese den Kopf hob, bemerkte sie, dass das Fräulein geweint haben musste.

»Schön, dass du kommst, Kleine«, murmelte die Lehrerin, während ein verlegenes Lächeln über ihr Gesicht huschte. »Du musst dich nicht schämen wegen der paar Minuten, es spielt kein Rolle, jetzt nicht mehr, nein, nein, die Hauptsache ist, dass du überhaupt kommst, nicht wahr, meine kleine Paulina Seeligmann.« Dann zog sie ein weißes Spitzentaschentuch aus ihrer Rocktasche, wischte sich damit über die Augen, seufzte tief und erhob sich mühsam von ihrem Sitzplatz.

Paulina stand unschlüssig neben dem mit vielen tief eingegrabenen Gebrauchsspuren überzogenen Drehstuhl. Die Tasche mit den Noten drückte sie mit beiden Händen fest an sich, so als müsse sie sich vor Fräulein Gus-

torff schützen. Noch nie zuvor hatte Paulina ihre Klavierlehrerin in einem solchen Zustand erlebt. Natürlich war sie wie einige ältere Fräuleins, die Paulina hauptsächlich aus der Kundschaft ihrer Großmama kannte, ein bisschen zerbrechlich, ein bisschen streng, und sehr gründlich mit dem, was sie sagte und tat. Sie war stets mit einem verwehenden Hauch altmodischer Eleganz gekleidet, trank aus vornehmen hauchdünnen Porzellantässchen ihren Nachmittagstee und lebte in einer sehr aufgeräumten und nach Lavendel duftenden Wohnung. Mit stets aufrechtem Rücken und erhobenen Hauptes sah sie ihrem Gegenüber immer mit festem Blick in die Augen. Diese Haltung verschaffte ihr trotz ihrer geringen Körpergröße einen beinahe unantastbaren Respekt, den sie natürlich im Laufe ihres Lebens insbesondere von ihren Klavierschülern und gelegentlich von deren Eltern einfordern musste. Auch wenn sie hin und wieder Zurechtweisungen aussprach oder sich gezwungen sah, den nicht allzu fleißigen und lustlosen Schülern nahezulegen, es doch mit dem Klavierspielen sein zu lassen, tat sie dies immer mit äußerstem Unbehagen. Außerdem fürchtete sie, als unzufriedene und überstrenge, alte Jungfer angesehen zu werden und eines Tages vielleicht ohne Schüler, an denen doch ihr ganzes Herz hing, dazustehen und ihren Lebensabend zu fristen. Aber alles, was sie in dieser Hinsicht bisher hatte unternehmen müssen, hatte ihr offensichtlich nicht geschadet. Im Gegenteil, sie war seit vielen Jahren zu einer der begehrtesten und beliebtesten Klavierlehrerinnen Dresdens geworden. Viele von ihren ehemaligen »Kindern«, wie sie auch sie längst erwachsenen ehemaligen Schüler liebevoll nannte, hatten ihr eine solide und wertvolle Ausbildung für ihr Leben zu verdanken. Zwei von ihnen hatten den Grundstock einer Solistenkarriere bei Fräulein Gustorff gelegt bekommen. Darauf war sie immer ein bisschen stolz gewesen, obwohl sie niemals von sich aus darüber sprach, es sei denn, sie wurde darum gebeten. Sich selbst in den Vordergrund zu stellen war nicht ihre Art. Es war ihr schon des öffentlichen Ruhmes genug, wenn sie bei den halbjährlichen Vorspielen ihrer Klassen, meist am Schluss der Konzerte, mit einem Blumenstrauß beschenkt und mit vielen Lobeshymnen von ehrenrührigen Herren und Damen überschüttet wurde.
Paulina hatte Fräulein Gustorff vom ersten Augenblick an gemocht, nachdem sie vor einigen Jahren an der Hand ihres Großvaters zu deren Wohnung am Neumarkt hinaufgestiegen war und mit einer Mischung aus Ehrfurcht und Neugierde den weißen Klingelkopf neben dem blank polierten Messingschild mit dem geschwungenen Schriftzug gedrückt hatte, und kurz darauf von eben jener »Helene E. Gustorff, Diplomklavierpädagogin« sehr freundlich in Empfang genommen worden war. Das dichte graue und für eine Frau ihres Alters ungewöhnlich kurz geschnittene Haar hatte Paulina fasziniert, und die

warmen und gütigen Augen, die wie große Knöpfe in dem schmalen Gesicht aussahen, hatten in ihr sofort jenes Vertrauen erweckt, das für ein gutes Lernen eigentlich unerlässlich ist. Ihre Zuneigung beruhte auf Gegenseitigkeit. Paulinas aufgewecktes und lebenslustiges Wesen tat der alten Dame gut, und die Junge ihrerseits hatte in der altersweisen Frau ein Gegenüber entdeckt, bei dem man auch einmal etwas loswerden konnte, wofür weder die Freundinnen, noch die Großeltern oder gar Mama infrage kamen. Manchmal geschah es inmitten eines Stückes, dass Paulina innehielt, auf die Tastatur des großen Flügels starrte und dann ein Anliegen oder eine Frage hervorbrachte, die ihr vielleicht schon tage- oder wochenlang auf dem Herzen lagen. Da Fräulein Gustorff über die Jahre ein Gespür für Paulinas Seelenlagen entwickelt hatte, was nicht zuletzt die Dynamik oder die Fehlerhaftigkeit ihres Klavierspiels verriet, war die Lehrerin ob solcher oftmals unvermittelter Ausbrüche selten überrascht. Anfangs hatte sie, weil sie ihre Pflicht, das Mädchen im Klavierspielen voranzubringen, nicht vernachlässigen wollte, versucht, die Stunde zu Ende zu bringen und dann, wenn noch etwas Zeit bleiben sollte, bis der nächste Schüler eintraf, mit Paulina zu reden, aber das hatte sie rasch aufgegeben. Wenn Paulina etwas bewegte und sie schon damit herausrückte, dann duldete das keinen Aufschub.

»Setz dich, mein Mädchen, wir fangen an«, forderte Helene Gustorff Paulina an diesem Spätnachmittag mit leiser Stimme auf. »Bestimmt hast du geübt, wie ich dich kenne?« Der Anflug eines schelmischen Lächelns huschte über das feine Gesicht der Alten, und Paulinas Verunsicherung wegen des offensichtlichen Kummers des Fräuleins begannen sich zu lösen. Sie öffnete ihre Tasche und musste zuerst einmal deren sämtlichen Inhalt auf dem Fußboden ausbreiten, um die Notenbücher und das kleine Notizheft, in welchem die jeweiligen Wochenaufgaben notiert wurden, ans Tageslicht zu befördern. Fräulein Gustorff schmunzelte und bemerkte trocken, dass es zwar hieße, die Ordnung sei das halbe Leben, dass aber angesichts der Zeiten, denen man entgegengehen würde, dies wohl nicht von allzu großer Bedeutung sei. Wieder hörte Paulina aus der Stimme des Fräuleins diesen bestimmten Unterton, der ihr einen leichten Schauer über den Rücken jagte. Was war heute nur mit Fräulein Gustorff los?

Paulina stopfte ihre Utensilien, die sie für den anschließenden Tanzunterricht brauchte, zurück in ihre Tasche, stellte *Carl Czerny`s Studienwerke – Special Etüden für die Mittelstufe* auf das Notenpult und ließ sich nieder. Sie schlug die Seite mit der Nummer 37 auf, wobei ihre Finger ein ganz klein wenig zitterten, legte dann die Hände auf die Tasten und begann zu spielen. Das ers-

te Stück war ein Allegro in C-Dur, im Viervierteltakt geschrieben. Für Paulinas Fingerfertigkeit eigentlich kein Problem, und doch benötigte sie heute zwei Anläufe, bevor sie, ohne sich zu verhaspeln, über die ersten beiden Zeilen hinauskam. Dann aber lief es wie geschmiert, wie Großvater immer zu sagen pflegte, wenn Paulina über die Tasten fegte. Auch die zweite Seite der Etüde, in welcher die linke Hand die schnellen Läufe der Achtel übernehmen und die rechte die entsprechenden Akkorde dazu finden musste, stellten für das Mädchen keine besondere Herausforderung dar. Sie war schnell fertig, und Fräulein Gustorff wiegte zufrieden den Kopf und lobte ihre fleißige Schülerin. »Hervorragend, das hast du wirklich gut gemacht, auch der Fingersatz hat gestimmt.«
Paulina sah ein wenig überrascht von ihren Noten auf. Woher konnte die Lehrerin wissen, dass gerade der Fingersatz korrekt gewesen war? Hatte diese doch nicht einmal ihre Hände gesehen, weil sie ganz anders als sonst nicht direkt hinter Paulinas Rücken gestanden hatte, um zu beachten, dass diese alle Angaben korrekt befolgte. Fräulein Gustorff war von dem Augenblick an, da Paulina zu spielen begonnen hatte, an eines der hohen Fenster getreten und hatte die ganze Zeit über nach draußen geblickt. Selbst als sie fertig gewesen war und Fräulein Gustorff ihre Zufriedenheit ausdrückte, hatte diese sich nicht umgedreht. Immer noch stand sie mit dem Rücken zu ihrer Schülerin, hielt die Arme verschränkt und die mageren Hände ineinandergepresst. »Hol den Bach heraus«, vernahm Paulina nun den knappen Befehl. Gehorsam schlug sie das Etüdenbuch zu, verwundert und erleichtert zugleich, dass die Lehrerin die beiden anderen Etüden, die weitaus schwerer waren und die Paulina auch noch nicht ganz fehlerfrei beherrschte, scheinbar nicht hören wollte. Also klappte sie den Czerny zu, legte ihn auf den blank polierten Deckel des Flügels und nahm die Bach-Choräle zur Hand.
Da sie keine weiteren Anweisung vernahm, schlug sie das Buch auf, korrigierte ihre Sitzhaltung und begann zu spielen. Es war die Bearbeitung des Schlusschores aus der Kantate »Herz und Mund und Tat und Leben«. Dieser Satz war in den letzten Wochen eines von Paulinas Lieblingsstücken geworden. Sie spielte ihn oft, wenn die Stimmung gedrückt war, wenn es auf den Straßen laut wurde oder Großvater auf dem Sofa lag und sein Nachmittagsschläfchen halten wollte, aber geplagt von irgendwelchen düsteren Gedanken mit offenen Augen in die Luft starrte, was Paulina immer häufiger und mit kindlicher Besorgnis beobachtete. Einmal hatte sie es in einer solchen Situation gewagt, von ihren Schularbeiten aufzustehen, sich ans Klavier zu setzen und ganz leise besagtes Stück zu spielen. Und tatsächlich, Großvater hatte es nicht gestört. »Spiel nur weiter, Kind«, hatte er gesagt und die Augen geschlossen, als Paulina zu ihm hinüber-

gesehen und sich ihre Blicke getroffen hatten. Als sie das Ganze zweimal durchgespielt hatte, war Großvater eingeschlafen, was unschwer an seinem regelmäßigen Atem zu erkennen war, der nur von gelegentlichen Schnarchgeräuschen unterbrochen wurde. Auch wenn Kolja, ihr Leib und Magenfreund, wie Großmama ihn betitelte, wieder einmal traurig war, weil sein Vater betrunken und teilnahmslos auf dem Diwan lag, und der Junge bei den Seeligmanns Zuflucht suchte oder auch wenn Paulina und er sich zuvor gestritten hatten, konnte es sein, dass dieser sie bat: »Spiel das Lied, du weißt schon.« »Es ist kein Lied, es ist ein Choral«, korrigierte diese ihn dann, indem sie die Augen nach oben rollte und seufzend über seine Unbelehrbarkeit die Hände rang. Es war aber nie ernst gemeinte, sondern nur gespielte Empörung. Kolja wusste das und nahm es seiner kleinen Freundin niemals übel.

Jedenfalls schien von diesem Stück ein geheimnisvoller Trost oder zumindest eine Art Beruhigung auszugehen, und Paulina hoffte an diesem Nachmittag, dass sie damit wenigstens einen Teil von Fräulein Gustorffs Traurigkeit wegspielen können würde. Sie schlug ein nicht allzu schnelles Tempo an, die Gefahr war zu groß, um die Geschwindigkeit bei den vielen gleichmäßigen Achteln fehlerfrei durchhalten zu können, und genau das wollte sie unbedingt. Sie wollte ihre Lehrerin mit einem perfekt gespielten, dem Inhalt des Textes und der Melodie angemessenen Vortrag erfreuen. Manchmal hatte Helene den Text auch schon mitgesungen oder wenigstens leise mitgesummt, er war ja immer nur stückweise in die harmonische Begleitung eingeflochten. Das Stück ging über vier Seiten, und Paulina hatte genügend Zeit, um immer wieder einen Blick auf Fräulein Gustorff zu werfen, ohne dass sie den Faden verlor.

Unablässig sah die beinahe siebzigjährige Frau zum Fenster hinaus, die Hände immer noch auf dem Rücken gefaltet. Paulina konnte keine Regung ihres schmalen Körpers erkennen. Da wurde sie schließlich doch ein wenig unsicher, ob sie das Richtige gewählt hatte, ob Fräulein Gustorff ihr überhaupt zuhörte oder ob sie deren Traurigkeit durch das Spiel nur noch größer machen würde. Sie begann langsamer und leiser zu werden und wollte eben ganz aufhören, als sie die Lehrerin sprechen hörte: »Er ist meines Lebens Kraft, spiel weiter!« Endlich drehte sich das Fräulein vom Fenster weg und sah Paulina aufmunternd an. Ihre Augen glänzten, und ihre Lippen zitterten leicht, aber sie stand plötzlich wieder ganz aufrecht und mit erhobenem Kopf, und es sah aus, als wäre sie ein Stück gewachsen. Paulina lächelte ihr zu. Es gab also Hoffnung, dass Fräulein Gustorff wieder die Alte werden würde! Paulina setzte da ein, wo sie soeben aufgehört hatte, und spielte in einem angenehmen mezzoforte das ganze Stück zu Ende, während die Lehrerin die Textpassagen an den entsprechenden Stellen leise mitsang.

Als sie fertig war, legte sie die Hände in den Schoß und sah Fräulein Gustorff aus den dunklen Augen lange an. »Besser?«, fragte sie dann schließlich und lächelte ihr gewinnendes Lächeln geradewegs der alten Dame ins Gesicht. »Besser, ja, viel besser«, gab diese mit einem Kopfnicken und mit fester Stimme zurück. »Wenn ich dich nicht hätte!« Paulina legte den Kopf in den Nacken und lachte.

Der weitere Verlauf dieser Klavierstunde gestaltete sich so, als wäre alles wie immer gewesen. Paulina spielte noch eine weitere Etüde, die ihr allerdings nicht ganz tadellos gelang, aber Fräulein Gustorff hielt sich nicht daran auf. Heute war nicht der richtige Tag, um peinlichst genau auf das perfekte Einhalten von piano und forte, von crescendo und decrescendo, von Fingersatz und regelgerechter Pedalhandhabung hinzuweisen. Helene gab Paulina zwei weitere Übungsstücke auf und den ersten Teil einer zweistimmigen Invention, ebenfalls von Bach. Dann war die übliche Dreiviertelstunde vorüber, und Hermann, ein dicklicher Junge mit einer runden Brille und blonden Haaren, die wie Stroh kreuz und quer über seinem Kopf wuchsen und nur mittels großer Mengen Frisiercreme halbwegs zu bändigen waren, kündigte mit energischem Klingeln sein Kommen an. »Oh, es ist schon Zeit!«, rief Paulina überrascht und sprang von ihrem Stuhl auf. Sie stopfte die Bücher in ihre Mappe und die immer noch auf dem Fußboden liegenden Ballettutensilien gleich dazu, schnappte Fräulein Gustorffs Hand und drückte sie mit aller Kraft ihres kindlichen Überschwangs. Dann stürmte sie mit einem fröhlichen »Wiedersehen, bis nächste Woche« aus dem Zimmer, warf sich den Mantel über, ließ die Mütze in der Tasche verschwinden und riss die Wohnungstür auf, vor der Hermann bis zu diesem Zeitpunkt in genügend weiter Entfernung artig gewartet hatte. Er war es gewohnt, so empfangen zu werden.

Paulina belegte von Anfang an die Unterrichtsstunde vor ihm, und nachdem er sich etliche Male hatte gerade noch vor einem heftigen Zusammenstoß mit der scheinbar Flüchtenden retten können, suchte er einen gewissen Sicherheitsabstand, indem er sich auf die erste Stufe der ins nächste Stockwerk führenden Treppe stellte. Dort verharrte er dann, bis der Wirbelwind an ihm vorüber und die Treppe hinuntergefegt war, was einen beträchtlichen Lärm verursachte. Auch heute grüßte sie ihn mit einem fröhlichen »Tagchen Hermann«, das heißt, grüßen konnte man es nicht wirklich nennen, sie rief es laut durchs Treppenhaus, denn sie war wie immer längst an ihm vorbei, wenn er seinen Namen hörte, und auch heute fragte er sich, ob sie es denn überhaupt bemerken würde, wenn er gar nicht dastünde. Er kannte Paulina, weil er seine Mutter häufig in die »Winter'sche Chocolaterie« begleitete. Er bewunderte das Mädchen um deren Wendigkeit und lebhaftes Wesen zugleich, aber er ärgerte er sich auch maßlos über diese »Göre«, wie er sie heimlich nannte. Sie schien ihm in so vielem voraus zu sein, obwohl sie fast zwei Jahr jünger war als er, und er beneidete sie um diese Fähigkeiten, die er selbst so gerne gehabt hätte. »Hermann, kommst du?« Fräulein Gustorffs Erscheinen riss ihn aus seinen Gedanken, und er spürte, wie ihm die Schamesröte ins Gesicht stieg, weil er nach unten in das leere Treppenhaus und somit Paulina hinterhergestarrt hatte.

Indessen war Paulina unten angekommen und zog an der schweren Haustür, um hinaus auf die Straße zu treten. Sie hatte in ihrer Eile zwar bemerkt, dass zwei groß gewachsene junge Männer mit schwarzen Stiefeln, in denen braune weite Hosen steckten, und die ein riesiges rot leuchtendes Etwas vor sich her trugen, auf dem Trottoir von rechts kamen. Wie so oft passierte es ihr auch just in diesem Augenblick, dass sie zwar in die eine Richtung geblickt, aber dann im selben Moment in die genau entgegengesetzte losgelaufen war. Weder Paulina noch die Entgegenkommenden hatten eine Chance gehabt, auszuweichen. Das Unvermeidliche geschah: Paulina spürte einen harten Schlag auf den Kopf und einen Stoß gegen ihre rechte Schulter. Sie riss den Kopf nach hinten, versuchte sich mit rudernden Armen das Gleichgewicht wieder zu verschaffen, wurde aber dabei von ihrer unförmigen Mappe behindert. Sie hörte einen lauten Fluch, drehte sich einmal um ihre Achse und spürte noch, dass sie keine Beinfreiheit mehr hatte, als sie einen großen Schritt zu irgendeiner Seite hin machen wollte. Eine Menge Stoff wickelte sich um ihre Füße, sie stolperte und fiel der Länge nach hin. Dabei schlug sie mit dem Kinn auf die Pflastersteine und schrie auf vor Schmerz, dann wurde es dunkel um sie. Als sie zu sich kam, fand sie sich auf dem Bordstein sitzend wieder, und eine ältere Dame hielt ein Taschentuch an ihr blutendes Kinn. Paulina fühlte sich, als wäre der Himmel über ihr zusammengebrochen, und unwillkürlich schaute sie nach oben, so als müsste sie sich zuerst davon überzeugen, dass die Sonne noch da und es noch Tag war. »Kannst du mich hören, Kleine? Eine Frechheit ist das, ein Kind so zuzurichten und einfach weiterzugehen, das wird ein Nachspiel haben«, ereiferte sich die Frau, die immer noch Paulinas Kinn zwischen den Händen hielt. »Sie brauchen nicht so zu schreien«, versuchtes Paulina sich Gehör zu verschaffen, »natürlich höre ich Sie, und es geht mir gut!« Sie versuchte sich von dem schmerzhaft klammernden Griff der Unbekannten zu befreien. »Es blutet aber«, warnte die Frau, die es vielleicht gut mir ihr meinte, aber Paulina wollte nur weg. »Ich habe auch ein Taschentuch«, gab sie zu verstehen und kramte in ihrer Manteltasche bis nach einigen anderen Gegenständen auch das Gesuchte zum Vorschein kam. Paulina befühlte zuerst vorsichtig mit den Fingern die Wunde am Kinn, es war feucht und brannte höllisch. Aber sie biss die Zähne zusammen und stand auf. Sie verspürte nur das Bedürfnis, so schnell wie möglich von hier zu verschwinden! Sie griff rasch nach ihrer Tasche, die neben ihr am Rinnstein angelehnt stand, tupfte ein paarmal die Wunde ab und beugte sich vor, um den Staub vom Mantel zu klopfen und nachzusehen, ob ihre Strumpfhose noch ganz wäre. Dabei durchzuckte ein dumpfer Schmerz ihren Kopf, und sie musste kurz die Augen schließen. Dann rannte sie los. Nichts wie weg, nach Hause zu Großmutter und Großvater! Wie durch einen Schleier hindurch hörte sie die aufgeregte Stimme ihrer Helferin, die »Wo willst du denn hin, Kind, in diesem Zustand, so warte doch!« hinter ihr her rief, und nur vage nahm sie einige Passanten wahr, die sie komisch ansahen. Bei jedem Schritt spürte sie ein schreckliches Hämmern im Kopf, und erst diese Schläge trieben ihr die Tränen in die Augen. Jetzt erst konnte sie weinen. In wilden Schluchzern löste sich der ganze Schreck der letzten Minuten. Noch nie war Paulina der Weg zum Altmarkt so lange vorgekommen, und doch blieb ihr trotz all ihrer persönlichen Not nicht verborgen, dass ungeheuer viele Menschen auf der Straße waren. Wie von Ferne hörte sie lautes Singen, das wie in Wellen auf und ab ging, manchmal kam es ihr eher vor wie ein sprechender Chor. Dazu kam das Heulen von Motoren, und sie meinte, durch ihren Tränenschleier hindurch außergewöhnlich viele in Braun und Schwarz gekleidete Menschen zu erkennen. Angesprochen wurde sie zu ihrer Erleichterung jedoch nicht mehr.

Als sie eine Stunde später von den erschrockenen Großeltern versorgt und auf das Sofa verfrachtet worden war, versuchte sie sich von dem seltsamen Nachmittag zu erholen. Auf der Suche nach einer Ablenkung griff sie zu der Zeitung, die noch auf dem kleinen Beistelltischchen neben Großvaters Sessel lag, aber ihre Augen schmerzten. Sie waren wohl von dem Schlag auf den Kopf etwas in Mitleidenschaft gezogen worden. So nahm sie außer dem Datum, das nun einmal ganz oben auf der Kopfzeile über den »Dresdner neuen Nachrichten« stand, nichts mehr auf, bevor sie die Augen schloss und in einen unruhigen Schlaf fiel: Es war der 30. Januar 1933.

1934

Sie waren rechtzeitig von zu Hause aufgebrochen. Chaijm hatte Paulinas Gepäck in den Wagen geladen, und dann waren sie auf deren Wunsch hin noch bei Charlottes Vater vorbeigefahren, da sie sich von ihm hatte verabschieden wollen. Friedrich Winter war inzwischen ein alter, aber immer noch vornehmer Herr. Aus dem »seltenen Großvater« ihrer Mutter war Paulinas heiß geliebter »Urpapa« geworden. So hatte sie ihn genannt, als sie das Sprechen lernte, und es war dabei geblieben.
Der beinahe 80-Jährige war seit vielen Jahren Witwer, Charlottes Mutter war an der Spanischen Grippe gestorben, der weltweit mehr Menschen zum Opfer gefallen waren als dem Krieg zwischen 1914 und 1918. Auch Charlottes jüngste Schwester Julia war innerhalb weniger Tage der heimtückischen und anfangs unterschätzten Epidemie erlegen. An deren Beisetzung hatte Charlottes Vater zu ihr gesagt: »Wenigstens hat sie weder Mann noch Kinder ins Unglück gestürzt, als sie sich aus der Affäre gezogen hat.« Charlotte war über diese Äußerung sehr entrüstet gewesen und hatte ihren Vater als herzlos bezeichnet. »Lottchen«, hatte der darauf nur mit einem müden Seufzer geantwortet, »du hast deine Schwester in Wirklichkeit nicht gekannt.« Und in der Tat, worüber ihr Vater da in so dunklen Andeutungen sprach, war Charlotte nicht im Bilde gewesen. Allerdings schämte sie sich zutiefst dafür, dass sie sich nie wirklich die Mühe gemacht hatte, herauszufinden, wer ihre Schwester gewesen war.

»Du musst dich nicht um mich sorgen«, hatte Friedrich Winter nach dem Tod seiner Frau Charlotte beruhigt. »Typisch Vater«, hatte diese dann zu sich selbst gesagt, als er ihr bereits ein halbes Jahr nach dem Tod Cäcilies voll Stolz »Frau Hedwig Schnell« vorstellte. Das war eine rundliche, leicht grauhaarige Frau, ehemals Lehrerin in einer privaten hauswirtschaftlichen Schule für Mädchen höheren Standes, jedoch wegen unterschiedlicher Ansichten mit der Schulleitung, von dem Institut entlassen worden. Hedwig war eine resolute, aber liebenswerte Person. Sie hielt den gesamten Haushalt und das Anwesen zusammen, und offenbar gab es nichts, was sie nicht konnte. Auch Friedrich fühlte sich nicht mehr ganz so antriebslos wie noch ein Jahr zuvor. Seine zweitälteste Tochter Marielouise hatte einen Mann geheiratet, der schon früh in die Geschäftsleitung der Firma miteingestiegen war, und Friedrich hatte sich zurückgezogen. Allerdings hatte er sich noch immer ein gewisses Mitspracherecht vertraglich gesichert, auch wenn er in seinen Schwiegersohn Heinrich Platten sein ungeteiltes Vertrauen setzte. »Alte Füchse lassen keine Beute«, war Chaijms Kommentar zu dieser Sache gewesen.

Ungestüm wie meistens hatte Paulina auf den messingfarbenen Klingelknopf gedrückt und dabei voller Ungeduld den Sekundenzeiger ihrer Armbanduhr beobachtet, bis Frau Schnell ihr öffnete. »Guten Tag, Hedwig«, rief sie, sauste an der Überraschten vorbei in die Eingangshalle hinein und mit eiligen Schritten die Treppen hinauf, ohne überhaupt eine Antwort abzuwarten. Sie vermutete den Urgroßvater in seinem Ankleidezimmer, wo er sich für gewöhnlich um diese Zeit zurechtmachte, um seinen täglichen Besuch in der Fabrik abzuhalten. Friedrich Winter hielt sich tatsächlich auch dort auf und war gerade dabei gewesen, sich den Kragen anzuknöpfen, als das lange und durchdringende Schellen der Hausglocke an sein Ohr gedrungen war. Jetzt schlüpfte er rasch in seinen etwas altmodischen Gehrock, schmunzelte seinem Spiegelbild zu und zwirbelte noch einmal schwungvoll die äußeren Enden seines Schnurrbartes. Dann begann er laut und beschwingt mit seiner immer noch vollen und schönen Bassstimme zu singen: »Heute um viere, klopft's an der Türe, nanu Besuch so früh am Tage? Es war Herr Krause ...« »... vom Nachbarhause«, ergänzte da auch schon Paulina lautstark die angefangene Strophe. Das Klopfen hatte sie erst gar nicht für nötig gehalten, als sie den Urgroßvater singen hörte. Er erwartete sie, ohne Zweifel. »Oh, guten Morgen, schönes Fräulein, Sie belieben zu reisen?« Mit einer galanten Verbeugung begrüßte Friedrich Winter seine Urenkelin, die in dem dunkelblauen Mantel und mit dem kecken Hütchen auf ihrem Kopf tatsächlich wie eine feine, wenn auch noch sehr junge Dame aussah. »Krieg ich nen Kaiserkuss, damit ich den auch schön von dir grüßen kann?«, bettelte Paulina.
»Oh, lässt mein Gedächtnis nach, oder dünkt es mich, ich hätte dir diesen bereits am Vortage gegeben?« Friedrich ließ gekonnt die buschigen Augebrauen wackeln und tat verwundert. »Hast du nicht!«, protestierte die Urenkelin. »Du bist gegangen, ohne mir Auf Wiedersehen zu sagen.« »Nu joooh, aber auch!«, entgegnete Friedrich entrüstet. »Könnte es nicht vielleicht daran gelegen haben, dass du zu lange bei Kolja gewesen bist und darüber deinen alten Urpapa ganz vergessen hast?« Mit in die Seiten gestemmten Armen hatte Paulina den kleinen Verteidigungsversuch des Urgroßvaters angehört, dann begann sie laut zu lachen, und der alte Winter stimmte ein. »Ihr da oben«, tönte da Hedwigs Stimme, »beeilt euch, sonst wird Paulina noch den Zug versäumen.« Friedrich beugte sich schnell zu Paulina hinunter und umarmte sie. Dann gab er ihr den sogenannten »Kaiserkuss«, indem er sie mit gespitzten

Lippen erst auf den Mund küsste und dann abwechselnd seine beiden Bartenden an ihre Wangen drückte. Dabei stieß Paulina einen kurzen Schrei aus und kniff die Augen zusammen. Es war ein Ritual, das sie eines Tages angefangen hatten, als Paulina auf seinem Schoß gesessen und wieder und wieder über die stets aufwendig gepflegte Haarpracht im Gesicht ihres Urgroßvaters gestrichen war. Damals hatte Friedrich Winter seiner kleinen Urenkelin vom letzten deutschen Kaiser, »Wilhelm Zwo«, erzählte in dessen Gesicht ja bekanntlich ein in ähnlicher Form zurechtgemachtes Gebilde stand.

Zwar waren die monarchischen Zeiten längst vergangen, und Friedrich Winter hatte durchaus etwas für Neuerungen übrig. Aber ein Berlin ohne Kaiser war für ihn wie die vielversprechende Hülle einer guten Tafel Schokolade, in der aber nur Zweitklassiges verborgen war. Er war früher häufig in der Hauptstadt gewesen und dabei auch dem Kaiser begegnet, dessen Vater und Großvater er ebenfalls gekannt hatte. Also war Berlin für ihn die Kaiserstadt geblieben, und wenn Viola nach einem ihrer höchst seltenen Besuch in Dresden zurück- oder Paulina in den Ferien zu ihrer Mutter fuhr, verabschiedete Friedrich sich gewöhnlich mit den Worten: »Und dass ihr mir auch schön den Kaiser grüßt!« Dabei zwinkerte er mit den Augen und zog die Mundwinkel hoch, was seinen Schnurrbart hüpfen ließ. Mit dieser lustigen Grimasse schickte Friedrich auch jetzt seine Urenkelin nach unten, denn es eilte nun wirklich, wie er nach einem kurzen Blick auf seine Taschenuhr festgestellt hatte. Charlotte und Chaijm würden ihn schelten, dass er das Kind so lange aufgehalten hatte, aber schließlich war es nicht seine Schuld, dass sie nicht früher gekommen waren. Nun würde Chaijm eben etwas mehr auf das Gaspedal treten müssen, wozu hatte er ihm schließlich den Wagen vermacht!

Paulina stürzte die Treppen hinunter und musste dabei ihr Hütchen festhalten. Hedwig stand immer noch unter der offenen Haustür und unterhielt sich mit Charlotte, die, im Gegensatz zu Chaijm, ausgestiegen war. Sie trieb Paulina zur Eile. »Dieses Kind! Wiedersehen, Hedwig, lassen Sie es sich gut gehen heute, und grüßen Sie Vater.« Die beiden Frauen, die vom Alter her nicht allzu weit voneinander entfernt lagen, tauschten einen festen, herzlichen Händedruck aus. Dann eilte Charlotte dem Auto zu, in dem Chaijm schon ungeduldig wartete, und nur die Frühe des Tages hatte ihn davon abgehalten, die durchdringende Hupe zu betätigen. Paulina saß bereits schon wieder auf der Rückbank und hörte sich soeben die kleine Standpauke des Großvaters an, als Charlotte einstieg. Da Chaijm den Motor bereits angelassen hatte, fuhr er mit einem kleinen Ruck los, bevor seine Frau die schwere, breite Tür ganz geschlossen hatte. Da Chaijm seinen Unmut schon bei Paulina geäußert hatte und diese ganz schuldbewusst zum Fenster hinaussah, wollte er nicht auch noch Charlotte angreifen ob der Verzögerung, die er nicht ganz so lange eingeplant hatte. Nun hoffte er, dass es nicht allzu viele Hindernisse mehr geben würde, die einem den Weg versperren konnten. Chaijm war kein besonders guter Autofahrer. Er hatte den Führerschein noch nicht lange, und seine Liebe galt kleineren, feinmechanischeren Maschinen als den nach Öl und Treibstoff riechenden Motoren der Automobile.

Die Fahrt zum Neustädter Bahnhof verlief tatsächlich störungsfrei. Paulina hatte sich nicht nachhaltig vom Ärger des Großvaters beeindrucken lassen, das tat sie überhaupt selten. Ihr heiteres Gemüt wandte sich schnell wieder der spannenden Reise zu, die sie in wenigen Minuten antreten würde. Chaijm steuerte den Wagen in eine genügend große Lücke und drehte den Motor ab. Sie stiegen rasch aus, und Chaijm schickte Charlotte und Paulina schon einmal voraus, während er den Koffer der Enkelin aus dem Kofferraum hob und den Deckel schloss.

Gerade wollte er die beiden Gepäckstücke aufnehmen, als er auf ein Paar blank geputzte schwarze Stiefel dicht neben seinen eigenen Füßen blickte. Verwundert ob der von ihm unbemerkten Nähe eines Menschen fuhr Chaijm hoch. Ein frech grinsendes Gesicht sah ihm entgegen: »Na, Jude, haust du ab? Soll nicht der schlechteste Einfall sein, was man so hört.« Der hoch aufgeschossene braun uniformierte Mann sah höhnisch auf Chaijm hinunter. Aus Schreck über die unerfreuliche Begegnung, war diesem das Blut in den Kopf geschossen, und sein Herz hatte heftig zu klopfen begonnen. Er spürte, wie sein Hut auf eine Seite seines Kopfes rutschte, und rückte ihn mit einer heftigen Handbewegung wieder zurecht. Dann nahm er den Koffer auf, drehte dem immer noch spöttisch lächelnden Mann den Rücken zu und ließ ihn wortlos stehen. Er strebte der Treppe zu, die zu den höher gelegenen Gleisen führte. »Das wirst du mir noch büßen, Jude!«, hörte er es rufen. »Du hast gefälligst zu grüßen! Heil Hitler!« Chaijm spürte Hitze. Sein Schritt wurde schneller und schneller, schließlich war es dieser höchst unangenehmen Person zuzutrauen, dass sie ihn verfolgte. Man hatte schon allerhand von Schikanen dieser Art gehört, aber Chaijm selbst war bis zu diesem Tag wunderlicherweise noch nie davon betroffen gewesen. Auch beim Boykott jüdischer Geschäfte, der sich in diesen Tagen jährte, war Charlottes Laden verschont geblieben. Dies hatten sie allerdings dem Umstand zugeschrieben, dass es sich die nationalsozialistischen Randalier nicht getraut hatten, einen Anschlag auf das Geschäft der Tochter eines stadtbekannten Fabrikanten zu machen. Allerdings war es eine sehr vage Vermutung, denn andere, ebenso angesehene und alteingesessene Geschäfte waren mit brutaler und willkürlicher Zerstörung angegriffen und viele von den Besitzern misshandelt und auch verhaftet worden. Die Seeligmanns hatten sich von diesem Tag an nie mehr so sicher gefühlt wie zuvor. Aber sie hatten sich stets damit getröstet, dass es bestimmt nur eine vorübergehende Erscheinung sein und diese sich, wenn die ersten Kräfte verpufft waren, von selbst wieder legen würde.

Chaijms Atem ging schwerer, er merkte das Gewicht des Koffers, obwohl er für einen Mann wie ihn keineswegs zu schwer war, würde ihn doch ein Kind wie Paulina bewegen können müssen. Inzwischen war er bei den Bahnsteigen angelangt und entdeckte Frau und Enkeltochter, die ihn wild gestikulierend zu sich her dirigierten. Zwischen wartenden und sich verabschiedenden Menschen und abgestellten Gepäckstücken hindurch bahnte sich Chaijm einen Weg zu den beiden. Als er endlich keuchend und mit einem schmerzenden linken Bein angekommen war, fiel ihm sein Hut endgültig herunter. Er hatte ihn allein durch geschicktes Ausbalancieren festgehalten, aber nun war er froh, die unnatürliche Körperhaltung aufgeben zu können. Charlotte bemerkte, dass ihm der Schweiß in kleinen Rinnsalen von der Stirn rann. »Um Gottes willen, Chaijm, ist der Koffer denn so schwer? Paulina, du hast doch nicht etwa doch noch die Bücher mit hineingetan?« Charlotte blickte mit strengen Augen zu Paulina, doch die streifte sich gerade ihre Umhängetasche über den Kopf und zeigte mit dem Arm auf die auf einem hohen Eisenpfahl thronende Uhr. Der große Zeiger bewegte sich gerade mit einem sichtbaren Ruck nach vorn, um sich dann auf der Fünf niederzulassen. »Nur noch vier Minuten, Großvater, schnell, wir müssen einsteigen!«, drängte sie. Die Türen der Waggons standen offen, denn die meisten Fahrgäste hatten schon ihre Plätze eingenommen und schauten zu den Fenstern hinaus, um noch ein paar Worte mit ihren Angehörigen zu wechseln. Die richtige Wagennummer hatte Paulina schon ausfindig gemacht, und so ging es jetzt nur noch darum, das entsprechende Abteil zu finden. Aber das erwies sich nicht als langwierig. Paulina schob die Tür des Abteils auf, und ein junges Fräulein erhob sich beflissen von ihrem Platz am Fenster. Sie hatte ihn in Fahrtrichtung eingenommen, so wie Paulina es gerne gehabt hätte, aber ihr gehörte demnach der andere, gegenüberliegende. »Guten Morgen«, grüßte das junge Mädchen und erhob sich artig. Charlotte, die dicht hinter Chaijm und Paulina stand, war erleichtert, als sie sah, dass Paulina offensichtlich allein mit dieser augenscheinlich sehr netten Person die Fahrt nach Berlin machen würde, vorausgesetzt, diese stieg nicht schon früher aus. »Fahren Sie auch nach Berlin?«, fragte Paulina die Mitreisende. »Ja, bis zum Anhalter Bahnhof.« »Oh, wirklich? Ich auch!«, rief Paulina begeistert. Chaijm hatte den Koffer im Gepäcknetz verstaut, und nun umarmte er Paulina rasch, denn die Trillerpfeife des Schaffners mahnte die letzten Mitreisenden ein- und die Zurückbleibenden auszusteigen. »Mach's gut, meine Kleine, und grüße Mama sehr herzlich von uns.« Chaijm drückte das Kind so fest, dass diesem beinahe die Luft wegblieb, dann wandte er sich abrupt ab und verließ Abteil und Waggon, ohne sich noch einmal umzudrehen. Er schämte sich, wenn er seine Rührung nicht verbergen konnte. Jedes Mal, wenn er die Kleine loslassen musste, ging ihm das ans Herz. Der Vorfall von eben saß ihm immer noch in den Knochen, nur mit Mühe hatte er seine Erregung darüber unterdrücken können. Paulina sollte nichts davon erfahren, er wollte sie in den Minuten vor ihrer Abreise nicht damit belasten, sie freute sich doch so auf Viola und diesen Onkel August, von dem sie immer sehr begeistert berichtete! Dieser hatte ja auch einen Sohn, mit dem Paulina sich offensichtlich gut verstand. Nun war auch Charlotte aus dem Zug gestiegen und gab durch das geöffnete Abteilfenster noch letzte mahnende Anweisungen an die Enkelin. Die Anweisungen des Schaffners duldeten keinen Aufschub mehr, und nachdem er sein Signal in die Höhe gehalten, noch einmal laut und lang gezogen in seine schwarze Trillerpfeife geblasen hatte und schließlich selbst eingestiegen war, stieß die Lokomotive fauchend eine große Dampfwolke aus ihrem schwarzen Kamin, und die Räder begannen sich langsam zu drehen. Paulina musste auf die Sitzbank steigen, um richtig aus dem auf halbe Höhe heruntergelassenen Fenster sehen zu können. So lange wie möglich wollte sie die Großeltern im Auge behalten. Sie wusste genau, wie schwer es dem Großvater immer fiel, wenn sie wegfuhr. Großmama schien es besser zu verkraften, oder vielleicht überspielte sie ihre Empfindungen nur, indem sie praktisch nicht damit aufhörte, Paulina an sämtliche Vorsichtsmaßregeln und aufgetragenen Grüße zu erinnern. Chaijm und Charlotte waren bereits ein ganzes Stück vom Bahnsteig zurückgetreten, als Paulina noch einmal nach vorne zu der Lok schaute. Da entdeckte sie eine unverwechselbare dunkle Schirmmütze auf einem ebenso unverwechselbaren Blondschopf. »Kolja!«, schrie sie, so laut sie konnte. »Kolja, schnell, hierher!« Sie stellte sich auf die Zehenspitzen, was ihr nicht schwerfiel, aber das Fräulein, das sich schon gesetzt hatte, stieß einen erschrockenen Schrei aus und schwang sich schnell zu dem waghalsigen Mädchen hinüber, um es an den Füßen festzuhalten. Doch das beachtete Paulina gar nicht, so sehr war sie damit beschäftigt, mit beiden Armen zu wedeln und unablässig »Schnell, schnell!« zu rufen. Der Zug kam deutlich in Fahrt, das gleichmäßige Stampfen der Kolben, gewann an Tempo. Kolja rannte wie ein Wiesel. Klein und behände, wie er war, bereitete ihm das nicht einmal besondere Mühe. Er war nun auf der Höhe des Waggons angelangt, aus dessen Fenster er Paulina winken sah. »Ich wollte dir nur noch das hier geben!«, rief er und schwenkte einen hellen Papierumschlag in seiner linken Hand. »Das hättest du doch gestern schon tun können!« Paulina versuchte, sich mit aller Kraft noch länger zu machen, um den Arm weit genug hinausstrecken zu können. »Um Gottes willen, Kinder, macht doch nicht einen solchen Unsinn!« Charlotte rang die Hände, als sie die Absicht Koljas bemerkte, aber ihr Rufen war im Lärm der arbeitenden Lokomotive untergegangen. Sie sah sich um und bemerkte, dass Chaijm nicht mehr neben ihr stand. Suchend wandte sie sich nach allen Seiten, konnte ihn aber nirgends entdecken. Als sie wieder dem ausfahrenden Zug nachschaute, sah sie, dass Kolja stehen geblieben war. Paulina aber hielt nun das Papier in der Hand und fuchtelte mehr damit in der Gegend herum, als dass man es Winken nennen konnte. Kolja bewegte sich nicht von der Stelle. Seine Hände waren tief in den tiefen Taschen seiner abgewetzten Hose verschwunden. Auch die Jacke, die er trug, war nicht für eine solch schmale Knabenfigur zugeschnitten. Allein die Schirmmütze, Koljas stete Begleiterin, saß wie angewachsen auf seinem Kopf, und seine strohblonden Haare lugten darunter hervor. Als Charlotte den Jungen so verloren dastehen sah, verspürte sie einmal mehr großes Mitleid mit ihm. Vielleicht könnten sie ihn mit dem Auto nach Hause fahren, er fuhr doch so gerne mit! Chaijm würde warten müssen, schließlich war er weder ein kleines Kind noch ein verwirrter Greis, der sich verlaufen konnte. Vermutlich war er ja sogar schon zum Auto gegangen. »Guten Morgen, mein Junge, das war aber eine knappe Angelegenheit, nicht wahr?«, begrüßte Charlotte Kolja. Da sie von hinten an ihn herangetreten war und er sie nicht hatte kommen hören, zuckte er kurz zusammen, ehe er ein »Guten Morgen, Frau Seeligmann« herausbrachte. »Hast du Lust auf eine Autofahrt?« Jetzt begannen Koljas Augen zu leuchten, die zuvor noch trübe und gedankenverloren in die Ferne geschaut hatten. »Oh ja, etwa jetzt gleich?«, wollte er wissen. »Jetzt gleich«, bestätigte Charlotte. »Was denkst du, wie wir Paulinas Gepäck hierhergebracht haben, zu Fuß etwa?« Kolja lachte. Dieses unverdorbene Lachen machte ihn so liebenswert, weil es ein zartes und verletzliches Kindergesicht zum Vorschein kommen ließ, das man in seinen oft so ernsten Zügen nicht auf den ersten Blick entdecken konnte. Vermutlich hatte der kleine Kerl noch nicht einmal etwas zwischen die Zähne bekommen heute Morgen, und ob dies in den nächsten Stunden der Fall sein würde, blieb wohl fraglich. Sie würde ihn zu einem späten Frühstück einladen!

*

Das letzte Grau der stählernen Bahnhofshalle war in den dicken Dampfwolken des ausfahrenden Zuges bereits verschwunden, als Paulina versuchte, das Fenster zu schließen, was ihr aber nicht recht gelingen wollte. Sie sah nach dem Fräulein, um es zu bitten, ihr behilflich zu sein. Da bemerkte sie erst, dass ebendieses an ihren Fesseln hing und sie umklammerte. Verwundert schaute Paulina nach unten und in das angespannte Gesicht der jungen Dame. »Na, Gott sei Dank«, entschuldigte die sich und machte eine peinlich berührte Miene. »Ich dachte schon, du würdest dich aus dem Fenster stürzen, so weit wie du dich hinauslehnst, dabei ist das ...« »Verboten, ich weiß«, fiel Paulina ihr keck ins Wort, und zeigte auf das Hinweisschild aus Emaille, das direkt neben den Schiebefenstern hing. Aber ich glaube, jetzt können sie mich loslassen, die Gefahr ist vorüber«, lachte sie, »und dann könnten Sie doch das Fenster schließen!« »Ja, natürlich, du hast recht«, beeilte sich die Abteilgenossin zu sagen und löste sich aus ihrer verrenkten Haltung. Paulina hüpfte von den Polstern und begann sich der Umhängetasche und des Mantels zu entledigen. Dann steckte sie Koljas Umschlag in den kunstvoll bestickten Beutel, den sie von ihrer Mutter zu Weihnachten bekommen hatte. Sie musste ihre ganze Neugierde zügeln, um das Kuvert nicht sofort zu öffnen, aber die Anwesenheit eines unbekannten Menschen hielt sie davon ab. Bestimmt würde sich während der Fahrt die Gelegenheit zum Nachsehen geben, was ihr Kolja da so Wichtiges mitzuteilen hatte. Das Fräulein würde gewiss irgendwann einmal verschwinden, um zur Toilette oder zum Speisewagen zu gehen, und dann würde Paulina alleine sein und unbeobachtet lesen können.

Inzwischen hatte die junge Frau das quietschende Fenster nach oben geschoben und dabei mit Geräuschen, die nach Anstrengung klangen, nicht gespart. »Müsste mal geölt werden«, bemerkte Paulina altklug, während sich die andere mit einem weißen Spitzentaschentuch die Stirn wischte und sich dann, zu Paulinas Überraschung, nicht ganz so damenhaft in das Polster fallen ließ.

»Theodora, aber du kannst Thea sagen.« Mit ausgestreckter Hand, stellte Paulinas Reisegefährtin sich nun erst einmal mit Namen vor, nachdem sie dem Mädchen in den vergangenen Augenblicken immerhin schon recht nahe gekommen war. »Paulina, aber du kannst Paulina sagen«, erwiderte diese schlagfertig und scheute sich nicht, die angebotene Hand fest zu drücken. »An geistreichen Bemerkungen scheint es dir ja nicht gerade zu fehlen, was?« Ein wenig spöttisch blickte die Ältere der Jüngeren offen in die Augen. »Oh, pardon, ich wollte nicht frech sein«, erwiderte Paulina schnell, lehnte sich nach hinten an und begann damit, völlig unnötigerweise ihr Kleid glatt zu streichen. Zugegebenermaßen war sie über die Bemerkung des jungen Fräuleins kurz verunsichert, was sich aber sofort wieder legte, als sie diese in einem deutlich versöhnlichen Tonfall sagen hörte: »Schon gut, du gefällst mir.« Paulina lächelte ein wenig verlegen und sah dann für eine Weile stumm aus dem Fenster. Auch von gegenüber kam lange kein Laut, jede der beiden schien ihren Gedanken

nachzuhängen. Immer wieder aber schielte die eine zur anderen, und irgendwann trafen sich ihre Blicke von Neuem. »Was machst du in Berlin, so ganz alleine?«, unterbrach schließlich die Ältere das Schweigen. »Meine Mutter besuchen«, lautete Paulinas ehrliche Antwort, »und du?« »Aha, deine Mutter, wohnst du nicht bei ihr?«, überhörte Thea Paulinas Frage. Paulina kniff für einen Moment die Augen zusammen und überlegte kurz, was sie sagen sollte. Schließlich hatte sie eine völlig fremde Person vor sich sitzen, und trotz aller scheinbaren Vertrautheit verspürte sie keine Lust, lange Erklärungen abzugeben. »Sie arbeitet dort«, sagte sie deswegen, und es schien ihr eine unverfängliche Antwort zu sein. »Nun ja«, gab Thea sich seufzend zufrieden, »man muss schon froh sein, wenn man Arbeit hat heutzutage.« Aber es klang danach, als würde sie das mit der Arbeit nicht recht glauben. »Du musst es mir nicht sagen, keine Angst, ich verlange keine Familiengeheimnisse«, beeilte sie sich zu sagen, als sie Paulinas plötzlich verschlossen wirkendes Gesicht wahrnahm. Es war ihr bereits klar geworden, dass sie hier kein hilfloses Kind vor sich hatte, das alles mit sich machen ließ und das man dringend beschützen musste, und genau das hatte sie auch keineswegs vor. Das war das Letzte, was sie in ihrer Lage gebrauchen konnte: Irgendeinen Menschen, auf den man Rücksicht nehmen musste, oder besser gesagt: der ein ungeahntes Risiko in sich bergen würde. Sie hatte, ehrlich gesagt, gehofft, ein Abteil für sich alleine haben zu können. So war sie zunächst nicht wenig erschrocken gewesen, als plötzlich dieser ältere Herr mit dem Koffer auftauchte und auch noch eine Frau und ein Kind im Schlepptau gehabt hatte. Aber sie hatte ihren leichten Unmut verborgen und sich stattdessen sehr wohlerzogen und bemüht gezeigt, als sie erfasst hatte, dass die Kleine ohne ihre wohl großelterliche Begleitung reisen würde. Aber das Mädchen schien keinen wesentlichen Beistand zu brauchen, und es fehlte ihm wohl auch nicht an Mut, was ihre Waghalsigkeit gerade eben gezeigt hatte. Die Kleine hätte leicht das Gleichgewicht verlieren können. Instinktiv hatte Thea in das Geschehen eingegriffen, und sie musste zugeben, dass sie darüber verärgert war. Wieso hatte Paulinas Aktion sie so schnell aus der Fassung gebracht? War ihr Beschützerinstinkt doch ausgeprägter, als sie gedacht hatte?
»Aber du hast meine Frage noch nicht beantwortet«, unterbrach Paulinas Stimme Theas Gedanken. »Ach ja, natürlich, was ich in Berlin mache, rate mal!«, lächelte Thea verschmitzt. »Das ist ungerecht, ich habe dich auch nicht raten lassen! Aber gut, ich werde es versuchen«, gab Paulina gönnerhaft zurück. »Du fährst zu deinem Verlobten, nicht wahr?« Das war ihr eben so eingefallen, und es schien ihr durchaus eine Möglichkeit zu sein. »Treffer«, log Thea, denn diese Vermutung kam ihr sehr gelegen. »Woher hast du das bloß gewusst?« Paulina war stolz auf ihre Idee. Sie wiegte ihren Kopf und gab mit einem altklugen

Brustton der Überzeugung zurück: »Ich hab da eben so ein Gespür dafür, und schöne junge Mädchen in deinem Alter ...« »Ich sehe schon, du bist ein kluges Köpfchen«, setzte Thea das Geplänkel fort. »Jetzt musst du aber noch raten, wie er heißt.« »Hhm«, Paulina legte den Zeigefinger an den Mund und spitzte die Lippen. Dann ließ sie sich einige Augenblicke Zeit und suchte in Gedanken nach jungen Männern, die sie kannte und die ungefähr in Theas Alter sein mochten, um auf einen Namen zu kommen. Aber irgendwie fiel ihr keiner ein außer Kurtchen Schulze, der Sohn einer Zugehfrau, die Großmama kurzzeitig beschäftigt hatte. Bei dem Gedanken an Kurtchen als Bräutigam musste sie kichern. »Was lachst du? Heraus mit der Sprache«, forderte Thea und lachte ebenfalls. »Gib's zu, dir fällt kein Männername ein, wie hieß denn der junge Herr da, der dir in letzter Minute seine Aufwartung gemacht hat, he?« »Kolja?«, platzte Paulina augenrollend heraus und bereute es im nächsten Augenblick, dass sie schon wieder eine Frage Theas beantwortet hatte, ohne es zu wollen. »Ah, Kolja, was für ein schöner Name«, gab diese ein wenig lauter als nötig zurück und spürte schon wieder eine empfindliche Gefühlsregung in sich aufkommen, die sie jedoch vor Paulina gut verbergen konnte. »Nein, Kolja, heißt der Meine nicht, mach noch einen Versuch«, forderte sie Paulina schnell auf. »Ernst?« Thea schüttelte den Kopf. »Otto?« »Auch nicht.« Paulina ging die Jungen durch, die in ihrer Nachbarschaft wohnten. Aber wieder und wieder schüttelte Thea den Kopf. Und so ging es bei Felix und Johann und Siegfried und Georg, bis Paulina des Ratens leid wurde und sie keine Lust mehr hatte, ständig Theas überlegenes Lächeln zu sehen. »Dann heißt er eben Garnix«, gab sie genervt auf und sah schmollend aus dem Fenster. Da Thea nichts darauf antwortete, sah sie nach einigen Sekunden zu ihr hinüber und entdeckte deren betroffen-belustigtes Gesicht, das sie von unten herauf mit großen Augen ansah, die stumm um Verzeihung zu bitten schienen wie die eines treuherzigen Hundes. Paulina presste die Lippen aufeinander, um sich das Lachen zu verkneifen, denn die Grimasse der jungen Frau sah zu komisch aus. Aber es gelang ihr nicht lange, und just in dem Augenblick als die Tür des Abteils aufgeschoben wurde, prustete sie los, und Thea fiel sofort ein. Die beiden Mädchen lachten herzlich und überhörten dabei die höfliche Aufforderung des dunkelblau uniformierten kleinen Männchens, das in der Abteiltür stehen geblieben war und zuerst verwundert, dann etwas blasiert auf die Kichernden schaute, die so gar keine Notiz von ihm nehmen wollten. »Die Fahrkarten, bitte«, forderte er ein zweites Mal mit knarrender Stimme, um sich genügend Respekt in dieser ausgelassenen Damenwelt zu verschaffen. »Oh, entschuldigen Sie vielmals!«, rief Thea und fuhr in die Höhe. »Die Fahrkarten, selbstverständlich.« Sie griff nach oben in das Gepäcknetz und holte eine ledernde Handtasche herunter, deren Messingverschluss sie mit einem lauten Klicken aufschnappen ließ. Paulina kramte unterdessen in ihrem Beutel, den sie neben sich liegen hatte, und förderte das Portemonnaie zutage. In dieses hatte Großmama eigenhändig ihre Fahrkarte gesteckt und war nicht müde geworden, sie zu ermahnen, diese nur im Fall der üblichen Kontrolle herauszunehmen. Fast gleichzeitig streckten Paulina und Thea dem runzligen Alten ihre Karten hin und sahen dabei einander augenzwinkernd an, hüteten sich jedoch davor, etwas zu sagen, geschweige denn zu lachen. Der Schaffner sah mit prüfenden Augen auf die Billette, dann blickte er die jeweilige Inhaberin streng an und griff dann zögernd nach der mit einer Kette an seiner großen schwarzen Tasche befestigten Zange. Vorschriftsmäßig entwertet gab er die Scheine zurück und schaute dabei schon sehr viel freundlicher auf die beiden Fahrgäste. »Dann wünsch ick mal jute Reise, und dat Sie mir janüscht det Aussteijen verjessen vor lauter Amüsemang, meen ick.« Dann legte er seine Hand an die Mütze, wandte sich zum Gehen und knarrte wieder in offiziellem Ton: »Wiedersehen, die Damen!« Allerdings drehte er sich kaum, dass er das gesagt hatte, noch einmal um, streckte den rechten Arm von sich und hob nochmals seine raspelnde Stimme: »Äh, Heil Hitler, wollt ick sajen«. Dabei beugte er sich mit dem Oberkörper leicht nach hinten und schielte zuerst nach rechts und dann nach links den langen Gang des Waggons hinunter. Dann schob er mit einem so heftigen Ruck die Abteiltür zu, dass Paulina und Thea einander verdutzt anschauten. Thea schob die Tür noch einmal auf und trat hinaus, um dem Alten nachzusehen. Der war aber vermutlich bereits im anschließenden Abteil verschwunden, denn sie konnte ihn nicht sehen, wohl aber etwas gedämpft seine unverwechselbare Stimme hören. Komischer Kauz, dachte sie und wollte eben wieder in ihr Abteil zurück, als sie mit jemandem zusammenstieß. »Huch!«, entfuhr es ihr erschrocken, und sie drehte sich zurück und sah sich dicht gegenüber einer hohen Gestalt in nur allzu bekannter Uniform. Ihr Herz pochte laut, und ihre Sinne waren sofort aufs Äußerste gespannt, wie bei einem Tier, das eine gefährliche Witterung aufgenommen hat. »Na, na, nicht so stürmisch, schöne Frau.« Ein breites Grinsen sah ihr aus einem breiten Gesicht entgegen, und sie merkte, wie sie aus den schmalen Augenschlitzen eindringlich gemustert wurde. Sie zwang sich, ruhig und freundlich zu bleiben. »Ich bitte vielmals um Verzeihung, ich habe Sie nicht gesehen, und ich hoffe, ich habe ihnen nicht wehgetan?« Sie machte ein naives Gesicht und hob ihre Stimme, denn sie hoffte, auf diese Weise so schnell wie möglich wieder in ihrem Abteil verschwinden zu können. »Ganz meinerseits«, antwortete der SA-Mann, »natürlich haben Sie hinten keine Augen.« Er lachte laut über seine eigene Bemerkung und schob die Tür zu Theas Abteiltür ganz auf. »Ah, noch

eine hübsche Person«, bemerkte er laut, als er Paulina entdeckte. Thea machte sich dünn und trat an ihm vorbei in das Abteil. Sie stellte sich unwillkürlich vor Paulina. »Wünsche weiterhin gute Reise, die Weiblichkeiten!« Zum zweiten Mal innerhalb weniger Minuten hörten Thea und Paulina an diesem Morgen den Gruß, der seit gut einem Jahr in Deutschland allerorts zu hören war. »Endlich!« Thea atmete auf und zog die Vorhänge, die über der Tür hingen, zu. »Hier lassen wir so schnell keinen mehr herein, stimmt's?« Paulina nickte stumm. Die Leichtigkeit ihres ungestörten Zusammenseins mit Thea war verschwunden, und zum ersten Mal an diesem Tag war Paulina wirklich froh, dass sie nicht alleine war. Die unliebsame Erscheinung des Mannes, der den Zusammenstoß mit Thea Paulinas Beobachtung nach förmlich herausgefordert hatte, versetzte Paulina ins Grübeln. Sie meinte, dieses Gesicht schon einmal gesehen zu haben. Ihre Gedanken arbeiteten fieberhaft, aber so sehr sie sich auch bemühte, sie fand nicht heraus, wo das gewesen sein könnte.
Schließlich verstaute sie die Fahrkarte, die sie immer noch in der Hand gehalten und dabei ziemlich zerknittert hatte, in ihrem Portemonnaie und setzte sich wieder auf ihren Platz. Auch Thea hatte sich an ihrer Handtasche zu schaffen gemacht, und als Paulina ihr dabei zuschaute und ihr Blick auf das Gepäcknetz über Theas Kopf fiel, stellte sie fest, dass diese kein weiteres Gepäckstück dabeizuhaben schien. Paulina fühlte sich plötzlich fürchterlich müde und lehnte den Kopf an das Polster. Sie beobachtet die rückwärts an ihr vorbeiziehende Landschaft und dachte an ihre Mutter. Auch Thea hatte sich inzwischen wieder gesetzt und sah gedankenverloren zum Fenster hinaus. Die so schnell aufgekommene Unterhaltung der beiden war zum Erliegen gekommen.
Der Rest der Zugfahrt verlief ohne eine nennenswerte Unterbrechung, und als die Lokomotive mit einem lang gezogenen Pfeifen in den Anhalter Bahnhof einfuhr, schreckte Paulina aus einem tiefen Schlaf hoch. Für einen kurzen Augenblick war sie orientierungslos, aber als sie in Theas freundlich lächelndes Gesicht sah, war sie hellwach. »Willkommen in Berlin, Schlafmütze«, sagte diese und klappte das Buch zu, das auf ihrem Schoß lag. Paulina erhob sich und stellte sich ans Fenster. Paulina wollte Ausschau nach ihrer Mutter halten, die sie für gewöhnlich abholte, aber da fiel ihr ein, dass sie ja auf der gegenüberliegenden Seite aussteigen würde. Sie verließ das Abteil und trat auf den Gang hinaus, in dem bereits schon viele andere Fahrgäste mit ihren Koffern und Taschen standen und sich die Köpfe verrenkten, um einen Blick nach draußen zu erhaschen. »Du kannst es wohl kaum erwarten, wie?« Thea war hinter sie getreten und hatte der Kleinen in einer freundschaftlichen Geste die Hand auf die Schulter gelegt. »Du etwa nicht?«, fragte Paulina zurück und sah mit einem vielsagenden Lächeln an der Älteren hoch. »Aber natürlich!«,

sagte diese mit tiefer Stimme. »Nur eines musst du dir merken, kleine Freundin«, fuhr sie fort und stupste Paulina dabei mit dem Zeigefinger auf die Nase. »Man darf es sich nicht so sehr anmerken lassen bei den Männern, sonst geben sie es allzu schnell auf, sich um dich zu bemühen, verstanden?« »Verstanden!«, gab Paulina in gewohnter Schnelligkeit zurück und zwinkerte der erwachsenen Ratgeberin verschwörerisch zu. Da fiel ihr ein, dass sie immer noch nicht wusste, wie denn nun der Mann hieß, den Thea wohl bald heiraten würde. »Nun sag schon, wie heißt er? Bitte, du musst es mir verraten!«, bat Paulina ungeduldig. »Karl«, flüsterte Thea, während sie sich zu Paulina hinuntergebeugt hatte und nahe an ihr Gesicht herangekommen war. »Zufrieden?« »Ja, kommt er dich abholen?« »Oh nein, wo denkst du hin? Männer in seinem Alter haben zu arbeiten um diese Zeit. Ich werde ihn erst zu Mittag sehen können. Wir haben uns im Hotel verabredet, zum Essen, versteht sich.« »Schade«, bedauerte Paulina, »ich hätte ihn gerne gesehen.« »Tja, das wird nicht gehen.« Thea hatte sich wieder von Paulina abgewandt und schaute zum Fenster hinaus. Ihr Blick ging in die Ferne, und sie spürte eine seltsame Wehmut in sich aufkeimen, die sie jedoch schnell wieder verdrängte. »Soll ich dir den Koffer herunterholen?«, fragte sie Paulina und war froh, dass sie etwas Praktisches tun konnte. »Ja bitte«, scheute sich Paulina nicht zu antworten und starrte weiterhin angestrengt nach draußen. Sie wollte gerade enttäuscht aufgeben, weil der Zug schon fast zum Stehen gekommen war, als sie die bekannte Gestalt entdeckte. »Schnell, Thea, komm!«, rief sie ohne sich umzuwenden. »Da ist sie!« Thea stellte Paulinas Koffer und ihre Tasche auf den Boden und zog rasch das Fenster bis zur Hälfte herunter. Zugegeben, sie war schon ein wenig neugierig auf die Mutter ihrer kleinen Reisegefährtin. Paulina war ein hübsches Mädchen, und Thea reizte es zu wissen, wie die dazugehörende Mutter aussah. Auch Paulinas Großeltern waren ihr schon als sehr gepflegte und auf ihr Äußeres bedachte Herrschaften aufgefallen, und Thea liebte es, schöne Menschen anzusehen. Nicht umsonst hatte sie sich auch schon in Prag an der Akademie der bildenden Künste eingeschrieben, bevor sie nach Deutschland gekommen war.

»Mama! Hierher!«, Paulina winkte aufgeregt und versuchte gegen den beträchtlichen Bahnhofslärm anzuschreien. Aber das war gar nicht nötig, denn Viola hatte die Tochter bereits entdeckt. Offenbar hatte sie wieder einmal eine Reisebekanntschaft geschlossen, was ihr ja bekanntlich nicht schwerfiel. Oder aber ihre Eltern hatten Paulina der sympathisch aussehenden jungen Frau in Obhut gegeben, die da hinter Paulina am Fenster stand und zu ihr hinunterlächelte. Viola war die Kontaktfreudigkeit ihrer Tochter schon manchmal etwas peinlich gewesen. Aber diesmal kam das unangenehme Gefühl merkwürdigerweise gar nicht in ihr auf. Mit einem heftigen letzten Ruck kam die dampfende schwarze Lokomotive zum Stehen. Die Türen der Waggons flogen der Reihe nach auf, und eine Flut von mehr oder weniger bepackten Menschen ergoss sich über den Bahnsteig. Es dauerte nicht lange, bis auch Paulina in einer der Türen erschien und die hohen Stufen herunterstieg. Doch wie aus heiterem Himmel blieb sie plötzlich stehen und griff sich erschrocken an den Körper, sodass Thea, die unmittelbar hinter ihr die erste Stufe betreten hatte, beinahe auf sie fiel. »Mein Mantel und meine Tasche!«, rief Paulina und drehte sich um, weil sie erst, als sie einen heftigen Luftzug verspürte, an ihre fehlenden Sachen dachte. Doch als sie Thea direkt vor ihrer Nase stehen sah, entdeckte sie, dass diese mit allem, was ihnen beiden gehörte, bepackt war. »Thea, du bist ein Schatz!«, rief sie laut und sprang den Rest der Stufen auf einmal hinab. »Wenn ich nicht gewesen wäre«, seufzte Thea und forderte Paulina auf, endlich weiterzugehen, um den übrigen nach ihnen aussteigenden Fahrgästen Platz zu machen.

In der Zwischenzeit hatte sich auch Viola zu den beiden durchgeschlängelt und schloss Paulina erleichtert in die Arme. Sie war immer froh, wenn die Kleine heil ankam. Denn obwohl diese recht furchtlos und ganz und gar nicht auf den Mund gefallen war, gab es genug Gefahren für ein Kind. »Das ist meine Mama!« Paulina hatte sich aus der Umarmung befreit und sah nicht ohne Stolz zu Viola hinauf, die Thea bereits die Hand gab. »Seeligmann«, hörte sie ihre Mutter sagen und entnahm aus deren Tonfall , dass diese ihrer heutigen Reisebekanntschaft durchaus wohlgesonnen zu sein schien. »Angenehm, ich bin Theodora, sie haben eine reizende Tochter, gnädige Frau«, fügte Thea schnell ihrer knappen Vorstellung hinzu. »Die Gnädige können sie weglassen«, erwiderte Viola. »Ich hoffe, sie hat ihnen keine Unannehmlichkeiten bereitet?!« »Ganz und gar nicht, es war sehr nett mit ihr, und wir haben gegen die böse Welt zusammengehalten, nicht wahr, Paulina?« »Haben wir«, bestätigte diese mit eifrigem Kopfnicken. Viola schaute leicht verunsichert zwischen den beiden hin und her. Sollte es etwa doch einen Vorfall gegeben haben? Nach kurzer Überlegung hielt sie es allerdings für besser, jetzt nicht nachzuforschen, sie würde Paulina später danach fragen.

Thea hatte es nun plötzlich eilig. Sie hatte sich schon viel zu sehr auf Menschen eingelassen, die sie nicht kannte und von denen sie nichts wusste. Dabei war es für sie so wichtig, eine gewisse Anonymität zu bewahren, um sich und ihre Freunde zu schützen. Aber immer wieder passierte es ihr, dass sie sich nicht mit genügender Vorsicht bewegte. Sie verließ sich stets auf ihren Instinkt, wer ihr vertrauenswürdig erschien oder nicht, obwohl sie wusste, dass man sich auch täuschen konnte. Zu Viola fühlte sie sich hingezogen. Sie schien recht jung, und ihre Eleganz und ihr schönes Gesicht gefielen ihr. »Jetzt muss ich gehen.« Mit entschlossener Miene nahm sie ihre Tasche vom Boden auf . »Frischer Wind hier in Berlin.« Fröstelnd knöpfte sie ihre Jacke zu und wandte sich dann an Paulina, die ebenfalls damit beschäftigt war, in ihren Mantel zu schlüpfen und sich die Umhängetasche überzustreifen. »Adieu, junge Dame, wünsche noch angenehmen Aufenthalt. Was hast du gesagt, wie lange du bleiben wirst?« »Nur drei Tage«, gab Viola rasch zur Antwort. »Aber schade, dass Sie schon gehen müssen, ich wollte Sie eben noch auf eine Tasse Kaffee einladen. Schließlich haben Sie sich meiner Tochter angenommen.« Fragend sah Viola Thea an. »Oh ja, bitte, Thea, sag ja! Du hast doch selbst gesagt, dass du Karl erst am Mittag treffen kannst,« bettelte Paulina. »Ah, ich sehe schon, Sie werden erwartet.« Viola musste zugeben, dass sie ein wenig enttäuscht war. Sie hätte es sich gewünscht, die junge Frau ein wenig näher kennenzulernen. Thea lehnte ab. Höflich, aber bestimmt. »Wiedersehen«, sagte sie nun doch, obwohl sie nicht auf ein solches spekulieren wollte, aber es fiel ihr nichts anderes ein. Dann streckte sie Paulina die Hand hin. Die Kleine zog sie mit einer so erstaunlichen Heftigkeit zu sich hinunter, dass Thea völlig überrascht nachgeben musste. Als sie Paulinas Lippen auf ihren Wangen spürte und ihr weiches Haar sie kitzelte, gab sie ihre Vorsätze auf. Sie ließ die Tasche fallen und drückte das Mädchen fest an sich. Wie gerne hätte sie das während der Bahnfahrt schon getan! Nun konnte sie nicht anders. »Mach's gut, meine Kleine, und gib auf dich acht«, murmelte sie in deren Ohr. Dann löste sie sich von ihr, nahm die Tasche und ging, ohne Mutter und Tochter nochmals in die Augen zu sehen, davon. Sie winkte mit ihrem freien Arm, drehte sich aber nicht mehr um.

*

Thea hieß eigentlich Sonja. Sonja Ferdinande von Witte. Theodora war der Name eine längst verblichenen russischen Großtante gewesen. Sie besaß einen Pass, der auf diesen Namen ausgestellt war, und den trug sie augenblicklich bei sich. Thea war Mitglied einer losen Untergrundorganisation, die sich gegen die nationalsozialistische Regierung zusammengeschlossen hatte.

Zur Welt gekommen war Thea 1914 in Sankt Petersburg, das in der Zwischenzeit Leningrad hieß. Väterlicherseits war sie deutscher Abstammung, und die Familie hatte in den Wirren der Revolution Russland in einer überstürzten Flucht verlassen. Damals war Thea erst drei Jahre alt gewesen. Ihre Mutter war mit ihr und den beiden ältern Brüdern in Prag bei Verwandten untergekommen. Von ihrem Vater hatten sie mehrere Wochen lang nichts gehört, bis Michail von Witte sich eines Tages aus Zürich meldete. Aber erst ein Jahr später kam auch er in die böhmische Hauptstadt, und die Familie ließ sich dort nieder. Baron von Witte hatte zwar einen Teil seines Vermögens verloren, aber das, was er in weiser Voraussicht in verschiedene europäische Länder geschafft hatte, war ihm geblieben. Somit war es ihm sehr schnell gelungen, wieder Fuß zu fassen. Da er in Geldgeschäften aller Art bewandert war und zudem genügend Erfahrungen in der Diplomatie hatte, war er zum Gesandten für Auslandsgeschäfte eines bedeutenden Prager Bankhauses geworden und nach kurzer Zeit in die Leitung desselben aufgestiegen. Er war häufig unterwegs, und Thea und ihre Brüder sahen ihn oft tage-, gelegentlich sogar wochenlang nicht. Von seinen Kindern verlangte er viel. Auch sie wurden, wie er selbst in jungen Jahren, in mehreren Sprachen unterrichtet. Von Witte legte großen Wert darauf, dass sie die bestmögliche Schulbildung erhielten. Die Söhne besuchten ein Gymnasium, das von Jesuitenpatern geleitet wurde, und Thea hatte er, als sie alt genug war, auf ein privates Mädchenlyzeum geschickt. Seine Frau Katja war in jungen Jahren eine vielversprechende Pianistin gewesen, hatte allerdings der Kinder wegen ihre Karriere aufgegeben. In den ersten Jahren als verheiratete Frau und junge Mutter hatte sie dieser nicht nachgetrauert. Sie hatte Freude daran gehabt, einen großen Haushalt zu leiten und sich möglichst viel selbst mit ihren Kindern zu beschäftigen. Zudem musste sie die üblichen Empfänge und kleineren Bälle ausrichten, die im, wenn auch schon bröckelnden, zaristischen Reich jener Jahre noch zu den Verpflichtungen der Adelsschicht gehört hatten. Erst als nach den beiden Jungen, die in nur kurzen Abständen voneinander geboren worden waren, ein kleines Mädchen zur Welt kam, geriet sie in eine kleine Krise. Sie war im Besitz eines wunderschönen Flügels, aber nur selten hatte sie noch Zeit und Muße, um darauf zu spielen. Als die drei Kinder allmählich selbstständiger wurden, verspürte sie eine große Sehnsucht danach, sich wieder der Musik zu widmen. Als sie ihrem Mann gegenüber diesen Wunsch geäußert hatte, nahm dieser sie bei der nächsten Gelegenheit auf eine seiner häufigen Geschäftsreisen nach Deutschland mit. In einer in Leipzig ansässigen Klavierfabrik erwarben sie ein wertvolles, herrlich klingendes Instrument aus poliertem Mahagoniholz. Dass es anstatt eines Flügels nur ein Klavier war, konnte Katjas Freude darüber nicht trüben. Die neue Wohnung war nicht so groß wie das Palais, das sie in Sankt Petersburg bewohnt hatten, und für ein ausladendes Instrument hätten sie zu viel Platz opfern müssen. Bald darauf hatte Katja begonnen, wieder täglich zu üben. Anfangs erteilte sie ihren eigenen Kindern Unterricht, was sich jedoch bald als nicht allzu gut erwies. Es war besser, wenn diese außerhalb des Hauses ihre musikalische Ausbildung erhielten. Allerdings schien auch keiner ihrer Sprösslinge die gleiche Begabung und Freude am Klavierspiel von ihr geerbt zu haben. Lediglich Vic-

tor, der zweite Sohn, hatte die längste Ausdauer bewiesen. Eines Tages jedoch wandte er sich dem Cello zu und blieb auch dabei. Konstantin, der Älteste, kam eher nach seinem Vater. Er interessierte sich nicht allzu sehr für die schönen Künste, zumindest was das eigene Betreiben anbetraf. Er war ein exzellenter Rechenkünstler und hatte schon früh Interesse an mathematischen und technischen Dingen gezeigt. Jede Art von Maschine fiel in seinen Blick, er liebte Autos, Lokomotiven und Räderwerke aller Art. Thea hingegen hatte eine ausgeprägt geschickte Hand, was das Malen, Zeichnen, Gestalten und viele weitere handwerkliche Tätigkeiten betraf. Schon als sie in die erste Klasse ging, war sie mit einer Schulfreundin häufig bei deren Onkel zu Gast, der in einem anderen Prager Bezirk eine Steinmetzwerkstatt betrieb. Dort hatte Thea auch ihren ersten Stein mit Hammer und Meißel beklopft und eine untergehende Sonne herausgearbeitet, wie sie es auf Grabsteinen gesehen hatte. Ihre Kinderhände waren dieser Arbeit kaum gewachsen gewesen, aber sie hatte nicht nachgelassen. Sie biss auf die Zähne und ertrug Blasen und Schwielen, nur um immer neue und immer schönere Figuren zu schaffen. Kurz vor ihrem elften Geburtstag überraschte sie voller Stolz ihre Eltern mit der erste Büste, die in langer und mühevoller Arbeit entstanden war. Diese war eine hervorragende Darstellung ihrer kleinen ein Jahr zuvor geborenen Schwester.
Dieses ganz unverhofft gekommene Mädchen hatten die großen Geschwister von Anfang an beinahe abgöttisch geliebt. Konstantin und Viktor waren zum Zeitpunkt ihrer Geburt ja schon Heranwachsende gewesen. Aber sie hatten sich nie davor gescheut, die Kleine im Kinderwagen spazieren zu fahren, obwohl gerade Konstantin aufgrund seiner schon männlichen Figur hin und wieder spöttische Blicke erntete, wenn er allein mit der Kleinen durch den Park ging. Aber es machte ihm nichts aus. Manchmal belustigte es ihn sogar, und er ging noch ein wenig aufrechter, zog den Bauch ein und hob den Brustkorb. Sollten die Leute doch denken, was sie wollten! Auch Thea liebte die kleine Schwester über alles und freute sich jeden Nachmittag auf sie, wenn sie von der Schule kam.
Die kleine Carla entpuppte sich schon früh als ein sehr intelligentes Kind. Sie konnte schnell viele Worte in den verschiedenen Sprachen, die sie zu Hause hörte, und selten zeigte sie sich ängstlich gegenüber unbekannten Menschen und Situationen. Und doch hatte gerade Thea als Einzige der Geschwister immer wieder das Gefühl gehabt, dass sie das Schwesterchen beschützen müsse. Bald hatte sich gezeigt, dass es wohl Carla sein würde, die das Talent der Mutter mitbekommen hatte. Als ihre Jüngste vier Jahre alt war, konnte sie bereits nach dem Gehör kleine Melodien spielen und klimperte hingebungsvoll auf der gesamten Klaviatur herum. Dabei hörte sie den Tönen nach und schien di-

ese so lange zu genießen, bis sie irgendwann, je nach Höhe und Stärke des Anschlags, verklungen waren. Katja beschloss, trotz der Erfahrung, die sie mit ihren anderen Kindern gemacht hatte, Carla zunächst selbst zu unterrichten. Doch als Carla in die Schule kam, meldete sie die Tochter am Konservatorium an, und genau das war auch richtig gewesen. Katja freute sich über ihre schnellen Fortschritte, und sie und ihre Mutter kamen zunehmend in die Lage, dass sie sich das Klavier zu Hause teilen mussten.

Michail hatte dann ohne lange zu zögern auch dieses Problem auf seine Art gelöst. Im Haus nebenan wohnte eine sehr betuchte ältere Witwe, die sehr schnell an den von Wittes Gefallen fand. Sie litt unter ihrem Alleinsein, obwohl es ihr nicht an Bekanntschaften und guten Beziehungen fehlte. Aber in der großen herrschaftlichen Wohnung war es doch recht einsam. Als Carla geboren worden war, hatte sie den von Wittes ihre Hilfe angeboten für den Fall, dass man die Kleine hüten müsse. Katja hatte von diesem Angebot gerne Gebrauch gemacht. Das erleichterte ihr die nachmittäglichen Klavierstunden, die sie gab. So war zwischen der älteren Frau und den von Wittes eine Freundschaft entstanden. Frau Löwenstein hatte einen großen Salon, in dem ein wertvoller, wenn auch alter Flügel stand, der aber seit vielen Jahren nicht gespielt worden war und eine Generalüberholung nötig hatte. Kurzerhand hatte Michail Frau Löwenstein angeboten, das Instrument auf seine Kosten restaurieren zu lassen, damit entweder seine Frau oder seine Tochter darauf spielen konnte. »Wann immer Sie wollen«, hatte Frau Löwenstein damals sofort gesagt, weil sie sich darüber freute, wieder mehr Leben in ihre Wohnung zu bekommen. Also hatte Carlas Vater trotz der schlechten wirtschaftlichen Lage den Flügel nach Leipzig transportieren und ihn dort grundlegend erneuern lassen. Wahrhaftig kein billiges Vergnügen, vermutlich hätte er für den Preis ein neues Instrument bekommen, aber sein persönlicher Wert war von zu großer Bedeutung, als dass man es leichtfertig gegen ein anderes eintauschen könnte. So war von dem Tag an, als der Flügel nach Prag zurückgekommen war, sein Klang täglich in der Wohnung am Altstädter Ring zu hören.

Thea durchquerte mit schnellen Schritten die Bahnhofshalle, dann ging sie die lange steinerne Treppe hinunter und trat ins Freie. Es war wieder einer der Augenblicke in denen ernsthafte Zweifel an ihr nagten ob das, was sie tat, gut für sie war. Immer wieder merkte sie, dass ihr der entscheidende Mut fehlte, den ihr Engagement eigentlich von ihr erforderte. Die vergangenen Stunden waren eine schmerzliche Erinnerung an die Bindung, die sie hatte lockern müssen, um ihre Tätigkeit mit allem Ernst betreiben zu können. Die Begegnung

mit Paulina war einerseits eine wunderschöne, andererseits eine harte Angelegenheit gewesen, weil sie ihr von Neuem bewusst gemacht hatte, wie sehr sie die kleine Schwester und ihr eigenes bis vor Kurzem unbeschwertes Leben vermisste. Paulina glich Carla auf eine Weise, wie es Thea nie für möglich gehalten hatte, dass zwei Menschen, die durch keinerlei verwandtschaftliche Verhältnisse verbunden waren, einander ähnlich sein konnten. Paulinas Statur, ihre Ausstrahlung und ihre offene, unbeschwerte Art waren wie die Carlas. Lediglich in der Haarfarbe unterschieden sich die beiden. Paulinas Haarpracht glänzte in einem wunderschönen dunkelbraun, während Carla wie sie und ihre Brüder blond war. Seit fast einem Jahr hielt sich Thea nun in Deutschland auf und war nur zweimal in dieser Zeit in der Tschechoslowakei gewesen. Allerdings nur das eine Mal davon in Prag, wo es ihr aber aus Sicherheitsgründen nicht möglich gewesen war, jemanden aus ihrer Familie zu sehen, das andere Mal in Karlsbad. Dort hatte sie Konstantin getroffen, der als Einziger der Familie Bescheid wusste. Er hatte sich zu dieser Zeit in Böhmen aufgehalten, weil er einen Schulfreund besuchte, ansonsten lebte er in Amerika, wo er ein Ingenieurstudium absolvierte. Konstantin traute sie es zu, dass er mit dem Wissen um ihre zweite Identität und die damit zusammenhängenden Aktionen umgehen konnte, ohne aus lauter Sorge zu vergehen. Er war schon immer ein Mensch gewesen, der mit kühler Berechnung und Vernunft agierte, ebenso jedoch mit Leidenschaft und Zähigkeit eine Sache verfolgen konnte. Thea wünschte sich selbst auch von Zeit zu Zeit ein ordentliches Maß von diesen Eigenschaften. Dann würde sie sich bestimmt um ein Vielfaches leichter tun und nicht dauernd gegen solche starken Gefühlsschwankungen ankämpfen müssen, wie sie es eben wieder erlebt hatte!
Sie hatte den Bahnhof hinter sich gelassen und blieb nun am Bürgersteig stehen, um die recht belebte Schöneberger Straße zu überqueren. Sie war doch ein wenig außer Atem und holte erst einmal tief Luft. Der kühle Frühlingswind tat ihr gut. Sie durfte sich nicht mehr länger diesen wehmütigen Gedanken hingeben, sie musste sich nun ganz ihren Aufgaben zuwenden und Paulina und deren Mutter so schnell wie möglich vergessen! In ihrer Tasche trug sie mehrere auf hauchdünnem Papier geschriebene Botschaften und Notizen. Wichtige Informationen, die sie in ein Haus in der Zietenstraße bringen musste. Um 12.15 Uhr wurde sie erwartet. Vorher durfte sie auf keinen Fall weder dort noch an einem sonstigen verdächtigen Ort auftauchen. Also würde sie die verbleibende Zeit damit verbringen, ein wenig durch die Ladenpassagen und Kaufhäuser zu schlendern, um den Eindruck einer ganz normalen jungen Frau zu vermitteln, die einkaufen wollte. Das kam ihr tatsächlich nicht ungelegen, denn ihre Tante hatte in der nächsten Woche Geburtstag, und schließlich woll-

te sie ihr ein angemessenes Geschenk machen. Diese Tante war eigentlich eine Cousine ihres Vaters, aber der Grad der Verwandtschaft spielte keine Rolle. Sie verstand sich gut mit ihr, liebte ihre unkomplizierte Art und ihre Herzlichkeit. Dass sie bei ihr eine Bleibe gefunden hatte und somit auch in Deutschland ihren Studien – zumindest scheinbar – weiterhin nachgehen konnte, verdankte sie dieser Verwandten. Von daher war ihr die »Tante« nicht als etwas Unpassendes vorgekommen, als diese vorgeschlagen hatte, sie so zu nennen. Vielleicht hatte sich Eleonore, oder »Leo«, wie Vater sie nannte, ja auch durchaus etwas dabei gedacht. Sie war weder weltfremd noch machte sie den Eindruck, unüberlegt und im Überschwang sentimentaler Regungen zu handeln. Thea hatte sich von Anfang an bei ihr sicher gefühlt. Deshalb hatte sie auch immer wieder ein schlechtes Gewissen, wenn sie darüber nachdachte, was sie vor dieser Frau verbarg. Aber sie war froh, dass Tante Eleonore noch nie genauer nachgefragt hatte, was sie in Berlin zu tun hatte oder wo und wie sie die Zeit außerhalb des Hauses verbringen würde. Thea war eingetragene Studentin an der Kunstakademie und, sofern sie zu Hause war, damit beschäftigt, sich ihren Studien zu widmen oder in dem kleinen Atelier, das sie sich in dem alten Schuppen neben dem Gartenhäuschen eingerichtet hatte, zu arbeiten.

Eleonore von Witte ihrerseits hatte sich vorgenommen, der ältesten Tochter ihres Vetters ein genügendes Maß an Freiheit zu lassen. Junge Menschen brauchten das, um sich entfalten zu können. Sie hatte sich sehr gefreut, als Michail ihr eines Tages einen unverhofften Besuch abgestattet und den Wunsch seiner Tochter vorgebracht hatte, in Dresden zu studieren. Er hätte dabei sofort an sie gedacht, hatte er gesagt, und wolle sich bei ihr erkundigen, ob sie bereit wäre, Sonja während dieser Zeit bei sich aufzunehmen. Er sähe schwierigere Zeiten auf Europa zukommen, und man könne nicht einfach so ins Blaue leben, waren seine Worte gewesen. Sonja wisse sich zu helfen und sei nicht auf den Kopf gefallen, aber »sie ist ein junges Mädchen, und ich will sie zumindest in äußerlicher Sicherheit und Obhut wissen. Das ist eben doch anders als bei den Söhnen. Leo, du weißt, Männer sind nun halt etwas härter im Nehmen.« Unweigerlich hatte sich damals auf Eleonores Gesicht ein amüsiertes und gleichermaßen erstauntes Lächeln geschlichen. »So? Was du nicht sagst«, hatte sie Michail geantwortet. »In deinem und Katjas Fall mag das wohl so sein, aber vergiss nicht, dass auch du deine Frau mit den kleinen Kindern allein auf die Flucht nach Böhmen geschickt hast, und soweit ich mich erinnere, ist es Katja gelungen, diese Situation bestens zu meistern.« »Aber ja«, bestätigte Michail, und ein Hauch Stolz lag in seiner kräftigen, dunklen Stimme. »Katja ist eine besondere Frau, wie du auch, im Übrigen. Ich habe immer viel von dir gehalten, das weißt du«, fügte er schmeichelnd hinzu. »Aber diese Ängste, die ich damals um Katja und die Kleinen ausgestanden habe, hatten ihren berechtigten Grund, es hätte auch schiefgehen können. Eine Frau ist und bleibt ein wehrloseres Wesen, allein schon ihrer körperlichen Beschaffenheit und ihres empfindsameren Gemütes wegen.«

»Du magst recht haben«. Auch Eleonore war durchaus mit den Künsten der Diplomatie vertraut. »Aber du weißt auch, mein Lieber, dass man schon von genügend Männern gehört hat, die just in dem Augenblick, als es galt, männlich und standhaft zu sein, umgefallen sind wie die Fliegen, und von ebenso vielen Frauen, deren beherztes und mutiges Eingreifen mehr als ein Leben gerettet hat.« »Was glaubst du, warum ich gerade dir mein Mädchen anvertraue, he?« Schmunzelnd und mit hochgezogenen Augenbrauen hatte Michail von Witte ihren freundschaftlichen Disput, beendet und Eleonore befand wieder einmal mehr, dass ihr bewanderter Vetter immer noch ein Charmeur der alten Schule war. Ach, sie hatte ihn schon gemocht, als sie noch Kinder waren, und es immer ein wenig bereut, dass er mit seiner Familie nicht nach Deutschland zurückgekehrt war, wo sie doch schließlich ihre Wurzeln hatten, und dass sie Katja und vor allem auch die Kinder somit höchst selten sehen konnte. So hatte sie die beiden großen Söhne und Sonja nicht mehr zu Gesicht bekommen, seitdem sie Abc-Schützen gewesen waren, und die Jüngste kannte sie lediglich von einer Fotografie. Die zeigte ein hübsches Kind mit großen, neugierig blickenden Augen, dessen Mund allerdings ein eher tiefsinniges und allzu wissendes Lächeln umspielte.

Als sie dann die inzwischen zu einer jungen Dame herangewachsene Sonja nach langen Jahren zum ersten Mal wiedersah, hatte sie genau diesen Zug auch auf deren Gesicht entdeckt. Dabei waren ihr sofort Michails Worte in den Sinn gekommen, denn auch in ihr hatte sich eine eher seltene Regung bemerkbar gemacht, als Sonja vor ihr stand: Es war eine gewisse Sorge und das Gefühl, Schutz geben zu müssen, als sie diesen besonderen, irgendwie geheimnisvollen Gesichtsausdruck wahrgenommen hatte. Aber gerade deshalb wollte sie sich zügeln, um dem Mädchen nicht eine unerträgliche Enge aufzuerlegen. Immerhin bereitete es auch Michail keinerlei Mühe, dass Sonja studieren wollte und sich aus seiner Nähe befreite, im Gegenteil. Dazu war er ein viel zu weltläufiger Mensch, als dass er sich an altmodische Ansichten klammerte.

*

Paulina hatte bestens geschlafen. Am gestrigen Karfreitag waren sie mit einigen Freunden ihrer Mutter hinaus in den Spreewald gefahren und hatten ei-

nen Kahn gemietet, um nach einer lustigen Fahrt ein gemütliches Picknick abzuhalten, das von einigen Stunden, in denen sie faul auf ihren warmen Decken in den Wiesen lagen, garniert war. Paulina hatte eines ihrer Bücher mitgenommen und sich so die Zeit angenehm gemacht, denn außer ihr waren sonst keine Kinder dabei gewesen, und sie hatte keine Lust, den Unterhaltungen der Erwachsenen ständig zuzuhören. Abends waren sie dann bei einer der Bekannten von Mama zu Gast gewesen und hatten so lange in Decken und Plaids gehüllt auf der Veranda gesessen, bis es fast auf Mitternacht zugegangen war. Paulina blinzelte in die Frühlingssonne, die bereits mit voller Kraft durch die Gardinen schien und deren Hintergrund beleuchtete. Paulina mochte die Farbe dieser Vorhänge mit den abwechselnd in Dunkelrot und Beige gehaltenen Streifen. Sie gingen lediglich bis zur Höhe des Fensterbrettes, im Gegensatz zu denen von Großmama, bei der sie in wallenden Bahnen bis zum Fußboden reichten. Mama hatte eben doch eine moderne Wohnung, auch wenn sie sich in einem ebenso alten und herrschaftlichen Hause befand wie das der Großeltern in Dresden. Sie räkelte sich noch einige Minuten genüsslich, befreite die Beine von Bettdecke und Nachthemd und spürte die erfrischende Kühle auf ihrer Haut. Dann streckte sie sich ausgiebig, begleitet von langem Seufzen in den höchsten Tönen. Ach, es war herrlich, hier in Berlin zu sein! Jetzt erst bemerkte sie, dass alles noch recht still war. Weder von den angrenzenden Räumen noch aus einem sonstigen Teil der Wohnung, ja, nicht einmal von draußen war irgendein Laut zu vernehmen, der auch im Entferntesten darauf schließen ließ, dass das Leben schon im vollen Gange war. War es am Ende noch so früh am Morgen, dass der größte Teil der Welt noch schlief? Paulina drehte sich auf den Bauch und stütze sich auf die Ellbogen. Sie angelte nach ihrer Armbanduhr, die sie auf das Nachttischen, das sich hinter dem Bett befand, gelegt hatte.
Auf dem Nachtisch stand eine Lampe, deren gebogener Hals mit dem daran befestigten Glasschirm wie ein stolzer Schwan auf der Marmorplatte des altmodischen Möbels thronte. Paulina musste ihren Arm so sehr ausstrecken und das Handgelenk so weit nach unten biegen, dass es schon unangenehm zu werden begann. Sie blies die Backen auf und hielt die Luft an. Da spürte sie endlich, dass ihre Fingerspitzen das Glas ihrer Uhr berührten. Endlich bekam sie auch das lederne Band zu fassen. Sie zog die Hand rasch zurück, weil die Sehnen im Unterarm schon empfindlich schmerzten. Allerdings musste sich die metallene Schließe des Armbandes in den winzigen Löchern des gehäkelten Spitzendeckchens verhakt haben, das auf der Platte des Nachttisches lag. Es war nicht mehr zu ändern: Mit der Uhr beförderte Paulina auch besagtes Deckchen, ein Buch und die Lampe vom Nachtschrank. Krachend fiel das Buch

auf die Dielen, das Lampengestell donnerte gegen die Bettkante und das gläserne »Schwanenhaupt« schlug heftig auf Paulinas Kopf. »Au!«, schrie sie und griff automatisch nach allen Seiten, um vielleicht noch irgendetwas Nachfolgendes aufzuhalten. Das wäre aber nicht nötig gewesen, denn die Steinplatte war bereits abgeräumt. »Oh nein«, stöhnte sie leise, »wäre ich doch nur aufgestanden.« Der rasche Blick auf die Uhr zeigte wenige Minuten nach acht. Also doch nicht zu früh, dachte sie erleichtert und hoffte, dass sie dann vielleicht auch keinen geweckt hatte. Doch da fiel ihr Greta ein, und sie bekam einen Schreck: Hatte Mama nicht gestern Abend gesagt, dass Greta Nachtdienst haben würde und erst heute früh gegen sieben zurückkäme? Was, wenn diese nun eben erst ins Bett gegangen war und bereits schlief? Wenn es um Greta ging, konnte Mama unangenehm werden, schließlich war sie ihre beste Freundin.
Paulina stand schnell auf, während sie vorsichtig an dem Spitzendeckchen nestelte, um es möglichst unbeschadet von der Uhr loszubekommen. Da sah sie zufällig, wie sich der Türgriff lautlos und langsam nach unten bewegte. Sie machte sich schon einmal für eine vielleicht nicht ganz so freundliche Begegnung bereit. Ihre Sorge sollte sich aber als gänzlich unnötig erweisen, denn hinter der Tür lugte erst Gretas Blondschopf hervor, dann erschien sie in voller Größe, gänzlich in Kleidern und mit fröhlichem Gesicht. »Biste etwa in Tach jefallen?«, flüsterte sie und grinste breit. Paulina war froh, nicht eine Rüge von Mama zu hören, sondern endlich Greta selbst zu sehen. Sie fiel ihr um den Hals, und die beiden drückten sich fest. Paulina musste kichern und hielt die Hand vor den Mund. Sie hob Greta die Uhr entgegen, an der noch immer das gehäkelte Kunstwerk hing, und zeigte mit dem Kopf zum Nachttisch. »Daher weht der Wind«, bemerkte Greta trocken und trat ganz in das Zimmer. Sie hob das Buch auf und legte es wieder an seinen Platz, nicht aber ohne es kurz aufzuschlagen und schnell wie ein Kartenspiel durch die Finger laufen zu lassen. Im Gegensatz zu Mutter und Großmutter machte sie aber keine Bemerkung zu Paulinas Lektüre, und diese war ihr sehr dankbar dafür. Sätze wie »Dafür bist du doch noch zu klein«, »Das ist doch nichts für Kinder« oder »Verstehst du das denn schon?« hörte sie oft genug, was aber nicht hieß, dass sie sich daran gewöhnt hatte. Im Gegenteil, sie hasste es, wann immer ein Erwachsener so von den Büchern sprach, die sie las. Aber bei Greta war das anders, ebenso wie bei Großvater, auf dessen für einen Uhrmacher stattliche Bibliothek sie jederzeit Zugriff hatte. Und auch Onkel August hatte sie noch nie gerügt, weil sie ihre Nase nicht in Bilder- oder Märchenbücher steckte. Bei ihm, so vermutete sie jedoch, mochte das eher daran liegen, dass er ziemlich wenig von Büchern verstand.

»Nun zieh dir endlich an, ick hab Kaffe jemacht, willste mal schnuppern?« Greta machte die Tür weit auf. »Hhm!« Paulina zog die von einem unverkennbaren Duft frisch gemahlener Kaffeebohnen erfüllte Luft hörbar durch die Nase. »Das riecht ja lecker, da krieg ich gleich nen Bärenhunger!« »Psst!« Greta legte den Finger an den Mund. »Schrei nich so laut, deene Mutta schläft noch. Is ja een wahrhaftet Wunder, dass sie von dem Krach nich uffjewacht is. Außerdem kriegste janüscht von dem Kaffe, ätsche, aber ick habe dir ne Milch uffjesetzt.« Greta machte eine lange Nase, und Paulina warf schnell einen ihrer Strümpfe nach ihr. Die fing ihn geschickt auf und schleuderte ihn zurück. Er blieb auf Paulinas Haaren liegen und hing ihr ins Gesicht. »He, du!«, entrüstete sie sich lachend. Doch Greta war bereits verschwunden, hatte aber die Tür nur angelehnt. Paulina hörte das leise Geklapper von Tassen und Tellern und beeilte sich nun wirklich. Sie rollte die Strümpfe nach oben und knöpfte sie an ihrem Höschen fest. Dann streifte sie das Kleid über, das sie vorgestern getragen hatte, und schlüpfte rasch in die Schuhe. Sie wollte schon zur Tür hinaus, da fiel ihr Großmamas Ermahnung ein, das Schlafzimmer zu lüften und das Bettzeug zu schütteln. Eigentlich hatte sie dazu keine Lust, aber sie zwang sich, der Mahnung ihres Gewissens zu folgen. Sie zog die Gardinen zurück. Aber der Fenstergriff war hier ebenso hoch angebracht wie zu Hause. Sie packte einen Stuhl und zog ihn über die Dielen, was schon wieder Lärm verursachte. »Pst!«, sagte Paulina zu sich selbst. Warum war sie denn heute Morgen so ungeschickt?
Trotz der Sonne war die Luft noch recht frisch, und Paulina fröstelte. Sie hüpfte vom Stuhl und schämte sich sofort, weil sie es einfach nicht schaffte, ohne laute Geräusche auszukommen. Das Bettenmachen ließ sie sein, sie wollte dieses Zimmer jetzt möglichst schnell verlassen, ehe sie noch mal etwas Dummes anstellte. »Haste jelüftet?«, empfing Greta sie und lächelte verschwörerisch. »Aber klar, wat denkst du denn?«, gab Paulina zurück. »Ick hab et jehört«, stellte Greta trocken fest. »Tut mir leid, aber ich glaube, Mama ist auch davon nicht aufgewacht«, mutmaßte Paulina, und Greta nickte. »Zum Glück hat se een juten Schlaf«, murmelte diese und dachte im Stillen, dass es durchaus ein Segen war. Viola brauchte diese Ruhe dringend, sonst würde sie dem Leben, so wie sie es führte, nicht lange gewachsen sein. »Die Milch wäre heiß, setz dir«, forderte Greta Paulina auf, während sie den kleinen Emailletopf von der Flamme nahm und die weiße schäumende Flüssigkeit in eine Tasse goss. Gedeckt hatte sie für drei, für den Fall, dass Viola doch früher erwachte. Paulina nahm Platz und hob dabei den Stuhl weit vom Boden hoch. Sie bemühte sich, ihn so langsam und sanft wieder abzustellen und sich darauf niederzulassen, dass es nur ja kein weiteres störendes Geräusch mehr geben würde. Greta bemerk-

te es und amüsierte sich: »Hab ick doch jewusst, dass du dit och anders hinkriechst.« »Du bist gemein.« Paulina machte einen Schmollmund, stützte den Kopf in beide Hände und spielte beleidigte Leberwurst. Aber nur kurz, denn sie war nicht wirklich gekränkt. Dafür fand sie es viel zu schön, hier mit Greta beim Frühstück zu sitzen und bedient zu werden. Zu Hause durfte sie sich das nur noch selten erlauben. Großmama legte ziemlichen Wert darauf, dass sie sich nützlich machte. Das Tischdecken war für gewöhnlich ihre Sache, nur für das Frühstück machte es Großvater, solange Paulina denken konnte. Sie kam nicht allzu gut aus den Federn, nur wenn sie in Berlin war, wachte sich oft von alleine und durchaus früh auf. Sie verfügte über den gleichen tiefen Schlaf, der auch Mama und Großvater zu eigen war. »Von mir hat sie das nicht!«, sagte Großmama dann immer seufzend oder manchmal auch ein wenig verärgert, wenn Paulina nach dem zweiten und dritten Rufen am Morgen wieder eingeschlafen war und in großer Eile aus dem Haus stürzte. Paulina machte das nichts aus, der Schlaf am Morgen war eine zu kostbare Angelegenheit, um ihn gegen eine langwierige Mahlzeit einzutauschen. Paulina las beinahe jeden Abend, wenn es sein musste bei Schummerlicht, unter dem schweren Federbett, und nicht selten ging der Zeiger ihrer Uhr schon gegen zehn, bis sie die Nachttischlampe ausmachte. Es war auch schon vorgekommen, dass Großvater diese zu sich in Verwahrung genommen hatte, dann hatte sie sich so nah wie möglich ans Fenster setzen müssen, um wenigstens durch den Schein der Straßenlaterne so viel Helligkeit abzubekommen, dass es zum Lesen reichte.

»Wie war deine Reise vorgestern?« Greta war gerade dabei, mehrere Scheiben von dem frischen Weißbrot abzuschneiden, und das Knacken, das sich hören ließ, als sich die Schneide des Messers langsam durch die knusprige Rinde schob, ließ Paulina das Wasser im Mund zusammenlaufen. Sie legte den Löffel beiseite, mit dem sie so lange in ihrer Milch gerührt hatte, bis sie sichergehen konnte, dass nun in den nächsten Augenblicken keine Haut auf deren Oberfläche mehr entstehen konnte. »Prima. Ich war mit einer sehr netten jungen Frau im Abteil.« Das ist ja schon mal was, dachte Greta. »Na, dann las mal hören.« Sie legte ihr eine der Brotscheiben auf den Teller und schob ihr die Butter hin. »Lass uns endlich anfangen, ick hab Hunger, guten Appetit auch!« Wenn Paulina in Fahrt kam, musste man sie ans Essen erinnern, das wusste Greta, und so forderte sie diese schon mal vorsichtshalber zum Handeln auf, indem sie ihr die Butter unter die Nase hielt. Ihr Dienst war lang und hart gewesen, und sie war zum Umfallen müde. Aber sie hatte sich so auf Paulina gefreut, dass sie sich unbedingt die Zeit nehmen wollte, mit der Kleinen wenigstens vielleicht eine Stunde am Tag allein sein zu können. Das ging allerdings heute und auch in den nächsten Tagen eben nur am Morgen. Vorausgesetzt, sie würde nicht allzu spät vom Krankenhaus wegkommen und Paulina nicht noch tief und fest schlafen, wenn sie nach Hause kam. Sie wusste, dass Paulina oft bis in die Nacht hinein las und dann die gleichen Schwierigkeiten mit dem Aufstehen hatte wie ihre Mutter. Aber schließlich waren ja Ferien, wenn sie bei ihnen in Berlin war, und da konnte man dem Kind ja die Freude gönnen. Viola war da nicht immer ihrer Ansicht gewesen. Sie hatte es für richtig gehalten, dass Paulina spätestens um halb neun am Abend das Licht zu löschen hatte, und auch sonst war sie anfangs für Gretas Begriffe eher zu streng mit der Kleinen gewesen. »Unnötige Erziehungsabsichten«, hatte sie Viola eines Tages vorgehalten, als sie mit ihr eine kleine Auseinandersetzung genau darüber gehabt hatte. »Du hast das Kind deinen Eltern überlassen, und es erübrigt sich, über deren hervorragende Arbeit zu streiten. Dem Kind fehlt es weder an bester Pflege noch an gutem Benehmen und auch nicht an Bildung, und deshalb solltest du endlich damit aufhören, ihm die Freude daran zu verderben, hierherzukommen!« Richtig laut war Greta damals geworden. Viola war ihr allerdings nicht böse gewesen. »Du hast ja recht«, hatte sie gemurmelt und zerknirscht ausgesehen. »Ich glaube, es ist einfach nur das schlechte Gewissen, dass ich mein eigenes Kind nicht bei mir habe und Mutter und Vater die Verantwortung überlasse.« Es war einer dieser äußerst seltenen Augenblicke gewesen, in denen Violas Selbstsicherheit urplötzlich in sich zusammengefallen war. Greta hatte großes Mitleid mit ihr gehabt, aber es war nun einmal die Wahrheit, und sie beide wussten das. Nie wieder hatten sie danach über diese Sache gesprochen, sie hatten nur noch stumm eine Weile nebeneinandergesessen, bis Viola schließlich ins Bett gegangen war. Aber Greta hatte sich an diesem Abend vorgenommen, nie wieder in Violas Entscheidungen hineinzureden, die diese angesichts Paulinas treffen würde. Es sei denn, sie würde darum gebeten. Interessanterweise hatte es von da an aber auch keine solche Situation mehr gegeben, die in Greta das Bedürfnis zum Eingreifen geweckt hätte. Viola war viel großzügiger geworden, was Paulina anging, erlaubte ihr vieles, was sie zuvor verboten hatte, ließ sie so lange lesen, bis sie von selbst einschlief, und aufstehen, wann sie es wollte. Es sei denn, sie hatten einen Ausflug geplant oder sich sonst etwas vorgenommen, was frühes Aufstehen einfach erforderte. Dann war Paulina aber auch wach, und das Ganze erübrigte sich sowieso. Und tatsächlich, die Rechnung ging auf. Weder zeigten sich schlechte Veränderungen in Paulinas Wesen und Anstand, noch kamen jemals Klagen von Charlotte und Chaijm, was die Aufenthalte der Enkelin in Berlin anging.

»Thea hieß sie, und du hättest sie unbedingt kennenlernen sollen. Mama wollte sie einladen, aber ...« Paulinas munteres Geplapper unterbrach Gretas Gedanken. »Aber, sie hatte keine Zeit, weil ein schöner Mann auf sie wartete« ergänzte Greta Paulinas Satz, weil die gerade mit Kauen und Schlucken beschäftigt war. »Nein, das heißt, ja, es wartete schon ein Mann, ob er allerdings schön ist, kann ich nicht sagen, weil er nicht da war«, versuchte Paulina zwischen zwei Bissen den Sachverhalt weiter zu erklären. »Aha, man kann also von jemandem erwartet werden, der aber gar nicht da ist, wenn ich es eben richtig verstanden habe«, amüsierte sich Greta. »Nun warte doch, ich bin noch nicht fertig!« »Dat seh ick ooch!« Greta zeigte auf das angebissene Brot, während sie selbst bereits schon das letzte Stück ihrer Portion in den Mund steckte. Auch Paulina biss schnell noch einmal einen großen Bissen ab, bevor sie ihre Bahnfahrt und die Bekanntschaft mit Thea in allen Farben schilderte. Es war ein unterhaltsames und kurzweiliges Frühstück, das die beiden miteinander genossen, und als Viola aufwachte, hörte sie Gelächter und das Klappern von Geschirr. Sie mühte sich aus dem warmen Bett, legte sich den großen seidenen Schal um die Schultern, fuhr sich durch die Haare und schlüpfte in die Pantoffeln. Das Fenster öffnete sie nicht, in ihrem Aufzug wollte sie es nicht riskieren, von draußen gesehen zu werden, schon gar nicht um diese Uhrzeit. Schließlich war heute noch ein ganz normaler Werktag. Sie öffnete die Tür hinaus zum Flur, und ein herrlich belebender Duft von frischem Kaffee, drang an ihre Nase. Greta war ein Schatz! Sie machte für gewöhnlich das Frühstück, wenn sie vom Nachtdienst nach Hause kam, aber frisch gemahlener Kaffee war bis heute noch etwas Besonderes für die beiden – obwohl sie beide längst mehr als genug Geld hatten, um ihn sich leisten zu können. Gretas Verdienst war nicht der schlechteste, wenn es auch beileibe nicht der beste war, den man in ihrer Branche haben konnte. Sie selbst war durch ihre reichlichen Engagements und die großzügige Unterstützung Augusts frei von Geldsorgen. Es bedeutete ihr eine enorme Entlastung, dass sie wenigstens in dieser Hinsicht ihrer Mutterpflicht mehr als Genüge tun konnte.
Viola freute sich auf diesen Tag mit Paulina, auch wenn sie vor ihrem diesjährigen Frühjahrsbesuch sehr angespannt gewesen war und sich das bis heute nicht ganz gelegt hatte. Erst einmal wollte sie mit Paulina einkaufen gehen, sie brauchte einige neue Kleidungsstücke und ein Paar Schuhe. Sie war im letzten Jahr ein ganzes Stück gewachsen, und Viola war sehr daran gelegen, dass das Kind gut angezogen war.
»Guten Morgen, die Damen!« Viola hatte blitzschnell die Tür aufgemacht und blieb in voller Größe, wenn auch im Nachtgewand, das sich allerdings sehen lassen konnte, stehen.

Die beiden Angesprochenen verstummten kurz und fuhren herum, weil sie vor lauter Lachen Viola gar nicht hatten kommen hören. »Ihr habt ohne mich gefrühstückt?« Es war aber mehr eine Feststellung als eine entrüstete Frage, denn der Tisch war bereits zur Hälfte abgeräumt. Nur ein Gedeck stand noch da und ebenso Butter, Marmelade, Kaffeekanne und Brot, und unter einem gestrickten Wollhuhn vermutete Viola ein gekochtes Ei. »Hhm, unwiderstehlich, dieser Duft hier. Ich nehme an, der Rest ist für mich?« Viola setzte sich vor das ungenutzte Geschirr und schenkte sich eine Tasse Kaffee ein. Sie trank ihn schwarz. Greta und Paulina hatte bereits mit dem Abwasch begonnen und hantierten eifrig neben der allein dasitzenden Viola herum. »Könnt ihr euch nicht zu mir setzen? Das macht einen ja ganz nervös!«, empörte sich diese, und an Greta gewandt: »Solltest du nicht schon längst im Bett liegen, du musst todmüde sein!« »War ick, war ick«, gab Greta zurück, wobei sie die Betonung deutlich auf das *war* legte. »Aber das kleine Ding da«, sie schnippte den Rest des Wassers auf ihren nassen Händen zu Paulina hinüber, »hat mir wieder munter jemacht.« »Dit gloob ick dir sofort.« Viola nickte bestätigend mit dem Kopf. »Und ick erst!«, kam es so schlagfertig aus Paulinas Ecke, in die sie sich vor Gretas Wasserattacke geflüchtet hatte, dass sie erneut zu lachen anfingen. »Scheint ein herrlicher Tag zu werden«, sagte Viola. »Habt ihr die Sonne gesehen?« »Na klar, ich hab schon das Fenster aufgemacht«, beantwortete Paulina die Frage ihrer Mutter. »Und allerhand anderes«, ergänzte Greta grinsend. »Aber im Ernst, Mädchen«, fuhr sie fort, »ick werde mir jetzt tatsächlich zu Bette bejeben, sonst bin ick heut Abend total jerädert, wenn ick uffstehn muss. Im Gejensatz zu euch muss unsereins nachts arbeiten.« »Ja, geh du nur, sonst werden deine Patientinnen nichts zu lachen haben.« »Det werden se soisi nich mehr, wat aber nich an mir liegt«, hätte Greta am liebsten gesagt, aber um des Kindes willen tat sie es nicht. Greta war nach der erfolgreichen Beendigung ihres Medizinstudiums als junge Assistenzärztin im jüdischen Krankenhaus untergekommen. Obwohl Greta nicht jüdischer Herkunft war, hatte man sie gerne dort in den Kollegenkreis aufgenommen, und bei den Kranken war sie sehr beliebt. Ihre herzliche Art, gepaart mit diesem trockenen berlinerischen Humor, machte sie zu einem Menschen, in dessen Nähe man sich wohlfühlen konnte. Ihre fachlichen Qualitäten und das Interesse, das sie für alle Weiterentwicklungen aufgeschlossen sein ließ, brachten ihr bald die Anerkennung ihrer Vorgesetzten und des Pflegepersonals ein. Greta hatte für all das hart arbeiten müssen und tat es immer noch. Sie wusste, was es bedeutete, sich ein Ziel zu stecken und es nicht aus den Augen zu verlieren.

Es wurde tatsächlich ein herrlicher Tag. Im Laufe des Vormittags war es zunehmend wärmer geworden. Viola und Paulina fuhren mit der Straßenbahn zum Nollendorf Platz und steuerten auf ein Schuhgeschäft zu, um als Erstes ein Paar leichte Sommerschuhe für Paulina auszusuchen. Sie wurden schnell fündig und hervorragend bedient, und nach nicht einmal einer halben Stunde verließen sie das Geschäft äußerst zufrieden und mit einem verschnürten Karton unter dem Arm. Dann begaben sie sich zum Leipziger Platz und schlenderten dort bei Wertheim gemütlich von einer Etage und Abteilung zur anderen. Dort bekam man ja beinahe alles, was das Herz begehrte, und die beiden genossen es, von so viel Schönem umgeben zu sein. Viola kaufte sich ein Paar Seidenstrümpfe und einen leichten Schal aus feinem Organza. Dann begaben sie sich in eine Abteilung mit Kinderkonfektion und ließen sich verschiedene Kleider, Blusen und Röcke zeigen, die Paulina dann der Reihe nach anprobierte. Allerdings hatte sie sich sofort in ein hellgrünes Sommerkleid verliebt, das mit weißen Satinbändern durchsetzt war, die vom Halsausschnitt über das ganze Vorderteil bis zur tief angesetzten Taille liefen. Je nachdem wie das Licht darauf fiel, schimmerten sie in perlmuttfarbenen Schattierungen, was die Leichtigkeit des fließend fallenden Stoffes noch unterstrich. Es passte exzellent zu Paulinas dunklen Haaren, und Viola sah mit Stolz und Rührung auf das wunderbare Geschöpf, das da, die Arme waagerecht von sich gestreckt, den Kopf in den Nacken geworfen, sich ein ums andere Mal um die eigene Achse drehend, vor ihr herumtanzte. Sie war wie ein früher Schmetterling, der die Enge seines Kokons verlassen hat und den betörenden Farben des erwachenden Sommers folgt. Eine halbe Minute gab sich Viola ganz diesem Anblick hin und überließ die Tochter ihrer kindlichen Begeisterung, bis sie bemerkte, dass bereits andere Kundinnen auf Paulina aufmerksam geworden waren. Sosehr Viola es inzwischen gewöhnt war, im Rampenlicht zu stehen und die Aufmerksamkeit des Publikums auf sich zu ziehen, scheute sie dieses außerhalb der Theater- und Bühnenwelt doch umso mehr.

Energisch fasste Viola Paulina so fest um die Taille, dass diese ihr unbeschwertes Kreisen um sich selbst unweigerlich beenden musste. »Mama!« Entrüstet und verwundert zugleich sah Paulina ihrer Mutter in die Augen. »Psst«, mahnte diese flüsternd, »die Leute schauen doch schon.« Und noch ehe Paulina protestieren konnte, schob sie diese hinter den großen, schweren Vorhang der Anprobenkabine. »Jetzt zieh es aus, wir kaufen es.« »Wunderhübsch, das Kleidchen, nicht wahr?« Die Angestellte, die Viola und Paulina bedient hatte, war wieder aufgetaucht, nachdem sie kurz zu einer weiteren Kundschaft gerufen worden war. »Ja, ja, wir nehmen es«, bestätigte Viola knapp und wandte sich wieder Paulina zu, indem sie den Vorhang einen Spaltbreit öffnete und

diese zur Eile antrieb. Die junge Verkaufsdame hatte sie schon von Weitem die ganze Zeit mit ihren Blicken verfolgt. Sie hatte es förmlich spüren können. Nicht dass ihr das neu gewesen wäre, aber sie fand, die Dame hatte einen einfältigen Kuhblick, und, warum auch immer, sie störte das im Augenblick gewaltig. Während viele ihrer Kolleginnen und Kollegen es genossen, wenn sie erkannt oder angesprochen wurden, konnte Viola es an manchen Tagen beinahe nicht ertragen, als Privatperson beobachtet zu werden. Deshalb schätzte sie es immer mehr, dass sie und August sich immer noch in einem von Charlies gemütlichen Nebenzimmern treffen konnten. So fühlten sie sich in den wenigen Stunden, die sie füreinander hatten, freier und unbeschwerter. Hin und wieder verabredeten sie sich auch im Adlon, je nach Tageszeit im Café oder im Restaurant, entweder allein oder auch mit gemeinsamen Bekannten und Freunden. In der Zwischenzeit hatte August mehr Mut, sich hin und wieder öffentlich mir Viola zu zeigen. Nicht zuletzt hatte seine Frau dazu beigetragen, die längst Bescheid wusste. Sie hatte August unmissverständlich klargemacht, dass sie alles tolerierte, aber keinesfalls gewillt war, ihre Stellung als Ehe- und Geschäftsfrau aufzugeben.
»Tatatata! Schon fertig!« Mit einem heftigen Ruck flog der Vorhang beiseite, und Paulina stand fertig angezogen in Hut und Mantel vor Viola und der Verkäuferin. »Wie für dich zurechtgemacht, nicht war?«, sagte sie zu Paulina. »Darf ich?« Sie streckte die Hand aus, um Paulina die Ware abzunehmen. »Sie werden ihre Freude daran haben, bestimmt. In so ein schönes Kleid gehört auch ein schönes Mädchen«, säuselte sie. Viola verengte die Augen zu schmalen Schlitzen und riss die Mundwinkel nach oben, während Paulina es sichtlich amüsierte, dass ihre Mama so gekünstelt freundlich tat, aber in Wirklichkeit richtig frech war. Haben sie sonst noch einen Wunsch?«, ging es im gleichen Ton weiter. »Strümpfe, Wäsche, ein Blüschen oder unten ...« »Danke, nein«, erwiderte Viola in einem Ton, der jedes Aufzählen weiterer, im Sortiment des Hauses befindlicher Waren überflüssig machte. Sehnsüchtig sah sie nach den Fenstern, in deren Glas sich das helle Sonnenlicht spiegelte. Es war höchste Zeit für draußen! Nicht eine weitere unnötige Minute mehr wollte sie in der gedämpften Luft zwischen Stoffen und Teppichen irgendwelcher Konfektionshäuser verbringen. »Dann darf ich sie also zur Kasse begleiten«, stellte die eifrige Verkäuferin fest, ohne jedoch noch einen letzten fragenden Unterton in der Stimme zu haben. »Jawohl«, lächelte Viola süffisant. Sie packte Paulina energisch an der Hand und eilte der verdutzten Angestellten mit raschen Schritten voraus, denn schließlich gehörte sie zu den Stammkunden und kannte den Weg zur Kasse genau. Die Bezahlung und Verpackung des Kleides gingen dann rasch und weitgehend sprachlos vor sich, und als die Frau die bei-

den schließlich mit einem schmeichelhaften »Vielen Dank, auch im Namen des Hauses« entließ, fühlte sich Viola wie erlöst. Sie lief zu den Rolltreppen und ging sogar die Stufen hinunter, sodass Paulina vor lauter Überraschung beinahe Mühe hatte, ihr auf den Fersen zu bleiben. »Mama, warum hast du es denn plötzlich so eilig?«, rief sie, aber diese schaute nur für einen Moment über ihre Schulter und bedeutete Paulina mit einem kurzen »Das verrat ich dir gleich«, ihr zu folgen. Im Erdgeschoss angekommen, steuerte Viola mit demselben schnellen Schritt auf die große gläserne Tür zu, und Paulina schlüpfte im letzten Moment in das kleine Abteil zu ihrer Mutter, dann standen sie draußen im Freien. »Deswegen!«, lachte Viola und zog hörbar die frische Luft ein. »Deswegen, meine Süße, weil es heute nach Frühling duftet, selbst in Berlin, riechst du es? Und weil jede Minute, die wir da drinnen verbringen, zu schade für einen solch herrlichen Tag ist und weil das Kleid so viel gekostet hat, dass mir schwindlig geworden ist, und weil du nur mir gehörst und weil ich einen riesengroßen Durst verspüre! Ja, genau deswegen, verstehst du?« Wie ein erfrischender kleiner Sturzbach hatten Violas Worte sich über Paulina ergossen und diese einfach nur glücklich gemacht. So liebte sie ihre Mama: Fröhlich, lachend, unbeschwert. Ihre klare, helle Stimme, die lockigen Haare, ihre leichten Bewegungen, so als gäbe es nichts Schöneres, als einfach nur da zu sein. »Du bist die beste Mama der Welt!« In einer stürmischen Umarmung schlang Paulina ihre Arme um Violas Taille und schmiegte sich an sie. Viola kreuzte ihre Arme auf Paulinas Rücken, und dabei schlugen die beiden Taschen, die an ihren Handgelenken hingen, aneinander, und der flache Karton, indem sich Paulinas Kleid befand, drückte mit den harten Ecken gegen deren Schulterblätter. Viola fühlte sich plötzlich so beschwingt wie seit Langem nicht mehr. Sie hatte vor diesem Besuch Paulinas echte Angst gehabt. Das erste Mal, dass ihr das passierte. Aber als sie vorhin da oben im Kaufhaus ihr Kind so selbstvergessen und begeistert vor sich hin tanzen sah und feststellte, dass sich dessen kindliche Körper- und Gesichtsformen allmählich veränderten und der staunende, arglose Blick ihrer großen dunklen Augen einem tiefsinnigeren Ausdruck gewichen war, hatte Viola ihre Sorge um den Verlauf der folgenden Tage abgestreift. Paulina würde stark genug sein. Sie war ein großherziges Mädchen, dessen sonniges Gemüt und Intelligenz ihr die Kraft geben würden, mit den Tatsachen umzugehen.

Viola und Paulina verbrachten noch einen wunderschönen Tag miteinander. In einem Lokal in der Friedrichstraße aßen sie eine Kleinigkeit zu Mittag, dann beschlossen sie, die Einkäufe nach Hause zu bringen. Möglichst leise, damit Greta nicht gestört würde, schlichen sie sich in die Wohnung. Paulina tausch-

te die Wollstrümpfe gegen leichte Söckchen aus, dann machten sie sich wieder auf den Weg. Sie fuhren zum Zoo, in dem an diesem Nachmittag ein reges Treiben herrschte. Mutter und Tochter vergnügten sich beim Anblick der Tiere. Besonders die jungen, zum Teil nur wenige Wochen und Tage alten Lämmer und Ziegen hatten es ihnen angetan. Mit ihren übermütigen Sprüngen und den kecken und lebenslustigen Gesichtern dienten sie der allgemeinen Belustigung. Stundenlang konnte man ihnen zusehen, es wurde nicht langweilig. Da Paulina und ihre Mutter nicht viel für Vögel und sonstiges Federvieh, geschweige denn für Reptilien aller Art übrighatten, nahmen sie sich genügend Zeit für die vierbeinigen Säugetiere. Schließlich gab es auch davon jede Menge, sodass es für den ganzen Nachmittag reichen würde.
Zwischendurch setzten sie sich auf eine der vielen Bänke, beobachteten die Vorbeigehenden und kicherten wie die Backfische über Gangart und Haltung oder auch den Gesichtsausdruck so mancher zweibeiniger Zeitgenossen. Irgendwann wurden sie hungrig und suchten eines der Gartenlokale auf, die Kaffee und Kuchen servierten. Paulina genoss ihr erstes Eis in diesem Jahr, und Viola gönnte sich ein großes Stück Marzipantorte und ein Kännchen Kaffee. Natürlich befanden sie wie immer, dass die Torte hervorragend aussah, die Beschaffenheit des Biskuits locker und luftig war und die Buttercreme auf der Zunge verging. Auch das Aroma des gefärbten Marzipans war nicht zu verachten. Aber eines war klar: An die Konsistenz und den einzigartigen Geschmack der köstlichen Pralinees, Petit Fours und sonstigen Köstlichkeiten aus Großmamas Laden reichte dieser Kuchen nicht heran!
Viola und Paulina waren in ihrem Element. Sie übertrafen sich in ihrem Mienenspiel und den dazu passenden Gesten, mimten den zurückhaltenden Feinschmecker, der geistesabwesend und lange abwägend kostet, und spielten überkandidelte Damen, deren Urteile zwar mit höchst gewählten Worten ausgedrückt, aber so gründlich danebenlagen, dass es auch der Dümmste merken musste. Sie amüsierten sich köstlich. Mit unverhohlener Freude stellten die beiden fest, dass man ihnen beileibe nicht wirklich ansehen konnte, dass sie Mutter und Tochter waren. Viola war sich sicher, dass sie genauso gut als Paulinas ältere Schwester oder Cousine durchkommen würde, wenn sie sich als diese ausgeben würde.
Gegen halb fünf wurde es etwas kühler, denn die Sonne stand nun doch schon tief, und einige kleine Wolken ließen sich am Himmel blicken. Es war aber nicht weiter schlimm, denn die Teller waren leer, und Viola trank den letzten Rest ihres nur noch lauwarmen Kaffees aus. Dann winkte Paulina nach dem Kellner, und Viola bezahlte. Paulina war gerade damit beschäftigt gewesen, aus ihren weißen Söckchen Reste von hängen gebliebenen Grashalmen zu zupfen, als sie

kurz aufschaute und dabei in einiger Entfernung eine Gestalt entdeckte, die ihr bekannt vorkam. In der ersten Sekunde hatte sie das gar nicht berührt, aber als sie ihre Augen wieder zu ihren Schuhen hinunterwandte, schoss es ihr wie ein Blitz durch den Kopf: »Thea!«, rief sie und sprang auf, wobei das Geschirr gefährlich klirrte. »Mama, sieh nur, dahinten ist Thea!« Viola entließ den Kellner mit einem schnellen Kopfnicken und erhob sich ebenfalls. Sie schaute in die Richtung, in die Paulina ihren Arm ausgestreckt hatte, brauchte aber einige Sekunden, bis sie Thea entdeckt hatte. »Oh ja, tatsächlich«, sagte sie versonnen und griff nach ihrer Handtasche. »Mama, komm, beeile dich, dann erwischen wir sie noch!« Paulina packte Viola am Handgelenk und zog sie fort. »Komm schon!«, drängte Paulina noch mehr, als sie das Zögern ihrer Mutter spürte. »Du wolltest sie doch auch kennenlernen.« »Ja, natürlich, aber ...« »Aber was?« Auf einmal sah Paulina ihre Mutter mit einem so offen herausfordernden Blick an, wie in Viola noch nie in deren Augen gesehen hatte. »Sie ist wirklich kein kleines Kind mehr«, durchzuckte es Viola, und sie gab ihr Zögern auf. »Also los, lauf schon und halte sie auf, ich komme hinterher!« Das ließ sich Paulina nicht zweimal sagen! Sie schlängelte sich behände zwischen den gemütlich schlendernden Menschen durch. Viola folgte ihr, bevorzugte es jedoch, nicht in einen ihren Kleidern unangemessenen Laufschritt zu verfallen. Nur einmal drehte sich Paulina nach ihr um, und als sie sah, dass sich der Abstand zwischen ihnen nicht zu sehr vergrößert hatte, beließ sie es dabei. Allerdings konnte Viola Thea besser im Auge behalten, als Paulina das möglich war, was ganz einfach an deren geringerer Körpergröße lag. Aber Paulina bahnte sich hartnäckig ihren Weg und war schon ziemlich nahe an Thea herangekommen, die ja nicht stehen blieb, sondern wie der übrige Besucherstrom in Richtung des Ausganges unterwegs war. Jetzt begann sich in Viola eine gewisse Nervosität zu regen. Das lag zum einen an ihrer Vermutung, dass Paulina nun, da sie ihr Ziel schon recht nahe vor Augen hatte, laut nach Thea zu rufen beginnen und nicht nur deren Aufmerksamkeit, sondern auch die sämtlicher anderer Leute auf sich ziehen würde. Zum anderen spürte Viola, dass sie die Begegnung mit Thea unsicher machte. Sie hatte manchmal Mühe damit, wenn sie eine Einladung ihrerseits ausgesprochen hatte, diese jedoch abgelehnt worden war. Sie hatte immer Angst davor, dass sich irgendjemand von ihr bedrängt oder genötigt fühlen könnte. Sie wollte niemandem zur Last fallen, folgte gerne den Einladungen anderer, musste aber oft eine Hürde in ihrem Inneren überwinden, wenn sie selbst Interesse an jemandes Bekanntschaft zeigen wollte. Thea war einer dieser wenigen Menschen gewesen, bei denen Viola sofort das Gefühl gehabt hatte, ihre Scheu vor diesen Dingen ablegen zu können. Deshalb war sie auch so enttäuscht gewesen, als diese die Einladung am Bahnhof ausgeschlagen hatte. Allerdings war Viola nicht verborgen geblieben, dass dies auch Thea sehr bedauert hatte. »Thea!« Paulinas Rufen weckte Viola aus ihren Überlegungen, aber sie musste sich kurz gedulden, bis sie Theas Gestalt wieder sehen konnte, da zwei große, breitschultrige Herren ihr die Sicht versperrten. Als sie die Männer hinter sich gelassen hatte, war allerdings Thea aus ihrem Blickfeld verschwunden. Und zu ihrem großen Schrecken auch Paulina. Sie werden sich gefunden haben, versuchte sie sich zu beruhigen. Also ging sie so schnell wie möglich weiter geradeaus. Der Besucherstrom verdichtete sich jedoch, je näher er dem Ausgang kam, eine ganz natürliche Sache, denn dort musste man durch ein Drehgitter, das nicht allzu viele Menschen auf einmal aufnehmen konnte. Viola schaute sich nach allen Seiten um. Sie versuchte an den Rand des Spazierweges zu gelangen und blieb dort auch einige Augenblicke stehen. Vielleicht war sie ja auch im Eifer des Gefechts an den beiden vorbeigegangen, und diese konnten nun sie nicht finden. Aber sosehr sich Viola auch bemühte, es war vergeblich. Keine Spur von Paulina und Thea. Auch kein Rufen mehr, das verraten konnte, in welcher Richtung sie verschwunden sein konnten. »Was tun?« Viola entschied sich, dass sie einfach weiter dem Ausgang zugehen würde, dort gab es ja auch einen Pförtner, dem sie notfalls Paulina oder auch Thea beschreiben konnte. Und Paulina würde sich schon auch etwas einfallen lassen, um zu ihr zurückzufinden. Viola war schon wieder ganz zuversichtlich und malte sich aus, auf welche Art und Weise sie die beiden überraschen könnte. »Mama, hier bin ich!« Paulinas helle Stimme drang unmittelbar an Violas Ohr, und kaum hatte sie nach links gesehen, von wo das Rufen gekommen war, da stand Paulina auch schon neben ihr. »Sie ist weg.« Mit hängendem Kopf und hörbarer Enttäuschung berichtete Paulina ihrer Mutter, wie das Ganze ausgegangen war. Paulina war schon ganz nah an Thea herangekommen, sodass sie es gewagt hatte, ihren Namen zu rufen. Diese hatte sich aber überhaupt nicht umgedreht, geschweige denn, dass sie stehen geblieben wäre. Der vielen Leute wegen war Paulina für einen Moment am Laufen gehindert worden und als sie dann nochmals nach Thea gerufen hatte, sei diese nach links geschwenkt und hätte sich dann schnell zwischen den Leuten hindurch nach vorn gedrängelt. Paulina war noch einige Meter an sie herangekommen, aber umso schneller hätte sich Thea vorwärtsgeschoben und sei dann schließlich in der Menschentraube vor dem Drehtor untergetaucht. Alles Rufen hätte da nichts mehr genutzt, ein alter Mann hatte Paulina schließlich sogar deswegen gerügt, berichtete sie entrüstet. »Obwohl sich so einer gar nicht aufzublasen braucht, denn er war bestimmt sowieso schwerhörig«, beendete sie trotzig ihren Bericht. Viola versuchte ihr Lächeln zu verbergen, das ihr unwillkürlich bei dieser für Paulina so typischen Äußerung gekommen war.

»Vielleicht haben wir die angebliche Thea ja nur mit jemandem verwechselt«, versuchte sie Paulina zu trösten, obwohl es ihr als eine zu billige Erklärung vorkommen wollte. Aber es fiel ihr im Augenblick nichts Besseres ein, und der Schilderung Paulinas nach lag ja beinahe die Annahme nahe, dass Thea sich mit Absicht aus dem Staub gemacht hatte. Aber das konnte sie dem Kind doch nicht sagen, zumal es ihr selbst schwer genug fallen wollte, mit dieser Eventualität zu leben. »Komisch«, dachte sie, »auch ich war mir sicher, dass es diese Thea gewesen ist! Sie hatte dieselben Kleider getragen wie vorgestern, und auch die Haarfarbe, die Frisur, Statur und Gang hatten mich doch allzu sehr an sie erinnert!« Und auf dem Bahnhof war es doch offensichtlich gewesen, dass es Thea schwergefallen war, sich von Paulina zu verabschieden. Dann hätte sie sich doch wenigstens über ein Wiedersehen freuen müssen!? Warum also dieses sonderbare Verhalten?

»Weißt du, worauf ich jetzt Lust hätte?« Viola legte die Hand unter Paulinas Kinn. »Auf ein schönes heißes Bad mit viel Schaum und einem guten Buch – und vielleicht«, fügte sie geheimnisvoll hinzu, »auch ein Glas Sekt für mich, pur, und ein Glas gespritzten Kirschsirup für dich«.

»Oh ja, das wäre gemütlich«, flüsterte Paulina zurück und fühlte wieder neue Begeisterung in sich aufsteigen. Sie rieben ihre Nasenspitzen einige Male aneinander, das einzige Ritual aus schon ganz frühen Kindheitstagen Paulinas, dann nahmen sie sich an den Händen und verließen den Zoo so schnell wie möglich durch einen der zahlreichen Ausgänge.

Es wurde ein schöner Abend. Als sie in der Wohnung ankamen, war Greta gerade aufgestanden und damit beschäftigt, sich einige Brote für die Nacht zu schmieren. Viola und Paulina aßen jeweils eine Stulle mit Wurst und erzählten Greta von ihren Erlebnissen. Als die Sprache auf Thea kam, warfen sich die beiden erwachsenen Frauen über Paulinas Kopf hinweg ratlose Blicke zu und beendeten das Thema möglichst rasch. Paulina hatte das bemerkt, und es war ihr auch ganz recht so. Sie fühlte sich getäuscht und verunsichert, und sie wusste noch nicht recht, ob sie Thea oder sich selbst die Schuld daran zuschreiben sollte. Als sie ihren Hunger gestillt und Greta die Wohnungstür hinter sich zugezogen hatte, ließ Paulina das Badewasser einlaufen.

Später, als sie angenehm müde und wohlig warm unter ihrer Decke lag und auf den Schlaf wartete, wanderten ihre Gedanken noch einmal durch den Tag. Sie war glücklich darüber, wie sie ihn verbracht hatten. Sie hatte es genossen, ihre Mutter mit niemandem teilen zu müssen, nachdem sie das am Tag zuvor schon getan hatte. Eigentlich, so befand sie bei längerem Nachdenken, war dies das erste Mal gewesen, dass ihr das Alleinsein mit Mama keinen Augenblick langweilig geworden war. Obwohl sie keine großen Abenteuer erlebt hatten. Noch im letzten Sommer war ihr das Bummeln und Anschauen der Schaufensterauslagen schnell überdrüssig geworden, und sie hatte Mama dann ziemlich heftig zum Beenden dieses Zeitvertreibes gedrängt, sodass sie es manchmal fast nicht geschafft hatten, wenigsten die allernötigsten Besorgungen zu machen. Die Anschaffungen von Paulinas Kleidern und Schuhen überließen die Großeltern fast ganz ihrer Tochter. Nur in dringenden Fällen ging Charlotte mit ihrer Enkelin in ein Bekleidungsgeschäft oder auch zu einer Schneiderin, um das eine oder andere Stück abzuändern. So blieb Paulina nichts anderes übrig, als jedes Mal mindestens einen Tag ihrer Ferien in Berlin mit dem Beschaffen neuer Kleidungsstücke zuzubringen. Wenn sie genug davon hatte, konnte sie sehr unangenehm werden. Dann passte nichts, alles zwickte und zwackte sie, die Stoffe kratzten auf der Haut, und in den Schuhen konnte man nicht gehen und nicht stehen. Das war diesmal so ganz anders gewesen, und das fiel ihr tatsächlich erst jetzt auf. Lustig, dachte sie und war über sich selbst verblüfft. Heute hätte sie noch eine Zeit lang in der Stadt bleiben können, während Mama nun plötzlich davon genug gehabt hatte. Konnten sich die Dinge so ändern? Der Nachmittag hatte das jedoch entschädigt. Sie hatten so viel Spaß miteinander gehabt, und auch jetzt fiel Paulina mit einem Mal auf, dass sie heute kein einziges Mal von irgendjemandem komisch angeschaut worden war. Zuhause in Dresden bemerkte sie immer häufiger, dass manche Erwachsene, ältere Heranwachsende, aber auch andere Kinder ihr mal sehr lange, mal auffällig kurze, aber irgendwie seltsame Blicke zuwarfen und sie sich deshalb ganz entgegen ihrer sonstigen Keckheit oft ein wenig unwohl fühlte. Hier in Berlin war das noch gar nicht der Fall gewesen. Mochte das vielleicht daran liegen, dass hier niemand wusste, wer sie war? »Komisch«, sagte Paulina leise zu sich selbst. Kein Mensch hatte heute, im Gegensatz zu sonstigen Stadtgängen, von ihr und Mama Notiz genommen. Außerdem war Mama heute so fröhlich gewesen, ganz im Gegenteil zu ihrem letzten Besuch hier, in den Weihnachtsferien. Da war sie so fahrig gewesen, hatte viel an ihr herumgenörgelt, viel geschlafen, eine Menge Zigaretten geraucht und viel Wein getrunken. Das hatte Paulina lange Zeit bedrückt. Diesmal jedoch schienen alle diese Anzeichen verflogen zu sein. Schon bei ihrer Begrüßung am Bahnhof hatte Paulina in den Augen ihrer Mutter die tiefe Zuneigung entdeckt und sich bei ihr geborgen gefühlt.

Obwohl Paulina nie etwas anderes als ihr Leben bei den Großeltern gekannt hatte, hatte sie sich nie anhaltende Sorgen darüber gemacht, dass ihre Mutter sie nicht lieb haben könnte. Nur der fehlende Vater bedrängte sie zuweilen, aber diese Sache teilte sie allein mit Kolja. Der besaß zwar einen solchen, aber dieser war so oft betrunken und verlor deswegen immer wieder seine Arbeit. Deswegen befand Kolja auch immer, dass Paulina sich nicht zu beschweren bräuchte. Denn, wie er befand, lieber wäre man vater- und mutterlos, wenn man nur gut funktionierende Großeltern hatte.

»Gute Nacht, mein Schatz!« Viola steckte den Kopf zur Tür herein und löschte das Licht. »Halt, ich will doch noch lesen!«, protestierte Paulina und suchte über ihren Kopf hinweg nach dem Schalter der Nachtischlampe. »Hast du noch nicht genug?« Viola war schneller und knipste das Licht wieder an. »Ich werde niemals genug davon kriegen«, kam es altklug aus den Kissen. Viola beugte sich über das hohe Haupt des Bettgestelles hinunter und küsste Paulina leicht auf die Stirn. Die quiekte, weil die langen Bänder, die von Violas Nachthemd herunterfielen, sie im Gesicht und an der Nase kitzelten. »Ist ja gut, hab schon verstanden, ich lasse dich jetzt sofort in Ruhe. Du kannst von mir aus lesen, bis du schwarz bist wie die Nacht da draußen, es ist mit ganz egal!« Viola zog die Tür hinter sich zu, nur um sie einen Augenblick später wieder einen Spaltbreit zu öffnen. »Aber räume bitte morgen früh nicht wieder den ganzen Nachttisch ab, wenn du deine Uhr suchst«, flötete sie und verschwand dann endgültig.
Sie hat es also doch gehört, dachte Paulina und blies den angehaltenen Atem geräuschvoll aus dem Mund. Aber da Mama erst lange nachdem Greta und sie ihr Frühstück beendet hatten aufgetaucht war, konnte die Störung nicht allzu groß gewesen sein.
Paulina setzte sich halb aufrecht hin, stopfte sich das große Kopfkissen so zurecht, dass es eine angenehme Stütze für den Rücken war, und angelte das bereits aufgeschlagene Buch vom Boden. Sie musste unbedingt wissen, wann Wronskij nun endlich auf Anna treffen würde. »Treffen.« Paulina ließ das Buch augenblicklich sinken und spürte dem Brennen nach, das dieses Wort in ihr ausgelöst hatte. Thea! Das war der Wermutstropfen dieses Tages gewesen. Warum nur war diese nur vor ihr weggelaufen? Paulina war sich sicher: Sie hatte sich nicht geirrt, hatte Thea eindeutig erkannt! Sie hatte ihr im Zug lange genug gegenübergesessen, um sie sich gut genug einzuprägen. Sie war vor Freude auf diese unerwartete Begegnung ganz außer sich gewesen, hatte sich mit allen halbwegs rücksichtsvollen Maßnahmen durch die Menschenmenge gearbeitet, beinahe ihre Mutter verloren und den Missmut fremder Leute riskiert, nur um zu Thea zu gelangen. Und diese war geflohen! Ja, sie hatte es als eine regelrechte Flucht empfunden. Paulina rutschte wieder ein Stück nach unten, drückte den Hinterkopf tief in das weiche Daunenkissen und starrte an die makellos weiß getünchte Zimmerdecke. Sie blieb regungslos liegen und überließ sich ihren Empfindungen.

Wann sie eingeschlafen war, konnte sie am nächsten Morgen nicht mehr sagen, aber als sie aufwachte, brannte kein Licht mehr, das Buch lag sorgfältig verschlossen auf dem Nachttisch, und das handgefertigte Lesezeichen aus dunkelblauem Samt, ragte aus dem unteren Rand des dicken Buches. Paulina hatte es heimlich in ihren Koffer geschmuggelt, nachdem er schon von Großmama vollständig und sehr ordentlich gepackt worden war. Glücklicherweise hatte Großvater den Koffer zugemacht, und der würde, was so etwas anbetraf, niemals unangenehme Fragen stellen. Und hier, bei Greta und Mama, war es egal, wenn ihr »blinder Passagier« entdeckt würde. Paulina schob das Federbett beiseite und richtete sich ganz auf, um das Buch vom Nachttisch nehmen zu können, ohne dass Gefahr bestand, es fallen zu lassen und Lärm zu machen. Dann wiederholte sie das, was sie gestern Abend schon getan hatte, um bequem zu sitzen, und schlug die Seiten auf, in denen das Samtband steckte. Heute war Ostersonntag, und Mama würde mit Sicherheit noch lange schlafen. Auch von Greta war nichts zu hören, und Paulina schloss daraus, dass sie wohl mindestens eine Stunde ungestört lesen konnte.

Heute Abend würde sie mit Mama und Onkel August ausgehen, alles andere wäre eine Überraschung, hatte Mama angedeutet. Das würde zweifellos der Höhepunkt des heutigen Tages werden, da war Paulina sich sicher. Sie seufzte zufrieden und suchte unter der Decke nach dem Stoffband, mit dem sie ihre Haare zusammenhielt und das sich in der Nacht gelöst haben musste. Sie schlang es um ihre Locken, und dann vertiefte sie sich in die dicke Schwarte, die sie erst vorletzte Woche aus Großvaters Bücherregalen gezogen hatte.

Paulina vergaß sich. Sie vergaß die Welt um sich herum, vergaß die Zeit, bemerkte nicht den knurrenden Magen und auch nicht, dass es in ihrem Zimmer immer heller geworden war. Sie überhörte das Glockengeläut, das von den umliegenden Kirchtürmen erklang, und auch sonst nahm sie keine Geräusche war, weder das der einzelnen Autos, die auf der Straße fuhren, noch das Klappern von Pferdehufen, die an diesem Tag bereits vom frühen Morgen an Ausflügler durch die Straßen zogen. Paulina fror mit ihrer Heldin Anna, hoffte mit Wronskij und tanzte mit Kitty in dem lichtdurchfluteten Ballsaal eines gräflichen St. Petersburger Palais. Paulina hatte manchmal Mühe, mit den Oblonskijs und Korsunskijs , den Lewjins und Rabinjis, Alexandrowitschs, Arkadjewitschs und wie sie alle hießen. Immer wieder musste sie einige Seiten zurückblättern, um noch einmal nachzulesen, wer mit wem verschwägert, verfeindet oder eng vertraut war, und längst verstand sie nicht alle Zusammenhänge perfekt, aber das machte nichts. Die spannende Geschichte und die lebendige Beschreibung dieser Welt des russischen Zarenreiches aus dem vorigen Jahrhundert zogen sie in ihren Bann.

Gegen Mittag war Greta nach Hause gekommen und hatte zunächst zu ihrer Besorgnis, dann aber zu ihrer Erheiterung die ganze Wohnung hinter zugezogenen Vorhängen und in tiefer Stille vorgefunden. Weder von Viola noch von Paulina war ein Ton zu hören, weder leer getrunkenen Kaffeetassen noch die geringste Spur eines Brot- oder Kuchenkrümels waren zu sehen. Allein die Schuhe, Mäntel und Hüte der beiden verrieten, dass sie noch da waren. Greta hatte den Kopf geschüttelt und beschlossen, dass sie die Faulpelze aus den Betten holen würde. Sie selbst hatte nun schon seit bald zwanzig Stunden keinen Schlaf mehr, aber stattdessen eine arbeitsreiche Nacht gehabt. Sie war so lange im Krankenhaus aufgehalten worden, da einer ihrer Kollegen erst so spät erschien, dass sie schon dachte, er würde überhaupt nicht mehr kommen. Als er dann endlich auftauchte, war er in einer äußerst merkwürdigen Verfassung, sodass Greta ihn erst einmal eine Stunde lang unterstützte, bis er wieder ganz zu sich selbst gefunden hatte. Danach war es dann so spät gewesen und ihre Müdigkeit bereits verflogen, dass sie unterwegs beschloss, nach Dahlem zu fahren, um dort einen Gottesdienst zu besuchen. Dass sie dort einen alten Studienkollegen getroffen hatte, war nicht vorauszusehen, aber eine umso schönere Überraschung gewesen. Jürgen war inzwischen verheiratet, hatte eine sympathische Frau und zwei nette Kinder, einen Jungen und ein Mädchen. Sie unterhielten sich lange, und danach war Greta sehr nachdenklich nach Hause gegangen. Sie hatte sehr darauf gehofft, an einem gedeckten Tisch sitzen und eine Tasse Kaffee trinken zu können. Bei der Vorstellung, dazu einige Stücke von dem köstlichen Hefekuchen, den die Bäckersfrau von nebenan ihr gestern geschenkt hatte, genießen zu können, war ihr das Wasser im Mund zusammengelaufen. »Na, wartet«, dachte sie deshalb, als ihre Erwartungen so ganz enttäuscht wurden. »Ich werde euch schon auf die Beine bringen.« Sie setzte Wasser und Milch auf und deckte rasch den Tisch. Dann ließ sie kaltes Wasser in eine Schüssel laufen und schlich sich zu Violas Schlafzimmer, um an der Tür zu lauschen. Kein Laut drang nach außen. Also schlief sie entweder noch, las ein Drehbuch oder lernte ihre Rolle. Dies tat sie jedoch gewöhnlich, indem sie sich selbst vorsprach, und das wiederum hätte Greta gehört. »Also gut«, sagte Greta zu sich selbst und riss die Tür auf. Dann tauchte sie die Finger in die Schüssel und spritzte Viola direkt ins Gesicht. »Aufstehen!«, rief sie und trat ans Bett der Freundin. Dabei stieß sie mit dem Fuß an etwas Hartes, und im selben Augenblick klirrte es. In Sekundenschnelle erfasste Greta die Lage. »Hm, schon Morgen?«, krächzte eine verschlafende Stimme, und ihre Eigentümerin blinzelte durch die halb geschlossenen Lider. »Mittag, meine Liebe, Mittag, halb zwölf!« Noch einmal griff Greta mit der holen Hand tief in ihr Gefäß und schaufelte mit den Fingern eine ganze Ladung Wasser heraus, die sie mit Schwung über Viola schleuderte. »Igitt, du bist gemein!« Viola schüttelte sich, fuhr hoch, schlug die Decke zurück, sprang aus dem Bett und wollte davonlaufen. Aber kaum dass sie stand, knickte ihr linker Fuß ein und sie taumelte. Sie hüpfte mit dem rechten Fuß ein Stück zur Seite, um das Gleichgewicht zu halten, und dabei trat sie auf das schlanke, hohe Glas, das Greta umgeworfen hatte. Viola schrie auf vor Schmerz, als sich die Scherben in ihren Fuß bohrten.

Der Tumult hatte Paulina in die Wirklichkeit zurückgeholt.

Zum Glück war Greta auch zu Hause für solche Fälle gut ausgerüstet, und sie versorgte die Wunde fachmännisch. Allerdings hatte sie total vergessen, dass ja Wasser und Milch auf dem Herd standen, und als sie ein lautes Zischen hörte und ein unverkennbarer Geruch sich von der Küche aus in der ganzen Wohnung ausbreitete, war es sowieso zu spät. Paulina versuchte ihr Möglichstes, um dieses Malheur wieder in Ordnung zu bringen, allerdings verbrannte sie sich dabei an dem heißen Emailletopf und musste die betroffenen Finger erst einmal in kaltes Wasser halten. Greta schaffte es, mit einigen gezielten Handgriffen das Durcheinander zu ordnen und doch noch einen Bohnenkaffee aufzubrühen. Sie machte ihn stärker als sonst. Viola würde es brauchen können, und mittlerweile war es ihr auch egal, wie lange sie selbst noch wach blieb. Es war ohnehin ihre letzte Nachtwache gewesen, und sie konnte morgen ausschlafen. Paulina deckte noch im Nachthemd den Tisch, dann zog sie sich schnell an, und auch Viola schlüpfte in ihre Kleider. Sie frühstückten dann lange und ausgiebig und fanden trotz Violas Schmerzen und Nachwirkungen vom gestrigen Abend bald zu einer gelockerten und fröhlichen Atmosphäre zurück und lachten über ihre Missgeschicke. Dennoch war Greta alarmiert, was sie aber geschickt verbarg. Viola hatte getrunken. Zu viel. Die leeren Flaschen, die Greta neben der Badewanne entdeckt und schnell beim Zusammensuchen des Verbandszeuges hatte verschwinden lassen, sowie Violas Schlaftrunkenheit verlangten keine weiteren Beweise. Dabei war sie gestern so ausgeglichen und erfüllt gewesen! War es das bevorstehende Treffen mit August, das ihr Kummer bereitete? Greta nahm sich vor, die Lage wieder genauer zu beobachten. Jetzt, da das Kind da war, durfte es einfach nicht passieren! Sie musste das mit allen Mitteln zu verhindern versuchen. Sie konnte nur hoffen, dass Viola gestern Abend erst angefangen hatte, nachdem Paulina schon zu Bett gegangen war. »Und dazu noch in der Badewanne!«, dachte Greta und fühlte Ärger sich aufsteigen. Dabei hatte sie Viola schon so oft gesagt, wie gefährlich das wäre. Seit Weihnachten war nicht mehr Derartiges vorgekommen. Obwohl Greta nicht wirklich geglaubt hatte, dass es vorbei war, hatte sie doch gehofft, dass die Abstände sich noch vergrößern würden. Greta zog sich, nachdem das Frühstück beendet war und Viola und Paulina über mehreren Partien Mühle und Dame brüteten, in ihr Zimmer zurück. Sie legte sich jedoch nicht ins Bett, sondern nur auf das kleine Sofa, das noch aus ihrer ersten Wohnung stammte. Dann schloss sie die Augen und ließ ihren Gedanken freien Lauf, bis sie schließlich erschöpft in einen tiefen, traumlosen Schlaf fiel.

*

»Guten Abend, gnädige Frau, guten Abend, gnädiges Fräulein.« Die Knöpfe an der Livree des Portiers glänzten goldgelb, und Paulina, die Viola fest an der Hand hielt, war vom Putz dieser Uniform so fasziniert gewesen, dass sie beinahe die wenigen breiten Stufen, die zum Eingang führten, hinaufgestolpert wäre. »Was machst du denn?«, fuhr Viola sie an und zerrte an ihrem Arm. Paulina schoss die Röte ins Gesicht. Sie hatte so sehr diesen eleganten Herrn bewundert und jetzt passierte ihr unter dessen Augen solch ein peinliches Missgeschick! Sie senkte den Blick und war froh, dass sie von ihrer Mutter schnell in ein Abteil der Drehtür geschoben wurde. Hätte sie den Portier noch einmal angesehen, wäre ihr dessen verständnisvoller Blick bestimmt nicht unangenehm gewesen. Paul Fromm war ein integerer Mensch. Die Sorte, die für den Posten eines Hotelportiers wie geschaffen war. Schon seit siebzehn Jahren stand er von morgens bis spät in den Abend auf seinem Platz. Er trotzte Regen und Schneegestöber, eisigen Winden und brütender Sommerhitze und begrüßte tagaus, tagein die Gäste des Hauses. Die schätzten ihn alle sehr, was jedoch seinerseits nicht immer der Fall war. Aber keiner der Gäste, und mochten sie ein noch so übertriebenes Gebaren an den Tag legen oder peinliche Auftritte zeigen, hätte sich jemals darüber beklagen können, dass dieser Mann nicht mit äußerster Umsicht und Verschwiegenheit eine ausgezeichnete Empfehlung für das Hotel gewesen wäre. Er war einer von denen, die über so manche Einzelheiten aus dem Leben ihrer Gäste Bescheid wussten, die aber alle Geheimnisse für sich behielten. »Das ist also die Kleine, hübsches Kind«, dachte er, und ein anerkennendes Lächeln huschte über sein Gesicht. Dann wandte er sich der gerade vorgefahrenen Limousine zu.
Paulina stand schweigend und mit vor Erstaunen geöffnetem Mund in der Eingangshalle des vornehmen Hauses und sah fast instinktiv nach oben. Es war ihr, als könnten ihre Augen gar nicht groß genug sein, um diesen Anblick in sich aufzunehmen, der sich ihr von einer Sekunde auf die andere bot. Allerdings hatte sie sofort die Augen zukneifen müssen, denn das Licht der beiden riesigen Leuchter brach sich in den unzähligen kristallenen Glassteinen, mit denen die kunstvoll geschwungenen Kronen über und über behangen waren.

Für einen Augenblick tanzten nur farbige Ringe und Kreise vor ihren Augen, als sie wieder zu Boden sah, dann aber faszinierte sie das in Rot, Grün und Blau gehaltene Muster, das aus Tausenden einzelner Steinchen zu bestehen schien. Sie ließ ihren Blick an einer der Blumenranken entlanglaufen, bis er unwillkürlich an der großen Freitreppe hängen blieb. Dann zog Viola an ihrer Hand und wollte wissen, wie lange sie denn hier noch stehen bleiben und mit offenem Mund in der Gegendherum sehen wolle. Paulina sagte gar nichts, sondern beeilte sich nur, schnell neben ihrer Mutter herzugehen, die trotz ihrer Schnittwunde am Fuß ein erstaunliches Tempo an den Tag legte. Wenn man es nicht wusste, konnte man nicht ahnen, dass sie durch eine Verletzung beeinträchtigt war. Den ganzen Nachmittag über hatte Paulina sich gefragt, womit sie Mama verärgert haben könnte, sodass diese heute so ganz anders zu ihr war als gestern. Es war doch nicht ihre Schuld gewesen, dass sie in die Glasscherben getreten war! Sie hatte sich angestrengt, damit ihr nicht noch ein Missgeschick unterlaufen würde. Sie hatte abgewaschen, in ihrem und Mamas Zimmer aufgeräumt, und bei »Mühle und Dame« hatte sie ihr Bestes gegeben, um ein spannendes und wohlüberlegtes Spiel abzuliefern. Mama mochte es nicht, wenn sie einfach nur planlos los legte und nur auf die Vorgaben des Gegners reagierte. Paulina war es sehr wichtig gewesen, dass sie keinen Anlass zu Streitereien gab. Und trotzdem hatte Mama sie bei jeder Gelegenheit zurechtgewiesen. Sie hatte sie beschuldigt, ihre Strumpfhalter verlegt zu haben, was sich allerdings nach längerem Suchen als falsch heraus gestellt hatte. Dann brach sie sich zwei ihrer Fingernägel ab, worauf sie sehr ärgerlich war. Als dann Paulina beim Ankleiden zu lange brauchte, nur weil Mama zuerst nicht hatte einsehen wollen, dass sie sich in ihrem dunkelblauen Matrosenkleid in der Zwischenzeit so kindisch vorkam und das neue Sommerkleid bevorzugen würde, hatte Viola kurz die Fassung verloren. Sie hatte Paulina angeherrscht, ob sie ihr durch die Trödelei den ganzen Abend verderben wolle, und sie hätte ja gar keine Ahnung, was es bedeuten würde, wenn ... Dann war Mama verstummt. Sie hatte Paulina in einem Anflug von Bedauern kurz an sich gedrückt, dabei aber über sie hinweggesehen. Paulina hatte nur bemerkt, dass es sich anfühlte, als würde ihre Mutter zittern. Sie hatte schnell die Schuhe geschnürt und sich zum Gehen fertig gemacht. Auf dem ganzen Weg hierher war kein Wort zwischen ihnen gefallen. Aber dafür hatte Mama im Taxi den Arm um sie gelegt. Allerdings war Paulina ganz nervös geworden, weil Mama ständig nach der Zeit sah und dabei den Ärmel ihres Mantels stets heftig schüttelte, sodass er ihr Handgelenk freigab, an dem sie wie immer die wertvolle Armbanduhr trug, die Großvater selbst entworfen und hergestellt hatte.

Erst als sie vorhin auf der Treppe gestolpert war, hatte Mama wieder mit ihr geredet, aber dies war ja auch wieder nur ein Tadel gewesen. Dabei hatte sie doch nur diese Herrlichkeiten bestaunt! Plötzlich fiel ihr die Überraschung wieder ein, von der bisher immer nur die Rede gewesen war, wenn es um diesen Abend ging. War sie das nun, die Überraschung? Dieses Haus, dessen Ausstattung sie fast an ein Schloss erinnerte? Der Fassade hatte man nicht unbedingt angesehen, was dahintersteckte. Sie sah wie die meisten Berliner Hotels in dieser Gegend aus. Sie ging geduldig neben Mama her den langen Gang hinunter, der von vielen Wandlampen beleuchtet in warmes goldgelbes Licht getaucht war. An den Wänden waren weiße Holzvertäfelungen angebracht, deren Glanz sich im Schein der Lichter spiegelte. Auf dem steinernen Fußboden lag in der Mitte ein ebenso dunkelroter Teppich, wie Paulina ihn schon auf der großen Treppe wahrgenommen hatte, während sich links und rechts davon das Mosaikmuster fortsetzte, das auch in der Eingangshalle den Fußboden geschmückt hatte. Als sie ungefähr die Hälfte des Flures hinuntergegangen waren, entdeckte Paulina auf beiden Seiten jeweils zwei Türen, die durch ein glänzend poliertes Messingschild einmal für »Damen« und einmal für »Herren« gekennzeichnet waren. Gut zu wissen, dachte Paulina im Vorbeigehen. Es war klar, Mama steuerte auf die weiße hohe Tür zu, deren Flügel größtenteils aus Glasscheiben bestanden, die mit weißen Ornamenten bemalt waren. Der rechte der beiden Flügel jedoch stand weit offen, und von drinnen kam gedämpfte, angenehm klingende Klaviermusik, was in Paulina die freudige Spannung wieder ansteigen ließ. Sie sah vorsichtig zu Mama hinauf und entdeckte um deren Mund den altbekannten entschlossenen Zug. Ihre vornehme Erscheinung verschaffte Viola Respekt und Ansehen. Paulina überlief ein kleiner wohliger Schauer vor Stolz und Verehrung für ihre schöne Mutter. Sie drückte deren Hand ganz kurz, und Viola gab auf dieselbe stumme Weise Antwort. Dann lächelte sie zu ihrer Tochter hinunter, ohne jedoch den Kopf auch nur um eine Spur zur Seite zu neigen. Paulina war selig. Endlich betraten sie das Restaurant durch die Flügeltür. Auch hier war die Beleuchtung von ähnlich üppiger und prunkvoller Art wie in der Empfangshalle. Allein das auf den blütenweißen Tischdecken befindliche Tafelsilber und der Glanz der unterschiedlich hohen Gläser vermehrten das bestechende Glitzern um ein Vielfaches von dem, wie sie es vorhin gesehen hatte. Diesmal hatte sie den Mut, ihrer Begeisterung lautstark Luft zu machen. »Ist das schön, Mama!« »Ja, nicht?« Viola durchströmte mit einem Mal wieder dieses Glücksgefühl, wie gestern, als sie Paulinas Kleid gekauft hatten. Jetzt stand sie hier in dieser besonderen Atmosphäre zusammen mit ihrem Kind. »Lass es gut werden!«, flehte sie innerlich, und sie musste ihre Muskeln mit aller Kraft anspannen, um das Zittern zu verbergen, das sie wie ein Schauer überlief. In dem Augenblick tauchte zur ihrer Linken ein schwarz befrackter Herr auf, dessen allerdings schon ziemlich spärlich gewordener Haarwuchs mit so viel Frisiercreme um den Kopf gelegt war, dass es auf den ersten Blick so aussah, als trüge er eine schwarze Haube aus glänzendem Satin. »Ah, die Frau Seeligmann«, dienerte er beflissen in einem Paulina gänzlich unbekannten singenden Tonfall und nahm mit galanter Bewegung Violas dargereichte Rechte. »Küss die Hand, gnädige Frau«, schnurrte er weiter und schickte Paulinas Mutter ein Hauchen über den Handrücken. Da der Mann viel kleiner war als Viola und dazu noch von gedrungener Gestalt, gab das Ganze ein lustiges Bild ab, wie Paulina fand, und sie war fast zum Kichern verleitet. Aber sie beherrschte sich. Urplötzlich kam ihr der Gedanke in den Sinn, dass Mama hier schon öfter gewesen sein musste, denn dieser Mann hatte sie doch eben mit ihrem Namen begrüßt. »Obwohl …«, dachte sie, doch dann wandte sich der Herr auch schon ihr zu: »Gnädiges Fräulein!« Eine breite Männerhand mit kurzen, dicken Fingern streckte sich ihr entgegen, und aus dem runden Gesicht sahen sie zwei helle kleine Äuglein unverhohlen neugierig an. Sie überlegte sich nur kurz, ob sie nun ihren ganzen Namen nennen musste, hörte sich dann aber bereits »Guten Abend« sagen. Sie deutete so etwas wie einen kleinen Knicks an. Als sie zu ihrer Mutter schaute, bemerkte sie deren verräterisches Zucken um die Mundwinkel und schloss daraus, dass sie es richtig gemacht hatte. Dann geleitete der Befrackte Viola und Paulina vorbei an vielen andern Gästen und dem schwarz glänzenden Flügel, der von einem dürren, jungen Mann gespielt wurde, quer durch den großen Saal. Paulina bemerkte, dass manche der bereits speisenden oder auch einfach nur dasitzenden Restaurantbesucher ihre kleine Truppe neugierig ansahen, während andere wiederum keinerlei Notiz von ihnen nahmen. Allerdings kam Paulina nicht umhin, sich einen Spaß zu erlauben: Nach dem Vorbeigehen an einer sehr umfangreichen älteren Dame mit dick beringten Fingern drehte sie sich noch einmal nach dieser um, worauf diese sich sichtlich ertappt fühlte und schnell sehr angestrengt auf den vor ihr stehenden Teller sah. Paulina grinste schadenfreudig. Durch ihre kleine Aktion hatte sich der Abstand zwischen ihr und ihrer Mutter etwas vergrößert, und sie musste ein paar schnellere Schritte machen, um aufzuholen. Sie hatte sich doch vorgenommen, keinen Ärger zu machen. Mit für seine kurzen Beine erstaunlich raschen Schritten, die auf dem glänzenden Parkettboden ein gleichmäßiges gedämpftes Klopfen hinterließen, steuerte ihr Anführer schließlich auf einen Tisch zu, der etwas abseits von den anderen an einem der hohen Fenster stand. Dann nahm er ihnen Hüte und Mäntel ab. Paulina fand einen weiteren Grund, sich zu amüsieren. Der Mann musste Mamas langen Mantel mit ausgestreckten Armen nach oben halten, damit er nicht auf dem Boden schleifte, und bis er ihn über einen Bügel gelegt und hoch genug an dem weiß lackierten Garderobenmöbel aufgehängt hatte, musste er sich auf die Zehenspitzen stellen. Um seine Anstrengung zu verbergen, hatte er wohl die Luft angehalten, worauf Paulina seine rötliche Gesichtsfarbe zurückführte, und eine seiner Haarsträhnen hatte sich gelöst und hing ihm in die Stirn. Mit einem gekonnten Griff beförderte er sie wieder an ihren Platz zurück, dann straffte er die Schultern, baute sich, so gut es ging, vor Viola auf und schlug die Hacken zusammen wie ein Soldat, der vor seinen General tritt. »Was wünschen die Damen zu trinken?«, wollte er wissen. Viola, die sich wie Paulina bereits gesetzt hatte, erklärte ihm, dass sie noch warten würde. »Ah, verstehe, der Herr Direktor kommen bestimmt in den nächsten Minuten, aber um vielleicht das Warten, Gnädige Frau ...« »Nein, danke«, fiel Viola ihm freundlich, aber bestimmt ins Wort, »wir warten noch, nicht wahr?« Paulina wusste, was sie zu tun oder besser zu sagen hatte. »Wie's belieben, meine Damen!« Der Kurzbeinige dienerte wieder und legte dann die feisten Hände auf seinem hervorgewölbten, stattlichen Leib ineinander. Abermals setzte sich die Haarsträhne in Bewegung, und wieder wurde sie schnell und gekonnt in die richtige Lage zurückversetzt. Dann entfernte sich ihr Träger. Als er Viola weit genug weg schien, äugte sie zu Paulina hinüber, aber die hielt bereits die Hand vor den Mund. »Österreicher, und ich kann ihn nicht leiden«, raunte Viola ihrer Tochter gerade noch zu, bevor diese losprustete und dabei angestrengt zum Fenster hinaussah. An dem am nächsten stehenden Tisch saß allerdings noch niemand, von daher war ihre Sorge unnötig. Es fühlte sich niemand durch ihr Lachen gestört. Der Saal war erfüllt von den Unterhaltungen, die an den Tischen geführt wurden, man hörte hin und wieder das leise Klirren der Gläser und das Klappern von Besteck. Zudem spielte der Klavierspieler Walzermelodien, und so gab es keinen Grund, sich das Lachen ganz zu verbieten. »Ist das die Überraschung?«, fragte Paulina, als sie sich wieder beruhigt hatte. »Ein Teil davon.« Viola legte den Finger auf die gespitzten Lippen und machte ein geheimnisvolles Gesicht. »Du bist schon öfter hier gewesen, nicht wahr?« Paulina versuchte, sich einen Reim auf die Sache zu machen. Zwar hätte es genauso gut sein können, dass der befrackte Herr, der sie begrüßt hatte, ihre Mutter vom Theater kannte, aber Mama hatte nicht den Eindruck gemacht, als hätte sie dieses Haus zum ersten Mal betreten. Seine besondere Ausstattung schienen sie jedenfalls nicht im Geringsten in Erstaunen versetzt zu haben, und sie hatte sich sicher und wie selbstverständlich von zu Hause bis hierher zu diesem Stuhl bewegt. »Er kannte dich doch«, bohrte Paulina weiter, als ihre Mutter die Vermutung weder bestätigte noch verneinte. Herausfordernd sah sie zu ihr hoch. »Nun sag schon, man kennt dich hier, Gnädige-Frau-küss-die-Hand!« äffte Paulina den Befrackten nach. »Gut beobachtet, meine Kleine!«, Viola kam einmal mehr zu der Erkenntnis, dass man Paulina keinen Tag länger im Ungewissen lassen durfte. »Du hast völlig recht«, fuhr sie fort. »Ich bin schon oft hier gewesen, und das hat einen ganz bestimmten Grund.« »Ja?« Fragend hob Paulina die Augenbrauen und spürte, dass sie ein wenig aufgeregt wurde. »Sagst du ihn mir?« Sie drückte ihren Körper dicht an Viola und zog ihr Gesicht nahe an ihr eigenes heran, um vielleicht ein verräterisches Blinken in Mamas Augen zu entdecken und sie zu bewegen, das Geheimnis zu lüften. Gerade wollte sie fragen, ob sie hier Onkel August träfen, als Viola kurz zur Seite schielte. »Achtung, der Grund ist schon im Anmarsch, und zwar höchstpersönlich«, flüsterte sie und drehte Paulinas Kopf von ihr weg, sodass diese nach vorn in den großen Saal schauen musste. Schon von Weitem erkannte diese die unverwechselbare hünenhafte Gestalt, die da eben durch die breite Glastür getreten war. »Onkel August!« Paulina wäre ihm am liebsten entgegengelaufen oder wenigstens aufgestanden, um ihm zu winken und ihn zu rufen. Aber die besondere Vornehmheit dieser Atmosphäre hielt sie davon ab. Bestimmt würde er sie finden, auch wenn er bis jetzt noch gar nicht in ihre Richtung geblickt hatte, soweit sie das zumindest erkennen konnte. Im Gegenteil. Der sonst so weit und schnell ausschreitende Mann schien es nicht sehr eilig zu haben, um zu ihnen zu gelangen. Fast schlenderte er durch die Reihen, die sich zwischen den großen und kleinen Tischen bildeten, grüßte mal dahin und mal dorthin, und an dem Tisch mit der älteren Dame, die Paulina vorher gefoppt hatte, blieb er sogar stehen und verbeugte sich vor ihr. Nicht ganz so übertrieben, wie sie es bei dem Empfangschef gesehen hatte, aber die Gebärde war doch eindeutig gewesen. Oh, er kennt sie! Paulina wurde es heiß. Das war ihr peinlich. Hoffentlich würde die Dame sich nicht über sie beschweren! Jetzt nahm er auch noch deren dicke diamantenbesetzte Hand und beugte sich zu ihr hinunter. Dabei wandte er seinen Kopf kurz in ihre Richtung. Paulina hob den Arm und riskierte ein zaghaftes Winken, das August aber freilich nicht erwidern konnte, weil er ja mit der ausladenden Dame da beschäftigt war. Paulina versuchte, im Gesicht ihrer Mutter zu lesen, das ließ jedoch beim besten Willen keine klare Deutung zu, denn diese blickte nur stur geradeaus, und der schelmische Ausdruck von eben war wieder gänzlich verflogen. Ihr Mund war schmal und fest geschlossen, und sie machte keinerlei Anstalten, auf die unruhig zappelnde Paulina neben ihr einzugehen. In der Zwischenzeit war Onkel August weitergegangen, und Paulina musste ihn einige Sekunden lang mit ihren Augen suchen. Sie entdeckte ihn, seitlich auf einem Stuhl sitzend, neben einem Herrn, der ihnen den Rücken zuwandte und der eben noch eine Zeitung gelesen hatte. Onkel August hatte den Arm lässig über die Stuhllehne gelegt und schien sich angeregt mit dem Herrn zu unterhalten. Auch dieser musste ihm also kein ganz Fremder sein, denn Fremden begegnete man anders. In Paulina arbeitete es fieberhaft. Sie versuchte, sich aus dem Ganzen einen Reim zu machen. Plötzlich kamen ihr die Worte des Bediensteten in den Sinn. Hatte der nicht von einem Herrn Direktor gesprochen, der in den nächsten Minuten ...? Mit einem Schlag wurde es ihr klar: Der »Herr Direktor« war kein anderer als Onkel August! Natürlich, das erklärte auch die Art und Weise, wie dieser durch den Speisesaal ging, wie er sich mit den Gästen unterhielt, und außerdem war sein schwarzer Anzug ...

Paulina hatte plötzlich einen ganz trockenen Mund, und sie spürte, wie stark ihr Herz pochte. Nun hielt sie es doch nicht mehr aus. Sie packte den Unterarm ihrer Mutter mit beiden Händen und rüttelte daran. »Mama, ist das der Herr Direktor?« Ihre Stimme klang ganz heiser. Mit erwartungsvoll aufgerissenen Augen starrte sie Viola fragend an. Diese sah sie nur an und lächelte stumm. Dann zog sie mit ihrer freien Hand Paulinas Kopf zu sich heran und vergrub für einen Augenblick ihr Gesicht in deren Locken. »Er ist es.« Paulina spürte den warmen Atem und die weichen Lippen ihrer Mutter an ihrem Ohr. »Er ist es!« Paulina bemerkte wieder das leichte Beben im Körper ihrer Mutter. Dann zog sie sich von ihr zurück und erhob sich, blieb aber dicht neben Viola stehen. Jetzt steuerte Onkel August sichtbar in ihre Richtung, und sie sah auch sein Lächeln, das ganz eindeutig ihr und Mama galt. »Der Herr Direktor, der Herr Direktor.« Wie eine Grammophonplatte mit Sprung kreisten diese Worte durch ihren Kopf. Ihre Hände wurden feucht und kribbelten, so als würden tausend Ameisen darin laufen. Sie spürte, wie sich Mamas Arme um ihre Taille legten und sie fest drückten. Paulina hätte gern etwas zu ihr gesagt, wusste aber nicht, was.

»Guten Abend, meine Damen!« Die tiefe wohlbekannte Stimme Onkel Augusts erinnerte Paulina daran, dass alles echt war. Sie träumte nicht. Mama streckte ihm den Handrücken hin, und er führte ihn zu seinen Lippen und küsste ihn. Richtig aber, so wie er es immer tat. Es war kein Hauchen, wie es die Etikette vorschrieb und wie es der Befrackte vorhin getan hatte, sondern es war die gleiche vertrauliche Geste, die sie schon immer zwischen ihm und Mama gesehen hatte. »Ah, die junge Dame wird immer schöner, wenn ich bemerken darf.« Mit einer Verbeugung über Viola hinweg, wandte August sich nun Paulina zu und kam ganz dicht an sie heran, sodass er wie immer sein »Tach' ooch, meene Süße«, in ihr Ohr flüstern konnte. Allerdings legte er diesmal nicht seine Hand auf ihren Kopf, um ihr kurz die Haare zu kraueln. Und ehrlich gesagt, war sie auch ganz froh darüber, denn irgendwie genierte sie sich plötzlich ein bisschen und dachte daran, dass sie ja von wildfremden Menschen beobachtet werden konnte. Wieder wollte sie etwas sagen, brachte allerdings nur ein gekrächztes »N'abend, Onkel August« heraus. Dann ließ Mama sie endlich los, und Paulina fuhr sich mit den Händen über das hitzige Gesicht. Das tat gut, denn ihre Hände waren komischerweise eiskalt, und so fühlte sie sich wieder frischer. Onkel August nahm den Stuhl auf Mamas gegenüberliegender Seite und setzte sich. Auch Paulina nahm wieder Platz. Sie räusperte sich und fand ihre Sprache und ihren alten Mut wieder. »Mensch, Onkel August, dir gehört das hier also alles?« Mit einer weit ausholenden Geste zeigte Paulina in den riesigen Saal. »Das alles«, lautete die klare Bestätigung. »Das wusste ich ja gar nicht«, sagte Paulina dann, aber mehr zu sich selbst, so als würde sie laut denken, und schüttelte dabei überwältigt den Kopf. Plötzlich kam ihr alles noch schöner und bestechender vor, und sie fühlte sich klein und mickrig. Sie ließ sich weit in den Stuhl zurückfallen und war froh, dass sie die gepolsterte Lehne an ihren Schulterblättern spürte. »Und ich wusste das gar nicht!«, seufzte sie noch einmal aus tiefstem Herzen, dann lachte sie. »Schöne Überraschung, habt ihr noch mehr davon?« »Sagt bloß, man hat euch noch nichts zu trinken gebracht!« August klang einigermaßen entrüstet. »Wir wollten auf dich warten«, beschwichtigte Viola ihn und berührte seine Hand ganz kurz. »Nicht wahr, Paulina?« Sie drehte sich der Tochter zu, die noch immer weit nach hinten gelehnt in ihrem Stuhl hing. »Ich bin am Verdursten!« Theatralisch rollte diese ihre Augen so weit nach oben, dass man fast nur noch das Weiße sah, und ließ die Zungenspitze aus dem Mundwinkel hängen. »Paulina«, schalt Viola sie leise. »Setz dich mal gerade hin, du musst endlich lernen, dich wie eine Dame zu benehmen.« Paulina grinste und schob sich in aufrechter Haltung wieder an den Tisch heran. »Schon passiert, ich könnte mir eine Zitronenlimonade vorstellen«, gab sie schlagfertig zurück, um das Thema zu beenden, abgesehen davon, dass sie tatsächlich großen Durst hatte. »War Hochleitner noch nicht hier?«, wollte Onkel August wissen und zog erstaunt die Augenbrauen nach oben. »Oh doch, er war es zur Genüge«, gab Viola lakonisch zurück. »Hätte mich auch sehr gewundert«, brummelte August, während er sich nach einem Kellner umsah. Doch da sah er schon seinen Restaurantchef mit eindeutigem Ziel im Visier auf sich zusteuern, wobei er mehrmals bemüht war, sich blitzschnell mit der Hand über die pomadegesättigten Haare zu streichen. Ich werde ihn rauswerfen, wenn das so weitergeht, dachte August ärgerlich, drehte sich dann aber wieder um, damit Hochleitner sich nicht beobachtet fühlte. »Der Herr Direktor«, schnurrte es da auch schon neben ihm, wobei ein leise pfeifendes Geräusch aus der Kehle des Angestellten drang. »Guten Abend, Hochleitner«, grüßte August mit kräftiger Stimme zurück. »Die Damen haben Durst und Hunger, und wenn Sie auch mir die Ehre erweisen wollten?« »Aber sicher, aber sicher, ganz zu der Damen und Ihrer Diensten!«, dienerte der Angesprochene und versuchte, den spöttischen Unterton in der Stimme seines Chefs zu überhören, aber gefuchst hatte er ihn gewaltig. August bestellte die Getränke und bat dann Hochleitner, seine Empfehlung für die Speisen auszusprechen. Was er konnte, das musste man ihm lassen! Der Österreicher war ein sicherer Feinschmecker. Er verstand es, die zurückhaltendsten Geschmacksrichtungen herauszufiltern, egal, ob es sich um Fleisch oder Fisch, um Gemüse oder Obst handelte. Er hatte eine ausgezeichnete Zunge für Soßen und Vinaigretten aller Art, und was das Ganze noch vollständig machte: Er hatte ein hervorragendes Gespür für den passenden Wein zu den entsprechenden Speisen. Allein die Süßspeisen waren nicht ganz in dem Maße seine Stärke wie die anderen Gerichte. Aber dafür gab es ja im Haus einen Patissier, der sein Handwerk perfekt beherrschte und der Hochleitner in den schwierigen Fällen beriet.

Heute empfahl Hochleitner: »Eine Kraftbrühe mit Büffelmarkklößchen, dann ein gebeiztes Forellenfilet an skandinavischer Senfsoße, Sorbet aus Johannisbeeren, anschließend ein Entrecôte an Herzoginkartöffelchen mit zerlassener Salbeibutter, zur Abrundung, wie immer, Käse. Dann zum Dessert ...« Hier unterbrach Viola ihn. Sie überlege es sich bis dahin dann noch, was sie zu nehmen gedächte.

Paulina wurde es ganz schwindlig, als sie der Aufzählung lauschte. Von den meisten Speisen hörte sie zum ersten Mal, sie hatte auch keinerlei Vorstellung von deren Geschmack und sie überließ es ihrer Mutter, das Richtige für sie auszuwählen. Mama kannte ihre Vorlieben und Abneigungen ziemlich gut, und sie würde sich bestimmt hüten, heute ein Risiko einzugehen und ihr etwas vorzusetzen, dass sie nicht mochte. Fisch aß sie gerne, wenn auch der, den Großmama zubereitete, die meisten anderen übertraf. Den Nachtisch wollten sie erst nach dem Essen wählen, das konnte sie dann auch allein, denn da hatte sie genaue Vorstellungen. Als Hochleitner mit den Bestellungen wieder abgezogen war, konnten sich die drei endlich einander in Ruhe zuwenden. »Nun, meine Lieben, wie geht es euch?« August Leibfried legte die rechte Hand auf die Violas, während seine linke die Paulinas unter sich begrub. Das tat er immer mindestens ein oder mehrere Male, wenn sie zusammen waren, und so fand Paulina es auch an diesem Abend ganz normal. Doch als sie daran dachte, dass sie den Herrn dieses Hauses vor sich hatte, fühlte es sich fast ein bisschen komisch an. Aber Onkel August zerstreute ihre Bedenken sofort. Der warme Ausdruck in seinen Augen, der zeigte, wie sehr er sich freute, sie endlich hier in seinem Haus zu sehen, ließ in ihr das alte Gefühl der Vertrautheit aufkommen. Sie brauchte keine Scheu vor diesem Mann zu haben, auch wenn er ein noch so »hohes Tier« war, wie Großvater das immer ausdrückte, wenn es sich um eine bestimmte Persönlichkeit handelte, die er für sehr wichtig hielt. »Alles in Butter«, gab Paulina zur Antwort. Viola nickte bestätigend und fügte ein »Kann man so sagen«, hinzu, obwohl sie, wie August fand, mal wieder blässlich aussah um die Nase, und auch ihre Augen erschienen ihm heute etwas getrübt. »Freut mich zu hören«, wollte er gerade sagen, da fiel ihm Paulina ins Wort: »Außer ...« Sie beendete ihren Satz nicht, deutete aber stattdessen mit dem Zeigefinger neben Viola auf den Boden hinunter. »Ach ja, das spür ich schon gar nicht mehr«, lachte diese ein bisschen gekünstelt, »beinahe hätte ich das schon vergessen.« August zog die Stirn in Falten. »Außer?«, wiederholte er und sah Paulina forschend an. »Ich hab mich heute Morgen am Fuß geschnitten«, klärte Viola ihn schnell auf. »Mit der Nagelschere?« »Nein, es war eine Glasscherbe, in die ich versehentlich getreten bin.« »Aha, Glasscherbe also. Wer hat was kaputtgeschlagen?« Paulina klärte Onkel August auf, bis er keine weiteren Fragen mehr stellte, dann erblickte Viola Hochleitner, einen Servierwagen durch die Gänge schiebend, und war froh, dass sie das Thema wechseln konnten.

Sie aßen langsam und mit Hochgenuss. Paulina lernte, dass man für jeden Gang nicht nur einen neuen Teller, sondern ebenso ein gesondertes Besteck benutzte, was auch die vielen Messer, Gabeln und Löffel erklärte, die in jeweils gleichem Abstand links und rechts von ihrem Platz aufgereiht waren. Man fing von außen an und arbeitete sich dann, der Reihe der Speisen zufolge, nach innen vor. Paulina fand das interessant und wartete jedes Mal gespannt darauf, wenn der Restaurantchef und die beiden Kellner, die er beim Servieren der Speisen in seinem Schlepptau hatte, auf Kommando die silbernen Hauben von den Tellern hoben und sich das Essen auf dem weißen Porzellan in den verschiedensten Anordnungen präsentierte, wie auf einem Gemälde. Man lehnte sich so lange zurück und legte die Hände brav auf die ausgebreitete Serviette in den Schoß, bis die Kellner zurücktraten und »Guten Appetit« wünschten. Dass man sich daraufhin höflich bedankte, war ihr nicht fremd, jedoch beobachtete sie bei ihrer Mutter und Onkel August, dass diese erst zu Messer und Gabel griffen, wenn sich das Personal endgültig zum Gehen und ihnen den Rücken zugewandt hatte. Sie fühlte sich plötzlich gar nicht mehr als das Kind, das da halt noch mit am Tisch der Erwachsenen saß und das man – wie sie es schon häufig erlebt hatte – mit kindischen Sprüchen und gönnerhaftem »Für die Kleine ein Würstchen-Blick« bedachte. Hier wurde sie ebenso zuvorkommend und mit äußerst höflicher Zurückhaltung behandelt wie Mama und natürlich Onkel August selbst, in dessen Gegenwart sich die Angestellten sicher von ihrer besten Seite zeigen wollten. Dass er mit ihnen sehr freundlich umging, gefiel ihr. Denn jedes Mal, wenn der »Herr Direktor«, wie sie ihn stets nannten, ein kleines Späßchen mit ihnen machte, spürte sie, wie die jungen Kellner gleich nicht mehr ganz so steif wirkten und sich ihre Gesichter entspannten. Allein mit diesem Hochleitner, der zunehmend schwitzte und keuchte, da sich das Restaurant, seitdem sie gekommen waren, immer mehr gefüllt hatte und es für ihn reichlich zu tun gab, machte Onkel August keine Witze. Er verlor nicht viele Worte an ihn und sah ihm jedes Mal nach, wenn er sich wieder vom Tisch entfernte. Erst wenn dieser dann an dem Klavierspieler vorbeigegangen war, wandte Onkel August sich wieder um und griff nach seinem Besteck. Paulina war so damit beschäftigt, die ganze Atmosphäre in sich aufzunehmen, zu beobachten und den, wenn auch nicht lauten, so doch verschiedenen, Geräuschen nachzuhören, dass sie mit dem Essen nur langsam vorankam. Viola ermahnte sie etliche Male, und dann widmete sie sich eifrig ihrem Teller und versuchte, möglichst schnell und ohne zu kleckern alles aufzuessen. Aber beim letzten Gang ließ der Appetit sie endgültig im Stich. Sie war, obwohl die einzelnen Portionen eher klein gehalten waren, so satt, dass sie Messer und Gabel nebeneinander auf den Teller legte, mit einem tiefen Seufzen die Schultern fallen ließ und sich ganz nach hinten in ihren Stuhl schob. Es hatte vorzüglich geschmeckt, aber sie konnte keinen Bissen mehr hinunterbekommen! Mama hielt sie zuerst noch zum Aufessen an, aber Onkel August kam ihr zu Hilfe. »Lass sie, meine Liebe«, beschwichtigte er Viola und zwinkerte Paulina zu. »Schade«, sagte er gedehnt und legte mit bedauernder Miene den Kopf auf die Seite, sodass er, an Viola vorbei, Paulina direkt ansehen konnte. »Dabei hätte ich da noch an eine kleine Portion Eis gedacht, während Mama und ich noch eine Tasse Mokka oder so…« Viola sah aufmunternd lächelnd zu Paulina hin, was diese einigermaßen überraschte. Denn normalerweise hätte sie jetzt damit gerechnet, dass Mama so etwas sagen würde wie: »Um Gottes willen, August, wo denkst du hin, nachher muss das Kind sich noch übergeben.« Zumal ja das restliche Fleisch und ein Teil des Gemüses noch vor ihr auf dem Teller lagen. Aber da rührte sich Paulinas Schalk, und sie schoss nach vorn, griff nach dem kleinen Löffel und zeigte damit auf Onkel August. »Für den Nachtisch gibt es einen extra Magen, sagt Urpapa immer, und Urpapa muss es wissen, denn er ist ein kluger Mann mit Lebenserfahrung, jawohl, Herr Direktor, und deshalb bestell ich noch eine Portion Eis: Erdbeer- und Vanillegeschmack, bitte!« Paulina hatte mit ihrer Stimme und der Art zu sprechen unverkennbar eine Kundin ihrer Großmama imitiert. Aber als sie Onkel Augusts zuckende Mundwinkel und seinen belustigten Blick wahrnahm, begann sie zu lachen und August Leibfried fiel herzhaft ein. Viola hatte die entsprechende Kundin, die Paulina imitierte, sofort erkannt, und diese kleine Komödie löste in ihr den letzten Rest an Unbehagen. Sie überließ sich ihrem angenehmen hellen Lachen, das August so gerne hörte und das er bisher vermisst, aber doch so sehr erhofft hatte. Es tat ihm gut, bis tief in die Seele hinein. »Jetzt oder nie!«, meldete sich da plötzlich eine Stimme in seinem Inneren. Der Zeitpunkt schien der geeignetste des ganzen bisherigen Abends zu sein. Das Essen war beinahe beendet, er würde nur noch für Dessert, Kaffee und Zigarre einen Kellner benötigen, dann würden sie für den Rest der Zeit ungestört sein können. Er suchte unter dem Tisch den Kontakt zu Violas Beinen, den diese sofort erwiderte. Sie sahen sich kurz in die Augen, und ihre Blicke verrieten ihnen ihre gegenseitigen Gedanken, ohne dass ein einziges Wort dazu nötig gewesen wäre. »Hör mal zu, Paulina«, leitete August mit feierlicher Miene sein Vorhaben ein. »Sobald die Herren abgetragen haben, bestellen wir für dich Eis, für Mama Mokka und Trüffel und für mich natürlich Romeo ... »Y Juliette«, kam es wie aus der Pistole geschossen von Paulina. »Sehr richtig, die Dame«, bemerkte Onkel August mit gespielter Bewunderung, sprach dann aber sofort wieder weiter, indem er sich zu Paulina hinüberbeugte und wieder seine großen Hände auf ihre Linke und Violas Rechte legte. »Eine Überraschung haben wir dir heute ja schon bereitet, aber sie soll keinesfalls die einzige bleiben, wäre ja auch beinahe zu wenig, nicht wahr?« Ein Schmunzeln überzog für Sekunden sein Gesicht, und er zwinkerte mit den Augen. »Es wird noch ein zweites Geheimnis gelüftet, und zwar dann, wenn wir ohne die livrierten Herrschaften auskommen, du verstehst schon!« Zum Schluss hatte August seinen Kopf gesenkt und beinahe geflüstert. Paulina schlug auf einmal das Herz bis zum Hals, und eine Mischung aus gespannter und zugleich ängstlicher Neugierde griff nach ihr.

An diesem Abend des 2. April 1934 erfuhr Paulina Seeligmann, dass Karl-August Leibfried nicht nur Besitzer eines erstklassigen Berliner Hotels, sondern darüber hinaus ihr leiblicher Vater war.

Natürlich hatte sie sich längst von der naiven Vorstellung eines Kindes gelöst, dass Onkel August nicht nur ein besonders netter Bekannter von Mama, sondern deren Liebhaber war, aber mit so einer Wendung hatte sie niemals gerechnet. Zwar war ihr schon hin und wieder der Gedanke gekommen, dass der Vater ihrer Wünsche ähnlich aussehen müsste wie Onkel August, aber als sie so plötzlich mit der Wahrheit konfrontiert wurde, dass er es tatsächlich war, hatte sie zuerst nicht gewusst, ob sie lachen oder weinen sollte. Es war ihr durchaus nach beidem gleichzeitig zumute gewesen, und sie hatte oft und heftig schlucken müssen, bis sie ihre Sprache wiedergefunden hatte. Auf ihre Frage, warum sie ihr das nicht schon viel früher gesagt hätten, kamen Erklärungen wie: »Wir dachten, du solltest ein gewisses Alter haben, um die Sache besser verstehen zu können«, und: »Wir konnten es nicht riskieren, dass du dich bei Axel verplapperst.« Axel. Ja, Axel, August Sohn, den sie kannte weil er hin und wieder bei ihren Treffen dabei war, war dann natürlich ihr Halbbruder! Sie musste lachen: es war kein schlechtes Gefühl, zumal sie den Jungen wirklich mochte. Wie oft hatte sie sich danach gesehnt, Geschwister zu haben, und jetzt hatte sie plötzlich einen Bruder, wenn er es auch nur zur Hälfte war. Irgendwie stärkte sie für kurze Zeit der Gedanke, in ihm einen Verbündeten zu haben. August erklärte ihr, warum auch Axel bis vor einem halben Jahr auch nichts ganz Sicheres gewusst hatte, denn das Risiko, dass sich dieser bei seiner Mutter verplappern würde war anscheinend zu groß gewesen. Paulina fiel es etwas schwer, das zu glauben, denn Axel war doch älter als sie, und da konnte man die Klappe halten, wenn es sein musste. Sie konnte das ja auch! Aber Augusts Frau war wohl in der Zwischenzeit längst im Bilde, und sie tolerierte alles unter der Bedingung, dass dieser offiziell ihr Mann bleiben und sich nicht von ihr scheiden lassen würde.

Paulina wollte im Moment gar nicht wissen, warum auch immer sie erst jetzt über diese Dinge aufgeklärt wurde. Auf der einen Seite hatte sie Verständnis für ihre Mutter und August, auf der anderen Seite aber fühlte sie sich von den beiden getäuscht. Über ihr kindliches Vertrauen war doch eine Erschütterung gekommen. In ihrem Kopf schwirrte es, und Bruchstücke von Gedanken flogen in ihrem Inneren durcheinander wie Papier, das von Windstößen aufgewirbelt wird. Sie redeten noch so viel. Sie kamen auf Großvater und Großmama zu sprechen, denen Viola nie gesagt hatte, wer Paulinas Vater wäre, und die das so hingenommen hatten, ohne Viola böse zu sein. Dann kam die Sprache auf Greta, die als Einzige von Anfang an Bescheid gewusst und Mama immer beigestanden hatte. Schließlich, als Paulina schon fast nichts mehr aufnehmen konnte, redete August noch davon, wie wichtig es für ihn und sie alle wäre, dass sie wüssten, sie gehörten für immer zusammen, und nichts würde sie einander wegnehmen können, egal, wie schwierig die Zeiten noch werden sollten, in denen sie gerade lebten, und so. Auch die Tatsache, dass sie und Mama keine Arier wären, hätte für ihn keine Bedeutung, er würde sie immer und ewig lieben. Für ihn gäbe es keine Rassen, sagte er. Nur Menschen, und davon gäbe es zweierlei: die mit und die ohne Gewissen. Bei all diesen Reden hatte er sie und Mama mit einem so besonderen Ausdruck in seinen Augen angesehen, und trotz seiner gesenkten Stimme hatte Paulina das leichte Zittern darin wahrgenommen. So feierlich hatte sie ihn noch nie erlebt. Aber irgendetwas Beunruhigendes lag in dem, was und wie er redete, fand sie, und bei aller tiefen Zuneigung, die sie schon so oft in seinen Blicken gesehen hatte, war es ihr, als

läge darin auch so etwas wie Traurigkeit und Schmerz. Auf dem Gesicht ihrer Mutter hatte Paulina während der ganzen Zeit ein Lächeln wahrgenommen, aber ihre Augen schienen in weite Fernen zu blicken, denn sie sah über ihren Kopf und Augusts weit vorgebeugten Oberkörper hinweg. Dann saßen sie eine ganze Zeit lang schweigend nebeneinander, ein jeder seinen eigenen Gedanken und Gefühlen nachhängend. Paulina löffelte ihr schon ganz flüssig gewordenes Eis, immer mit derselben Handbewegung, so als würde ein Mechanismus diesen Ablauf steuern. Den unterschiedlichen Geschmack der Sorten und das feine Aroma der besonders cremigen Sahne nahm sie gar nicht wahr, lediglich die Kühle im Mund und auf der Zunge empfand sie als Wohltat. Die ganze Aufregung hatte sie so erhitzt, dass sie selbst in ihrem dünnen Sommerkleid schwitzte. Einmal hatte Viola das Schweigen unterbrochen und sie gefragt, ob sie ihnen denn nun böse wäre. Paulina wollte weder Ja noch Nein sagen, und so kam ihr nur ein lahmes »Ach, Mama, ich weiß gar nicht, was ich sagen soll« über die Lippen, und das kam wohl auch der Wahrheit am nächsten, wie sie befand. Sie hatte keine Lust, die Erwachsenen anzulügen und nur etwas zu sagen, damit diese zufrieden mit ihr wären. Aber weder ihre Mutter noch August hatten das wohl erwartet, denn sie beteuerten beide, wie gut sie es sich vorstellen könnten, wie sie sich jetzt fühle. Das bezweifelte Paulina allerdings, aber sie spürte, dass es den beiden ernst damit war, und so sagte sie gar nichts mehr dazu. Irgendwann aber kam dann doch ihr nicht so schnell zu besiegender Humor zum Vorschein, und sie platzte in die Stille hinein: »Soll ich den Hoteldirektor denn jetzt etwa Vata nennen?« Wobei sie das zweite »a« übertrieben lang betont hatte. Daraufhin war es zwischen den dreien einige Sekunden lang so totenstill gewesen, und dann hatten sie gelacht. Noch niemals war August so froh gewesen, dass der Klavierspieler heute Abend bis jetzt noch keine einzige Pause gemacht hatte, und er befand augenblicklich, dass er Max Faller dafür eine Extraflasche Wein schenken müsse. Dann erst hatte er dem Klopfen seines Herzens nachgespürt, welches das von Paulina in berlinerischem Dialekt gesprochene »Vater« in ihm ausgelöst hatte, und er bemerkte, dass es ihn nicht mit Unbehagen, sondern mit Stolz erfüllte. »Du darfst es, aber du musst nicht, sollte dir der Onkel lieber sein?« Er fand irgendwie keine rechten Worte. »Oh, ich verstehe schon«, unterbrach Paulina seine Rede, es kann ja alles beim Alten bleiben. Ich sage Onkel August, und keiner merkt, dass du mein Vater bist, und alles geht so weiter wie bisher.«
Dann erhob sie sich blitzschnell von ihrem Stuhl, legte die Hände trichterförmig an ihrem Mund und zog hörbar die Luft ein, so als wolle sie augenblicklich ansetzen, um laut in den Speisesaal hineinzurufen. Das brachte Bewegung in Viola. Sie packte Paulina fest am Arm und zog diese auf ihren Stuhl zu-

rück. »Bist du meschugge?«, zischte sie und sah die Tochter mit weit aufgerissenen Augen an. Paulina merkte, welchen Schreck sie ihrer Mutter mit diesem Spiel eingejagt hatte, was jedoch gar nicht ihre Absicht gewesen war. August schien dies begriffen zu haben, denn der saß einfach nur da und blies weiterhin herb duftende Rauchwolken in die Luft. Plötzlich empfand Paulina Mitleid mit ihrer Mutter, und sie fühlte Tränen aufsteigen. Aber sie wollte nicht weinen, sie war keine Heulsuse! In einem Matrosenkleid konnte man sich das Weinen erlauben, aber nicht wenn man wie eine junge Dame gekleidet war und den ganzen Abend hier so behandelt wurde, als wäre man eben nur ein etwas jünger gebliebener Erwachsener. Sie drängte den Kloß im Hals hinunter, ebenso wie den Wunsch, ihre Mutter zu umarmen. Stattdessen bemühte sie sich, ein fröhliches Gesicht zu machen. »Aber Mama, du glaubst doch nicht wirklich, dass ich hier herumposaunen würde? Und schon gar keine Familiengeheimnisse«, schickte sie augenzwinkernd hinterher und legte den Finger auf die Lippen. »Nicht wahr, Onkel August?« Den Onkel musste sie jetzt natürlich ganz besonders betonen, und sie setzte dazu eine gekonnt verschwörerische Miene auf. Dann schob sie ihren Stuhl zurück, weil ihr eine rettende Idee gekommen war, und mit einem schnellen »Entschuldigt, ich muss aufs Örtchen« verschwand sie, noch ehe August oder Viola fragen konnten, ob sie denn überhaupt wisse, wohin. Wie im Traum wandelte Paulina zwischen den Tischen und Stühlen hindurch, quer durch den großen Saal. Ganz automatisch führte ihr Weg sie auf den Flügel zu, wobei sie nicht umhin konnte, im Vorübergehen kurz mit der Handfläche des spiegelblank polierten Korpus dieses klangvollen Instrumentes entlangzustreichen. Dabei hatte sie in keiner Weise daran gedacht, dass der junge Musiker ihre Tuchfühlung bemerken könnte. Dieser tat das aber sehr wohl und zog, voll versteckter Bewunderung für Paulinas feine Erscheinung, die rechte Augenbraue nach oben und wiegte im Rhythmus seiner Improvisationen den Kopf hin und her. Auf diese Weise würde niemals jemand bemerken, dass er bei seinem Spiel an völlig andere Dinge denken konnte als an das, was er den Tasten entlockte. Schon den ganzen Abend hatte er den Direktor und die beiden weiblichen Wesen aus dem Augenwinkel heraus beobachtet und hatte so manchen Gedanken an diese verschwendet. In diesen Zeiten musste man alle seine Sinne stets mit äußerster Wachsamkeit offen halten, es waren die oft unwichtig erscheinenden Nebensächlichkeiten, die in der Zwischenzeit durchaus über das persönliche Schicksal entscheiden konnten. Max Faller war sich sicher, dass die Dame, die dem Herrn Direktor gegenübersaß, Viola Seeligmann war, und die Kleine konnte durchaus ihre Tochter sein. Leibfried jedenfalls hatte nur den einen Sohn, Axel, den er unterrichtete. Da Max wusste, dass die Seeligmann keine Schwester oder Nichte vom Direktor war, lag es auch auf der Hand, dass das Mädchen in keinem verwandtschaftlichen Verhältnis zu ihm stand. Jedoch ... sie schienen sehr miteinander vertraut zu sein. Soviel Max beobachtete, hatte keine Reserviertheit an dem Tisch geherrscht. Er würde weiterhin auf der Hut bleiben, hatte er sich vorgenommen, und ahnte doch nicht, in welchem Ausmaß sich dies in der Zukunft auch nicht mehr vermeiden ließ. Wie es Paulina bei dem Flügel getan hatte, ließ sie ihre Finger auch über die Eisensäulen gleiten, die den Raum stützten und die von breiten Sockeln aus nach oben bis zu der reichlich stuckbesetzten Decke strebten. Es gab ein leise klackendes Geräusch, als Paulinas Armreif, den sie zur Feier des Tages angelegt hatte, über die gleichmäßigen Rillen der Pfeiler lief. Beim ersten Mal fühlte sie sich ein bisschen ertappt, als sie den hellen Klang vernahm, den sie durch die Berührung erzeugt hatte. Aber als sie bemerkte, dass sich niemand daran zu stören schien, wiederholte sie das Ganze beim nächsten Mal mit Absicht, einfach weil ihr es gefiel. Sie ließ sich Zeit. Sie hatte eigentlich gar nicht zur Toilette gemusst, aber es einfach nicht mehr an ihrem Platz ausgehalten. Sie hatte so sehr das Bedürfnis gehabt, sich zu bewegen. Vielleicht konnte sie so dem Gesagten und Gehörten eine Weile entfliehen, und Mama und August würden auch kurz allein sein können. Paulinas Finger umschlossen einen der Griffe, die sich wie zwei genau gegengleiche Wellen über die ganze Breite der beiden Eingangstüren erstreckten. Das kühle Messing empfand sie als sehr angenehm in ihren heißen Händen. Sie musste allerdings mehr Kraft aufwenden, als sie gedacht hatte, damit sich die Tür öffnen ließ. Sie atmete tief durch, weil sie sofort das Gefühl hatte, dass die Luft hier draußen um ein Vielfaches frischer war. Zwar gab es kein Fenster weit und breit, und die samtige Oberfläche der Wandbespannung bewirkte eher das Gefühl vornehmer Schwere als ungezwungener Leichtigkeit. Aber trotzdem war es so befreiend, hier draußen zu sein. Plötzlich empfand sie ein Glücksgefühl, endlich allein zu sein und hier draußen nur die Klaviermusik zu hören. Unwillkürlich musste sie die Arme weit ausbreiten, den Kopf in den Nacken legen und nach oben sehen. Ihre langen Haare fielen nach hinten wie ein Wasserfall, und sie spürte deren Gewicht, das sie jedoch nicht als unangenehm empfand. Sie wiegte den Kopf nach rechts und nach links und wieder zurück, und ihre Augen wanderten von Halbkreis zu Halbkreis, die das Licht, das aus den Lampenschalen kam, in gleichmäßigen Abständen an die Wände malte. Dort, wo das Abschlussprofil der Wände war, brach sich das Licht, und ein geheimnisvolles Schattenbild entstand auf der mit geometrischen Formen geschmückten Decke aus Stuck. Auf einmal hatte Paulina Lust zu tanzen, genau hier, diesen langen und leeren Gang entlang, der ihr wie ein weiter Raum vorkam, der in diesem Moment allein ihr gehörte. Sie lauschte nach der leichten

Melodie, die der Klavierspieler drinnen angeschlagen hatte. Sie meinte Smetana darin zu erkennen und begann sich langsam zu drehen, und ihre Beine und Füße bewegten sich bald wie von selbst. Zuerst in bedächtigem Auf und Ab, sanfte kleine Kreise ziehend, die rasch größer wurden. Ihre Schritte wechselten schnell und gekonnt, Arme und Rücken versetzten sie in ein sicheres Gleichgewicht, bis sie die richtige Geschwindigkeit für eine Pirouette in sich spürte, die sich so lange ausführen ließ, wie man Kraft und Atem dazu hatte. Alles, was sie in den paar letzten Stunden erlebt hatte, schien nun in wenigen Augenblicken von ihr abzufallen, und sie fühlte sich frei und stark. Sie dachte gar nicht daran, dass man sie beobachten könnte, sondern überließ sich allein der Musik. Obwohl diese nur in gedämpfter Lautstärke bis hierher drang, hörte Paulina sie laut genug, um sie ganz in sich aufnehmen zu können.

Später, viele Jahre später, war Paulina immer noch imstande, sich jene Viertelstunde dieses Abends in Erinnerung zu rufen. Als Max Faller längst nicht mehr lebte, hatte Paulina genau jene für ihn so typische Art, solche Weisen zu spielen, immer noch genau in ihrem Kopf. Es waren tatsächlich die Melodien aus Smetanas Moldau gewesen, die er damals gespielt hatte, Paulina hatte sie eines Tages in den Noten der Baronin gefunden.

Am nächsten Nachmittag brachten Greta und Viola Paulina zum Bahnhof, halfen ihr, das richtige Abteil zu finden, und verstauten den schweren Koffer. Sie hatten mit Mühe und Not alles darin untergebracht. Auch die neuen Schuhe und das Sommerkleid. Dann reichte es gerade noch, sich zu verabschieden. Paulina umarmte erst Greta, dann ihre Mutter. »Alles in Ordnung?«, hatte Greta ihr ins Ohr geflüstert, und Paulina hatte nur genickt. Viola hatte sie so fest gedrückt, dass ihr beinahe die Luft weggeblieben war, sie dann auf beide Wangen geküsst und leise »Du bist die beste Tochter der Welt« gehaucht. Dann waren die beiden Frauen schnell hinausgegangen, denn der Befehl zum Türenschließen hatte eindeutig dem Zug gegolten, in dem Paulina saß. Kaum waren sie draußen, da ertönte auch schon der schrille Ton der Trillerpfeife, und mit einem Ruck setzte sich die stampfende Maschine in Bewegung. Diesmal verspürte Paulina keine Lust, das schwere Fenster herunterzuschieben. Sie winkte hinter der geschlossenen Scheibe so lange, bis sie, trotz weit zur Seite geneigten Kopfes, nichts mehr von Mama und Greta erkennen konnte. Dann ließ sie sich auf den Sitz fallen, und schon wieder überkam sie das Bedürfnis, die Augen zu schließen und einfach einzuschlafen. Doch sie beherrschte sich und lenkte ihre Blicke zum Fenster hinaus. »Tochter« hatte Mama sie genannt. Das sagte sie gewöhnlich nur, wenn sie Paulina fremden Leuten vorstellte. Sonst hatte ihr Abschiedsgruß immer »Du bist das beste Kind der Welt« gelautet. »Tochter« gefiel ihr aber ganz gut, musste sie zugeben, es hörte sich erwachsener an, obwohl ... Ach, sie war einfach noch zu verwirrt, um länger darüber nachzudenken. Sie drückte sich tief in die Polster, zog den Mantel fest um sich, weil sie plötzlich ein wenig fröstelte, und versicherte sich mit einem Handgriff, dass ihr Umhängetäschchen noch an Ort und Stelle war. Sie trug es unter dem Mantel, was zwar nicht sonderlich bequem, aber eine Sicherheitsvorkehrung war. Paulina nestelte an der Tasche herum, bis sie auf ihrem Schoß lag, dann machte sie die Augen zu und wollte sich gerade dem Schlaf überlassen. Aber eine halbe Minute später schoss sie hoch und fasste sich an den Kopf: der Brief! Der Brief von Kolja! Wie hatte sie den nur vergessen können! Schnell knöpfte sie den Mantel auf, damit sie an ihre Tasche herankam, öffnete diese und zog den schon etwas mitgenommenen Umschlag hervor. Mit zitternden Fingern riss sie ihn auf.

1935

Es begann unerträglich zu werden! Seit Tagen hing eine große Hitze über der Stadt, die sich bereits um neun Uhr am Morgen mit nahezu 28 Grad Celsius behäbig auf den Thermometern ausbreitete. Dabei war noch nicht einmal die erste Junihälfte ins Land gegangen, und bei dem Gedanken, dass der Hochsommer noch bevorstand, stöhnte Eleonore von Witte leise auf. Sie war nach einer mit vielen schlaflosen Stunden verbrachten Nacht schon früh um halb sechs aufgestanden. Sie wollte in der erfrischenden Kühle des beginnenden Tages einen Teil des Gartens in Ordnung bringen, genauer gesagt, die bereits welkenden Blüten der Pfingstrosen abschneiden. Seit vielen Jahren tat sie das selbst, merkwürdigerweise hatte sie es nie fertiggebracht, diese Arbeit Konrad zu überlassen, obwohl er es ihr schon viele Male angeboten hatte. Wenn die Blüte der Pfingstrosen abgeschlossen war und die der Rosen begonnen hatte, begann auch Baronin von Wittes Tätigkeit in dem wunderschön angelegten Park. Ansonsten kümmerte sie sich nicht um die anfallenden Arbeiten, die der liebevoll gehegte Garten mit seinen Ecken und Winkeln, mit den Baum- und Strauchbeständen, den Blumen und Staudenbeeten und schließlich dem kurz geschnittenen dichten Rasen zu seiner Erhaltung und Pflege erforderte. Gut eine Stunde hatte sie gebraucht, um die weißen und zartrosa bis dunkelrot gefärbten zahllosen Blütenblätter in ihren ovalen Henkelkorb zu sammeln.

Anschließend hatte sie die große Flügeltür, die vom Salon auf die Terrasse führte, und auch die letzten Fenster ihrer Wohnräume im Erdgeschoss geschlossen und die Läden zugemacht, sodass die bereits deutlich zunehmende Wärme ausgesperrt blieb. Da sie vom Garten aus gesehen hatte, dass auch noch die beiden Fenster von Sonjas Schlafzimmer weit geöffnet waren, hatte sie es entgegen ihren Prinzipien gewagt, sich ohne anzuklopfen vorsichtig in deren Zimmer im ersten Stockwerk zu schleichen. Sie wollte lediglich auch hier alles zumachen, denn wenn man den richtigen Zeitpunkt verpasste, war es bereits wieder zu warm im Haus. Zuerst hatte sie gar nicht genau zu dem Bett hinübergesehen, das weit von der Tür entfernt stand, was Eleonore auch in dem Vorhaben, das Zimmer einfach leise zu betreten, bestärkt hatte. Denn wenn man tief und lange schlief, was Sonja an ihren freien Tagen für gewöhnlich tat, würde sie aus dieser Entfernung das Gehen der Tür nicht bemerken. So war auch alles still geblieben, als sie die Klinke langsam heruntergedrückt hatte, schnell durch einen möglichst schmalen Spalt in das Zimmer geschlüpft und auf Zehenspitzen über die beiden dicht geknüpften Persianer zu den Fenstern geschlichen war. Zu ihrer großen Erleichterung war es ihr gelungen, die schweren in Form von Löwenköpfen gegossenen Riegel zu lösen und die massiven Fensterläden heranzuziehen, ohne dass deren Scharniere irgendwelche quietschenden oder knarrenden Geräusche von sich gegeben hätten. Als sie dann auch noch die Fenster nahezu geräuschlos geschlossen hatte, war sie mit dem Ergebnis ihrer heimlichen Aktion sehr zufrieden. Im Zimmer war alles still geblieben, und nichts hatte sich gerührt. Doch erst jetzt, beim Zurückschleichen, bemerkte Eleonore, dass das Bett leer war. Die Kissen und Decken waren zerwühlt, und eines der viereckigen, spitzenumrandeten Kissen lag auf dem Fußboden. Darauf eines von Sonjas Nachthemden, und soweit sie erkennen konnte ein beträchtlicher Haufen zerknüllter Herrentaschentücher, die schmutzig zu sein schienen. Eleonore stutzte und blieb stehen. »Sonja«, flüsterte sie ganz leise in das Dämmerlicht und schalt sich sogleich eine Närrin, denn sie wusste es bereits: Sonja war nicht da! Zum ersten Mal, seitdem die junge Verwandte bei ihr wohnte, griff eine unbestimmte Angst um diese nach der Baronin.

Sie saß an diesem Vormittag lange an dem alten, die Spuren längst vergangener Tage in sich tragenden mächtigen Holztisch in der großen Küche. Heute hatte es sie förmlich in die Gegenwart von Alwine, ihrer Haushälterin, gezogen. Obwohl Eleonore einerseits das Gefühl hatte, nachdenken zu müssen, spürte sie doch ein starkes Bedürfnis danach, einen Menschen um sich zu haben. So hatte sie es vorgezogen, in die Küche zu gehen, um dort ihr Frühstück einzunehmen und auch um in Alwines Gegenwart ihre innere Unruhe und Besorgnis im Zaum zu halten. Für Alwine war es keine Überraschung gewesen, dass die gnädige Frau sich zu ihr setzte. Hin und wieder kam es vor, dass sie entweder das Frühstück oder das Abendbrot bei ihr und Konrad in der Küche einnahm, und längst hatte Alwine herausgefunden, dass es immer dann der Fall war, wenn die Hausherrin irgendetwas beschäftigte. Freudiges oder Ärgerliches, das war gleich. Dann verschaffte sie ihrem Herzen Luft, indem sie ihr nach zunächst belanglosen und alltäglichen Dingen, über die sie sich austauschten, auch jene erzählte, die sie besonders bedrückten oder erfreuten. Alwine war eine angenehme und geübte Zuhörerin. Sie konnte ihrer Arbeit so leise nachgehen, dass ihr Gegenüber nicht das Gefühl hatte, sie zu stören. So hatte sie sich auch in diesen frühen Vormittagsstunden gefreut, als Eleonore ganz unvermittelt durch die meist offen stehende Tür getreten war und sie gebeten hatte, ihr das Frühstück hier zu servieren. Die Baronin saß schweigend, ließ das Ei kalt werden und goss so viel Milch in ihren Kaffee, dass er ihr nach Alwines Einschätzung unmöglich schmecken konnte. Doch sie trank ihn stumm und gedankenverloren in winzigen Schlucken. Alwine arbeitete wie immer still weiter, erkundigte sich hin und wieder, ob die Baronin noch einen Wunsch hätte, und beobachtete ansonsten nicht ohne Sorge deren ungewöhnliches Verhalten. Erst als sie ihr ankündigte, dass sie sich nun auf den Weg in die Stadt machen würde, um die Einkäufe zu erledigen, war Eleonore aufgesprungen. »Alwine, sagen Sie, haben Sie Fräulein Sonja schon gesehen?« Das war es also, was sie so in Beschlag nahm: die junge Frau. »Heute noch nicht«, antwortete sie ruhig. »Aber gestern, am späten Abend, kam sie mir auf dem Fahrrad entgegen, als ich noch ein wenig in der kühlen Luft draußen war.« Dass Sonja das Licht an ihrem Rad nicht eingeschaltet hatte, verschwieg Alwine, und auch, dass diese ein merkwürdig großes Tuch um ihren Kopf geschlungen und einen ihr vermutlich viel zu weiten langen Rock getragen hatte, behielt sie für sich. Sie hatte sich selbst darüber gewundert und Sonja in diesem Aufzug zuerst für eine der Bauernmägde gehalten. Die kehrten auch oft erst spät von einem Schäferstündchen zurück und fuhren dann ohne Beleuchtung, um möglichst unerkannt zu bleiben. Aber durch die ihr so vertrauten Bewegungen des Mädchens hatte Alwine gemerkt, dass es Sonja gewesen war, die da schnell und mit fest auf den Boden gerichtetem Blick an ihr vorübergeradelt war. »Gut«, hatte Eleonore auf Alwines Auskunft hin gesagt und hatte sich wieder auf die Bank gesetzt und sich rasch noch ein Butterbrot geschmiert. Dann hatte Alwine sich auf den Weg gemacht, und Eleonore von Witte war allein in der Küche zurückgeblieben.

Alwines Auskunft hatte sie im ersten Moment etwas froher gestimmt, denn daraus hatte sie geschlossen, dass Sonja vermutlich nicht während der ganzen Nacht außer Haus gewesen war. Sie dachte angestrengt nach, konnte sich jedoch nicht daran erinnern, verdächtige Geräusche gehört zu haben, und das in der ganzen Zeit nicht, solange sie wach dagelegen hatte. Erst als sie in ihrem bereits lau gewordenen Kaffee rührte, war ihr der Gedanke gekommen, dass Sonja vielleicht bereits im Gartenhäuschen sein und arbeiten könnte. Allerdings war die Tür dort heute früh, als sie ihren Rundgang bei den Pfingstrosen gemacht hatte, noch zu, und keinerlei Klopfen, Hämmern oder Feilen war zu hören gewesen. Und sie hatte auch keine Bewegung hinter den Fensterscheiben wahrnehmen können. Eigentlich war ihr Blick geübt genug, um zu erkennen, ob sich die junge Frau in ihrer Werkstatt aufhielt oder nicht. Allzu früh hatte Sonja noch nie mit der Arbeit begonnen, sie hielt es eher bis spät in den Abend oder in die Nacht hinein aus. Im Gegensatz zu den meisten anderen Menschen ihrer Generation verübelte Eleonore es den jungen Leuten nicht, dass diese sich im Allgemeinen mit der angeblich goldenen Morgenstunde etwas schwertaten. Den jungen Burschen und Mädchen gehörten

der Abend und die Nacht, das lag einfach in der Natur der Sache, und auch sie selbst neigte bis heute dazu, den Rand des Tages eher an seinen späten als an seinen frühen Stunden auszudehnen.
Irgendwann, als sich ihre Überlegungen im Kreise drehten, streiften ihre Blicke den großen Zeiger der Uhr, die auf dem halbhohen Geschirrschrank stand und gerade mit einem sichtbaren Ruck die volle Stunde beendete. Eleonore fuhr hoch und trank mit einem hastigen Schluck den restlichen Kaffee aus. Er schmeckte scheußlich. Sie schüttelte sich. Dann stellte sie ihr Gedeck in den Spülstein, legte das Besteck dazu und ließ nur wenig Wasser dazulaufen. Die Kaffeekanne fühlte sich noch warm und schwer an, und auch in dem kleinen Milchtopf befand sich noch ein Rest. Sie ließ beides auf dem Tisch stehen, vielleicht würde Alwine, wenn sie kam, gerne noch eine Tasse davon trinken. Dann spannte sie die Klammer über den Deckel des Marmeladenglases, stülpte die schwere Tonhaube über die Butter und räumte das eine in den Schrank und das andere in das Eisfach in der Speisekammer. Dann rückte sie den bunten Wiesenblumenstrauß in die Mitte des Tisches, ließ ihren Blick prüfend durch den Raum schweifen und ging auf die Tür zu, die geradewegs von der Küche hinaus ins Freie führte. Da bemerkte sie, wie sich die schwarze Klinke nach unten bewegte und die Tür langsam wie von Geisterhand geöffnet wurde. »Konrad?«, rief die Baronin überrascht und ein wenig verunsichert zugleich, denn sie hatte nicht gehört, dass sich jemand über den knirschenden Kiesweg genähert hätte und der Blick nach draußen gab keinen Menschen zu erkennen. »Jaaa?«, ertönte eine Stimme, die zwar der Konrads angeglichen war, aber doch deutlich erkennbar die einer weiblichen Person war. »Sonja!« Die Erleichterung brachte Leben in Eleonore, und rasch stieß sie die Tür nach draußen auf. Doch dann blieb sie wie angewurzelt stehen und unterdrückte einen Schrei, denn mit dem, was sie sah, hatte sie nicht gerechnet. Vor ihr stand Sonja, zweifellos. Aber es war nicht die junge Frau, die sie gestern Abend zum letzten Mal gesehen hatte. Eleonore wusste gar nicht, wohin sie zuerst sehen sollte. Sonjas Mund lachte zwar, aber er konnte nicht darüber hinwegtäuschen, dass ihre linke Gesichtshälfte von der Höhe des Wangenknochens aus bis in die Augenhöhle hinein blutunterlaufen und geschwollen war. Sie trug einen langen groben Rock, den Eleonore noch nie an ihr gesehen hatte. Zudem hatte sie eines der schönen bestickten Tücher um den Kopf geschlungen, welches zu einer der alten Sommertrachten der alten hiesigen Bäuerinnen gehörte, von denen die Baronin eine in einem Schrank auf dem Dachboden aufbewahrte. Die Erleichterung Eleonores schwand augenblicklich dahin. Diese Gestalt, die da in so veränderter Weise vor ihr stand, strafte allem Frohsinn Lügen, und eine Gewissheit machte sich in diesem Augenblick in Eleonore breit: Ihr Leben wür-

de sich verändern. »Kind!«, sagte sie zu der jungen Verwandten und bemerkte dabei deren inzwischen verräterisch schimmernde Augen. Mit langsamen Bewegungen wickelte sich Sonja das Tuch vom Kopf. Da erst sah Eleonore, dass ihre lange Haarpracht fehlte und in wirren, verklebten Knäueln ungefähr in Kinnhöhe endete.

*

Die Glocke der Frauenkirche schlug beinahe auf die Sekunde genau mit jener der nahe gelegenen Hofkirche die Mittagstunde an. Nur des unterschiedlichen Klanges wegen konnte man das leicht versetzte Geläut des näher an der Elbe gelegenen Gotteshauses heraushören. Paulina war auf dem Weg nach Hause. Eigentlich war sie nicht darauf erpicht heimzukommen. Und doch ging sie rasch und zielstrebig, den Kopf auf den Boden gesenkt und wie immer mit angespannten, lauernden Sinnen von Straße zu Straße. Sie fühlte sich matt, und der Schweiß lief ihr in kleinen Rinnsalen den Rücken hinunter. Die Schultasche lag drückend schwer auf ihrem Rücken, und der dünne Stoff ihres Kleides klebte auf der Haut, was ein unangenehmes Scheuern verursachte. Paulinas Stimmung war getrübt, und weder der strahlende Sommertag noch die Aussicht auf ein bis zwei erfrischende Badestunden in der Elbe vermochten etwas daran zu ändern. Ohne Kolja machte das Schwimmengehen ohnehin keinen Spaß, und wenn Lorchen nicht dabei war, ging sie auch nicht mehr gerne ins Arnhold, das seit neuestem Güntz-Wiesen-Bad hieß. Also konnte sie gleich zu Hause bleiben, denn Lorchen musste in jedem Fall heute die kleinen Brüder hüten.

Hannelore Stein, die alle nur Lorchen nannten, war seit geraumer Zeit einige der wenigen Kameradinnen, zu denen Paulina noch völliges Vertrauen hatte, und die einzige, in deren Nähe sie sich gänzlich wohlfühlte. Obwohl Lorchens kleine Gestalt ein eher verschüchtertes Wesen vermuten ließ, war doch ihr Mut von verblüffender Größe. Lorchen war ein angenommenes Kind, welches Herr und Frau Stein in ihrem Hochzeitsurlaub in Südtirol kennengelernt und sofort ins Herz geschlossen hatten. Sie war einstens als zu früh geborener Säugling auf der hölzernen Türschwelle eines großen Bauernhofes abgelegt und dort halb verhungert und erfroren von der Hausbesitzerin entdeckt worden. Vermutlich hatte die Mutter das Schicksal zahlreicher anderer Frauen geteilt: als Magd benutzt und geschwängert, schließlich vom Hof gejagt und aus Verzweiflung das Kind irgendwo ausgesetzt. Die Bäuerin, die es gefunden hatte, betrieb, um noch eine weitere Einnahmequelle zu haben, eine kleine Jausestube in ihrem Haus, wo sich Wanderer und Ausflügler aus der Kurstadt stärken konnten. Auf diese Weise waren die Steins auf den Hof von Lorchens Pflegemutter gekommen und auf die Kleine aufmerksam geworden. Das war genau in die Zeit gefallen, als die Bauersfrau sich schweren Herzens entschlossen hatte, das so mühsam aufzupäppelnde Kind in die Obhut der Ordensfrauen zu geben, die in einigen Kilometern Entfernung ein Kinderheim unterhielten. Dies verhinderte dann das junge Ehepaar. Kurz bevor die beiden geheiratet hatten, war ihnen von ihrem Arzt eröffnet worden, dass sie sich keine allzu großen Hoffnungen auf eigene Kinder machen durften. Das war ein harter Schlag für sie gewesen, weil sie Kinder über alles liebten. So war es schnell beschlossen gewesen, dass das im Grunde heimatlose Mädchen bei ihnen ein Zuhause haben sollte. So war Lorchen eines Tages aus dem Meraner Land nach Dresden gekommen, und aus dem scheuen Wesen war ein fröhliches und zusehends widerstandsfähigeres Kind geworden. Zwar blieb sie immer kleiner als ihre Altersgenossinnen, aber sie war gesund und ließ sich nicht so schnell in das zweite Glied abdrängen. Ihr Geist war hellwach, sie lernte schnell und hatte eine liebenswerte Art. Als Lorchen acht Jahre alt war, hatte ihre Mutter ganz unerwartet, aber zur großen Freude aller, einen Sohn geboren, und anderthalb Jahre später war noch ein zweiter gefolgt. Lorchen und Paulina waren sich an ihrem ersten Schultag in der Oberschule begegnet und hatten sich gleich gemocht.

Heute hatte Lorchen schon zwei Stunden früher nach Hause gehen dürfen. Vor sechs Wochen war ihr der Blinddarm entfernt worden, und deshalb durfte sie noch nicht am Turnunterricht teilnehmen. So kam es, dass Paulina an den Turnstunden-Tagen den Heimweg alleine machte und dabei feststellte, dass ihr das mit jeder Woche schwerer fiel. Sie war froh, dass Lorchens Schonfrist in absehbarer Zeit zu Ende sein würde und sie dann wieder an allen Tagen gemeinsam gehen konnten. Sie trottete mit hängenden Schultern müde und erschöpft vor sich hin und versuchte einmal mehr, Bilder und Gedanken, die in einem heillosen Durcheinander und völlig ungefragt vor ihrem inneren Auge auftauchten, zu sortieren. Seit Urpapas plötzlichem Tod hatte sie keine Freude mehr empfunden. Sie war still und in sich gekehrt, und die allgemeine Stimmung zu Hause tat ihr Übriges. Obwohl Chaijm und Charlotte bemüht waren, sich so normal und heiter zu geben wie sonst, gelang es ihnen nicht sehr gut. Paulina mochte es zudem nicht, wenn sie merkte, das Großvater und Großmutter ihre eigene Trauer überspielten. Sie fühlte sich dann immer ein bisschen für dumm verkauft und nicht ganz ernst

genommen. Sie war kein kleines Kind mehr, und außerdem machte es das Ganze auch nicht besser! Aber sie sprachen nicht darüber, und so trauerte jeder auf seine Art über den Verlust des Vaters, Schwiegervaters und Urgroßvaters. Friedrich Winter war im beachtlichen Alter von 83 Jahren verstorben. Er war nicht krank gewesen, hatte kaum Ermüdungserscheinungen gezeigt und hatte auch noch am Tag vor seinem Tod der Fabrik einen Besuch abgestattet und sich von den Mitarbeitern bis zum nächsten Tag verabschiedet. Er hatte wohl selbst nicht geahnt, dass es diesen für ihn nicht mehr geben würde. Morgens, als Hedwig sich gewundert hatte, dass er so lange auf sich warten ließ, war sie nach oben gegangen, um nachzusehen, wo er bliebe. Dann hatte sie ihn gefunden: fertig angekleidet und rasiert, in dem hohen Lehnstuhl seines Ankleidezimmers sitzend, mit friedlichem Ausdruck auf dem Gesicht, so als schliefe er nur. Aber er war still von dieser Welt gegangen, ein alter ehrwürdiger Herr.
Charlotte war es, als hätte sich mit dem Ableben des Vaters eine Tür hinter ihr geschlossen. Auch Chaijm, der nicht so leicht zu Erschütternde, hatte sich nach dem Tod seines Schwiegervaters zum ersten Mal in seinem Leben ein wenig verlassen gefühlt. Es war merkwürdig, aber solange Friedrich Winter, ein allseits geachteter Mann dieser Stadt, in seiner Nähe war, hatte Chaijm sich irgendwie beschützt gefühlt und den sich deutlich abzeichnenden Tendenzen der sogenannten »neuen Zeit« mit einer gewissen Gelassenheit entgegengesehen. Aber nun griff plötzlich eine unbekannte Angst nach ihm. Paulina war sehr traurig darüber, den geliebten Urpapa nicht mehr zu haben, nie mehr seine tiefe Stimme mit dem heiteren Unterton zu hören, nie mehr in seine leuchtenden Augen zu sehen, nie mehr seine unverkennbaren Schritte zu hören, wenn er auf der Treppe vom Laden herauf zur Wohnung stieg, und nie mehr wieder auf seinem Schoß zu sitzen, Späße mit ihm zu machen oder die lustigen und hintersinnigen Lieder der »Comedian Harmonists« mit ihm zu singen. Zu allem hin verübelte es Paulina ihrer Mutter sehr, dass diese nicht zu Urpapas Beisetzung gekommen war. Er war schließlich Mamas Großvater gewesen, und sie hatte ihn doch, was ihre wenigen Erzählungen aus ihrer Kinderzeit hergaben, auch sehr geliebt! Und nun hatte sie es nicht einmal fertiggebracht, ihn wenigstens auf den Friedhof zu begeleiten! In Paulinas Trauer hatten sich deshalb Wut und Enttäuschung geschlichen, und an manchen Tagen konnte sie ihre verschiedensten Empfindungen nicht mehr auseinanderhalten. Dann war sie entweder ständig damit beschäftigt, ihrem Missmut Ausdruck zu verleihen, indem sie an allem und jedem etwas auszusetzen fand und endlos herumnörgelte, oder aber sie verstummte, gab auf Fragen entweder keine, höchstens aber einsilbige Antworten und musste den festsitzenden

Kloß im Hals niederkämpfen. Das Leben, so schien es ihr, war gerade dabei, sich auf einer Spur einzurichten, die in einen dunklen Tunnel führte, und sie war dieser Fahrt ausgeliefert und konnte nicht abspringen.

Am Tag zuvor war es ihr zum ersten Mal passiert, dass ihr ein ihr völlig unbekannter halbwüchsiger Junge in den Weg getreten war und sie laut beschimpft hatte, als sie gerade den Bürgersteig verlassen und die Waisenhausstraße überqueren wollte. Noch immer saß ihr dieses laute »He, du Judengöre« wie ein Fausthieb im Nacken, und wenn sie daran dachte, wurde der Druck in ihrer Kehle noch größer und schien ihr die Luft abzuschneiden. Dass sie hin und wieder herablassend angesehen oder sogar absichtlich gemieden wurde, war ja nichts Neues mehr. Sie hatte versucht, es zu ignorieren, wie Großvater ihr geraten hatte, als sie ihm einmal ihre Beobachtungen mitgeteilt hatte. Aber es gelang ihr nicht immer, und manchmal war sie traurig und tief gekränkt. Schließlich hatte sie niemals jemandem etwas zuleide getan! Es hatte in ihrem bisherigen Leben nicht die geringste Rolle gespielt, dass Großvater jüdischer Herkunft war und dass Urpapas Frau, die sie ja selbst nie gekannt hatte, aus einer jüdischen Familie stammte. Plötzlich aber schienen solche Dinge eine Bedeutung zu haben. Sogar ein Schulfach wurde den Gesetzen der Vererbungslehre gewidmet. »Rassenpolitischer Unterricht« nannte man diese unheilvolle Sache, die offensichtlich dazu diente, alle sogenannten nicht arischen Kameraden von den arischen zu trennen und sie nicht selten, mal offener und mal versteckter, als minderwertig zu kennzeichnen.

Und sie, Paulina, hatte es doppelt getroffen: Sie hatte einen jüdischen Großvater eine halbjüdische, wenn auch evangelisch getaufte Großmutter und darüber hinaus keinen Vater! Aber das wussten eben nur sie und Mama! Doch das half nichts. Allein ein kühles »Vater: unbekannt« zeichnete August Leibfried als den männlichen Part in Paulinas Abstammungsurkunde. Da hatte es sogar Lorchen besser getroffen: Sie hatte ihre leiblichen Eltern nie kennengelernt. Aber sie war das urkundlich anerkannte Kind der Steins, und so war es egal, dass sie vermutlich von einem Südtiroler Bauern abstammte. Zudem war sie blond, hatte zwar braune und keine blauen Augen, aber ihr Gesicht sah doch viel deutlicher dem von der »germanischen Rasse« gezeichneten Bild ähnlich. Paulina dagegen hatte außer ihrer Körpergröße kein äußeres Merkmal aufzuweisen, das sie der Erscheinung der sogenannten Arierin nahebringen konnte. Dennoch fühlte sie keinen Neid auf Lorchen. Sie war einfach nur so schrecklich traurig.

»Paulina!« Mit vor Schrecken geweiteten Augen überlegte Paulina in Sekundenschnelle, in welche Richtung sie das Weite suchen könnte. Aber es war nicht nötig. Paulina sah hoch und blickte in ein braun gebranntes lachendes Gesicht, das von glatten, blonden, auf Höhe der Wangenknochen abgeschnittenen Haaren umrahmt war und aus dem ein helles Augenpaar leuchtete. »Thea!« Paulina stürzte sich in Theas Arme. Diese umschloss sie fest und ertappte sich, wie sie kurz an Carla dachte. So ungefähr müsste die kleine Schwester sich jetzt auch anfühlen. Mit einem stillen Seufzen genoss sie für wenige Augenblicke die kraftvolle Spannung, die von dieser innigen Umarmung ausging, dann löste sie sich von dem Mädchen. Sie ist noch größer als sie von Weitem ausgesehen hat, schoss es Thea durch den Kopf, und sie wusste nicht, ob sie das bedauerte oder begrüßte. Sie hielt Paulina auf Armeslänge von sich und sah sie einfach nur an. Endlich! Über viele Monate lang hatte sie mit sich gerungen, ob sie es wagen sollte, sie aufzusuchen und sich ihr zu erkennen zu geben. Sie wusste, dass es nicht im Sinne der Organisation war, mehr als höchstens flüchtige Bekanntschaften zu suchen, und schon gar keine Freundschaften, deren Zuverlässigkeit man sich nicht sicher sein konnte. Darunter fielen natürlich Kinder im Besonderen, denn in ihrer Arglosigkeit waren sie alles andere als vertrauenswürdige Geheimnisträger, ja, manche ihrer Mitstreiter meinten sogar, Kinder bedeuteten eine regelrechte Gefahr. Was es bedeutete, diese Verhaltensregeln wirklich in aller Konsequenz zu beachten, war sich Thea nie wirklich im Klaren gewesen.

Dass Paulina direkt aus der Stadt Dresden stammte und deren Familie zum Bekanntenkreis der Cousine ihres Vaters gehörte, hatte sie erst erfahren, als sie schon mehrere Monate bei Eleonore gewohnt hatte. Die hatte ihr bisher immer von der »Winter'schen Chocholatérie« erzählt, die einer gewissen Charlotte Seeligmann gehören würde, und Thea hatte schon manch vorzügliches Stück aus diesem Hause genossen, ja, war sogar schon viele Male an dem Ladengeschäft vorbeigegangen. Aber dass Paulina die Enkelin der Ladeninhaberin war, hatte sie erst spät herausgefunden, als die Baronin einmal im Zusammenhang mit den Seeligmanns eine kurze Bemerkung über eine gewisse Viola in Berlin und ein Mädchen namens Paulina machte. Das hatte Thea sofort aufhorchen lassen. Durch gezielte, aber scheinbar harmlos eingestreute Fragen hatte sie Genaueres über Paulina und deren Familienverhältnisse in Erfahrung bringen können. So auch, dass die Leute Juden waren. Das hatte Thea mit großer Erleichterung, aber auch mit Sorge aufgenommen. Die Sorge jedoch überwog die Erleichterung von Monat zu Monat, und sie war bei ihren heimlichen Beobachtungen Paulinas, immer ruheloser und angespannter geworden. In der Zwischenzeit kannte sie deren Schulweg in- und auswendig, wusste, wo und bei wem sie ihre wöchentliche Klavierstunde nahm, kannte die Namen einiger ihrer Kameradinnen und sah

zu, wie die Kleine heranwuchs. Mehr als einem Jahr war es nun her, dass sie Paulina zum ersten Mal gesehen hatte, und noch kaum einmal war ihr ein Jahr so lange vorgekommen.
Thea war sehr froh, dass Eleonore sie nie bedrängte, ihr zu sagen, was sie wann und wo tat, wie lange sie wegbleiben oder wann sie wiederkommen würde oder mit wem sie Kontakt hatte. Die sogenannte Tante ließ ihr alle erdenklichen Freiheiten. Sie spürte, dass die feinsinnige Frau sie achtete und ihr Tun und Lassen respektierte. Gerade weil sie nicht dazu verpflichtet war, Eleonore über ihre Tätigkeit zu unterrichten, tat sie es häufig doch. Alles, was der Freiwilligkeit unterlag, hatte einen besseren Geschmack als der Zwang. Ihr Vertrauen beruhte auf Gegenseitigkeit. Dass die eine von ihnen jedoch immer mehr von einem schlechten Gewissen, die andere aber von wachsender Sorge und Unruhe erfasst wurde, war zu einer Tatsache geworden, der sie sich unweigerlich stellen mussten, wenn sie weiterhin in einer guten Atmosphäre unter einem Dach leben wollten. Als Thea dann vor wenigen Tagen in diesem elenden Zustand ins Heidehaus – wie Eleonore ihre kleine Villa genannt hatte – zurückgekommen war, hatte sie sich dieser anvertraut. Sie war es dann auch gewesen, die Thea dazu ermutigt hatte, den Kontakt zu Paulina aufzunehmen. »Wer weiß«, hatte sie zu der jungen Verwandten gesagt, »vielleicht wird Paulina uns noch einmal brauchen.«

Paulina strich sich eine Locke hinter das Ohr und fühlte die feuchte Haut an ihrem Haaransatz. Ihre Hände zitterten vor Erregung, und sie spürte ihre angespannte Atemmuskulatur zwischen den Rippenbögen. Urplötzlich überfiel sie das Bedürfnis, laut zu jubeln oder einfach auf der Stelle zu hüpfen, so wie sie es früher immer getan hatte, wenn sie sich freute oder vor lauter Erwartung auf ein schönes Ereignis nicht mehr ruhig stehen konnte. Aber irgendetwas in ihrem Inneren schien sie zurückzuhalten, und sie presste nur ein ums andere Mal ein »Thea, du!« hervor. Thea sagte gar nichts, kämpfte nur mit ihrem eigenen Druck, der sich wie ein Ring um ihren Brustkorb gelegt hatte. So standen sie sich einige Sekunden lang schweigend gegenüber. »Komm«, sagte Thea dann und griff beherzt nach Paulinas Mappe, um ihr diese abzunehmen. »Gib mir das Ding, du bist ja schon ganz gebeugt davon! Viel zu schwer ist das für so ein kleines, zartes Wesen«, sagte sie mit gespielter Empörung und lächelte schelmisch. »Oh ja, ich armes, schwaches Würstchen«, piepste Paulina, ging tief in die Knie und machte einen Buckel. »Sieh nur, du gute Fee, wie gekrümmt mein Rücken schon ist.« Sie machte einen Schritt nach vorn und drehte dabei den Kopf weit nach links, um mit mitleidheischendem Blick zu Thea aufzuschauen. Die prustete los, und mit dem Augenblick der gelösten Spannung überfiel Paulina der Übermut. Sie schnellte hoch, gab Thea einen Stoß und setzte sich seitwärts hüpfend in Bewegung. »Los, lass uns ein Wettrennen machen, ich zeig dir, wo ich wohne!«, rief sie der verdutzten Thea zu. Diese zögerte aber nicht lange: »Das weiß ich doch schon längst«, lachte sie und begann zu laufen. Einmal mehr fand Thea es von Vorteil, Hosen zu tragen, wenn auch ihre Mutter dies vermutlich gar nicht gerne sehen würde. Aber man konnte eindeutig schneller laufen und Rad fahren damit, und vor peinlichen Situationen war man besser geschützt. Der Gedanke an ihre Mutter amüsierte sie plötzlich in einer Art jugendlicher Freude an der Provokation und entlockte ihr ein kurzes befreiendes Auflachen. Da Paulinas Schultasche alles andere als leicht war, schwang Thea diese kurzerhand auf ihren eigenen Rücken. Mochte das auch noch so unpassend aussehen, es war ihr egal: Sie hatte Paulina wieder, und das war ihr in diesem Moment das Wichtigste!

Nachdem Paulina Thea den Großeltern vorgestellt und diese erklärt hatte, dass sie die junge Verwandte von Baronin von Witte sei, hatten sich die Mädchen für den Nachmittag verabredet. Charlotte und Chaijm hätten Thea gerne zum Mittagessen eingeladen, aber das hatte sie abgelehnt. Sie müsse unbedingt bei Eleonore zum Mittagstisch erscheinen, erklärte sie. Aber danach, wenn Paulina ihre Schularbeiten erledigt hätte, könnten sie sich doch wiedersehen. Draußen im Albertpark beispielsweise, dort würde es mit Sicherheit etwas angenehmer sein als hier, mitten in der hitzigen Stadt. Chaijm und Charlotte zögerten nicht lange und erklärten sich mit dem Vorschlag einverstanden. Schließlich kannten sie Thea aus Paulinas Bericht, was deren letztjährige Reisebekanntschaft im Zug nach Berlin und die unglückliche Verfehlung dort im Zoo anbetraf. Sie wussten auch von der Baronin von Witte, dass diese die Tochter eines Cousins zur Logis hatte. Jedoch waren sie der felsenfesten Überzeugung gewesen, diese hätte Sonja erwähnt. Aber sie konnten sich ja auch getäuscht haben, oder Sonja hatte einfach mehrere Namen, was man aus Adelskreisen kannte, und sie hatte einfach ihren Spaß daran, mal diesen und mal jenen zu benutzen. Oder aber sie hatten sich einfach verhört, man kam schließlich in ein gewisses Alter.

Chaijm hatte seiner Enkelin für den Nachmittagsausflug drei Mark zugesteckt, aber erst nachdem er gehört hatte, dass Charlotte das Eisengitter zurückschob, um den Laden zu öffnen. Sie musste nicht alles wissen. Mit dem Geld sollte Paulina für sich und Thea die Fahrkarten lösen, und dann würde es auch noch für ein Eis, einen Kaffee oder eine Limonade reichen. Paulina war glücklich. Als sie Großvaters vielsagenden Blick bemerkt hatte, mit dem er seine Anweisung für den Gebrauch des Geldes unterstrichen hatte, war Paulina sofort auf

die richtige Fährte gekommen. »Keine Angst, Großvater«, hatte sie ihm zugeflüstert, »es bleibt unter uns.« Damit hatte sie die Geldstücke in ihrer Rocktasche verschwinden lassen und Chaijm verschwörerisch angelächelt. Der freute sich im Stillen. Es hatte ihn sehr bedrückt, über das Aufblühen des Kindes so viel Schweres ziehen zu sehen. Es erinnerte ihn an seine eigene Jugend in Odessa, und vor Erfahrungen dieser Art hätte er seine Kinder und Enkel doch so gerne beschützt!
Paulinas Augen hatten so geleuchtet, als sie ihnen das junge Fräulein vorgestellt hatte, und als er erfuhr, wer dieses war, hatten sich auch in ihm die schon verloren gegangen geglaubte Neugier und ein gespanntes Interesse geregt. Irgendwie schien das ihrer aller Lebensfreude anzufachen, und das empfand er als eine Wohltat. Das hatte ihn auch ohne Umschweife und langes Abwägen dazu veranlasst, mit dem Geld, das Paulina für diesen Nachmittag benötigen würde, nicht zu knausern. Was er ohnehin nicht tat. Paulinas Konto, das er für sie angelegt hatte, war gut gefüllt, aber Charlotte war in dieser Hinsicht nicht ganz so großzügig wie er. Doch sie hatte ihn nie davon abzuhalten versucht, Paulina eine zusätzliche Reserve anzusparen.

Als Paulina am Abend in ihrem Bett lag, war sie einfach nur glücklich. Das Leben schien doch auch noch für schöne Überraschungen gut zu sein. Obwohl die Umstände sich durch Theas Wiedersehen keineswegs geändert hatten, schien es ihr, als hätte deren Gegenwart ihnen doch ein wenig an Schwere genommen. Paulina konnte noch lange nicht einschlafen. Immer wieder musste sie darüber nachdenken, was Thea ihr gesagt hatte. Davon, dass diese sie von Anfang an ins Herz geschlossen hatte, war sie keineswegs überrascht gewesen, war es ihr doch genauso ergangen. Auch dass Thea ihr und Mama damals im Zoo einfach keine Beachtung geschenkt hatte, aber scheinbar dazu gezwungen gewesen war, versuchte Paulina noch irgendwie zu verstehen. Doch dass Thea nun schon so lange in Dresden war, sie aber trotzdem erst jetzt besuchte, konnte sie nicht ganz begreifen. Aber sie versuchte sich damit zu trösten, dass Thea versprochen hatte, ihr irgendwann – jedoch könnte *irgendwann* auch erst in vielen Jahren sein – zu erklären, was es damit alles auf sich hatte. »Vielleicht aber auch viel früher, wer weiß?«, hatte sie dann noch leise dazugesagt und danach lange mit zusammengekniffenen Lippen in den Himmel gestarrt, sodass Paulina es nicht wagte, diese weiter zu bedrängen. Stattdessen hatte sie sich wieder auf den Rücken fallen lassen, die Augen geschlossen, Brauen, Nase und Wangenmuskeln zusammengezogen und einige Sekunden lang die Augenlider fest zusammengekniffen. Dann hatte sie gleichzeitig alle angespannten Muskeln losgelassen, das Kribbeln, das sich auf ihrem Gesicht ausbreitete, genossen, und war den verschiedensten Farbschattierungen gefolgt, die sich zuerst in kleinen, dann in immer größer werdenden Kreisen und Ringen unter ihren geschlossenen Lidern bildeten. Vor einigen Monaten hatte Fräulein Gustorff sie auf die Möglichkeit dieser kleinen Lockerungsübung hingewiesen, nachdem sie häufig über Kopfschmerzen klagte. Zunächst kam sich Paulina etwas dumm vor, wenn sie die Hände zur Faust ballte, als hätte sie einen Boxkampf zu bestreiten, oder die Schulterblätter so weit nach hinten zog, dass in ihr unwillkürlich die bildliche Vorstellung eines Huhnes, das mit geschwellter Brust herumstolzierte, wachgerufen wurde. Aber schließlich tat sie das, wenn ihr niemand dabei zusehen konnte, und sie hatte gemerkt, wie gut es tat, wenn die Muskeln nicht mehr so hart angespannt waren und man es beinahe fühlen konnte, wie das Blut durch die Adern floss. Irgendwann hatte sie auch das Gefühl gehabt, als würde sie sich dabei auch in ihrem Inneren etwas lösen, und manches Mal fühlte sie sich hinterher zuversichtlicher als zuvor. So hatte sie auch heute Nachmittag wie von selbst nach dieser kleinen Hilfe gegriffen, als die unbeschwerte Stimmung so plötzlich umgeschlagen war.

Bei der Erinnerung an den kitzelnden Grashalm, mit dem Thea ihr über die Nase gestrichen hatte, lächelte Paulina. Thea meinte es ehrlich mit ihr, auch wenn diese ihr nicht alles sagen konnte, was ihr unerklärliches Verhalten anbetraf. Paulina hatte schon lange nicht mehr so viel am Stück geredet wie heute Nachmittag. Sie fühlte sich fast ein bisschen leer und irgendwie erschöpft, und trotzdem fühlte sich die Müdigkeit anders an als die Tage zuvor. An der Wetterlage allein konnte es nicht liegen, denn die hochsommerlichen Temperaturen hatten auch heute bis in den späten Abend hinein angehalten. Merkwürdigerweise aber hatte sie die Hitze am Nachmittag gar nicht mehr als so lästig empfunden wie sonst. Draußen in der Natur, unter dem Schatten der Bäume, hatte es sich tatsächlich viel besser aushalten lassen als in der Stadt. Und Thea hatte sich ihr mit so viel Interesse zugewandt, dass es Paulina nicht schwergefallen war, von ihrem Ergehen in der Schule und den Erfahrungen mit den Kameradinnen und den Lehrern zu erzählen. Natürlich sei sie immer gerne zur Schule gegangen, und weder das Lernen noch der Kontakt zu den Schulkameraden hätte ihr Mühe gemacht, hatte sie auf Theas Frage, ohne lange zu überlegen, geantwortet. Sie hatte auch nicht vergessen, Lorchen zu erwähnen, deren Freundschaft ihr half, die Schule und das abweisende Verhalten von so manchen Altergenossen und auch den einen oder anderen Lehrer zu ertragen. Auch dass sie sich Sorgen machte um die Großeltern, hatte sie Thea anvertraut. Seit dem Tod von Urpapa hatten sie sich verändert. Vor allem Großvater war noch ein Stück schweigsamer geworden, und seine Miene verdüsterte sich häufiger. Oft ging er nach dem Abendbrot noch einmal in die Werkstatt und kam dann erst in der Dunkelheit wieder zurück. Großmutter war nach wie vor sehr mit dem Laden beschäftigt, und Paulina musste sie bei einigen Aufgaben im Haushalt unterstützen. Zwar kam einmal in der Woche eine Reinemachefrau, aber den Rest des Haushaltes hatte Charlotte wie eh und je selbst besorgt und Paulina mit den unterschiedlichsten Tätigkeiten vertraut gemacht. Anfangs – hatte Paulina Thea bekannt – sei sie von Großmutters Idee ja nicht gerade begeistert gewesen, denn sie hatte es immer genossen, die Nachmittage, an denen sie weder zur Klavierstunde noch zum Ballettunterricht ging, zur ihrer freien Verfügung zu haben. An Gelegenheiten zum Zeitvertreib hatte es ihr bisher nicht gefehlt. Entweder sie las oder spielte mit Schulfreundinnen oder Nachbarskindern auf der Straße. An Regentagen hatte sie sich auch gerne im Laden aufgehalten und dort die Kunden bedient oder beobachtet. In letzter Zeit hatte sie jedoch gar nichts dagegen, wenn sie nach den umfangreicher gewordenen Schularbeiten noch verschiedenen Verpflichtungen nachgehen musste. Immer öfter genoss sie es sogar, wenn die Wohnung leer war. Dann legte sie eine Platte aufs Grammofon und war froh, wenn sie, ohne sich sehr beeilen zu müssen, das Mittagsgeschirr abwaschen, die Küche in Ordnung bringen oder kleinere Plättarbeiten verrichten konnte. All das erzählte sie Thea, und die hörte aufmerksam zu, stellte hin und wieder eine vorsichtige Frage, nickte oder lächelte. Zweimal hatte Paulina Thea aufgefordert, ihr doch etwas von sich zu erzählen, aber Thea hatte gemeint, das würde sie dann bei ihrem nächsten Treffen tun, heute sei erst einmal Paulina dran. Da Paulina bald gemerkt hatte, wie gut es tat, sich die Fülle ihrer Gedanken und Eindrücke von der Seele zu reden, hatte sie sich auch nicht dagegen gewehrt.

Zwischendurch hatten die beiden immer wieder einige Minuten lang geschwiegen, versonnen in die Zweige des Baumes und in den tiefblauen Himmel geschaut, der dazwischen hervorschaute oder einfach nur mit geschlossenen Augen die Gegenwart der anderen genossen. Sie hatten sich so auf ihrer Picknickdecke platziert, dass ihnen die Sonne auf die Beine scheinen konnte, die Köpfe aber im Schatten blieben. Dabei hatte Thea ihre Hose bis kurz unter die Knie gekrempelt und ihre Bluse ausgezogen. Unter dieser trug sie ein weißes Turnhemd aus Trikotstoff, das Paulina zu ihrem eigenen Ärger sofort an Marlene Niederau erinnerte. Die ließ sich zur Turn- und Handarbeitslehrerin ausbilden und saß hin und wieder, wenn Paulina die Niederaus besuchte, in Sportkleidung in der elterlichen Küche. Marlene war aktiv im Bund Deutscher Mädel und eine glühende Verehrerin Adolf Hitlers. Paulina konnte Marlene ganz und gar nicht leiden und sich auch des Gefühls nicht erwehren, dass dies auf Gegenseitigkeit beruhte. Zuerst hatte Paulina deswegen gar nicht mehr unbefangen auf Theas Oberkörper und ihr ins Gesicht sehen können, was diese gleich bemerkt hatte. »Ist etwas nicht in Ordnung, oder findest du es unschicklich für eine Dame in meinem Alter?«, hatte diese die Situation mit Humor zu entschärfen versucht. »Nein, richtige Damen in deinem Alter sollten ein Korsett tragen und hochgeschlossene Blusen natürlich und anständig auf Stühlen sitzen, anstatt sich mit übereinandergeschlagenen Beinen schamlos auf der Erde zu wälzen«, hatte Paulina in gewohnt schlagfertiger Weise und mit gehobener Stimme zurückgegeben. Die beiden hatten schallend gelacht. Auf die anschließende Frage Theas nach Viola war Paulina aber in diesem Moment nicht gefasst gewesen. Die hatte sie wie ein Blitz aus heiterem Himmel getroffen, und für einige Sekunden hatte sie den Atem angehalten. »Hm ... Mama«, hatte sie dann mit angespanntem Kiefer hervorgepresst. »Sie ist nicht einmal zu Urpapas Beisetzung gekommen.« Thea hatte einen Augenblick gebraucht, bis sie sich aus den verschluckten Lauten einen Reim machen und den Satz verstehen konnte, und sie fragte sich, ob es klug war, diesen empfindlichen Nerv, den sie da offenbar getroffen hatte, weiter zu strapazieren. Dann war es aber Paulina selbst, die ihr diese Entscheidung abnahm. »Weißt du«, hatte sie Thea erklärt »wenn man schon keinen Vater haben darf, dann hätte man doch wenigstens gerne eine Mutter, kannst du das verstehen?« In Theas Augen waren Tränen geschossen, aber das machte sie in diesem Moment ganz wütend. Sie kämpfte die Erinnerung an ihre eigene Familie nieder. »Wenn du wüsstest, wie sehr du mich an meine kleine Schwester erinnerst«, hatte sie dann zu Paulina gesagt und deren Hand fest an ihre Wange gedrückt. »Ich glaube, ich kann dich gut verstehen.« Paulina hatte nur mit einem Kopfnicken geantwortet und die Augen geschlossen. Thea tat es ihr gleich. So lagen sie eine ganze Zeit lang stumm nebeneinander. Irgendwann hatte Paulina in ihrer Rocktasche gekramt und mit dem Geld geklimpert. »Komm, lass uns zusammenpacken und gehen. Großvater spendiert uns Eis und Kaffee, das sollte man nicht ausschlagen.« Mit einem lang gezogenen »Hhm!« fuhr sich Thea mit der Zunge über die Lippen. Dann waren sie aufgesprungen, hatten Kleidung und Frisur wieder in Ordnung gebracht und sich in ein nahe gelegenes Café begeben.

Noch jetzt, Stunden danach, war es Paulina, als könnte sie das Vanilleeis und die Himbeersoße schmecken. Sie lag mit offenen Augen da und sah an die hohe Zimmerdecke, ernsthaft überlegend, ob sie diesen Tag nicht zum schönsten ihres bisherigen Lebens machen sollte. Bisher war es eigentlich jener gewesen, an dem sie erfahren hatte, wer Onkel August war. Doch sie musste zugeben, dass der Glanz dieses Ereignisses verblasst war, wozu ihr inneres Zerwürfnis mit Mama seinen Teil beigetragen hatte.

Aber eigentlichen waren es ja nicht Urpapas Tod und Mamas Abwesenheit bei dessen Begräbnis gewesen, die in Paulina etwas in Gang gebracht hatten, das beinahe täglich an ihrem Herzen nagte und dort Spuren von Verwundungen hinterließ: Mehr denn je zuvor rätselte sie an der Frage herum, was wirklich dahintersteckte, dass Mama August verheimlichte. Warum hatte sie ihr, Paulina, nicht erlaubt, einen Vater zu haben, wenn er auch nicht jeden Tag anwesend war oder bei ihnen wohnen konnte, das verschmerzte sie ja! Aber wenigstens in die leeren Zeilen ihrer Abstammungsurkunde hätte August gehört. Und wenigstens in das Herz von Großvater und Großmutter! Er war ja kein schlechter Mann, und die Großeltern würden ihn sicher mögen! Auch dass ihre Mutter sich nicht ihren eigenen Eltern anvertraut hatte, nahm Paulina ihr zunehmend übel. Natürlich, sie konnte sich gut vorstellen, dass man große Angst davor hatte, wenn man bekennen musste, dass man ein Kind von einem verheirateten Mann erwartete. Sie hätte gewiss nicht an Mamas Stelle sein wollen! Aber die Großeltern waren gute Menschen, sie waren nicht nachtragend und schnell bereit zum Verzeihen. Natürlich konnten sie auch empfindliche Strafen verordnen, diese Erfahrung hatte Paulina nicht nur einmal gemacht. Aber es war stets gerechtfertigt gewesen. Warum hatte Mama ihren Vater und ihre Mutter nicht in ihr Geheimnis eingeweiht und verlangte nun das Gleiche auch von ihr? Sie konnte doch nicht einfach erwarten, dass sie die geliebten Großeltern in dieser Ahnungslosigkeit verharren ließ!
Bei all diesen Überlegungen spürte Paulina aber auch, wie unerträglich die Vorstellung war, ohne Großvater und Großmutter, ohne Urpapa, ohne den Laden, nicht in Dresden, sondern in Berlin aufgewachsen zu sein. Und ohne Lorchen, ohne Kolja! Kolja! Wie sie sich nach ihm sehnte! Aber er war endgültig fort, verschwunden, die lang gehegte Hoffnung und ihre naiven Träumereien, dass er eines Tage ganz unverhofft in ihrer Tür stehen würde, hatte sie aufgegeben. Nur eine zerknitterte Fotografie von ihnen beiden, die Großvater bei einer Wanderung aufgenommen hatte, und sein kindlicher Abschiedsbrief waren ihr von dem treuen Kinderfreund geblieben. Den hütete sie wie einen unersetzlichen Schatz. Wie sehr sie an Kolja hing, war ihr erst klar geworden, nachdem er nicht mehr da gewesen war. Und je mehr sie sich von der Kindheit verabschiedete, umso größer wurde der Schmerz um ihn. Ach, wenn sie doch nur schon erwachsen wäre und ganz alleine für sich entscheiden könnte! Dann würde sie den Großeltern reinen Wein einschenken, Mama und August gehörig die Meinung sagen und sich auf die Suche nach Kolja machen. Sie würde ihn finden! Garantiert! Er musste inzwischen ein großer Junge sein oder fast so etwas wie ein junger Mann?

Paulina kniff die Augen zusammen und wartete auf die Farbkreise. Schon wieder waren ihre Gedanken mit ihr durchgegangen. Eben war sie doch noch dabei gewesen, die Bedeutung dieses Tages in eine Rangordnung zu bringen. Sie verschränkte die Arme hinter dem Kopf und schob mit den Füßen ihre Zudecke nach unten. Obwohl Großmutter nur ein leichtes Plaid in ein Bettuch eingezogen hatte, war es ihr immer noch zu warm, um ganz zugedeckt zu bleiben. Sie legte die Beine auf das Laken und genoss die angenehme Kühle auf der nackten Haut. »Also gut«, dachte sie trotzig. »Heute, lieber August Leibfried und liebe Viola Seeligmann«, begann sie ihre innere Rede, »muss ich euch mitteilen, dass ihr abgelöst worden seid. Der schönste Tag meines bisherigen Lebens ist heute gewesen, genauer gesagt … lasst mich überlegen ... am 1. Juli 1935. Der Grund für diesen Tag heißt Theodora von Witte. Mama, du hast sie schon mal gesehen, und du wirst staunen, wenn du erfährst, wer sie ist.« Bei der Vorstellung, das Gesicht ihrer Mutter zu sehen, wenn sie ihr sagte, dass Thea eine Verwandte der Baronin war, die Viola seit Kindertagen »Schneewittchen« nannte, musste Paulina kichern, und sie war auch ein bisschen schadenfroh. Morgen würde sie in ihrem kleinen Buch mit dem immerwährenden Kalender das Kästchen für den heutigen Tag rot umranden und vielleicht mit einem Blumenmuster verzieren oder eines ihrer getrockneten Efeublätter hineinkleben. So langsam spürte sie eine angenehme Schwere in ihrem Körper, und ihre Augen wurden müde. Sie drehte sich auf die Seite, schob einen Arm unter das Kopfkissen und überließ sich einem kindlichen Glücksgefühl. Das Läuten der Türglocke einige Augenblicke später hörte sie nicht mehr.

*

Es war einer dieser Tage, an denen sich Fritz Niederau wünschte, lieber ganz taub anstatt halb blind zu sein. »Wir kämpfen gegen die Juden, weil es für uns bitterste Erkenntnis ist, dass kein Glück und Friede auf der Welt herrschen kann, solange nicht die Judenfrage gelöst ist.« Noch immer hatte er die Hohnworte des SA-Kreisleiters in seinen Ohren, und bei jedem Schritt, mit dem er sich in der hereinbrechenden Dunkelheit dem Haus der Seeligmanns näherte, dröhnten sie lauter und eindringlicher in seinem Kopf und bohrten sich in sein Herz. Zu allem hin fühlte er sich schuldig, und es war ihm, als verstärke der sichtbar abgewetzte Stoff seines Anzugs das Gefühl der bitteren Scham, die ihn schon heute Nachmittag beim Betreten des Sarrasani-Geländes überfallen hatte, nur noch mehr. Er war ein einziger Vorwurf an sich selbst und hatte keinerlei Bedürfnis, sich vor seinem eigenen schlechten Gewissen zu rechtfertigen. »Nicht einmal dazu taugst du noch, du elender Feigling«, hatte er sich in den vergangenen Stunden ein ums andere Mal selbst angeklagt. Er war mitgegangen, ja, obwohl er hätte Nein sagen können. Hätte. Was aber ist ein »Hätte« schon wert? Nichts! Gar nichts! Warum hing er so an seiner Arbeit? War sie nicht schon schlecht genug, als dass man sich auch noch ängstlich und feige daran klammern müsste? Was war sie schon wert unter einem Vorgesetzten, der sich oft wie ein Bluthund aufführte und keinen Hehl daraus machte, dass er Krüppel, Juden und Bolschewisten, wie er alle aus dem Osten stammenden Menschen bezeichnete, zutiefst verachtete? Keinen Heller!

Aber darum ging es ihm an diesem Abend ja gar nicht. Er, Fritz Niederau, der einen Juden als seinen besten Freund betrachtete, er war nicht Mann genug gewesen, sich gegen den Druck von außen zu wehren und der Kundgebungsversammlung im Zirkus einfach fernzubleiben! Er hätte es wissen müssen, was man dort zu hören und zu sehen bekam. Hätte. Schon wieder dieses Wort! Aber er war nun einmal dort gewesen, und nun galt es, sich dazu zu bekennen. Was ihn zu seiner eigenen Verachtung sich selbst gegenüber zusätzlich beschäftigte und ihn ängstigte, war die Tatsache, dass seine Jüngste, Marlene, den Nazis mit Leib und Seele anheimgefallen war. Er hatte ihre Begeisterung für den BDM noch nie geteilt, es aber anfangs für ein notwendiges Übel erachtet, das die Kinder und Jugendlichen gezwungenermaßen über sich ergehen lassen mussten. Schließlich hatten sie ihre Zukunft noch vor sich, sie brauchten einen Platz in der Gesellschaft, sie brauchten Schulbildung und Arbeit. Er hatte es ja selbst am eigenen Leib erfahren, was es hieß, nicht mehr mithalten zu können und, aus welchem Grund auch immer, an den Rand gedrängt zu werden. Mittlerweile dachte er jedoch ganz anders über die Jugendbewegung der Braunen. Sie war nichts anderes als eine regelrechte Verführung! Fritz schossen abwechselnd Hitzewellen und dann wieder Schauer von Kälte und Unwohlsein durch den Körper. Obwohl allein der Gedanke, Chaijm gegenüberzustehen, schon beinahe unerträglich war, zog es ihn dennoch mit aller Macht zu ihm hin. Den ganzen langen Weg vom Carolaplatz bis hierher hatte Fritz zu Fuß zurückgelegt, in der Hoffnung, sich dadurch etwas zu beruhigen. Aber es war ihm nicht gelungen. Immer wieder war er dazu verleitet gewesen, in einen Laufschritt zu verfallen, aber nur weil er in keiner Weise auffallen wollte, hatte er sein Getriebensein unterdrückt. Am liebsten hätte er sich seines Stocks entledigt, der ihm plötzlich wie unnötiger Ballast erscheinen wollte. Er benutzte ihn ja nur, um seine Unsicherheit besser zu bewältigen, die ihn manchmal – ausgelöst durch sein schlechtes Sehen – überfiel. Obwohl seine innere Haltung, mit der er der Altstadt zustrebte, der eines Canossaganges gleichkam, hatte es ihm nicht schnell genug gehen können. Als er am Ferdinandplatz ankam, verließen ihn beinahe die Kräfte, und er fühlte sich wie ein alter, geschlagener Mann. Als er in die Victoriastraße einbog, sah er sich zum ersten Mal nach hinten um, seitdem er vor knapp einer Dreiviertelstunde in der Neustadt aufgebrochen war. Offensichtlich war ihm niemand gefolgt, und es hielt sich auch sonst keine Menschenseele auf der Straße auf, obwohl es nun allmählich begann, angenehm kühl zu werden. Mit unruhiger Hand förderte er die Uhr aus der Hosentasche zutage und klappte sie auf, wobei ihm sein Stock zu Boden fiel. Das Geräusch ließ ihn zusammenfahren, und er ließ den längst matt gewordenen Uhrendeckel vor Schreck wieder zuschnappen, ohne wirklich gesehen zu haben, wo die Zeiger standen. Er bückte sich rasch, um den Stock aufzuheben, sah sich noch einmal um und erreichte dann mit wenigen schnellen Laufschritten das Haus mit dem Schokoladenladen. Fritz drückte auf den von unzähligen Fingerabdrücken gelblich gewordenen Klingelknopf, lehnte sich erschöpft an den kühlen Sandstein des Türbogens und schloss für einen Moment die schmerzenden Augen.

Es hatte eine halbe Minute gedauert, bis Chaijm sich entschließen konnte, zur Tür zu gehen. Er hatte schon lange den Hausmeister dazu veranlasst, bereits um sieben Uhr am Abend abzuschließen, und die anderen Bewohner des Hauses mussten wohl oder übel einen Schlüssel mitnehmen, wenn sie später nach Hause kamen. Natürlich hieß das auch, dass man hinuntergehen musste, wenn man jemanden hereinlassen wollte. Anfangs hatte es deswegen einige Unmutsäußerungen gegeben, aber Chaijm hatte auf seinem Entschluss bestanden. Charlotte und er hatten das Haus von Friedrich Winter geerbt und konnten als rechtmäßiger Besitzer diese Regelung durchsetzen. Mittlerweile jedoch hatten sich die beiden anderen Mietparteien daran gewöhnt, zumal es sich ja nur um die alte Frau Helmer mit ihrer alleinstehenden Tochter und um Käthe und Wilhelm Meinert handelte, deren Kinder alle erwachsen waren und die elterliche Wohnung bereits verlassen hatten.

Chaijm war selbst gerade eben erst nach Hause gekommen. Er war lange mit einer sehr wertvollen Standuhr beschäftigt gewesen, die er nun schon etliche Wochen in der Werkstatt stehen hatte. Das Ungetüm nahm einen viel zu großen Platz ein und behinderte ihn ständig. Er wollte es weghaben und verbrachte jede zusätzliche Stunde damit, das Laufwerk wieder in Gang zu bringen. Allerdings war es heute etwas zu spät geworden, das musste er zugeben, und Charlottes kleine Standpauke, die er gerade über sich ergehen lassen hatte, war berechtigt gewesen. Sie hatte sich Sorgen gemacht, wozu es Anlass genug gab, und er wusste das ja auch. Aber er war so glücklich über das gewesen, was Paulina heute erlebt hatte, dass er voller Tatendrang nach dem Abendbrot noch einmal in die Werkstatt gegangen war und dann die Zeit völlig vergessen hatte. »Jetzt sitzt du mitten in einem Haufen von tickenden und läutenden

Apparaten und willst mir weismachen, dass du keine Gelegenheit hattest, nach der Uhr zu sehen«, hatte Charlotte mit ihm geschimpft. Über ihre spöttische, aber humorvolle Formulierung hatte er schmunzeln müssen, und als sie seinen reuigen Gesichtsausdruck mit dieser untrüglichen Beimischung von Belustigung bemerkt hatte, waren die beiden, wie sie es in früheren Zeiten oft nach einem harmlosen Streit getan hatten, plötzlich in herzhaftes Gelächter ausgebrochen. Es hatte so gut getan, so gut wie schon lange nichts mehr, und hatte dem ohnehin schon schönen Tag eine kleine Krone aufgesetzt.
Umso erschrockener war Chaijm gewesen, als die Türglocke gegangen war. Sie hatte die heitere Stimmung durchschnitten wie ein scharfes Messer. Chaijm und Charlotte waren verstummt und hatten sich mit fragenden Blicken angesehen. Dann war Chaijm mit gestrafftem Rücken aus der Wohnungstür hinaus und die Treppe hinuntergegangen. Bereits als Chaijm die unterste Stufe verlassen und die Steinfließen im Hausflur betreten hatte, erkannte er durch die von kunstschmiedeisernen Ranken eingefasste Glasscheibe der schweren Eichentür die Gestalt seines Freundes. »Fritz!« Mit einem Seufzer der Erleichterung hatte Chaijm den Namen gerufen. Chaijm holte den Schlüssel aus der Westentasche und ließ den jederzeit willkommenen Besucher herein. Charlotte war oben an der halb geöffneten Wohnungstür stehen geblieben und hatte Chaijms Schritten nachgelauscht. Auch sie war erleichtert, als sie hörte, dass es sich bei dem späten Besucher um Fritz handelte. Das leise Geräusch des nicht ganz im Takt seines Schrittes klopfenden Stockes hatte ihn verraten. Schnell zog Charlotte die Tür weit in die Wohnung hinein auf und ging dann in die Küche, um den Wasserkessel aufzusetzen. Fritz trank so gerne die englische Teemischung, die sie regelmäßig von der Baronin geschenkt bekam.

Später, kurz nach Mitternacht, als Charlotte und Chaijm im Bett lagen und jeder seinen eigenen Gedanken nachhängend in die Dunkelheit starrte, stand der Wasserkessel immer noch ganz gefüllt und kalt auf dem Herd. Fritz Niederau hatte keinen Tee genommen. Er könne nicht, hatte er gesagt. Auf die Frage Chaijms, warum, er habe ihn doch so gerne, und auf Charlottes Ermunterung, dass sie ihm doch nur eine Freude machen wolle, war es aus dem Geplagten herausgebrochen. In schnellen und zuerst verwirrenden Sätzen hatte er versucht, den Grund seines Besuches und sein Anliegen zu erklären. Chaijm hatte alle Mühe gehabt, ihn erst einmal dazu zu bewegen, in einem Sessel Platz zu nehmen, denn er hatte schon unten an der Haustür bemerkt, dass Fritz ganz erschöpft war. Schließlich hatte er ihn so weit gebracht, und als Chaijm sich ihm gegenübersetzte und Charlotte sich ebenfalls auf dem Sofa niederließ, konnte Fritz der Reihe nach und in zusammenhängenden Worten sein Herz ausschütten.

»Fritz«, hatte Chaijm gesagt, als er endlich begriffen hatte, was den Freund in so große Not gebracht hatte, »Fritz, du bist zu gut für diese Welt.« In Chaijm hatte sich zuerst alles gesträubt, als dieser ihm und Charlotte seine Hände mit dieser flehenden Geste entgegenstreckte, mit denen Verurteilte um Gnade betteln. »Fritz Niederau, es gibt nichts zu verzeihen, denn du hast weder mir oder Charlotte noch dem Kind etwas Böses getan! Du bist zu dieser Veranstaltung gegangen und hast nichts weiter getan, als dir anzuhören, was ein paar dumme und schlechte Menschen sagen. Du weißt, dass es sich um Lügen handelt, die da verbreitet, werden und ich weiß ganz genau, dass du nicht die Ansichten dieser Leute teilst!« Charlotte hatte nur mit dem Kopf genickt und Fritz liebevoll angesehen. Der Schmerz in seinen Augen verriet ihr aber, wie ernst er es meinte, und sie hatte inständig gehofft, dass Chaijm es auch bemerken würde. »Und für Marlene«, war dieser aber unbeirrt fortgefahren, »bist du nicht mehr verantwortlich! Sie ist ein beinahe erwachsenes Mädchen, du hast ihr oft genug gesagt, was recht und unrecht ist, und sie wird dir nicht mehr gehorchen. Das ist der Lauf der Welt, so bitter es uns als Väter und Mütter vorkommen mag.«

Chaijm hatte sich in seinem Reden immer mehr ereifert, aber er hatte dem Freund einfach begreiflich machen wollen, dass er ihm gegenüber kein schlechtes Gewissen zu haben brauche. Erst nachdem Fritz in seiner bittenden Haltung verharrte, war ihm klar, dass er diese, wenn ihm auch völlig unnötige erscheinende, Bitte um Vergebung annehmen musste, wollte er dazu beitragen, den ohnehin schon angeschlagenen Seelenfrieden seines Freundes zu erhalten. Er sah mit offenem Blick in dessen getrübte Augen: »Fritz, was immer du bereust getan zu haben, was Charlotte, mir oder Paulina geschadet haben könnte, sei sicher, dass ich es dir verzeihe, weil du mein Freund bist.« Hier hatte auch er, Chaijm, plötzlich schlucken, müssen und seine Stimme war etwas belegt gewesen. Er war dankbar, dass Charlotte bis dahin kein Licht gemacht hatte und es im Zimmer schon recht dunkel gewesen war. Fritz hatte dann voller Erleichterung die Hände der beiden ihm Gegenübersitzenden zwischen seine genommen und mit erstickter Stimme nur ein unendlich erleichtertes »Danke« geflüstert. Dann hatte er sich rasch zurückgelehnt, die Hände in den Schoß gelegt und für einen Moment die Augen zugemacht. Er fühlte sich unendlich müde, und der noch vor ihm liegende Heimweg wollte ihm plötzlich als eine beinahe unüberwindliche Strecke vorkommen, obwohl er gegenüber dem langen Fußmarsch vom Carolaplatz bis in die Seevorstadt gar nicht erwähnenswert schien. Für einige Minuten war es ganz still geblieben zwischen den drei Menschen, nur das Ticken der alten Standuhr war zu vernehmen gewesen. Charlotte hatte unwillkürlich an Rilkes Gedicht vom Menschenwort denken müssen, das manchmal sehr zu fürchten sei, weil es so vieles zerstören könne. Dies war wohl ein solcher Moment, der kein weiteres menschliches Wort zu ertragen schien. Es hielt jeder der drei sich selbst und sein Schweigen aus.

Irgendwann hatte Fritz nach seinem Stock gegriffen, den er an den Tisch gelehnt hatte, und sich leise erhoben. Chaijm hatte sich dabei des Eindrucks nicht erwehren können, dass der Freund seine Krücke, wie dieser den hölzernen Begleiter verächtlich nannte, in diesem Augenblick wirklich brauchte. Es war ihm nicht verborgen geblieben, wie mühsam Fritz sich daran hochgezogen und wie fest er seine magere Hand um den Griff gelegt hatte. Plötzlich hatte Chaijm eine Welle von Schwermut und Trauer in sich aufkommen gefühlt und alle Mühe gehabt, sie zu unterdrücken. »Fritz, mein Lieber«, hatte er laut und mit betont fröhlicher Stimme gesagt, um seinen Empfindungen keinen weiteren Raum zu geben, »ich werde dich nach Hause begleiten, denn schließlich bist du schon lange genug alleine unterwegs.« Charlotte nickte zustimmend. »Nein, nein, kommt nicht infrage, dass du alleine gehst«, entgegnete sie auf Fritz' Einwand, dass das nicht nötig wäre.

Chaijm hatte sich rasch bei Fritz untergehakt und mit ihm zusammen fast geräuschlos zuerst die Wohnung und dann das Haus verlassen. Aber erst als Charlotte nach etwa einer halben Stunde Chaijms Gestalt unten die Straße überqueren und auf das Haus zukommen sah, ging sie erleichtert ins Schlafzimmer und begann sich auszukleiden.

*

»Rassenschande!« Mit zitternden Fingern hatte Paulina die ausladenden Bogen der Dresdner neuesten Nachrichten umgeblättert. Und da stand es in großen Lettern mit einem dicken schwarzen Balken umrandet. Es stimmte also, was man in der Schule erzählt hatte! »Die jüdischen Partner der Verbindung wurden ebenfalls in Schutzhaft genommen, um im Lager Sachsenburg zu lernen, wie sie sich als Gäste in Deutschland aufzuführen haben«, las Paulina murmelnd den kurzen Abschnitt, welcher unter der Liste mit den fünfzehn Namen stand. Trotz des heißen Sommerwetters jagte ein frostiger Schauer über Paulinas Rücken, und unwillkürlich hielt sie die Hände vors Gesicht und blies ihren Atem hinein, so als müsste sie sich daran wärmen. Dabei bemerkte sie, dass ihr Gesicht glühte, und wie eine Welle überfielen sie Angst und Wut in einem. *Rassenschande!* Die Buchstaben auf dem gräulichen Papier fielen wie eine hämisch grinsende Fratze in ihr Auge ein. Ihr war, als krampfte sich ihr Herz zusammen, weil ihr Blick wieder und wieder auf die beiden Namen fiel, die sie kannte. Die weibliche Person war eine Kundin von Großmama, die männliche stammte aus der Straße, in der Kolja früher gewohnt hatte. Paulina mochte die zwar nicht so gerne, denn sie hatte nie einen Hehl daraus gemacht, dass sie stolz darauf war, sich von einem einfachen Küchenmädchen zur ersten Bedienung in einem gut situierten Café hochgedient zu haben. Dazu war sie ein wenig schwatzhaft, und das nicht immer mit den klügsten Äußerungen. Aber Paulina hatte von Großmama gelernt, dass alle Kunden gleich zuvorkommend bedient werden müssten und man sie niemals spüren lassen durfte, was man von ihnen hielt. Bei dem Gedanken an Fräulein Glewitz mischte sich ein Schamgefühl in Paulinas aufgebrachtes Gemüt, denn niemals hätte sie diesem »Mädchen«, wie Großvater sie nannte, eine solche Behandlung gewünscht. Das hatte sie nicht verdient! Niemand verdiente das, auch Ewald nicht, der Mann aus Koljas ehemaliger Nachbarschaft. Er arbeitete in der Nähmaschinenfabrik, hatte schon fast eine Glatze, obwohl er viel jünger war, als er aussah, und wohnte im Parterre in einer winzigen Wohnung, wie es sie in dieser Gegend zuhauf gab. Er war nie verheiratet gewesen, zumindest wusste man nichts davon, und hatte wegen seiner linkischen Art sich zu bewegen schon manchen Spott von den Kindern abbekommen. Auch dafür schämte Paulina sich jetzt.

Plötzlich packte sie die ganze Zeitung, teilte in kraftvollen Bewegungen die großen Bögen und begann dann, jede einzelne Seite zu zerreißen. Wieder und wieder legte sie die Fetzen aufeinander, um sie nochmals und nochmals zu zerkleinern, bis der Stapel so dick und fest geworden war, dass es nicht mehr ging. Dann streckte sie die Arme nach oben und ließ die Schnipsel langsam auf den Boden rieseln, bis die Hände leer waren. Dann nahm sie sich sofort das nächste Blatt vor – so lange, bis von der Zeitung nichts mehr übrig war und ihre schwarzen Finger unerträglich schmerzten. Die federleichten Schnipsel hatten sich überallhin verteilt. Sie lagen auf dem Teppich, auf dem Tisch, auf dem Sofa, auf ihrem Rock und ihrer Bluse. Sogar in ihren Haaren waren sie hängen geblieben. Auf einmal fühlte Paulina sich leer wie ein ausgestülpter Papierkorb und unendlich müde. Ihre Schultern taten weh, und es überkam sie ein unbezwingbares Bedürfnis nach Schlaf. Nicht einmal der Gedanke daran, was die Großeltern wohl zu ihrem Werk sagen würden, rührte sie mehr. Sie ließ die Arme auf den Tisch sinken und legte den Kopf darauf. Jetzt erst kamen die Tränen, aber sie liefen einfach, ohne dass sie ein einziges Mal schluchzte, unaufhörlich über ihre Wangen und bildeten einen kleinen See auf dem Nussbaumholz der Tischplatte. Es stimmte also, was sie nun schon oft genug gehört hatte, und es würde auch für sie nicht ohne Folgen bleiben: Sie, Paulina Seeligmann, war das Ergebnis einer Verbindung, für die man zukünftig in ein Lager kommen konnte! Sie war das Ergebnis einer sogenannten Rassenschande! Ihr ganzer Kummer der letzten Wochen schien wie ein losgetretener Felsbrocken über sie hereinzustürzen und den letzten Rest ihrer kindlichen Unbekümmertheit unter sich zu begraben. »Ach, Kolja, wenn ich nur wüsste, wo du bist«, murmelte Paulina, bevor alles von ihr abzufallen schien und sie einschlief.

Chaijm hatte die Werkstatt an diesem Tag absichtlich etwas früher verlassen und kam vor Charlotte in die Wohnung. Die stand noch unten im Laden, obwohl er um diese Zeit eigentlich schon geschlossen war, und unterhielt sich mit einer Kundin. Er hatte zum einen nicht stören und zum anderen nach dem Mittagessen sehen wollen. Außerdem hatte er vorgehabt, die Tageszeitung in Sicherheit zu bringen, bevor sie Paulina in die Hände fallen konnte. Seit geraumer Zeit wurden die Kinder in der Schule von Studienrat Dörfler dazu angehalten, täglich die Zeitung zu lesen, um »richtig« informiert zu sein. Chaijm hatte jedoch nicht wissen können, dass die Schule heute früher als sonst zu Ende gewesen war. Zwar passierte es hin und wieder, dass nicht mehr alle Stunden gegeben wurden, weil Lehrer und Lehrerinnen einfach nicht mehr erschienen. Man wusste es nie so genau, ob freiwillig oder gezwungenermaßen. Aber als Chaijm die Wohnungstür aufgeschlossen hatte, erkannte er sofort, dass die Enkelin bereits da sein musste, denn die Schultasche stand, fast wie immer, mitten im Flur. Wie oft hatte Charlotte schon mit Paulina geschimpft deswegen, aber es trug einfach keine Früchte. Sie ließ bei ihrer Ankunft gewöhnlich die Mappe mit einem Krachen auf den Boden fallen, wobei sie meistens noch nicht einmal die Wohnungstür hinter sich zugemacht hatte. Da blieb diese dann an Ort und Stelle stehen, und Paulina ging geradewegs in die Küche, um die Deckel sämtlicher Töpfe und Pfannen anzuheben, die auf dem Herd standen. Allerdings hatte es heute nicht danach ausgesehen, dass schon jemand in der Küche gewesen wäre. Es war so still in der Wohnung, dass Chajim zunächst der Überzeugung war, Paulina wäre gar nicht da und vermutlich noch auf einen Sprung zu Lorchen gegangen. Doch als er ins Esszimmer ging und durch die offen stehende Flügeltür hinüber ins Wohnzimmer sehen konnte, wurde er eines anderen belehrt: Paulina saß regungslos in zusammengekrümmter Haltung an dem niedrigen Tischchen, das vor dem Sofa stand. Beim Nähertreten bemerkte er die unzähligen weißen Papierfetzen, die überall um sie herum verstreut waren. Sogar auf ihrem dunklen Haarschopf lagen sie. Chaijm hatte etwas sagen wollen, aber alles blieb ihm im Hals stecken. Da Paulina ihn nicht bemerkt zu haben schien, schlich er sich leise an sie heran und beobachtete sie für einige Sekunden. An ihrem gleichmäßigen

Atem erkannte er, dass sie schlief. »Gott Abrahams und Jakobs«, hatte er gemurmelt, als er sah, dass es sich bei den Schnipseln um Zeitungspapier handelte. Er schlug die Hände vors Gesicht und stöhnte innerlich auf. Warum nur hatte er nicht heute Morgen schon dieses unheilvolle Blatt vernichtet? Reichte es nicht, dass er und Charlotte diese böse Liste gelesen hatten? Warum hatte er das Kind nicht davor bewahrt? Er fühlte sich schuldig, so als wäre er seiner großväterlichen Verantwortung nicht nachgekommen. Er schüttelte den Kopf und starrte einfach nur auf die schlafende Enkelin. Das wenige, was er von ihrem Gesicht erkennen konnte, reichte aus, um zu ahnen, was geschehen war.

Gerade als Chaijm mit unterdrücktem Ächzen in die Knie gegangen war und damit beginnen wollte, den wie mit dichtem Schnee übersäten Teppich von den Papierschnipseln zu befreien, hatte Charlotte die Wohnungstür aufgemacht. Chaijm war so mit seinen Gedanken und Selbstvorwürfen beschäftigt, dass er sie nicht hatte kommen hören. Fragend hatte sie nach ihm und Paulina gerufen, und erst da war er aufgeschreckt. »Um Himmels willen, Charlotte!«, hatte er innerlich gefleht. »Bitte, bitte sei still!« Um sie abzufangen, wollte er so schnell wie möglich auf die Beine kommen. Aber ein stechender Schmerz fuhr ihm ins Wadenbein, und er musste für einen Augenblick halb aufgerichtet stehen bleiben. Da erschien Charlotte auch schon mit fragenden Blicken in der Türöffnung, überrascht von dem Anblick, der sich ihr bot. Chaijm legte die Finger auf die Lippen, die er zu einem lautlosen »Psst« geformt hatte, und deutete mit dem Kopf zu Paulina hin. Dann humpelte er zu Charlotte. »Hilf mir«, flüsterte er »ich will nicht, dass sie so aufwacht!« Immer noch verwundert, aber ohne dass sie etwas sagte, ging Charlotte ihrem Mann zur Hand. Sie griff nach der ovalen Porzellanschale, die auf dem Vertiko stand, und stellte sie auf dem Boden ab. Mit einer einzigen Handbewegung wischte sie das endlos zerkleinerte Papier vom Tisch, dann begannen sie gemeinsam das Zeug vom Sofa und schließlich vom Teppich aufzulesen. Paulina rührte sich nicht. Zum Schluss wollte Charlotte auch die Fetzen aus deren Haaren und von ihren Kleidern zupfen, aber Chaijm packte sie am Handgelenk. »Nein«, deutete er ihr mit einem Kopfschütteln an, und sein entschlossener Blick ließ Charlotte von ihrem Vorhaben abkommen. Dann gab er Charlotte zu verstehen, dass sie ihm folgen und die Tür schließen solle.

Erst als sie in der Küche waren und Chaijm das Papier in den Eimer geworfen hatte, fingen die beiden an zu sprechen. Charlotte schloss sich nach anfänglicher Skepsis Chaijms Vermutung, dass Paulina den unheilvollen Zeitungsartikel gelesen hatte und darüber in Wut und Verzweiflung geraten war, an. Sie lag einfach zu nahe, als dass man auf eine andere kommen könnte. Mit mechanischen Bewegungen richtete Charlotte das vorbereitete Mittagessen an, während Chaijm in der Küche den Tisch deckte. Sie hielten es für besser, hier, anstatt wie üblich im Esszimmer, zu sitzen. So müssten sie nicht flüstern, und auch das klappernde Geschirr würde Paulina nicht wecken. Die Mahlzeit verlief ohne großen Appetit und auch ohne viele Worte. Chaijm stocherte in seinem Gemüse herum und zerquetschte lustlos die großen Kartoffeln, sodass es Charlotte beinahe nicht mit ansehen konnte. Sie wusste, dass er sich große Vorwürfe machte, und sie musste ehrlich zugeben, dass sie bis jetzt auch nichts dazu beigetragen hatte, um ihm diese zu nehmen oder sie wenigstens zu schmälern. Sie fühlte sich schuldig, dass sie Chaijm nicht gleich heute Morgen aufgefordert hatte, die Zeitung verschwinden zu lassen, oder es selbst getan hatte. Aber sie hatte es ob der umfangreichen Warenlieferung, die sie schon vor dem Frühstück bekommen hatte, einfach vergessen. Andererseits kam ihr der Gedanke töricht vor, Paulinas und ihre eigene große Betroffenheit allein an dem heutigen Geschehen festzumachen. Freilich war diese Art der Denunziation deutscher Staatsbürger, egal, ob jüdischer oder arischer Herkunft, besonders gemein. Aber es war ja bereits zu etwas Alltäglichem geworden, dass andersgeartete oder sogar nur andersdenkende oder -glaubende Menschen offenen Schikanen ausgesetzt waren. Auch den Kindern war das nicht verborgen geblieben, und abgesehen davon, gingen sie schon lange mit der Tatsache um, dass auch ihre Paulina sich nach und nach von der Kindheit verabschiedete. »Chaijm«, unterbrach sie die bedrückende Stille, »geben wir uns nicht der falschen Vorstellung hin, uns und unzählige andere Menschen schützen zu können, indem wir einfach nicht hinsehen und so tun, als gäbe es das alles nicht.« Chaijm hob den Kopf und zog die Stirn zusammen, sodass die beiden Falten zwischen den Augenbrauen ganz tief wurden. Er holte Luft, um zu widersprechen, aber was er sagen wollte, kam ihm auf einmal so wirkungslos vor. Er winkte resigniert ab. Nach einer Weile schob er seinen leeren Teller in die Mitte des Tisches und strich sich über die schütteren Haare. »Tja, Lottchen, wir können sie nicht ewig davor bewahren. Außerdem plagen mich schon lange die Zweifel, ob sie nicht viel mehr weiß und ahnt, als wir denken. Sie hat sich so verschlossen in letzter Zeit«. »Großväterchen«, lächelte Charlotte und fuhr dem Angesprochenen zärtlich über den Handrücken, »das Kind wird erwachsen.« Chaijm seufzte tief und lächelte zurück. »Ach, ich liebe deine direkte Art zu sprechen«, dachte er bei sich und fragte dann laut, den Entrüsteten spielend: »Was, erwachsen? Mit elf Jahren schon? Da wusste ich ja noch nicht mal, dass es ...« »Zweierlei Leute gibt«, ergänzte Charlotte ihn und fügte schelmisch hinzu: »Ja, du vielleicht.« Dabei hatte sie das »du« in die Länge gezogen und das Kinn weit nach vorn gereckt. Aber Chaijm war nicht zu Scherzen aufgelegt. »Es liegt an den Zeiten, Charlotte, an den Zeiten, die so böse

sind, dass sie zu früh aus Kindern Erwachsene und aus Männern in den besten Jahren Greise machen, sieh mich an.« Charlotte schien darauf gar nicht eingehen zu wollen. Sie stand auf und begann langsam den Tisch abzuräumen. »Und aus den Frauen?«, fragte sie dann plötzlich in die Stille hinein. Chaijm überlegte. Er hatte, seitdem er sich zurückerinnern konnte, viele zu früh um ihre blühenden Jahre gebrachte Frauen gesehen. In Russland, und überhaupt im Schtetl, hatte es sie zu Tausenden gegeben, und im übrigen von Kriegswirren und armen Zeiten geschüttelten Europa auch. Aber eines hatte er an vielen von ihnen bewundert, schon als er ein kleiner Junge gewesen war: Sie schienen trotz vieler Leiden, die sie auszuhalten hatten, und trotz harter Arbeit und entbehrungsreichen Lebens über eine Art von Stärke und Lebenswillen zu verfügen, die einen Hauch von Unschlagbarkeit in sich trug. Mit der Kraft von Löwinnen schienen sie ihre Kinder und Familien, ihren Besitz und ihr eigenes Dasein zu verteidigen. Bei dem Gedanken an Löwen kam ihm plötzlich ein Satz aus der Thora in den Kopf: »Jehuda, du junger Leu, der hingestreckt daliegt, wer wagt es, dich aufzureizen?« So oder ähnlich hatten die Worte immer gelautet, ja, er wusste es ziemlich genau. »Merkwürdig«, dachte er, »warum erinnere ich mich genau jetzt an dies, es ist Jahre her, dass ich es zuletzt gehört habe!« Wurde er mit dem Alter sentimental? Ein wenig irritiert über sich selbst, schüttelte er diesen Gedanken von sich ab und versuchte Charlottes Frage, die immer noch im Raum hing, zu beantworten. »Tja, meine Liebe«, begann er vorsichtig, »Frauen erleiden Unsägliches, immer und zu allen Zeiten, aber Frauen ...« Er brach ab und zögerte seinen angefangenen Satz hinaus. Da aber Charlotte ihn nicht wie sonst zur Vollendung seiner »Rede«, wie sie sagte, drängte, holte er noch einmal tief Luft und sprach es aus: »Frauen sind stark!«
Er blies die Luft hörbar durch den Mund und sank ein bisschen in sich zusammen. »Ich bewundere Frauen«, setzte er nach. Charlotte ließ Wasser in den Spülstein laufen. Sie würdigte Chaijm keines Blickes. Er stützte die Ellbogen auf den Tisch und sah angestrengt zum Fenster hinaus. »Ich bewundere dich!« Charlotte fuhr herum. »Wenn du dich da nur mal nicht irrst mit deinen Behauptungen«, zischte sie und drehte den Hahn zu. »Frauen sind nicht stärker und nicht schwächer als alle anderen!« »Welche andern?«, dachte Chaijm und fühlte sich sofort ertappt, weil es ihn auch gleichzeitig amüsiert hatte. »Aber«, fuhr Charlotte sich ereifernd fort, »es ist dem Weib im Laufe der Menschheitsgeschichte nichts anderes übrig geblieben, als seine Schwäche zu überwinden und in den Widrigkeiten zu bestehen!« »Dem Manne auch nicht!«, setzte Chaijm in Gedanken nach, während er bereits zu bereuen begann, überhaupt etwas Derartiges von sich gegeben zu haben. »Denk nur mal an Ma-

ria«, fuhr Charlotte fort, »aber nein, das kannst du ja nicht, du bist ein Jude und hältst nichts vom Neuen Testament.« Was hatte sie da nur gesagt! Es war mucksmäuschenstill. »Ach, lassen wir das«, murmelte sie beschämt und strich sich eine Haarsträhne aus dem erhitzten Gesicht. Sie nahm das aufgestapelte Geschirr, um es ins Wasser zu legen. Das Rutschen der Frühstückstassen hatte sie nicht mehr verhindern können. Mit einem lauten Knall fielen sie zu Boden und zerbarsten zu vielen kleinen Scherben.

*

Es war der erste Sommer, seitdem Paulina in die Schule gekommen war, in dem sie nicht nach Berlin fuhr. Sie hatte keinerlei Lust dazu, mehrere Tage mit Mama zu verbringen. Und für einen einzigen lohne sich die Fahrkarte nicht, befand Großmama. »Also bleibe ich hier«, hatte Paulina mit trotziger Bestimmtheit gesagt, als die Sprache auf die ein bis zwei Wochen kam, die sie normalerweise in Berlin verbringen würde. Freilich war sie in den Jahren zuvor schon zweimal mit Mama und Greta auch an der Ostsee gewesen, oder sie hatten sich in den Strandbädern am Wannsee vergnügt. Zoo, Kindertheater, Kinoabende mit August und Axel und noch manches mehr, was großen Spaß machte, waren nie zu kurz gekommen. Auch die Auslagen in den Schaufenstern und die Sachen, die man bei Wertheim kaufen konnte, immer ein wenig mehr und ausgefallener als das, was man in Dresden bei Renner am Altmarkt bekam, hatten sie oft zu großer Begeisterung veranlasst. Und weder Mama noch August waren knickerig, wenn es darum ging, dass Paulina etwas gefiel und sie es haben wollte. Sie musste zweifellos zugeben, dass es ihr bisher alles andere als schlecht ergangen war, wenn sie in den großen Ferien Dresden den Rücken gekehrt hatte. »Wie die Made im Speck«, war stets Koljas Kommentar gewesen, wenn sie, wieder daheim, ihre Schätze ausgepackt und ihm von ihren Erlebnissen berichtet hatte. Allerdings hatte sie irgendwann damit aufgehört, als sie spürte, wie traurig Kolja immer war, wenn er für diese Zeit alleine zurückbleiben musste. Nur einmal hatte sie bei Mama den Vorstoß gewagt und gefragt, ob er denn nicht mitkommen dürfe. Das hatte diese dann aber so bestimmt und ohne weiter darauf einzugehen abgelehnt, dass es zwecklos gewesen wäre, dieses Anliegen noch einmal vorzubringen. Dabei hätte sie dem Freund so gerne alles gezeigt, was sie selbst so bewunderte, zudem hatte er es sich gewünscht, nur einmal mit Augusts Mercedes durch das Brandenburger Tor zu fahren. Mit geöffnetem Verdeck natürlich. Aber in der Zwischenzeit hatte sich das ja von ganz alleine erledigt: Kolja war nicht mehr da. Wie sehr sie ihn vermisste, ahnte jedoch kaum jemand.

»Mama kommt mich ja auch nur noch höchst selten besuchen, weshalb soll ich dann immer zu ihr fahren?«, hatte Paulina den Großeltern entgegengeschleudert, als es um die Ferienfrage gegangen war, und weder Chaijm noch Charlotte hatten ihr widersprochen. Es stimmte ja, was die Enkelin sagte. Sie verstanden ihre Tochter in dieser Sache auch nicht. Konnte es denn wirklich nicht möglich sein, in den großen Ferien für eine Woche nach Hause zu kommen, um die Zeit mit dem Kind wenigstens hier zu verbringen? Es gab doch auch eine Sommerpause an den Theatern. Ganz davon zu schweigen, dass auch sie als Eltern sich gefreut hätten, wenn Viola nicht nur auf kurze Stippvisiten herkommen würde. Das geschah sowieso selten genug, und meistens gab es dann einen bestimmten Anlass, wie ein Jahrgangstreffen oder die eine oder andere Feier in der Palucca-Schule. Nichts schien die Tochter nach Dresden zu ziehen. Außer zu ihrem Elternhaus hatte sie noch eine lose Verbindung zu ihrer ehemaligen Schulkameradin Gisela, die der Kommunistischen Partei angehörte. Sie war inzwischen Mutter von vier Kindern und mit einem nicht sehr erfolgreichen Schriftsteller verheiratet. Das älteste der Kinder, ein Junge, war nur ein Jahr jünger als Paulina und sah so sehr seinem Vater ähnlich, dass man ihn nur »den kleinen Willi« nannte. Chaijm amüsierte es immer ein wenig, dass es auch überzeugte Sozialisten gab, die den gleichen Namen hatten wie unzählige Könige und Kaiser. Gisela schien die Einzige zu sein, auf deren Gesellschaft sich Viola wirklich freute, wenn sie nach Dresden kam. Ihren Eltern gegenüber gab sie sich immer ein bisschen steif und gekünstelt fröhlich. Zumindest kam Chaijm das so vor. Charlotte meinte, in der Tochter die Veranlagung ihrer Schwester Julia zu erkennen. Diese war ein äußerst liebreizendes Geschöpf, aber mit vielen rätselhaften Wesenszügen ausgestattet gewesen, die sich, für sie und ihre Eltern zumindest, nie zu einem Ganzen hatten zusammenfügen lassen. Sie musste schwer am Leben getragen haben, was man ihr aber selten wirklich angemerkt hatte. Erst ihr früher Tod hatte manches ans Tageslicht gebracht, worüber aber keiner aus der Winter'schen Familie je ein unnötiges Wort verloren hatte. Manchmal bekam es Charlotte mit der Angst zu tun, wenn sie über Viola nachdachte. Aber sie verfügte schließlich über eine Eigenschaft, die ihr half, ihre Kümmernisse im Zaum zu halten: Sie arbeitete gerne und viel und konnte sich damit genügend Befriedigung und Ablenkung verschaffen. Damals, als ihr Vater ihr zu dem Laden verholfen hatte, war es genau dieses Merkmal ihrer Persönlichkeit gewesen, welches ihr das Leben gerettet hatte. Zu dieser Überzeugung war sie im Laufe der Jahre gekommen, und sie empfand es als etwas äußerst Tugendhaftes, so mit den Dingen des Lebens umzugehen. Denn schließlich kam dabei auch noch etwas heraus. Wie sehr die heutige Charlotte doch ihrem Vater glich, an dessen Art sie sich als junges Mädchen immer gestoßen hatte, fiel wohl nur Chaijm auf. Als er sich jedoch einmal in diese Richtung geäußert hatte, war Friedrich Winters Tochter tagelang verstimmt gewesen.

Charlotte hatte lange mit dem Angebot der Baronin von Witte hinterm Berg gehalten, das diese ihr vor einiger Zeit gemacht hatte, als sie im Laden gewesen war. Nicht einmal Chaijm hatte sie davon erzählt, was allerdings daran gelegen hatte, dass es an jenem Tag gewesen war, als Charlotte ihn zum ersten Mal in ihrem Leben wegen seiner Religionszugehörigkeit beleidigt hatte. Die Ereignisse dieses Tages steckten ihnen bis heute in den Knochen.
Als Charlotte Paulinas Sturheit bemerkt hatte, mit der sie ihr Vorhaben, ihre Sommerferien hier zu verbringen, bestätigte, war sie schließlich mit dem Vorschlag Frau von Wittes herausgerückt: Die Baronin war auf die Idee gekommen, Paulina in den großen Ferien zu sich einzuladen. Bestimmt würde es dem Mädchen guttun, außerhalb der Stadt, in frischer Luft und freier Wildbahn sozusagen, einige Zeit zu verbringen. Zudem hatte das Kind ein aufgewecktes und kontaktfreudiges Wesen, das allerdings durch die Ereignisse der letzten Zeit etwas Schaden gelitten hatte. Dennoch würde Paulina sicher keine Mühe haben, sich bei anderen Menschen wohlzufühlen, wenn sie spürte, dass diese sie mochten. Charlotte machte sich Sorgen um die Enkelin, das hatte sie der Baronin vor einiger Zeit anvertraut, und seitdem Eleonore vor vielen Jahren Chaijm mit ihrem selbst gemachten Johanniskrautöl hatte helfen können, waren dieser die Seeligmanns förmlich ans Herz gewachsen. Die langen Jahre davor hatte sie keine besonders enge Verbindung zu ihnen gehabt. Freilich hatte sie schon den alten Herrn Winter gekannt, er war regelmäßiger Gast bei den Herrenabenden ihres Vaters gewesen. Sie hatte den Mann seines Humors und seines eleganten Auftretens wegen interessant gefunden. Auch seine Frau und die drei Töchter waren ihr gut bekannt, Julia, die Jüngste von ihnen, war eine Zeit lang mit einer Bekannten von Eleonore befreundet gewesen. Ein sehr eigenwilliges, aber auch interessantes Mädchen. Leider war sie zu früh gestorben. Erst als dann Charlotte den Laden in der Stadt aufgemacht hatte, war ein persönlicher Kontakt zu dieser entstanden. Eleonore liebte die Kunst der Patisserie und fand an den vorzüglichen Waren, die zudem in einer erstaunlich großen Auswahl vorhanden waren, schnell Gefallen, oder besser gesagt: Geschmack. Nachdem dann herausgekommen war, dass Thea und Paulina sich kennengelernt hatten und Thea in Berlin sogar Paulinas Mutter Viola begegnet war, war der Baronin noch viel mehr an den Seeligmanns gelegen. Von Thea wusste sie auch, dass Paulina im Moment nicht gut auf ihre Mutter zu sprechen war und es ihr davor graute, sie für längere Zeit zu besuchen. Das al-

les hatte wohl dazu beigetragen, dass ihr der Einfall gekommen war, Paulina zu sich hinaus ins Heidehaus einzuladen. Natürlich hatte sie zunächst Charlotte die Idee unterbreitet. Sie wollte keinesfalls, dass Paulina davon erfuhr und sich möglicherweise sofort dazu entschließen könnte, dann aber nicht kommen durfte, weil die Seeligmanns oder ihre Mutter in Berlin nicht damit einverstanden wären. Der Gedanke, das Mädchen vielleicht enttäuschen zu müssen, war nicht schön.

Zunächst war es Charlotte auch ein bisschen peinlich gewesen, dass Frau von Witte so etwas Persönliches anbot. Noch nie hatten sie und Chaijm in Erwägung gezogen, dass Paulina nicht zu ihrer Mutter fahren sollte. Es gab keinen zwingenden Grund dafür, sie zu Hause zu behalten. Allerdings musste sie zugeben, dass sie auch schon darüber nachgedacht hatten, ob es klug wäre, das Kind unter den gegebenen Umständen der Großstadt auszusetzen – und nicht zuletzt auch der Obhut Violas. Die Tochter war nun auch einmal jüdischer Herkunft, ob man darüber Bescheid wusste oder nicht, denn schließlich war sie eine in gewissen Kreisen bekannte Person. Ob sie dadurch eher geschützt, oder im Gegenteil, eher gefährdet war, darüber konnte sich Charlotte kein Urteil bilden. Aber wer wusste es schon, vielleicht würde Viola genug damit zu tun haben, auf sich selbst achtzugeben.

Natürlich gab es da auch noch Greta, die langjährige Freundin und Wohnungsgefährtin ihrer Tochter. Diese hatten sie und Chaijm immerhin schon einige Male zu Gesicht bekommen. Sie hatte vor einigen Jahren mehrmals im *Lahmann'schen* Sanatorium gearbeitet, um sich mit den Naturheilmethoden des Professors bekannt zu machen, und dabei Paulina und den Seeligmanns stets einen Besuch abgestattet. Im Gegensatz zu Paulinas Vater war sie keine unbekannte Person geblieben. Greta bedeutete ein wenig Trost und Beruhigung für die Seeligmanns, denn sie war eine patente Frau, schien mit beiden Beinen auf der Erde zu stehen und hatte einen Beruf, mit dem man etwas anfangen konnte. Paulina mochte sie, was wohl auf Gegenseitigkeit beruhte, denn es gab keinen Geburtstag und kein Weihnachten, an dem Paulina nicht von Greta ein kleines, meist sehr persönlich gehaltenes Geschenk erhielt. In letzter Zeit hatte Charlotte sich manchmal nicht des Eindrucks erwehren können, dass Gretas Zuwendungen mittlerweile liebevoller und bewusster ausfielen als die Violas.

Aber natürlich war sich Charlotte im Klaren darüber, dass Greta nicht für Paulina verantwortlich war. Sie war dem Kind gegenüber zu nichts verpflichtet. Sie hatte eine anstrengende Arbeit mit unregelmäßigen und langen Dienstzeiten. Auch hatte Charlotte aus Paulinas Erzählungen entnehmen können, dass Greta sich in ihrer freien Zeit in einer Kirchengemeinde einbrachte, in Ber-

lin-Dahlem, wenn sie es richtig in Erinnerung hatte. Also war der Gedanke an eine Unterstützung Violas seitens Greta keine Lösung, mit der Charlotte dauerhaft rechnen wollte. Zwar hatte Greta auch schon in Paulinas Ferien einige Tage freigenommen und war mit der Kleinen und Viola zusammen nach Heringsdorf gefahren, und es gab zweifelsohne einen Mann in Violas Leben, der sich auch schon für Paulina Zeit genommen und etwas mit ihr unternommen hatte. Ob das nun ihr Vater war oder nicht, das blieb dahingestellt. Charlotte war dieser August dem Namen nach längst kein Unbekannter. Paulina nannte ihn Onkel, wenn sie nach ihren Ferien von ihm erzählte, aber Charlotte und Chaijm hatten sich fest vorgenommen, nicht mit neugierigen Fragen zu bohren, um das Kind nicht in Bedrängnis zu bringen oder Tochter und Enkelin gar zur Lüge zu verleiten. Obwohl es ihnen, je älter sie wurden, immer schwerer fallen wollte, dass sie nicht einmal diese wesentlichen Dinge von ihrer Tochter erfuhren. War es nicht auch eine Frage des gegenseitigen Vertrauens?
Je länger also Charlotte in den Wochen vor den Sommerferien über den anstehenden Berlinaufenthalt nachgedacht hatte, umso unsicherer war sie geworden. Noch nie war ihr das so gegangen. Zwar hatte sie immer ein bestimmtes Gefühl beschlichen, wenn sie die Enkelin am Bahnhof verabschiedet hatte oder wenn, in früheren Zeiten, Viola diese abholte und mit ihr in den Zug gestiegen war. Das war aber eher dieses ganz normale Es-wird-auch-gut-gehen-Bedenken gewesen, das wohl in allen Müttern und Großmüttern angelegt war.
Aber als dann Paulina ganz unvermittelt von den Sommerferien ihr und Chaijm ohne Umschweife ihre Abneigung gegen die diesjährige Berlinreise kundgetan hatte, war Charlotte recht schnell zu der Überzeugung gekommen, dass die Einladung der Baronin wohl genau zum richtigen Zeitpunkt gekommen war.

Paulina selbst hatte sich alle möglichen und unmöglichen Ausreden und Argumente zurechtgelegt, mit denen sie ihre Mutter davon überzeugen konnte, dass sie in diesem Jahr keine Ferien bei ihr machen konnte, was jedoch gar nicht nötig gewesen wäre, wie sich später herausstellte. Weder sie noch die Großeltern hatten irgendwelche Überredungskünste anwenden müssen, um Violas Einverständnis für den Ferienaufenthalt zu erhalten. »Geh nur zu dem alten Schneewittchen mit ihren zwei noch altgedienten Zwergen und der vor Jugend sprühenden Thea und bring ein bisschen Leben ins alte Heidehaus!«, hatte die sich lachend am Telefon zu dem Vorschlag geäußert. Allerdings hatte sie sich vorsorglich bei ihren Eltern versichert, dass alles so stimmte, wie es Paulina ihr gesagt hatte. Aber sie verschwieg ihnen tunlichst, dass sie auch ein bisschen enttäuscht war. Hatte sie sich doch auf ein paar schöne Stunden und

Tage mit der heranwachsenden Tochter gefreut. Sie hätten sie sicherlich für eine Weile abgelenkt. Aber sie kannte sich gut genug und wusste genau, wie schwer es ihr bereits nach einer Woche fiel, das Kind Tag und Nacht um sich zu haben. Obwohl Paulina sehr selbstständig war und sich auch alleine beschäftigen konnte, wurde Viola nach einer gewissen Zeit nervös und sehnte sich wieder nach ihrem eigenen Alltag. Sie war es einfach nicht gewohnt, sagte sie sich. Außerdem kam sie mehr und mehr zu der Erkenntnis, dass sie nun einmal nicht zur Mutter taugte. Zwar hatte sie vorgehabt, in diesem Sommer wieder einmal mit Paulina hinaus in die Mark zu fahren, vielleicht sogar nach Rheinsberg. Sie hatte das Städtchen vom ersten Augenblick an ins Herz geschlossen, als August an einem herrlichen Herbsttag zum ersten Mal mit ihr dorthin gefahren war und sie ein gemeinsames Wochenende dort verbracht hatten. Das laute Berlin hatte im letzten Jahr sehr an ihren Nerven gezerrt, und sie war oft froh, wenn sie Gelegenheit hatte, der Stadt und den Menschen zu entfliehen. Auch die immer aggressiver werdenden Naziparolen bereiteten Viola zuweilen ziemliches Unbehagen, und sie fragte sich, wie sie Paulina davor schützen konnte. Dabei wusste sie von Gisela, dass es zu Hause in Dresden nicht anders war. Aber die Erleichterung war ungleich größer, als Paulina ihr mitteilte, dass sie ein Ferienangebot von der Baronin bekommen hatte. Paulina hatte ihr versprochen, dass sie ihr vom Heidehaus einen langen Brief schreiben würde, als Ferienbericht sozusagen, und ihr dann eine große Überraschung servieren würde. Darunter konnte sie sich nun gar nichts vorstellen, aber trotzdem trieb es sie ein bisschen um, denn das Triumphieren in Paulinas Stimme war ihr selbst durch die knackende Telefonleitung nicht verborgen geblieben.

In der ersten Augustwoche also hatte Chaijm die Enkelin hinaus ins Witte'sche Anwesen gefahren. Er hatte sich extra fein dafür gemacht und war auch prompt zu einer Tasse Kaffee und einem Stück Kuchen eingeladen worden, was er sehr genossen hatte. Charlotte wäre auch gerne mitgekommen, hatte aber den Laden nicht schließen können, denn Mathilde Niederau, die ihr gelegentlich aushalf, lag mit einer Venenentzündung im Bett. Also hatte sie auf den Besuch im Heidehaus verzichten müssen und war deshalb umso freudiger überrascht gewesen, als Chaijm mit einer Einladung für den kommenden Sonntagnachmittag zurückgekommen war. In diesen Zeiten lernte man es zu schätzen, wenn man spürte, dass es Menschen gab, die einem wohlgesonnen waren. Und sie hatten beide den Eindruck, dass dies bei Eleonore von Witte ganz und gar der Fall war. Sie kannten sich nun schon so lange, und ihr Vertrauen zueinander war langsam, aber stetig gewachsen, gerade in der letzten Zeit, in der sich andere, ältere und gefestigt scheinende Bekanntschaften eher zu lockern und oberflächlicher zu werden schienen. Aber so war es nun einmal, und Chaijm und Charlotte hatten sich vorgenommen, nicht ständig über die verschiedenen Gründe, die dazu führten, zu spekulieren. Das belastete nur und änderte nichts. Wenn man sie alleine aufgrund der Tatsache, dass sie jüdischer Herkunft waren, mied oder scheel ansah, dann musste man es eben aushalten. Wenn man sich sicher war, dass man sich nichts hatte zuschulden kommen lassen, musste man sich keinen Vorwurf machen und es vielleicht sogar für besser halten, auf manche Verbindungen zu verzichten. Ja, es war gewagt, so zu denken, und frei von Sorgen und Trauer über diese Entwicklungen waren Chaijm und Charlotte ganz und gar nicht, denn es gab keine Aussichten auf eine baldige Besserung der politischen Lage. Im Gegenteil. In diesem Sommer schienen sich die Hasstiraden und Übergriffe auf Juden und andere nicht ins Bild der nationalsozialistischen Ideologie passende Menschen zu häufen wie kaum einmal zuvor. Auf der ganzen Länge der Pfotenhauerstraße und auch in der Blumen- und Ziegelstraße waren an den Laternenpfählen Anschläge angebracht, die »den Juden« als das Unglück aller Deutschen und den Käufer in einem jüdischen Geschäft als Volksverräter bezichtigten. »Jude bleibe draußen stehen, ich will dich in meinem Geschäft nicht sehen!« Diese Aufschrift in einem Schaufenster in der Johannstadt hatte Chaijm vor Kurzem entdeckt. Es war beileibe nicht das erste Mal gewesen, dass er etwas in dieser Art gelesen hatte, und doch hatte es ihn erschüttert. Auch deshalb war er an diesem Tag ganz froh gewesen, dass der Paulina aus der Stadt hinaus in die friedlich und heil erscheinende Welt des Witte'schen Anwesens bringen konnte. Sollte sich das Kind dort draußen von diesen einem förmlich ins Gesicht springenden Niederträchtigkeiten erholen.

*

Paulina tat es nach Herzenslust. Schon lange nicht mehr hatte sie so viele unbeschwerte Tage erlebt! Wie ihre bunten Holzperlen, die sie bis heute liebte, reihten sie sich fröhlich und leicht aneinander und bildeten eine für sie immer kostbarer werdende Kette. Sie genoss die Stille und Abgeschiedenheit des Parks und des ganzen Hauses. Nie hatte sie sich vorstellen können, wie es war, wenn man nicht den Lärm der Stadt Tag und Nacht um sich hatte. Sie hatte bis dahin auch nie wahrgenommen, über wie viel verschiedene Stimmlagen die Vögel verfügten. Thea hatte sie eines Abends darauf aufmerksam gemacht, als die Hitze des Tages nachgelassen hatte. »Hörst du, die Natur feiert den Feierabend«, hatte ihr diese durch die weit offen stehende Tür zugerufen, als Paulina draußen auf der Bank vor dem ehemaligen Gärtnerhäuschen saß, in dem Thea

ihr Atelier beherbergte und augenblicklich damit beschäftigt war, Skizzen für eine Bilderfolge anzufertigen. »Das ist der Unterschied zu den Menschen«, hatte Thea gesagt, als sie sich dann zu ihr gesellt hatte und sie eine Weile bewusst lauschten. »Die Menschen feiern den Feierabend nicht, sondern sinken nur stöhnend auf das Sofa oder auf die Bank oder ins Bett und finden, dass sie wieder einmal viel und schwer gearbeitet haben und dass sie deshalb doch so gut und rechtschaffen sind und dass ohne ihr Buckeln und Ackern bei nichts etwas herauskommt. Und deshalb nehmen sich die Menschen so wichtig und fühlen sich so mächtig, und manche glauben sogar, dass der liebe Gott nicht mehr ohne sie auskäme und sie ihm einmal ordentlich nachhelfen müssten.« Thea hatte immer schneller gesprochen, und Paulina war ihr spöttischer Unterton aufgefallen, sie hatte ihn aber nicht einordnen können. Sie hatte Thea ob deren philosophischer Äußerungen etwas verwundert und auch ein bisschen belustigt angesehen. »Ich meine das ernst, todernst«, hatte die den Blick der Jüngeren kommentiert, aber als Paulina daraufhin erst recht ratlos dreingeschaut hatte, hatte sie diese mit dem Ellbogen in die Seite gestoßen und dabei lauthals gelacht. Paulina hatte sich anstecken lassen. Der Abend war einfach zu herrlich, um sich grüblerischen Gedanken hinzugeben, und schließlich hatten sie ja gerade über die Kunst des Feierns gesprochen, welche die Natur nach Theas Meinung besser beherrschte als alle Menschen miteinander.
Einmal mehr war das helle Gelächter der Mädchen an Eleonores Ohren gedrungen. Sie hatte noch ihren abendlichen Rundgang durch den Garten gemacht, als sie hörte, dass die jungen Leute auch draußen sein mussten. Sie hatte sich ja eigentlich vorgenommen, möglichst selten in die traute Zweisamkeit der beiden hineinzuplatzen, aber bald festgestellt, dass es weder Thea noch Paulina zu stören schien, wenn sie auftauchte. »Thea, die du doch mal Sonja hießest«, murmelte Eleonore leise lächelnd als sie langsam über das weiche Gras ging. »Man sollte gar nicht glauben, wie schnell man an etwas Gefallen finden kann. Theodora! Na wartet, ihr beiden, jetzt krieg ich euch!«
»Buh!« Die Mädchen waren tatsächlich zusammengefahren und guckten ein bisschen wie ertappte Schülerinnen. Aber nur kurz. »Tantchen, du solltest zwei kleine Kinderseelen nicht so erschrecken!«, rügte Thea. »Haha, du hast ein schlechtes Gewissen wegen der geklauten Johannisbeeren!«, rief Paulina triumphierend und zeigte mit dem Finger auf die Ältere. »Oh nein, jetzt bin ich entlarvt«, hauchte die und sank mit überkreuzten Händen auf der Brust vornüber. Sie fingen wieder an zu lachen, und Eleonores tiefe Altstimme vermischte sich mit den hellen der Jüngeren. »Ach, wie gut das tut!«, dachte sie. »Was halten die Damen von einem Schlummertrunk?« Dieser Einfall war ihr gerade so gekommen. »Oh, dafür stehe ich doch gleich von meinem Büßer-

schemel auf!«, fuhr Thea in die Höhe und grinste breit. Paulina ließ ein begeistertes »Oh ja!« hören. »Na, dann erwarte ich Sie in einer Viertelstunde, meine Damen.« Mit wiegenden Hüften und erhobenen Hauptes stolzierte Eleonore in Richtung des Hauses. »Im Wintergarten!«, rief sie. »Sehr wohl!«, kam es von hinten. »Mit geordneten Haaren und gewaschenen Händen, wohlgemerkt!« »Worauf Sie sich verlassen können!«, kam es einstimmig zurück, was aber sofort wieder in ein übermütiges Gelächter überging. An Eleonores bebenden Schultern erkannten die Freundinnen, dass auch diese lachte. Sie konnten ja nicht wissen, dass die Baronin gerade dabei gewesen war, die Gouvernante aus ihrer eigenen Kinderzeit nachzuahmen, deren prüdes viktorianisches Lebensmotto das höchste Ziel aller Erziehungsversuche gewesen war. Immer wieder kam der Baronin ihr ältliches Fräulein in den Sinn, und sie schwankte stets zwischen Belustigung und Mitleid für die längst verstorbene Dame und deren überholte Benimm- und Lebensregeln. Aber es hatte ihr ja nicht geschadet, was sie bei Fräulein Smith gelernt hatte, und sie war auch der Überzeugung, dass vieles davon, in freilich abgeschwächter Form, den heutigen jungen Leuten nicht schaden würde. Manche von den Studentinnen die sie betreute, hätten besser vor ihrem Studium eine Benimmschule besuchen sollen, fand sie jedenfalls. Aber weder die Tochter ihres Vetters noch Paulina hatten es nötig, von ihr gute Manieren beigebracht zu bekommen. Eleonore liebte die Natürlichkeit der beiden, die, gepaart mit einer guten Erziehung, angenehme Früchte trug.

Nachdem Thea und Paulina das Gärtnerhäuschen abgeschlossen hatten, hakten sie sich beieinander unter und rannten ins Haus. In der Tat hatten es die Hände nötig, gewaschen zu werden, denn Kohle- und Kreidestifte sowie die Johannisbeeren hatten eindeutige Spuren hinterlassen. Sie vereinbarten, dass sie der Frau des Hauses eine Überraschung bereiten und sich besonders fein machen würden. In Anbetracht der Viertelstunde, die ihnen dafür zu Verfügung stand, musste es sehr schnell gehen.

Es ging. Sie wuschen sich an den Waschtischen in ihren Zimmern. Zum Glück hatte Alwine auch heute dafür gesorgt, dass die altmodischen Porzellankrüge mit Wasser gefüllt waren, und erfrischend kühl war dieses zum Glück auch. Paulinas Waschangelegenheit endete mit mindestens genauso vielen Spritzern und Pfützen außerhalb der Schüssel, wie das bei den nach Herzenslust planschenden Vögeln der Fall war, die sie immer am Teichrand draußen im Park beobachten konnte. Die Haarlocken, die ihr in die Stirn gefallen waren, hatten auch genug davon abbekommen, und so musste sie kräftig mit dem Handtuch arbeiten, um alles in einen einigermaßen trockenen Zustand zu bringen.

Dann erst schlüpfte sie aus Bluse und Rock, was sie aber besser vor dem Waschen getan hätte, denn auch da hatten sich große nasse Stellen gebildet, die ihr auf der Haut klebten. Aber egal. Paulina ließ die Kleidungstücke zu Boden fallen und ging zu dem großen Schrank, um sich ihr Sonntagskleid überzustreifen. Als sie sich gerade aus der Halsöffnung gewunden hatte und den Kragen zurechtzog, erschien Thea in der Tür. Fertig angezogen in langer weißer Hose, die vom Taillenbund bis zum Aufschlag an den Beinen eine steile Bügelfalte zierte. Sie trug Herrenschuhe, deren Spitzen weiß, Fersen und Absätze schwarz waren. Oben zierte sie ein cremefarbenes Hemd mit zwei aufgesetzten Brusttaschen. Um den geschlossenen Kragen war eine Krawatte gebunden, deren Farbe sich kaum von Hemd und Hose abhob. Ihre Haare hatte sie streng nach hinten gekämmt, und wie es aussah, mit Frisiercreme gebändigt. »Mann!« Paulina pfiff durch die Zähne. »Genau«, sagte Thea, »du hast es erfasst, du kluges Kind. Ich bin der Herr und du die Dame, alles klar?« Paulina nickte, immer noch sprachlos und sichtlich beeindruckt. »Noch genau sechs Minuten, und Madame brauchen noch den letzten Schliff.« Thea bugsierte das Tablett, das sie die ganze Zeit in der Hand gehalten hatte und auf dem eine Ansammlung von Tiegeln und Töpfen stand, auf die marmorne Waschtischplatte. »So«, sagte Thea bestimmend, »wir machen eine kleine Diva aus dir. Paulina warf lachend den Kopf in den Nacken. »Achtung!« Thea ließ Paulinas Haarspange aufspringen. Deren Lockenpracht fiel herunter und bedeckte Schultern und Brust. Sie tauchte mit den Fingerspitzen in eine Dose, die Paulina an die Schuhcreme ihres Großvaters erinnerte, weswegen sie mit den Augen rollte und angewidert den Mund verzog: »Iiih, du wirst doch nicht ...?« »Klar werd ich, und wir schließen mal fein die Äuglein, meine Schöne«, befahl Thea. »Nun stell dich nicht an, wir sollten die Gnädigste nicht warten lassen.« Paulina blieb stocksteif stehen, obwohl sie das ungewohnte Kitzeln auf ihrer Haut, das vermutlich von den verschiedenen Pinseln und Quasten herrührte, mit denen Thea in ihrem Gesicht herumfuhrwerkte, sehr zum Kichern verleitete. Aber sie drückte die Zunge an den Gaumen, spreizte Finger und Zehen und ließ alles geduldig über sich ergehen. Dabei musste sie plötzlich an Mama denken, und irgendwie schlich sich der feine Nadelstich eines Sehnsuchtsgefühls in ihr Gemüt. »Fertig!«, sagte Thea, was für Paulina gleichzeitig »Du kannst die Augen aufmachen« hieß. Langsam zog sie die Lider nach oben und ließ die Augäpfel von rechts nach links schweifen. Dann wagte sie den Blick in das blanke Spiegelglas und sah einen vollroten Kussmund und riesige dunkle Augen, die von einer schwarz glänzenden Haartracht förmlich eingerahmt waren: oben in gleichmäßigen Wellen eng am Kopf anliegend, auf Höhe des Kinns weit aufspringend und kraus. Für einen Augenblick fühlte sie sich dem Anblick einer völlig Fremden ausgesetzt und musste schlucken. Thea holte aus ihrer Hosentasche eine lange in zartem rosé schimmernde Perlenkette hervor und legte sie Paulina um. Dann griff sie noch einmal zu dem Tablett und angelte nach einer in blassem Lila gehaltenen Seidenblume mit riesengroßen Blättern, die kunstvoll in mehreren Lagen übereinandergeheftet waren. Diese befestigte sie an Paulinas Kleid. »Du siehst blendend aus!«, flüsterte sie der Kleinen zu und küsste sie flüchtig auf den Hals. »So, nun aber los, es ist Zeit für den Wintergarten!« Sie waren schon zur Tür hinaus, und Thea drehte noch rasch das Licht aus, als Paulina bemerkte, dass ihr noch die Schuhe fehlten. »Halt!«, rief sie und zerrte an Theas Ellbogen, da sie sich bereits bei ihr untergehakt hatte. »Ich brauche noch Schuhe!« »Oh ja, natürlich«, bemerkte Thea, und mit einem »Warte mal« hatte sie sich von Paulina losgemacht und rannte den langen Flur hinunter, um in ihrem Zimmer zu verschwinden. Paulina war schon klar, dass die Freundin weder ihre Sandalen noch ihre Riemchenschuhe zu diesem Auftritt billigen würde, deshalb machte sie erst gar keinen Versuch, diese zu holen.

Die befohlene Viertelstunde um zwei wenige Minuten ausgedehnt, waren sie dann kurz darauf so weit. Paulina stöckelte mächtig angestrengt in den – wie sie fand viel zu hohen und außerdem zu großen Schuhen Theas einher und war ganz froh, dass sie sich an deren Arm festhalten konnte. Allerdings hatten die Absätze den Vorteil, dass der Größenunterschied zwischen ihnen beträchtlich vermindert war, und sie gaben ein wirklich interessantes Paar ab.

»Filmtauglich, in jeglicher Hinsicht«, stellte die verblüffte Eleonore fest, als ihre Mädchen, wie sie die beiden heimlich bezeichnete, in den Wintergarten traten. Leise und wie beiläufig dahingeworfen perlten Jazztöne aus dem Trichter des alten Grammophons, und Eleonore stellte zufrieden fest, dass sie damit goldrichtig gelegen hatte. Die Baronin hatte für Thea und sich selbst einen alten Cognac eingeschenkt und für Paulina ein herrliches Getränk aus rotem Kirschsaft, in den sie nur einen einzigen Tropfen Whiskey getan hatte, zubereitet. Das Glas hatte sie mit dem oberen Rand zuerst in Zitronensaft und dann sofort in eine mit Zucker gefüllte Tasse getaucht. Das von Alwine gut bestückte Eisfach im Gewölbekeller hatte die Kristalle fest genug werden lassen, und irgendwo hatte Eleonore auch noch Strohhalme gefunden. Es war ihr eine Genugtuung, dem jungen Gast so etwas bunt-fröhliches anbieten zu können, das aber überhaupt nicht den Anschein von Kindereien hatte. Sie wollte doch in jedem Fall vermeiden, dass Paulina sich neben Thea und ihr so vorkommen musste, als wäre sie das ahnungslose Kind, das man früh genug ins Bett steckte, um unter Erwachsenen alleine zu sein, oder das man mit ständig neuen Spielideen traktierte, um es bei Laune zu halten. Eleonore hatte schon nach dem ersten Tag, den Paulina bei ihr im Heidehaus verbracht hatte, bemerkt, dass so etwas weder notwendig noch angebracht war. Zwar hatte das Mädchen erst vor vierzehn Tagen sein zwölftes Lebensjahr angefangen, aber was bedeuteten schon Zahlen? Jedes junge Menschenkind musste neben seinem natürlichem Wachstum auch seinen ganz eigenen Raum zur Verfügung haben, aus dem sich seine Persönlichkeit herausbilden konnte. Und bei Kindern wie Paulina empfand sie das nun mal als etwas ganz Besonderes.

Die Hausherrin verteilte die Gläser, und mit blitzenden Augen prostete sie den beiden Jüngeren zu, die ihr in dazu passender Gestik und Mimik nicht nachstanden. Während auch Paulina ein kräftiges »Prost« vernehmen ließ, warf Thea ein ausdruckvolles »Nastrowje« in die kleine Runde. Theas heimliche Liebe galt eben immer noch Russland, obwohl sie dort nur vier Jahre ihres Lebens zugebracht hatte und das Land eigentlich nur aus den Erzählungen ihrer Mutter kannte. »Du kleine Russin, du!«, lachte Eleonore zu ihr hinüber. »Was glaubst du, hätte man am Petersburger Hof zu deinem heutigen Aufzug gesagt?« »Womit das Ansehen de mon Père ordentlich in Verruf geraten wäre!«, gab Thea sofort in einem geschickten Wortspiel zurück. »Oh, und wie!«, lachte Eleonore, weil ihr der Gedanke an gebrochene Etikette plötzlich richtig Freude bereitete. Es fühlte sich leicht und frei an! Sie hob beide Arme und schwenkte dabei gekonnt das kurz-stielige Glas. Die bernsteinfarbene Flüssigkeit zeichnete weiche Wellen in den bauchigen Kelch. Herausfordernd sah sie Thea und Paulina an: »Lasst uns tanzen, wer weiß, wann wir wieder die Gelegenheit dazu haben.« Mit wiegenden Bewegungen aus Hüfte und Taille begann sich die Baronin zu bewegen. Dann drehte sie sich mit kleinen Schritten um ihre eigene Achse, und als ihre Blicke sich mit denen der Mädchen trafen, entging ihr deren unverhohlenes Staunen nicht: Sie schaffte es also noch! Sie war immer noch jung genug, um ihre Mitmenschen in Erstaunen zu versetzen! Es freute sie diebisch. Paulina fand vor Thea aus dem Überraschtsein heraus. Allerdings stellte sie das Glas ab, bevor sie zu tanzen anfing. Nach wenigen Minuten war die Scheu verschwunden: Sie spürte mit jeder Bewegung, wie alle Fasern ihres Körpers erwachten wie aus einem tiefen Dornröschenschlaf. Sie reckte die Arme nach oben und fühlte die angenehme Streckung der Wirbelsäule. Es kam ihr vor wie ein Wachsen. Paulina fühlte sich groß und leicht. Der ungewohnte Rhythmus bereitete ihr keine Schwierigkeiten, er forderte sie eher heraus. Ihr Ohr gehörte ganz den Klängen, die den Raum erfüllten, und sie schleuderte die hinderlichen Schuhe von sich und überließ die ganze Ausdruckskraft ihres Körpers der endlos scheinenden Aneinanderreihung unterschiedlichster Töne. In ihr war all das, was in der Musik war: Freude, Trauer, Lachen, Wehklagen, Sanftheit, Aufbegehren, Hingabe, Trotz. Alles war Musik, alles war Bewegung, alles war gut! Es gab keine Rassenschande mehr, keine Hakenkreuzfahnen und keine Hitlerjugend. Die Welt bestand nur aus Juden und schwarzen Musikern – und aus ein paar anderen Guten, die weder unter die einen noch unter die anderen fielen. Da waren nur Thea und Eleonore, Großvater und Großmama, Lorchen, Greta und Mama. Und Onkel August. Und Kolja... Kolja!

Paulina spürte Theas Atem an ihren Wangen. »Es wärrre mirr eine Ehrre, wenn ich Mademoiselle um einen Tanz bitten dürrrfte!«

»Tango!« Eleonore reagierte sofort. Sie musste die Platte auflegen! Unbedingt! Ohne aus dem Takt zu geraten, erreichte sie mit wenigen Umdrehungen das Schränkchen mit dem Grammophon und den Platten. »Sieh doch nicht immer nach dem Tangotänzer hin«, klang es kurz darauf aus dem Trichter, und Thea und Paulina waren sichtlich erfreut, als es nach der kurzen Unterbrechung weiterging. Thea begriff sofort. »Nun los, meine kleine Balleriiina, zeige mir, was du kannst!«, flüsterte sie der Kleinen mit ihrem russischen Akzent ins Ohr. Paulina hatte den Tango nie gelernt, aber sie würde es versuchen. Sie war schon zweimal in den Genuss gekommen, mit Mama im »Cabaree« ein Tangopaar zu beobachten, und das von Eleonore aufgelegte Hollaender-Lied war ihr längst bekannt. Irgendwann hatte sie auch herausbekommen, dass Mama und Onkel August diese Tanzkunst beherrschten. Sie hatte aber versprechen müssen, das für sich zu behalten – wie hasste Paulina manchmal die Geheimnistuerei der beiden! Thea verstand sich auf den männlichen Part recht gut, und das erleichterte es Paulina, der Führung zu folgen und die in ihrem Gedächtnis behaltenen Elemente einigermaßen stilecht auszuführen. Jedenfalls aber machte es ihnen eine Riesenfreude! Sie spürten die Spannkraft ihrer Körper, das gegenseitige Gefühl für Rhythmus und die Fähigkeit zur Hingabe an die lateinamerikanischen Klänge. Sie trugen die beiden über sich selbst hinaus. Eleonore hatte ihre dagegen stiefmütterlich anheimelnden Tanzschritte aufgegeben und überließ sich ganz diesem Anblick. Großartig!, dachte sie nur. Noch nie war ihr diese ganz eigene Schönheit Theas aufgefallen. Zwar hatte sich, seitdem diese die Haare kurz trug, ihr Aussehen verändert. Zum Besseren eigentlich, wie Eleonore fand. Aber heute kam es ihr so vor, als träte plötzlich ein besonders interessanter Ausdruck an der jungen Verwandten zutage. Lag das an den hohen Backenknochen und an der bestechend hellen, makellosen Haut, die man durch die streng zurückgekämmte Frisur noch deutlicher wahrnehmen konnte als sonst? Oder war es nur, dass sie das Profil dieses Gesichtes noch nie so genau studiert hatte? Zweifelsohne kam die Tochter des Vetters in ihrem Aussehen eher nach ihrer Mutter Katja. Mit der Witte'schen Linie Michails hatte das nicht viel zu tun. Theas russischer Anteil in ihrem Stammbaum war unübersehbar, und Eleonore genoss es. Paulina war ein ganz anderer Typus. Dunkelhäutig, grazil, elegant. Eine kleine Schönheit schon jetzt, und dabei noch mitten auf der Schwelle zwischen Kindheit und Jugendzeit. Vorhin, als die beiden so überraschend anders zurechtgemacht erschienen waren, hatte Eleonore überlegt, an wen Paulina sie plötzlich so sehr erinnerte, dass sie es unbedingt herausfinden musste. In der Zwischenzeit war sie darauf gekommen. In Paulinas Erscheinung hatte sie das Ebenbild Julias entdeckt, der jüngeren Schwester Charlottes. Zum Glück verfügte Eleonore über ein großes Maß an Selbstbeherrschung, und die Mädchen hatten nicht bemerkt, dass sie für einige Momente lang sehr betroffen gewesen war.

Paulina fühlte sich im Laufe des Abends immer wohler. Die Musik und das Tanzen hatten sie befreit, und die Unsicherheit, die Theas Verwandlungskünste anfänglich in ihr ausgelöst hatte war schnell gewichen. Sie fühlte sie selbstsicher, und wenn sie sich in einem der Wandspiegel entdeckte, gefiel ihr das Bild. Sie tanzten lange und ausgiebig. Und was das Gute war, sie sprachen dabei kein Wort. Das liebte Paulina. In der Ballettschule wurde man in einem fort von Frau Lejstikow unterbrochen, und man konnte sich so schlecht hingeben, was diese aber andauernd lautstark einforderte. Das brachte einen nur ins Schwitzen, in ein unangenehmes Schwitzen, das nicht in erster Linie von der körperlichen Arbeit, sondern von der inneren Anspannung herrührte, bloß alles und möglichst sofort richtig zu machen. Hier war es anders, viel, viel schöner!

Als sie vom Tanzen müde waren, setzten sie sich in die Korbsessel und tranken von dem selbst gemachten Johannisbeersaft, den sie mit eisgekühltem Wasser vermischten. Auf einer kleinen Etagere hatte die Hausherrin auserlesene Köstlichkeiten aus Charlottes Laden drapiert. Viel zu schade, um gegessen zu werden, wie Thea bemerkte, um aber gleich darauf das erste Stück genussvoll im Mund verschwinden zu lassen. Mit vielen ausgiebigen »Aaaahs« und »Oooohs« und »Hhhhms« kommentierte sie ihre »Pralinenorgie«, wie sie es lachend nannten.

Eleonore hatte wieder Jazzmusik aufgelegt, sie aber ganz leise gestellt. Sie genoss diese Stimmung, die sich da so ganz ungeplant entfaltet hatte, und seit Langem verspürte sie wieder einmal den Wunsch nach einem guten dünnen Zigarillo. In dem eingebauten Wandschrank im Durchgang zwischen Wintergarten und Salon bewahrte sie ihre Rauchwaren und die dazugehörigen Utensilien auf. Sie wurde tatsächlich fündig und förderte etwas Brauchbares zutage, wobei sie nicht ohne Bedauern bemerkt hatte, dass sie schon längere Zeit keinen rauchenden Herrenbesuch mehr gehabt haben musste. Der Professor enthielt sich diesen Genüssen. Sie musste sich unbedingt bei Paulina erkundigen, ob man ihrem Großvater auch etwas in dieser Art anbieten dürfe. Sie kramte nach den Zigarrenspitzen und entschied sich für die elfenbeinfarbenen mit dem schmalen Blattgoldreif. Ein Geschenk Michails, das er ihr von einer seiner Reisen nach England mitgebracht hatte. Sie waren in Indien gefertigt worden. Als Thea sah, was Eleonore im Sinn hatte, sprang sie begeistert auf und bat »verehrtes Tantchen auch um die Gütigkeit einer Rauchware«. Zum zweiten Mal an diesem Abend war Eleonore einigermaßen überrascht darüber, was in der jungen Frau steckte, die sich bisher doch größtenteils sehr zurückhaltend und besonnen gezeigt hatte. Aber auch hier machte sie von ihrer Selbstbeherrschung Gebrauch und holte, ohne eine Bemerkung fallen zu lassen, die hölzerne Schatulle, über deren Inhalt Thea sich mindestens genauso entzückte wie über die Erlesenheiten aus dem Hause Seeligmann. Eleonore schlug vor, die Sitzgruppe ein wenig zu verschieben, damit man rauchen *und* auch noch etwas von der Musik hören könne. Dem herrlich lauen Sommerabend war es zu verdanken, dass die Glastüren, die vom Wintergarten auf die Terrasse hinausführten, weit offen standen, genau wie einige der Fenster. So konnten sich die weißen Schwaden und Kringel, die sie in die Luft bliesen, beinahe ungehindert verflüchtigen. Eine Zeit lang hing jede ihren Gedanken nach, und Paulina musste erst an Mama, dann an Lorchen denken. Aber seltsamerweise schienen ihr in diesem Moment beide so weit entfernt zu sein, dass sie sich beinahe schon unbehaglich fühlte deswegen. So als müsste sie doch wenigstens ein klein bisschen ein schlechtes Gewissen haben. Aber es wollte sich nicht einstellen, und sie gab sich dann auch schnell wieder zufrieden damit. Auf die Anregung Theas hin erzählte die Baronin Anekdoten aus ihrer Kinder- und Jugendzeit und von eben jener Gouvernante, deren verzweifelten Erziehungsversuchen die Witte-Kinder ausgesetzt waren. Ähnliches kannte Paulina schon von Großmutters Berichten aus diesen Zeiten, aber bei Eleonore klangen sie weitaus lustiger.

Irgendwann, Paulina wusste später nicht mehr, aus welchem Grund, waren sie auf Theas Familie zu sprechen gekommen, und Paulina erfuhr von deren Eltern und Geschwistern, vom Leben in Theas früher Sankt Petersburger Kinderzeit und den Jahren davor, deren Geschichten Eleonore immer wieder mit kleinen Details ergänzte, die zum Teil komisch und zum Teil sehr amüsant waren. Sie lachten viel, sprachen aber auch über ernste Dinge, und Paulina musste zugeben, dass sie nicht alles verstand, was Thea und die Baronin sagten. Manche Bemerkung konnte sie nicht einordnen oder in einen sinnvollen Zusammenhang mit bereits erwähnten Dingen bringen, die aber doch irgendetwas miteinander zu tun haben mussten. Aber nachzufragen erschien ihr nicht angebracht, und sie wollte sich schließlich nicht blamieren. Sie wollte ernst ge-

nommen werden, und bei diesen beiden Frauen hatte sie das Gefühl, dass sie genau das taten. Sie konnte zum ersten Mal nach vielen Monaten wieder ganz aus sich herausgehen, und fand ein Stück der Sicherheit wieder, mit der sie ihre kecken Bemerkungen und ihr untrügliches Gespür für komische Situationen gezielt einsetzen konnte. Hier musste man endlich einmal nicht aufpassen, was man sagte, man konnte Witze erzählen und Leute nachmachen, ohne dass man daran denken musste, von der Kameradin aus der Hinterbank dafür beim Klassenlehrer angeschwärzt zu werden. Und sie fand es so spannend, etwas Näheres von Theas Familie zu erfahren. Drei Geschwister hatte die Glückliche. Und davon waren zwei Brüder. Fast beneidete sie die große Freundin um diesen Reichtum. Was hatten diese wohl schon miteinander erlebt! Das konnte sie niemals mit ihren Freundinnen, von denen sie ja auch nie allzu viele gehabt hatte. Nur mit Kolja war es manchmal ähnlich gewesen, wie Thea es von den Brüdern erzählte, vielleicht sehnte sie sich auch deshalb so nach ihm. Dass Theas jüngste Schwester so alt war wie sie, Paulina, regte ihre Vorstellung von diesem Mädchen an. Die würde sie auch gerne einmal sehen. Jedenfalls weckten Theas Erzählungen in Paulina viele Wünsche und auch ein bisschen Wehmut. Aber heute hatte das Glück eindeutig die Oberhand, und Paulina ließ sich nur zu gerne darin treiben.
So waren einige Stunden verstrichen, ohne dass sie es bemerkt hatten. Zwar war es Eleonore nicht entgangen, dass die Augenlider ihrer beiden jungen Gefährtinnen schwerer und ihre Blicke träger geworden waren. Und auch, dass sie schon beträchtlich tief in ihren Sesseln versunken waren. Von Thea sah man zuweilen nur noch den Blondschopf aus dem oberen Rand des Korbgeflechtes ragen, und von der Sitzfläche bis zum Boden schien es nur noch Beine zu geben. Als der alte Regulator zwölf laute Schläge vernehmen ließ, blies die Hausherrin zum »Bettenappell«. Mit heftig übertriebenem Stöhnen, Ächzen und Seufzen, von den höchsten bis zu den brummigsten Tönen, schälten sich die Mädchen aus ihren Sitz- oder, in diesem Falle, Liegestätten. Thea konnte nicht umhin, dabei das letzte noch verbliebene Krokantstück in den Mund zu stecken. Mit undeutlichem Grummeln zwischen den Zähnen und den schlingernden Gang eines Betrunkenen nachahmend, artikulierte sie mit heißerer Stimme ein »Tja, meine Herrschaften, dass war ein Abend, was?« Sie verengte dabei ihre Augen zu schmalen Schlitzen und hauchte mit theatralischer Geste einen Handkuss in die Luft. Beim Atemholen musste ihr dann ein Krümel Krokant im Hals stecken geblieben sein, und sie verschluckte sich. Unter hektischem Husten hakte sie sich bei Paulina so heftig unter, dass diese ins Wanken geriet und bei einem Schritt nach vorne mit der Schuhspitze in den Teppichfransen hängen blieb. Sie stolperte und riss Thea mit sich, was in

Sekundenschnelle für beide am Boden endete. »Contenance, Contenance meine Damen«, zischte Eleonore wieder ganz in Gouvernantenart, was zuerst die Gestrauchelte und dann aber alle drei zu erneutem Gelächter veranlasste. Bis sie sich schließlich wieder aufgerappelt, dann die Türen geschlossen, die Platte vom Grammophon genommen und alle Lichter und Kerzen gelöscht hatten, waren sie beinahe noch einmal richtig munter geworden, und die Müdigkeit schien wie verflogen. Der Vollmond durchzog in einer weißen Lichtspur den ganzen Wintergarten und leuchtete auch noch weit in den angrenzenden Flur hinein. So konnten sie ohne künstliches Licht den Rückzug antreten und die Treppe hinauf ins obere Stockwerk steigen. Da sie ja auf keine weiteren Hausbewohner Rücksicht nehmen mussten, weil Alwine zu ihrer Schwester gefahren und Konrad noch bei einer Stammtischrunde im Wirtshaus saß, geschah das nicht eben leise, sondern mit vielem Poltern und Kichern. Auf mindestens jeder dritten Stufe mussten sie dringend stehen bleiben, um Luft zu holen oder nochmals irgendetwas zum Besten zu geben, über das sie dann natürlich wieder lachen mussten. Aber schließlich verschwand doch eine nach der anderen in ihrem Zimmer. Eleonore als Erste und Thea als Letzte, denn ihr Schlafgemach lag am Ende des Ganges, wo das hintere Treppenhaus wieder hinunter ins Erdgeschoss führte.
Als Paulina endlich müde, aber glückselig das Licht löschte, zeigte die kleine Pendeluhr auf dem Nachtisch bereits eine Dreiviertelstunde nach Mitternacht. Kurz bevor sie einschlief, fiel Paulina plötzlich ein, dass sie Thea unbedingt fragen müsste, was denn aus Karl geworden wäre.

*

Einige Wochen später, am fünfzehnten September 1935, erließ der Parteitag in Nürnberg das »Reichsbürgergesetz« und das »Gesetz zum Schutze des deutschen Blutes und der deutschen Ehre«. Es degradierte Millionen Menschen, da sie zwar als Bewohner des deutschen Staates galten, aber über keine Reichsbürgerrechte mehr verfügten. So wurden Juden zu Personen, die niemals »*gewillt und geeignet sein konnten, in Treue dem deutschen Volk und Reich zu dienen*«. So konnte man es in den Zeitungen lesen, und es gab den genauen Wortlaut des Gesetzes wieder. Was aber, so fragte sich Chaijm in diesen Tagen unablässig, hatten die meisten jüdischen Bürger in den vergangenen Jahrzehnten denn anderes getan, als ihre Berufe und Berufungen mit Überzeugung und persönlichem Einsatz auszuüben? Was war der Einsatz Tausender jüdischer Männer gewesen, die, mit allen erdenklichen Opfern verbunden, das Land, in dem sie sich heimisch und zugehörig fühlten, verteidigt hatten und unter denen viele Verdienstorden trugen? Ein Ränkespiel? Mitnichten. Sie taten ihre Pflichten und erlitten dieselben Nöte wie ihre Kameraden und Kollegen. Viel schwerer jedoch als das grobe Unrecht der Aberkennung aller Verdienste, die in ehrlicher und absichtsloser Art geleistet worden waren, wog die Tatsache, dass von diesem Zeitpunkt an der Herabwürdigung menschlicher Grund- und Lebensrechte Tür und Tor geöffnet und diese in den Gesetzen eines Staates verankert worden war. »Es ist die Kellergrube«, sagte Chaijm zu Charlotte, als sie eines Abends noch ein Glas Wein miteinander genossen, was sie in letzter Zeit hin und wieder taten. »Mal sehen, welches unglückselige Haus man darauf zu bauen gedenkt.«

1936

In der »Winter'schen Chocholatérie« brannte noch Licht. Charlotte hatte die Waren, die gekühlt werden mussten, in die dazugehörigen Behältnisse gepackt und in dem winzigen Kämmerchen verstaut, das mittels eines kleinen Aggregates kalt gehalten werden konnte. Dann hatte sie die Theke abgewischt und anschließend den Fußboden geschrubbt. Seitdem sie ihre Reinemachfrau endgültig hatte entlassen müssen, weil in einem jüdischen Haus keine arischen Angestellten unter 45 Jahren mehr arbeiten durften, erledigte sie den Haushalt nun eben alleine oder unter Mithilfe von Mathilde oder Paulina. Die war allerdings gerade bei Lorchen und wollte dort auch über Nacht bleiben. Charlotte hatte sich nicht ganz leichtgetan, ihr das zu erlauben, aber die Steins waren feine Leute, und sie wollte der Enkelin gegenüber nicht zu kleinlich sein. Manchmal musste Charlotte an die Knospe einer Pflanze denken, wenn sie Paulina beobachtete. Eine Pflanze, die man lange sorgfältig gehegt und gepflegt hatte, nun aber in den Schatten stellen musste, damit niemand da draußen bemerkte, welche Kostbarkeit im Entstehen war. Aber der Spross war nun eben mit jüdischem Saft durchmischt, und das bedeutete nun also plötzlich eine Gefahr!

Charlotte stellte den Schrubbbesen etwas unsanft in die Ecke der Besenkammer, sodass es knallte, als der hölzerne Stiel gegen die Wand flog. Das Scheppern des Eimers hörte sich nicht minder laut an. Nur der nasse Lappen fiel schwer, aber lautlos über den Rand des blechernen Gefäßes. Charlotte hatte gute Lust, ihren Unmut genauso laut wie Besenstiel und Blecheimer von sich zu geben und sich über die grobe Behandlung zu beschweren. Aber sie stöhnte nur unhörbar in sich hinein. Warum musste man eigentlich gerade am Sonnabend immer putzen? Hatte man an diesem Tag nicht ohnehin schon genug zu tun? Obwohl es bereits wieder mit Riesenschritten dem Frühjahr zuging und man merklich länger ohne künstliches Licht auskommen konnte, hatte sie es nicht geschafft, vor Einbruch der Dämmerung mit dem wöchentlichen Pensum in Laden und Wohnung fertig zu werden. Es ärgerte sie, dass Chaijm ihr heute nicht zur Hand gegangen war, aber aus irgendwelchen unerfindlichen Gründen hatte er plötzlich wieder den Schabbat für sich entdeckt. Nicht dass er an jedem Freitagabend aufhörte zu arbeiten und erst nach Einbruch der Dunkelheit am Sonnabend wieder in seine übliche Rolle zurückkehrte, so war es beileibe nicht, aber seit dem vergangenen Sommer bat er Charlotte hin und wieder, den Ruhetag der Juden feiern zu können. In spätestens zwei Stunden würde er sich auf den Weg in die Synagoge machen. Nicht, dass Charlotte ihm das nicht gönnte. Es schien wie eine kleine Zuflucht für ihn geworden zu sein, sich dem Glauben seiner Väter wieder mehr zuzuwenden als all die Jahre davor. Sie beobachtete, dass er immer ausgeglichener zurückkam, als er es vor seinem Gang in den »Tempel« war. Und noch etwas Gutes zog der Besuch der Schabbatfeiern nach sich: Chaijm war gesprächiger und ihr und Paulina wieder zugewandter, so wie er es früher auch gewesen war. Sie erlebten oft nach seinen Synagogengängen die schönsten Abende miteinander, und auch die folgenden Sonntage profitierten noch von der Redseligkeit des Mannes und Großvaters. In diesen Stunden lachten sie auch wie früher. Chaijm erzählte aus Russland, Trauriges und Heiteres, von der Armut der Leute im Schtetl, von denen man die Allerbedürftigsten und Unscheinbarsten einfach »Luftmenschen« nannte. Er berichtete von den Rabbinern, die sich mit den kuriosesten Streitigkeiten der Leute und den spitzfindigsten Regelungen der tausenderlei Gesetze herumplagen und so zu einem möglichst gerechten Schiedsspruch kommen mussten. Charlotte und Paulina fanden Gefallen an dem hintersinnigen und oft genug tragikomischen Humor der Juden, der ihnen trotz ihrer über die Jahrtausende oft schweren Lebensumstände zu eigen geblieben war. Über manches hatten sie sich schon ausgeschüttet vor Lachen.

Charlotte rieb die vom Wasser aufgequollenen Hände. Ihr schmerzte der Rücken, und die Arbeitswoche saß ihr in den Knochen. »Du wirst alt«, sagte sie halblaut und wischte sich eine Haarsträhne aus der Stirn. Dann kurbelte sie die Kassenschublade auf und holte eine viereckige Ledermappe in der Größe eines Schulheftes aus dem Fach unter der Theke. Mit der ganzen Hand griff sie in die kleineren Münzkästchen und ließ die Geldstücke in das Ledermäppchen fallen. Dann nahm sie die Scheine aus den hinteren Fächern der Schublade und legte sie sorgfältig zu den Münzen. Mit einem beherzten Stoß ließ sie die Kasse zuschnappen und holte den Schlüssel aus ihrer Rocktasche. Beim Aufblicken sah sie in das Fenster. War da nicht eben ein Schatten vorbeigehuscht? Jetzt erst bemerkte sie, dass die Jalousie gar nicht geschlossen war. Hatte sie etwa …? Mit klopfendem Herzen, das Fenster halb neugierig, halb ängstlich beobachtend, schloss sie schnell die Kasse ab, ließ den Schlüssel wieder verschwinden und öffnete die Tür, die nach hinten in Flur und Treppenhaus führte. Dort stand ein Korb, in den sie die Geldmappe unter das bereits darin befindliche Kassenbuch legte. Sie überlegte kurz, ob sie das Licht ausmachen sollte, weil sich so das Glas weniger spiegelte, kam aber davon ab. »Es wird schon nichts Böses gewesen sein, wenn überhaupt«, versuchte sie sich zu beruhigen und ging mit festen Schritten auf das Fenster zu. Sie würde sich doch nicht von einem vielleicht sogar eingebildeten Schatten verängstigen lassen! Es war noch nicht so spät, als dass man keine Abendspaziergänger mehr erwarten konnte, die sich noch ein wenig die Zeit damit vertrieben, in die Auslagen der Schaufenster zu sehen. Bevor sie endgültig ans Fenster trat, überzeugte sie sich noch einmal von der abgeschlossenen Ladentür und dem verriegelten Gitter. Alles war in bester Ordnung. Charlotte löste den Kurbelstab aus der Verankerung und begann mit zügigen Drehungen das Rollo nach unten zu lassen.

Schon lange hatte Lorchen Paulina bedrängt, doch einmal mit ihr und ihren Eltern und Geschwistern zur Kirche zu gehen. Anfangs war der Gedanke zu befremdlich für Paulina gewesen, aber mit der Zeit war ihre Neugierde gewachsen und irgendwann zu einem wirklichen Interesse geworden. Nur Lorchens Eltern hatten, immer Wert darauf gelegt, dass Paulina für einen Besuch im Gottesdienst die ausdrückliche Erlaubnis ihrer Großeltern haben müsste. »Frag du«, hatte sie Lorchen vorgeschickt, als diese wieder einmal das Gespräch darauf gebracht hatte, und Lorchen hatte keinen Augenblick gezögert. Zu Paulinas Überraschung hatten weder Chaijm noch Charlotte lange über eine Antwort nachdenken müssen. »Selbstverständlich darf sie«, hatte Chaijm gesagt und bestätigend zu der Enkelin hinübergenickt, wohlahnend, dass ihr seine Zustimmung in dem Moment mehr bedeuten würde als die Charlottes.
Nun war sie also an diesem letzten Februarsonntag 1936 um 9 Uhr mit Lorchens Familie in die Kreuzkirche gegangen. Lorchen hatte darauf bestanden, der Freundin einen Erwachsenengottesdienst zu zeigen, wie sie sagte, keinen für Kinder. Allerdings waren sie an diesem Morgen nicht so gut aus den Federn gekommen, denn natürlich hatten sie am Abend zuvor lange Zeit die Nasen in die Bücher gesteckt und dann, als Lorchens Mutter endgültig das Licht ausgemacht hatte, noch miteinander geflüstert und gekichert. Darüber war es spät geworden. Auf dem Heimweg waren Lorchen und Paulina alleine vorausgegangen, da die Eltern mit den kleinen Jungen eine langsamere Gangart angeschlagen hatten. Die beiden waren ganz ausgelassen, weil sie sich auf den versprochenen Ausflug zum Luisenhof freuten. Sie wollten mit der Standseilbahn hinauffahren, ein gutes Mittagessen genießen und sich anschließend noch auf der Loschwitzer Höhe aufhalten. Der Abwechslung halber hatten die Freundinnen einen anderen Rückweg von der Kirche eingeschlagen. Dieser führte sie dann auch in die Victoriastraße.
Abrupt blieb Paulina stehen. Wie einstens bei dem Zeitungsartikel waren es schwarze Buchstaben, die ihre ganzen Sinne in Beschlag nahmen. Hässlich verzerrte, eilig hingeschmierte Buchstaben, von überschüssiger Farbe triefend.

»Was ist?«, fragte Lorchen und erschrak ebenfalls, als sie das aschfahle Gesicht ihrer Freundin sah. Aber da hatte sie bereits schon den Grund für Paulinas plötzliches Erstarren entdeckt. Auf dem Schaufensterrollo des Schokoladenladens stand es: »Ju-da ver-re-cke«, buchstabierte Lorchen langsam und fast tonlos, während Paulina immer nur weiter auf einen einzigen Punkt zu schauen schien, die Augen weit aufgerissen. »Paulina!« Lorchen packte die Freundin am Arm, aber der hing völlig schlaff herunter, sodass Paulinas Hand wie bei einer Puppe hin und her schlenkerte. »Das ist eine Hundsgemeinheit, und wir werden uns das nicht gefallen lassen!«, schimpfte Lorchen aufgebracht. »Paulina, los komm, wir laufen rasch zu uns nach Hause, holen Putzzeug und machen das da weg!« Jetzt umfasste Lorchen ganz fest Paulinas kalte Hand und drückte sie, wobei sich deren lange, dünne Finger noch zerbrechlicher anfühlten als sonst. Aber kein Druck, keine einzige Regung kam zurück. Lorchen begann es unheimlich zu werden. Sie musste die Freundin irgendwie aus dieser Starre lösen: »Paulina! Wir ...« »*Wir?*«, schrie Paulina plötzlich, sodass Lorchen zusammenfuhr. »Wieso sagst du nur immer *wir? Wir* lassen uns das nicht gefallen, *wir* werden das beseitigen, *wir* werden es einfach überhören, wenn sie hinter uns herrufen, und ... und ...!« Paulina presste die abgewinkelten Arme an ihren Oberkörper und krümmte sich, die Hände zu Fäusten geballt: »Dabei bin *ich* es, die sich das gefallen lassen muss, und nicht du, *ich* und mein Großvater und Großmama, *ich* bin es von uns beiden, die nicht so tun kann, als würde es das alles nicht geben, *ich* darf nicht mehr einfach so in jedes Geschäft gehen und um *mich* machen die Klassenkameraden einen Bogen! *Ich* ...« Sie begann zu schluchzen, außer sich vor Verzweiflung. Lorchen zitterte. Noch nie hatte sie die Freundin so erlebt. Es war ihr selbst nach Weinen zumute, aber ihr fiel ein, dass ihre Mutter einmal gesagt hatte: »Wer helfen will, darf sich nicht gehen lassen.« Sie hatte damals nicht so recht begriffen, was das bedeutete, aber es musste wohl etwas mit solchen oder ähnlichen Situationen zu tun zu haben. Sie wollte helfen, das war klar, auch wenn es schmerzte, was ihr Paulina da gerade entgegengeschleudert hatte. Also schluckte sie ihre Tränen hinunter und fuhr sich mit ihrer knochigen Hand energisch über das Gesicht. »Möchtest du lieber zu dir oder zu mir nach Hause gehen?«, fragte sie Paulina mit sanfter Stimme und sah ihr direkt in die Augen. Aber statt einer Antwort kamen nur ein Achselzucken und die Frage nach einem Taschentuch zurück. Lorchen kramte zuerst in der Mantel- und dann in der Rocktasche und zog nach einigen Verrenkungen schließlich einen nicht mehr ganz frisch aussehenden blau karierten Stofffetzen hervor. »Entschuldige«, sagte sie und zuckte ebenfalls mit den Schultern. »Ich hab nur das, es ist von Thomas.« Wortlos nahm es ihr Paulina aus der Hand und schnäuzte kräftig hinein. Sie hatte Lorchens zitternde Hand bemerkt, als diese ihr das Taschentuch hingestreckt hatte. Sie schämte sich. Was war nur über sie gekommen? »Komm!«, presste sie hervor, weil der Druck im Hals schon wieder neue Tränen ankündigte, und drückte das Taschentuch fest zuerst auf das eine, dann auf das andere Auge. »Dein Vorschlag mit dem Putzzeug ... wir sollten uns beeilen.« Sie hielt der Freundin das nasse Taschentuch hin, steckte es dann aber sofort mit einem »Halt, nein« in ihren eigenen Mantel und lächelte dabei sogar schon wieder ein bisschen. Lorchen fiel ein Stein vom Herzen. »Los, rennen wir!«, sagte sie.

Als die beiden Mädchen mit Wassereimer und Schwamm bewaffnet aus der Wohnung der Steins traten, waren gerade die Eltern mit Thomas und Manfred die Treppe heraufgekommen. Frau Stein hatte die Hände über dem Kopf zusammengeschlagen, als sie Lorchen und Paulina mit den Putzgeräten bewaffnet gesehen hatte. Natürlich tat man so etwas nicht am helllichten Sonntag. Nicht nur der anderen Leute wegen, nein, auch der Sache halber nicht. Der Sonntag war und blieb der verordnete Ruhetag für die Menschen! Allerdings bedurfte es dann keiner langen Diskussion, als Lorchen den Eltern den Grund ihres Vorhabens erklärte. Herr Stein bestimmte, dass seine Frau mit den Jungen hierbleiben sollte und er die Mädchen begleiten und ihnen helfen würde. Paulina war ihm unendlich dankbar dafür. Einen Erwachsen in ihrer Nähe zu haben war eine Beruhigung. Schon die ganze Zeit fragte sie sich, warum die Großeltern das alles noch nicht beseitigt hatten und ob es denn sein konnte, dass sie dies noch gar nicht bemerkt hatten. Aber es war doch schon später Vormittag! Ganz kurz hatte panische Angst nach ihr gegriffen und ihr den Gedanken an ein Verschwinden der Großeltern in Kopf und Herz gejagt. Aber sie hatte mit einem entschiedenen »Nein!« diese Vorstellung aus ihrem Kopf verbannt. Sie wusste zwar, dass schon Leute einfach abgeholt worden waren, aber darüber wollte sie jetzt einfach nicht nachdenken! Bestimmt hatten die Großeltern den herrlichen Sonntag genutzt, um einen Ausflug oder einen langen Spaziergang zu machen, und waren schon früh aufgebrochen.

Als die drei dann wieder in der Victoriastraße ankamen, war bereits ein anderer mit der Reinigungsprozedur beschäftigt: Fritz Niederau. Er war von seinem Nachbarn auf den beschmierten Rollladen des Winterschen Ladens aufmerksam gemacht worden und hatte sich unverzüglich mit dem gleichen Vorhaben wie die Mädchen auf den Weg gemacht. Er hatte sich lange überlegt, ob er bei den Seeligmanns läuten sollte oder nicht, war aber davon abgekommen. Er würde sich erst melden, wenn dieser Schmutz beseitigt war, und es war bestimmt klüger, wenn Chaijm und Charlotte sich nicht blicken ließen. Allerdings sollte sich die Reinigung als schwierig und langwierig erweisen. Die Farbe war so dick aufgetragen und so hart geworden, dass man nur mit sehr festem Druck arbeiten konnte. Fritz spürte schon bald seine Muskeln. Doch er gab nicht auf. Im Gegenteil. Es machte ihn einfach wütend, dass man Leuten wie Chaijm und Charlotte das angetan hatte. Mit zusammengebissenen Zähnen arbeitete er wie ein Verrückter, bis ihm trotz der noch kühlen Temperaturen bald der Schweiß von der Stirn lief. Das Wasser in seinem Eimer war schon rabenschwarz, es würde nicht ausreichen, um alles wieder ganz sauber zu bekommen. Als er aus dem Augenwinkel drei sehr unterschiedlich große Gestalten auf sich zusteuern sah, wovon die Größte von ihnen ein Gefäß zu tragen schien, wusste er nicht so recht, ob er erleichtert sein durfte oder auf der Hut sein musste. Schon vorher war er von vorbeigehenden Spaziergängern hämisch angegrinst worden, und eine alte Dame hatte ihn einen »ungläubigen Sonntagsschänder« genannt. Das hatte ihn nur noch wütender gemacht. Und wenn er den ganzen Sonntag hier beschäftigt sein sollte, er würde nicht nachlassen, bis diese Schweinerei tadellos beseitigt war! Das wenigstens war er den Seeligmanns schuldig.

Erst als die drei den Bürgersteig betreten hatten, hatte Fritz Paulina und Lorchen erkannt. Herrn Stein kannte er nur vom Sehen, und er begrüßte ihn etwas scheu. Er schämte sich seines Aufzugs und seines verschwitzten Aussehens wegen, aber trotz seiner schlechten Augen erkannte er den warmen Blick in den Augen des Mannes. Nicht die kleinste Spur Geringschätzung vermochte er darin zu entdecken. Und als dieser dann ohne Umschweife seine Jacke auszog und zwischen die Gitter der Ladentür klemmte, war Fritz' Scheu vor dem Fremden überwunden. Mit vereinten Kräften schafften sie es. Kurz bevor die nahe Turmuhr der Kreuzkirche zwölfmal schlug, leerte Fritz den letzten Eimer mit grau gefärbtem Wasser in den Kanal. Allerdings hatten sich in der Zwischenzeit einige Schaulustige um die Arbeitenden versammelt, und so war die ganze Aktion nicht verborgen geblieben. Die beiden Männer hatten es schnell für besser befunden, Paulina und Lorchen nach Hause zu schicken, sie wollten die Kinder vor den Blicken und Kommentaren der Leute schützen. Nicht alle, die vorbeigingen oder auch stehen geblieben waren, hatten mit Spott und Genugtuung reagiert. Von manchem war auch eine bestätigende Bemerkung gekommen. Zwei von ihnen allerdings hatten wüste Schimpftiraden von sich gegeben und die beiden putzenden Männer und die Seeligmanns mit allen möglichen bösen Worten bedacht. Einer davon war ein junger Mann in SA-Uniform gewesen. Dieser war es auch, der, gerade als Fritz eine Ladung schwarzen Wassers in den Kanal schütten wollte, dem blechernen Gefäß einen kräftigen Fußtritt verpasste, sodass sich dessen Inhalt über den Bürgersteig ergoss. Stein hatte heimlich die Fäuste geballt, und auch Fritz war drauf und dran gewesen, den höhnisch Lachenden anzugehen, vor allem als dieser ihn als schmarotzenden Krüppel bezeichnete, den man mitsamt dem »Judenpack« aus Deutschland hinauswerfen sollte. Hätte Fritz in diesem Moment nicht das Gesicht seines Helfers sehen können, hätte er sich vermutlich dazu verleiten lassen, handgreiflich zu werden. Auch wenn es von vornherein klar gewesen war, dass er gegen diesen jungen kräftig gebauten Mann nicht die geringste Chance gehabt hätte und eine Prügelei dieser Art weder ihm und schon gar nicht den Seeligmanns gedient hätte, Fritz' unbändige Wut hätte alle Kräfte, über die er verfügte, mobilisiert. Als schließlich außer den dunklen Wasserflecken auf dem Bürgersteig keine Spur der Verwüstung mehr zu erkennen war und die beiden Männer ihre Hemdsärmel nach unten krempelten, verzogen sich die wenigen bis zuletzt verbliebenen Zuschauer, und auch Lorchens Vater trat den Heimweg an. Fritz hatte ihm zugesagt, dass er sich um die alten Seeligmanns kümmern wollte, obwohl er etwas ratlos war, wie er vorgehen sollte. »Wenn sie sich des Mädchens annehmen wollen«, hatte Fritz halb fragend Herrn Stein gebeten und war wieder sehr erleichtert, als dieser ihm das sofort zusicherte, und die Art, wie er das tat, weckte in Fritz ein großes Vertrauen zu diesem Mann, der ihm so unerwartet geholfen und sich nicht gescheut hatte, in seinem feinen Sonntagsstaat mit dem Scheuerlappen zu hantieren. Und dazu noch vor den Augen der Leute, von denen ihn offensichtlich einige gekannt hatten. Denn hören konnte Fritz gut, und mehrmals war im Gemurmel der Schaulustigen der Name des Herrn Rechtsanwalt Stein gefallen.

Erst spät am Abend dieses Sonntages, als Fritz Niederau mit klopfendem Herzen nochmals bei den Seeligmanns geläutet und über die Geschehnisse berichtet hatte, sollte sich herausstellen, dass diese tatsächlich von all diesen Dingen nichts mitbekommen hatten. Chaijm hatte am Abend zuvor, als er später als geplant von der Synagoge zurückgekehrt war, Charlotte einen Vorschlag gemacht: Sie könnten doch wieder einmal, jetzt wo das Kind nicht da war, einen Tagesausflug mit dem Auto machen und wie in alten Zeiten den Sonntag verbummeln. Irgendwo ein kleines Mittagessen einnehmen, in der erwachenden Natur herumzuspazieren, sich eine gute Tasse Kaffee und ein Stück Torte gönnen und dann gemütlich wieder heimfahren. Anfänglich war Charlotte etwas reserviert gewesen, weil sie dachte, dass Chaijm damit nur seine unterlassene Hilfe für den Tag wieder wettmachen wolle, was natürlich auch zu einem gewissen Teil stimmte. Aber als sie merkte, dass er sich wirklich sehr darüber freuen würde, einen ganzen Tag mit ihr zusammen zu sein, willigte sie ein.

So waren sie also schon am früheren Morgen aus dem Haus gegangen, weil Chaijm die ersten Stunden eines neuen Tages besonders liebte, und hatten das Auto aus der Garage geholt. Dieser Weg führte jedoch nicht an dem großen Schaufenster des Ladens vorbei und so hatten sie tatsächlich das beschmierte Rollo nicht gesehen. Sie waren dann über mehrere Umwege hinaus nach Glashütte gefahren und hatten tatsächlich einen herrlichen Sonntag miteinander verbracht. Nur einmal hatten sie ein unangenehmes Erlebnis, als Chaijm sich weigerte, in einem Café, das neuerdings keine Juden bedienen wollte, zu bleiben, wenn auch Charlotte der Überzeugung war, dass ihn hier niemand erkannte. Aber nach einigem Suchen hatten sie ein Gartenlokal gefunden, in dem es den Anschein hatte, dass jedermann willkommen war.
Ganz erfüllt von diesem überraschend schönen Tag, waren sie gegen 19 Uhr nach Hause gekommen und hatten gleich auf dem Rückweg Paulina abgeholt. Weder sie noch die Steins hatten etwas gesagt oder sich anmerken lassen, nur Paulina war ihnen wortkarg und sehr müde vorgekommen. Da sie bereits bei den Gastgebern zu Abend gegessen hatte, war sie zu Hause recht schnell ins Bett gegangen, was Charlotte nur recht gewesen war. Sie wusste, dass der Schlaf immer zu kurz kam, wenn die Freundinnen beieinander waren, und schließlich war morgen wieder ein Schultag. Erst als Fritz dann gekommen war und die Ereignisse des Vormittages schilderte, klärte sich für Chaijm und Charlotte, warum Paulina so angegriffen ausgesehen hatte.
In dieser Nacht fand in der Seeligmannschen Wohnung niemand so schnell den Schlaf. Die Alten nicht, weil sie sich mit Selbstvorwürfen herumplagten, dass es wieder einmal Paulina gewesen war, die den Schock zuerst und dazu noch ohne ihren Beistand hatte abfangen müssen, während sie sich weit abseits vom Geschehen vergnügt hatten. Charlotte ärgerte sich darüber, dass sie heute Morgen nicht nachgeschaut hatte, nachdem sie doch von dem Schatten am gestrigen Abend hätte vorgewarnt sein müssen. Hatte sie tatsächlich für einen Tag lang den Ernst der Lage aus den Augen verloren? Chaijm fühlte sich schuldig, dass seine Frau und die Enkelin um seinetwillen diese Demütigungen ertragen mussten und beschloss, ernsthafter über eine Lösung nachzudenken.
Paulina wälzte sich in ihrem Bett hin und her, weil sie zum einen der Gedanke an die armen Großeltern nicht zur Ruhe kommen ließ. Sie hatte gehört, dass Fritz noch gekommen war und über den Vorfall berichtet hatte. Dabei waren die Großeltern so glücklich über ihren gemeinsamen Tag gewesen, und nun zerstörte diese Sache alles. Zum anderen jedoch waren die Ereignisse des ganzen Tages so viel und wirr. Und schließlich plagte sie ihr Zornesausbruch auf der Straße, der ihr ja mehr aus Verzweiflung als aus Wut Lorchen gegenüber passiert war. Aber trotzdem hatte sie es nicht fertiggebracht, sich bei der

Freundin dafür zu entschuldigen. Sie hatte ein schlechtes Gewissen und neigte in dieser Nacht dazu, Großmutters Spruch zu glauben, dass ein schlechtes Gewissen auch ein schlechtes Ruhekissen sei.

*

Die Seeligmanns konnten es später nicht mehr ganz genau sagen, aber irgendwann hatten sie das Gefühl, dass seit jenem Vorfall die Geschäfte nachzulassen angefangen hatten. In der Tat war es so, dass Charlotte mehrere Monate darauf feststellte, dass sie weniger Geld auf der Bank eingezahlt hatte als die Monate zuvor. Sie bemerkte auch, dass die Eintragungen in ihren Wareneingangsbüchern größere Zeitabstände aufwiesen als bisher. Zuerst wollte sie diesen Beobachtungen nicht so viel Bedeutung beimessen. Mit der Zeit tat sie es dann aber doch. Zweimal passierte es ihr innerhalb weniger Tage, dass sie Kundschaft in der Stadt antraf, als sie Besorgungen machte. Die eine davon, eine Frau um die vierzig, hatte sich auffallend schnell aus Charlottes Blickfeld entfernt, als sie sich in der Markthalle begegnet waren. Dabei hatte Charlotte sich darüber gefreut, diese zu sehen, und eigentlich gar nicht beabsichtigt, sie auf ihr Fehlen im Laden anzusprechen. Das tat sie auch sonst nie, denn die Leute sollten nicht in erster Linie in ihr die Geschäftsfrau sehen, sondern sie wollte gerade auch ihren Kunden ihr echtes Interesse an deren Wohlergehen bekunden. Ein anderer bereits ergrauter Herr, Oberlehrer, eigentlich schon pensioniert, aber aufgrund der Entlassung jüdischer Kollegen wieder zurückberufen, passte Charlotte eines Tages ab, nachdem er sie in einer Reihe wartender Kunden bei Fisch-Paschky entdeckt und ihr im Vorbeigehen zugeflüstert hatte, dass er draußen auf sie warten würde. Er hatte sich dann mit sichtlichem Bedauern bei Charlotte für sein Ausbleiben in der Chocolatérie entschuldigt und ihr lang und ausschweifend von seiner misslichen Lage berichtet, in die ihn seine neue Dienstverpflichtung gebracht hatte. Charlotte empfand kein Mitleid. Es waren noch etliche andere Kunden, die sie im Laufe der Frühjahrs und Sommers 1936 anfing zu vermissen, und es sollten immer mehr werden. Jedoch gab es auch eine gewisse Anzahl von Leuten, die nach dieser unerfreulichen Schaufenstergeschichte umso aufrechter in Charlottes Laden traten. Mutig, wie Charlotte befand. Ansonsten verlief das Frühjahr ohne weitere Zwischenfälle dieser Art, man ließ die Seeligmanns und auch Paulina in Ruhe, und im Verlauf des Frühsommers gab es keine weitreichenden Ereignisse dieser Art mehr.

*

Ella Fitzgeralds unverwechselbare Stimme drang leise an August Leibfrieds Ohr, als er vorsichtig die eiskalte Klinke herunterdrückte. Würde er diesen Ort nicht seit Jahren, und das selbst noch im Schlaf, finden, hätte man vermuten können, dass er sich an der Tür geirrt hätte. Früher war der Eingang des Hauses mit grellen Leuchtbuchstaben erhellt und die Musik und das lebendige Treiben bis auf die Straße hinaus zu hören gewesen. Heute konnte man nicht einmal vermuten, dass etwas anderes als ein ganz gewöhnlicher Keller in seinem Untergeschoss liegen würde. Es kam August so vor, als würde die Hälfte seines Lebens zwischen einst und jetzt liegen. Dabei waren es kaum zwei Jahre. Er war sich sicher, noch nie zuvor so niedergeschlagen gewesen zu sein wie heute. Seit mehreren Stunden war er in der Stadt umhergelaufen, ziellos eigentlich, was man ihm aber keineswegs ansehen konnte, weil er nicht schlenderte, sondern wie immer festen Schrittes ging. Er war wütend auf die Menschen, die von ihm Dinge verlangen konnten, die er selbst nicht wollte! Er fand, dass er gerade über die richtige Portion Selbstverachtung verfügte, um nach langer Zeit dem »feinen Herrn Adlon«, wie er Hotel und Besitzer in einem Zug zu nennen pflegte, mal wieder einen Besuch abzustatten. Dort hatte er einen Kaffee getrunken, hätte ihn aber am liebsten dem Oberkellner über die blanken Schuhe geschüttet, denn auch da, dessen war er sich sicher, machte man bestimmt schon längst gemeinsame Sache mit den Braunen. Ob man es wollte oder »musste«. Es spielte nicht unbedingt eine Rolle, denn wirklich herauszufinden war es hier vermutlich genauso wenig wie an vielen anderen Stellen. Und dennoch, man tat *es* einfach, aus welchem Grunde auch immer, das war ja gerade das Schlimme daran! Die Zeit, in der man sich vielleicht doch noch erfolgreich hätte wehren können, schien vorbei zu sein, es war schmerzlich genug, das einzusehen und mit dem Vorwurf zu leben, dass man entweder die Sache nicht als ernst genug erkannt oder aus Feigheit kostbare Zeit hatte verstreichen lassen. Nun musste man es – wie es aussah mit möglichst geducktem Kopf und eingezogenem Genick – über sich ergehen lassen und sehen, wie man einigermaßen heil herauskommen würde. Fahnen hinauszuhängen war das eine, sicherlich, wenn der Kaiser von China bei ihm abgestiegen wäre, hätte er auch mit dessen Landesfahne beflaggt, selbst wenn der ein unmöglicher Mensch gewesen wäre. Aber ein Parteigänger der verfluchten Nazis zu sein, mit Datum und persönlicher Unterschrift, *das* war es, was ihn seit den Nachmittagsstunden quälte.

Bevor August sich zu Fuß auf den Weg gemacht hatte, war er bereits eine kurze Strecke mit einem der Omnibusse durch Berlin gefahren, mit denen die Touristen herumkutschiert wurden, um die Stadt zu bewundern. In diesem

Augenblick begann August Leibfried Berlin zu hassen. Plötzlich, so war ihm klar geworden, war er in ihr gefangen wie in den Klauen einer Wildkatze, die nur darauf wartete, ihn irgendwann einmal aufzufressen. Was würde er nicht darum geben, wenn er anstatt eines hauptstädtischen Geschäftsmannes ein Landarbeiter weit draußen in der Mark wäre, von dem man nichts anderes erwartete, als dass er seine Arbeit gut machen würde, und den man einfach nur in Ruhe ließ! Aber er war kein solcher. Leider. Er war ein Berliner Hotelier und hatte keine Ahnung davon, wie man anders sein Geld verdienen konnte. Für den Fall, dass ihn jemand in dem Autobus erkannte hätte, hatte er sich zu erklären vorgenommen, dass es sich schließlich von selbst verstünde, die Sehenswürdigkeiten der Stadt auf ihren Zustand oder ihre Neuerungen zu überprüfen, damit man seinen Gästen guten Gewissens das Beste empfehlen könne. Und dazu gehöre eben auch eine Rundfahrt mit dem Omnibus. Aber selbst für diese harmlose Lüge verachtete er sich. Im Schutz der Dämmerung war er irgendwann bei Charlie angelangt. Immer noch trieb es ihn hierher, wenn er Kummer hatte, oder allein sein musste, um wenigstens für einige Stunden von den unglückseligen Verhältnissen Abstand zu gewinnen. Und bei Charlie war nach wie vor sein regelmäßiger Treffpunkt mit Viola. In den letzten Monaten sahen sie sich sogar häufiger denn je. Hier konnten sie sich immer noch unbehelligt sehen lassen, konnten furchtlos vor Verrätern und hämischen Blicken tanzen, lachen, essen und trinken, so lange und so viel sie wollten. Auf Charlie und seine Kundschaft war Verlass. Allein dass Axel sich hier auch zusehends öfter sehen ließ, beunruhigte ihn etwas. Nicht dass er diesbezüglich vor seinem heranwachsenden Sohn Geheimnisse gehabt hätte, im Gegenteil. Er hatte ihn auch in diesen gewissen Dingen nicht im Unklaren gelassen. Auch gönnte er dem Jungen den Spaß, hier mit seinen »Swing-Kameraden« seine Lieblingsmusik zu hören, zu tanzen, zu schwärmen und zu lieben, wie es die Jugend eben tat. Im Grunde war er stolz auf Axel, dass dieser dem falschen Geist der Hitlerjugend nicht verfallen war oder aus dem Zwang der Gruppe heraus einfach nur mitmachte, ohne seinen Verstand zu gebrauchen, und dass er es bis jetzt geschafft hatte, sich einer Mitgliedschaft diverser Organisationen zu entziehen. Wie auch immer Axel das angestellt hatte. Aber gerade deswegen fürchtete er auch um ihn. Die jungen Leute waren einfach oft zu mutig, sie fühlten sich stark und scheuten die Konfrontation nicht. Aber ihre sichtlich zur Schau gestellter Protest, der sie schon in ihren Frisuren und ihrer Kleidung von einem »deutschen Jungen« und einem »deutschen Mädel« unterschied, brachte sie in immer größere Gefahr. August kannte das lose Mundwerk Axels, und er kannte den Schlag seiner Linken, aus eigener Erfahrung wohlgemerkt. Er wartete nur darauf, dass er seinen Spross eines Tages mit zerrissenen Kleidern und verbeultem Gesicht auf irgendeiner Polizeiwache würde abholen müssen. Dann würde es mit Sicherheit auch für ihn keinen Ausweg mehr geben, sich zu entziehen, so wie sie auch ihn, seinen Vater, jetzt in ihren Fängen hatten!

Die maßlose Enttäuschung über sich selbst quälte August so sehr, dass er nichts anderes wollte, als wenigstens ein paar Stunden davon befreit zu werden. Er betrank sich sinnlos. Gegen zwei Uhr in der Früh schleppten ihn sein Sohn und Charlie durch das enge Stiegenhaus hinauf in dessen Wohnung. Ein anstrengendes Unterfangen bei Augusts Statur, doch Axel war kräftig genug. Er würde seinem alten Herrn erst einige Tage Zeit geben müssen, ehe er ihn nach dem Grund seiner Sorgen fragen konnte. Als August dann auf Charlies Bett lag und dieser ihm seine Schuhe auszog, schnappte August nach seinem Sohn, der sich gerade zum Gehen wandte. »Schau mir an, meen Junge«, begann er, mühsam die einzelnen Silben zu Wörtern zusammensetzend, »dein Vata is'n janz feijer, erbärmlicher Hund, ick erloob et dir, ihn zu verachten.« Er stierte Axel mit aufgerissenen Augen an, dann ließ er dessen Arm los und fiel stöhnend in die Kissen. »Aber ...«, stammelte Axel, doch August wehrte mit einer müden Handbewegung ab und schloss die Augen. »Scharlie sei so jut und bring den Jungen nach Hause, aber lasst euch bloß nich erwischen, ick brauch ne Mütze voll Schlaf«, krächzte er und drehte sein Gesicht stöhnend zur Wand. »Wat du brauchst, is mindestens nen janzen Zylinderhut voll Schlaf, oder besser fünfe davon«, kommentierte Charlie das Ganze und warf eine Wolldecke über die Beine seines langjährigen Freundes. Dann legte der den Arm fürsorglich um Axels hängende Schultern und verließ mit ihm Schlafraum und Wohnung. Charlie mochte den Jungen, und häufig, wenn er ihn beobachtete, bedauerte er es, dass er nicht auch einen Sohn hatte .

Karl August Leibfried war an diesem Tag Mitglied der Nationalsozialistischen Arbeiterpartei geworden. Mit eigenhändiger Unterschrift und im Vollbesitz seiner geistigen und leiblichen Kräfte – wenngleich Letztere ihn auch beinahe verlassen hätten. Ein plötzliches Schwächegefühl war über ihn gekommen, als er vom Stuhl aufgestanden und an den Tisch getreten war, an dem er unterschreiben sollte. Sein sonst so schwungvoller Schriftzug, den große, klare Buchstaben auszeichneten, war geradezu kümmerlich geraten. Beinahe jede Silbe hatte er einzeln ansetzen müssen. Es war ihm, als würde jeder Strich und jeder Bogen, mit dem er das Papier zeichnete, einen tiefen Einschnitt in sein Leben und sein Lieben schlagen, wie eine Inschrift, die in einen Stein gehauen wird und die, wenn auch überwuchert vom Moos vieler Jahrzehnte, Generationen später noch gelesen werden kann.

Lange Zeit hatte er versucht, sich dieser Sache zu entziehen. Er hatte geglaubt, neutral bleiben zu können. Schließlich wollte er nichts weiter, als mit rechtmäßiger Arbeit und mit möglichst lauteren Methoden sein Geld zu verdienen. Er war nie daran interessiert gewesen, sich auf das dünne Eis der Politik zu begeben, auch hatte er sich jemals in Dinge eingemischt, aus denen man sich besser heraushielt. Natürlich war er kein Befürworter der Nazis gewesen, schon weil er deren unehrenhafte Methoden verabscheute. Aber solange sie ihn in Ruhe ließen und es den Geschäften nicht schadete, bitte schön. Der gemeine Berliner nahm den Herrn mit dem Oberlippenbart-Viereck sowieso nicht ganz ernst, es würde vermutlich nicht allzu lange dauern, bis er wieder verschwunden war. Zu vielen hatten die Umbrüche des vergangenen Jahrzehntes das Genick gebrochen. Warum sollte ein Malergeselle das zustande bringen, was soliden Staatsmännern nicht gelungen war? Dieser Haltung hatte sich auch August lange, zu lange, wie er heute wusste, hingegeben. Und nun war es zu spät. Er, der sich irgendwann vorgenommen hatte, der braunen Brut wenigstens darin Einhalt zu gebieten, dass in seinem eigenen Hause keine kleinen Goebbels, Himmlers, Görings und Heydrichs ein und aus gingen, musste nun einsehen, dass ihm nicht einmal das gelungen war.
Zu seines Großvaters Zeiten waren Kulturschaffende aller Bereiche willkommen Gäste im Leibfried gewesen. Es mochte durchaus sein, dass auch manche gescheiterte Existenz darunter weilte. Aber darüber herrschte Schweigen, wie es die Berufsehre gebot. Niemals war es der Fall gewesen, dass jemand seiner Herkunft, seiner Religionszugehörigkeit oder gar seiner Neigungen wegen nicht ins Haus gelassen wurde. Ganz besonders Juden gehörten von Anfang an zu den Besuchern des Hauses, wie es die ersten Gästebücher der kleinen Pension, die sein Großvater einst betrieben hatte, belegten. »Klein-Bethlehem« hatte die liebevoll spöttelnde Berliner Schnauze Gustav Leibfrieds Pension zuweilen genannt. Aber dieser Gustav hatte eben genug Schneid besessen. »Sollte et dem Herrn Jeheemrat tatsächlich entjangen sein, dat unser Herr Jesus Christus ooch eener vom Stamme Juda war?«, hatte er einstens zu einem kaiserlichen Beamten, der aus seiner antisemitischen Haltung keinen Hehl gemacht hatte, gesagt. Diese Bemerkung hatte dem Gastwirt sogar eine Anzeige wegen Beamtenbeleidigung und eine Bußgeldstrafe eingebracht. Ja, der Großvater hatte noch so etwas wie Format gehabt! Doch er, sein Enkel August, taugte nicht zu einer solchen Courage. Nur, was war ihm denn anderes übrig geblieben? Er hatte nun mal nicht anders gekonnt! Hochleitner hatte ihm, als Viola immer stärker in Bedrängnis geraten war, versprochen, seine Kontakte zu verschiedenen Beamten und Behörden zur Verfügung zu stellen. »Dem gnäd'gen Fräulein Seeligmann wegen, verstehn's, Herr Direktor?«, hat-

te der Österreicher in seinem Wiener Dialekt zu ihm gesagt und so verschlagen aus seinen Schweinsäuglein gesehen, dass August ihm am liebsten eine Ohrfeige versetzt hätte. August empfand immer noch Abscheu, wenn er an dieses Versprechen dachte, das im Grunde genommen nichts anderes als eine niederträchtige Erpressung war. Hochleitner bedeutete eine Gefahr, und August zählte es mittlerweile zu einem seiner größten Fehler, diesen Mann jemals angestellt zu haben.

*

Diesmal verlief es anders mit den Ferien. Viola hatte Paulina einen Brief geschrieben, was sie äußerst selten tat. Er war auch nicht lang gewesen, doch umso inhaltsreicher. Er hatte die Nachricht enthalten, dass Paulina zusammen mit ihrer Mutter zu der Eröffnungsfeier der Olympiade gehen durfte. Paulina war außer sich vor Freude gewesen und hatte es auch nicht schlimm gefunden, den damit verbundenen Aufenthalt in Berlin in Kauf zu nehmen. Schon lange im Voraus war in der Schule von diesem Großereignis gesprochen worden, und die Lehrkräfte hatten keine Mühe gescheut, den Gedanken des gerechten und anständigen Verhaltens der Wettkämpfer untereinander, der körperlichen Ertüchtigung, der Kraft des Kämpfers, der unerlässlichen Ausdauer der Siegeswilligen sowie den Begriff der Ästhetik den Schülerinnen nahezubringen. Und das natürlich in einer möglichst rein nationalsozialistischen Haltung. Trotzdem gelang es einigen Pädagogen, den Unterbau der ideologischen Seite des Ganzen in den Hintergrund treten zu lassen. Lorchens und Paulinas Turnlehrerin zum Glück auch. Sie brachte den Mädchen die Bedeutung der körperlichen Bewegung auf eine gute Art und Weise nahe. Sie trieb die Schülerinnen an, möglichst viel aus sich herauszuholen, und war nicht bereit dazu, Bequemlichkeit und Ausreden zu tolerieren. Aber sie erkannte sehr schnell, wo die Grenzen der Einzelnen lagen. Paulina tat sich mit dem Sport glücklicherweise nicht schwer. Trotz ihres mittlerweile schlaksig wirkenden Körpers war sie erstaunlich ausdauernd, und ihre Bewegungen waren sehr harmonisch und kraftvoll. Die von frühester Kindheit an genommenen Ballettstunden machten sich nun in den Jahren des schnellen Wachstum als etwas sehr Positives bemerkbar. Lorchen tat sich da schwerer. Die präzise Koordination ihrer Arme und Beine bereiteten ihr manches Kopfzerbrechen, es lief nicht einfach so von alleine wie bei Paulina. Allein ihrer Bereitschaft, bis zum Umfallen zu üben, war es zuzuschreiben, dass sie es trotz allem schaffte, das Schuljahr mit einer Note in »Leibeserziehung« abzuschließen, die sich einigermaßen sehen lassen konnte. Sie beneidete Menschen, die zu sportlichen Höchstleistungen fähig waren. Sie liebte es, Paulina zuzusehen, wenn di-

ese tanzte oder auf der Aschenbahn im Stadion ihre Hundertmeter- oder Hürdenläufe machte, wenn sie in die Sandgrube sprang, den kleinen Ball oder auch den langen Speer mit weit ausholenden Armbewegungen von sich schleuderte, und das alles, als würde es ihr keine Mühe machen.
Als Lorchen erfahren hatte, dass Paulina tatsächlich zu den viel besungenen Olympischen Spielen fahren und die Sportler aus aller Welt von Nahem sehen dufte, war zum ersten Mal in ihrer Freundschaft ein kleines bisschen Neid in ihr aufgekeimt. Was hätte sie darum gegeben, die Freundin zu diesem Ereignis begleiten zu dürfen! Paulina hatte das gespürt, sich aber nicht getraut, diese Möglichkeit überhaupt in Erwägung zu ziehen, denn sie war sicher, dass es ihre Mutter nicht erlauben würde. Sie hätte es der Freundin von Herzen gegönnt, das Gleiche erleben zu können wie sie auch. Da Paulina niemals damit gerechnet hatte, als Nichtarierin eine Eintrittskarte für die Olympiade zu bekommen, erschien es ihr wie ein Traum, gerade in diesem Fall dazugehören zu dürfen! Vermutlich aber war es August zu verdanken, dass es für sie diese unerwartete Möglichkeit gab. Ein Trost war Lorchen und ihren beiden Brüdern jedoch geblieben: Das olympische Feuer sollte am Tag vor der Eröffnung der Spiele auf seinem Weg nach Berlin gegen 15 Uhr in Dresden eintreffen, getragen vom deutschen Turner Paul Goldmann. Am Neustädter Königsufer fanden Feierlichkeiten statt, und Herr Stein hatte seinen Kinder versprochen, auf dem Weg, den der Läufer nehmen würde, einen möglichst günstigen Platz zu suchen, damit sie die brennende Fackel sehen konnten. Was er seiner Tochter nicht verraten hatte, war, dass schon lange Eintrittskarten für zwei Wettkampftage in Berlin in seiner Schreibtischschublade lagen.

Als Viola und Paulina am späten Nachmittag des 31. Juli in den Zug nach Berlin stiegen, waren beide gut gelaunt. Viola konnte sich gar nicht erinnern, wann sie das letzte Mal den Besuch bei den Eltern so genossen hatte wie diesmal. »Könnte es etwa sein, dass du dich darauf freust, aus Berlin wegzukommen und nach Hause zu fahren?«, hatte August sie einige Tage zuvor gefragt. Normalerweise reagierte sie etwas kratzbürstig, wenn er diesen bestimmten Ton anschlug, weil sie sich ihm gegenüber dann irgendwie unterlegen fühlte. Aber diesmal hatte sie seine kleine Provokation gar nicht berührt. »Es kann nicht nur sein, es ist so!«, war ihre prompte Antwort gewesen, die sie ihm mit vorgerecktem Kinn entgegengeschleuderte. »Na dann«, hatte August lakonisch bemerkt. »Sei schön artig zu den alten Herrschaften und bring mir die Kleine gut her, und macht mir keine Dummheiten, damit ihr nicht auffallt, verstanden?!«, hatte er ihr noch zum Abschied ins Ohr geflüstert und sie dabei so am Hals gekitzelt, dass sie laut lachen musste.

Ja, sie war guter Dinge nach Dresden gefahren und fand, dass sie auch allen Grund dazu hatte, in derselben Stimmung zurückzukehren. Während sich der Zug langsam in Bewegung setzte, lehnte sich Viola zufrieden seufzend in ihren Sitz zurück und lächelte. Als Paulina sie ansah, legte Viola den Arm um die Tochter. Zwar wusste sie nicht, wie diese das aufnehmen würde, doch das war ihr in dem Moment egal. Es schien nicht falsch gewesen zu sein. Paulina schmiegte sich an sie und sah glücklich aus. Viola schloss die Augen und dachte an gestern Abend.

Die kleine Feier war richtig schön gewesen, und sie war ihrer Mutter sehr dankbar, dass diese den Vorschlag gemacht hatte, anlässlich Paulinas Geburtstag, der zwar schon vierzehn Tage vorher gewesen war, ein paar Gäste zum Essen einzuladen. Mutters Kochkünste waren einfach nicht zu verachten. Obwohl sie es schon merkwürdig gefunden hatte, dass Vaters Vorschlag, »Gefilten Fisch« zu servieren, bei Mutter und auch bei Paulina Anklang gefunden hatte. Aber manches änderte sich eben doch. Der Kuchen und das Konfekt waren auch vorzüglich gewesen, und sie hatte den Genuss eines so reichlichen Sortiments voll ausgekostet. Bei dem Gedanken an Vaters sehnsüchtigen Blick, als sie und Thea ihre Zigaretten ausgepackt und Anstalten gemacht hatten, sie einfach so unverblümt mitten in der Gesellschaft anzuzünden, musste Viola unwillkürlich schmunzeln. »Viola, du weißt«, hatte Mutter ihr im Vorbeigehen zugeraunt. »Aber ja, Muttchen, selbstverständlich werden Thea und ich uns draußen ans geöffnete Flurfenster stellen«, hatte sie geflötet und Thea mit einem Wink angedeutet, dass sie aufstehen und ihr folgen sollte. Man durfte es also immer noch nicht, rauchen im Salon! Und Vater, dem es mit Sicherheit nach einer Zigarre gewesen wäre, hatte scheinbar nicht den Mut gehabt, sich zu den jungen Damen ans offene Fenster zu stellen und weiße Wölkchen nach draußen zu blasen. Und ins Herrenzimmer konnte er sich schlecht alleine zurückziehen, weil er dann die Gesellschaft verlassen hätte. Viola räkelte sich und schlug die Beine übereinander. Dann öffnete sie die Augen und bemerkte erst jetzt den älteren Herrn, der gerade dabei war, sich ihr und Paulina gegenüber niederzulassen. Viola fielen sofort seine gepflegten Hände auf. Seine feinen Gesichtszüge erinnerten sie an irgendjemanden, aber sie kam nicht darauf, an wen, und hatte keine Lust, länger darüber nachzudenken. Deshalb nickte sie ihm nur zu und machte ein freundliches Gesicht. Sie gab Paulina, die sich bereits wieder aus der Umarmung befreit und schon ein Buch vor der Nase hatte, einen kleinen Rippenstoß, sodass diese ein wenig entrüstet schaute, aber gleich verstand und beflissen ihren Pflichten nachkam. Der Herr wünschte ein wohlklingendes »Guten Nachmittag, die schönen Damen«, worauf Paulina einen Augenblick lang stutzte und noch einmal kurz über den

Rand ihres Buches schaute, das sie schon wieder aufgenommen hatte. Viola war die Reaktion ihrer Tochter nicht aufgefallen. Sie war momentan nicht an einer Unterhaltung interessiert und kehrte lieber noch einmal in Gedanken zu gestern zurück. Thea zu treffen war natürlich so etwas wie ein Höhepunkt gewesen. Sie hatte sich sehr auf ein Wiedersehen mit der jungen Frau gefreut. Seitdem Paulina ihr in einem Brief von der wiedergefundenen Bekanntschaft erzählt und offenbart hatte, dass Thea Schneewittchens Verwandte war, hatte sie sich auf den Tag gefreut, an dem sie diese wiedersehen würde. Sie fand ja, dass Thea schon alleine des Alters wegen eher eine Freundin für sie selbst als für ihre Tochter abgeben würde, aber es konnte ja in gewisser Weise beides möglich sein. Sie hatte auch keineswegs vor, die Vertrautheit zwischen Paulina und Thea zu stören, sie fand es sogar eher beruhigend, dass Paulina eine erwachsene Freundin in Dresden hatte. Thea gehörte wie Greta zu den wenigen Personen, denen Viola, ohne lange zu überlegen, Paulina anvertrauen würde, wenn es je nötig sein sollte. Man konnte ja nie wissen. Dass Thea aus gutem Hause kam, hatte sie schnell bemerkt, und sie hatte auch rasch festgestellt, dass ihre Eltern und Eleonore von Witte in der Zwischenzeit so etwas wie eine Freundschaft geknüpft hatten. Sicher hatte dazu auch Paulinas letzter Ferienaufenthalt bei Schneewittchen beigetragen.
Viola fühlte sich angenehm müde. Sie streckte die Beine etwas seitlich von sich, um nicht mit dem Herrn gegenüber ins Gehege zu kommen, und beschloss, ein Nickerchen zu machen. Aber in dem Moment fing Paulina an zu lachen und sah von ihrem Buch auf. Plötzlich war es Viola, als hörte sie sich selbst lachen, als junges Mädchen, ungefähr in Paulinas Alter. Sie hatte oft gar nicht mehr aufhören können und mit ihrem Gelächter andere angesteckt. Ihre Mutter hatte sie manchmal gerügt deswegen und ihr immer unterstellt, dass sie nur die Aufmerksamkeit der anderen auf sich ziehen wolle. Das hatte sie verletzt, denn es war nicht so gewesen. Aber wenn sie etwas belustigt hatte, hatte sie sich einfach nicht beherrschen können. So schien es auch Paulina zu gehen. Viola sah die Tochter zärtlich an, und zum zweiten Mal in dieser Stunde überkam sie das Bedürfnis, sie einfach an sich zu drücken. Aber sie tat es nicht, sondern sagte nur: »Muss das aber lustig sein!« Auch der ältere Herr hatte von seiner Zeitung aufgesehen, und um seine Mundwinkel zuckte es verräterisch. »Urpapa!«, fuhr es Paulina genau in diesem Moment durch den Kopf. Das war es, was sie vorhin schon, als dieser Mann sie und Mama mit seiner tiefen, warmen Stimme begrüßt hatte, so durcheinandergebracht hatte. Und jetzt dieser verschmitzte Blick und sein spitzbübisches Schmunzeln unter dem Schnurrbart, alles das zusammen erinnerte sie deutlich an den Urgroßvater. Es wehte einen Hauch von Traurigkeit in ihre fröhliche Stimmung. Sie

klappte das Buch zu und legte es beiseite. »Nanu?«, wunderte sich Viola. »Sag bloß, du willst jetzt nicht wissen, wie es weitergeht?« Sie sah Paulina mit hochgezogenen Augenbrauen an. »Du sagst mir doch immer, man muss aufhören, wenn es am schönsten ist.« Paulinas Schlagfertigkeit gefiel Viola. »Na, wenigstens das hast du von mir angenommen«, bemerkte sie trocken und zwinkerte ihrem männlichen Gegenüber zu, weil sie gesehen hatte, dass er ihre Unterhaltung verfolgte. Das nahm dieser prompt zum Anlass, ein Gespräch zu beginnen. »Aha, also Mutter und Tochter«, begann er, »oder doch große und kleine Schwester?« Seine dunkelgrauen Augen blitzten. Für sein Alter ist er ganz schön charmant, dachte Viola und traute im nächsten Moment ihren Ohren nicht, als sie Paulina in breitestem Sächsisch sagen hörte: »Ober nee, meen Herr, was denken Se ooch, wer wor sind! Nadührlich de Großmudder und de Enkelin, ne wohr?« Sie stupste ihre Mutter mit dem Ellbogen in die Seite. Na warte!, dachte die und gab den Rippenstoß zurück, rückte schnell an den äußersten Rand ihres Sitzes und deutete heftig gestikulierend mit dem Daumen auf Paulina. »Na, do schaun se mol«, wandte sie sich entrüstet an den Herrn, »de Juchend von haide, nich erzogn und keen Respekt nich vor'm Alder, dabei sollste doch aufstehen, vor'm grauen Haupte, ne wohr?« Sie fasste sich mit den Händen an die Haare, bemerkte aber dabei erst die Doppeldeutigkeit ihrer Worte. Lachend fuhr sie in die Höhe und verbeugte sich vor ihrem belustigt dreinschauenden Gegenüber »Ach, Verzeihung auch, das bin ich ihnen ja ebenfalls noch schuldig!« Paulina grinste schadenfreudig, und der ältere Herr ließ sich von Viola anstecken: Es war ein melodisches, volles Lachen, das sich da vernehmen ließ. Hätte es nicht so ungekünstelt geklungen, hätte Viola eine Wette darauf abgeschlossen, dass es ein angelerntes Theaterlachen und der Mann mindestens ein ehemaliger Opernsänger war. Aber irgendetwas an seiner Person ließ keinen Zweifel in ihr aufkommen, dass er keine Rolle spielte, sondern durch und durch echt war. Er wirkte plötzlich so vertraut, als würde sie ihn schon ewig kennen. Viola ließ sich zurück auf ihren Sitz fallen und seufzte in einem langen Bogen zufrieden von oben nach unten. Sie fühlte sich einfach so gut für das Leben gewappnet wie schon lange nicht mehr. Paulina war in der Zwischenzeit ans Fenster getreten und starrte hinaus. Das herrliche Lachen des alten Mannes hatte sie so seltsam berührt, dass sie einen Kloß im Hals spürte. Es war einfach so, als wäre Urpapa für einen kurzen Augenblick auferstanden, um sie und Mama zu erfreuen. Aber Mama schien gar nicht betroffen zu sein, im Gegenteil, das war wieder typisch für sie! Wahrscheinlich hatte sie noch nicht einmal die Ähnlichkeit des alten Herrn mit ihrem Großvater bemerkt.

»Tja dann«, fuhr der Alte fort, »muss ich mich wohl damit abfinden, dass es gleich mehrere sind, die ich mit meinem Neid belegen muss: Gatte, Vater *und* Großvater. Manche sind eben mit größeren Reichtümern gesegnet als andere.« »Ach«, hörte Paulina ihre Mutter sagen, »nehmen Sie's nicht so schwer, den Gatten und Vater können sie getrost vergessen. Da müssen wir schon selbst fürs Beneidetwerden zuständig sein, nicht wahr, Paulina?« Paulina schaute nur andeutungsweise über ihre Schulter und bemühte sich um ein möglichst unverfängliches Lächeln und nickte. »So, so«, sagte der alte Herr, »ich wollte Ihnen natürlich nicht zunahe treten, verzeihen Sie.« Viola winkte ab. »Ach, machen Sie sich nur darüber keine Sorgen, man kann mit vielem zurechtkommen.« Aber nicht mit allem!, dachte Paulina und presste die Augenlider fest zusammen. Die herrlichen Farben und Formen der schnell vorbeifliegenden Sommerlandschaft zauberten unzählige bunte Kreise und weiße Striche in die Dunkelheit hinter ihren Lidern. »Ja, ja«, ließ sich der Herr vernehmen, und dann folgte das Rascheln seiner Zeitung. Von ihrer Mutter war nichts mehr zu hören. Paulina machte die Augen wieder auf und blinzelte in das immer noch helle Sonnenlicht. Der Himmel war bestechend blau, keine einzige Wolke ließ sich blicken. Das Graugelb der reifen Getreidefelder hob sich gegen die grünen Sommerwiesen ab, und eben raste der Zug an einer Schafherde vorbei. Es war ein herrlicher Tag! Eigentlich viel zu schön, um missmutig zu sein. Bis gerade eben war sie es ja auch nicht gewesen, und schließlich konnte der Mann auch nichts dafür, dass er sie an Urpapa erinnert hatte. Sie malte sich aus, wie es in Berlin sein würde, und freute sich auf August und Axel. Der würde auch mit zur Eröffnung der Olympiade kommen, hatte Mama ihr verraten. Axel hatte sie schon ewig nicht mehr zu Gesicht bekommen. Er war schon fast 16 Jahre alt in der Zwischenzeit. Hoffentlich war es ihm nicht zu kindisch, mit ihr und seinem Vater auszugehen. Bei Jungen in seinem Alter konnte man das nie so genau wissen. Zwar hatte er ihr immer seine Zuneigung offen gezeigt, denn er, so hatte sie irgendwann erfahren, hatte doch schon viel früher geahnt, dass sie Halbgeschwister waren, als sie. Zuerst fand Paulina das ziemlich ungerecht und war böse auf August und Mama gewesen, aber nur weil sie Axel so nett fand, war sie darüber einigermaßen hinweggekommen. Axel liebte diese besondere Art des Jazz, die eigentlich verboten war, und konnte gut tanzen, das bewunderte sie an ihm. Auch gefiel ihr, dass er nicht so kurz geschorene Haare trug wie die meisten Jungen, sondern eine ausgefallenere Frisur hatte. Bei der Vorstellung, ihn wiederzusehen, kribbelte es in ihrer Magengegend. Sie war froh, dass sie immer noch zum Fenster hinausschauen konnte, und hing ihren Gedanken nach.

»Ihr seid Juden.«

Es war wie ein Schlag in die Magengrube. Unwillkürlich zuckte Paulina zusammen, und mit steinharten Muskeln und angehaltenem Atem kämpfte sie darum, dem Impuls, sich zusammenzukrümmen, nicht nachzugeben. Auf einmal fühlte sie eine unerträgliche Hitze in sich hochsteigen, und sie musste sich an den Fenstergriffen festhalten, um nicht der panischen Angst haltlos ausgeliefert zu sein. »War es jetzt aus?« In dem Moment, als sie glaubte, die spannungsgeladene Stille in ihrem Rücken nicht mehr auszuhalten, hörte sie die ruhige Stimme ihrer Mutter:

»Danke ebenso.« Paulina fuhr herum und spürte, wie die Spannung aus ihrem Körper wich. Weil sie fühlte, dass ihre Knie zu zittern begannen, machte sie schnell einen Schritt nach vorn und ließ sich auf das Sitzpolster fallen. Sie wollte etwas sagen, aber ihr Mund war ganz trocken, und ihre Zunge ließ sich kaum bewegen. »Kind, ich wollte dich nicht erschrecken!«, sagte der alte Herr betroffen und stand auf. Er machte eine Bewegung, als wolle er Paulina über die Haare streichen. Sie wich ihm aus.

»Ist schon gut«, presste sie heraus, »es war nur …« »Du dachtest natürlich, ich würde euch etwas Böses tun, nicht wahr?«, vermutete der Alte. »Verzeih, dass ich in meinem Alter so dumm bin, aber ich habe mich einfach nur gefreut, zwei so angenehme Leidensgenossinnen zu treffen, dass ich gar nicht daran gedacht habe, bei meiner unklugen Bemerkung dir ins Gesicht zu sehen, denn dann hättest du gemerkt, dass ich keine bösen Absichten habe.« »Sie … sie sind wie Urpapa!«, flüsterte Paulina mit erstickter Stimme, während ihr die Tränen in die Augen schossen. Jetzt war es Viola, die zusammenzuckte: Das Kind hatte recht! Großvater war es, an den dieser Mensch sie vom ersten Augenblick an erinnert hatte! Warum war sie nur nicht früher darauf gekommen! Sie schämte sich. Vor Paulina und vor dem toten alten Friedrich. Verdammt! Sie kramte in ihrer Tasche nach einem Taschentuch, aber der Herr, der sich immer noch zu Paulina hinunterbeugte, zog bereits sein eigenes aus seinem Jackett und hielt es Paulina hin. Die schaute fragend zu ihrer Mutter, aber Viola nickte aufmunternd. Paulina nahm an und lächelte verlegen. Sie traute sich aber trotzdem nicht, sich zu schnäuzen, sondern zog die Nase hoch und wischte sich nur über die Augen. »Und jetzt?« Fragend blickte sie den Herrn an und hielt das benutzte Utensil unschlüssig in den Händen. Der Mann nahm es ihr ab und faltete es sorgfältig noch einmal zusammen. »Das werde ich jetzt bis an mein Lebensende nicht mehr waschen und als Andenken an die reizendste junge Dame, die ich je getroffen habe, in Ehren halten.« Paulina lächelte verlegen und wurde ein wenig rot. »Und zur Strafe, dass Sie meine schöne Tochter so aus der Fassung gebracht haben, müssen Sie sich auch an ihre hässliche Mutter erinnern.« Einmal mehr war Viola froh, über dieses Können zu verfügen, ihre eigene Gefühlslage möglichst perfekt zu verbergen.

»Weihrauch, Franz Joseph, und ich werde mich mehr als gerne an die schöne Mutter einer schönen Tochter erinnern!« Der alte Herr verbeugte sich so tief vor Viola und Paulina, dass diese direkt auf seine weißhaarige, aber noch ganz und gar volle Haarpracht sehen konnten. Sie war gleichmäßig gewellt und wirkte ganz weich. »Seeligmann, Viola und Paulina«, entgegnete Viola und konnte sich nicht verkneifen, ihrer Belustigung Ausdruck zu verleihen. »Mit dem Franz Joseph könnten Sie es ja glatt als österreichischer Katholik versuchen«, witzelte sie. »Danke, kein Bedarf«, lachte der Alte. »Vom Weihrauch ist mir schon als Kind übel geworden.« »Na, dann jibt et nüscht mehr zu machen, wa?« Viola grinste breit. »Wie, berlinern können sie auch?« Franz Weihrauch spielte den Überraschten. Die Frau hatte einfach etwas Erfrischendes an sich. Viola war in Fahrt. »Tja, wat wir Israeliten nich alles können! Sächsich und Berlinerisch und Hochdeutsch und Inglisch und Fronzösiisch und Russisch und Polnisch und Jiddisch und Hebräisch, und sogar a bisserl Katholisch, ne wohr! Nur keen Nazistisch nich, und det soll uns nun nach dem Herrn Führer seinem allmächtjen Willen zum Verhängnis werden.« Der alte Herr hatte unwillkürlich durch die Scheibe der Abteiltür gesehen, als Viola geredet hatte, aber er musste der verschiedenen Dialekte wegen, die Viola anzuwenden verstand, einfach lachen. Doch dann wurde er plötzlich sehr ernst. »Hoffentlich haben die Wände hier keine Ohren«, flüsterte er. »Ach was«, sagte Viola leichtfertig und strich Paulina über den Rücken, die damit beschäftigt war, über das nachzudenken, was ihre Mutter da eben so sprudelnd von sich gegeben hatte. »Wissen Sie was?« Franz Weihrauch nahm wieder Haltung an und sah seine beiden Reisebegleiterinnen unternehmungslustig an: »Zur Feier des Tages und als Entschädigung für den Schrecken, den ich der jungen Dame eingejagt habe, lade ich Sie auf eine Erfrischung in den Speisewagen ein!«

Schonfristen sollte man nutzen, hätte Viola beinahe gesagt, aber sie konnte sich gerade noch zurückhalten. Um Paulinas willen. Auch wenn es so war, dass bereits während der Wochen vor der Olympiade die antijüdische Propaganda und die Verbots- und Hinweisschilder in Berlin beinahe von der Bildfläche verschwunden waren und man plötzlich den Eindruck haben konnte, als wäre alles doch nur ein böser Spuk gewesen, hielt es Viola für besser, für heute und für die nächsten Tage kein Wort mehr über diese Sache zu verlieren. Ihr war nicht entgangen, was das Ganze bei Paulina ausgelöst hatte, und das schmerzte sie mehr, als sie es zeigte. Sie wollte einfach nur glücklich darüber sein, dass Paulina so begeistert mit ihr gereist war wie früher, und es in jedem Fall vermeiden, dass sich irgendwelche düsteren Schatten über ihre gemeinsamen Tage legten.

Der Speisewagen tat allen gut. Franz hatte sich eine Berliner Weiße, Viola und Paulina jeweils eine Limonade bestellt Der alte Herr Weihrauch erzählte unglaublich komische Witze, die vor allem Paulina zum Lachen brachten. Keiner der anderen Fahrgäste nahm Notiz von ihnen, und auch die Kellner hatten keinerlei merkwürdigen Blicke in ihre Richtung geschickt. Das Restaurant schien, wie auch der übrige Zug, bis zum letzten Platz besetzt zu sein, und allein der Lautstärke nach zu urteilen waren alle Anwesenden in gelöster Stimmung. Zu der Hitze des Tages hin war sie fast ein bisschen zu aufgekratzt, aber gerade das liebte Viola. Es hatte eine ähnliche Wirkung auf sie wie ungefähr zwei Gläser Rotwein. Als der Schaffner vorbeikam und die Fahrkarten knipste, musste sie sich geradezu beherrschen, dem Reiz einer lockeren Bemerkung dem fast auffallend beschwingt daherkommenden Beamten gegenüber zu widerstehen. Das Risiko, in ein Fettnäpfchen zu treten, war eben doch zu groß, und in Anbetracht ihrer seriösen männlichen Begleitung und des Kindes eigentlich unangebracht. Deshalb nahm sie sich zusammen und gab die vornehm zurückhaltende Dame. Sie blieben lange im Speisewagen, denn Paulina hatte, vom Anblick des nachbarlichen Tisches dazu angeregt, noch die Lust auf ein Eis kundgetan. Bei Großmutter wäre das niemals möglich gewesen, denn von Eis auf Limonade hielt diese so viel wie von Wasser auf Kirschen: nämlich gar nichts. Aber bei Mama spielten solche heiligen Regeln inzwischen nicht mehr die geringste Rolle, und außerdem bezahlte ja der nette Franz, wie sie und Mama ihn inzwischen nennen sollten: »Franz« und »Sie«, hatte er gesagt, was Paulina wiederum an Urpapa erinnerte, denn der hatte auch zu seinen engsten und über viele Jahre vertraut gewordenen Angestellten »Sie« und den Vornamen gesagt.

Erst nach mehr als einer Stunde kehrten sie in ihr Abteil zurück und kurz als die ersten Vororte von Berlin auftauchten, mahnte Viola Paulina, die Toilette aufzusuchen, da sie noch eine ganze Weile in der vermutlich überfüllten Stadt unterwegs sein würden, bevor sie in Charlottenburg ankämen.

Franz Weihrauch nutzte die Gelegenheit. Kaum dass Paulina die Abteiltür hinter sich zugeschoben und seinen Blicken den langen Gang hinunter entschwunden war, setzte er sich Viola gegenüber, rückte nahe an sie heran und nahm ihre Hände. »Entschuldigen Sie die Berührung, Viola, ich will Ihnen nicht zunahetreten, das wäre ganz entgegen meiner Prinzipen, verstehen Sie?« Er sprach schnell und mit gesenkter Stimme. »Sie sind eine wunderbare Frau, und ich ahnte schon nach wenigen Augenblicken, als Sie in Dresden eingestiegen waren, dass Sie vermutlich *die* Viola Seeligmann sind. Ihre Rolle in der lustigen Witwe damals, war einfach zu eindrücklich, als dass man den Namen einer so begnadeten Schauspielerin nicht wissen wollte.« Viola fühlte, wie sich die feinen Härchen an ihren Unterarmen aufstellten. »Aber ich musste ja erst ganz sicher sein«, fuhr Franz Weihrauch fort, »auch des Kindes wegen, ein herrliches Geschöpf!« Ein Schweißtropfen löste sich aus Violas Kniekehle und lief an der Rückseite der Wade entlang bis in die Schuhe. Zum ersten Mal an diesem Nachmittag wurde ihr die Hitze lästig. »Viola, bitte, sehen Sie mich an!«, fuhr Franz Weihrauch eindringlich fort und suchte ihren Blick. »Durch einen guten Freund, der Verbindung zur Reichskulturkammer hat, weiß ich, dass es nicht mehr anders werden wird, jüdische Künstler ...« »Franz«, unterbrach ihn Viola flüsternd, und die gleichsam dunkelbraunen Augenpaare zweier sich bis dahin völlig fremder Menschen sahen einander schmerzlich an. »Franz«, begann Viola noch einmal und nur mit Mühe ihre große Erregung unterdrückend, »ich weiß alles, glauben Sie mir, ich kenne die Reichskulturkammer nur zu gut, ich kenne diesen geifernden Habicht, der sie sich unter die Krallen gerissen hat, ich ... ich kenne die Bestimmungen schon lange genug, und die Aussichten, ich ...« Sie schüttelte den Kopf. Franz sah sie unentwegt an, und der Druck seiner Hände wurde fester. Aber Viola beunruhigte das nicht, im Gegenteil, sie war sogar dankbar dafür, denn das half ihr, das altbekannte Zittern unter Kontrolle zu halten. Sie ließ den zurückgehaltenen Atem hörbar durch die gespitzten Lippen entweichen, lehnte sich ein wenig zurück und beendete lächelnd ihren angefangenen Satz: »Aber ich kenne auch ein paar andere, bessere Menschen, und wir haben beschlossen, nicht aufzugeben, und Sie sehnen ja, ich spiele noch.« Sie war etwas lauter geworden, als sie es beabsichtig hatte. Ihre Stimme klang aber so, als würde sie gar nicht zu ihr selbst, sondern zu irgendeiner fremden Person gehören. Aus ihrem Augenwinkel heraus erkannte sie Paulinas hellblaue Bluse, und mit einem kurzen Blick hatte sie Franz davon in Kenntnis gesetzt. Zum Glück war Paulina damit beschäftigt, aus dem Fenster im Gang zu sehen, und hatte ihnen den Rücken zugewandt. Trotzdem ließ Franz Weihrauch Violas Hände los, nicht ohne sie aber vorher noch einmal fest zu drücken. Sie erwiderte in gleicher Weise, fuhr aber dann noch wie zur Verstärkung ihrer Botschaft mit den Fingerspitzen über die dicken Adern, die sich über den alten, aber noch erstaunlich weichen Handrücken dieses rührenden Menschen zogen. Dann erhoben sich beide gleichzeitig und sahen einander etwas verlegen an. »Gehen Sie rechtzeitig!«, raunte Franz Viola zu, als er seinen Hut von der Ablage nahm. Das letzte Wort hatte Paulina gerade noch gehört, als sie die Schiebetür von draußen her geöffnet hatte.

*

Paulina würde es nie vergessen! Zu aufregend waren die Augenblicke gewesen, als der Läufer mit der Fackel in das Stadion gelaufen kam, und die Flamme schließlich mit einem gewaltigen Rauschen auf den hoch über den Köpfen der Zuschauer angebrachten Teller übersprang, auf dem sie nun die folgenden vierzehn Tage brennen sollte. Die neunundvierzig einziehenden Nationen bildeten eine fast unbedeutende Menge im Gegensatz zu den hunderttausend Zuschauern, die das wuchtige Stadion an diesem Abend in sich aufgenommen hatte. Die unterschiedlichen Fahnen der einzelnen Staaten, die Farben und Formen, die auf Kleidung und Hüten der Sportler ihre Länder symbolisierten, beobachtete Paulina mit großer Sorgfalt. Die Tatsache, dass so viele Menschen aus allen Erdteilen hier in Berlin zusammentrafen und sie in den Genuss kommen konnte, diese, wenn auch nur von Weitem, zu sehen, überwältigte sie beinahe. Sie wäre diesen Frauen und Männern so gerne nähergekommen, hätte ihnen gerne direkt in die Augen gesehen, ihnen die Hand gedrückt. Vor allem den Dunkelhäutigen unter ihnen. Irgendetwas musste es an ihnen doch zu entdecken geben, das die Propaganda der Nationalsozialisten Lügen strafte! Paulina hatte es genossen, dass sie neben Axel sitzen durfte. Er wusste so viel, was man zu den einzelnen Ländern oder den Sportlern sagen konnte, und auch wenn er es mehr in Paulinas Ohr brüllen musste als es ihm lieb war, machte es ihr doch sehr viel Spaß, ihm zuzuhören. Schon auf der Fahrt ins Stadion hatte er ihr versprochen, alles zu erklären und alle berühmten Leute vorzustellen, die sie zu Gesicht bekommen würden, vorausgesetzt natürlich, Axel erkannte sie selbst. Allerdings waren sie sich auch schnell darüber einig gewesen, dass sie keine Lust dazu hatten, am nächsten Tag im rechten Arm Muskelkater zu haben, den wollten sie lieber den Athleten überlassen. Tatsächlich hatten die beiden es auch geschafft, nur wenige Male und nicht sehr lange den Arm zum deutschen Gruß zu erheben. Das »Heil« hatten sie sich ganz ersparen können, denn das brüllten die anderen laut genug. Allerdings hatte August, der die rebellische Einstellung seines jugendlichen Sohnes nur zu gut kannte, es den Kindern in einer Sache nicht durchgehen lassen, einfach nur so belanglos dazustehen: Als der Führer ans Mikrophon getreten war und die Olympischen Spiele offiziell für eröffnet erklärte, wäre es einfach ein Unding gewesen, wenn sein Sohn und seine Tochter sich hier in der Öffentlichkeit verweigerten. Schließlich war es kein ungefährliches Unterfangen, sich mit zwei jüdischen Menschen mitten hinein in die Olympiade zu stürzen. Er hatte eine beachtliche Summe dafür aufbringen müssen. Nur ein kurzer, aber unmissverständlicher Blick über Violas und Paulinas Köpfe hinweg zu Axel hin hatte genügt, um diesen davon zu überzeugen, dass er sich jetzt besser nicht mit seinem Vater anlegte. »Pfote hoch und strammgestanden!«, hatte Axel darauf-

hin in Paulinas Ohr gebrüllt und dabei die Augen verdreht. Paulina gehorchte sofort. »Und zwar so lange wie alle anderen, verstanden!«, hatte der Halbbruder dann noch nachgesetzt. Paulina hatte nur genickt und sich ganz ihm zugewandt, sodass die Eltern nur ihren Rücken sehen konnten. Dann hatte sie, so weit und so genüsslich es nur ging, die Zunge herausgestreckt und eine freche Grimasse geschnitten. Axel hatte sich gebogen vor Lachen, aber schnell wieder Haltung angenommen und stur geradeaus gesehen. Im Anschluss daran hatte Axel Paulina die Ränge und Positionen der Männer und der einzigen Frau genannt, die auf der Ehrentribüne neben dem Reichskanzler Aufstellung genommen hatten. »Wenn man die Namen ausspricht, bekommt man die Zungenpest«, hatte Axel Paulina ins Ohr gesagt. »Igitt«, brüllte Paulina, und wieder lachten sie laut und schadenfroh. Nacheinander hatte Axel aufgezählt: »Reichsjugendführer, Rüstungsminister, Außenminister, Propagandaminister , SS-Chef, Nicht-wichtig-tut-aber-so und zuletzt die Frau: Leni Riefenstahl. Eine, wie Axel gesagt hatte, »die nach oben schläft, vielleicht aber auch nicht, wer weiß, ob die feinen Herren da oben überhaupt noch …« Da hatte er abgebrochen. Paulina hatte nicht so richtig etwas damit anfangen können, sich aber auf Axels breites Grinsen hin nicht getraut, eine dumme Kinderfrage zu stellen. Sie hatte nur zurückgelächelt und mit dem Kopf genickt und versucht, sich die Gesichter der Genannten vorzustellen. Sie waren viel zu weit weg, als dass man hätte in ihnen hätte lesen können. Sicher hatte sie Einzelne davon schon oft genug in den Zeitungen gesehen, und das Bild des Führers hatte man sowieso alle Tage vor Augen. Aber trotzdem ließ der lebendige Anblick dieser Personen so etwas wie ein Frösteln in ihr aufkommen, und unwillkürlich war ein Schauer über ihren Rücken gelaufen.
Auch wenn hier draußen auf dem gesamten Reichssportfeld und auch sonst in der ganzen Stadt Berlin keinerlei Hinweise mehr zu entdecken waren, die jüdischen Menschen dieses und jenes verboten, so war es doch ziemlich sicher, dass genau diese nach dem Ende des Spektakels wieder auftauchen würden. »Kaum dass der letzte Engländer in den Zug gestiegen ist«, hatte Großvater gemeint, als sie sich vor einigen Tagen über die Aufmerksamkeit des Auslandes unterhalten hatten, die Deutschland durch dieses Ereignis auf sich ziehen würde. Großvaters Meinung nach war das alles sowieso nur ein perfektes Theater, dem die Engländer und Amerikaner auf den Leim gehen sollten. Er hatte sich so über die Unverfrorenheit erbost, mit der die Nazis »wie eine Spinne die Fliege ins Netz locken« würden, dass er beinahe darüber mit Viola in eine Auseinandersetzung geraten wäre. Er hatte nicht gut dazu gestanden, dass sie »das Kind mit zu denen« nahm, wie er sich ausgedrückt hatte. An diese Worte dachte Paulina unwillkürlich, als Adolf Hitler das erste Mal an

die Brüstung der Ehrentribüne getreten war und sich von den jubelnden Massen hatte grüßen lassen. Wie eine tosende Meereswelle brach die Begeisterung der Menschen über das ganze Stadion herein, lauter und durchdringender, als Paulina es sich jemals hatte vorstellen können, und bei Weitem schauerlicher als es sich im Radio anhörte. Am liebsten hätte sie in diesen Augenblicken nach Mamas Hand gegriffen, aber die hatte so getan, als müsse sie dringend ihren Hut festhalten, obwohl nicht der geringste Luftzug zu spüren war. Lediglich die ausgestreckten Arme der Zuschauer aus der Reihe hinter ihnen hätten diesen gefährden können. Zum Glück hatte dann aber Axel dafür gesorgt, dass Paulina abgelenkt wurde.

Später am Abend, als die Feierlichkeiten mit all ihren spektakulären Darbietungen, welche die Symbole germanischer Mystik verkörperten, aber auch eine gewaltige Demonstration der beißenden Kraft und Disziplin der nationalsozialistischen Jugendorganisationen dargestellt hatten, fühlte sich Paulina so, als wäre sie in eine unvorhergesehene Sturmböe geraten, die über sie hinweggefegt und sie ziemlich zerzaust zurückgelassen hatte. Sie hatte Kopfschmerzen, und in ihrem Körper kribbelte es wie in einem Ameisenhaufen. Sie war unendlich froh gewesen, dass August vorgeschlagen hatte, noch bevor das offizielle Ende der Veranstaltung verkündigt werden sollte, das Weite zu suchen. Da ihre Plätze am Ende einer Reihe lagen, war es ihnen gut möglich gewesen zu gehen, ohne ihre Nebensitzer zu belästigen. Allerdings war eine kurze Verhandlung mit dem Posten am Ausgang nötig gewesen, damit sie das Stadion vorzeitig hatten verlassen konnten. Schließlich war kein Notfall vorzuweisen, aber offensichtlich flößte ihr Vater dem Mann in der SA-Uniform so viel Respekt ein, dass er sie dann alle doch sehr freundlich hinausließ und mehrmals einen »recht schönen Abend« wünschte. Natürlich hatten sich Paulina und Axel auch darüber lustig gemacht, aber erst in sicherer Entfernung. Sie waren heilfroh, den Menschenmassen entfliehen zu können, und als sie endlich den langen Weg zum Parkplatz zurückgelegt hatten, wo Augusts Chauffeur mit dem Wagen bereitstand, ließen sie sich erleichtert auf die Sitze fallen und genossen den ruhigen und überschaubaren Ort, wo nur sie vier allein sein konnten. Sie fuhren ins Leibfried und speisten vorzüglich.
Anders als bei Paulinas erstmaligem Besuch hier, hatten sie in einem Separee Platz genommen, das zwar von einem der beiden Seitenflügel des Restaurants begehbar, aber nicht gut einzusehen war. Als August sich seines Jacketts entledigte und ihm dabei der seidene Schal, den er lässig über der Jacke getragen hatte, zu Boden ging, fiel Paulinas Blick auf den runden rot umrandeten Anstecker, der am Revers ihres Vaters angeheftet war. Es brannte förmlich in ihren Augen.

1938

In den ersten Januarwochen hatte Chaijm Seeligmann seine Enkeltochter zum ersten Mal mit in die Synagoge genommen. Sie hatte ihn so lange bedrängt, dass er irgendwann nachgegeben hatte. Wären die Umstände anders gewesen, hätte er ihr den Wunsch selbstverständlich schon beim allerersten Mal erfüllt, aber unter den gegebenen? So groß seine Freude über ihr Interesse auch gewesen war, so sehr plagte ihn die Sorge darüber. Der Gedanke, dass er sich irgendwann den Vorwurf machen musste, das Mädchen dadurch in nur noch größere Schwierigkeiten gebracht zu haben, war ihm unerträglich. Man durfte sich durch Unvorsichtigkeit nicht in zusätzliche Gefahren bringen. Er wollte es Paulina einfach ersparen, dass sie zu dem hin noch in die Zerrissenheit der unterschiedlichen Religionsausübungen geriet. Um sich damit auseinanderzusetzen, waren eindeutig friedlichere Zeiten geeignet, fand er jedenfalls. Obwohl er sich natürlich eingestehen musste, dass er selbst, den es jahrelang aus den verschiedensten Gründen nicht in das Versammlungshaus der Gemeinde gezogen hatte, auch erst wieder ein neues Verlangen gespürt hatte, sich der Frage des Glaubens zuzuwenden, als das allgemeine Lebensklima schon deutlich rauer geworden war. Aber im Unterschied zu Paulina wusste er, worum es ging. »Nun tu dem Kind doch endlich den Gefallen«, hatte Charlotte eines Nachts zu ihm gesagt, als sie schlaflos in den Betten lagen. »Sie soll wenigstens die Gelegenheit bekommen, die Gotteshäuser ihrer Väter und Vorväter zu betreten, wie sonst kann sie denn sonst eines Tages nachspüren, wo ihre Wurzeln sind, geschweige denn sich entscheiden, wo sie hingehört?« Den letzten Satz hatte Charlotte mehr zu sich selbst als zu Chaijm gewandt gesagt, und er hatte das auch genauso empfunden. Jedenfalls waren ihre Worte wie laute Gedanken einfach so in der Finsternis des völlig abgedunkelten Schlafzimmers stehen geblieben. Immer wieder ging auch Charlotte in die Kirche, von Weihnachten und Ostern einmal abgesehen. Allerdings hatte sie sich vor einiger Zeit von den Gottesdiensten in der Frauenkirche, in der sie getauft und konfirmiert worden war, abgewandt und diese nur noch an normalen Wochentagen gelegentlich zu einer »stärkenden halben Stunde« , wie sie diese Alltagsunterbrechungen nannte, aufgesucht. Zu den Sonntagsgottesdiensten ging sie abwechselnd in eine der anderen protestantischen Dresdner Kirchen. Auf seine Frage, warum, hatte sie Chaijm allerdings nur eine ausweichende Antwort gegeben. Da er sie nicht weiter in Bedrängnis bringen wollte und eigentlich auch froh war, dass sie ihn gewähren ließ, wenn er in die Synagoge ging, machte er kein weiteres Aufheben davon. Irgendwann einmal würden sie auch über diese Dinge miteinander reden können. Aber es hatte ihm viel bedeutet, dass Charlotte ihn dazu ermuntert hatte, Paulinas Wunsch zu erfüllen.

Also waren Chaijm und Paulina an einem feuchtkalten Abend miteinander durch den Schnee gestapft, die Krägen ihrer Wintermäntel hochgeschlagen, er einen Hut, sie eine Wollmütze tief ins Gesicht gezogen. Wenigstens war es ihm eine kleine Beruhigung, dass man sich in der kalten Jahreszeit hinter einer umfangreichen Kleidung verstecken konnte und sich dabei niemand etwas dachte. Chaijm hatte einen Schabbatabend für das Einfachste gehalten, um Paulina eine erste Bekanntschaft mit den jüdischen Gottesdienstformen zu ermöglichen. Wie die Synagoge innen aussah, wusste Paulina, da sie in früheren Jahren schon mit den Großeltern dort gewesen war, allerdings nur, um das Gebäude zu besichtigen. Sie wusste schon von Kindesbeinen an, dass derselbe Herr Semper, der das Opernhaus gebaut hatte, auch der Architekt der Synagoge gewesen war. »Vor genau 100 Jahren wurde der Bau begonnen«, hatte Großvater ihr vor ein paar Tagen gesagt. Sie war von der Ausstattung des sogenannten Tempels, wie viele Dresdner Juden das Gotteshaus nannten, nicht überrascht, wenngleich sie auch dessen Farbigkeit und die fast märchenhaft anmutende Atmosphäre wieder neu in den Bann zogen. So ähnlich stellte sie sich die Kulisse für die Geschichten aus Tausendundeiner Nacht vor. Vor allem aber das blau gestrichene Gewölbe mit dem Strahlenmuster tat es ihr an, es war wie ein Blick in den Himmel. Dass sie nicht neben ihrem Großvater sitzend, sondern stattdessen die Schabbatschlussfeier von einer der Frauenemporen aus miterleben musste, hatte sie nicht im Geringsten gestört. Sie wusste, dass in der Synagoge Männer und Frauen auf getrennten Ebenen saßen, auch in den christlichen Kirchen war das zum Teil noch der Fall. Allerdings hatte Großvater es ihr erlaubt, sich während des Gottesdienstes an die Brüstung der Empore zu stellen, damit sie die Vorgänge im Raum gut genug sehen würde. Die Feiertagsordnung und die Bezeichnungen der einzelnen Rituale hatte Chaijm ihr im Voraus erklärt. Begriffe wie »Kaddisch« und »Hawdala« waren ihr von Kindesbeinen an bekannt, denn Großvater hatte sie schon früher immer wieder in seine Alltagssprache eingeflochten, lange bevor er wieder angefangen hatte, in die Synagoge zu gehen. Hin und wieder blätterte Paulina auch in seinem Siddur, der mit seinem roten Ledereinband und den goldenen hebräischen Buchstaben, die auf dem Deckel eingraviert waren, faszinierend geheimnisvoll wirkte. Nicht zuletzt deshalb hatte sie einfach einmal dabei sein wollen, wenn die einerseits fremd, andererseits so melodisch klingenden Worte der Psalmen und Weihegebete in einem echten Gottesdienst gesprochen wurden. Paulina sollte nicht enttäuscht werden. Obwohl das Ganze sich doch länger hinzog, als sie eigentlich gedacht hatte, und obwohl für sie nur das einzuordnen war, was sie auch sehen konnte, wie die Zeremonie der Weinsegnung oder die des Anzündens und Löschens der geflochtenen Hawdalakerze, verfolgte sie alles mit großer Aufmerksamkeit. Der Kantor hatte eine angenehm tiefe Stimme, deren getragene Töne in einer wohltuenden Weise alle Nischen des gewaltigen Raumes erfüllten. Es hatte etwas Beruhigendes an sich, auch wenn man die Sprache nicht verstand. Das Sprechen glich sowieso mehr einem Gesang, wie Paulina fand, und vielleicht war es ja auch gerade das, was sie so berührte. Es war so anders als die hart akzentuierte Sprache, die mittlerweile fast überall dort gesprochen wurde, wo man mit der Außenwelt in Berührung kam. Auch in der Schule schien sich die Art und Weise, in der man redete, geändert zu haben, vom Gebrauch ganz bestimmter Worte einmal abgesehen, die man auf Schritt und Tritt zu hören bekam. Vor allem aber die Sprecher im Rundfunk schienen sich nur noch in einer Art zu artikulieren, die einen frieren ließ. In der Synagoge war alles so anders. Hier breitete sich eine Atmosphäre vor ihr aus, die sie unwillkürlich wärmte. Selbst der Schein der Kerzen, der von den verzierten Leuchtern ausging, die an den Wänden und an den Seitenteilen der Bänke angebracht waren oder auf den Brüstungen der Emporen standen, schien ein ganz besonderes Licht zu verbreiten, auch wenn es elektrisches war und somit von ganz gewöhnlichen Glühbirnen stammte. Neben dem großen Lüster, der hoch aufragend auf einem gedrechselten Stab thronte, wanderte Paulinas Blick aber immer wieder zu der sogenannten »Ampel« mit dem ewigen Licht, die neben dem Lesepult von der Decke hing. Es sollte eine Erinnerung an das Licht sein, welches im allerersten Tempel des Volkes Israel gebrannt hatte, den der König Salomo in Jerusalem hatte bauen lassen. Dort aber war es ja verloschen, weil das Gotteshaus zerstört und das jüdische Volk gefangen genommen worden war. War das nun etwa der Beweis von etwas ewigwährendem, dass es bis heute jüdische Menschen gab, die sich in einer Synagoge trafen, um zum Gott ihrer Väter zu beten? Es war etwas Eigenartiges mit dem Glauben der Menschen. Denn ebenso Großmutters Glaube, den ja auch die Steins und, soviel sie wusste, Greta teilten, schien sich ebenfalls über Jahrtausende bewährt zu haben. Warum sonst gingen bis heute Menschen in Kirchen und nahmen für das, was sie glaubten, sogar Nachteile und den Spott anderer Leute auf sich? Oder ließen sich in Lager und Gefängnisse sperren? Sie hatte keine Antwort auf ihre Überlegungen, aber eines wusste sie: Hier in der Synagoge fühlte sie in diesem Moment eine Geborgenheit wie schon lange nicht mehr. Mit diesen Menschen, von denen sie nur wenige mit Namen und einige von den Gesichtern her, viele aber gar nicht kannte, fühlte sie sich plötzlich auf eigenartige Weise verbunden.

Erst als der Gottesdienst zu Ende war und sie hinter ihrem Großvater die Synagoge durch das Hauptportal an der Südseite des Gebäudes verließ, entdeckte sie ihre Klassenkameradin Edith Lahmer, die mit ihrer kleinen Schwester an der Hand dastand und wartete. Voller Freude über das, was sie gerade erlebt hatte, drängelte sie sich an den hinausströmenden Leuten vorbei. »Edith!« Diese wusste sofort, wem die helle Stimme gehörte. »Paulina, du hier?« , stellte sie überrascht fest, als Paulina sie, für ihren Geschmack ein wenig zu überschwänglich, begrüßte. Dennoch freute sie sich! Sie drückte der Schulkameradin die Hand und hatte plötzlich das Verlangen, sie ganz an sich zu drücken. Sie wollte aber die kleine Schwester nicht loslassen, und so unterließ sie es. »Da staunst du, was?« Paulina lachte schelmisch. »Ich bin mit Großvater hier, das erste Mal, dass ich zum Gottesdienst mitdurfte«, erklärte sie stolz. »Und?« »Es ist wunderschön gewesen, so feierlich, obwohl ...« »Du nichts verstanden hast, gib's zu«, grinste Edith. »Aber mach dir nichts draus, mein Hebräisch lässt auch zu wünschen übrig.« »Dachte ich mir«, gab Paulina schlagfertig zurück, womit sie das Eis endgültig brach. Edith war keine besondere Leuchte in der Schule, was die Sprachen anbetraf. Sie tat sich besonders schwer mit dem Französischen, was aber sowieso nicht mehr unterrichtet wurde. Allerdings konnte ihr keines der anderen Mädchen in den naturwissenschaftlichen Fächern das Wasser reichen. Edith war überhaupt nicht sehr beliebt in der Klasse, ehrlich wusste aber niemand so genau, weswegen. Es lag wohl einfach an ihrer Art. Sie wirkte ein wenig kantig und war oft sehr einsilbig. Aber vermutlich hatte sich noch nie jemand die Mühe gemacht, herauszufinden, was dahintersteckte. Auch Paulina nicht, das musste sie zugeben, und in diesem Moment, als sie einander so unvorhergesehen gegenüberstanden, bedauerte sie das zutiefst. Ediths Mutter war eine treue Kundin von Großmutter, und es war bekannt, dass sie unter großem Heimweh nach Holland litt. Sie war dort aufgewachsen und erst durch die Heirat mit Ediths Vater nach Dresden gekommen. Inzwischen war Chaijm zu den Mädchen getreten. »Ah, das Fräulein Lahmer«, begrüßte er Edith und lüftete charmant den Hut. Sie reichte ihm die Hand und knickste, was Paulina reichlich altmodisch fand und sie erheiterte. Sie wollte sich gerade bei der Schulkameradin erkundigen, wie sie die schriftliche Aufgabe über den Siegeszug der germanischen Völker gelöst hatte, als Ediths kleine Schwester kräftig an deren Arm zerrte und zu ihrem Vater gehen wollte, den sie irgendwo in der Menge entdeckt haben musste. »Ganz einfach«, sagte Edith noch schnell, bevor Lea sie fortziehen konnte, und trat dicht an Paulina heran. »Gar nicht«, flüsterte sie dann und legte ihre freie Hand vertraulich auf Paulinas Arm. Selbst durch den dicken Mantel hindurch fühlte sich diese Berührung schwer an, wie Paulina empfand, aber nicht

das alleine war es, was sie verunsicherte. Auf Ediths Gesicht lag plötzlich ein unendlich trauriger Ausdruck, als würde sie tränenlos weinen, und erst durch die unmittelbare Nähe zu Ediths Gesicht, sah Paulina die dunklen Schatten unter den tiefliegenden Augen des gleichaltrigen Mädchens. Etwas schnürte ihr die Kehle zu. »Edith ...«, stammelte sie mit rauer Stimme. »Sei vorsichtig!«, schrie es in ihrem Inneren, und sie wollte es ihr eigentlich sagen, ohne jedoch eine genaue Vorstellung davon zu haben, wovor sie die Mitschülerin denn warnen wollte. Aber sie brachte nichts heraus, und dann war die Gelegenheit dazu auch schon vorüber, denn die kleine Schwester hatte nun endgültig gesiegt und Edith mit einem kräftigen Ruck von Paulina weggezogen. »Leb wohl!«, rief Edith noch und winkte Paulina zu, bevor sie mit der Kleinen zwischen den Umstehenden verschwand. Chaijm spürte, das irgendetwas Bedeutungsvolles in den Mädchen vorgegangen war, aber er wollte Paulina nicht fragen. »Komm, junge Dame!«, sagte er betont fröhlich und bot der plötzlich verstört wirkenden Enkelin seinen abgewinkelten Arm. Das nur wenige Minuten zurückliegende Erlebnis in der Synagoge schien Paulina plötzlich wie weggeblasen. Dabei war sie doch so glücklich darüber gewesen und hatte Großvater auch deutlich zeigen wollen, wie sehr er sie mit der mühsam abgerungenen Erlaubnis erfreut hatte! Also nahm sie sich zusammen und konzentrierte sich ganz darauf, das noch ganz frische Glücksgefühl wieder in Erinnerung zu rufen. Vertrauensvoll hakte sie sich bei ihm ein, und unter vielen »Gut Woch«, die Chaijm mit seinen Bekannten austauschte, verließen sie das Synagogengelände durch die steinernen Rundbogen und traten linker Hand in die Zeughausstraße ein. Sie hatten ein ordentliches Stück Weg vor sich, und Chaijm wollte nicht zu spät zu Hause sein, damit Charlotte sich keine unnötigen Sorgen machen musste. Er war gespannt darauf, wie es Paulina gefallen hatte, und umso erfreuter, als er merkte, wie sehr sie sich trotz all dem Unbekannten wohlgefühlt hatte. Jetzt war er sehr froh, dass er es nicht bereuen musste, sie mitgenommen zu haben. Dennoch hatte er sich vorgenommen, dass sie ihn eben nur an den Schabbatschlussfeiern begleiten durfte, vorausgesetzt, sie wollte es. Hier war die Gefahr einfach geringer, dass sie zufällig von Leuten gesehen wurde, die nicht wissen mussten, dass Paulina in die jüdische Gemeinde ging. Aber er war erleichtert, dass die Enkelin zunächst noch gar nicht von einem weiteren Mal gesprochen hatte.
Über die angeregte Unterhaltung, was den Gottesdienst anbetraf, war das Erlebnis mit Edith doch in den Hintergrund getreten, und Paulina fand ihr Gleichgewicht wieder. Trotz des schnellen Schrittes, den sie gingen, schmiegte sie sich an ihren Großvater. Sie genoss es, ihn wieder einmal für sich alleine zu haben, und fühlte sich richtig reich, hier in der schützenden Dunkelheit mit

ihm durch die abendlich stille Stadt gehen zu können. Sie atmete tief durch, und die kalte, klare Winterluft machte den Geist frei. In den letzten Monaten hatte sie wieder häufiger unter Kopfschmerzen gelitten, und es war ihr nicht immer gelungen, sie durch die altbewährten Entspannungsübungen, die sie bei Fräulein Gustorff gelernt hatte, zu lindern. Paulinas Wohlgefühl sprang irgendwann im Laufe des Nachhauseweges auf Chaijm über. Heute war ihnen ein guter Tag beschieden gewesen, ohne besondere Vorkommnisse, ohne Hetze und ohne die ständige Angst, einen Fehler zu machen. Noch lief es in der Chocolatérie, wenn auch längst nicht mehr so gut wie früher, noch durfte er seiner Arbeit nachgehen, weil der Meister persönlich seine Hand über ihn hielt, und noch war er bei so guter Gesundheit, dass er keine Einschränkungen zu erleiden hatte. Er fühlte sich erbaut, wie meistens, wenn er von der Synagoge kam. Zwar hatte er keine Gelegenheiten mehr, den Schabbat auch zu Hause zu begehen, wie früher bei seinen Eltern. Das wollte er Charlotte nicht zumuten, und die Bekannten, bei denen er hin und wieder zum Schabbes-Essen eingeladen war, hatten sich vor über einem Jahr entschlossen, Deutschland zu verlassen. Was er nie für möglich gehalten hatte, war seitdem ein beinahe täglicher Bestandteil seines Lebens geworden. Er, der vor mehr als 35 Jahren und als junger Mann deutschen Boden betreten hatte, um hier eine lebenslange Heimat zu finden, musste nun mit ansehen, wie immer mehr Menschen gezwungenermaßen das Land verließen, das viele von ihnen bereits seit Generationen als ihre Heimat betrachtet hatten. Er hatte sich zunächst damit beruhigt, dass er einen deutschen Pass besaß, und dass ihn eine Nation, für deren Verteidigung er einmal freiwillig Kriegsdienst geleistet hatte, hinauswerfen würde, war ihm lange Zeit als unmöglich erschienen. Wie er hatten noch viele andere gedacht, aber auch die waren längst eines Besseren belehrt worden. Doch heute Abend wollte er alle diese quälenden Dinge von sich schieben. Er war so dankbar für das Gute, das ihm bis jetzt geblieben war, und dazu gehörten eindeutig an erster Stelle Charlotte und das Kind.
Es quietschte wie immer, als Paulina sich gegen die Eingangstür drückte. Trotz ihrer dreizehn Jahre fiel es ihr noch immer schwer, das hölzerne Ungetüm zu bewegen. Deshalb nahm sie bis heute gerne den Weg über den Laden, wenn sie das Haus verlassen oder betreten wollte. Dort ging die Tür leichter. »Ich habe einen Bärenhunger, was meinst du, hat Großmutter Fisch oder Fleisch gekocht?«, rief sie Chaijm zu, der die Haustür wieder abschloss, während Paulina den Flur entlang und die Treppe hinaufstürmte und sich dabei bereits den Mantel auszog. So hört es sich an, wenn das Kind glücklich ist, dachte Charlotte oben in der Wohnung, während sie die nassen Hände an der Küchenschürze abtrocknete. Sie öffnete das Bratenrohr und nahm die Kasserolle her-

aus. Die Schüsseln waren gewärmt, damit sie gleich servieren konnte, wenn die beiden hungrigen Mäuler am Tisch sitzen würden. Charlotte strich sich die Haare aus der Stirn und fuhr sich mit den kühlen Händen über das Gesicht. Sie freute sich immer noch, wenn Chaijm ihr Komplimente wegen ihres Aussehens machte. Als Paulinas Sturmgeläut ertönte, flog ein breites Lächeln über ihr Gesicht. Leichtfüßig wie schon lange nicht mehr eilte sie zur Wohnungstür. »Buh!«, machte Paulina und warf der Großmutter lachend ihren Schal um den Hals.

*

Am Montag darauf blieb Ediths Platz in der Schule leer. Auch am Dienstag kam sie nicht. Als am Mittwoch immer noch niemand in der Klasse etwas über den Verbleib der Kameradin sagen konnte, aber die Klassenlehrerin keinerlei Anstalten machte, sich zum Fehlen der Schülerin zu äußern, fiel es Paulina wie Schuppen von den Augen. Mitten in der Mathematikstunde, als sie sich eigentlich einer Gleichung mit zwei Unbekannten widmen sollte, wurde ihr klar, dass die Begegnung mit Edith vor drei Tagen ihre letzte gewesen sein würde. Die nicht erledigte Hausaufgabe, die traurigen Augen und die unerklärliche Schwere, die über ihrer Verabschiedung gelegen hatten, all das ließ sich nun in einen Zusammenhang bringen. Edith war verschwunden, vermutlich mit ihrer ganzen Familie. *Wohin*, das wusste offenbar keiner, *warum aber*, wohl alle. Nur redete man nicht darüber. Weil man Angst hatte oder weil man es für richtig hielt, dass die Juden gingen, ob aus Sorge um ihr Leben oder aus denselben Ansichten, welche die Nationalsozialisten verbreiteten, man konnte es nicht herausfinden.
Es war ja nicht das erste Mal, dass Mitschülerinnen die Klasse verlassen hatten. Die Zwillingsschwestern Rothenbach waren die Ersten gewesen. Aber da hatte man wenigstens gewusst, dass und wann sie gingen, sie hatten sogar noch eine kleine Abschiedsfeier gehalten, bevor sie nach Amerika gereist waren. Dort hatte der Vater an einer Forschungsanstalt einen interessanten Auftrag bekommen. So hieß es wenigstens. Allerdings war das schon vor drei Jahren gewesen, und die Mitschülerinnen hatten daran nichts Komisches gefunden. Dann war Recha gegangen, deren verwitwete Mutter anscheinend das Schulgeld für das Mädchen und seine Geschwister nicht mehr aufbringen konnte und nach Bayern zu Verwandten aufs Land ziehen wollte. Als Paulina das zu Hause erzählt hatte, waren zwischen den Großeltern nur bedeutungsvolle Blicke hin und her gewandert. Als Irene wegblieb, dachte keiner an etwas Böses, denn sie stammte aus einer arischen Familie. Erst später erfuhr man, dass

ihr Vater, der einen Wohltätigkeitsverein leitete, sich etwas hatte zuschulden kommen lassen und daraufhin von seinem Arbeitgeber in die Provinz versetzt worden war. Aber nicht nur einzelne Schülerinnen waren aufgrund ihrer Familienverhältnisse in Ungnade gefallen. Im letzten Jahr hatte zum großen Bedauern aller Mädchen ein Studienrat die Schule verlassen müssen. Der Mann hatte sich geweigert, sich von seiner jüdischen Frau scheiden zu lassen. In der Schule hatte man natürlich nie öffentlich darüber gesprochen, aber die Schülerinnen hatten den Grund dafür herausgefunden. In manchen Elternhäusern schien man sich also doch über diese Dinge zu unterhalten. Auch in Lorchens. Aber dennoch schien es so, als hätte die Mehrzahl der Menschen sich in der Zwischenzeit daran gewöhnt, dass man Jüdisches einfach löschte wie einen falschen Kreidestrich auf der Schiefertafel – oder aber es in etwas »Richtiges« umwandelte. *Arisiert* nannte man das dann. Schon vor mehreren Jahren hatte es angefangen und war seitdem immer weiter gegangen. Das Residenz-Kaufhaus in der Pragerstraße war das bekannteste Beispiel, aber nur eines der zahllosen Geschäfte, Cafés, Kinos oder sonstigen Betriebe, deren jüdische Besitzer man zum Aufgeben gezwungen hatte. Sogar vor der Zigarettenfabrik Yramos, dem Arnoldschen Bankhaus und dem Professor Wolff, dem die »Dresdner neuesten Nachrichten« gehörten, hatten sie keinen Halt gemacht. Obwohl dieser getauft war, wie Großmutter auch. Trotzdem waren all die Ereignisse, in gewisser Weise für Paulina fern geblieben, bis auf die zunehmende Befürchtung, dass man ihnen eines Tages die Chocholatérie wegnehmen könnte. Ediths Verschwinden aber kam ganz nahe. Dass der Stuhl einer Kameradin einfach so leer bleiben konnte, beinahe so, als wäre er nie besetzt gewesen, war irgendwie etwas Unheimliches. Dass es nun Edith war, die fehlte, machte es nicht minder schlimm, auch wenn sie keine Freundin unter den Mädchen gehabt hatte. Im Gegenteil: Diese Tatsache ließ es Paulina nur noch unverzeihlicher erscheinen. Schuldgefühle machten sich in ihr breit. Sie hatte etwas versäumt, was nicht mehr nachzuholen war. Sie hatte sich nie um Edith gekümmert, obwohl sie ihr auch immer leidgetan hatte, weil sie so offenkundig einsam gewesen war. Aber Paulina hatte einfach keine Lust gehabt, den Anfang zu machen und auf das wortkarge Mädchen zuzugehen, oder es einzuladen. Nun war sie weg, und es war alles so endgültig! Der Schmerz über die Ungewissheit von Ediths Verbleib trieb ihr einen Kloß in den Hals. Sie starrte angestrengt auf die leeren Kästchen ihn ihrem Heft, doch die Zahlen und Buchstaben schienen sich gegen sie verschworen zu haben und gaben weder einen sichtbaren Zusammenhang noch den Ansatz eines gelüfteten Geheimnisses preis. Drei lange Aufgaben waren zu bewältigen, und sie war schon bei der ersten ins Stocken geraten. Sie stand auf Kriegsfuß mit der Algebra, und wenn sie einen dann auch noch in den Momenten des Lebens heimsuchte, in denen es einfach überhaupt keine Rolle spielte, ob x nun größer als y war oder minus mal minus plus gab, kam es ihr wie ein Hohn vor, sich über solche Dinge den Kopf zerbrechen zu müssen. Es war alles einfach so ungerecht, so fürchterlich ungerecht! Es konnten Dinge geschehen, deren Verkehrtheit einem förmlich ins Gesicht sprang, wie die Zeitungsbilder, die überall aushingen und auf denen gemeine Dinge zu sehen und zu lesen waren. Es war ein himmelschreiendes Unrecht, aber niemand unternahm etwas dagegen! Vor einigen Wochen hatte Paulina zum wiederholten Mal das Wort von einem Lager in Thüringen gehört, in der Nähe von Weimar. Sie war einmal mit den Großeltern in dieser Stadt gewesen und im »Haus am Frauenplan«, wo Goethe gewohnt hatte. Und Friedrich Schiller hatte in Weimar zeitweise seinen Wohnsitz gehabt. In dieser Stadt sollten nun Leute in ein Lager gepfercht werden? Juden? Vorwiegend Ältere vielleicht, die man nicht mehr zum Arbeiten brauchen konnte, hatte eine Frau im Laden neulich Großmutter zugeraunt, als Paulina auf dem Weg zur Klavierstunde gewesen war. Seitdem hatte sie die Sorge um Großvater nicht mehr losgelassen: Er war Jude *und* älter. Großmutter war auch älter, aber ihre jüdischen Wurzeln lagen weiter zurück, vielleicht würde man sie dann verschonen. Andererseits: Dass die Großeltern getrennt werden würden, war eine unerträgliche Vorstellung für sie. Was dann aus ihr werden würde, wollte sie sich bei all diesen Gedanken gar nicht ausmalen. Zu sehr hatten sie Überlegungen dieser Art bisher geängstigt, sodass sie alles tat, um sie gar nicht erst aufkommen zu lassen. Aber jetzt, da diese Sache mit Ediths Verschwinden ihr so vor Augen stand, kostete es sie alle Mühe, die düsteren Gedanken zurückzudrängen. Es war ihr beinahe unmöglich, sich auf so etwas Unwichtiges wie diese Rechenaufgabe zu konzentrieren.

Lorchens unsanfter Kniestüber holte sie in die Wirklichkeit zurück. Die Freundin schob Paulina ihr Heft zu und bedeutete ihr mit den Augen, dass sie möglichst schnell und unauffällig von ihr abschreiben sollte. Paulina umkrampfte den Federhalter und hob den Kopf nur wenig in Richtung des Katheders, hinter dem Dr. Dörfler thronte. Aber das genügte, um dessen ungnädigen Blick zu erkennen, der sie zu durchbohren schien. Paulinas Herz begann heftig zu pochen. Der Studienrat trug das goldene Parteiabzeichen an der Jacke seines Anzuges, das man nur für besondere Verdienste verliehen bekam. Im Gegensatz zu dem ihres Vaters, hatte es noch einen goldenen Rand um den roten. An der ganzen Schule wusste man, dass Dörfler den jüdischen Schülerinnen nicht gut gesonnen war und jede Gelegenheit suchte, um diese in Bedrängnis zu bringen. Sein Opfer zu werden war nicht angenehm, und darauf hatte sie nun überhaupt keine Lust. Sie schalt sich eine dumme Kuh, die sich gefälligst zusammenreißen sollte! Um von dem inneren Schmerz wegzukommen, der sie umklammert hielt, kniff sie sich heftig in die linke Wange. Sie strich sich die Haare hinter das rechte Ohr und versuchte mit gesenktem Kopf Zahlen, Zeichen und Buchstaben aus Lorchens Heft in ihr eigenes zu übertragen. Glücklicherweise war diese um eine ganze Note besser in Mathematik als sie, und so war davon auszugehen, dass im Falle einer Kontrolle das Ergebnis nicht schlecht ausfallen dürfte. Wenigstens das war eine Beruhigung. »Sieh zu, dass du ein gutes Abitur hinbekommst«, hatte Mama vor einiger Zeit zu ihr gesagt, »wir Juden müssen uns doppelt anstrengen.« Das saß ihr im Genick. Beinahe jeden Tag. Dabei war es noch so lange hin, bis sie so weit sein würde, und in letzter Zeit war ihre Freude an der Schule reichlich geschmälert worden. Nachdem die über viele Jahre abgehaltene Morgenandacht an den Montagen dem Fahnenappell gewichen war, man jede Unterrichtsstunde mit einem »Heil Hitler« einleiten und auch die Lehrer und Lehrerinnen auf dem Schulhof so begrüßen musste, hatte sich vieles verändert. Dabei ging es ihr, Paulina, noch nicht einmal so schlecht. Sie durfte weiterhin am Schwimmunterricht teilnehmen und sogar mit ins Landheim nach Hellendorf fahren. Sie hatte von anderen Schulklassen gehört, in denen jüdische Kinder schon lange von vielen Dingen ausgegrenzt wurden oder ganz gehen mussten. Obwohl dieser Gedanke ihr in diesen Augenblicken sogar verlockend schien. »Hefte schließen, Hilda: einsammeln!« Dörflers Stimme zerschnitt Paulinas dichten Gedankenvorhang. Also doch, dachte sie und war einmal mehr unendlich erleichtert darüber, dass sie Lorchen zur Seite hatte. Sie kritzelte die letzten beiden Ziffern auf das Papier, legte den Federhalter in die Rinne der Bank und klappte das Heft zu. Ihre Wangen glühten. Sie fühlte sich zerschlagen. Sie fühlte, dass ihre Haare am Stirn- und Schläfenansatz feucht waren. Der Blick auf ihre Armbanduhr sprach für baldige Erlösung. In den nächsten Augenblicken würde die Glocke gehen und den Schultag beenden. Lorchen lächelte ihr aufmunternd zu und beugte sich zu ihr hinüber, doch das laute Schrillen, das in diesen Augenblick ertönte, machte das Flüstern unnötig. »Hast du auch alles?«, erkundigte sich die Freundin und grinste verschwörerisch. »Puh!«, machte Paulina und verdrehte die Augen, aber dann rief sie ein lang gezogenes »Jaaa!« in Lorchens Ohr. Das tat geradezu gut! »Wünsche einen erfolgreichen Nachmittag, und vergesst nicht die Luftschutzübung, meine Damen. Heil Hitler!« Wieder war es die schneidende Stimme des Studienrates, die in das Durcheinander der Aufbrechenden drang. Das beeindruckte die meisten Schülerinnen allerdings längst nicht mehr. Dennoch flogen, von wenigen Ausnahmen abgesehen, zwanzig Arme in die Luft. Seit dem vergangenen Herbst war Juden der »deutsche Gruß« verboten. Das dazugehörige »Heil Hitler, Herr Studienrat«

erfüllte das Klassenzimmer. Hierbei konnte sich Lorchen wenigstens, dank den kräftigen Stimmen der beiden vor ihr Sitzenden, so gut es ging zurückhalten, und es war mehr ein nach »ei« und »er« klingendes Silbengemisch, das sie von sich gab. Das »Herr Studienrat« wiederum befolgten auch die jüdischen Mädchen laut und deutlich. Dörfler blickte selbstgefällig in die Runde, schlug die Hacken zusammen und steuerte, mehr marschierend als normal gehend, auf die Tür zu, so als verließe er eher die Reichskanzlei anstatt einen gewöhnlichen Schulraum. Paulina räumte die Mappe ein und klemmte sie unter den Arm. Lorchen trug den Tornister immer noch auf dem Rücken, aber aufgrund weitaus geringerer Körpergröße sah das bei ihr auch nicht so lächerlich aus. Nur wenn sie nebeneinander hergingen, konnte man eher glauben, dass zwei Schwestern miteinander unterwegs seien als zwei gleichaltrige Freundinnen. Vermutlich würde sich an ihren unterschiedlichen Staturen nichts Wesentliches mehr ändern, auch wenn sie noch nicht ausgewachsen waren.

Lorchen und Paulina verließen so ziemlich als Letzte das Schulzimmer, was daran lag, dass sie ihren Platz in einer der hintersten Bänke hatten und keine Lust dazu verspürten, sich an den anderen vorbeizuzwängen. Auch heute hatten sie sich nicht mehr beeilt als sonst, weil Paulina es kaum hatte erwarten können, Lorchen ihre Erkenntnis über Ediths Verbleib mitzuteilen. Schließlich hatte sie genau das in der zurückliegenden Mathematikstunde so gefangen genommen. Natürlich war das alles nur in geflüsterten Andeutungen hin und her gegangen. Um so etwas zu besprechen, musste man unbedingt mit der Freundin allein sein. Nebeneinander traten sie auf den breiten Flur hinaus und nahmen ihre Mäntel von den bereits geleerten Garderoben. Gerade als Paulina das Kleidungsstück über die Schulter schwang und hineinschlüpfte, packte eine Hand ihren Kragen, und im selben Augenblick spürte Paulina eine harte Faust, die sich gegen ihren Nacken drückte. Erschrocken fuhr sie herum und blickte geradewegs in das Gesicht des Studienrates. Noch nie hatte sie in so kalte Augen gesehen. Germanischblau! durchfuhr es sie. Doch sosehr sie vorhin in der Schulstunde vor dem langen Blick dieses Mannes innerlich in die Knie gegangen war, so merkwürdig fest hielt sie diesem jetzt stand. Sollte er doch mit ihr machen, was er wollte, dann würde sie ihn endgültig loshaben! Weder Lorchen noch irgendeinen anderen Menschen nahm sie wahr, während sie ohne einmal mit der Wimper zu zucken sekundenlang in Dörflers Augen starrte, so als müsste sie sich diese für immer einprägen. »Dem Fräulein Seeligmann würde ein wenig mehr Aufmerksamkeit und Disziplin nicht schaden, aber das ist wohl nichts für Juden, was?« Dörflers Mund hatte sich beim Sprechen nur zu einem schmalen Spalt verzogen, durch den er seine Worte hinausgezischt hatte. Dabei hatten sich seine stieren Augen zu Schlitzen verengt.

So plötzlich, wie er Paulina gepackt hatte, ließ er sie los, warf den Arm mit geballter Faust nach oben und ließ ein so schneidendes »Heil Hitler« ertönen, dass es sich anhörte, als würde die Klinge eines Schwertes auf einen Stein niedersausen. Unter dem Echo seines Kampfrufes marschierte er mit klopfenden Absätzen den langen Flur hinunter und strebte der großen Treppe zu, ohne sich noch einmal umzudrehen. Die Mädchen standen wie angewurzelt da und starrten ihm nach. Der nur zur Hälfte angezogene Mantel hing von Paulinas Schulter herab, und Lorchen, der förmlich die Luft weggeblieben war, musste sich an den Sandsteinpfeiler lehnen, weil ihr übel war. Sie blies geräuschvoll den angestauten Atem durch den Mund und schlug kurz die Hände vors Gesicht, um wieder zu sich zu kommen. Von Paulina ging nicht der Hauch einer Regung aus, sie stand da wie ein lauerndes Tier, das auf die Fährte des Jägers lauscht. Lorchen blickte hilflos zu der Freundin hinüber, stille, bedrückende Ewigkeiten lang, wie es ihr erschien. »Du widerliches Nazischwein!« Jetzt war es Paulinas Stimme, welche die bedrohliche Stille zum Platzen brachte, als würde man mit einer spitzen Nadel in eine Luftblase stechen. Lorchen zuckte zusammen, aber das brachte Leben in sie. Sie stieß sich energisch von der kalten Wand ab und stürzte auf die Freundin zu. »Paulina!« Völlig außer sich warf Lorchen ihren Kopf an deren Brust und umarmte die Freundin heftig. »Was hat er dir getan!«, schluchzte sie. »Er ist so entsetzlich gemein!« Paulina fuhr mit den Händen Lorchens lange Zöpfe entlang. »Jetzt hör sofort auf zu heulen, Lorchen, er hat mir nichts getan!«, flüsterte sie besänftigend. Lorchen ließ die Arme fallen und sah zu Paulina auf. »Ich hatte Angst um dich!«, schniefte sie. »Und ich dachte, er würde dir wehtun!« »Hat er nicht, aber ich dachte es auch«, beeilte sich Paulina zu sagen, was allerdings nur zur Hälfte stimmte, denn die harten Knöchel von Dörflers Faust hatten ihr natürlich wehgetan! »Machen wir, dass wir von hier wegkommen«, sagte sie über Lorchens Kopf hinweg und begann die Knöpfe ihres Mantels zu schließen. »Putz dir bloß die Nase, bevor wir uns auf der Straße sehen lassen.« Ihre Stimme klang erstaunlich fest, und sie lächelte. Das tröstete Lorchen. Es schien tatsächlich so, als hätte die Freundin die Sache unbeschadet überstanden. Sie bewunderte sie dafür. Manchmal fühlte Lorchen sich so schlecht. Sie wollte mutig für Paulina eintreten, schaffte es aber nicht.

Als sie auf die Straße hinaustraten, waren sie erst einmal geblendet und mussten die Augen zusammenkneifen. Die helle Mittagssonne verwandelte den Schnee in ein stechendes Licht! Vor Paulinas Augen traten bunte Kreise auf, und für einen Moment verwandelten diese sich in Dörflers Gesicht. Sie fühlte einen stechenden Schmerz in ihren Augäpfeln, der aber schnell wieder nachließ. Sie schüttelte sich. Vor dem Schulgebäude standen noch vereinzelte Grüppchen von Schülerinnen, auch von den Klassenkameradinnen waren noch welche da, aber keines der Mädchen nahm in auffallender Weise Notiz von Paulina und Lorchen. Niemand schien etwas von dem bemerkt zu haben, was vor einigen Minuten im zweiten Stock des Gebäudes vor sich gegangen war. Paulina war es recht. Sie wollte um keinen Preis auffallen oder im Mittelpunkt stehen. Lorchen hakte sich bei Paulina unter, und gemeinsam strebten sie der Straßenbahnhaltestelle zu. In der Bahn bekamen sie keine nebeneinanderliegenden Plätze, und Paulina bevorzugte neuerdings das Stehen. Sie drängte Lorchen dazu, sich auf einen freien Platz neben einem freundlich dreinschauenden Alten zu setzen. Ehrlich gesagt war sie ganz froh, dass Lorchen nicht neben ihr war, sie hatte einfach das Bedürfnis, gar nichts zu sagen, nur den eigenen Gedanken nachzuhängen und zu schweigen. An das, was sie eigentlich auf dem Heimweg mit Lorchen hatte besprechen wollen, dachte sie überhaupt nicht mehr. Vielmehr kreisten ihre Gedanken um die Überlegung, ob sie den Großeltern berichten sollte, was ihr soeben widerfahren war, oder ob es besser wäre, es zu verschweigen. Nur ob sie das wirklich schaffte? War sie stark genug, das einfach für sich zu behalten? Sie würde auf jeden Fall Lorchen dringend darum bitten müssen, ihren Eltern klarzumachen, dass diese niemals etwas bei den Großeltern von diesem Erlebnis erwähnen durften, bevor sie es nicht selbst getan hatte. Dass Lorchen den Vorfall zu Hause loswerden würde, vermutlich noch bevor sie sich zu Tisch setzte, war klar, sie kannte die Freundin. Im Grunde genommen hatte sie auch nichts dagegen, denn die Steins waren sehr nette Leute. Der Rechtsanwalt war ein entschiedener Gegner der Nationalsozialisten, Großvater hielt sehr viel auf ihn, und auch Fritz sprach immer so schrecklich ehrfürchtig von dem »Herrn Freiherrn«. Irgendwann hatte er mitbekommen, dass die Steins Adlige waren, aber aus einem unbekannten Grund das »von« nicht mehr benutzten. Ach, Fritz, dieser Gütige. Über Paulinas Mund huschte ein Lächeln, als sie an Großvaters spindeldürren Freund dachte. Immer wirkte er so zerbrechlich, und seine dunkelgrauen, tief in den Höhlen liegenden Augen sahen oft so bekümmert aus. Doch wenn er ihr hin und wieder mit der mageren Hand vorsichtig über die Haare strich, schien sein Blick alle Liebe über ihr auszuschütten, die er aufzubringen vermochte. Paulina konnte sich nicht daran erinnern, diesen Menschen jemals anders erlebt zu haben. Neuerdings war er wieder viel bei Großvater zu Besuch, wogegen dieser immer seltener zu den Niederaus hinüberging. Das hing sicherlich mit Marlene, Fritz und Mathildes Tochter, zusammen. Sie war im vergangenen Herbst zur Reichsjugendführerin ernannt worden, nachdem sie ihre Ausbildung zur Gymnastik- und Handarbeitslehrerin abgeschlossen hatte. Diese musste sie aufgrund ihrer begeisterten Mitarbeit in der Hitlerjugend lange vernachlässigt haben, und erst als ihr Vater ihr gedroht hatte, sie mit keiner Mark mehr zu unterstützen, hatte sie die Ausbildung im Seminar wieder aufgenommen und zu Ende gebracht. Die Tochter machte den Niederaus Sorgen. Mehr als berechtigte, wie Paulina fand. Großvater hatte sie einmal ein »richtiges Weibstück« genannt, zu allem Unheil auch noch an einem Abend, als er zuvor in der Synagoge gewesen war. Großmutter hatte ihn deswegen eigentlich rügen wollen, ihre Zurechtweisung jedoch vor lauter Lachen nicht herausbringen konnte, was sich auch erübrigt hatte, denn Paulina hatte bereits voller Leidenschaft die Großmutter imitiert und gerufen: »Aber Chaijm, du solltest dich was schämen! Und das vor dem Kind!« Dabei hatte sie mit den Augen gerollt und das »i« vom Kind in einem singenden Ton ganz lang gezogen. Aber sie waren sich hinsichtlich Großvaters Titulierung von Marlene Niederau ganz einig gewesen. Als Paulina daran dachte, verzog sie den Mund zu einem verbitterten Lächeln: Ja, die junge Niederau würde auch eine dieser Sorte Lehrerinnen abgeben, vor denen man als Schülerin niemals ganz sicher sein konnte, und schon gar nicht als jüdische! Fritz und Mathilde taten ihr sehr leid dafür.

Wenn nur die Räder der Trambahnen nicht immer so durchdringend quietschen würden, dachte Paulina ärgerlich, es war ja kaum auszuhalten! Plötzlich fühlte sie Wut in sich aufsteigen. Es war ein miserabler Tag heute. Angefangen vom Morgen, an dem sie verschlafen und noch im Nachthemd zur Toilette gerannt war, als Lorchen bereits geläutet hatte. Großvater war schon früh aufgebrochen und auf irgendein Amt nach Berlin gefahren. Paulina konnte sich nicht erinnern, dass er das je zuvor einmal getan hatte. Großmutter stand längst im Laden, weil Wareneingangstag war, und hatte vor lauter Eifer vergessen, nach ihr zu sehen. Es war ihr nichts anderes übrig geblieben, als ohne einen Bissen zu essen aufzubrechen, und es hatte alles gekostet, dass sie in letzter Minute auf den letzten Straßenbahnwaggon hatten aufspringen können. Natürlich unerlaubterweise. Dann die Misere in der Schule und jetzt dieses markerschütternde Quietschen, das gar nicht mehr aufhören wollte. Warum ritten heute alle nur auf ihren Nerven herum? Konnte dieser dämliche Wagenführer denn nicht gescheiter bremsen, zum Kuckuck noch mal? Paulina presste die Kiefer aufeinander, bis die Backenzähne zu schmerzen begannen, und starrte mit finsterer Miene aus den Glasscheiben der Tür. Am liebsten hätte sie durch den Waggon gebrüllt, dass der Schaffner sie gefälligst aussteigen lassen solle. Allein Lorchens wegen hielt sie sich zurück und verließ die Bahn nicht bereits am Schlageter Platz, um den restlichen Weg zu Fuß zurückzulegen. Was hat nur Großvater in Berlin zu suchen?, überlegte sie krampfhaft, um sich von den Geräuschen der Straßenbahn abzulenken. Erst gestern Abend, als er wie immer noch einmal in ihr Zimmer gekommen war, hatte er ihr sein heutiges Vorhaben mitgeteilt. Er würde mit dem Morgenzug fahren, zehn Minuten vor sechs. Da war es noch stockfinster. Bis zu seiner Rückkehr würde sie bereits wieder schlafen, hatte er gesagt, weil er vermutlich erst den letzten Zug in Berlin nehmen würde. Auf ihre Frage nach dem Grund seiner Reise hatte er ihr nur eine unbefriedigende Antwort gegeben. Er müsse in einer dringenden Angelegenheit einige Dinge abklären und etwas ausfindig machen. »Du weißt ja, wenn man auf einem Amt nicht warten muss, ist es keines«, hatte er augenzwinkernd gemeint, »und deshalb brauche ich den ganzen Tag.« Natürlich hatte sich ihr sofort die Frage aufgedrängt, ob er ihre Mutter treffen würde, aber das hatte es noch nie gegeben, dass Großvater nach Berlin gefahren war, um seine Tochter zu besuchen, zumindest wusste sie nichts davon. Paulina war sich so unsicher gewesen, ob sie diese Frage stellen durfte, und hatte es hinausgezögert, bis es nicht mehr gegangen war. Sie hatte schon eine ganze Zeit lang im Bett gelegen, aber vor lauter Grübeleien nicht einschlafen können. Was nun, wenn Großvater Mama aufsuchen würde, ohne dass er sich bei ihr angemeldet hatte, und August bei ihr war oder Mama zu viel getrunken hatte und ihm am Nachmittag im Morgenrock die Tür öffnete! Sie hatte es einfach wissen müssen, sonst wäre sie vor lauter »wenn« und »ob« vergangen! Großvater war schon mit abgestreiften Hosenträgern auf dem Weg ins Schlafzimmer gewesen, als sie ihn auf sich aufmerksam gemacht hatte. »Triffst du Mama morgen?«, hatte sie ihm über den Flur hin zugeflüstert. Er hatte bloß kräftig mit dem Kopf genickt und zurückgeflüstert, dass er sie von ihr grüßen würde, und ihr dann einen raschen Handkuss zugeworfen. Sie hatte ihm in gleicher Weise geantwortet, dann waren sie beide in ihren Zimmern verschwunden. Fürs Erste war sie etwas beruhigt gewesen, denn Großvaters Antwort ließ darauf schließen, dass er nicht vorhatte, Mama einen Überraschungsbesuch abzustatten. Sie hatte es sich auch nicht wirklich vorstellen können, denn sie wusste, dass Großvater nichts davon hielt, unverhoffterweise bei anderen Leuten aufzutauchen und sie möglicherweise in Verlegenheit zu bringen. Vor allem nicht bei solchen, die man nicht so häufig sah, und wenn es die eigene Tochter war. Nur bei den Niederaus war es anders, zu denen ging Großvater, wenn es ihm in den Sinn kam, und Fritz und Mathilde machten es umgekehrt genauso. Aber selbst zu Eleonore fuhr er immer noch nicht, ohne sich vorher bei ihr telefonisch oder sogar altmodisch schriftlich anzumelden.

Paulina atmete auf, als die Haltestelle in der Prager Straße in Sichtweite kam. Lorchen war schon aufgestanden und hatte sich einen Weg zur Tür gebahnt. Beim Aussteigen fiel Paulina einer ihrer Handschuhe auf die Trittstufe, und natürlich trat ihr Hintermann sofort darauf. Er murmelte zwar so was wie »Verzeihung«, aber das nützte dem Handschuh auch nichts mehr. Das weißrote Band mit dem Rentier und den Eiskristallmustern überdeckte ein grauschwarzer Schuhsohlenabdruck. »Oh, wie fein«, kommentierte Paulina zynisch, als Lorchen, die den Handschuh blitzschnell aufgehoben hatte, ihr das nasse Ding entgegenhielt. Mit spitzen Fingern nahm sie ihn aus Lorchens Hand, die sie ganz mitleidig ansah. Aber selbst das war Paulina zu viel. »Guck nicht wie ein Mondkalb«, entfuhr es ihr, um es jedoch im selben Augenblick zutiefst zu bereuen. Was war nur in sie gefahren? »Ooch, entschuldige, es war nicht so gemeint!« Sie stampfte mit dem Fuß auf wie ein zorniges kleines Mädchen. Dabei fiel der Handschuh ein zweites Mal in den nassen Schnee. »Bäh!«, machte Lorchen und streckte Paulina die Zunge heraus. »Diesmal hebst du ihn selbst auf.« Aber dann begann sie zu lachen. »Mama würde sagen: Du bist überspannt, meine Liebe, das sind die Nerven«, und dabei machte Lorchen ziemlich originalgetreu den Tonfall ihrer Mutter nach. Paulina war beim Bücken das Blut in den Kopf geschossen, aber das hatte direkt etwas Belebendes. Sie grinste über das ganze Gesicht. Ach, Lorchen, dachte sie und spürte einen Kloß im Hals. Aber jetzt anfangen zu weinen wäre das Allerletzte, was sie brauchen konnte! Sie griff blitzschnell in den aufgehäuften Schnee neben ihr, und kaum dass Lorchen ihre Absicht erkannt hatte, hatte diese auch schon eine Ladung der kalten Pracht im Gesicht. »He, du wirst frech!«, prustete sie unter der weißen Pulvermasse hervor und versuchte den Blick freizubekommen. »Na warte!« Paulina rannte los. Sie stoben durch die Schneewehen, bewarfen sich gegenseitig, hielten sich fest und befreiten sich wieder, schlängelten sich zwischen den Passanten hindurch, und wenn der Bürgersteig zu eng wurde, rannten sie auch auf die Straße. Sie ließen es völlig außer Acht, ob sich die Leute ärgerten oder amüsierten. Mehrere Male rief man ihnen etwas nach, aber sie ignorierten die ärgerlichen Zurufe gleichermaßen wie die freundlichen. Es machte viel zu großen Spaß! Vor der Chocholatérie schleuderte Lorchen den letzten Schneeball auf Paulinas Rücken. »Gewonnen!«, rief sie keuchend. Unter lautem Ächzen schüttelten und klopften sie sich die Schneereste aus Haaren und Mänteln. Lorchen klebten die nassen Haare an der Stirn, und aus ihren Zöpfen hatten sich einzelne Strähnen gelöst. Paulinas Locken kringelten sich noch wilder als sonst durcheinander. Sie hatten hochrote Gesichter und eiskalte Hände. »Meine armen Finger«, jammerte Paulina, »und damit muss ich heute noch Klavierspielen!« Sie stampften kräftig mit den Füßen, um die Schuhe vom Schnee zu befreien, und als sie hochsahen, entdeckten sie durch das Schaufenster Charlotte, die ihnen eifrig zuwinkte. Die Mädchen winkten zurück. »Sagst du's ihnen?«, fragte Lorchen leise. Paulina zuckte mit den Achseln. »Aber bitte!« Sie sah Lorchen eindringlich an: »Wenn du es deinen Eltern erzählst, dann mach ihnen klar, dass sie den Großeltern nichts davon erzählen, bevor ich das nicht selbst getan habe, versprichst du es mir?« Lorchen nickte. »Indianerehrenwort!« Paulina zog die Freundin an den Zöpfen. Charlotte trat aus der Ladentür. »Na, ihr seht aber feierlich aus«, bemerkte sie trocken und erkundigte sich, ob die beiden ein Bad im Schnee genommen hätten. Lautes Lachen war die Antwort. Charlotte begann das Eisengitter aus der Verankerung zu lösen, weil es Zeit war zu schließen. »Ich geh dann mal«, verabschiedete sich Lorchen und setzte sich in Bewegung. »Bis morgen!« Paulina schlüpfte an Charlotte vorbei zur Ladentür hinein. »Du darfst dir was aus der Schale nehmen!« Mit den roten Backen sah Paulina so gesund aus wie seit Wochen nicht mehr, und Charlotte hatte sich sowieso vorgenommen, das Mädchen ein bisschen besser herauszufüttern. Es war einfach zu dünn. Paulina ließ sich kein zweites Mal auffordern. Sie langte kräftig zu. »Hhm, was Neues«, stellte sie befriedigt fest und wickelte das Silberpapier, so gut es mit den steifen Fingern ging, von der Praline. »Ich habe noch eine Überraschung für dich«, verkündigte Charlotte und verschloss die Gittertür. »Oben, auf deinem Bett!« »Wirklich?« Paulina steckte schnell das Konfekt in den Mund, schnappte sich den Wohnungsschlüssel, der auf der Theke lag, und stürmte nach oben. Voller Ungeduld versuchte sie, die nassen Kleider so schnell wie möglich loszuwerden und zerrte umständlich an den Stiefeln. Dann schloss sie auf, ließ die Schultasche fallen und rannte in ihr Zimmer. Dass es ein Brief sein würde, wusste sie bereits, denn die legte Großmutter immer aufs Bett, nur von wem? Die Adresse war mit der Schreibmaschine geschrieben, solche Briefe bekamen sonst nur die Großeltern. Mit Urpapas silbernem Brieföffner fuhr sie zwischen das Umschlagpapier. Als sie das feste Bütten herausnahm, erkannte sie Theas Handschrift.

*

Paul Fromm nahm die Hände unter der Pelerine hervor, denn trotz der Handschuhe fror es ihn heute Abend an den Fingerspitzen. Dann schlug er ein flüchtiges Kreuz über der Brust und trat hinaus an den Rand des Bürgersteiges. Der heranrollende Mercedes kam zum Stehen, und Fromm öffnete schwungvoll die schwere Tür. Sein Chef hatte ihn bereits davon unterrichtet, dass Frau Seeligmann heute Abend gegen 19 Uhr eintreffen würde. »In Begleitung eines älteren Herrn«, hatte er gesagt. Dass die Geliebte seines Arbeitgebers hier ein und aus ging, war er gewohnt, nur, abgesehen von dem Kind oder einer Freundin, die sie gelegentlich mitbrachte, kam sie immer allein. Er konnte sich nicht

daran erinnern, sie jemals am Arm eines Mannes gesehen zu haben, nicht einmal an dem Augusts. Er musste zugeben, dass er etwas beunruhigt gewesen war, als er von ihrem heutigen Auftreten erfahren hatte, denn er wusste, an welcher Art Tisch sein Chef diesen Einsatz gemacht hatte. Es war ein Vabanquespiel, und man konnte gar nicht genügend Rosenkränze dafür beten, dass es gut gehen würde! Nur eines hoffte Fromm inständig: dass er Viola Seeligmann nicht eines Tages am oder gar im Arm eines dieser aufgeblasenen Parteigenossen sehen würde! Das würde er nicht ertragen können! Spätestens dann, hatte er sich vorgenommen, würde er die langjährige Treue und Loyalität zum Hause Leibfried aufkündigen, und wenn er dafür anderswo als Tellerwäscher anheuern müsste. August konnte alles tun, und er, Fromm, wusste selbst gut genug, welche Kompromisse man heutzutage eingehen musste, aber eine Frau zum Einsatz eines bösen Spiels zu machen, das ging zu weit! Erst recht, wenn es sich um Viola Seeligmann handelte.
Sie sah bezaubernd aus. Wie immer. Fromm straffte sich noch mehr. Als sich die Wagentür auf der gegenüberliegenden Seite öffnete und ein dunkelgrauer Hut zum Vorschein kam, dessen Träger sich, im Gegensatz zu der jungen Frau, sehr viel bedächtiger in die Höhe schwang, fiel dem Portier ein Stein vom Herzen: Nazis stiegen anders aus einem Auto! Als die männliche Gestalt sich umdrehte und erst ihn mit einer Mischung aus Freundlichkeit und Neugier ansah und dann den Blick mit unverhohlener Bewunderung an der Fassade des Hauses auf und ab wandern ließ, geriet Paul Fromms Sorgenpendel wieder ins Lot: denn der Begleiter der Verehrten war zweifellos ihr Vater.

Als Chaijm sich endlich setzen durfte, nachdem er an Violas Arm durch die Hotelhalle den breiten Gang entlang durch das von Glas, Silber und Porzellan blitzende Restaurant gegangen war, hatte er es auch nötig. Nun war er schon so lange auf den Beinen. Berlin hatte ihn zwar aufs Neue beeindruckt, aber auch beunruhigt. Die Menschenmenge, der Verkehr, die unzähligen Baustellen, die Flut von Reklamebildern, nicht zuletzt aber die hakenkreuzgeschwängerte, einst so launisch besungene Berliner Luft. Mochte es am Grau des Winters liegen, dass es einem so ins Auge stach – auch Dresden war genug beflaggt, aber hier schien es ihm, als hätte man jeglichen freien Raum in und sogar über der Stadt mit einer braunroten Pfändungsmarke gekennzeichnet.
Chaijm seufzte leise und strich sich mit den Handflächen über die spärlicher gewordenen Haare, während Viola seinen Hut und Mantel zur Garderobe gebracht hatte und dann selbst ablegte. Chaijm wunderte sich schon, dass niemand erschienen war, um ihr das abzunehmen, denn in so einem Haus hatte er eine solches Zuvorkommen erwartet, wenn er ehrlich war. Aber vielleicht

waren die Angestellten ja alle zu sehr beschäftigt – das Restaurant war für die Uhrzeit bereits gut besucht. »In welch noble Hallen hast du mich denn da entführt?«, fragte er seine Tochter und betrachtete wohlgefällig deren schöne schlanke Finger, die sie gerade, einen nach dem anderen, aus den ledernen Handschuhen schälte. Paulinas waren jetzt schon fast genauso schön, auch wenn sie noch ein Stück kindlicher waren als die ihrer Mutter und die Nägel nicht so fein modelliert aussahen. »Irre ich mich«, fuhr er mit spitzbübischem Lächeln fort und sah Viola augenzwinkernd an, »oder lässt die Sicherheit, mit der du mich hergesteuert hast, darauf schließen, dass du nicht das erste Mal hier bist?« Violas Nervosität wich ein wenig. Heute würde sie es ihm zumuten können, ja, gewiss. Wann hatte er das letzte Mal in so vertraulichem Tonfall mit ihr gesprochen, waren es hundert oder tausend Jahre her? Sie rieb die Hände ineinander, es war einfach empfindlich kalt heute. »Sie irren sich nicht, Herr Seeligmann, Sie waren schon immer ein guter Beobachter, nicht?«, witzelte sie befreit und nahm mit einem eleganten Schwung ihrem Vater gegenüber Platz. Sie würde sofort zur Sache kommen, anders als damals bei Paulina. Außerdem konnte sie es auch nicht riskieren, eine halbe Flasche Wein zu leeren, nur um die Anspannung, die sie seit Tagen umklammert hielt, zu lösen. Trinken konnte man auch noch hinterher. Viola sah sich kurz nach allen Seiten um, obwohl das nicht nötig war, denn in dem Separee, in dem sie sich niedergelassen hatten, war niemand zu sehen, und von außen her schirmte der wallende Vorhang gerade genug ab, um neugierigen Restaurantgästen zu viel Einblick zu geben. Sie legte ihre Unterarme auf den Tisch, beugte sich ein wenig vor und sah Chaijm direkt in die Augen. »Vater«, begann sie mit gesenkter Stimme, »ich komme seit vielen Jahren hierher, und dass wir gerade heute Abend an dieser Adresse abgestiegen sind, liegt auch nicht nur daran, dass es ein besonders gutes Essen und nicht allzu viele Nazis gibt.« Die letzten Worte hatte sie nur geflüstert. Chaijm sah seine Tochter aufmerksam an. Wie hübsch sie war! »Was ich dir jetzt sagen werde, wird vermutlich nicht leicht zu ertragen sein für dich, aber es muss einfach sein, verstehst du?« Chaijm lachte leise auf und nickte Viola aufmunternd zu. »Vielleicht kann ich mehr verstehen, als du das jemals von mir geglaubt hast, mein Kind.« Viola entging der leise Anflug von Schmerz im Gesicht ihres Vaters nicht. »Nun?« Chaijm zog die Augenbrauen nach oben und machte ein erwartungsvolles Gesicht: »Ich bin bereit.« Also gut, dachte Viola und holte tief Luft. »Hör zu, Vater, dies ist nicht irgendein Hotel, wie es sie in Berlin haufenweise gibt, sondern es ist das Leibfried.« »Ja, das Leibfried«, nickte Chaijm, »ich kann lesen, meine Liebe.« Er sieht sehr charmant aus, wenn er lacht, bemerkte Viola im Stillen. »Das Leibfried«, nahm sie seine Worte auf, »ist seit drei Generationen hier ansässig und hat sich in dieser Zeit von einer kleinen Pension in das verwandelt, was du hier siehst.« Sie beschrieb mit beiden Armen gleichzeitig einen raumgreifenden Kreis. »Aha, seit drei Generationen also«, wiederholte ihr Vater gedehnt. »Die erste dürfte dir aber nicht mehr bekannt sein, oder?« Wieder war da dieses schelmische Lächeln, das vorhin schon sein Gesicht für einige Augenblicke so jung hatte erscheinen lassen. Gott, hilf mir!, flehte Viola innerlich. Sie legte ihre Unterarme wieder auf das stechend weiße Tischleinen und schob ihre Alabasterhände mit den Innenflächen weit über die Mitte des Tisches zu Chaijm hin. »Weder die erste noch die zweite, Vater, leider!« Sie senkte ihr Stimme und sah ihren alten Herrn eindringlich an: »Die dritte aber ... umso besser!« Nun würde es kein Zurück mehr geben. Einige Sekunden regte sich nichts zwischen den beiden. Viola blickte ihrem Vater unentwegt in die Augen, ohne ein einziges Mal zu blinzeln. »So, die dritte.« Chaijms Tonfall klang immer noch unverändert angenehm, und Viola konnte nicht die leiseste Spur lauernden Argwohns aus ihr heraushören. Ein weiteres Mal schickte sie einen stillen Hilfeschrei zum Himmel. Sie hätte so gern ihre Hände auf die des Vaters gelegt, scheute sich dann aber doch davor. »Es ist ganz einfach«, fuhr sie fort, »Karl August Leibfried, du verstehst, der jetzige Besitzer also, Sohn von Ferdinand und Enkel von Gustav, ist ...« Chaijm nickte bedächtig. »Paulinas Vater«, sagte er dann leise.

Viola stürzten Tränen in die Augen. Sie schaffte es keine Sekunde länger, diese unerträgliche Spannung auszuhalten, die ihr seit Tagen keine ruhige Minute mehr gelassen hatte, es sei denn, es war genügend Rotwein da gewesen. »Hat sie ... hat sie es dir ...?«, stieß sie hervor und kramte mit zitternden Händen in ihrer Handtasche. »Sie hat es nicht«, sagte Chaijm mit ruhiger Stimme. »Sie kann schweigen. Woher sie das wohl hat?« Verschämt erwiderte Viola das Lächeln ihres Vaters. »Viola«, fuhr Chaijm begütigend fort, »du brauchst nicht zu weinen deswegen, es sei denn, du tust es aus lauter Erleichterung. Ich ahnte schon seit Jahren, dass dieser gewisse August der Vater des Kindes ist. Aber als wir mit dem vornehmen Auto vor diesem vornehmen Haus angehalten haben, da wusste ich, dass meine Vermutung richtig war.« Er legte nun seinerseits seine rechte Hand auf Violas linke. »Ich mag alt sein und vielleicht in manchen Dingen etwas zu schwerfällig, wie deine Mutter meint, aber hast du wirklich geglaubt, dass ich nicht genug davon weiß, wie das Leben nun einmal geht?« Er sah Viola zärtlich an. Sie spürte eine unendliche Erleichterung in sich aufsteigen. »Papa«, stammelte sie, »Papa, ich weiß gar nicht, wie ich dir danken soll ... dass du das sagst ... dass du hergekommen bist ... dass du dich meinet- und Paulinas wegen nie geschämt hast, dass du nie von mir verlangt hast, Augusts Namen preiszugeben, dass du, ohne zu überlegen, die Vormundschaft und ...« Sie hatte immer schneller gesprochen und war auch ein wenig lauter geworden, sodass Chaijm seinen Finger auf den Mund legte. »Schhhh«, machte er, »keine Dankeshymnen, ich habe nur getan, was ich für richtig hielt.« Er schluckte. »Aber wer mag mir einmal sagen, dass es das auch war?«, fügte er nachdenklich hinzu. »Und wir sollten Mutter nicht vergessen.« »Ja, Mama, natürlich!« Viola senkte beschämt den Blick. »Weißt du«, erklärte sie, »ich bin ihr genauso dankbar wie dir, aber bei Mama hatte ich immer das Gefühl, dass sie mir eines Tages alles, was ich gemacht habe, vorwerfen würde, spätestens dann, wenn aus Paulina nicht das werden sollte, was sie sich vorgestellt hatte.« Viola sah an Chaijm vorbei ins Leere. »Ich hatte Angst davor, deshalb bin ich auch so selten zu euch gekommen. Nur bei meinem letzten Besuch meinte ich festgestellt zu haben, dass sich Mama irgendwie verändert hätte, sie ist ...« Viola suchte nach dem richtigen Wort: »Nun ja, sie ist etwas ... gütiger geworden, wenn du verstehst, was ich meine?« »Weißt du denn um Mutters Vorstellungen für Paulina?«, wollte Chaijm wissen, ohne auf das einzugehen, was die Tochter über Charlotte gesagt hatte. Viola verneinte kleinlaut. »Jedenfalls etwas Tüchtigeres als ich, mit einem ... na ja, einem anständigeren Lebenswandel, sozusagen.« Als sie ihren Vater zögernd von unten herauf ansah, bemerkte sie sein breites Schmunzeln. »Hochanständig, selbstverständlich!«, mimte dieser dann in tiefem Brustton und mit erhobenem Zeigfinger den Oberlehrer. Viola lächelte. »Papa, du bist einfach wunderbar!«, flüsterte sie und kämpfte wieder gegen die Tränen. Dann schnäuzte sie sich energisch in ihr Taschentuch, mit dem sie sich bisher nur Augen und Gesicht betupft hatte, und steckte es dann wieder in ihr Täschchen. Krokodilleder!, bemerkte Chaijm in Gedanken. Dass er reich war, der Beinaheschwiegersohn, überraschte ihn keineswegs. Woher sonst hätten in all den Jahren die beträchtlichen Geldsummen kommen sollen, die Viola monatlich auf ein speziell für Paulina eingerichtetes Konto einzahlte und die sich bis zum heutigen Tag kontinuierlich erhöht hatten? Woher hätte Violas elegante Garderobe stammen sollen, die einen äußerst guten Geschmack präsentierte? Er jedenfalls fand, dass seine Tochter eine hinreißend schöne Frau war, und dass das anderen Männern auch nicht verborgen bleiben konnte, war nicht in Zweifel zu ziehen. Aber er hatte auch noch nie daran gezweifelt, dass Viola keine flüchtigen Abenteuer suchen würde, auch wenn er es sich gut vorstellen konnte, dass man in einer Stadt wie Berlin und zudem in Violas Branche, genügend Gelegenheiten dazu hatte. Dass sie also in Versuchungen jeglicher Art geraten konnte, war ihm vom ersten Augenblick an klar gewesen, als sie ihm und Charlotte damals, als halbes Kind noch, ihren Wunsch, nach Berlin zu gehen,

eröffnet hatte. Aber darum ging es doch schon so lange nicht mehr. Auch für Charlotte hatten die meisten dieser Dinge an Bedeutung verloren, und genau das war auch der abwesenden Tochter nicht verborgen geblieben.
»Darf ich ihn denn sehen?«, jetzt wurde Chaijm mutig. Er hatte nichts zu verlieren, schließlich war er noch stattlich genug, um eine akzeptable Figur abzugeben, wusste sich zu benehmen, und nicht zuletzt war er der Vater dieser Frau da, die der Hausherr hier liebte. »Also, ich meine, wenn ich schon die Ehre habe, seine herrschaftliche Hütte zu betreten, und hattest du nicht von einer vorzüglichen Küche gesprochen?« Er ist wunderbar!, dachte Viola, beschämt und dankbar zugleich.
Chaijm war mit der Wahl seiner Tochter durchaus zufrieden. Karl-August Leibfried stellte etwas dar, zweifelsohne. Sein Auftreten war tadellos, ebenso seine Manieren, was Chaijm allerdings auch nicht anders erwartet hatte. Er schien ungefähr in der Mitte der Fünfziger zu sein, seine Geheimratsecken waren noch nicht allzu beträchtlich aber doch deutlich genug, und an den Schläfen trat schon eine sichtbare Graufärbung zutage, ansonsten waren seine dichten Haare von schönstem glänzenden Schwarz. Nicht ganz ohne Stolz hatte Chaijm sich dem Mann vorgestellt, nachdem dieser ihm mit einer leichten Verbeugung entgegengetreten war, ihn mit einem festen Händedruck begrüßt und dabei seinen ganzen Namen genannt hatte.
Chaijm ließ das zarte Kalbfleisch genüsslich auf der Zunge vergehen. Er konnte sich gar nicht daran erinnern, wann er zuletzt etwas so Erlesenes gegessen hatte. Das musste man einfach genießen! So eine Vorzüglichkeit hinunterzuschlingen, um einen völlig banalen Hunger zu stillen, wäre ihm wie eine Sünde vorgekommen. Nun hatte er schon so viel über sich ergehen lassen an diesem Tag, vielleicht war das hier so etwas wie eine kleine Wiedergutmachung dafür.
August schenkte seinem »Schwiegerpapa« eigenhändig von dem dunkelroten Chateauneuf nach. Er hatte dem Kellner bedeutet, dass nach dem Auftischen der Speisen für ihn vorerst nichts mehr zu tun wäre, und wenn, dann würde er ihn rufen lassen. Chaijm legte Messer und Gabel beiseite und nahm die Serviette. »Es war ein Gedicht, meine Hochachtung für ihre Köche!«, richtete er sich an August. »Es ist mir eine Ehre, Herr Seeligmann«, gab August zurück. Viola sah, wie er sich über das Lob und die offensichtliche Anerkennung vonseiten ihres Vaters freute. Sein anfänglich etwas angespannter Gesichtsausdruck war einer deutlichen Gelöstheit gewichen, und in dem warmen Gelb, mit dem das Separee ausgeleuchtet war, kamen seine weichen Züge genauso zum Vorschein, wie diese sie liebte. Läge nicht über all dem ein unsichtbarer Schleier aus Angst und Sorge, wäre es ein geradezu geeigneter Anlass, später zu den Walzerklängen von Max ein Tänzchen mit Vater zu wagen, dachte sie

und fühlte, wie die altbekannte Anspannung wieder von ihr Besitz ergreifen wollte. Denn die Offenbarung, was ihr Liebesleben und die Vaterschaft Paulinas anbetraf, war nur das eine, weswegen sie ihren Vater nach Berlin gebeten hatte. Der andere Anlass war in einer viel wichtigeren Sache begründet, deren Aufschub ihrer Meinung nach keine lange Zeit mehr duldete. Als August den Kellner zum Abtragen der Speisen und dem Servieren von Nachspeise und Kaffee veranlasst hatte, bat er Chaijm, sich eine seiner exklusiven Rauchwaren zu nehmen und schnitt für sich selbst auch eine an. Chaijm wusste die Besonderheit dieser Zigarre sehr wohl zu schätzen und freute sich, dass er dies dem Herrn Leibfried anscheinend wert war. Dennoch stellte er sich zum ersten Mal an diesem Abend urplötzlich die Frage, ob hinter diesen mehr als großzügigen Gesten nicht doch so etwas wie eine Art Bestechung läge. Er schalt sich aber sofort für den Gedanken und fragte sich, wie weit sein Urvertrauen in die Menschheit schon gelitten habe, dass er bereits bei seiner eigenen Tochter und deren doch eigentlich vertrauenerweckenden Geliebten so reagierte. Bedächtig zog er an der edlen Rolle, die sofort ihren unverkennbaren Geschmack entfaltete. Unwillkürlich schloss er die Augen und ließ sich von dieser vollen, aber unaufdringlichen Würze hinreißen. Er hatte schon fast geglaubt, sich nicht mehr eines solchen Aromas entsinnen zu können, zu lange war es einfach her, dass er sich einer Feinschmeckerangelegenheit dieser Art hingegeben hatte. Sicherlich, bei Eleonore kam er auch von Zeit zu Zeit in einen solchen Genuss. Sie hatte allerdings andere Ware anzubieten, die jedoch keineswegs zu verachten war, aber eine Havanna rauchte man nun mal nicht, man zelebrierte sie. Als Chaijm zum zweiten Mal mit leicht zur Seite geneigtem Kopf den gut gewürzten Dunst in die Luft blies, erkannte er unter den halb geöffneten Augenlidern, wie Viola und August einige lange Blicke wechselten.

Als Chaijm viel, viel später mit dem Zug in den mit spärlichem Nachtlicht erhellten Dresdner Hauptbahnhof einfuhr, schwirrte in seinem Kopf immer noch ein einziges Durcheinander von Stimmen, Worten und Klängen. Stimmen, die Worte sprachen, deren Bedeutung er sich erst allmählich anzunähern schien, nachdem er sie vor bereits mehreren Stunden vernommen hatte. Stimmen, die vertraut und doch so seltsam befremdlich klangen, als gälten sie nicht ihm, sondern irgendeinem fremden, gesichtslosen Wesen, gesprochen aus einer raumlosen Zeit in eine raumlose Gegenwart. Worte die belebten und betäubten zugleich, die irgendwo zu schweben schienen zwischen grenzenloser Weite und schneidender Enge. Chaijm stand auf und spürte die Schwere in den Beinen. Hatte er vielleicht doch zu sehr dem Roten zugesprochen? Er vermochte nicht mehr zu sagen, nach der wievielten Flasche sie sich schließlich vom Tisch erhoben hatten und er mit Viola zum Bahnhof aufgebrochen war. Aber es war nicht nur eine gewesen, die der Chef des Hauses persönlich entkorkt hatte.

Allen dringenden Bitten Charlottes zum Trotz beschloss Chaijm, den Weg nach Hause zu Fuß zu machen, anstatt ein Taxi zu nehmen. Er hatte es nicht eilig, und außerdem war es ihm nach frischer Luft.

In dieser Nacht fanden zwei Personen in der Seeligmannschen Wohnung nur einen unruhigen und von vielen Unterbrechungen gestörten Schlaf: Chaijm und Paulina. Allein Charlotte, die todmüde von der anstrengenden Arbeit recht früh ins Bett gefallen war, hatte sich erfolgreich den Tiefen des Unbewussten überlassen können.

Chaijms Gedanken fesselten ihn mit der unerbittlichen Härte dessen, was heute alles auf ihn eingedrungen war. »Es geht nicht mehr, nicht mehr viel länger!« Immer wieder hörte er Violas Stimme, vielmehr aber als diese hatte sich ihr flehender Blick in ihm eingegraben. Es hatte so viel Furcht darin gelegen. Ihr »Bitte, Papa!« mit dem sie ihre beiden Hände fest um die seinen geschlungen hatte, als er bereits schon auf dem Trittbrett des Eisenbahnwaggons gestanden hatte, war wie ein letztes Bekenntnis ihrer inneren Verzweiflung. In diesem Augenblick war es ihm so vorgekommen, als wäre die kühle Eleganz, mit der sie für gewöhnlich auftrat, urplötzlich von ihr abgefallen und gäbe einen sekundenlangen Blick auf ihr wahres Selbst frei. So eindringlich hatte seine Tochter ihn noch nie zuvor um etwas gebeten. Nicht als sie tanzen und singen lernen wollte, nicht als sie um die Erlaubnis, nach Berlin gehen zu dürfen, gefragt hatte, ja, nicht einmal als sie das Kind geboren und Charlotte und ihn um dessen Erziehung ersucht hatte. Viola tat sich schwer mit dem Bitten, schon als Kind war sie so gewesen, und er hatte ihr das von Anfang an durchgehen lassen, fiel es ihm selbst doch auch von jeher alles andere als leicht. Charlotte hatte das bei Viola nie ganz gebilligt, obwohl er fand, dass sie kein bisschen anders war und in manchen Dingen genauso stolz wie Friedrich, ihr verstorbener Vater. Aber das war doch alles nicht mehr wichtig. Chaijm spürte ein unangenehmes Ziehen im Rücken, vermied es jedoch, sich umzudrehen, da er Charlotte keinesfalls aufwecken wollte. Er war so dankbar, dass sie schlief, es wäre ihm unmöglich gewesen, ihr irgendeine Antwort auf irgendeine Frage zu geben. Er starrte in die Dunkelheit des Zimmers und versuchte sich so still wie möglich zu verhalten. Was bitte schön sollte er in England, nicht einmal einen vernünftigen Satz konnte er sprechen, geschweige denn verstehen? Außer das bisschen »How are you« und ein paar weiteren läppischen Vokabeln, die ihm Paulina spaßeshalber beibrachte, war ihm diese Sprache fremd. Er würde keine Arbeit mehr bekommen, dazu war er zu alt, und Charlotte, wie sollte sie ohne den geliebten Laden auskommen, wie sollte er es ihr nahebringen, dass sie hier alles aufgeben müsste, wofür sie sich mit ihrer ganzen Schaffenskraft eingesetzt hatte und was ein nicht mehr wegzudenkender Teil ihres Lebens geworden war? Chaijm hatte nie vergessen, dass letztendlich die Chocolatérie Charlotte einstens aus dem Sog der Schwermut gerettet hatte. Bis zum heutigen Tag hatte er deshalb niemals ein schlechtes Wort über den Laden und alles, was damit zu tun hatte, verloren. Niemals hatte er sich beklagt, wenn sie sich stunden- und tagelang fast ununterbrochen dem Geschäft widmen musste und darüber manches andere zu kurz gekommen war. Wenn er merkte, dass Charlotte keine Zeit und vor allem keine Nervenkraft mehr für Paulina aufbringen konnte, war er, so schnell und so gut er es vermochte, in die Bresche gesprungen. Vor allem in den letzten Jahren, als er immer öfter damit zu kämpfen hatte, dass er ja in erster Linie der Verursacher für das Joch war, das alle Mitglieder seiner kleinen Familie oft täglich am eigenen Leib spüren mussten.

Eines aber stand ihm in diesen Nachtstunden so klar wie noch nie zuvor vor Augen: Weitergehen, wie es Viola und auch August betont hatten, konnte es so wirklich nicht mehr lange! Nur, weg aus Dresden, aus Deutschland ... allein oder mit Charlotte. Nicht dass ihm diese Gedanken zum ersten Mal gekommen wären – doch er hatte eher an die Schweiz gedacht. Obwohl es sich schon herumgesprochen hatte, dass es nicht einfach war, dort unterzukommen. Nur, ohne das Kind? Ohne Paulina? Warum zum Teufel ohne das Kind? Alles konnte Viola von ihm verlangen, aber das Kind zurückzulassen, das konnte sie doch nicht ernst meinen! Was ging nur in ihr vor? Wie brachte sie ihre Muttergefühle mit dem Gedanken in Einklang, einerseits die alten Eltern, die wahrhaftig ihr Leben gehabt hatten, in Sicherheit zu bringen, ihr eigenes schutzloses Kind dagegen aber weiterhin der Gefahr auszusetzen? Einer Gefahr, die zunehmend unberechenbarer zu werden schien. Warum, verdammt noch mal, sollte er die Kleine hier in diesem Land, das er einmal für eines der kultiviertesten gehalten hatte, zurücklassen und es seinem Verderben aussetzen? In diesem verfluchten Land, das mittlerweile nicht mehr davor zurückschreckte, selbst die Kinder, die für nichts etwas konnten, per Gesetz der Rechtlosigkeit preiszugeben, anstatt sie zu schützen! Violas und Augusts Vorstellungen, Paulina vor der drohenden Gefahr bewahren zu können, kamen ihm reichlich fadenscheinig vor. Ja, natürlich gab es Eleonore, in die er vollstes Vertrauen setzte, die eine absolut reine arische Herkunft nachweisen konnte und die anzugreifen man vermutlich nicht so schnell wagen würde. Oft genug hatte die Baronin ihm und Charlotte ihre bedingungslose Hilfe versichert, sie liebte Paulina über alles, und das schien auf Gegenseitigkeit zu beruhen, denn das

Mädchen verbrachte mittlerweile manche Tage im Heidehaus. Natürlich gab es Thea, die er auch längst ins Herz geschlossen hatte, die aber immer wieder einmal wochenlang von der Bildfläche verschwand, und niemand schien dann ganz genau sagen zu können, wo sie sich in dieser Zeit aufhielt, geschweige denn, was sie tat. Und schließlich war da noch der Baron von Witte, Theas scheinbar sehr einflussreicher Vater, dessen Arm durch halb Europa und bis nach Amerika zu reichen schien. Vermutlich konnte man sich ihm tatsächlich anvertrauen, stammte er doch aus derselben Familie wie Eleonore. Er war weltgewandt, aber vermutlich auch ausgefuchst genug, um Risiken abschätzen zu können und keine Dummheiten zu machen. Auch dass Viola durch die Verbindung mit August einem gewissen Schutz unterstand, war ja nicht wegzuleugnen, allein die Tatsache, dass es ihr bis heute möglich war, an einer öffentlichen Bühne zu spielen, sagte genug. Im Gegensatz zu einer Reihe von Dresdner Opern- und Theaterleuten war es der Tochter merkwürdigerweise bis heute gelungen, wenn auch mit gewissen Einschränkungen, eine Ausnahmegenehmigung der Reichstheaterkammer zu bekommen und als Künstlerin gelitten zu werden. Allerdings hatte er es für besser gehalten, nicht nachzufragen, welchen Preis sie oder aber August dafür bezahlten, dass dies möglich war. Denn einfach so, das war ihm klar, funktionierte das nicht. Aber Viola war nun mal eine erwachsene Frau, die irgendwie durchzukommen schien. Auch wenn er ihr Vater war, so war sie doch längst für ihr eigenes Leben verantwortlich, das hatte er ihr schon als junges Mädchen zugestanden, überdies konnte man sie von dem, was sie für richtig hielt, ohnehin nicht mehr abbringen, so rätselhaft es einem auch erscheinen mochte.

Ja, es war richtig, was sie und August ein ums andere Mal an diesem Abend wiederholt hatten. Er, Charlotte und Paulina, könnten eine Möglichkeit finden, um sich aus der Gefahrenzone zu begeben. Anderen Menschen, die arm, alt oder keine entsprechenden Verbindungen hatten, waren Wege dieser Art längst abgeschnitten. Vor wenigen Wochen, am letzten Tag des Jahres 1937, hatte ein sehr geschätzter Kollege des Herrn Stein Dresden verlassen, weil dieser bereits zwei Jahre zuvor, wie Stein Chaijm gesagt hatte, keinen anderen Ausweg mehr sah und sich zur Auswanderung entschloss. Allerdings wusste Chaijm auch von Lorchens Vater, dass diese Auswanderung den bekannten Anwalt vermutlich weit mehr als die Hälfte seines Vermögens, gekostet hatte. Allein die sogenannte Reichsfluchtsteuer belief sich auf ein Viertel des Vermögens das man hatte, ganz abgesehen davon, was für sämtliche weitere Schikanen, denen man bei einer Emigration ausgeliefert war, sonst noch mit Geld bezahlt werden musste. Sicherlich, dank des Erbes von Friedrich Winter waren er und Charlotte nicht arm. Nur, Auslandsgeldgeschäfte ließen sich für Juden nicht mehr so einfach tätigen. Außerdem musste man für einen Lebensunterhalt, und wäre er noch so bescheiden, auch anderswo auf der Welt aufkommen, an materiellen Gütern konnte man so gut wie nichts mehr aus Deutschland hinausschaffen, wie er heute auch in Berlin erfahren hatte. Außerdem würden Alter und Gebrechlichkeit auch eine Menge Geld kosten, egal, in welchem Land man lebte.

Für Paulinas Zukunft, so hatte August Leibfried ihm versichert, würde er auch weiterhin in bester Weise sorgen, was Chaijm dem Mann auch glaubte, allerdings konnten auch diesem irgendwann die Hände gebunden sein, und ob er dann noch ausnahmslos zu Viola und seinem Kind stehen würde, dafür vermochte Chaijm beim besten Willen keine Garantie aufbringen.

Er hielt es nicht mehr aus! Das anfängliche Ziehen in seinem Rücken war inzwischen zu einem stechenden Schmerz geworden, der bis in die alte Verletzung seines Schienbeines hinunterzog. Ob Charlotte nun aufwachen sollte oder nicht, er musste sich auf die Seite legen. So langsam und bedächtig wie möglich nahm er eine bequemere Lage ein. Für einige Sekunden hielt er die Luft an und lauschte gespannt auf die regelmäßigen Atemzüge Charlottes. Nichts rührte sich, wenigstens ihr Schlaf war tief genug. Ach, welch geringe Bedeutung hatten doch alle irdischen Güter und Genüsse, nahm er seinen Gedankenfaden wieder auf. Waren sie doch nichts anderes als ein Stück seelenloser Materie. Der Wert eines einzigen Menschenlebens dagegen lag eben doch weit jenseits all dieser Dinge. Nichts, aber auch gar nichts waren Besitztümer, Etikette und Arbeit wert im Angesicht der Würde des vom Ewigen geschaffenen Lebens. Chaijm stöhnte verzweifelt auf und legte seine linke Hand auf das Gesicht. »Schema Jisrael!« Stumm bewegte er seine Lippen. »Adonaj Elejohim, Adonaj Echad. Höre, Jisrael, der Herr, unser Gott, ist Herr allein ... du sollst dich nicht vor ihnen niederwerfen und ihnen nicht dienen, denn ich, der Ewige, dein Gott, bin ein eifernder Gott, der da bedenkt die Schuld der Väter an den Kindern und an dem dritten und vierten Geschlecht bei denen, die mich hassen, der aber Liebe erweist bis ins tausendste Geschlecht denen, die mich lieben und meine Gebote wahren«. Wie nur sollte das zugehen, wie sollten er und Charlotte nur einen einzigen Tag in Sicherheit zubringen, ohne vor Angst und Sorge um die Kinder zu vergehen?

Paulina knipste das Licht an. Sie griff nach dem obersten Buch auf dem Stapel, der vor ihrem Bett lag. Vielleicht würde sie über dem Lesen einschlafen können, Großvater schwor jedenfalls darauf, dass ein Buch eine bessere Wirkung hätte als ein Schlafmittel und außerdem den Vorteil habe, dass man am nächsten Morgen seiner Sinne noch Herr wäre, im Gegensatz zur Wirkung mancher chemischer Mixturen. Anstatt jedoch den »Michael Strogoff« aufzuschlagen, behielt sie das Buch in der Hand und ließ den Arm auf die Zudecke fallen. Sie sah an die Zimmerdecke und zählte wie mechanisch die Blütenblätter, die den äußersten Kranz der Stuckrosette bildeten. Sie wusste ganz genau, dass es zweiundvierzig waren. Sie fragte sich, ob Großvater wohl schon schliefe. Wie von ihm angekündigt, war es spät geworden, so spät, dass sie schon schliefe, hatte er gestern gesagt. Tja, da hatte er sich wohl geirrt. Im Bett lag sie, ja, das Licht hatte sie auch ausgemacht, allerdings erst nachdem sie auf ihren Wecker gesehen und festgestellt hatte, dass der Zug aus Berlin in diesen Minuten in den Hauptbahnhof einfahren musste. Wenn denn der Fahrplan nicht durcheinandergekommen war. Als jedoch mehr als eine Viertelstunde vergangen und bis dahin noch nichts von Großvater zu hören gewesen war, hatte sie genau das angenommen. Dann kam sie nach einigen Minuten auf den Gedanken, dass Großvater den Zug ja auch verpasst haben könnte, allerdings würde er dann nicht mehr zu Hause auftauchen, denn die Verbindung von Berlin her war für diese Nacht die letzte. Erst in den Morgenstunden würde wieder ein Zug von dort kommen.

Die Vorstellung, ihren Großvater allein in der Berliner Nacht zu wissen, bereitete ihr Unbehagen. Nachts lauerten zu den Gefahren, die in der Zwischenzeit auch am Tage da waren, vermutlich noch ganz andere. Nicht umsonst hatte Großmutter ihm befohlen, am späten Abend nicht mehr zu Fuß zu gehen, sondern sich fahren zu lassen. Auch wenn das Geld kostete. Großvater war zwar noch kein gebrechlicher Greis, aber ein Mann wie Lorchens Vater oder August war er eben auch nicht mehr. Doch in diesem Fall war es ja nicht das Alter, das den entscheidenden Unterschied zu den anderen Männern ausmachte: Großvater war nun mal ein Jude. Ein »Volljude«. Sie mochte dieses Wort nicht, es hatte so einen bestimmten Nachklang. Als sie schließlich doch Großvaters Schlüssel in der Wohnungstür gehört hatte, war ihr ein Stein vom Herzen gefallen. Am liebsten wäre sie hinausgeschlichen, um ihn zu begrüßen und natürlich auch um vielleicht noch ein kurzes Wort von Mama zu hören, aber sie hatte sich gezwungen, liegen zu bleiben. Hätte Großmutter mitbekommen, dass sie noch nicht schliefe, wäre sie mit ziemlicher Sicherheit nicht erfreut darüber gewesen, und Paulina versuchte, so wenig wie nur möglich den Großeltern Anlass zum Ärgernis zu geben. Das Leben war ohnehin freudloser geworden.

Nun war Großvater schon so lange da, und in der Wohnung war es wieder ganz still. Für einen kurzen Augenblick überfiel sie die Lust, sich wie früher auf den Zehenspitzen aus ihrem Zimmer zu schleichen, zum Schlafzimmer hinüberzuhuschen und rasch unter das dicke Federbett der Großeltern zu schlüpfen. Von Großvaters Bettseite her ließ sich das beinahe unbemerkt bewerkstelligen, denn dieser verfügte gewöhnlich über einen tieferen Schlaf als Großmutter. Zumindest früher war das so gewesen. Aber sie verwarf diesen Gedanken schnell wieder, denn für Unternehmungen dieser Art war sie sich nun doch zu alt. Paulina setzte sich auf und schüttelte die Federn des Kopfkissens so in die obere Hälfte, dass diese so dick wie möglich wurde, und schob es sich unter den Nacken. Sie schlug das Buch auf und nahm das bestickte Band heraus, das ihr Lorchen zu Weihnachten geschenkt hatte. Obwohl sie erst gestern zum letzten Mal gelesen hatte, musste sie zwei Seiten zurückblättern, um sie noch einmal zu überfliegen, damit sie den Faden der Geschichte wieder aufnehmen konnte. Ach ja, es hatte mit Michaels und Nadjas Reise durch die Nacht aufgehört, Michael ahnte ein nahendes Unwetter, konnte aber als »Kurier des Zaren« keine Verzögerung mehr in Kauf nehmen. Also bot er dem Kutscher in der Poststation ein dreifaches Trinkgeld an, wenn dieser ihn und Nadja bis zum anderen Morgen nach Jekaterinenburg bringen würde. »Die Kette der Uralberge«, las Paulina, »trennt Europa von Asien auf einer Strecke von 3200 Kilometern. Michael Strogoff hatte mit der Handelsstraße von Perm nach Jekaterinenburg den sichersten und bequemsten Weg über das Gebirge gewählt. Wenn es keine Zwischenfälle gab, musste eine Nacht zur Überquerung der Berge reichen. Unglücklicherweise kündigte aber fernes Donnergrollen ein Gewitter an, und angesichts ...« Paulina ließ das Buch sinken. »Wenn es keine Zwischenfälle gibt.« Genau denselben Wortlaut, den sie soeben in Jules Vernes Abenteuerroman gelesen hatte, hatte Thea auch verwendet. Hm, dachte Paulina, irgendwie lustig. Vielleicht hatte Thea dieses Buch im Kopf gehabt, als sie ihr den Brief geschrieben hatte. Aber wohl kaum, denn schließlich war dies ganz und gar keine ungewöhnliche Formulierung. Jedenfalls aber war es so, dass, anstatt durch das Lesen dem Gedankenwust zu entrinnen und so endlich einschlafen zu können, bereits nach wenigen Sätzen alles wieder in Gang zu kommen schien. »Mist!«, schimpfte sie, warum hatte sie nur den obersten Band von ihrem kunstvollen Bücherturm genommen, vielleicht wäre das darunterliegende harmloser gewesen. Sie lugte über ihren Bettrand und ließ sich gleich wieder mit einem Seufzer zurück auf das Kissen fallen. »Emil und die Detektive« wäre das nächste gewesen. Unwillkürlich hörte sie Mamas Stimme: »Kind, was musst du auch schon Tucholsky lesen, dafür wirst du noch genügend Zeit haben.« Mit diesen Worten hatte sie ihr vor einiger Zeit Erich Kästners »Emil« unter die Nase gehalten, als Erinnerung an Berlin sozusagen. Paulina kannte die Geschichte des Berliner Jungen schon lange, sie hatte sich das Buch einmal von Lorchen ausgeliehen und es, zu Großmutters Leidwesen, an einem Tag verschlungen. Das hatte Mama natürlich nicht wissen kön-

nen, und außerdem besaß diese inzwischen den Ehrgeiz, Paulina so nach und nach mit einem »eigenen Grundstock gescheiter Kinder- und Jugendliteratur« auszustatten. Die Idee war ihr reichlich spät gekommen, hatte Paulina zugegebenermaßen gedacht, aber schon bald hatte sie sich über jeden neuen Band sehr gefreut. Einmal eine Büchersammlung wie die von Großvater, oder besser noch eine Bibliothek wie die Eleonores, zu besitzen, war etwas wirklich Verlockendes. Diese würde sie dann auch ganz genau so einrichten wie im Heidehaus. »Es ist nicht auszuhalten!«, stieß sie ärgerlich aus und beherrschte sich gerade noch, den Strogoff in hohem Bogen mitten ins Zimmer zu schleudern. Schon wieder war sie da angelangt, von wo sie hatte wegkommen wollen. Paulina steckte das Lesezeichen ziemlich unsanft zwischen die Seiten und ließ das Buch einfach auf den Boden fallen. Der Läufer vor ihrem Bett dämpfte den Aufschlag gut genug, um die Großeltern nicht zu erschrecken. Noch einmal nahm sie Theas Brief vom Nachtisch und fingerte das zusammengefaltete Papier heraus. Plötzlich stockte sie: Warum fiel ihr erst jetzt auf, dass die Marke auf dem Umschlag fehlte? Ja, sogar nicht einmal die Spur eines Stempels konnte sie auf dem Papier erkennen, also konnte das Wertzeichen auch nicht abgefallen sein. Sollte Thea also doch bereits schon wieder in Dresden sein und den Brief persönlich in den Kasten geworfen haben? Paulina schüttelte verdutzt den Kopf und kniff die Augen zu, bis die bunten Kreise kamen. Als sie wieder scharf genug sehen konnte, begann sie zum x-ten Mal zu lesen.
Liebes Pantherchen, auch jetzt musste Paulina lächeln als sie das las , *wenn Du diesen Brief bekommst, bin ich zwar immer noch fort, aber Du kannst sicher sein, dass ich mich nach wie vor des Lebens freue. (Du weißt ja, Unkraut vergeht nicht ...) Es ist halt wie immer, wenn man als Künstler etwas Besonderes zustande bringen will, muss man sich dort inspirieren lassen, wo es nicht schon Tausende vor einem getan haben. Also widme ich mich meinen Studien an einem wunderschönen Ort, den aber nur wenige Leute kennen. Erinnerst du Dich noch daran, dass ich Dir einmal gesagt habe, wie viel Schönheit in vielen ganz natürlichen Dingen steckt, aber die meisten Menschen hätten kein Auge dafür? Ist das nun wirklich zu bedauern oder nicht? Manchmal glaube ich, dass eben nur wenige Menschen dazu ausersehen sind, diese Geheimnisse zu verstehen. (Ach, entschuldige, das ist ein sehr geschwollener Satz). Wie viel, viel, tausendmal lieber wäre ich jetzt bei Dir! Wir würden lange Spaziergänge machen, lachen, Du würdest mir etwas auf dem Flügel vorspielen, wir würden tanzen, Mühle und Dame spielen, ich würde dich natürlich die englischen Wörter abfragen (wehe Dir, Du hast sie nicht alle fein säuberlich gelernt, bis ich wiederkomme) und wir würden Unmengen von Pralinen und Schokolade vertilgen. Darauf freue ich mich ganz besonders, ich*

bin schon ganz dünne geworden, weil man in der Wildnis ja von nichts anderem lebt als von Wurzeln und Beeren. Um Pilze und Goldfasanen mache ich immer noch einen großen Bogen, das eine könnte giftig sein, das andere aber müsste man jagen. Aber Geflügeltes steht ja momentan unter Artenschutz, und das Jagen könnte das ganz unangenehme Folgen haben. Also lieber hungern. Ich hoffe, es geht Dir und den Großeltern gut!!!!!! Was macht die Schule? Übst Du fleißig Klavier? Vergisst Du auch nicht mein einsames Tantchen? Du weißt ja, dass sie Dich am liebsten adoptieren würde, sie muss so oft auf mich verzichten, und sie war immer traurig, dass sie keine eigenen Kinder hatte. Und schließlich wird sie auch einmal einen Erben brauchen, ich komme dafür nicht infrage, weil ich nichts vom Wirtschaften verstehe und alles in kürzester Zeit ruinieren würde. Außerdem weißt Du ja, wie viel Auslauf Panther brauchen, besonders aber schwarze. Und Du weißt ja, dass es Wilderer gibt, die keine Panther in ihrem Revier dulden. Deshalb muss ich ja meine Lieblingswildkatze beschützen und sie in Obhut geben. Glaube mir, zur Zähmung von Raubtieren eignet sich mein mutiges Tantchen hervorragend! Sie ist so eine Art »Frau Trude« des familieneigenen Circus. Sie hat auch mich gebändigt. Allerdings wäre es das Beste, die grauen Panther baldmöglichst in ein ruhiges Freiluftgehege zu verlegen, da diese etwas mehr Ruhe brauchen und in ihrem Alter nicht mehr so schnell Deckung suchen können. So ist nun einmal das Gesetz der Natur. Du hast ja schon im Naturkundeunterricht genug davon gehört, dass nur die Stärksten einer Art überleben können und das sind nun einmal die Jungen, und Kräftigen. Nun hast Du ja einiges, worüber Du in den nächsten Wochen nachdenken kannst.

Wenn es keine Zwischenfälle gibt – dies war der Satz, den Paulina soeben im Strogoff im genau gleichen Wortlaut gelesen hatte, *dann werde ich Anfang März wieder bei meinem kleinen Raubtier sein. Bis dahin streiche ich in Gedanken über Dein glänzendes Fell. Vergiss es nicht zu pflegen, bis ich wiederkomme! Nimm Dich gut in Acht vor den Wilderern! Grüße alle anderen Großkatzen aus der Verwandtschaft, auch diejenigen, die sich in den Dschungel der Großstadt gewagt haben, Du weißt schon. Liebste Grüße von Deiner Dir stets verbundenen untreuen Tomate.*

Das war alles. Der schwarze Panther, das war sie, die grauen die Großeltern. So viel hatte sie verstanden. Sollte sie etwa zu Eleonore und Thea gegeben werden? Und die Großeltern alleine lassen? Was wollte Thea wirklich sagen? Die Sache mit den Pilzen und Fasanen war ihr auch nicht ganz geheuer. Aber sie hatte schon gehört, dass man Träger des goldenen Abzeichens der NSDAP manchmal als Goldfasanen bezeichnete. Eine Verspottung natürlich, ein unerlaubte. Das würde Theas Hinweis auf den großen Bogen erklären, den sie um diese Leute machte und sich lieber von harmlosen Pilzen ernährte oder gar hungerte. Ach, es war einfach alles so verworren, und je länger man nachdachte, umso rätselhafter schien alles zu werden. Aber über kurz oder lang wollte sie dahinterkommen!

Mit einem Mal wurde Paulina nun doch vom Schlaf übermannt. Sie stopfte die zusammengefalteten Blätter in den Umschlag, warf ihn wie vor einigen Minuten das Buch auf den Fußboden und löschte das Licht auf dem Nachttisch. Der unablässig tickende Wecker hatte eine Viertelstunde nach ein Uhr angezeigt.

*

Thea rang immer noch mit ihren Gefühlen. Dabei hatte sie doch eine Entscheidung gefällt, warum nur, ließ es sie nicht los? Sie war der Mitarbeit in der Gruppe nicht mehr gewachsen. Sie hatte es eigentlich schon lange gewusst. Von Politik verstand sie nicht so viel, das war etwas für Leute wie ihren Vater oder ähnlich gelagerte Menschen, die mit weitaus größerer Abgeklärtheit und mit einigen Portionen mehr Mut ausgestattet waren. Um das Schicksal der Menschen jedoch kam sie nicht herum. Das aber war es je gerade, was in ihr das dauernde Gefühl verursachte, etwas tun zu müssen und nicht einfach tatenlos zuzusehen. Nur was half es denn, Hunderte von Schriften und Flugblättern herzustellen, sie in allen möglichen Verpackungen, angefangen von harmlosen Ledermappen über doppelwandige Waschpulverkartons bis hin zu Briefumschlägen, die man sich unter die Pullover schob, quer durch das halbe Reich zu fahren und die günstigsten Gelegenheiten abzupassen, um sie unbemerkt unter das Volk zu streuen? Viel zu viel kostbare Zeit verstrich dabei, fand sie jedenfalls, denn das Volk schien sich für diese Art des Aufwachens nicht ernsthaft zu interessieren. Es hatte sich wohl auch entschieden, und lange genug die Wahl gehabt. Wahrhaftig. Wie sie selbst. Es machte sie wütend. Ihre Beine schmerzten, und die Schultern. War sie nicht ganz bei Sinnen gewesen, als sie die Straßenbahn nach Bühlau hinaus bereits am Mordgrund verlassen hatte, um die ganze Strecke zu Fuß zurückzulegen? Was hatte sie nur geritten, dass sie in diesem Augenblick nicht darüber nachdachte, wie weit es von dort aus ins Heidehaus war? Aber die Erkenntnis, wegen ein paar Scheuerstellen auf dem Rücken und brennender Muskeln in den Beinen leiden zu wollen, brachte ihre schon angekratzte Verfassung nur noch mehr aus dem Gleichgewicht. Sie ballte ihre Fäuste und stieß voller Zorn einen quer über den Weg liegenden Ast zur Seite. »Du hast hier nichts zu jammern«, stieß sie hervor.

»Du nicht«, wiederholte sie, als müsste sie dem an sich selbst gerichteten Befehl noch mehr Nachdruck verleihen. Was sollten all diejenigen sagen, die anstatt wie sie nach Hause einen ganz anderen Weg auf sich zu nehmen hatten? Fliehend in die unbekannte Fremde oder schlimmer noch: in ein Lager! Greta hatte neulich erst von Berichten ihrer Freunde erzählt, der eine war in Dachau inhaftiert gewesen, der andere in Buchenwald. Auch dieser eine Pastor war vor nun vom Gefängnis weg in ein Lager gebracht worden. Greta litt sehr unter dem Unrecht, das ihren Dahlemer Freunden widerfahren war, doch es schien einen nur noch größeren Kampfgeist in ihr freizusetzen. Dafür bewunderte Thea sie. Im Gegensatz zu ihr hatte sich diese frei gemacht von allem, was man in der Gruppe diskutierte. Sie tat das, was sie in jedem einzelnen Fall für richtig hielt, und das meistens auch auf eigene Faust.
Greta hatte Thea vor einigen Wochen verraten, dass sie durch einen ihrer Patienten an eine weitere Geheimorganisation geraten war, die Pässe fälschte und auf diese Weise solchen Menschen zur Flucht verhelfen konnte, die weder das Geld noch die Möglichkeiten hatten, Deutschland auf legale Weise zu verlassen. Wenn man bei all diesen Dingen denn überhaupt noch das Wort »legal« benutzen konnte, ohne sich zu schämen. Dabei hatte Greta keinerlei Konflikte mit sich selbst und auch nicht mit ihrem Glauben. Sie wusste, dass das, was sie tat, nichts anderes war als ein grober Gesetzesverstoß. Betrug und Fälschung waren keine Randerscheinungen, für die man einer kleinen Geldbuße ahndete. »In normalen Zeiten«, hatte Greta zu Thea gesagt, und weiter: »Aber diese sind nun mal keine, und deswegen, meine Liebe, tun auch wir Dinge, die sonst nicht für uns infrage kämen!« Auch jetzt wieder lief Thea ein Schauer über den Rücken, als sie sich an jenes Gespräch mit Greta erinnerte, und die Feuchtigkeit unter dem schweren Rucksack klebte plötzlich unangenehm kalt auf ihrer Haut. Sie fröstelte trotz der lauen Temperaturen. Was machte Greta nur so furchtlos? Sollte es tatsächlich ihr Glaube sein? Thea hatte nie viel über die Kirche, geschweige denn über den erwachsenen Christus nachgedacht. Alles, was über Weihnachten hinausgegangen war, hatte sie bisher nicht sonderlich interessiert. Aber seitdem sie Greta bei einem Treffen der Gruppe kennengelernt und sich mit ihr angefreundet hatte – was ja eigentlich nicht gerne gesehen wurde, aber auch darauf gab Greta nicht viel war sie schon mehrmals in Eleonores Bibliothek an das Regal mit den Bibeln und den anderen frommen Büchern geschlichen und hatte darin geblättert. Ehrlich gesagt, hatte sie bisher nicht sehr viel mit deren Inhalt anfangen können. Sie traute sich aber auch nicht, bei Eleonore um Erklärungen nachzufragen. Nur an einer Stelle in einem der Evangelien war sie beim Lesen hängen geblieben, und die war ihr seitdem nicht mehr aus dem Kopf gegangen. »Siehe, ich sen-

de euch wie Schafe mitten unter die Wölfe«, hieß es da, und weiter: »Darum seid klug wie die Schlangen und ohne Falsch wie die Tauben.« Thea wischte mit dem Handrücken ein paar Schweißtropfen von der Stirn, während sie keuchend weiterstapfte. Fiel das, was Greta und die Dahlemer taten, unter jene Art von Klugheit, die man brauchte, um unter Wölfen zu leben? Konnte Christus vorausgesehen haben, dass es irgendwann einmal Nazis geben würde? Waren all die Mutigen und Hilfsbereiten so etwas wie Gesandte, dazu auserwählt – oder sollte man eher sagen: dazu verpflichtet -, mit Klugheit und List möglichst viele wehrlose Schafe einem Rudel lauernder Wölfe zu entreißen? Juden den Nazis, Sozialdemokraten, Kommunisten den Nazis, Zigeuner den Nazis, Pfarrer, Priester, Schwarze, Homosexuelle kurz gesagt: alle, die nicht Arier und nicht hitlertreu waren? Thea zwängte ihre Hände unter die drückenden Schulterriemen ihres Rucksackes. Und sie? War sie gerade dabei, sich des größten Versagens ihres Lebens schuldig zu machen? Sie stöhnte laut auf, unter den wieder aufflammenden nagenden Zweifeln. Vielleicht war sie selbst ja auch nur ein hilfloses Schaf, das darauf hoffte, der Bedrohung entrissen zu werden. Wenigstens fühlte sie sich im Moment so. Die Last ihrer Gedanken wog bereits seit Wochen schwerer als sämtliche Gepäckstücke, die man auf dem Rücken tragen konnte.
Ihre größte Sorge galt den Großeltern Seeligmann und Paulina. Sie lenkte ihre Gedanken dorthin und schlug einen schnelleren Schritt an. Viola, darüber war sie sich mit Greta einig geworden, Viola konnten sie nicht helfen. Viola hatte sich endgültig dafür entschieden, hier in Deutschland zu bleiben. Eine Trennung von August war ihr anscheinend so unvorstellbar, dass es alles andere, was daran hing, in den Schatten stellte. Viola, so faszinierend sie war, blieb in mancherlei Hinsicht ein rätselhafter Mensch. In sich verschlossen einerseits, ein anderes Mal aber wieder offen und ahnlehnungsbedürftig wie ein Kind. »Lass sie machen«, hatte Greta gesagt, als Thea völlig erschüttert gewesen war, nachdem Viola ein für alle Mal ihre Hoffnung zunichtegemacht hatte, sich doch noch mit ihren Eltern und Paulina zur Emigration zu entschließen. »Ich bleibe da, und das Kind bleibt da!« So hatte Violas letzter Satz an diesem Nachmittag gelautet, nachdem die drei Frauen ein heftiges Wortgefecht miteinander geführt hatten. Dann war Viola gegangen und hatte die Wohnungstür so heftig hinter sich zugeworfen, dass Thea zusammengezuckt war. »Jawohl, wir haben verstanden«, hatte Gretas Kommentar gelautet, und Thea war das so entsetzlich gefühllos vorgekommen. Aber gleich darauf hatte sie bemerkt, dass auch Greta verzweifelt war. Diese war, gleich nachdem sie durch das Fenster beobachtet hatte, wie Viola die Straße überquerte, in die Küche gelaufen, während sie, Thea, immer noch still am Esszimmertisch saß. Als Greta

sich nach einigen Minuten nicht mehr blicken ließ, war ihr Thea gefolgt. Greta hatte, mit dem Rücken zu ihr, am Spülstein gestanden. Aufrecht und still. Thea war eine Weile reglos in der Tür stehen geblieben, die Freundin beobachtend. Irgendwann hatte sie bemerkt, dass Gretas Schultern zuckten. Sie hatte Greta noch nie weinen gesehen, allerdings kannten sie sich dazu vermutlich auch noch nicht lange genug. Es war ihr ein wenig unangenehm gewesen, plötzlich so mit Gretas Gefühlen konfrontiert zu werden. Sie waren wohl doch stärker, als es den Anschein hatte. Thea hätte Greta so gerne getröstet, wusste doch aber selbst nicht, wie sie sich über Violas endgültige Entscheidung hinweghelfen konnte. Wie mochte das erst für Greta sein, die wohl seit Jahren deren beste und vermutlich auch einzig wirkliche Freundin war, wenn man so wollte? Thea hatte sich einen Ruck gegeben, war hinter Greta getreten und hatte vorsichtig deren Arm berührt. Da hatte Greta für einen Moment lang ihren Kopf an Theas Schulter gelehnt, ohne sich jedoch zu ihr umzudrehen. In dieser Situation war dann dieses »Lass sie machen, lass sie einfach machen« gefallen. Thea hatte nur ein paarmal genickt. Dann waren sie auseinandergegangen. Stumm. Thea hatte Jacke und Rucksack genommen und die Wohnungstür leise hinter sich zugezogen. Wie in Trance hatte sie sich auf den Weg zur U-Bahn gemacht, um bis zum Anhalter Bahnhof zu fahren. Dort stand ihr Zug nach Dresden schon bereit. Sie reiste dritter Klasse, was eine Sitzplatzreservierung erübrigte, aber sie ergatterte irgendwann dennoch einen schmalen Streifen neben einer opulenten Dame, die sich mittels eines ebenfalls ausladenden Korbes noch breiter machte, als sie ohnehin schon war. Komischerweise schien keiner der anderen Fahrgäste etwas dagegen zu haben, denn niemand bat die Frau, ihr Gepäck auf den Boden oder in das Netz zu stellen. Erst als Thea beim besten Willen nicht mehr stehen konnte und sich dann einfach auf dem bisschen grünen Polster niederließ, das neben dem Korb noch zu sehen war, bemerkte sie, wie einer der Mitfahrenden schräg gegenüber ihr mehrere bestätigende Blicke zuwarf. Wäre Theas Gemütslage eine andere gewesen, hätte sie sich schon aus Protest niemals neben eine Person gesetzt, die sich gebärdete, als hätte ihr jemand aus Gottes oder sonst jemandes Gnaden einen besonderen Status eingeräumt, der so viel bedeutete wie Ich-bin-nun-mal-dazu-geboren-mehr-Lebensraum-zu-benötigen-als-andere-Menschen. Aber ihre Vorstellung von einer gerechten Welt war in den letzten Monaten schon so reichlich beschädigt geworden, dass ihr inzwischen vieles egal war. Sie spürte nur eine entsetzliche Müdigkeit in ihren Knochen, und ihre Gedanken fanden keinen Anker, an dem sie anlegen konnten, um auch nur ein paar wenige vollständige Sätze hintereinander zu Ende zu denken. Logisch sortierte, vernünftige, widerstandsfähige. Nichts dergleichen schien in ihrem Kopf übrig geblieben zu sein. Vermutlich war sie ja auch deswegen auf diese dumme Idee gekommen, die Elf nach Bühlau hinaus bereits schon lange vor dem Ziel einfach zu verlassen. »Ja, tu dir nur leid«, zischte sie sich an und fuhr sich mit der Hand über die feuchte Stirn. Sie biss die Zähne zusammen und stapfte unaufhörlich weiter. Eleonores Wanderschuhe taten ihr wenigstens einen guten Dienst. Sie hatte die Dinger, obwohl sie ihrem Schönheitssinn entschieden spotteten und für ihren Geschmack schrecklich altmodisch aussahen, auf deren Rat hin einfach mitgenommen. »Wer weiß, mein Kind, welche Umwege du vielleicht machen musst, und in den feinen Stadtgalöschchen kannste keinen Berg bezwingen«, hatte Eleonores weiser Rat gelautet, als sie vor einigen Wochen Dresden verlassen hatte. Der Gedanke an Eleonore erhellte Theas Gemüt für einen Augenblick. Obwohl ihr Mund ganz trocken war und sie immer stärker schwitze, gab sie dem Bedürfnis, kurz stehen zu bleiben und die alte Feldflasche aus dem Rucksack zu nehmen, nicht nach. Die Vorstellung, demnächst auf einem weichen Sofa zu liegen und die Beine auszustrecken und dabei sicherlich von der Tante bedient zu werden, beflügelte sie. Sie straffte ihren Rücken und schlug einen schnelleren Schritt an. Die Steigung war nun beinahe bezwungen, und dann würde es bis zum Heidehaus vollends auf der Ebene weitergehen. »Tante Leo, ich komme!«, sagte Thea laut, und sie fand, dass sich ihre Stimme gar nicht so schlecht anhörte. Spätestens übermorgen würde sie Paulina treffen, und am Tag darauf würde sie sich wieder einmal in der Akademie blicken lassen müssen. Lange würde sie sich dort zwar nicht mehr halten können, sie hatte viel zu wenig erreicht in den letzten vier Jahren, war zu häufig abwesend und lief immer wieder Gefahr, hinausgeworfen zu werden, was sie allerdings nicht weiter störte. Jedes Mal, wenn sie das hässliche Hakenkreuz in den Klauen des Adlers sah, das seit der Umgestaltung der Aula protzend an der Wand prangte, überkam sie ein ekelerregendes Gefühl. Anfangs hatte sie es noch hingenommen, weil der Eifer, mit dem sie ihr Studium begonnen hatte, groß genug war, aber in der Zwischenzeit hatte sie einfach keine Lust mehr, sich ständig dieser Art von Kunst auszusetzen, die unmissverständlich dazu diente, die ideologische Haltung der Nazis zu untermauern. Sie würde es eben alleine in die Hand nehmen müssen, um in ihrer künstlerischen Entwicklung vorwärtszukommen. Sie arbeitete sowieso lieber ganz für sich, als dass man ihr dabei ständig über die Schulter sah und an ihr herumkritisierte. Und das theoretische Wissen – nun gut, wozu gab es Bücher und in der Zwischenzeit eine ganze Menge entlassener oder freiwillig zurückgetretener Lehrer und Professoren, die vielleicht nur darauf warteten, dass sie interessierten jungen Leuten etwas beibringen durften? Irgendein Weg würde sich bestimmt finden lassen, um an sie heranzukommen. Die kurz aufkommende zaghafte Stimme, die ihr

sagte, dass ihr Denken vielleicht reichlich naiv wäre, versuchte sie zu überhören. »Es wird schon gut gehen, irgendwie«, beruhigte sie sich und stapfte entschlossen weiter.
Nach ungefähr einer halben Stunde sah Thea das Heidehaus zwischen den hohen Fichten und den noch lichten Sträuchern vor sich liegen. Endlich hatte sie es geschafft! Sie spürte ein leichtes Kribbeln auf ihrer Haut wie ein aufgeregtes Kind vor der Weihnachtsbescherung und malte sich in Gedanken Eleonores überraschtes Gesicht aus. Sie hatte nicht genau gesagt, wann sie zurückkommen würde, sondern es lediglich für diese Woche angekündigt. Da sie durch den Wald kam, musste sie noch das halbe Grundstück umrunden. Gleich würde sie da sein! Sie trat auf die Straße und ging leicht geduckt am Gartenzaun entlang bis zum Tor. Die Taxushecke versperrte ihr den Blick in den oberen Teil des Gartens, und so wollte sie erst einmal vorsichtig durch das Tor in die Auffahrt spähen, um zu sehen, ob jemand draußen im Park wäre. Als sie sich vorbeugte, stockte ihr der Atem: Eine schwarze Limousine stand auf dem Kiesweg! Eine, wie sie auch die Gestapo benutzte! Sie blieb wie versteinert stehen. Das durfte, nein, es konnte einfach nicht sein, bitte, bitte nicht! Ihr Herz klopfte wie wild. Hatte sie eine Dummheit begangen? War ihr ein grober Fehler unterlaufen, dass man ihr auf die Schliche gekommen war? Vielleicht doch in der Akademie? Alle möglichen Namen schossen ihr durch den Kopf. Sie musste weg, nichts wie weg hier! Sie sah sich nur kurz um, ob irgendjemand in der Nähe sie beobachtet haben könnte, aber es war weit und breit niemand zu sehen. Es dämmerte ja bereits, und die Leute waren vermutlich schon in ihren Häusern. Thea ging denselben Weg, den sie gerade noch voll freudiger Erwartung gekommen war, langsam zurück, damit sie keinen Verdacht auf sich zog, und rannte dann, sobald sie aus der Sicht der Straße war, in den Wald. Hatte Eleonore etwa zu viel riskiert? Alwine? Konrad? Nein, niemals, sie waren schon so lange bei der Tante, sie vertraute ihnen. Aber man wusste nie, es sollten schon die übelsten Denunziationen vorgekommen sein! Jemand von den Nachbarn? Aber wer von ihnen? Sie hatte nie beobachten können, dass einer von ihnen ein übereifriger Naziverehrer war. Der schwere Rucksack schlug Thea bei jedem Schritt auf das Rückgrat. Die harten Absätze ihrer feineren Schuhe und die Feldflasche verursachten sehr schmerzhafte Stöße. Aber sie hastete weiter. In ihren Schläfen begann es zu hämmern, und ihre Augen brannten, weil sie immer angestrengter schauen musste, je weiter sie in den Wald lief. Die Seeligmanns! Paulina! »Nein, nein, nein!«, schrie sie. Thea übersah die dicke Wurzel, die direkt vor ihren Füßen quer über den Waldboden lief. Sie schlug der Länge nach hin, und der Rucksack donnerte an ihren Kopf. Jetzt fing sie auch noch an zu heulen! Aber es war einfach zu viel, nun

geschah es doch noch an diesem Tag: Sie wurde verrückt! Die Gestapo war da, und wenn die einmal Verdacht geschöpft hatte, lies sie nicht mehr locker. Davon hatte sie schon genug gehört. Es war aus, sie musste aus dem Heidehaus und aus Dresden verschwinden, vermutlich sogar aus Sachsen, aus Deutschland! Zurück nach Prag ging nicht, es wäre zu gefährlich, sie konnte ihre Familie nicht auch noch mit hineinziehen! Thea blieb einfach liegen und vergrub das Gesicht in den weichen Waldboden. Sie ließ ihren Tränen freien Lauf und weinte hemmungslos. Irgendwann hörte das Zucken in ihrem Köper auf, und sie fühlte sich nur noch schwach und elend. In der Zwischenzeit war es beinahe dunkel geworden. Sie spürte die Feuchtigkeit nicht, die langsam durch die Hosenbeine kroch, fühlte weder Hunger noch Durst, das Gewicht des Rucksacks schien sich irgendwohin verzogen zu haben, einzig eine bleierne Schwere hatte sich in ihr ausgebreitet. Sie drehte sich ein wenig zur Seite, sodass das unselige Gepäckstück auf dem Boden lag, dann zog sie die Beine, so nahe es ging, an den Köper, schob sich den angewinkelten Arm unter den Kopf und schloss erschöpft die Augen.

Als sie wieder zu sich fand, fiel ein feiner Nieselregen vom Himmel, und es war stockfinster. Thea blinzelte erst eine ganze Zeit lang in die Dunkelheit, ohne sich zu rühren. Der würzig-modrige Duft von Erde, Fichtennadeln und feuchtem Laub, vermischt mit dem sanften, gleichmäßigen Rauschen des Regens, belebte doch mit der Zeit ihre Sinne. Sie musste also noch leben, obwohl sie sich noch gut daran erinnern konnte, dass sie zuletzt an so etwas wie Sterben gedacht hatte. Merkwürdigerweise fror sie nicht, und vorsichtshalber probierte sie, ob sie mit den Zehen wackeln konnte. Sie war der Meinung, dass es klappte, wenn sie auch das Gefühl hatte, als wären ihre Füße meilenweit von ihrem Körper entfernt. Aber sie fühlte ganz deutlich die harte Kuppe der Wanderschuhe an ihrem großen Zeh, und es war ein gutes Gefühl. Sie war nur immer noch so müde! Du musst aufstehen, sagte eine innere Stimme, aber eine andere hielt dagegen. Sie schaffte es einfach nicht, wozu auch? Wie lange mochte sie hier liegen? Die Dunkelheit gab keine genaue Auskunft, wenn es einmal Nacht geworden war, blieb es das lange genug. Sie müsste auf ihre Armbanduhr sehen, aber darauf konnte man bestimmt nichts erkennen. Nach einer Weile fiel ihr ein, dass sie ja die kleine Taschenlampe im Rucksack hatte, damit würde sie wenigsten die Uhr lesen können. Aber anstatt sich zu bewegen, machte sie die Augen wieder zu. Wohin sollte sie schon gehen heute Nacht? Sie konnte ja nicht ins Heidehaus!

Das Heidehaus! Wie ein Stromschlag fuhr es Thea in die Glieder, und sie versuchte sich aufzusetzen. »Autsch!«, rief sie unwillkürlich, die Kniegelenke, die Rippen, der Kopf, alles tat fürchterlich weh! »Das Auto!«, rief sie und war augenblicklich auf den Beinen. Das Auto hatte doch ganz weit hinten in der Einfahrt gestanden, hinter dem verschlossenen Tor, beinahe auf der Höhe der Terrassentür! Thea fasste sich an den schmerzenden Kopf. Warum war sie nicht früher auf diesen Gedanken gekommen? Niemals hatte sie es erlebt, dass Tante Eleonore einen fremden Wagen, und dazu noch einen fremden Menschen, direkt auf das Grundstück fahren ließ. Nur Paulinas Großvater und Kilian durften für gewöhnlich ihren Wagen hinter dem Tor parken. Alle anderen hatten ihre Fahrzeuge an der Straße abzustellen. Das Tor war normalerweise zugesperrt, man konnte es nicht ohne Schlüssel öffnen, und vor einem Jahr schon hatte Eleonore beschlossen, selbst das schmale Türchen, das auf den Fußweg zur Haustür führte, abzuschließen, um unerwarteten Besuchern den Eintritt zu verwehren, bevor man sich nicht versichern konnte, dass sie auch willkommen waren. Also doch keine Gestapo? Thea schluckte, und ihr Herz begann wieder heftig zu klopfen. »Du bist ein Kamel, ein Riesenkamel!«, schalt sie sich selbst. Sie musste sich zurück zum Heidehaus schleichen und unbedingt herausfinden, wem der Wagen gehörte! Die Seeligmanns und auch der Professor fuhren einen anderen. Auch dass sich einer von ihnen in der Zwischenzeit einen neuen angeschafft hatte, kam nicht infrage, denn Chaijm hatte andere Sorgen, und Eleonores Gefährte hielt in dieser Beziehung nichts von »unnötigem Luxus«. Darüber spotteten sie ja oft genug. Aber vielleicht war der unbekannte Besuch ja auch schon wieder gegangen, und Thea konnte es wagen, nach Hause zu gehen. Sie musste also doch erst einmal nach der Zeit schauen. Es war genau zweiundzwanzig Uhr, als Thea zum zweiten Mal an diesem Tag vorsichtig hinter der Taxushecke hervorlugte, um einen geeigneten Blick auf die Villa zu erhaschen. Das unbekannte Fahrzeug stand noch am selben Platz wie ein paar Stunden zuvor, im Wintergarten brannte elektrisches Licht, und in einem der Fenster flackerten die Kerzen eines mehrarmigen Leuchters. Thea hatte sich von der Ostseite her an das Grundstück herangeschlichen, dort würde sie zum einen besser geschützt sein und gegebenenfalls schneller die Flucht ergreifen können, andererseits bestand hier eher die Möglichkeit, durch die unbelaubten Sträucher einen Blick auf den Wintergarten zu erhaschen und eventuell sehen zu können, wer sich darin bewegte. Aber sie sah niemanden, alles war zu weit weg, und außerdem, wenn man drinnen saß, war man von außen nicht zu sehen. Ungefähr eine Viertelstunde lang verharrte Thea auf ihrem Posten. Dann hielt sie nichts mehr. Alles sah so friedlich aus da drin. Wie hatte sie sich danach gesehnt, endlich auf einem der gemütlichen samtenen Sofas zu liegen und sich bedienen zu lassen. In geschützten Räumen, frei von der Angst, entdeckt zu werden, umgeben von einem fürsorglichen Menschen, der darauf brannte, einen wiederzusehen. Und nun hatte sie stattdessen diese bösen Stunden erleben müssen, und das womöglich alles nur eines harmlosen

Irrtums wegen! Ihre angespannten Nerven hatten ihr wohl einen schlimmen Streich gespielt. Noch fünf Minuten würde sie sich vorsichtshalber gedulden, dann würde sie vor zur Straße gehen, den Klingelknopf am Mäuerchen drücken und einfach nur Alwine oder Tante Leo in die Arme fallen. Und wer immer sonst noch da war, wem immer das verfluchte Auto gehören mochte, es war ihr einerlei! Sie hatte ein Recht darauf, hierher nach Hause zukommen, hier fühlte sie sich mehr beheimatet, als sie es jemals in Prag getan hatte.
Sie hielt es keine fünf Minuten mehr aus. Auch keine vier und keine drei. Sie fror so erbärmlich, dass ihre Zähne klapperten, und das Regenwasser hatte ihre Haare längst auf ihrem Kopf platt gedrückt wie ein Hundefell nach einem Bad. Ihre Hosenbeine waren durchnässt, die dicke Lodenjacke zum Glück nicht, aber sie war feucht und schmutzig. Die Hände hatte sie an den nassen Blättern einigermaßen sauber gewischt, aber der Waldboden unter den Fingernägeln hielt sich hartnäckig. Sie musste eine schreckliche Erscheinung sein! Als sie läutete, zitterte sie am ganzen Körper, ihre Beine fühlten sich an wie Kinderbrei. Es schien eine halbe Ewigkeit zu vergehen, bis das Licht im Flur anging und die Haustüre langsam aufgemacht wurde. Dann erschien Eleonore. »Ich bin's!«, rief Thea leise und sah zwischen den Gitterstäben hindurch. »Himmel, mein Mädchen!« Eleonore war mit raschen Schritten da, machte auf, zog Thea herein und schloss sie fest in die Arme.
»Ich ... ich«, stammelte Thea in Eleonores weiche Hausjacke hinein. Sie wollte sich für ihr Aussehen entschuldigen und für das späte unangemeldete Kommen und überhaupt die Tante warnen, dass sie sich schmutzig machen würde an ihr, aber sie brachte nur unsortierte halbe Sätze zustande. Eleonore ließ sie einfach gewähren. Sie standen eine ganze Weile, bis sich Thea aus der Umarmung löste. Sie fuhr sich mit den Händen über das Gesicht und die Haare und lächelte. »Willkommen zu Hause«, flüstere Eleonore und fasste Thea am Arm. Als die Baronin die Haustür hinter sich abgeschlossen hatte, fiel die Spannung des ganzen langen Tages von Thea ab. Sie zerrte sich den Rucksack herunter und ließ ihn auf den Boden fallen. Dann lehnte sie sich an die Wand und schloss die Augen. Ohne ein Wort zu sagen, zog Eleonore ihr die Jacke aus und machte sich dann an den Schnürsenkeln zu schaffen. Thea stieg wie mechanisch aus den Schuhen, immer noch ohne die Augen zu öffnen. »Was mochte das Mädchen nur erlebt haben in den letzten Tagen oder Stunden«, fragte Eleonore sich. Sie musste sie so schnell wie möglich ins Bett schaffen. Sie würde Alwine bitten, eine Wärmflasche und etwas zu Essen zu machen. Wer wusste, wie lange sie weder gegessen noch getrunken hatte? Ihr Gesicht war blass, Lippen und Fingernägel blau. »Tantchen, sag mir nur noch eines«, flüsterte Thea mit immer noch geschlossenen Augen. »Wem gehört dieses Auto, da draußen?«

Eleonore verriet es ihr nicht mehr. Es wäre eine Überraschung, eine sehr schöne, sagte sie nur, und sie werde jetzt Alwine rufen, damit die ihr eine heiße Suppe kochen würde, und bis dahin würde sie Thea ins Bett verfrachten. Dann sollte sie erst einmal so lange schlafen, wie es überhaupt nur ginge. Am morgigen Tag würde dann die Welt viel freundlicher aussehen, das garantiere sie ihr.
Thea ließ alles willenlos mit sich geschehen. Sie fühlte nur noch dieser wohligen Wärme nach, die sie allmählich umhüllte wie ein großer weicher Mantel. So ähnlich musste sich das Paradies anfühlen, wenn es denn eines gab. Als Eleonore das Licht gelöscht und ihr einen erholsamen Schlaf gewünscht hatte, drehte sie sich auf die Seite und seufzte tief. Wie herrlich roch der Duft dieses Bettzeuges und des frischen Nachthemdes. »Sonja oder Thea oder wer auch immer du bist,« sagte sie zu sich selbst, »jedenfalls weiß ich, dass du keine Widerstandskämpferin bist und es auch niemals werden wirst!« Dann schlief sie ein.

*

Das Bild war auf der Titelseiten aller Zeitungen: Der Führer in Wien, im offenen Wagen stehend, mit ausgestrecktem Arm. Im Hintergrund jubelnde, Hakenkreuzfähnchen schwenkende Menschen, an den Gebäuden Nazibeflaggung. Im Vordergrund Frauen und Mädchen, die ihre Arme weit ausstreckten, lachend, heulend, ekstatisch beinahe. Kinder, die hoch über die Köpfe der Menschenmasse gehoben wurden. Opferkult? Von Witte schüttelte sich angewidert. Gestern schon hatte er sich nur mit Mühe beherrschen können, als er die »Heimführungsreden« Hitlers in der Tagespresse gelesen und im Rundfunk gehört hatte.
Er war zeitig aufgestanden heute, nachdem er sich am gestrigen Abend, müde von mehreren arbeitsreichen Tagen, bereits gegen 21 Uhr zurückgezogen hatte. Der frühe Morgen hatte schon einen wolkenlosen Himmel gezeigt, wovon man sich einen schönen Frühlingstag versprechen konnte. Also war er mit dem Hund aufgebrochen und hatte einen langen Spaziergang gemacht, der ihn mindestens so sehr wie das Tier erfrischt hatte. Immer wieder war Hasjo aus seinem Blickfeld verschwunden. Den eleganten Körperbau gepaart mit den schnellen, kraftvollen Bewegungen des Rüden, mit denen er seinem Jagdinstinkt frönte und auf und davon jagte, sobald er Witterung aufgenommen hatte, empfand sein Herr als ein fast schon berauschendes Sinnbild einer ausgeschöpften Lebenslust. Ungebändigt auf der einen, dennoch aber sicher und zielgerichtet auf der anderen Seite. Michail hatte sich noch vor wenigen Jahren nicht vorstellen können, dass ihm eines Tages ein Tier so ans Herz wachsen könnte wie dieses. Hasjo hatte eine wunderbare Fähigkeit, die ihm, einem

Mann, der den unterschiedlichsten Tätigkeiten nachging, enorm entgegenkam. Der russische Windhund konnte warten, stundenlang, geduldig, ohne sich zu beschweren, also ohne einen Laut von sich zu geben. Dazu an den ungewöhnlichsten Orten, die ihm oft fremd waren, ihn häufig entweder mit unbekannten Gerüchen oder Geräuschen oder mit beidem gleichzeitig konfrontierten. Hasjo konnte all diese Dinge ertragen, wenn ihm Michail zuvor eindringlich befohlen hatte, sich still zu verhalten, bis er wiederkäme. Er war ein treuer Gefährte für den Mann geworden, und ihr gegenseitiges Vertrauen war wohl so etwas wie grenzenlos. Jetzt lag der Hund auf der Veranda und blinzelte träge in die Mittagssonne, während sein Herr in einem der weißen Korbstühle saß, welche die Haushälterin am Vormittag hinausgestellt hatte, und mit missbilligender Miene eben eine jener Meldungen in der Zeitung las, die ihn seit Tagen wütend machten. Er war froh, dass er seinen Entschluss gefasst hatte! Er würde sonst keine ruhige Minute mehr haben, wenn er unterwegs war. Seine Frau und die Kleine würden sich schon auch noch einmal woanders zurechtfinden. Katja war intelligent genug, beherrschte einigermaßen die englische Sprache – und Carla sowieso. Die war noch jung, und in der Jugend musste man lernen, mit den Steinen, die einem das Leben in den Weg legte, umzugehen, wenn man sich irgendwann einmal im Alter mit gutem Gewissen ins eigene Gesicht sehen wollte. Aus den Jungens waren Männer geworden, die ihr eigenes Leben führten. Sie verfügten über genügend eigenes Einkommen. Sonja? Nun ja, Sonja bereitete ihm ein paar Sorgen. Er würde ihr unter die Arme greifen müssen, das war klar. Andererseits war sie alt genug und besaß doch hoffentlich auch ein Stück des Witte'schen Verstandes und der Federow'schen Schläue. Sonjas besonders empfindsames Gemüt jedoch war es, wovor er sie beschützen musste, denn ansonsten würde es ihr eines Tages zum Verhängnis werden. Er hatte lange gebraucht, sich damit abzufinden, dass eines seiner Kinder ein wenig zu versponnen war. Um Victor, seinen zweitältesten Sohn, hatte er auch eine Zeit lang gefürchtet, aber der hatte sich in der Zwischenzeit gefangen. Zwar war er auch ein Künstler geblieben, jedoch zum Stolz seines Vaters auf seinem Instrument ein hervorragender Meister geworden. Er ging die Sache mit einer genügend großen Portion Nüchternheit an. Er hatte eine Familie gegründet und kam mit seinem Beruf für diese auf. Konstantin hatte sich in Amerika niedergelassen und sich ganz so orientiert, wie es für einen Mann seines Alters und seiner Fähigkeiten angemessen war. Fand er, Michail, jedenfalls. Umso mehr ärgerte es ihn, dass Sonja anscheinend nie eine genaue Auskunft darüber gab, wann sie wiederkam – zumindest hatte er sich das sagen lassen -, und das war einfach gegen die Regeln. Wie sollte man reagieren können, wenn sie nicht begriff, dass sie wenigstens *eine* verlässliche An-

gabe machen musste, die als ein absolut gültiger Eckpfeiler galt? Sie ließ sich eindeutig zu viele Freiräume offen, die sie und andere gefährdeten. Er würde nicht darum herumkommen, ein ernstes Wort mit ihr zu reden.
Gerade als er darüber nachdachte, wie er das am Geschicktesten anstellte, hörte er die vertraute Stimme seiner Cousine, und gleich darauf stieg ihm ein verführerischer Duft in die Nase. »Es ist angerichtet, du dürftest zu Tisch kommen!« Nun, er liebte Aufforderungen dieser Art. Zudem war das Frühstück bereits seit Stunden verdaut, und sein Magen hatte schon um elf Uhr geknurrt. Er faltete die Zeitung rasch zusammen und knallte sie in einem Anflug von Abscheu auf die Steine, sodass Hasjo erschrocken auffuhr. »Nichts für ungut, mein Lieber«, beruhigte ihn sein Herr, »aber vielleicht sollte ich dich mal auf ihn ansetzen, was meinst du, he?« Er zeigte mit dem Finger auf das die halbe Seite einnehmende Zeitungsbild des Führers. Hasjo sah seinen Herrn nur kurz mit leicht schief gelegtem Kopf an, dann fuhr er sich mit der langen Zunge über das Maul, gähnte und ließ sich wieder auf dem warmen Stein nieder. Michail lachte und schickte sich an, durch die weit geöffnete Flügeltür den Wintergarten zu betreten. Man sollte sich einen herrlichen Frühlingstag nicht von einem Despoten verderben lassen.

Er war gerade dabei, den ersten Löffel heißer Suppe vorsichtig an die Lippen zu setzen, als er beobachtete, wie bei der ihm gegenüberliegenden Tür langsam die Klinke heruntergedrückt wurde. Verwundert schielte er zu seiner Cousine hinüber und bemerkte sofort deren Lächeln hinter dem großen Suppenlöffel. Aha, dachte er und schob die dampfende Brühe in den Mund. Den kurzen Schmerz, den die heiße Flüssigkeit auf seiner Zunge verursachte, registriert er jedoch nur beiläufig, denn in der Tür erschien in voller Größe eine junge Frau mit kurzen Haaren. »Bei allen Göttern!«, sagte er nur und legte den Löffel auf die Serviette. »Wie Phönix aus der Asche!« »Papa!«, stammelte Thea, für einen Moment lang völlig konsterniert, denn mit allen möglichen Leuten hatte sie gerechnet, nicht aber mit ihrem Vater. Die Erleuchtung folgte prompt: »Der Wagen!«, rief sie und schlug sich mit der Handfläche gegen die Stirn, stürmte auf ihren Vater zu, der sich in der Zwischenzeit erhoben hatte, und umarmte ihn. »Na, na, nicht so heftig«, brummelte dieser, weil es ihn ein wenig verlegen machte, seine erwachsene Tochter in einer so kindlichen Geste zu erleben. Aber er hatte wohl nicht weniger das Verlangen gespürt, sie an sich zu drücken, er war nur beherrschter damit umgegangen. Sonja fühlte sich allerdings magerer an, als sie aussah, und dass sie so burschikos gekleidet war, hatte ihm im ersten Moment etwas missfallen, doch die jungen Leute waren eben moderner als die älteren – ein Naturgesetz, dem man sich beugen musste. Er hielt das Mädchen in Armeslänge von sich und sah dann zu Eleonore hinüber. »Leo, hast du mir etwa am gestrigen Abend etwas vorenthalten?« »Michail Paul Grigorijewitsch und-sonst-noch-was, das bist du wohl nicht gewohnt, was, mein Lieber?« Eleonore sah ihren Cousin mit hochgezogenen Brauen lachend an. Sie hatte sich an der Vitrine zu schaffen gemacht, um ein Gedeck für Thea zu holen. »Nein, nein«, fuhr sie dann aber beschwichtigend fort. »Als Thea gestern erst spät auftauchte, hast du vermutlich schon tief und fest geschlafen.« »Aha, *Thea,* also auch hier!«, wiederholte Michail gedehnt. Anstatt auf die angedeutete späte Ankunftszeit seiner Tochter am gestrigen Abend oder womöglich mitten in der Nacht einzugehen, schlug der alte Fuchs seiner Tochter auf die Schultern, was sich eher als eine für einen Mann als für eine Frau gedachte Geste ausnahm, und setzte sich wieder auf seinen Stuhl. Er hatte sofort bemerkt, wie Sonja bei der Nennung ihres Decknamens zusammengezuckt war. Eleonore war allerdings auch erschrocken, als ihr das Thea einfach so herausgerutscht war. Sie hatte sich so sehr daran gewöhnt, dass ihr in diesem Moment einfach gar nicht in den Sinn gekommen war, dass das Mädchen ja für Michail immer noch niemand anderes war als seine Sonja. Obwohl sie gestern ausgiebig von ihr geredet hatten, und das selbstverständlicherweise in der richtigen Namensform. »Was heißt hier *hier?*« Thea griff schnell nach dem Stuhl, an dessen Platz ihr Eleonore Teller und Besteck hingelegt hatte, und ließ sich auf der äußersten Kante nieder. Sie sah ihren Vater nicht an, sondern spielte nervös mit dem schweren Silberlöffel. Das Ding kam ihr in diesem Moment noch monströser vor als sonst, obwohl sie nun schon so lange in diesem Haushalt lebte und täglich mit diesen Bestecken aß.

Ein langes Katz-und-Maus-Spiel gab es nicht, das war von Witte im Umgang mit seiner eigenen Familie zuwider. Als Eleonore der jungen Frau den Teller mit Suppe gefüllt hatte, legte er los. »Mein liebes Mädchen, du brauchst nicht nervös zu werden, denn du hast deinen alten Herrn vollkommen richtig verstanden: Hier heißt hier, denn ich bin darüber informiert, dass du dich draußen Thea nennst, und das finde ich einen außerordentlich hübschen Namen, wir hätten ihn dir eigentlich von Anfang an geben können – aber dann könntest du ihn jetzt gar nicht benutzen, auch schade.« Er hatte in einem Atemzug gesprochen und die Tochter dabei fest angeblickt. »Nun iss und schau mich nicht so verschreckt an!«, forderte er sie auf. »Die ganze Sachlage ist es nicht wert, als dass sie uns den Appetit auf so eine herrliche Mahlzeit verderben sollte, nicht wahr, Leo?« Lachend sah er Eleonore an, die ihn mit einem Nicken und dann mit einem aufmunternden Blick zu Thea hin bestätigte. Diese entspannte sich etwas. »Wenn wir weiter mit kühlem Kopf und erfolgreich an der Sache dranbleiben wollen, müssen wir genug essen, um bei Kräften zu bleiben, und ge-

nug trinken, um den Geist frisch zu halten, und du mein Kind, siehst nicht gerade so aus, als hättest du in den vergangenen vierundzwanzig Stunden zu viel davon gehabt!« Damit hob er sein Weinglas und wartete, bis Eleonore auch seiner Tochter etwas eingeschenkt hatte. Zaghaft folgte Thea der Geste ihres Vaters. »Zu unser aller und hoffentlich vieler anderer Wohl«, sagte Michail mit fester Stimme. »Zum Wohl«, wiederholte Eleonore und blinzelte Thea zu, die noch immer blass und angegriffen aussah. »Ja, auf uns«, hauchte die und nahm dann einen kräftigen Schluck. Die angenehme Kühle des Weißburgunders erfrischte sie direkt. »Ich sehe«, bemerkte ihr Vater trocken, »du kannst damit umgehen.« »Papa!« Entrüstet warf Thea dem Angesprochenen einen eindeutigen Blick zu. Tatsächlich, sie fühlte so etwas wie Mut in sich zurückkehren. »Ja, ja ich weiß«, entgegnete der entwaffnend zwischen zwei schnellen Löffeln Suppe. Er mochte sie nicht mehr, wenn sie lauwarm war. »Du bist kein Backfisch mehr, wahrhaftig, und du weißt auch sehr genau, wenn man dem Wein zusprechen und wann sich von ihm fernhalten sollte. Du bist eine erwachsene Frau, und du hast dich bisher als solche auch ganz tapfer geschlagen, davon habe ich mich überzeugt.« »Was willst du damit sagen?« Misstrauisch äugte Thea zu ihrem Vater hinüber und beeilte sich, gleichzeitig den Suppenteller leer zu bekommen. Es schmeckte hervorragend, aber nicht halb kalt, und der Duft weiterer verheißungsvoller Speisen hing allzu deutlich in der Luft. Außerdem spürte sie mit jedem Löffel mehr, wie ausgehungert sie war.
Zwischen Kalbsbraten, Feldsalat und Teigwaren in einer feinen Rahmsoße mit Pilzen klärte Michail von Witte seine Tochter auf: Er war über einen langjährigen Freund von der Existenz der Gruppe in Berlin, die anfänglich ja allein von Prag aus operiert hatte, unterrichtet worden. Dessen Sohn gehörte zum Kopf der Organisation, oder besser gesagt: zu deren Sicherheitsdienst. *Leierkasten 1* war die Bezeichnung des besagten Mannes, und in dieser Funktion nahm er nicht an den organisatorischen Treffen der Gruppe teil. Aus diesem Grunde konnte Thea ihn auch nicht kennen. Die sogenannten Leierkastenmänner erhielten jedoch die detailgetreuesten Beschreibung aller Mitglieder. In stundenlanger Konzentrationsarbeit lernten sie dann deren echtes und falsches Leben sozusagen auswendig. Eine Höchstleistung, der sie in zwei verschiedenen Funktionen Rechnung tragen mussten. Einem Teil von ihnen oblag das Beobachten von Leuten, Vorgängen und bestimmten Umgebungen. Die anderen waren dafür zuständig, möglichst viel über eventuell brauchbare Mitglieder herauszubekommen und die bereits dazugehörenden zu überprüfen. Für die Sicherheit des Ganzen war diese Sache von allergrößter Bedeutung, dennoch würde trotz aller Vorsicht ein relativ hohes Restrisiko niemals abzudecken sein. Auf diese Weise war auch Michail über die Leierkastenfunktion zum er-

weiterten Kreis der Gruppe gestoßen, nachdem er für absolut vertrauenswürdig anerkannt worden war. Man hatte ihm nicht gesagt, dass auch seine Tochter mit kleinen Aufträgen für die Gruppe tätig war. Es wurde darauf geachtet, dass nicht zwei Personen einer Familie in denselben Auftrag verwickelt waren. Zum einen konnte das die Sicherheit erheblich gefährden, zum anderen umging man so das Problem, durch familiäre Befindlichkeiten, die man nicht kannte, handlungsunfähig zu werden. Doch sollten sich Familienangehörige einander zu erkennen geben oder der Zufall dies erledigen, nahm man es hin. Der alte von Witte seinerseits benötigte nur wenige Hinweise, um auf seine Tochter Sonja zu stoßen. Zu »Thea«, wie die junge Frau genannt wurde, ließ sich für ihn eine Verbindung herstellen, denn der Name Theodora war in der Verwandtschaft seiner Frau mehrere Male vorgekommen. Auch hatte es geheißen, dass diese junge Frau aus Dresden käme, ihr Zuhause jedoch in Prag haben würde. Nun, diese Konstellation gab es sicherlich nicht alle Tage, und dennoch hätte es Zufall sein können. Aber Sonja hatte ja in ihren Briefen nach Hause gelegentlich geschrieben, dass sie hin und wieder nach Berlin reise, wofür ein beträchtlicher Teil ihres Geldes draufzugehen schien. Ebenso hatte sie von ihrer Freundschaft zu einer Paulina, deren Großeltern und deren Mutter berichtet, die ebenfalls in Berlin lebte. Michail seinerseits hatte von Anfang an gewusst, dass es sich bei den Leuten um Juden handelte, auch wenn Thea nie die Namen der Großeltern genannt hatte. Irgendwann hatte er sich bei seiner Cousine erkundigt, in wieweit Sonja noch mit anderen Dingen als mit ihren Studien beschäftigt war, denn seiner Meinung nach müsste das Studium schon lange beendet sein.
»Du brauchst dir keine Sorgen zu machen«, hatte Michail gleich vorweggenommen, als er seiner Tochter von diesen Erkundigungen erzählte. »Die fürstliche Eleonore hat standgehalten, sie war nicht zu beugen gewesen und hat dich nicht verpfiffen, wenngleich sie natürlich nicht geleugnet hat, dass du hin und wieder unterwegs seiest.« Thea hatte erleichtert geschmunzelt, sich aber trotzdem geärgert, als sie die Röte in ihrem Gesicht aufsteigen fühlte. Es war komisch: Wenn Väter sprachen, fühlte man sich selbst als erwachsene Frau wieder ein bisschen schulmädchenhaft. Nun ja, sie würde es aushalten müssen. »Papa bitte!«, hatte sie gedrängt. »Mach es nicht so spannend, sag mir einfach schnell, wie du dann vollends ganz herausgefunden hast!« »Rom ist nicht an einem Tag erbaut worden, du erinnerst dich!« Michail lachte laut, als er seine Tochter händeringend und augenrollend dasitzen sah. »Du bist unmöglich!«, rief sie. Eleonore legte nur kurz ihre Hand auf Michails Arm. Er zwinkerte ihr zu. »Gut, meine kleine Partisanin, es ist schnell gesagt«, lenkte er begütigend ein. Thea war unendlich froh darüber, dass ihr Vater ihr bis zu diesem

Zeitpunkt noch keinen Vorwurf gemacht hatte, und seiner Laune nach zu urteilen standen die Aussichten nicht schlecht, dass dieser auch nicht mehr folgen würde. »Meinrad Stolzfuß, Deckname Mörike«, fuhr er fort, hat sich über den Kontakt mit Leierkasten 1 hinaus mit einer gewissen Greta verbündet und ...« Weiter kam er nicht. »Greta?«, rief Thea mit vor Entsetzen weit aufgerissenen Augen und ließ Messer und Gabel fallen, sodass die braune Soße auf das Tischtuch und ihre weiße Hemdbluse spritzte. »Hat sie mich verraten?« Sie starrte ihren Vater entsetzt an. »Wo hast du das gelernt?«, fragte dieser scharf zurück und deutete auf das quer daliegende Besteck und die Flecken auf dem Tischtuch und der Bluse. Thea sank in sich zusammen und verneinte betreten. »Mein Mädchen«, hörte sie ihren Vater weiter sprechen, »seine Emotionen sollte man in der Hand haben, das ist und bleibt das oberste Verhaltensgebot in der Politik, auch wenn es einen in die Opposition getrieben, oder genauer gesagt: in den Widerstand verschlagen, hat! Weder Greta noch einer der Leierkästen noch Meinrad haben dich verraten, wie du es nennst, und noch etwas«, fuhr er unbeirrt fort, während Thea mit gesenktem Blick das feine Fadenmuster auf ihrer Gabel nachfuhr. »Dein alter Herr ist nach wie vor dazu in der Lage, sich seine Informationen selbst einzuholen und diese zu einem Ganzen zusammenzusetzen. In der Diplomatie, mein Kind, hat man gelernt, von soliden Beziehungen zu leben und nicht von romantischen Idealvorstellungen mit ewigen Treueschwüren, liebreizender Freundschaft und dilettantischer Geheimniskrämerei!« »Das hätte nicht sein müssen!«, dachte Eleonore und tupfte sich mit der Serviette den Mund. Einige Augenblicke blieb es still, dann sah Thea ihren Vater offen an und schluckte mit aller Willenskraft die Tränen hinunter, sodass sie sprechen konnte. »Papa«, sagte sie leise, »du bist ungerecht, wenn du so etwas sagst, auch wenn ich weiß, dass ich für dieses Geschäft, in das ich deiner Ansicht nach hineingeraten bin, nichts tauge. Spätestens gestern Abend ist mir das endgültig klar geworden. Ich bin ein Hasenfuß, ich habe meine Emotionen – wie du es nennst – nicht in der Hand, ich kann nicht ausdauernd und hart genug arbeiten, ich verstehe nichts von Diplomatie, nichts von der Politik und erst recht nichts von ausgefuchsten Winkelzügen.« Sie verengte die Augen zu schmalen Schlitzen und schluckte noch einmal fest. »Aber eines musst du mir glauben: Auch ich habe längst gemerkt, dass für romantische Idealvorstellungen in Deutschland kein Platz mehr ist. Ich kann nicht schlafen, nicht essen und nicht so tun, als wäre die Welt voll blauer Blumen, wenn ich hören und sehen muss, wie jeden Tag himmelschreiendes Unrecht an unschuldigen Menschen geschieht! Ich kann auch Zeitungen und Bücher lesen, ich kann Rundfunk hören und ich gehe mit offenen Augen und Ohren durch die Gegend.« Sie begann deutlich schärfer und lauter zu werden.

»Es ist mir nicht entgangen, dass Hitler sich Österreich geholt hat, dass die Hetze auf die Juden seit Wochen wieder beängstigende Ausmaße annimmt, ich habe erlebt, wie die Akademie sich langsam, aber sicher in eine Nazischmiede verwandelt hat, ich kann es nicht ertragen, wenn Kinder alten Leuten ‚Judenschwein' auf der Straße nachrufen dürfen, und keiner tut etwas dagegen! Deshalb, nur deshalb bin ich *Thea* geworden, Thea, die Mutige, die Gute, Thea, die Beschützerin, ha, die aber nicht einmal imstande ist, sich vor sich selbst zu schützen, Thea, die sich dem Untergrund angeschlossen hat, sodass sie eines Tages, wenn sie alt ist, guten Gewissens in den Spiegel sehen und sich selbst gegenübertreten kann, das sagst du doch immer, wäre wichtig, oder?« Den letzten Satz hatte sie schon beinahe geschrien und eigentlich hatte sie noch so viel sagen und erklären wollen, aber es kam nichts mehr. Auch keine Tränen. Sie starrte ihren Vater nur an, stumm, mit halb geöffnetem Mund. Der hatte ihr die ganze Zeit zugehört, war ihren Blicken nicht ausgewichen und hatte nicht im Geringsten Anstalten gemacht, sie zu unterbrechen. Obwohl es ihn getroffen hatte, jedes einzelne Wort, das über ihre Lippen gekommen war. Er hatte sich nicht getäuscht; es war wirklich höchste Eisenbahn gewesen, dass er hergekommen war! Das angegriffene Wesen, das ihm da gegenübersaß, war keine andere als seine *Sonja,* immer noch, die Änderung ihres Namens hatte also keine Änderung des Wesens herbeigeführt. »Gott sei Dank!«, dachte er. Sie kannte sich also doch selbst gut genug. Das würde sie vor jener gefährlichen Selbstüberschätzung bewahren, die unbedarfte Menschen häufig zu risikoreichen Unternehmungen verleitete. Ihre Nerven lagen blank, und dass sie litt, worunter auch immer, das hatte er schon wenige Sekunden, nachdem sie durch die Tür gekommen war, bemerkt. Von Witte legte besänftigend seine Hand auf die seiner Tochter, aber die zog sie zurück. Sie brauchte frische Luft! Ohne ihren Vater oder Eleonore anzusehen, stand sie auf und verließ das Speisezimmer Richtung Salon. Draußen schien die Sonne und durchflutete auch die gartenseitigen Räume des Hauses mit Licht und Wärme. Thea wollte das Atelier aufsuchen. Dort konnte sie vielleicht in Ruhe nachdenken. Mit schnellen Schritten ging sie durch den Wintergarten, beide Flügel der Tür zur Veranda hin standen weit offen, und auch die Sitzmöbel befanden sich bereits draußen. Das leise Geräusch, als Hasjo sich erhoben hatte, nahm Thea gar nicht wahr. Der Hund hatte schon vorher eine in diesem Hause bisher fremde Stimme vernommen und nun rasch näher kommende unbekannte Schritte, was ihn augenblicklich in erhöhte Aufmerksamkeit versetzte. Hasjo freute sich immer auf neue Menschen, wusste aber wohl, dass man lange nicht allen trauen konnte. Als Thea aus dem Schatten des Dachvorsprungs heraus mitten auf die Veranda trat, stach das grelle Sonnenlicht im ersten Moment so in ihren

Augen, dass sie diese automatisch zumachte und die Hand schützend davorhielt. Sie drückte dabei den Kopf aufs Brustbein, weil ihr auch ein stechender Schmerz in die Schläfe gefahren war. So verharrte sie einige Sekunden. Als der Schmerz sich verzog, nahm sie die Hand vom Gesicht und öffnete die Augen. Ihr stockte das Herz, aber der Schreckensschrei blieb ihr förmlich im Halse stecken. Mit geöffnetem Mund hielt sie die Luft an: Vor ihr stand ein riesiges Tier mit hochgereckter Nase und schaute sie neugierig an. Hatte sich etwa Eleonore dieses Vieh angeschafft, solange sie fort gewesen war? »Na ... w... wer ... b... bist du denn?«, stotterte sie, während ihr das Herz noch immer bis zum Halse schlug. Hasjo bewegte sich keinen Zentimeter von ihr weg und ließ sie nicht aus den Augen, was allerdings auf Gegenseitigkeit beruhte. »Von Witte, Sonja!«, verbeugte sie sich schließlich vor dem aufmerksamen Beobachter, bemüht, ihre Angst zu verbergen und das Ganze mit Humor zu versuchen. Der Hund legte den Kopf schief, und seine zurückgeklappten Ohren zitterten leicht. Plötzlich erinnerte sie sich: »Ach«, sagte sie gedehnt und streckte vorsichtig ihre Hand aus, »ich wette, du bist Vaters Hund, stimmt's? Wie war doch nur gleich dein Name?«

»Hasjo!« Die Antwort kam von hinten. Das Tier begann heftig mit der Rute zu wedeln und sah mit erwartungsvollem Blick zu seinem Herrn hin. Thea drehte sich nicht um. »Gefällt er dir?« Michail trat nach draußen neben seine Tochter und fuhr Hasjo mit kräftigen Bewegungen an seinem hochgereckten Hals hinunter. Der Hund ließ sich, ohne dass er dazu aufgefordert wurde, auf den Hinterläufen nieder, und Thea nahm erstaunt zur Kenntnis, wie groß er, selbst so harmlos dasitzend, immer noch war. Es war ein edles Tier, zweifellos. »Er ist hübsch, ja«, sagte sie gepresst. »Aber du hättest mich auch warnen können.« Den leisen Vorwurf in ihrer Stimme hatte Michail nicht überhört. »Vor ihm oder vor mir?« Thea hatte ganz genau gespürt, wie ihr Vater bei dieser Frage geschmunzelt hatte, obwohl sie ihm immer noch halb den Rücken zuwandte. Sie gab keine Antwort, stattdessen ließ sie sich hockend vor Hasjo nieder, sodass dessen spitze Schnauze ganz nahe an ihrem Gesicht war. »Hast du auch manchmal Ärger mit ihm?«, fragte sie das Tier und deutete mit dem Daumen nach hinten. Der Windhund legte einen seiner lang behaarten Vorderläufe auf Theas Schoß, sodass diese nach vorn auf die Knie kippte und dabei unweigerlich mit ihren Haaren an dessen Nase stieß. Er schnüffelte nur kurz daran, bis sie wieder aufrecht saß. Michail beugte sich zu den beiden hinunter und begann mit der einen Hand den Nacken seiner Tochter und mit der anderen den seines Hundes zu kraulen. »Ihr seid zu bedauern«, sagte er leise, »zu einem wie mir zu gehören ist gewiss nicht immer ein Zuckerschlecken, das gebe ich ja zu.« Die Hände verschwanden wieder auf dem breiten Rücken des Barons.

Hasjo nahm die Pfote von Thea, erhob sich und drückte sich mit seiner Flanke an seinen Herrn. Thea blieb auf den Knien sitzen und sah angestrengt in den Park hinaus, der sich mit seiner klaren Anordnung von Rasen, Rabatten, Sträuchern und Bäumen vor ihrem Auge ausbreitete wie ein riesiges Gemälde. Ruhe und Frieden gingen von ihm aus. »Papa«, begann Thea zögernd und so leise, dass Michail einen Schritt vortrat, um sie zu verstehen. »Was glaubst du, wie oft ich mir schon deinen Rat gewünscht habe, seitdem ich in der Gruppe bin, aber man hat mir eingeschärft, möglichst wenig Leute ins Vertrauen zu ziehen, am allerwenigsten aber die aus der eigenen Familie oder Verwandtschaft, solange die nicht auch als absolut dichte Mitglieder dazugehörten. Die Gefahr wäre zu groß und die innere Bindung an die Familie würde der Sache hinderlich sein können und einem zum Verhängnis werden. Ich wollte euch doch nicht in Gefahr bringen, aber ich habe es auch nicht geschafft, Eleonore rauszuhalten. Sie hat es geahnt, dass ich irgendetwas Geheimes tue, und eines Tages, als ich in eine dumme Lage geraten war, habe ich es ihr gestanden. Ich bin einfach zu schwach dazu, diese ganzen Heimlichkeiten mit mir herumzutragen. Ich schaffe es kaum, Freundschaften nur deshalb zu verhindern, weil sie vielleicht der Gruppe gefährlich werden könnten. Aber die vielen Leute, das was in Deutschland geschieht, du weißt es, oder?« Michail berührte der verzweifelt fragende Ausdruck in den Augen seiner Tochter. »Ich weiß es, ja, ich war vergangene Woche bei Westenberg, er hat mir nur bestätigt, was ich anderweitig bereits in Erfahrung gebracht habe. Du musst wissen, dass ich nicht umsonst den weiten Weg mit dem Wagen von Prag hierher gefahren bin.« Er machte eine kleine Pause, und als Thea zu ihm aufsah, bemerkte sie, wie er gedankenverloren ins Weite sah, ehe er fortfuhr. »Sonja, hör zu, du wirst nicht mehr nach Prag zurückkehren können. Wir werden die Stadt verlassen, ich habe etwas außerhalb von London ein Haus gemietet, auf dem Land. Was vorgestern geschehen ist, ist nur der Anfang. Nach Österreich wird es Böhmen sein, irgendwann Polen. Eines schönen Tages Frankreich, vielleicht? Man weiß nicht, aber die Anzeichen verheißen nichts Gutes. England schien mir im Moment das Sicherste für die Familie zu sein«.

Thea erhob sich langsam. Nicht mehr nach Prag zurückkehren können, nicht mehr in die schöne große Wohnung, nicht mehr in ihr Kinderzimmer, wo sie noch all die vielen Dinge hatte, an denen sie hing, die Erinnerungen an die behütete Kindheit, die Cafés und die ihre geliebte Buchhandlung, die Jugendfreundinnen, vor allem nicht mehr zurück in die alte verwinkelte Steinmetzwerkstatt, in der sie ihre halbe Jugend verbracht hatte. Wehmut überkam sie, jedoch nicht, weil sie sich in Prag zu Hause gefühlt hatte, es war kein starkes Empfinden für eine Heimatstadt. Prag war ihr immer als ein Gemisch von vie-

len Völkern vorgekommen, und sie selbst hatte eigentlich nie so richtig gewusst, zu welchem sie nun wirklich gehörte, aber sie hatte auch nicht darunter gelitten. Es war mehr das Gefühl, etwas Vertrautem, etwas, das auf ihrer bisher längsten Lebensstrecke Geborgenheit und Sicherheit gegeben hatte, beraubt worden zu sein. Es tat weh. Bitter weh. Sie biss sich auf die Lippen. Wie viele Male hatte sie es sich vorgestellt, was die unzähligen Menschen empfinden mussten, die aus ihrer Heimat, in der sie seit Generationen gelebt hatten, aus ihren Häusern und Wohnungen auszogen und fast alles zurückließen, nur um sich selbst in Sicherheit bringen zu können? Wie viele waren schon fortgegangen, und wie viele würden noch folgen müssen? Nein, sie würde jetzt nicht weinen, sie würde es ertragen, ihr Vater sollte sehen, dass sie imstande dazu war! Auch er musste schließlich fort. Bei dem Gedanken erschrak sie, und ihr Herz begann wieder heftig zu pochen.
»Setzt euch doch!« Eleonores warme Stimme riss sie aus ihren Gedanken. Ja, richtig, sie war ja auch noch da. Eleonore schob erst dem Mädchen, dann Michail einen der Korbstühle hin, und auf dessen Aufforderung hin nahm sie selbst zwischen den beiden Platz.

Sie redeten lange miteinander. Michail setzte seine Tochter von seinen Plänen in Kenntnis. Eleonore kannte diese bereits. Theas Vater hatte vor, noch einige Wochen hierzubleiben, um zu sehen, inwieweit sich das Netz aus Helfern erweitern ließ, das man benötigte, um zunehmend illegale Fluchten vorzubereiten. Er hatte sich erst an diesen Gedanken gewöhnen müssen, das Land, aus dem er eigentlich stammte und dessen Interessen er auch lange Zeit vertreten hatte, auf diesem Wege zu hintergehen und dessen Bürger vor ihren eigenen Herrschern in Sicherheit bringen zu müssen. Er hatte das Gefühl, sich auf mehr Kompromisse einlassen zu müssen, als das jemals in Russland der Fall gewesen war. Das fiel ihm nicht leicht, er war ein Mann der Prinzipien, aber er wusste auch ganz genau, auf welchem Altar es sie zu opfern galt. Danach wollte er seiner Frau und Carla nach England folgen und dort weitere Hilfe für Emigranten leisten. Die Wohnung in Prag war bereits in Auflösung begriffen, in drei Wochen würden seine Frau und die Schwester zuerst per Eisenbahn, dann per Schiff nach England aufbrechen. Natürlich hätten sie auch Theas Hab und Gut eingepackt, beantwortete er deren Frage nach ihren persönlichen Sachen. Es würde demnächst abgeholt und auf die Reise geschickt werden, wenn sie also noch etwas davon hier benötigte, müsste sie umgehend zu Hause anrufen und ihre Mutter bitten, ihr das Gewünschte anstatt nach England nach Dresden zu schicken. Wenigstens dies war Thea ein kleiner Trost. Der für sie völlig überraschende Umzug der Eltern bedeutete zwar den Verlust der Orte ihrer Kinder- und Jugendzeit, war aber dennoch nicht so etwas wie ein Rauswurf aus dem elterlichen Zuhause. Zu wissen, dass sie, wenn sie wollte, jederzeit zu ihnen zurückkehren konnte, weil dort ein Platz für sie reserviert war, bedeutete ihr mehr, als sie es vermutet hätte, und versöhnte sie ein wenig mit der Tatsache, dass man sie erst jetzt, nachdem alles eine längst beschlossene Sache war, davon unterrichtete. Sie wusste, dass es Vaters Art war, nicht über ungelegte Eier zu reden, wie er sich in dieser Hinsicht auszudrücken pflegte, aber wenigstens ein bisschen zeitiger hätte sie gerne von diesen neuen Entwicklungen erfahren. Doch sie hielt sich mit Vorwürfen zurück, denn sie selbst hatte ja Wesentliches verheimlicht, wenn auch aus einer Zwangslage heraus. Zwischendurch verschwand Eleonore in der Küche, um Kaffee und Kuchen herzurichten. Während er mit Thea allein war, wollte Michail wissen, wie seine Tochter über ihren weiteren Verbleib in Dresden, über das Studium und über ihre Betätigung in der Gruppe dächte. Thea schwieg lange, und der Baron zündete sich eine Zigarre an. Weiße Wolken in die laue Frühlingsluft blasend, hing auch er seinen Gedanken nach. Bis auf das muntere Zwitschern der Vögel war nichts zu hören, und die Welt hatte einen so friedfertigen Anschein, dass es Thea ganz unwirklich vorkommen wollte, sich mit all diesen bedeutungsschweren Dingen herumschlagen zu müssen. War denn alles nicht halb so schlimm, wie es eigentlich aussah? Tat man nicht besser daran, sich einfach den schönen Seiten des Lebens zuzuwenden, die aufkeimende Natur zu bebachten und sie zu genießen, sich abzusondern von all den Dingen, die einem nicht guttaten, weil sie einen so gefangen nahmen und weil sich vermutlich sowieso nichts daran verändern ließ? Wäre es nicht gescheiter, sie würde ihr Studium schnell zu Ende bringen? Sie könnte ja einfach abarbeiten, was man von ihr verlangte, und was sie wirklich dächte, würde man schließlich nicht sehen können. Hier bei Eleonore hatte man genug Gelegenheiten, alleine zu sein, hier konnte man in Ruhe und Abgeschiedenheit arbeiten, und alles, was da draußen vor sich ginge, würde einen hier in dieser Harmonie unberührt lassen. Sie würde Paulina einladen und ... Jäh fielen ihre Gedankenspiele in sich zusammen. Paulina! Ihr kleiner Panther, der sich nicht selbst würde verteidigen können! Nein! Sie durfte, sie konnte sich doch nicht einfach heraushalten! Wenn sie es auch niemals schaffen würde, Widerstandskämpferin zu werden, dann musste sie wenigstens versuchen, einem Menschen beizustehen. Nur diesem einen! Thea fuhr sich mit beiden Händen durch den Haarschopf und schnellte von ihrem Sitz auf, gerade als Eleonore, ein ausladendes Servierbrett in den Händen, in der Verandatür erschien. Mit Thea war auch Hasjo aufgesprungen, und zum zweiten Mal standen sich der Hund und die junge Frau gegenüber, während das Tier Thea unablässig ansah. Thea sprach im Stehen. »Papa«, sagte sie, und ihre Stimme klang zum ersten Mal an diesem Tag entschlossen, eine Veränderung, die Michail augenblicklich registrierte. »Du erinnerst dich an Paulina, an ihre Großeltern Chaijm und Charlotte Seeligmann, die mit der Chocholatérie, ja?« Michail nickte. »An ihre Mutter Viola in Berlin auch?« Wieder nickte Michail, »Die, mit der Greta sich eine Wohnung teilt«, ergänzte er dann. »Ich sehe, du weißt Bescheid, aber eines hat sich in den letzten Tagen ereignet, was ich dir sagen muss, es sei denn, du bist auch darüber bereits informiert.« Das hatte spitzer geklungen, als es gewollt hatte. Eleonore deckte behutsam den Tisch und versuchte möglichst nicht mit dem Geschirr zu klappern. »Nein, mein Kind, ich bin kein Spion, verwechsle das nicht!«, warf ihr Vater ein, während ein breites Grinsen über sein Gesicht lief. Er mochte es, wenn Sonja sich ereiferte, dann sah sie aus wie ihre Mutter in jungen Jahren. »Mach dich nicht lustig über mich«, drohte die, aber das Gesicht ihres Vaters zeigte ihr, dass er sie trotz seiner Bemerkung ernst nahm. »Hör zu«, fuhr sie unbeirrt fort, »Viola, Paulinas Mutter also, ist eine faszinierende Person, wunderschön und eine exzellente Schauspielerin, was dir aber nicht neu sein dürfte. Man muss sie einfach gernhaben. Sie ist weder arrogant noch eingebildet, und sie will gar nicht ständig bewundert werden, im Gegenteil. Sie ist eher so etwas wie ein guter Kumpan, hat aber einen Fehler: Sie ist ein Sturkopf, wie ein Esel – oder sagen wir besser – wie zwei davon, glaube mir das!« Michail schloss für einige Sekunden die Augen unter den hochgezogenen Brauen und sah seine Tochter dann mit einem Nun-mach-schon-weiter-ich- bin-ganz-Ohr-Blick an. »Viola hat es sich in den Kopf gesetzt, ihre Eltern aus Deutschland herauszubringen, sie aber – und das ist ja das Verrückte – will hierbleiben, und Paulina soll es auch. Komplett verrückt, nicht wahr?« Diesmal schüttelte Michail kurz den Kopf, wieder mit hochgezogenen Brauen. Eleonore begann Kaffee auszuschenken. Als Thea sie ansah, bedeutete diese ihr mit einem kurzen Seitenblick, dass sie doch wieder Platz nehmen solle. Die hatte aber keine Lust, sich etwas vorschreiben zu lassen, und blieb stehen. »Sie gelten ja als Juden, ob nun voll oder gemischt, das interessiert ja niemanden mehr, denn mitgehangen ist mitgefangen, nach dieser Regel werden heutzutage die Gesetze gemacht! Das Wort Deutschland und das Wort Jude vertragen sich nicht mehr. Plötzlich hielt sie in ihrem Redeschwall inne und stemmte die Arme in die Hüften. »Könnt ihr vielleicht nicht auch eine jüdische Urgroßmutter auftreiben, hä?« Ihre Augen waren nur schmale Schlitze. Oho, sie hat sogar noch was von ihrem Humor, dachte Michail und sagte ein entschiedenes »Nein«. »Gut«, antwortete Thea, »obwohl ich es mir schon fast gewünscht habe.« Zum ersten Mal griff Eleonore ein: »Mach keine Späße, Kind, denn dann könntest du dein Helfenwollen an den Nagel hängen«, mahnte sie leise, sah Thea aber liebevoll an. »Kaffee?« Die junge Frau nickte und ließ sich dann doch in den Sessel plumpsen, sodass Hasjo erschrocken zurückwich. Auf ein Wort seines Herrn hin trottete er zu ihm herüber und ließ sich zu dessen Füßen nieder. Dann folgte die Aufklärung für Michail, was die Lebensverhältnisse der Seeligmanns anbetraf. Über August Leibfried – von dem auch Charlotte schon zu wissen schien, was Thea allerdings nicht mehr verblüffte, kam sie zu der Vormundschaft für Paulina, die bei Chaijm Seeligmann lag. Dann erzählte sie von den Angriffen, welchen die Seeligmanns im Laden und besonders Chaijm auf der Straße inzwischen ausgesetzt waren, und zuletzt eben sprach sie über ihre größte Sorge, nämlich die um Paulinas Zukunft, sollte diese in Deutschland bleiben. Michail hörte geduldig schweigend zu und wartete einige Augenblicke, nachdem Thea aufgehört hatte zu reden, um sich ganz sicher zu sein, dass sie fertig war. Auch Eleonore schien nichts mehr hinzufügen zu wollen. Schließlich beendete Michail die gespannte Stille, schloss aber die Augen wieder, als er zu reden anfing.

»Ihr müsst es hinnehmen, wenn die Mutter das Kind hierbehalten will!« Er wartete drei bis vier Sekunden mit angehaltenem Atem und fuhr dann, als sich keine Prosteste verlauten ließen, fort: »Wer weiß denn, ob und wie die Großeltern weiterhin fähig sein werden, für das heranwachsende Mädchen zu sorgen? Wollen sie denn überhaupt gehen, und wenn: wohin und wie? Haben sie weitere Familienmitglieder, irgendwelche Verwandten im Ausland? Beherrschen sie eine andere Sprache?« Seine Fragen kamen nüchtern und präzise. Er öffnete die Augen, hielt inne und nahm einen kräftigen Schluck Kaffee. Er war stark, genauso bevorzugte er ihn! Die alte Leo kannte ihn wohl immer noch gut genug. Schwarz und stark musste er sein, Milch und Zucker verdarben nur den edelbitteren Geschmack dieses Getränkes. Dafür konnte der Kuchen oder das Konfekt süß sein. Er griff nach einem Pralinéetörtchen, nahm es aus dem in filigrane Falten gelegten Papierförmchen und begutachtete das kleine Kunstwerk wohlgefällig, bevor er es in seinem Mund verschwinden ließ. »Hhm, köstlich, wo kaufst du ein, werte Cousine?«, wandte er sich an Eleonore, seine Tochter aus dem Augenwinkel heraus beobachtend, die mit winzigen, langsamen Schlucken an dem feinen Porzellan nippte, während sie ihm noch eine Antwort schuldig war. Zwar ahnte er schon, wie diese ausfallen würde, aber genau deswegen versuchte er, dem Gespräch die Spannung zu nehmen. Eleonore lächelte verschmitzt und holte gerade Luft, um zu sprechen, als Thea ihre Tasse so heftig absetzte, dass es klirrte, und ihr zuvorkam. »Sieh doch einfach mal da unten nach«, forderte sie ihren Vater auf und deutete auf das leere Papierförmchen auf dessen Teller. »Na?« »Winter'sche Chocholatérie, feinste Chocoladenwaren und Gebäcke«, las Michail langsam. »Hab ich mir doch gleich gedacht!« »Hast du nicht, gib's zu!«, rief Thea. »Warum fragst du dann so scheinheilig, wenn du es anscheinend immer schon weißt?« »Himmel, Sonja!«, gab der Baron zurück. »Wo ist dein Humor geblieben, dabei meinte ich schon, ihn vorhin wiederentdeckt zu haben?« »Ich muss ihn gestern aus Versehen in der Eisenbahn liegen gelassen haben«, kam es trotzig zurück. »Dann werde ich morgen für dich im Fundbüro anrufen«, bemerkte Michail trocken. Sie lachten alle drei. Hasjo erhob sich und wedelte mit der Rute. Er legte Michail seinen Kopf auf das Bein und wollte gekrault werden. »Es gibt nur ein ungefähres Wohin«, knüpfte Thea an das eigentliche Gesprächsthema an. »Von der Schweiz hört man immer wieder, dass die Leute weiterreisen müssen, weil sie nicht gern gesehen werden, keine langen Aufenthaltsgenehmigungen bekommen oder erst gar nicht hineindürfen. England kam uns auch sicherer vor als Frankreich, Amerika ist zu weit, und der Osten kommt ja nicht infrage. Ob sie wirklich wollen, weiß ich noch nicht, aber freiwillig gibt man sein Zuhause wohl nicht auf, oder?« Michail schüttelte den Kopf. »Dazu in diesem Alter, ohne wesentliche Sprachkenntnisse und ohne Verwandtschaft im Ausland. Aber ich glaube, dass sie den Ernst ihrer Lage nicht unterschätzen, denn Chaijm Seeligmann muss wohl beim jüdischen Hilfsverein Erkundigungen eingeholt haben, was die Auswanderung anbetrifft. Viola selbst hat mir und Greta das gesagt. Es muss eine ernüchternde Angelegenheit sein. Allein um die Steuer zu bezahlen, zu der man beim Verlassen des Landes verpflichtet ist, soll man gezwungen sein, den größten Teil seines Besitzes zu verkaufen.« »Von Einreisegenehmigungen, Unbedenklichkeitsbescheinigungen und Bürgschaften bereits im Land lebender Verwandter, die für einen geradestehen sollen, ganz zu schweigen«, ergänzte Michail. »Und dann ältere Leute, wer will die schon haben ...?« Der Baron hielt seiner Cousine die leere Kaffeetasse hin. »Es ist keine schöne Sache, ich weiß um diese Dinge, und ihr auch.« Er sah die beiden Frauen offen an. Dann wandte er sich an seine Tochter. »Sonja, du musst wissen, dass ich gestern bereits mit Eleonore über die Seeligmanns gesprochen habe, sie sind euch ans Herz gewachsen, nicht wahr?« Die Antwort war ein stummes Nicken. »Wenn sie sich nicht dazu entschließen können, Deutschland zu verlassen, werden wir die älteren Herrschaften vermutlich nicht davor bewahren können, Schlimmeres zu erfahren. Aber es ist allein ihre Entscheidung, ob sie bleiben oder nicht. Zwangshilfe ist nicht gefragt, der Mensch ist dazu ausgestattet worden, eine Wahl treffen zu können, für die allein er verantwortlich ist. Sonja, du bist dir im Klaren darüber ...«. Er stockte kurz, ehe er fortfuhr: »Ob die Seeligmanns jemals in der Fremde einen glücklichen Tag haben werden, dafür kannst weder du noch irgendjemand sonst garantieren. Was die Kleine anbetrifft, wäre es einfacher. Sie ist jung und vermutlich nicht auf den Kopf gefallen. Sie würde schnell eine fremde Sprache lernen und könnte sich noch anpassen. Aber wenn die Mutter partout dagegen ist, geht es nicht! Du kannst das Kind nicht entführen, wenn es sich gerade machen ließe – was die Organisation anbetrifft, meine ich –, wir haben nicht das Recht, über anderer Leute vermeintliches Glück zu bestimmen, verstehst du?« Michail nahm einen weiteren Schluck Kaffee und sah dabei seine Tochter über den Rand seiner Tasse hinweg eindringlich an. Sie hielt dem Blick einige Sekunden stand, dann wandte sie sich ab und legte den Kopf weit in den Nacken. »Ich habe dir vorhin gesagt, meine Liebe, und du weißt, ich stehe zu meinen Worten«, Michails Stimme klang sehr ernst, »dass ich tun werde, was ich tun kann, und wo ich geringste Möglichkeiten sehe, schöpfe ich diese voll aus. Ich habe bereits Meinrad Stolzfuß meine Mitarbeit zugesagt, und ich bin gänzlich dazu bereit, die Gesetze dieses Landes zu übertreten, was für einen Mann meiner Herkunft alles andere als eine einfache Sache ist. Aber eines habe ich mir geschworen, und ich vermute, dass auch du gut daran tätest: Ich werde niemals irgendjemandem meine Hilfe aufzwingen! Es gehört zu der Würde eines jeden mündigen Menschen, ein Angebot anzunehmen oder es abzulehnen. Wem du vermeintlich nur Gutes tun willst, der kann unter Umständen daran zerbrechen, so unbegreiflich uns das angesichts dieser Zeiten vorkommen mag, und es kann der Tag kommen, an dem dir jemand gegenüberstehen wird und du erkennen wirst, dass all das Richtige, das du unbedingt glaubtest getan zu haben, gerade in diesem Fall das Verkehrte gewesen ist.« Michail lehnte sich zurück und fuhr sich mit seinen großen Händen mehrmals über die leicht gewellten Haare, die schon von vielen grauen Fäden durchzogen waren. Es kostete auch ihn Kraft, so mit einem seiner Kinder zu reden, aber er war immer dafür gewesen, sie nicht im Unklaren über seine Grundeinstellungen zu lassen. Den Schmerz zu erkennen, mit dem das Mädchen kämpfte, dessen Gesicht und Körper diesen förmlich widerspiegelten, rührte ihn. Er beugte sich zu dem Hund vor, der immer noch auf seinen Schuhen lag, und flüsterte ihm etwas zu. Er sah zu Eleonore hin, während Hasjo langsam zu Thea hinübertrottete. Dann legte das Tier seine lange Schnauze auf Theas Knie und sah sie aus seinen dunklen Augen mitfühlend an. Thea nahm seinen Kopf zwischen beide Hände, was Hasjo dazu veranlasste, sich an sie zu drücken und zu setzen. Berührt von der Nähe dieses offenbar sehr empfindsamen Tieres vergrub Thea ihr Gesicht in seinem weichen Fell. Es war so herrlich warm von der Sonne und roch nach Erde und frischem Gras. »Wenn du und Eleonore Paulina helfen wollt, gibt es nur eine Möglichkeit«, hörte sie ihren Vater sagen, während ihre Tränen von Hasjos weichem Fell aufgesogen wurden.

*

Paulina hatte keine Lust, zur Klavierstunde zu gehen. Es bedeutete ihr plötzlich gar nichts mehr, Musik zu machen. Klavier zu spielen, während um einen herum alles in Auflösung begriffen war, erschien ihr wie eine große Lüge. Die Tanzschule hatte sich schon vor geraumer Zeit aufgegeben. Sie war so unsicher geworden, stets in Sorge, angegriffen zu werden, etwas falsch oder etwas unverkennbar Jüdisches zu machen, was auch immer das sein sollte! Das hatte sich auf ihre Bewegungen ausgewirkt. Sie konnte sich nicht mehr hingeben, der Tanz wurde kantig und büßte seine Ausdruckskraft ein. Nachdem sie von ihrer Lehrerin deswegen mehrmals gerügt worden war und auch die anderen Mädchen ihr keine Unterstützung mehr boten, um Scheu und Ängstlichkeit zu überwinden, hatte sie die Großeltern gebeten, sich von der Tanzschule abmelden zu dürfen. Entgegen ihren Erwartungen hatten es diese ohne Umschweife erlaubt und auch nicht lange nach den näheren Gründen gefragt. Die ahnten sie wohl selbst. Es blieb ihr ja noch das Klavierspielen als künstlerische Betätigung, worauf ihre Mutter sehr großen Wert legte. Aber auch dazu konnte sie sich immer schwerer aufraffen, obwohl ihr immer ein wenig leichter zumute war, wenn sie von Fräulein Gustorff zurückkam. Die alte Dame war einfach zu liebenswürdig und lange nicht mehr so streng mit ihr wie früher. Aber Paulina fehlte dennoch ein großes Maß an Antrieb und Ehrgeiz, um jeden Tag weiterzuüben und ihre Hausaufgabenstücke fehlerfrei hinzubekommen.

Seitdem die Großeltern sie darüber unterrichtet hatten, wie Mama über deren und ihre Zukunft dachte, war sie in ihren Grundfesten erschüttert. Manchmal zogen die Tage an ihr vorbei wie ein wallender Bühnenvorhang. Ihr blieb nichts, als zuzuschauen, wie etwas, das gerade eben noch Wirklichkeit gewesen war, vor ihren Augen entschwand, um endgültig der Vergangenheit anzugehören.

Paulina packte ihre Notenbücher in die Mappe und steckte das Oktavheft, in das Fräulein Gustorff ihre Aufgaben schrieb, dazu. Heute war sie zu allem hin noch schlecht gelaunt. Nun war der März fast zu Ende, und Thea, die in ihrem rätselhaften Brief ihre Rückkehr für den Anfang des Monats angekündigt hatte, war noch nicht bei ihr erschienen. Sogar Eleonore war schon zwei lange Wochen nicht mehr im Laden gewesen und hatte sich lediglich telefonisch nach ihnen erkundigt. Es war ungewohnt, denn die von Wittes waren in der letzten Zeit ein immer wichtiger werdender Beistand für sie alle geworden. Dann, als sie heute am Mittagstisch gesessen hatten, hatte Großvater ihnen erklärt, dass er nächste Woche nicht mehr in die Werkstatt gehen würde. Erst hatte er es ihr gegenüber so dargestellt, als wäre das sein eigener Entschluss gewesen, da er ja nun das Ruhestandsalter erreicht hätte. Aber Paulina fand schnell heraus, dass der neue Geschäftsinhaber nun doch nicht mehr länger einen Juden beschäftigen wollte. Aber der alte Meister hätte ihm eine Abfindungssumme angeboten, erklärte Großvater, so unter den Hand, verstehe sich, und ihn zudem gebeten, ihm hin und wieder eine der komplizierteren Reparaturen, gerade alter Uhrwerke, anvertrauen zu dürfen. Die könnte er dann zu Hause in seiner Wohnung tätigen. Großvater hatte sich bemüht, das Ganze auf eine spaßige Art zu sagen, aber Paulina hatte sich nicht täuschen lassen. Er war traurig gewesen und Großmutter auch, obwohl diese gleich anschließend geäußert hatte, dass sie schon von genügend Kundinnen sehr unerfreuliche Dinge über deren tatenlos zu Hause herumsitzende Männer gehört hätte. Paulina, die dem Tag schon am Morgen sehr unlustig entgegengesehen hatte, war daraufhin richtig wütend geworden. »Du bist so gemein!«, hatte sie Großmutter entgegengeschleudert und war vom Tisch gegangen, obwohl der Teller noch nicht leer gewesen war. Aber sie hatte sowieso keinen Appetit. Seitdem hatte sie Großmutter nicht mehr zu Gesicht bekommen, sie war irgendwann im Laden verschwunden, und nur Großvater hatte kurz an ihrer Zimmertür geklopft. Das tat er neuerdings, weil es sich gehöre bei einer jungen Dame. Auf ihr missmutiges »Ja« hin hatte er nur einen Spaltbreit aufgemacht, den Kopf hereingesteckt, sie um Nachsicht mit Großmutter gebeten und sie ermahnt, die Klavierstunde und das Einkaufen nicht zu vergessen. Er ginge jetzt aufs Gemeindeamt in die Zeughausstraße, und sie solle ein schöneres Gesicht machen. Das hätte er sich sparen können! Als er die Tür hinter sich zugezogen hatte, hatte sie Zunge herausgestreckt und sich wütend auf ihr Bett geworfen. Wozu bitte schön sollte sie ein schönes Gesicht machen? Juden waren doch ohnehin hässlich, gesetzeshalber, da half alles nichts. Der *Stürmer* hielt einem doch jeden Tag und an allen Litfaßsäulen und Laternenpfählen den sogenannten Spiegel vor, damit die Juden nicht vergessen sollten, welch abscheuliche Gestalten sie waren! Und jetzt müsste sie auf dem Weg zu Fräulein Gustorff wieder an all diesen bösartigen Bildern und den fett gedruckten verlogenen Überschriften darunter vorbeigehen! Außerdem hatte sie die ganze Woche über so gut wie nicht geübt, was ihr ein schlechtes Gewissen der alten Helene gegenüber bereitete. Dabei gab sich diese so viel Mühe mit ihr. Aber Paulina machte keine rechten Fortschritte mehr, das wusste sie selbst. Und das nächste Vorspiel stand drängend vor der Tür. Sie konnte es sich unmöglich leisten, noch einmal das Stück vom letzten Mal vorzutragen. Dann würde sie ja nur bestätigen, wovon man die Leute gerade überzeugen wollte: Dass die Juden dumm, faul und arbeitsscheu wären. dass sie nur noch mittelmäßige Noten in der Schule bekam, tat ihr weh genug, nun musste es nicht auch noch die Musik sein, über die man ihr Unvermögen bescheinigte. Sie würde sich einfach vor dem Ereignis von der Klavierstunde abmelden, dachte sie, als sie in ihre Schuhe schlüpfte. Verflixt, es war schon viel zu spät! Das hatte man davon, wenn man zu lange seinen trüben Gedanken nachhing! Paulina riss die Jacke vom Haken und klemmte die Mappe unter den Arm. Die Wohnungstür schlug lauter zu, als sie es gewollt hatte, was natürlich die alte Frau Helmer mit ihrer jungfräulichen Tochter sofort auf den Plan rufen und dann heute Abend eine Strafpredigt nach sich ziehen würde. Am besten, sie gewöhnte sich einfach in Zukunft an solche Dinge, vielleicht machten sie einem dann irgendwann nichts mehr aus, schoss es ihr durch den Kopf, als sie die Treppe hinuntersprang, wie so oft zwei Stufen auf einmal nehmend. Das machte die Sache nur noch lauter, aber darauf kam es heute auch nicht mehr an. Unten angekommen wollte sie die Tür zum Laden öffnen, als sie kurz stockte. Nein, heute würde sie den normalen Hauseingang nehmen. Sie hatte keine Lust, Großmutter über den Weg zu laufen, was sollte sie auch sagen? »Tut mir leid wegen vorhin« etwa?

Paulina rannte den Flur entlang und stieß die Haustür auf. Es tat ihr nicht leid, immer noch nicht, stellte sie fest. Großmutter war gemein zu Großvater gewesen, daran gab es nichts zu rütteln! *Sie* ermahnte man, wenn sie etwas Boshaftes oder Zweideutiges über andere Menschen sagte, die es aber verdient hatten, und Großmutter erlaubte es sich einfach, so eine Bemerkung Großvater gegenüber zu machen. Großvater würde ihr nicht tatenlos im Wege herumsitzen, das hatte er ja bisher auch nicht getan, obwohl er schon längere Zeit nur noch stundenweise in der Uhrmacherwerkstatt gewesen war.

Draußen auf der Straße zwang Paulina sich, nicht zu laufen. Sie ging lediglich mit schnellen Schritten, den Kopf gerade, nur den Blick leicht gesenkt. Man musste sich möglichst so verhalten, dass man nicht auffiel. Alle Aufmerksamkeit, die man auf sich zog, konnte einem schaden. Allerdings war das sehr hinderlich, wenn man es eilig hatte, und eilig hatte sie es oft. Sie ging immer noch zu spät aus dem Haus.

Bis zum Neumarkt war es ein ordentliches Stück Wegs, und in Anbetracht der fehlenden Zeit, änderte sie kurzerhand ihren Plan und nahm wenigstens bis zum Altmarkt die Bahn. Den Rest wollte sie dann zu Fuß gehen. Wie immer waren am Altmarkt viele Menschen unterwegs, und sie musste aufpassen, dass sie niemanden anrempelte oder übersah, während sie sich zwischen den Passanten hindurchschlängelte. Sie hielt sich eher an den Rand des Bürgersteiges, der Straße hin zu. Hier gab es keine Gefahr, einem plötzlich aus der Ladentür Tretenden in die Quere zu kommen. Sie kam zügig vorwärts, und ein hastiger Blick auf ihre Armbanduhr gab Anlass zur Hoffnung, es sie es noch rechtzeitig schaffen könnte. Es wurde ihr schon warm, was zweifellos an ihrem schnellen Gang lag, denn der Himmel war von dichten Wolken überzogen, und die laue Frühlingsluft der vorigen Tage hatte sich wieder verzogen. Paulina nahm die Baskenmütze ab und stopfte sie im Gehen in die Notentasche. Sie konnte es partout nicht leiden, wenn sie unter den Haaren schwitzte, und außerdem war Großvater ja nicht in der Nähe. Großvater beharrte auf Kopfbedeckungen bis mindestens Mitte April, denn der gehörte seiner Meinung nach auch noch zu »des Winters Gesellen«. »Russensprüche«, sagte Großmutter dazu. Paulina grinste. Zum ersten Mal an diesem Tag. Die Großeltern waren immer für gegenseitige Kabbeleien gut, und wenn sie ehrlich war, mochte sie das eigentlich an ihnen. Es nahm aus vielem den Ernst und das Biedermännische, das sie manchmal bei den Steins erlebte und ihr im Gesamten zu beschwerlich war. Auch wenn Großmutter manchmal über Großvater spöttelte und so wie heute dann ordentlich damit danebenlag, war ihr diese Umgangsart doch lieber, als die immer so fürchterlich ernsthaft anständige in Lorchens Familie. Der Gedanke an den Austausch ihrer Schlagfertigkeiten, in denen sie selbst den Großeltern um nichts nachstand, stimmte sie etwas versöhnlicher mit dem bisher so misslungenen Tag. Als sie dann endlich von der Frauenstraße kommend auf den Neumarkt trat, atmete sie auf und blieb einfach kurz stehen. Sie liebte den Anblick des vor ihr liegenden Platzes, an dessen Ostseite dieses ehrwürdige Barockgebäude stand. Unerschütterlich und unverändert seit Jahrhunderten. Beinahe gleichgültig und fast mit stoisch anmutender Ruhe behauptete die Frauenkirche ihren angestammten Platz. Paulina fand, dass dieser Bau etwas Bewahrendes an sich hatte. Trotz seiner beeindruckenden Größe ging nichts Bedrohliches von ihm aus. Es erschien ihr, als hüte er unter dem gleichmäßigen Rund seiner Kuppel ein Geheimnis, das nur darauf wartete, entdeckt zu werden. Die sogenannte Laterne, die oben auf die Kuppel aufgesetzt war, hatte genau dieselbe Form wie der kunstvoll geschnitzte Griff einer Holzschatulle, die auf der marmornen Waschkommodenplatte im Schlafzimmer der Großeltern stand. Dass sich darunter etwas besonderes verbergen musste, hatte Paulina als kleines Mädchen schon bald gemerkt, denn sobald sie auch nur in die Nähe dieses Kästchens gekommen war, hatten die Großeltern den Zeigefinger gehoben. Dabei war es so verlockend gewesen, das Ding einmal zu untersuchen und das Geheimnis zu lüften. Erst als Paulina sieben Jahre alt gewesen war, hatte ihr Großmama eines Tages erlaubt, die obere Hälfte des Ovals ganz vorsichtig abzunehmen. In dem mit dunkelrotem Samt ausgeschlagene Behältnis lagen zwei Schmuckstücke, die sie ganz behutsam herausnehmen und in ihrer kleinen Handfläche bestaunen durfte. Es waren Ohrringe, zwei in der Farbe des Samtes funkelnde ovale Steine, in etwas matt gewordenes Gold gefasst und mit einem Kranz aus winzigen, filigranen Blütenmustern umrahmt. »Rubine, echte Rubine«, hatte Großmutter damals geflüstert und sie dabei ganz zart auf ihr Ohr geküsst. »Es ist das Brautgeschenk deines Urpapas an deine Urgroßmutter, und eines Tages werden sie dir gehören, mein schönes kleines Mädchen«, hatte Großmama gesagt. Obwohl sie damals noch keine rechte Vorstellung vom Wert der Edelsteine und der Goldschmiedearbeit hatte, waren ihr der feierliche Moment und Großmutters Rührung unvergesslich geblieben. Irgendwann hatte Großvater sie über den tatsächlichen Wert dieser beiden kleinen Kunstwerke aufgeklärt. Seitdem hatten das alles noch ein ganz anderes Gewicht für sie gewonnen. Aber nach wie vor brachte sie das Aussehen der Frauenkirchenkuppel mit diesem Schmuckkästchen in Verbindung. Auch jetzt wieder, in diesem Augenblick, wo sie hier verweilte, obwohl die Zeit zur Klavierstunde so sehr drängte. Sie fand es einfach lustig, denn was hatten Großmutters Schatulle und eine Kirche denn schon gemeinsam? Vermutlich gar nichts, außer der Form und ihrer, Paulinas, Vorstellung, dass irgendwann einmal eine riesige Hand vom Himmel kommen müsste und die Kirchenkuppel an dem Laternengriff fassen und abnehmen würde, so wie sie manchmal den Deckel der Schmuckschatulle. Wer wusste es schon, aber vielleicht konnte man dann auch in der Kirche so bedeutungsvolle Dinge finden, wie es in dem Holzkästchen die Ohrringe der Urgroßmutter waren. Jedenfalls hatte sie das Sinnieren über die Frauenkirche für den Moment etwas fröhlicher gestimmt, und im Geist ging sie noch einmal das Andante der Mozart'schen Phantasie in h-Moll durch, das sie aufgehabt hatte, während sie die Stufen zu Helene Gustorffs Wohnung hinaufrannte.

Entgegen ihren Befürchtungen brachte sie das Stück einigermaßen durch. Bei den Läufen kam sie mehrmals aus dem Tritt. Die Fingerfertigkeit ließ sofort nach, wenn man sich mehrere Tage hintereinander das Faulenzen erlaubte! Aber das Fräulein war versöhnlich und ließ sie diese mehrmals und in langsameren Tempi wiederholen. Über die nicht korrekten Fingersätze sah es großzügig hinweg. Als sie lange genug an den einzelnen Stellen gefeilt hatten, wollte Helene das Ganze noch einmal am Stück hören, und Paulina nahm ihre ganze Konzentration zusammen, damit es klappte. Sie wollte der geduldigen Lehrerin so gerne die Freude machen und ihr beweisen, dass ihre Arbeit Früchte trug. Es gelang ihr. »Bravo!«, lobte Helene. »Ich wusste, dass du es kannst.« Paulina drehte sich verschämt nach dem Fräulein um. »Soll ich das vielleicht …?« Weiter kam sie nicht. »Hör zu, meine liebe Paulina«, fiel die Lehrerin ihr ins Wort, was diese völlig überraschte, denn so etwas kannte sie von Helene nicht. »Du bist ein tapferes Mädchen und ein schon halb erwachsenes dazu«, fuhr diese fort, während sie ans Fenster trat und die Gardine kurz zurückschob, als müsse sie sich vergewissern, dass draußen noch alles in Ordnung war. Vier dumpfe Schläge drangen von der Frauenkirche her über den Neumarkt. Fräulein Gustorff drehte sich abrupt um und sah Paulina mit verzerrtem Gesicht an. »Ich habe ein Schreiben erhalten, vom Stadtkulturrat, verstehst du?« Paulina schüttelte kaum merklich den Kopf und schob die Hände unter ihre Oberschenkel. Das alte Gewinde des Hockers gab einen quietschenden Ton von sich, der ihr in Mark und Bein fuhr. »Das Vorspiel im April ... mein Gott, Paulina ... meine Lieblingsschülerin ... ich meine...« Paulina zog eine Hand unter den Beinen hervor, wobei der Hocker abermals sein jaulendes Geräusch von sich gab, und fuhr mit dem Zeigefinger an den gelblichen Elfenbeintasten des Flügels entlang. »In dem Schreiben stand, dass jüdische Schüler nicht mehr auftreten dürfen, stimmt's?«, sagte sie leise und folgte mit ihrem Blick den langsamen Bewegungen ihres Fingers. Als sie beim tiefsten Ton angekommen war, drückte sie mit aller Kraft auf die Taste, sodass Helene zusammenfuhr. Schweigend hörten die beiden den Schwingungen dieses tiefen Basstones nach, bis er gänzlich verklungen war. Als dann von Fräulein Gustorff immer noch keine Antwort gekommen war, erhob sich Paulina, nahm den Mozart vom Notenpult und schloss den schweren Deckel über der Tastatur. Erst jetzt sah sie die alte Lehrerin wieder an und stellte fest, dass dieser ein einziger dünner Tränenfaden über das von feinen Falten durchzogene Gesicht lief. Deswegen konnte sie also nicht sprechen. Paulina erinnerte sich plötzlich wieder an diese eine Klavierstunde, als sie zum ersten Mal das Fräulein so gesehen hatte. Das war doch dieser Tag gewesen, an dem sie später auf dem Nachhauseweg mit den Kerlen in der SA-Uniform und der Hakenkreuzfahne zusammengestoßen war? Und hatte an diesem Tag alles angefangen oder schon viel früher? Später? Sie konnte es nicht sagen. Sie sah die geliebte Lehrerin nur an. Stumm. Es kam ihr kein Einfall, wie sie das Fräulein trösten konnte. Sie selbst ließ es merkwürdig kalt, was ihr da gerade klar geworden war. »Ach, wissen Sie«, hörte sie sich dann plötzlich sagen, so als spräche irgendjemand anderer mit ihrer Stimme. »Ich hatte sowieso nicht vor mitzumachen, ich werde mit der Klavierstunde aufhören. Sie haben ja gemerkt, dass ich nicht mehr richtig übe, nicht?« Sie versuchte zu lächeln. Das Fräulein presste die schmalen Lippen aufeinander und schüttelte den Kopf, dann fuhr es sich mit den welken Händen über das Gesicht, ohne vorher das spitzenumrandete Taschentuch aus der Rocktasche zu holen, das sie sonst immer benutzte, wenn sie einen ihrer häufigen Schnupfenanfälle hatte. Beinahe wollte es Paulina belustigen, dass das Fräulein sich so gehen ließ, aber sie unterdrückte ihr Gefühl. »Aber du bist ...« »Nein, nein Fräulein Gustorff«, jetzt war Paulina es, die ihr ins Wort fiel. »Ich bin nur ein ganz normales Mädchen, nicht besser und schlechter als alle anderen Klavierschüler der Welt. Nur mit dem Unterschied, dass ich einen volljüdischen Großvater, eine vierteljüdische Großmutter und eine wie immer auch aufgeteilte Mutter habe.« Und einen arischen Vater, aber der hat ja nichts Besseres zu tun, als in die Nazipartei einzutreten, dachte sie, ehe sie rasch weitersprach. »Deswegen bin ich eine wild durcheinandergemischte Jüdin, und die könnte die reine arische Musik verunglimpfen.« Paulina überhörte den Protest der Lehrerin und fuhr trotz deren abwehrender Geste fort: »Ich werde also in Zukunft niemanden mehr in Verlegenheit bringen, weil ich da bin! Denn Großvater und Großmutter werden fortgehen, und ich soll nach Mamas Willen hierbleiben, aber weg von der Stadt und mit anderem Namen. Dann kann ich sowieso nicht mehr in die Klavierstunde zu Ihnen kommen und überhaupt das Klavierspielen ganz sein lassen, denn eine Jüdin, die Klavier spielt, ist eine laute Jüdin, und laute Juden sind gefährlich, sie dürfen nur leise schleichen und sich in ihr Mauseloch verkriechen, und höchstens in der Nacht dürfen sie sich sehen lassen, und sie können nur hoffen, dass der böse Kater sie nicht kriegt!« Paulina holte hörbar Luft. »Hör auf!« Fräulein Gustorff packte ihre Schülerin an den Handgelenken und schüttelte sie. »Du darfst nicht so reden, nicht so! Du bist meine Lieblingsschülerin, meine Beste, und ich werde es nicht zulassen, dass du nicht mehr vorspielen darfst, ich werde mich für dich starkmachen, weil ... !« Paulina ging ein wenig in die Knie, da sie Helene Gustorff bereits um einige Zentimeter überragte. Sie sah dem Fräulein in das wild entschlossene Gesicht. Die Vorstellung, wie diese zarte Person bei einem Nazibeamten vorsprechen wollte, war ihr unerträglich. Man durfte der alten Helene nichts antun, nicht ihretwegen, das würde sie nicht ertragen können! Sie befreite ihre umklammerten Handgelenke und verschränkte die Arme auf dem Rücken. »Fräulein Gustorff, ich will nicht, dass Sie sich für mich einsetzen, ich will es nicht, hören Sie? Sie werden nichts ausrichten können, sogar Großvater hat letzte Woche gesagt, dass wir uns beugen müssen.« Sie brachte es kaum über die Lippen, zum ersten Mal sprach sie mit einem anderen Menschen über das, worum seit Wochen Tag und Nacht ihre Gedanken kreisten. Nicht einmal mit Thea hatte sie geredet, was ihr besonders schwergefallen war. Dem unwissenden Lorchen gegenüber ganz zu schweigen. Dass es aber ausgerechnet das so zerbrechlich wirkende Fräulein Gustorff sein würde, dem sie ihre Lasten offenbarte, und dazu in dieser heftigen Weise, tat ihr augenblicklich leid! Aber es war einfach so aus ihr herausgebrochen, sie hatte nicht mehr an sich halten können, trotz des Verbotes der Großeltern! Aber zu Fräulein Gustorff hatte Paulina nun einmal Vertrauen. Sie würde nicht gefährlich werden, vorausgesetzt, sie würde nichts ihretwegen unternehmen und ihre jüdischen Schüler stillschweigend aus den Konzerten heraushalten. Und genau das musste sie Helene um jeden Preis klarmachen. Desto weniger Aufruhr man machte, umso höher die Wahrscheinlichkeit, so lange wie möglich in Ruhe gelassen zu werden, hofften sie zumindest. »Ich hätte nicht gedacht, dass es eines Tages so kommen würde, es ist beschämend, wie man mit euch umgeht!« Helene hatte nur geflüstert. »Aber Sie können doch auch nichts dafür, Sie müssen auch nur das tun, was Ihnen vorgeschrieben wird, oder?« »Du gutes Kind, du«, seufzte die alte Dame und legte ihre faltige Hand an Paulinas Wange. »Ich fürchte, du hast recht.« In ihrer Stimme lag die ganze Mutlosigkeit, die sie angesichts der gegebenen Umstände empfand. »Ich fürchte auch, dass ich zu alt bin, um mich noch erfolgreich zur Wehr zu setzen, das müsst ihr jungen Leute übernehmen, ihr habt noch die Kraft eurer Jugend, ihr seid noch wendig und schlau genug. Bitte, Paulina, gebt nicht auf, tut euch zusammen, wendet euch an diejenigen, die doch auch einmal wussten, was recht und unrecht ist, sie können doch nicht alle vom Erdboden verschluckt worden sein! Versprichst du mir, dass du stark bist und dir nicht alles gefallen lässt?« Der hilflos fragende Blick aus den alten Augen machte Paulina ganz krank. Sie brachte es nicht mehr übers Herz, nur noch ein Wort darüber zu sagen, was sie wirklich dachte und fühlte. Sie musste ihre eigene Angst für sich behalten, es schmerzte sie, das Fräulein so verzweifelt zu sehen. Nichts würde sie tun können, nichts außer … ja, das was Helene gesagt hatte: Sie konnte es versuchen, stark zu sein, um der Großeltern willen, damit diese sich dazu entschließen konnten, Deutschland ohne sie zu verlassen. Paulina nickte und schluckte den Kloß im Hals hinunter. »Ich verspreche es, mein Bestes zu geben, Fräulein Gustorff, ganz bestimmt.«

Sie fuhren beide zusammen, als die Glocke schrillte. Paulinas Herz klopfte bis zum Hals. Sie musste raus aus dieser niederdrückenden Atmosphäre! »Hermann«, stellte Helene Gustorff, fest und Paulina erschrak fast über den scharfen Ton, mit dem diese gesprochen hatte. »Sag ihm«, befahl die Lehrerin, während Paulina ihre Bücher in die Mappe räumte, »dass die Klavierstunde für ihn heute ausfällt, weil die alte Gustorff von Naziuniformen Augenschmerzen bekäme, und wenn er das nächste Mal aufkreuze, solle er in zivilen Kleidern erscheinen.« Paulina sank das Herz in die Hose, niemals würde sie es wagen können, einem so gründlichen Mitglied der Hitlerjugend, wie Hermann es zweifelsohne war, etwas Derartiges zu sagen! Sie würde in Teufels Küche kommen! Fräulein Gustorff hatte tatsächlich keine Ahnung. »Gut«, sagte sie schnell, »ich werde es ihm ausrichten«, denn sie hatte ja eben dem Fräulein versprochen, sich nicht unterkriegen zu lassen. Sollte die alte Frau doch in dem Glauben leben, dass man sich noch wehren könne, wenn man nur jung genug war und auf die guten Menschen hoffte, wo immer diese auch geblieben waren. »Ich gehe!« Paulina warf der versteinert dastehenden Helene eine schnelle Kusshand zu und beeilte sich, an die Wohnungstür zu kommen, denn es läutete bereits zum zweiten Mal. Paulina fühlte sich alles andere als mutig, als sie im Vorbeigehen die Jacke von der Garderobe nahm. Sie hatte Angst, Hermann gegenüberzutreten. Zwar kannten sie sich, seitdem sie Kinder gewesen waren, aber der Junge war inzwischen sechzehn Jahre alt, stark und groß. Außerdem gehörte er zu denen, die auch tagsüber und bei jeder Gelegenheit in der Kluft der Hitlerjugend herumliefen. Das sagte genug. Außerdem spielte er nur noch Wagner bei den Klassenvorspielen, und auch das hatte etwas zu bedeuten. Paulina machte gerade die Wohnungstür auf, als Hermann zum dritten Mal den Klingelknopf drücken wollte. »Tag Hermann!«, begrüßte sie ihn und trat gleich nach draußen, um die Tür hinter sich zuzuziehen. »He, was soll das, lass mich gefälligst rein!«, protestierte der und sah Paulina mit zusammengezogenen Augenbrauen an. »Lieber Gott, hilf mir!«, schickte sie ein Stoßgebet zum Himmel und versuchte dabei, Hermann möglichst freundlich anzusehen. »Hermann, das Fräulein Gustorff fühlt sich heute leider nicht wohl, sie hat es mit dem Kopf und mit den Augen, und sie lässt dir ausrichten, dass du erst nächste Woche wiederkommen sollst.« Nun war es raus, auch wenn es nur die Hälfte davon war, was Fräulein Gustorff ihr aufgetragen hatte. Hermann runzelte immer noch die Stirn und sagte gar nichts. »Also, ich geh dann, Wiedersehen Hermann«, rief Paulina, während sie bereits auf die Treppe zuging. Sie musste weg! »Halt!« Mit zwei Schritten war Hermann bei ihr und packte sie am Arm. Er zog Paulina, die bereits eine Stufe hinuntergegangen war, zu sich nach oben, und sie war gezwungen, seiner kraftvollen Bewegung Folge zu leisten, sonst wäre sie gefallen. Hermann war nicht so viel größer als sie, aber doppelt so breit. Sie würde sich ihm nicht so einfach entwinden können. »Weißt du, dass ich dich immer bewundert habe früher?«, fragte er lauernd. Paulina schüttelte den Kopf. »Oh doch, du weißt es ganz genau, sag, dass du es weißt!« Paulina spürte seinen eisernen Griff um ihren Arm. »Nein, Hermann«, machte sie einen Versuch. »Nein Hermann«, äffte er sie nach und packte noch fester zu. Dann zog er sie so nahe an sich heran, dass sie das Auf und Ab seines atmenden Brustkorbes sah und den Waschseifengeruch seiner Kleider in die Nase bekam. »Du hast dich die ganzen Jahre über mich lustig gemacht, stimmt's?« Seine grauen Augen verengten sich zu schmalen Schlitzen, und er schob sein Kinn vor. Paulina versuchte ihr Zittern zu unterdrücken. Er durfte einfach nicht merken, wie groß ihre Angst war. »Nein, habe ich nicht, nie«, sagte sie so schnell und so ruhig es ihr möglich war. Sein drohender Gesichtsausdruck änderte sich nicht, aber sie bemerkte, wie er die Luft einzog. »Du bist ein hübscher, stolzer Schwan geworden, du«, lächelte er hinter seinen makellosen Zahnreihen hervor, »aber du bist ja auch schon immer ein stolzes Entlein gewesen, nicht wahr, ein stolzes, kokettes Entlein.« Seine Stimme klang heiser, und Paulina brach der Schweiß aus. Sie rang verzweifelt um einem Ausweg, aber ihr Gehirn gab nichts her. Nur das Herz klopfte so laut, dass sie befürchtete, Hermann würde es hören können. Aber sie wich seinen Blicken nicht aus. »Lass mich bitte los, du tust mir weh, und ich habe dir nie etwas getan!« Hermann drückte für einen Moment nur noch fester zu, sodass Paulina einen kurzen Schrei ausstieß. »Halt bloß dein freches Maul, du kleines jüdisches Luder!«, zischte er, dann gab er sie frei. Paulina griff sich unwillkürlich mit der anderen Hand an den schmerzenden Oberarm, und dabei fielen ihr Mappe und Jacke zu Boden. Als sie sich bücken wollte, um beides aufzuheben, stieß Hermann sie zur Seite, sodass sie strauchelte, und kickte mit seinen Schuhen ihre Notentasche und Jacke über die Treppenstufen bis auf den nächsten Absatz nach unten. Dann ging er selbst hinunter. »Das war eine Warnung, Schwan«, sagte er, ohne sich noch einmal umzudrehen. Paulina stand augenblicklich auf. Sie fürchtete, dass jeden Augenblick die Tür aufgehen und Fräulein Gustorff erscheinen konnte. Die durfte sie auf keinen Fall so sehen und auch sonst niemand im Haus. Aber die Angst, dass Hermann vielleicht wiederkommen oder ihr draußen auf der Straße auflauern könnte, veranlasste sie, sich langsam und leise die ersten Stufen hinunterzuschleichen, die Jacke anzuziehen und dann einige Minuten zu warten, ehe sie das Haus verlassen würde. Da fiel ihr ein, dass sie ja den Großeltern versprochen hatte, gegenüber in Pfunds Milchladen einzukaufen. Merkwürdig, erst jetzt, wo sich doch nur ans Einkaufen gedacht hatte, schossen ihr die Tränen in die Augen. Hastig durchsuchte sie die Mappe und war erleichtert, als sie das Portemonnaie fühlte. Sie ließ es dort, nahm aber die Baskenmütze heraus und zog sie auf. Die lästige Kopfbedeckung hatte plötzlich etwas Schützendes an sich. Paulina wischte sich mit dem Mantelärmel über das Gesicht, denn ein Taschentuch fand sie nicht. Sie zog die Nase hoch und verharrte noch einen Augenblick, ehe sie die restlichen Stufen hinunterstieg. Als sie auf die Straße trat, stellte sie fest, dass ihre Gestalt einen hellen Schatten warf. Sie sah zum Himmel hinauf. Tatsächlich, hinter dem blassgrauen Himmel war zum ersten Mal an diesem Tag die Sonne zu sehen.

*

Viola war wieder einmal seit Tagen nicht in ihrer Wohnung gewesen. Sie schlief bei Charlie auch wenn August das nicht gerne sah. Nicht dass er seinem Freund misstraute, aber Viola tat es nicht gut, dass sie sich so gehen ließ, und vor allem, dass sie sich von Greta zurückzog Denn darin lag der eigentliche Grund, warum sie die gemeinsame Wohnung mied. Greta konnte es einfach nicht lassen, sie immer wieder darauf hinzuweisen, dass sie es für das einzig Richtige hielt, Paulina mit den Großeltern aus Deutschland wegzuschicken. Viola nahm ihr das übel, sie wollte nichts mehr davon hören. Sie hatte einen Entschluss gefasst, und damit basta. Wann würde die Freundin endlich akzeptieren, dass *sie* Paulinas Mutter war und ein Recht darauf hatte, in grundsätzlichen Dingen zu entscheiden! So hatte sie es damals mit ihren Eltern vereinbart, und die hatten sich stets daran gehalten. Bis jetzt war es nur Augusts Beitritt in die Partei zu verdanken, dass sie immer noch spielen konnte und dass sie eine Ausnahmegenehmigung der Reichstheaterkammer hatte. Sich selbst und Paulina wähnte sie geschützt dadurch, aber für die Eltern reichte es einfach nicht. Deshalb würde es nur diese eine Lösung geben, und sie würden in den sauren Apfel beißen müssen! Aber die Eltern hatten sich immer noch nicht dazu entschließen können, wirklich wegzugehen. Dabei waren schon so viele Monate vergangen, seitdem sie ihren Vater aufgeklärt hatte, und die Zeit drängte immer mehr. Seit einiger Zeit wurde von den Juden eine Vermögensaufstellung erzwungen, und wer nicht alles angab, hatte schwere Strafen zu befürchten. Wer wusste, wie lange man noch über sein Vermögen frei verfügen können würde? Die Emigrationsbedingungen wurden immer unerbittlicher, und sie befürchtete, dass sich die Eltern unter diesen Umständen immer schwerer taten mit dem Gehen. Denn sie mussten ja auch anderswo etwas zum Leben haben, wo es keinen eigenen Laden mehr gab und noch viel weniger eine Arbeit für ältere Leute. Aber August war nach wie vor bereit, mit seinem Geld die Ausreise der Eltern zu ermöglichen und sie auch weiterhin im Ausland zu unterstützen. Er hatte Konten in der Schweiz und einen Bevollmächtigten dort, der den Geldtransfer jederzeit tätigen konnte, behauptete er jedenfalls. Sollte Greta doch ihren wenigen besonders mutigen Kirchenfreunden helfen und für sie Ausweise beschaffen, damit sie gehen konnten, aber die wollten ja offensichtlich auch alle hierbleiben und suchten sogar die offene Konfrontation mit den Nationalsozialisten, indem sie lauthals von den Kanzeln predigen mussten, was sie dachten. Dann mussten sie sich eben auch nicht wundern, wenn sie im Gefängnis landeten! Außerdem hatte Greta Gelegenheiten genug, um anderen Juden ihre Hilfe anzubieten, denn schließlich hatte sie das Privileg, als arische Ärztin im Krankenhaus in der Iranischen Straße zu arbeiten. Dort hatte sie ja auch ihren Meinrad kennengelernt, diesen ganz besonderen Mann, dachte Viola spöttelnd und nahm einen kräftigen Schluck von dem übrig gebliebenen Rotwein des gestrigen Abends. Charlie hatte noch spät, als sie von der Vorstellung gekommen war, eine Flasche aufgemacht, und kaum dass sie offen gewesen war, war August aufgetaucht. Sie hatten bis in die Morgenstunden zusammengesessen, getanzt und geredet, und irgendwann musste sie eingeschlafen sein, denn als sie erwachte, hatte sie immer noch das Kleid an, lag aber zugedeckt auf dem Diwan. Jetzt war es bereits später Vormittag, und Charlie war, wie so oft um diese Zeit, unterwegs. Viola verspürte plötzlich einen mächtigen Hunger und sah nach, ob sich noch irgendetwas Essbares in der winzigen Speisekammer finden ließ. Aber sie fand nicht viel außer einem Glas Rollmöpsen und einem Kanten Brot, der allerdings schon ziemlich vertrocknet aussah. Sie überlegte gerade, ob sie in den Keller gehen sollte, um sich eine Schinkenstulle zu machen, die Charlie gewöhnlich seinen sogenannten »späteren Gästen« servierte, als es an der Wohnungstür klopfte. Viola fuhr zusammen: Wer, um Himmels willen, mochte das sein? Noch nie in der ganzen Zeit, seit sie bei Charlie hauste, war unangemeldeter Besuch gekommen. Was sollte sie tun? Sie würde auf keinen Fall öffnen, es war zu riskant! Auf Zehenspitzen schlich sie sich in das Wohnzimmer und blieb zitternd im Türrahmen stehen. Wieder klopfte es, diesmal etwas energischer, wenn auch nicht viel lauter. Violas Herz schlug heftig. Unter keinen Umständen durfte irgendjemand merken, dass sie hier drin war! Sie wusste, dass Charlie Dinge tat, die man besser nicht tun sollte, auch wenn sie keine Einzelheiten kannte. Was nun, wenn es die Polizei war? Was, wenn man Charlie entdeckt hatte? Viola legte die Hand vor den Mund, als sie neuerlich zusammenfuhr, weil es ein drittes Mal klopfte. Sie durfte jetzt nur nicht die Beherrschung verlieren! Mit aufgerissenen Augen starrte sie auf die Tür und stellte mit Entsetzen fest, dass die Kette zwar eingehängt, aber der Riegel, mit dem sie normalerweise festgezurrt wurde, gar nicht zurückgezogen war. Das hatte Charlie natürlich von außen her nicht machen können, und sie hatte es versäumt! Einige Sekunden blieb alles still und das Klopfen hörte auf. Viola trat einen Schritt zurück und wartete. Sie atmete kaum, und als ihr Blick auf die Weinflaschen fiel, überkam sie ein Ekel, der eine augenblickliche Übelkeit nach sich zog. Sie schüttelte sich, und ihr Magen krampfte sich zusammen. Sie fühlte, wie ihr der Schweiß ausbrach. »Oh nein!«, stöhnte sie leise, sie konnte sich doch jetzt nicht übergeben! Im selben Augenblick bildete sie sich ein, ihren Namen zu hören. Sie erstarrte, denn wieder hörte sie leise, aber deutlich: »Viola!« Ihre Nerven waren bis aufs Äußerste gespannt, als sie sich die wenigen Schritte zur Tür schlich und lauschte. »Viola, wenn du da drin bist, dann mach bitte auf, ich bin es doch!« Die Übelkeit war schlagartig verschwunden. Viola schnellte nach vorn, riss die Kette aus dem Haken und die Tür auf. »Bist du von allen guten Geistern verlassen?«, schrie sie in den Flur hinaus, sodass der Hall ihrer Stimme das ganze Treppenhaus füllte. Greta drängte sich rasch an der Freundin vorbei und machte leise die Tür hinter sich zu. »Schrei doch nicht so!«, herrschte sie sie an. »Wenn hier jemand das Recht zum Schreien hat, dann bin ich es, was glaubst du, welchen Schrecken du mir eingejagt hast, und überhaupt, was hast du hier zu suchen?« Violas Stimme überschlug sich fast, weil sie versucht hatte, ihrer Entrüstung flüsternd Luft zu machen, und sie rang sie hörbar nach Luft. »Meine Liebe«, Greta rang selbst mühsam um Fassung, »was glaubst du, in welchen Zustand du mich jedes Mal versetzt, wenn du tagelang verschwindest? Glaubst du etwa, das lässt mich kalt? Ich vergehe jedes Mal vor Sorge, wenn du nicht nach Hause kommst und es nicht für nötig hältst, mir wenigstens eine Nachricht zu hinterlassen!« Sie schluckte. Viola senkte den Blick und sah angestrengt zu Boden. Sie lehnte sich an die Wand und drückte die Handfläche dagegen. Die Kühle tat gut. Greta lehnte sich in gleicher Weise an die gegenüberliegende Seite und ließ ihren Blick einmal durch den kleinen Flur kreisen, bis er wieder an der Gestalt der Freundin hängen blieb. So standen sie sich eine Weile stumm gegenüber.

»Mensch, ick hab dir so vermisst!« Greta streckte ihren Arm zu Viola hinüber. Die hängte ihren kleinen Finger in der dargebotenen Hand ein und sah Greta mit einem bedauernden Lächeln an. »Ick dir och, det kannste mir glooben.« Greta unterdrückte ihre aufsteigenden Gefühlswallungen. »Es tut mir leid, dass ich dir auf die Nerven gegangen bin, ich werde deine Entscheidungen in Zukunft respektieren, wirklich. Kein Wort mehr darüber von meiner Seite, einverstanden?« Viola nickte. Dann zog sie die Freundin zu sich und schloss sie in die Arme. »Wie hast du mich gefunden?«, flüsterte Viola über Gretas Schultern hinweg. Die lachte kurz auf. »Es war dann doch zu naheliegend, dass du dich hier aufhältst, oder hättest du erwartet, dass ich dich in einem von Augusts Hotelzimmern suchen würde?« Viola drückte Greta an sich. Es tat gut, wenn jemand Bescheid wusste.

Als sie hörten, wie von draußen ein Schlüssel ins Schloss gesteckt wurde, lösten sie sich aus ihrer Umarmung. Charlie erschien in der Tür, einen riesigen Einkaufskorb am Arm. Im ersten Moment war er nicht sehr erfreut über den Besuch, denn es war nicht in seinem Sinne, dass Viola jemanden hereingelassen hatte, den er zwar aus deren Erzählungen kannte, der aber noch nie in seiner Wohnung gewesen war.

Aber Greta überzeugte ihn einfach durch ihre direkte Art. Er hatte noch selten einen Menschen getroffen, dessen Vertrauen man so schnell gewinnen konnte, auch wenn er einen ganz anderen Lebensstil pflegte als man selbst. Sie beschlossen, dass er und Greta ein leckeres Mittagessen kochen würden, derweil Viola unten ein Bad nehmen und sich die Haare waschen würde. Charlie hatte schon vor einigen Jahren in einem Hinterzimmer des Tanzsaales ein kleines Badezimmer einbauen lassen, denn hier oben gab es nur eine Toilette, und die lag außerhalb der Wohnung auf dem Flur.

Während Violas Abwesenheit konnten sich die beiden ungleichen Menschen etwas näher kennenlernen, und sie hatten beide ihre Freude daran. Als Greta gerade dabei war, einem großen Salatkopf zu Leibe zu rücken, fragte Charlie plötzlich unvermittelt, wie sie denn die Lage Violas einschätze. Greta war überrascht und wand sich zunächst ein wenig um eine Antwort herum. Aber der Blick des Mannes, der da gerade neben ihr in einem riesigen Topf rührte, ließ keinen Zweifel an der Ernsthaftigkeit seiner Frage aufkommen. Mochte dieser Charlie, dessen wirklichen Namen sie gar nicht kannte, auch eine etwas undurchsichtige Person sein und sein Gesicht verlebter aussehen, als es seinem Alter vermutlich entsprechen musste, schien er ihr doch ein Mensch zu sein, der schweigen konnte. Zumal die langjährige Bekanntschaft, die ihn mit Viola und August verband, dies zu beweisen schien. »Wenn Sie mich fragen«, gab Greta sich einen Ruck, »dann habe ich so große Bedenken, dass es lange weiterhin gut gehen wird.« Charlie schwieg und rührte. »Aber sie wird Ihnen ja nicht verschwiegen haben, weswegen sie mir immer wieder entflieht und bei Ihnen Unterschlupf sucht.« »Sie hat es nicht«, war Charlies knappe Antwort. Er wusch seine Hände unter dem Wasserhahn. »Aber was glauben Sie, was ich hier tue? Permanent nichts anderes, als auf meinen Freund Leibfried einzureden, doch endlich mal ein männliches und vor allem väterliches Machtwort zu sprechen und Frau und Kind in Sicherheit zu schicken, Sie wissen, was ich meine?« Greta seufzte. »Ich denke, wir wissen beide genug«, sagte sie lakonisch und schüttelte die feuchten Hände über dem Salatsieb ab. »Sie mögen recht haben«, bemerkte Charlie. »Aber man muss seine Freunde so nehmen, wie sie sind, stur und blind nämlich.« »Hoffen wir eben das Beste«, sagte Greta. »Essig und Öl?«
Es wurde eine beinahe herrschaftliche Mahlzeit, jedenfalls waren sie sich einig darüber, schon lange nicht mehr so gut und so viel gegessen zu haben. Der einzige Nachteil war, dass die ganze Wohnung nach Angebratenem roch, obwohl sie bereits während des Kochens die Fenster weit geöffnet hatten. Der letzte Junitag dieses Sommers ließ auch auf einen hochsommerlichen Juli hoffen.
Greta und Viola verabschiedeten sich gegen 14 Uhr. Charlie wollte sich noch ein paar Stündchen aufs Ohr hauen, um für den Abend und die Nacht gewappnet zu sein, und die beiden Frauen beschlossen, einen Stadtbummel zu machen, denn Greta brauchte dringend ein neues Kostüm und schätzte Violas guten Geschmack. Dann wollten sie noch im Kranzler einen Kaffee trinken. Zur Feier des Tages. Greta bewunderte Viola, wie sie sich, trotz aller offensichtlichen Anfeindungen gegen die jüdische Bevölkerung, immer noch selbstsicher und aufrecht durch Berlin bewegte. Manchmal hatte es den Anschein, als fühlte sie sich in keiner Weise von dem betroffen, was da täglich vor sich ging.

Zumindest wenn sie mit ihr unterwegs war, benahm sich Viola so, als wäre weder etwas zu befürchten, noch so, als wäre nie etwas anders gewesen. Viola ging hoch erhobenen Hauptes in sämtliche Geschäfte und Lokalitäten, die für Juden verboten waren. »War sie tatsächlich so verblendet oder war es reiner Fatalismus?«, fragte Greta sich manchmal. Viola war weder naiv noch fehlte es ihr an Intelligenz und Beobachtungsgabe, um zu registrieren, was vor sich ging. Was aber veranlasste sie tatsächlich, hier in Berlin zu bleiben und vor allem Paulina nicht aus Deutschland wegzulassen? War es wirklich die Liebe zu August? Oder sollte doch er es sein, der verlangte, dass sie und das Kind in seiner Nähe blieben? Ein schrecklicher Gedanke, fand Greta, und sie verwarf ihn wieder, wie so viele Male schon. Sie hatte sich doch vorgenommen, das Ganze einfach ruhen zu lassen, denn es war zwecklos, und sie zermarterte sich nur das Gehirn damit! Jetzt gingen sie einkaufen, und der Tag war auch zu herrlich, um sich mit Rätseln herumzuschlagen. Viola sah bezaubernd frisch aus, nachdem sie sich zurechtgemacht hatte, und Greta war plötzlich wie früher wieder ein bisschen stolz darauf, diese schöne Frau ihre Freundin nennen zu dürfen.

*

Etwa zur selben Uhrzeit, zu der die beiden Frauen Charlies Wohnung verließen, ging Michail von Witte über einen schäbigen Hinterhof im Berliner Bezirk Wedding. In seiner Begleitung war ein ungefähr fünfunddreißigjähriger Mann; nicht besonders groß, von eher zarter Statur, die welligen dunkelbraunen Haare zurückgekämmt, sodass die bereits beträchtliche Stirnglatze noch stärker zum Vorschein trat. »Hier hinein.« Meinrad Stolzfuß machte eine knappe Handbewegung und ging voraus. Stumm traten die beiden Männer in den dunklen Flur der Mietskaserne. Michail erschütterte der Anblick des Hauses nicht. Wer die St. Petersburger Hinterhöfe kannte, den brachte in dieser Hinsicht nichts mehr so schnell aus der Fassung. Allein die so typischen Gerüche dieser Gegenden waren ihm verhasst. Sie waren mehr als nur eine Beleidigung für seine Nase! Stolzfuß hingegen schien das weniger auszumachen. Sie stiegen zwei Stockwerke hinauf. Überall war es dunkel. In diesen fensterlosen Fluren merkte man nichts davon, dass draußen der Sommer bereits auf seinen Höhepunkt zusteuerte. Lediglich die stickige Luft, vermischt mit dem Geruch von menschlichem Schweiß, verwesenden Abfällen und den Ausdünstungen von schlecht genährten Hunden, ließ auf die Jahreszeit schließen. Michail erkannte unter einer leicht verrußten Stelle an der unverputzten Wand die Zeichnung eines roten Wimpels. Er nahm es achselzuckend zur Kenntnis.

»Hier ist es.« Meinrad legte sein Ohr an die schäbige Holztür, bevor er klopfte. Zuerst rührte sich nichts. Michail hielt sich im Hintergrund und verschränkte die Arme auf dem Rücken. Er versuchte sich die kleine Seeligmann in Erinnerung zu rufen. Er hatte sie nur einmal zu Gesicht bekommen, seitdem er zwischen Berlin und Dresden hin und her fuhr, aber er hatte versucht, sie sich gut einzuprägen. Er war gespannt darauf, was ihn hinter dieser Tür erwarten würde.

Sein Begleiter klopfte noch einmal. Dreimal kurz und leise, dann eine kleine Pause, dann zweimal lang und etwas lauter. Ein leises Kratzen ließ die beiden Männer auf dem Flur aufmerksam werden. »Das Mistvieh ist also auch da«, brummte Meinrad und trat automatisch einen Schritt zurück. Die Wohnungstür öffnete sich einen Spaltbreit, und der Kopf einer hellbraunen Promenadenmischung zwängte sich durch die schmale Öffnung. »Nimm ihn weg«, zischte Meinrad. Der Hund wurde zurückgezogen, und das Scharren seiner Pfoten auf dem Steinboden hinterließ ein kratzendes Geräusch. Mit einer knappen heiser klingenden Begrüßung wurden die beiden Besucher hereingebeten. Meinrad winkte Michail heran, schob sich dann aber vor ihm durch den äußerst schmalen Einlass. Michail war gezwungen, sich seitwärts hinterherzuzwängen. Erst jetzt erblickte er den bisher unsichtbar gebliebenen Türhüter, der mit seinem dürren Arm immer noch die Klinke fest umklammert hielt und augenblicklich nach Michails Eintritt die Tür hinter sich zuzog und den Schlüssel umdrehte. Die Umstände, unter denen hier gelebt wurde, erfasste Michail mit einem Blick. Er war in einer heiklen, ja, vermutlich sogar pietätlosen Angelegenheit hier, und er mochte eigentlich gar nicht darüber nachdenken, was die Menschen, die er in dieser Wohnung antreffen würde, dazu trieb, genau das zu tun, was sie vorhatten. Er verabscheute Meinrad für einen Moment, weil dieser offensichtlich dazu fähig war, mit größter Kühle diese Art von Geschäften zu machen. Aber es war in der Not zu ergründen, in der sich Menschen wie er und seine Bekannten befanden. Und das alles nur wenige Jahre, nachdem man in Deutschland schon nach modernen und vielversprechenden Ideen gegriffen hatte! Aber leider schienen diese den Deutschen längst entglitten zu sein wie ein Fisch einem unerfahrenen Angler. Aber man durfte nicht unnötig lange nachdenken, jetzt hieß es handeln!

Michail fühlte die ausdruckslosen Augen des Mannes, der sie eben hereingelassen hatte, auf sich ruhen. Er war froh, die abgenutzte Arbeitskluft zu tragen, die er Eleonores Gärtner Konrad zu verdanken hatte. In einem Anzug hätte er sich hier noch mehr fehl am Platze gefühlt, als er es ohnehin schon tat. Und er wäre viel zu sehr aufgefallen.

In der Wohnung roch es nach Kampfer und anderem billigen Alkohol. Der nicht einzuordnende Köter schnüffelte interessiert an Michails Hosenbeinen, und der hätte ihn, einem ganz natürlichen Reflex folgend, eigentlich gerne gestreichelt. Aber es widersprach den hygienischen Maßnahmen, schließlich war eine Todkranke im Haus, die er vermutlich gleich zu Gesicht bekommen würde. Dass die Kranke allerdings ständig mit dem Hund Kontakt hatte und so seine Sorge völlig unnötig war, bedachte er in diesem Augenblick gar nicht. »Also dann.« Der Dürre schlurfte in seinen ausgetretenen Schuhen den kleinen Flur entlang und steuerte auf das geradeaus liegende Zimmer zu. Meinrad und Michail folgten ihm stumm. Der Hund trottete neben ihm her und schaute ihn aus bekümmerten Augen an. Sie betraten die typische Stube einer solchen Wohnung: ein rechteckiger Holztisch, bemüht verschönt mit einem Tuch, dessen Farben längst verblichen und dessen Muster durch ausgebrochene Fäden dünn und lückenhaft geworden war. Darauf eine Vase, ein alter Krug, an dem der Ausgießer fehlte, darin ein paar Gräser und zwei drei Stengel mit orangegelben Blütenköpfen. Michail war kein Blumenkenner und hatte keine Ahnung, welcher Art Gewächs das war. Die beiden schmalen Flügel des einzigen Fensters waren weit geöffnet, aber eine dicht gewebte gräuliche Gardine war vor die Öffnung gezogen und verhinderte den Blick nach draußen. Sie ließ vermutlich gerade das nötige Maß an frischer Luft herein, das man brauchte, um hier nicht zu ersticken, mutmaßte Michail. »Es wird nicht mehr lange gehen.« Das Flüstern des Mannes, als er den Vorhang geräuschlos ein wenig zur Seite schob, um einen Blick auf die daliegende Gestalt freizugeben, empfand Michail wie einen Messerschnitt, der die unsichtbare Wand dieser nachmittäglichen Schwüle teilte. Plötzlich stand ihm das Bild seiner Jüngsten vor Augen! Er schluckte und griff nun doch nach dem Hund, der ihm nicht von der Seite wich. Sein Fell war erstaunlich weich. Michail trat neben den hageren Mann, der am Fußende des schmuddeligen Lagers stand und vorsichtig die dünne Wolldecke zurückschlug, die auf der Kranken lag. Unter einem dünnen, viel zu kurzen Nachthemdchen zeichnete sich ein magerer Körper ab, Beine und Arme bläulich gefärbt. Michail nickte nur kurz zu dem Mann hin, und der deckte die still Daliegende wieder zu. Die Größe des Mädchens passte, auch die Gesichtsform und die dunklen Locken, die das schmale Gesicht umrahmten. Allerdings trug es die Haare kürzer als die kleine Seeligmann, aber das würde nicht von Bedeutung sein. Der Rest, auf den es ankam, würde passen. Obwohl es eigentlich nichts weiter für ihn zu tun gab – dies war Stolzfuß' Ressort -, brachte Michail es nicht fertig, sich einfach so abzuwenden und wieder zu verschwinden. Angesichts des gebrochenen Kindes fragte er sich für einen Moment ernsthaft, was nun grausamer war: zum Tode oder zum Leben verdammt zu sein. Hier lag, wenn auch deutlich vom Vergehen gezeichnet, ein zweifellos schönes Wesen, dessen Leben, noch nicht zur Entfaltung gekommen, bereits zu Ende ging. Michail war kein eigentlich sentimental veranlagter Mensch, aber er konnte in diesem Augenblick nicht anders, als über den Kopf des Mädchens zu streichen. Mochte der Vater des Kindes von ihm denken, was er wollte. Er empfand keinerlei Scheu, als er dem Kind behutsam über die Locken und dann mit den Fingern über die Wangen strich. Die durchscheinenden Augenlider des Mädchens zitterten, und als Michail seine Hand auf dessen Stirn ruhen ließ, schlug es die Augen auf. Er schrak zusammen. Nie zuvor hatte ihn ein direkterer Blick getroffen als in diesem Augenblick. Es war, als sähe dieses ihm völlig fremde Kind ihm mitten ins Herz! Er fühlte, wie seine Hand zu zittern begann. »Nicht wahr«, flüsterte die Kleine mit ihren blutleeren Lippen, »Sie werden das jüdische Mädchen in Sicherheit bringen, Sie versprechen es mir, nicht?« Michail fühlte sich so mickerig wie seit Jahrzehnten nicht. Vielleicht war er sich überhaupt niemals in seinem Leben so hilflos vorgekommen wie in diesem Moment in einer Berliner Hinterhofwohnung! Dem selbstsicheren Mann blieben für einen kurzen Moment die Worte im Hals stecken, aber er hielt dem Bann dieses ganz besonderen Blickes stand. »Bitte, Sie müssen ihr von mir sagen, dass sie es tun muss, um meinetwillen, sie muss es …« Die Stimme des Mädchens brach in einem heiseren, aber leidenschaftlichen Flüstern, das es Michail unmöglich machte, den Rest ihrer Worte zu verstehen. Als er fühlte, wie die Stirn unter seiner Hand feucht wurde, zog er sie von dort zurück und legte sie stattdessen an die linke Wange der Kleinen. Deren Augenlider flatterten, und er spürte förmlich die Anstrengung, mit der sie versuchte, die Augen offen zu halten. Er ging mit seinem Gesicht ganz nahe an das ihre heran. »Ich verspreche es dir, und das jüdische Mädchen verspricht es auch«, sagte er leise, aber deutlich und sah dabei unverwandt in die dunklen Augen, deren Tiefe unendlich zu sein schienen. Sie erwiderten seinen Blick noch einen Moment, dann fielen die müden Lider herunter. Michail blieb regungslos sitzen und starrte auf die langen dunklen Wimpern, die sich wie Halbmonde von der bleichen Haut abhoben. Wie lange er so dasaß, reglos, das Gesicht des Kindes zwischen seinen großen Handflächen, vermochte er später nicht mehr zu sagen. Als er aufstehen wollte, merkte er, dass der Hund auf seinen Schuhen lag. Als er sich langsam erhob tat dieser es ihm gleich, mit hängendem Kopf und hängenden Ohren. Das Tier spürte offenbar den Ernst der Stunde. Wie wenig braucht es doch, um eine innere Verbindung zweier Lebewesen herzustellen, dachte Michail. Erst jetzt bemerkte er auch, dass der Vater des Kindes sich entfernt hatte. Der Vorhang, der das Lager vom Rest des Zimmers abtrennte, war zugezogen. Es gab nur ihn und das Mädchen. Hatte der Mann ihn tatsächlich mit seinem sterbenden Kind allein gelassen? Michail hatte kein Bedürfnis, sich darüber zu empören. Wie mochte man sich als Vater wohl fühlen im Angesicht des nahenden Todes eines Kindes? Von Stolzfuß wusste er, dass der Mann nur noch einen zehnjährigen Jungen hatte, der lebte jedoch seit der Krankheit der Schwester bei der Großmutter. Die Mutter der Kinder war bereits vor Jahren derselben Krankheit erlegen wie jetzt das Mädchen. Wieder hatte Michail für einen Augenblick das Bild seiner Jüngsten vor Augen. Carla war im selben Jahr geboren wie dieses Geschöpf hier, und auch die kleine Seeligmann war genauso alt. Welche Unterschiede! Michail zögerte noch einen Moment. »Auf Wiedersehen ... Emilie«, sagte er dann leise und ließ den Vorhang langsam zurückgleiten. Das Mädchen hatte wirklich gelächelt!

Keine fünf Minuten später standen Michail von Witte und Meinrad Stolzfuß wieder draußen auf der Straße, von der aus sie vor einer halben Stunde die Höfe betreten hatten.

*

Paulina hielt das Wollpüppchen fest mit der Hand umklammert in ihrer Rocktasche. Ihr war nicht nach Geburtstag zumute. Als Kind hatte sie immer diejenigen bemitleidet, die an einem 29. Februar geboren waren. Heute beneidete sie diese. Sie konnten sich wenigstens die meiste Zeit hinter dem fehlenden Tag verstecken. Lorchen hatte ihr vorhin die kleine Puppe zugesteckt. Sie war gestrickt, von ihr selbst natürlich. Niemals würde Lorchen ihr etwas schenken, für das sie sich nicht genügend Mühe gegeben hatte. Lorchen war so lieb und gewissenhaft! Doch Paulina stellte zunehmend fest, dass ihr dies manchmal fast zu viel des Guten war. Eigentlich schämte sie sich dafür immer, aber es gelang ihr oft nicht, diese Empfindungen zu unterdrücken. Man konnte doch nicht sein ganzes Leben damit verbringen, dankbar, gütig, nett und hilfsbereit zu sein! Man konnte doch nicht immer sämtliche Familienangehörige in Schutz nehmen und sich alles gefallen lassen! Sie war schon manchmal böse auf die Großeltern, von Mama und August ganz zu schweigen, auch wenn es ihr dann oft leidtat.

Dennoch freute sich Paulina sehr über das liebevolle Geschenk von Lorchen. Es war ein dunkelhäutiger Junge, der eine blaue Hose und einen gelben Pullover trug. Arme, Hände und Gesicht schokoladenfarben, die Haare schwarz gekraust, schaute er unter einem Mützchen hervor. Das Gesicht war aufgestickt: rote Lippen, Augen aus grauweiß schimmernden Knöpfen, in der Mitte eine winzige runde Knollennase. Lorchen besaß eine richtige Negerpuppe, sie hatte sie von einem bekannten Ehepaar der Steins erhalten, die beide als Ärzte in Afrika arbeiteten. Paulina hatte diese Puppe von Anfang an gefallen und es immer bedauert, keine solche zu besitzen. Lorchen hatte sie ihr hin und wieder für ein paar Tage geliehen, und Sam, so hieß der afrikanische Puppenjunge, hatte dann bei ihr im Bett schlafen dürfen. Seit sie und Lorchen aus dem Vater-Mutter-Kind-Spiel hinausgewachsen waren, saßen er und seine hellhäutigen Genossinnen in Lorchens Zimmerchen auf einem Kinderstuhl. Aber wenn Paulina bei Lorchen war, holte sie meistens den schwarzen Jungen von seinem Platz und setzte ihn auf ihren Schoß, während sie sich mit der Freundin unterhielt oder sie gemeinsam Schularbeiten machten. Das hatte Lorchen wohl zu diesem heutigen Geschenk veranlasst. Die dunkelhäutige Puppe war für sie beide inzwischen mehr zu einem Zeichen ihrer inneren Verbundenheit geworden. Es ging ja längst nicht mehr um das Spiel damit.

Paulina lächelte Lorchen über die Köpfe einiger kleinerer Mädchen hinweg an, die, wie sie, mit der Straßenbahn auf dem Weg zur Schule waren. Die meisten Sitzplätze waren heute Morgen bereits belegt gewesen. Es schien, als würden die Leute im Sommer früher unterwegs sein als zu jeder anderen Jahreszeit. Abgesehen davon bevorzugte es Paulina zu stehen, auch wenn noch Plätze frei waren. Und zwar möglichst in der Nähe der Tür. Lorchen tat das Gleiche, aus Gemeinsinn mit ihr. Nun, sie konnte es ihr ja nicht verbieten. Aber heute war Paulina ganz froh, die Nähe der Freundin zu spüren. Es machte den Geburtstag doch nicht ganz so trist. Heute Nachmittag war sie mit den Großeltern bei Eleonore im Heidehaus eingeladen, und sie durfte Lorchen mitbringen, und auch die Niederaus hätten mitkommen dürfen. Aber die wollten nicht, denn Fritz fand, dass er nicht zu so vornehmen Leuten passe, und Mathilde, die vielleicht der Einladung gerne gefolgt wäre, hatte Großmutter angeboten, den Laden zu übernehmen, sodass diese nicht später mit der Elf nachfahren müsse. Großvater hatte Fritz einen alten Sturkopf geschimpft, der nicht immer so unterwürfig tun solle, aber Großmutter hatte es sich nicht nehmen lassen, Fritz zu verteidigen, indem sie ihm dafürhielt, mindestens so sehr ein Mann von Stand zu sein, wie Chaijm es war. »Denn wer unterwerfe sich denn mehr?«, hatte sie Großvater herausfordernd gefragt. Fritz, der wusste, wo er hingehöre und mit seinem Stand wohl zufrieden wäre, wogegen sie beide sich nur noch alles gefallen ließen, was man von ihnen verlange, ihr Vermögen und Besitztum auf Heller und Pfennig der Auswanderungsbehörde unter die Nase rieben und sich dabei als Schmarotzer und Volksschädlinge bezeichnen und ihrer Würde berauben ließen, sich über dieses offensichtliche Unrecht zwar bitter beklagten, aber nichts dagegen unternehmen würden! Natürlich war Großvater unter diesem Redeschwall wieder einmal förmlich zusammengesunken, weil er die Glocken läuten hörte, die gar nicht mehr auf dem Turme hingen, wie Großmutter in solchen Fällen sagte, in denen man mehr zu hören meinte, als eigentlich gesagt wurde. Großvater hatte sich zu einem Spezialisten entwickelt in solchen Dingen. Aber dank Großmutters Einlenken war die ganze Unterhaltung vorgestern nicht im Unfrieden ausgegangen, denn schließlich bliebe ihnen nichts anderes übrig, als genau das alles zu tun, hatte Großmutter gemeint und ein resigniertes »Das ist es ja gerade« hinzugefügt. Danach hatte Paulina sich aber noch weniger auf ihren Geburtstag gefreut als zuvor schon. Aber vielleicht würde der Tag doch noch besser werden, als sie dachte, schließlich hatte er gut angefangen mit Lorchens Geschenk und deren innigen Wünschen.

Auch die Großeltern hatten wieder alles getan, um es ihr schön zu machen. Großmama hatte, wie immer, einen Geburtstagstisch für Paulina gerichtet. Wie immer fehlten die weißen Rosen nicht, die besondere Schachtel mit dem Nougat und den Mandeltrüffeln, das Nachthemd und die Strümpfe – es waren die ersten halterlosen, das hatte sie mit besonderer Genugtuung beachtet. Dann lehnten wie gewöhnlich zwei Briefe mit dem Berliner Poststempel an der Blumenvase. Einer trug Mamas Handschrift, der andere war mit der Schreibmaschine adressiert und trug auch keinen Absender. Dennoch wusste Paulina, dass er von Greta war, denn niemand sonst aus Berlin, neben Mama, hatte ihr bisher jemals einen Brief geschrieben, und Greta tat das zu jedem Geburtstag, und die Post von ihr kam immer pünktlich. In diesem Jahr war der Geburtstag ein Donnerstag, und man musste natürlich in die Schule. Aber nur noch diese Woche, dann begannen die großen Ferien. »Hast du die Briefe schon gelesen?«, flüsterte Lorchen über die Kleinen hinweg zu Paulina hinüber. Die schüttelte den Kopf. »Dass du es auch immer so lange aushältst, ich könnte das nicht!« Paulina schmunzelte überlegen. »Man muss auch die Spannung ertragen können«, gab sie altklug zurück und lächelte gekünstelt. »Oh ja, natürlich, und außerdem weißt du ja: Erst die Arbeit, dann das Vergnügen!« flüsterte Lorchen mit gespitzten Mund und erhobenem Zeigefinger. Wären nicht die Kinder zwischen ihnen gewesen, hätte Paulina ihr jetzt einen Rippenstoß gegeben.

»Es ist nicht immer ein Vergnügen, Geburtstagsbriefe von seiner eigenen Mutter zu bekommen«, brummelte Paulina und hoffte, dass Lorchen das nicht richtig gehört hatte, denn sonst würde diese sie sofort wieder bedauern und trösten wollen. Und genau das konnte sie nicht ausstehen! Zum Glück kam nichts zurück, und als sie den Kopf hob, sah sie, wie Lorchen mit einer der kleineren Schülerinnen sprach. Typisch, dachte Paulina, wenn die nur früh genug heiraten und Kinder bekommen kann, dann wird sie glücklich sein. »Mindestens sieben«, brummte sie halblaut. »Hast du was gesagt?« Lorchen zog fragend die Augenbrauen nach oben. »Ich bin doch nicht die Einzige, die hier redet«, lachte Paulina auf und triumphierte ein wenig, weil sie immer noch schlagfertig genug war, um Lorchen diesbezüglich in die Tasche zu stecken. Zur Bestätigung ihrer Feststellung ließ sie ihren Blick durch die Bahn schweifen. Als dieser sich mit einem anderen verhakte, war es bereits zu spät: Im vorderen Drittel des Wagens saß niemand anderer als Marlene Niederau! Schmallippig nickten die beiden einander kurz zu, dann sah Paulina an der kräftigen Blonden vorbei und ließ ihren Blick langsam wieder zurückwandern. Sie erwürgte beinahe den Puppenjungen in ihrer Hand, als sie krampfhaft versuchte, Lorchens Aufmerksamkeit auf sich zu ziehen, die sich mit Hingabe irgendwelche Geschichten von den Kindern erzählen ließ. Aber es war zwecklos. Lorchen verstand nicht, und Paulina wollte kein Aufsehen erregen, denn sie hatte das Gefühl, dass die Niederau sie noch immer beobachtete. Bei der nächsten Haltestelle würde sie aussteigen müssen, dann könnte sie Lorchen ihre Entdeckung mitteilen, und vielleicht hatten sie auch Glück, und der äußerst unerfreuliche Gegenstand ihrer Entdeckung fuhr weiter. Sie hatten keines. Mit dem Strom der größeren und kleineren Schülerinnen, die an diesem Morgen die Vierzehn verließen, stieg auch Marlene Niederau aus dem Hechtwagen. Paulina war als eine der ersten draußen gewesen und wartete ungeduldig, bis sie Lorchen wieder für sich alleine haben konnte. Aber sie hatte sich getäuscht, die kleinen Gören umringten die Ältere auf der Straße und wichen ihr auch nicht von der Seite, als sie sich in Gang setzten. Paulina warf einen genervten Blick zu der Freundin hinüber. Lorchen zuckte mit den Achseln und warf einen hilflosen zurück. »Nun tu doch nicht so, das hast du dir selbst eingebrockt«, hätte Paulina am liebsten gerufen, aber sie schluckte ihren Ärger hinunter. Es würde ihr nichts anderes übrig bleiben, als Lorchen erst in ihrem Klassenraum aufzuklären, denn eines war klar: Solange sie nicht den Fuß über die Schwelle ihres Schulzimmers gesetzt hatten, würden sie von den Flöhen umgeben sein. Paulina drehte sich auf dem ganzen Weg mehrmals vorsichtig nach hinten um. Sie musste einfach sehen, ob Marlene ihnen folgte. Sie tat es! Mit einigem Abstand zwar, aber Paulinas Hoffnung, dass Marlene doch noch ihre Richtung ändern könnte, schmälerte sich mit jedem Meter, den sie gingen. Zumal es nicht viele waren, denn wenn sie mit der Vierzehn vom Kurfürstenplatz her kamen, bog man direkt in die Melanchthonstraße ein und war dann schon fast am Ziel.

Schon vor einigen Wochen war im Hause Seeligmann die Rede davon gewesen, dass Marlene Niederau vermutlich als Sport- und Handarbeitslehrerin im Neustädter Mädchengymnasium eingestellt würde, um dort eine kürzlich aus dem Dienst entlassene Kollegin zu ersetzen. Paulina und ihre Großeltern und auch die Eltern Niederau hatten so sehr gehofft, dass dies nicht der Fall sein würde. Es gab ja genügend andere Schulen in Dresden, und Fritz wäre es sowieso am liebsten gewesen, seine Tochter würde in einer anderen Stadt arbeiten und wohnen. Wenn es nun tatsächlich wahr würde, dass das so beliebt gewesene Fräulein Meister von der Niederau ersetzt würde, na dann Gute Nacht! Dann konnte sich Paulina endgültig sicher sein, dass der Sportunterricht für sie zu Ende war. Und für Hilde auch. Diese war, wie Paulina, ein gemischtjüdisches Kind, wobei Hilde den Vorteil hatte, dass ihr arischer Vater offiziell existierte und auch gelegentlich bei Elternsprechstunden auftauchte. Andere jüdische Mädchen waren bereits schon länger vom Turn- und Schwimmunterricht ausgeschlossen worden und durften auch an sonstigen besonderen Unternehmungen nicht mehr teilnehmen. Viele waren sehr traurig darüber, und nach und nach hatten die meisten von ihnen die Schule verlassen, gingen auf jüdische Schulen oder hatten versucht, in anderen privaten Einrichtungen unterzukommen. Die älteren Mädchen versuchten ins Arbeitsleben einzutreten oder einen Beruf zu lernen, was aber kaum möglich war, denn welcher arische Lehrherr stellte eine Jüdin ein? Und es gab immer weniger jüdische Geschäfte. Auch bei Großmama war schon ein junges Mädchen gewesen, aber Großmama hatte ablehnen müssen. So halfen viele den eigenen Müttern oder anderen jüdischen Frauen im Haushalt und bei der Kinderbetreuung oder kamen bei jüdischen sozialen Einrichtungen unter, wie zum Beispiel im Henriettenstift. Für Paulina keine angenehme Vorstellung. Sie hatte aber keine Mühe damit, nicht mehr am Sportunterricht teilnehmen zu dürfen. Er machte ihr keine Freude mehr, denn sie erhielt schon lange nur noch mittelmäßige Zensuren, mochte sie sich auch anstrengen, wie sie wollte. Die guten Noten kamen für Juden von vornherein gar nicht mehr infrage, so schien es wenigstens.

Im Strom der anderen Schülerinnen stiegen sie die Steinstufen zum Eingangsportal hinauf, Lorchen nach wie vor inmitten der kleinen Plappermäuler. Bevor Paulina mit den anderen durch die offene Tür schlüpfte, drehte sie sich noch einmal um. Marlene Niederau war nicht mehr zu sehen. Als sie endlich in ihrem Klassenzimmer angelangt waren, konnte Paulina sich nicht mehr bremsen. »Kannst du jetzt endlich einmal mir wieder Gehör schenken?«, zischte sie Lorchen an. »Was heißt hier wieder, du konntest die ganze Zeit …« Paulina winkte ab. »Ist ja schon gut, aber soll ich dir vielleicht über fünfzig kleine Nervensägen hinweg zurufen, was mich in Angst und Schrecken versetzt hat?« »Du übertreibst, es waren höchstens fünf«, war Lorchens Antwort, aber als sie das Gesicht der Freundin sah, tat es ihr gleich wieder leid. »Entschuldige!« Sie sah Paulina aufrichtig an. Die war so entsetzlich empfindlich geworden in letzter Zeit, und Lorchen fand es bisweilen sehr anstrengend mit ihr. Aber sie konnte nun einmal nicht darüber hinweggehen, weil sie wusste, in welch schlimmer Lage sich Paulina befand, und sie litt immer öfter wirkliche Angst um sie. Wenn Paulina etwas geschehen sollte, wusste sie nicht, wie sie das verkraften sollte. Aber sie fraß diese Angst in sich hinein, versuchte sich weder ihren Eltern noch Paulina gegenüber etwas anmerken zu lassen, aber in ihren täglichen Gebeten war Paulina fast der alleinige Gegenstand ihrer flehentlichen Bitten geworden. Und doch musste sie sich eingestehen, dass sie zuweilen das Bedürfnis hatte, nicht an Paulina und das drohende Unheil zu denken, das über deren Kopf schwebte. Aber sie fühlte sich ständig schlecht dabei, und so trat in ihrem angespannten Inneren auch dadurch keine Ruhe ein. Nur das unbeschwerte Zusammensein mit den kleineren Mädchen befreite sie oft für Augenblicke von ihren Sorgen. Sie bedauerte es deshalb sehr, dass für Paulina die Kinder nichts anderes waren als kleine Plagegeister, die man so schnell wie möglich loshaben musste. Lorchen stieß Paulina mit dem Ellbogen an, als sie sich in ihre Bank schob und setzte. »Nun sag schon«, raunte sie ihr zu. Paulinas Gesicht war verschlossen. Lorchen seufzte im Stillen. Sie legte ihre Hand besänftigend auf den Arm der Freundin. In diesem Sommer war deren Haut zum ersten Mal heller als die ihre. Paulina mied es, so oft sie nur konnte, nach draußen zu gehen, außer wenn sie sich im Park der von Wittes ungesehen bewegen konnte, und so bekam sie eben auch keine Sonne ab. Obwohl sie die doch über alles liebte. Lorchen wurde ungeduldig. »Paulina«, flüsterte sie, »sag es mir, bitte!« Ohne die Freundin eines versöhnlichen Blickes zu würdigen, kramte Paulina in ihrer Schultasche. Sie legte ihre Notizkladde und das Federmäppchen auf den Tisch und riss einen Fetzen Papier aus dem Heft. Mit einem Bleistift kritzelte sie etwas auf den Zettel und schob ihn Lorchen hin, die, den Kopf in die Hände gestützt, ihr stumm zugesehen hatte. »Es ist so weit, M. N. gesichtet.« Lorchen stutzte, aber nur einige Sekunden lang, dann war ihr alles klar. M. N. stand für die Tochter der Niederaus, die schon lange eine stadtbekannte und zudem ziemlich gefürchtete BDM-Führerin war und von der man munkelte, dass sie einen Lehrauftrag an ihrer Schule übernehmen würde. Nachdem nun Fräulein Meister weg war, gab es keinen Zweifel mehr: Die Niederau würde den Sport- und Handarbeitsunterricht der Unter- und Obertertia übernehmen.

Die Mädchen hatten an diesem Vormittag Mühe, dem Unterricht zu folgen. Obwohl es heiß war, zog Paulina die dünne Strickjacke nicht aus. Sie fröstelte. Abgesehen davon, griff sie immer wieder in die Tasche, um das weiche Püppchen zu fühlen. Glücklicherweise hatten sie heute keine Stunde bei Dörfler, denn bei ihm hätte sie es nicht riskiert, so dazusitzen. Von den übrigen Schülerinnen neckten sie zwar einige und sie musste sich ein paar Sprüche anhören wie »Hast du dich in der Jahreszeit geirrt?«, Es muss kalt sein in der Antarktis« oder »Frierst du wirklich? Dann bist du krank«. Das war jedoch alles harmlos, und Paulina gab gekonnt schlagfertige Erwiderungen zurück. Gegen Dörflers Gemeinheiten waren diese Bemerkungen einfach nur lustig. Er hätte sie mit Sicherheit auf die Jacke angesprochen, natürlich vor der ganzen Klasse. Dann hätte sie aufstehen und ihm eine Erklärung abgeben müssen, warum sie an einem Hochsommertag wie diesem eine Strickjacke trüge. Und dem wäre dann eine Abhandlung über verweichlichte Juden im Gegensatz zu stahlharten, erbgesunden Arierkindern gefolgt. Alles schon zur Genüge gehört, hundertmal wiederholt bei jeder nur erdenklichen Gelegenheit. Paulina war mehr als darauf bedacht, diesem Menschen keinen noch so winzig kleinen Anlass zu solchen Attacken zu geben. Und trotzdem konnte sie es oft genug nicht verhindern, ebenso wenig wie Hilde. Auch einigen der anderen Mädchen, in deren Elternhäusern man den Nationalsozialisten ablehnend gegenüberstand, machte der Studiendirektor zunehmend das Leben schwer. Merkwürdigerweise war Lorchen bisher weitgehend von seinen Angriffen verschont geblieben. Warum das so war, sollte Paulina allerdings erst viele Jahre später erfahren.

In jeder neuen Schulstunde, in der Paulina an diesem Morgen das Datum des Tages an den rechten Rand einer Heftseite schrieb, lief wieder ein neuer kühler Schauer ihren Rücken hinunter. Lorchen und sie sprachen nicht viel miteinander, auch in den Pausen nicht, und von den anderen Mitschülerinnen wussten nur zwei, dass Paulina heute Geburtstag hatte. Das waren Hilde und deren Banknachbarin Hertha. Die beiden trafen auf Paulina, als sie in der großen Pause zur Toilette gingen. Als Hilde ihr gratulierte, bat Paulina sie, keine weiteren Schülerinnen von ihrem besonderen Tag in Kenntnis zu setzen. Sie wollte nicht, dass man auf sie aufmerksam wurde und am Ende noch einer der Lehrer davon etwas mitbekam. Man tat sich leichter, unauffällig zu bleiben. Bei Hilde und Hertha war das kleine Geheimnis gut aufgehoben, befand sich Hilde doch in der gleichen Lage wie Paulina, und Hertha gehörte eben zu jenen Mädchen, deren Eltern sich ganz offen gegen die Nationalsozialisten bekannten. Herthas Vater war schon mehrmals für einige Wochen inhaftiert gewesen, zuletzt am Münchner Platz. Hertha sagte immer, sie säße auf einem Kanonenlauf und warte nur darauf, mit der nächsten Kugel abgeschossen zu werden. Dann würde sie sich draufsetzen und wie Münchhausen durch die Welt fliegen. Galgenhumor nannte man wohl diese Art Späße, die Hertha machte. Herthas Mutter war mit Paulinas Mutter zur Schule gegangen, obwohl sie zwei Jahre älter gewesen war als Viola. Aber sie hatte Kinderlähmung gehabt und sich langsamer entwickelt als ihre Altersgenossinnen.

Herthas Mutter und Gisela, die bis heute eine Freundin von Viola geblieben war, gehörten einst zu einer ganzen Gruppe Jugendlicher, die nach dem Ende des Krieges aufs Land gefahren waren, um Lebensmittel zu hamstern. Das war ein Teil der wenigen Kindheits- und Jugenderinnerungen, die Paulina von ihrer Mutter kannte.
Es klappte. Niemand sprach von Paulinas Geburtstag, und der Vormittag ging ohne Zwischenfälle vorbei. Als Paulina in der letzten Stunde den vierzehnten Juli in ihre Notizkladde schrieb, um darunter die Aufgaben für zu Hause zu notieren, riss sie noch einmal ein weiteres Stück Papier von der Seite ab, die sie bereits am Morgen zerstückelt hatte. Sie faltete es mehrmals zusammen und steckte es in Lorchens Rocktasche. »Erst zu Hause lesen«, flüsterte sie ihr zu. Dann klopfte es an der Tür des Klassenzimmers. Die Mädchen sahen sich mit fragenden Blicken an. Wer mochte jetzt noch kommen, so kurz bevor die Glocke gehen würde? Fräulein Zimmerer blickte ebenso überrascht von ihrem Katheder auf wie die Schülerinnen und unterbrach das Diktieren der Hausaufgaben. Auf ihr »Herein« öffnete sich so schneidig die Tür, sodass allen Mädchen sofort wussten, wer geklopft hatte. Paulina fuhr unwillkürlich zusammen und fühlte sich, als hätte man sie bei einem schweren Vergehen ertappt, als Dörfler mit lauten Stiefeln eintrat und sein »Heil Hitler« in den Raum schleuderte. Die Mädchen fuhren geschlossen auf. Die meisten Arme flogen in die Höhe. Paulina, die mit Lorchen in der vorletzten Bank der Mittelreihe saß, konnte man von vorn nicht gleich sehen, aber Hilde und Hertha, die in der Reihe, die der Tür am nächsten war und dazu noch in der zweiten Bank saßen, fielen dem Studiendirektor und der weiblichen Person, die hinter ihm den Raum betreten hatten, sofort auf. Mit stechenden Blicken funkelte er die beiden sekundenlang an. Auch Marlene Niederau folgte seinem Beispiel. Dann schlug der Studiendirektor die Hacken zusammen, stieg zum Katheder hinauf und stellte sich hinter das Pult, wie immer beide Arme darauf abstützend, weit vorgebeugt. Triumphierend musterte er die jugendlichen Schülerinnen. Auch bei Paulina verweilte sein Blick eine Zeit lang wie vorhin bei Hilde und Hertha. Paulina schoss die Röte ins Gesicht. Jetzt war es unerträglich heiß in der Jacke. »Meine Damen«, donnerte Dörfler, »es ist mir eine besondere Ehre, Ihnen ihre zukünftige Sport- und Handarbeitslehrerin vorzustellen: Fräulein Niederau, ihres Zeichens exzellente Tänzerin und Glaube-und-Schönheit-Untergau-Führerin!« Mit ausgestrecktem Arm zeigte er zu der neuen Lehrerin hinüber, die sich um ein freundliches Lächeln bemühte und den Schülerinnen zunickte, während ihre stechenden Augen aufmerksam von einer Bank zur nächsten wanderten. Lorchen schielte zu Paulina hinüber, aber die schaute mit zusammengepressten Lippen stur geradeaus. »Ich erwarte von euch, dass ihr Fräulein

Niederau mit dem Respekt begegnet, der sich für eine Schülerin der Oberschule im nationalsozialistischen deutschen Reich gehört, verstanden?« »Jawohl, Herr Studiendirektor«, war die gleichlautende Antwort aus vierundzwanzig Kehlen. »Na dann!« Wohlgefällig warf sich Dörfler in die Brust, verharrte noch für einige Sekunden und bellte dann abermals seinen deutschen Gruß. Als er hinausstolzierte, die neue Lehrerin zwei Schritte hinter ihm, drehte sich diese noch einmal kurz um, und zum zweiten Mal an diesem Tag trafen sich ihr und Paulinas Blick. Dann wurde die Tür von außen mit Nachdruck geschlossen. Die Mädchen blieben wie versteinert stehen, selbst Fräulein Zimmerer machte keine Anstalten, wieder am Pult Platz zu nehmen. »Ist Dörfler neuerdings Mitglied beim BDM oder woher weiß er, wie exzellent das Fräulein Niederau tanzen kann?« Herthas Stimme schlug wie ein Donnerschlag in die knisternde Stille der überrumpelten Mädchen ein. Aber es war ein befreiender. Sekunden später drang schallendes Gelächter durch den ganzen Klassenraum, nachdem eine der Kameradinnen ihrer angestauten Belustigung prustend Luft verschafft hatte. In diesem Moment dachte keines der Mädchen daran, wie gefährlich eine solche Äußerung sein konnte. Selbst Fräulein Zimmerer konnte sich nicht mehr zurückhalten, auch wenn sie sich schnell zur Tafel umgedreht und zu einer Kreide gegriffen hatte, um die restlichen Aufgaben anzuschreiben. An ihren deutlich zuckenden Schultern konnten die Mädchen erkennen, dass sie herzhaft mitlachte. Das Schrillen der Glocke ging in dem Lachen beinahe unter.

Später am Nachmittag saßen Paulina und Lorchen auf der Witte'schen Terrasse, tranken Kaffee und ließen sich die Geburtstagskuchen schmecken, die Charlotte und Eleonore gebacken hatten. Beide hatten sich sehr beeilen müssen, um die Schulaufgaben rechtzeitig fertig zu bekommen, bevor sie mit dem Auto nach Bühlau hinausgefahren waren. Der leichte Wind, der die Luft bewegte, machte die Hitze erträglich.

Charlotte und Chaijm hatten sich sehr auf diesen Nachmittag gefreut. Sie verließen ihre Wohnung sehr viel seltener als früher, und wenn, dann fuhren sie aufs Land hinaus. Möglichst weit, meist in die Lausitz, um dort ungestört und ohne vielen Menschen zu begegnen spazieren zu gehen und irgendwo in einem kleinen Waldcafé eine Erfrischung einzunehmen. Sie mieden es immer häufiger, Besuche zu machen. Zwar luden sie nach wie vor gerne andere Leute zu sich ein, aber es hatte sich im Laufe des vergangenen Halbjahres ausschließlich auf diejenigen beschränkt, von denen sie ganz sicher sein konnten, dass sie nichts zu befürchten hatten. So hatte sich der persönliche Verkehr neben Charlottes Kundschaft auf Fritz, Mathilde und gelegentlich Irene

Niederau, auf Eleonore und Thea, Lorchen, deren Eltern und Brüder, Charlottes älteste Schwester sowie deren Mann und gelegentlich einen Neffen beschränkt. Das waren die einzigen Menschen, deren Besuche sich gehäuft hatten, anstatt zurückzugehen. Auch Viola war in den vergangenen Monaten nur ein einziges Mal aufgetaucht, und das nur, um die Eltern nochmals zur baldigen Auswanderung zu drängen. Da sie aber nach wie vor ihren Entschluss, Paulina hier in Deutschland zu behalten, nicht geändert hatte, waren Chaijm und Charlotte im Unfrieden mit ihr auseinandergegangen. Für die beiden war es immer noch unvorstellbar, das Kind im Stich zu lassen. Es wollte ihnen einfach nicht gefallen, dass Paulina in Berlin leben sollte, wusste Viola doch selbst nicht, wie lange das für sie noch möglich war. Sie sprach zwar ständig von einem ganz anderen, besonderen Plan, von dem sie sich sicher war, dass die Eltern zustimmen würde, aber bis zum heutigen Tag, war sie noch nicht damit herausgerückt, weil noch nicht alles ganz wasserdicht gemacht wäre, wie sie sagte. Aber, so war sie mit Chaijm und Charlotte verblieben, es könne sich nur noch um wenige Wochen handeln, bis alles geregelt sei. Auch auf Greta, so waren die alten Seeligmanns übereingekommen, konnte man nicht zählen, sie hatte einen Beruf, der sie vollkommen in Anspruch nahm. Außerdem würde Paulina herausgerissen aus ihrem bisherigen geschützten Umfeld, in dem ihr wenigstens noch einige Menschen vertraut geblieben waren. Chaijm und Charlotte waren sich gänzlich einig: Solange es nicht einen einigermaßen verlässlichen Ort mit den entsprechend vertrauenswürdigen Menschen geben sollte, an dem sie Paulina in besten Händen wissen konnten, würden sie nicht einmal daran denken, auch nur einen Fuß über die Grenzen Deutschlands zu setzen. Seitdem Paulina erfahren hatte, dass ihre Mutter sie nicht mit den Großeltern weggehen lassen wollte, war der Kontakt zwischen den beiden auf ein Kleinstes beschränkt geblieben. Paulina nahm es Viola sehr übel, dass sie sich von den Großeltern trennen sollte, nur um für sie und August erreichbar zu bleiben. Sie hatten sie doch bisher auch nicht andauernd in ihrer Nähe brauchen können, warum auf einmal jetzt? Charlotte hatte dem Kind recht geben müssen. Voll und ganz, da gab es nichts zu beschönigen und nichts zu bestreiten. Als die Enkeltochter zum ersten Mal in Charlottes Armen gelegen hatte, hatte sie sich geschworen, alles dafür zu tun, um die Mutterstelle zu vertreten. Aber niemals, so hatte sie sich vorgenommen, würde sie ihre Großmutterstelle überschreiten! Das Mädchen hatte eine eigene Mutter, die weder krank noch arm war. Sie, Charlotte, würde ihrer Tochter das eigene Kind nicht entfremden! Bisher war ihr das ganz gut gelungen, wie sie meinte, es beurteilen zu können. Doch diese unerwartet böse Wendung der Umstände hatte sie in große, innere Bedrängnis gebracht. Es war nicht die Enthüllung um den Vater des Kindes, diesen Herrn Leibfried, gewesen, die seit Monaten ihr Herz in Aufruhr versetzte und an ihren Nerven rüttelte. Es war diese ungeheuerliche Tatsache, dass ihre Tochter offensichtlich nicht sehen konnte, was es für Paulina bedeuten musste, hierbleiben zu müssen. Einmal ganz davon abgesehen, dass sie selbst und Chaijm das Kind schrecklich vermissen würden. Aber sie waren alte Leute und mussten sich sowieso mit dem Gedanken anfreunden, eines Tages vorausgehen zu müssen. So war der Lauf der Welt.

Allerdings beschäftigte sich Charlotte schon seit längerer Zeit mit dem Gedanken, das Geschäft zu verkaufen und sich zur Ruhe zu setzen. Sie hatte bereits ihren Schwager in dieser Angelegenheit konsultiert, so würde der Laden wenigstens in der Familie bleiben. Das Geschäft hatte genug abgeworfen. Sie besaßen ja außerdem noch das Haus, und sollten sie das auch hergeben müssen, weil es ihr als Ehefrau eines Juden, nicht mehr gestattet war, die Wohnungen zu vermieten, so waren als letzter Ausweg ja noch die Gelder ihres Vaters da, die allerdings in der Schweiz ruhten und an die man mittlerweile auch nur noch mittels nicht ganz lauterer Methoden herankommen würde, die ihrerseits wieder eine Menge Geld kosteten. Aber es war dennoch eine gewisse Beruhigung, dass sie einmal grundsätzlich vorhanden waren. Friedrich Winter hatte einstens für jede seiner Töchter einen beträchtlichen Teil seines Vermögens angelegt. Den der verstorbenen Schwester Julia hatte sie im gegenseitigen Einvernehmen mit Marielouise dazu bestimmt, eines Tages den Urenkelkindern ihres Vaters zukommen zu lassen, also könnte von dieser Stelle aus auch für Paulina gesorgt werden. Vielleicht würde Viola ja irgendwann doch noch ihre Meinung ändern, wenn sie sah, dass es nicht mehr anders ging. Den Gedanken, dass es eines Tages zu spät sein könnte, ließen sie nicht an sich heran. Und an einem Sommertag wie diesem, der zudem Paulinas Geburtstag war, waren sie einfach nur dankbar, sich frei bewegen und alles reden zu können, umgeben von Menschen, die einem auf so selbstlose Weise zugetan waren.

Charlotte lehnte sich in ihrem Korbsessel zurück und genoss es, bedient zu werden, ein Luxus, den sie inzwischen gerne annahm.

Paulina und Lorchen waren mit Thea ins Gartenhaus gegangen. Sie wollten Theas neueste Werke bestaunen, die fleißiger zu arbeiten schien als im letzten Jahr. Michail, Theas Vater, den Charlotte einen sehr beeindruckenden Mann fand und der in diesen Tagen auch in Dresden weilte, hatte Chaijm eine Zigarre angeboten, die dieser natürlich mit Vorliebe genommen hatte. Charlotte musste schmunzeln, wenn sie daran dachte, wie Chaijm, als der Baron ihm sein Angebot in dem kleinen Holzkästchen unter die Nase gehalten hatte, sofort eifrig genickt und mit einem raschen Seitenblick auf sie zugegriffen hatte.

Mit gespitzten Fingern und bebenden Nasenflügeln. Plötzlich hatte er so jung und beschwingt ausgesehen, und augenblicklich war über Charlotte ein lange vermisstes zärtliches Gefühl gekommen. Ach, sie liebte ihn immer noch, ihr Alterchen, und sie nahm sich vor, ihm dies wieder ein wenig öfter zu zeigen. Jetzt streifte er an der Seite des stattlichen von Witte durch den Park, und alle paar Meter verweilten die beiden einige Augenblicke und setzten ihr Gespräch stehend fort, dieses Prachttier von einem Hund immer dicht neben ihnen. Zumindest sah es so aus, als würden sich die beiden Männer angeregt unterhalten. Hin und wieder rückten sie näher zusammen, dann traten sie wieder auseinander, wiesen mit ihren Fingern in die Luft oder unterstrichen ihre Reden mit sonstigen Gesten. Charlotte würde sich gedulden müssen, um zu erfahren, worüber sie gesprochen hatten. Aber sie konnte geduldig sein. Wer mit einem Menschen wie Chaijm verheiratet war, lernte zu warten. Es hatte sich im Umgang mit ihm fast immer als das Klügere erwiesen, von einigen Ausnahmen abgesehen, und diese hatte er ihr dann meist recht lange nachgetragen.
Eleonore war ins Haus verschwunden, um mit Alwine das Abendessen vorzubereiten. Sie hatte Charlotte ungern alleine gelassen, aber die war froh, einige Minuten ganz für sich zu haben, um diesen angenehmen Tag in sich aufzunehmen. Charlotte war Mathilde so dankbar, dass diese heute den Laden ganz allein bestritt. Ohne diese tapfere Frau hätte sie manches der letzten Jahre nicht so gut bewältigt. Allen Anfeindungen zum Trotz, von denen die ihrer eigenen Tochter am schwersten zu ertragen waren, hatte Mathilde Niederau ihr die Treue gehalten und sich in fast alle Bereiche des Geschäftes eingearbeitet. Nur die kaufmännischen Dinge musste Charlotte weitgehend alleine machen.
Es lag so eine friedliche Stille über dem waldnahen Anwesen, dass Charlotte eine angenehme Müdigkeit überkam und sie schließlich die Augen schloss. Ein kleines Nickerchen konnte nicht schaden, niemand erwartete etwas von ihr, und in den letzten Nächten war sie erst spät zu Ruhe gekommen. Sie rutsche etwas tiefer in ihren Stuhl und faltete die Hände im Schoß. So schlief sie einen kurzen, traumlosen Schlaf.
Als sie nach einer guten Viertelstunde hochschreckte, hörte sie von weit her das helle Lachen Paulinas. Wie vom Blitz getroffen fuhr Charlotte auf. Sie schnappte nach Luft und überkreuzte beide Hände über der Brust: Oh Gott, durfte es wahr sein? Ja! Hier war der Ort! Hier oben auf der Höhe, im letzten Haus vor dem großen Heidewald! Hier bei Eleonore und Thea, bei Alwine und dem verschwiegenen Alten, der den Garten und das Haus instand hielt. Sollte tatsächlich dies der Ort sein, an dem sie es riskieren konnten, das Kind zurückzulassen, bis alles vorbei war? Charlotte wollte schon aufspringen, aber sie

merkte, wie sie ein leichter Schwindel überfiel, und zum ersten Mal an diesem Nachmittag war ihr die Hitze unangenehm. Sie griff nach ihrem Wasserglas und trank es in einem Zug leer. Ihre Hand zitterte, als sie es wieder zurückstellte. Sie stöhnte und legte den Kopf in den Nacken. Sie sah in den Himmel. Er war immer noch bestechend blau. Sollte das die Lösung sein? Wenn der Schwager den Laden übernehmen würde, könnte er Mathilde anstellen, und Fritz würde ihr helfen, die schriftlichen Sachen zu erledigen. Für das Kaufmännische würde Marielouise sorgen. Dann wäre den Niederaus auch geholfen, Fritz' Invalidenrente war klein genug, und zudem brauchte er dringend eine Beschäftigung, um sich nicht unnütz vorzukommen. Wenn Paulina hier eine Bleibe finden würde, dann könnten sie und Chaijm es eventuell doch wagen, sich für einige Zeit ins Ausland zurückzuziehen. Vielleicht könnte sich ja auch Viola mit diesem Gedanken anfreunden – und Paulina selbst?
Charlotte hielt es nun nicht mehr auf ihrem Stuhl. Sie verließ die Veranda in Richtung Theas Atelier. Sie hatte einfach das Bedürfnis, die Mädchen zu sehen. Aber als sie sich dem Gartenhäuschen näherte, waren die Tür und die kleinen Fensterläden verschlossen. Auch die weiße Bank davor war verwaist, lediglich ein Strohhut, eine Wolldecke und eine übergroße Notizkladde sowie mehrere Bleistifte lagen darauf. Aber das Gelächter war vorhin eindeutig aus diesem Bereich des Gartens gekommen. Allerdings bemerkte Charlotte erst jetzt, dass davon schon seit einigen Augenblicken nichts mehr zu hören gewesen war. Nur das leise Rauschen des Windes, das über die hohen Fichten strich, war hier zu vernehmen. Charlotte klopfte leise an die Tür des Gartenhauses, aber nichts rührte sich. Sie drückte die Klinke langsam nach unten. Das Atelier war verschlossen. Auch hinter dem Häuschen und in Charlottes weiterem Blickfeld keine Spur weder von Thea noch von Lorchen oder Paulina. Die Mädchen waren scheinbar spurlos verschwunden, und das blitzschnell. Hatten diese sie etwa kommen sehen und sich versteckt? Charlotte verwarf den Gedanken wieder. Solcher Art Spiele waren die Mädchen entwachsen. Die Zeitumstände hatten Paulina und Lorchen schneller, als es gut war, von unbeschwerten Kindern zu nachdenklichen jungen Mädchen werden lassen. Erst vorletzte Woche hatte sich Frau Stein mit Tränen in den Augen bei Charlotte darüber ausgesprochen, und Charlotte hatte deren Feststellung nicht widerlegen können. Sie und Chaijm beobachteten es bei Paulina in gleicher Weise.
Aber war nicht Viola Ähnliches widerfahren? Sie war elf Jahre alt gewesen, als der Krieg ausgebrochen, und fünfzehn, als er zu Ende gegangen war und Deutschland in Unruhe und Not gestürzt hatte. War es nicht genau diese Zeit gewesen, als die Tochter ihnen entwachsen war? Als sie manchmal halbe Tage lang mit einer Gruppe junger Leute auf ihren Hamsterfahrten zugebracht hat-

te? Was mochten sie in dieser unbeaufsichtigten Zeit noch alles getan haben? Und mussten sie alle bis heute an diesen Früchten tragen? Charlotte schüttelte den Kopf. Nein, so etwas wollte sie nicht denken. Aber die dunkle Ahnung, dass sich nun auf Paulinas Jugend eine ungleich größere Schwere legte, ließ Charlotte für einen Moment erschauern.

Währenddessen saß Paulina auf Theas Diwan in deren abgedunkeltem Zimmer, während diese wiederum nur mit Rock und Büstenhalter bekleidet vor ihrem Kleiderschrank stand und nach einer frischen Bluse kramte. Der Hitze wegen hatte Thea bereits am frühen Morgen die Fensterläden zugezogen und nun entsprechende Schwierigkeiten, in dem Halbdunkel das Richtige zu finden. Lorchen war zur Toilette gegangen. Paulina hatte den ganzen Nachmittag auf eine Gelegenheit gewartet, mit Thea alleine zu sein. »Du schuldest mir noch immer eine genaue Aufklärung deines letzten Briefes, er ist jetzt schon ein halbes Jahr alt!«, machte sie ganz unvermittelt ihrem Herzen Luft. Thea hatte nur auf so etwas gewartet. »Sie neigen zu maßlosen Übertreibungen, meine Raubkatzendame«, federte sie den angriffslustig klingenden Vorwurf der Jüngeren lachend ab. »Uaahh«, fauchte Paulina und hielt Thea beide Hände mit gespreizten und gebogenen Fingern hin. »Die Großwildjägerin wird demnächst die Krallen des Panthers zu spüren bekommen, wenn sie nicht ...« Thea drehte sich blitzschnell um, fasste nach Paulinas Handgelenken und drückte sie nach unten. »Paulinchen, hör zu, mein schöner schwarzer Geburtstagspanther, ich werde es dir nicht mehr lange schuldig bleiben, ich schwöre es dir, so wahr ich hier stehe und anstatt Thea Sonja heiße und heute der 14. Juli ist und du in Wahrheit Paulina Seeligmann bist und es auch immer bleiben wirst.« Sie schluckte. Sonja? Thea? Paulina Seeligmann bleiben? Es wurde immer rätselhafter. »Du verheimlichst mir etwas, schon die ganze Zeit, und das finde ich gemein«, beklagte sich die Jüngere bitter und musste Theas Blick ausweichen. In ihrem Hals brannte es wie Feuer. Ständig hatte sie das Gefühl, als würde hinter ihrem Rücken etwas vor sich gehen, worüber alle Bescheid wussten außer ihr. Man hinterging sie und ließ sie damit allein. Thea spürte Paulinas Erregung. Es tat ihr so leid! Aber sie würde ihr jetzt beim besten Willen nicht mehr sagen können. Jeden Augenblick würde Lorchen auftauchen. Thea trat einen Schritt zurück, zog Paulina von ihrem Sitz hoch und umarmte sie kurz, aber innig. »Hab nur noch ein paar wenige Tage Geduld mit deiner alten Thea, dann werden wir in Ruhe endlich über alles reden können, ja?«, versuchte sie die Kleine zu besänftigen. Sie strich über ihre Haare. »Glaube mir, es geht um dein Bestes, ich würde niemals mit dir ein unlauteres Spiel treiben, das weißt du doch, oder?« Paulina nickte, immer noch unfähig, etwas zu sagen, des Feuers in ihrer Kehle wegen. Aber Thea forderte auch nicht mehr ein. Sie hielt die junge Freundin auf Armlänge von sich. »Lass dir heute an deinem Geburtstag etwas ganz anderes von mir sagen.« Sie sah Paulina offen an. »Du wirst immer schöner!« In diesem Augenblick schlüpfte Lorchen in die kühle Dunkelheit. Die beiden hatten sie gar nicht die Tür öffnen hören. »Und ich?«, protestierte die Eingetretene lauthals. »Oh, wie konnte ich es nur vergessen, edles Fräulein«, rief Thea und war sofort bei Lorchen. Sie kniete mit einem Bein vor dieser auf dem Boden. »Selbstverständlich sind auch Sie eines der hübschesten weiblichen Wesen in meinen Landen!« Lorchen prustete los. »Übt ihr für die nächsten Ritterspiele oder seid ihr gerade eben aus Augusts Hofstaat entsprungen?« Paulina funkelte die Freundin kurz an, dann sagte sie schnell: »Du meinst August den Starken, was? Aber der weilte nicht während der Ritterzeit unter dieser Sonne, sondern während des Barock.« »Warum ist sie nur manchmal so kratzbürstig?«, dachte Lorchen, lachte aber und winkte großzügig ab. »Ach, ist doch einerlei, jedenfalls wäre ich gerne mal ein echtes Edelfräulein gewesen, mit wallenden, bunten Rockschößen und kunstvollen Hochfrisuren!«, schwärmte sie. »Mit stinkenden Latrinen hinter der Schlossmauer und Eiterbeulen stechendem Ungeziefer unter der Perücke, nein danke, da bin ich doch schon lieber eine von niederem Stande geborene ...« Paulina stockte kurz und fügte dann ein heiseres »Jüdin« dazu. Lorchen und Thea hielten für einen Moment die Luft an und tauschten dann einen vielsagenden Blick. Doch bevor sie etwas erwidern konnten, war Paulina bei der Tür. »Los, gehen wir wieder hinunter, schließlich darf man seine Geburtstagsgäste nicht so lange allein lassen.« Thea und Lorchen stimmten ihr eifrig zu und machten ebenfalls Anstalten, das Zimmer zu verlassen. In dem Augenblick, in dem Thea hinter ihr zur Tür hinauswollte, sagte Paulina mit gespitzten Lippen, aber ohne sich umzudrehen: »Wenn du vorhaben solltest, so zu gehen, kann ich dir eine Belehrung über die Zuchtlosigkeit junger Damen seitens meiner Großmama garantieren, sie sollen sehr wirkungsvoll sein, habe ich mir sagen lassen!« Sie brachen in schallendes Gelächter aus, als Thea an sich hinuntersah und entsetzt feststellte, dass sie immer noch keine Bluse anhatte.

Als Charlotte keine zwei Minuten später vom Park aus die Mädchen auf die Veranda treten sah und deren erfrischende Stimmen an ihr Ohr drangen, blieb sie einen Augenblick stehen und ergötzte sich an dem Anblick dieser unverbrauchten Jugend. »Sie werden es schaffen, irgendwie werden sie und wir es schaffen«, sprach sie sich mit fester Stimme Mut zu. »Man darf nicht aufgeben! Dann strebte sie entschlossenen Schrittes auf das Haus zu, denn eben erschien auch Eleonore unter der Terrassentür, beladen mit einem riesigen Tablett. Also war es wohl schon Zeit für das Abendbrot.

Es wurde ein schöner Abend. Der kalte Braten und die Gänseleberpastetchen, die Alwine und Eleonore gezaubert hatten, schmeckten vorzüglich. Alwine hatte bei einer der Bühlauer Bäuerinnen zwei frische Brotlaibe und dazu eine Schale frische Butter bestellt. Paulina hätte sich allein daran dumm und dämlich essen können. Sie langte kräftig zu, und Charlotte ließ sie gewähren, obwohl es ihr zweimal auf der Zunge gelegen hatte, sie zu ermahnen. Chaijm hatte mit zwei feierlichen Sätzen Paulina erlaubt, sofern sie es denn wolle, ein erstes eigenes Glas Wein zu trinken. Zwar war es nur wenig gefüllt, aber immerhin. Es war ein leichter Weißwein, den auch Charlotte gerne mochte, und Chaijm befand, dass Paulina an ihrem vierzehnten Geburtstag an den ersten Genüssen der Erwachsenenwelt teilhaben dürfe. Sie tat es gerne. Zwar war der Genuss des gehaltvollen Getränkes für ihre Geschmackssinne noch nicht der, der für einen Weinkenner- und Liebhaber war, aber sie empfand keinerlei Abneigung gegen das Neue. Und sie fühlte sich geehrt. Mit vierzehn Jahren gingen viele ihrer Alterskameradinnen zur Konfirmation und taten so einen ersten Schritt in die Richtung des Erwachsenwerdens. Auch Lorchen war im April eingesegnet worden, und Paulina hatte an dem Fest teilnehmen dürfen. Für sie, Paulina, hingegen würde es ja weder in der Kirche noch in der Synagoge so etwas geben. Ihre Mutter hatte es abgelehnt, und sie selbst war sich auch nicht sicher gewesen, ob sie es gewollt hätte oder nicht.
Desto mehr tat es ihr heute gut, dass sie auf diese Weise von den Großeltern ein Zeichen bekommen hatte. Allerdings war sie erstaunt gewesen, wie viel Wein Thea getrunken hatte, und es war ihr nicht entgangen, wie deren Vater einige Male missbilligend über seinen eigenen Gläserrand hinweg nach seiner Tochter gesehen hatte. Es war einer der Momente, in denen Paulina sich innerlich ein wenig königlich vorkam. Auch bei den Steins genoss sie manchmal dieses Gefühl: Es konnte durchaus von Vorteil sein, keinen Vater und keine Mutter um sich zu haben. Großeltern waren vielleicht doch großzügiger. Ob man sie gerade deshalb so nannte?
Nach dem Essen spielten Lorchen und Paulina so lange auf dem kleinen Tennisfeld, das hinter einer dichten Mauer aus Lorbeersträuchern am Ende des Parks verborgen lag, bis sie den Ball in der Dämmerung fast nicht mehr sehen konnten. Dafür lachten sie umso lauter und hatten einen riesigen Spaß an ihren kunstvollen Verrenkungen. Charlotte dachte an Lorchens Mutter und hätte es ihr so gegönnt, die Mädchen so zu sehen und zu hören. Sie nahm sich vor, ihr davon zu berichten. Thea hatte sich zurückgezogen, weil sie unbedingt noch eine Zeichnung fertig machen wollte. Alwine war noch zum Friedhof gefahren, um Gräber zu gießen. Die vier älteren Herrschaften saßen nun alleine in einer vertrauten Runde um den Tisch. Eleonore füllte Charlotte und sich

noch einmal das Glas mit dem Weißen, während Michail Chaijm und sich einen schwereren Rotwein einschenkte. Eleonore war es dann auch, die als Erste das Wort ergriff.

Es war schon eine ganze Weile nach 22 Uhr, als sie vom Heidehaus aufbrachen und ins Auto stiegen. Lorchen hatte ausnahmsweise die Erlaubnis bekommen, so lange wegbleiben zu dürfen wie Paulina, die auch sonst meistens später zu Bett ging als Lorchen. Aber in Anbetracht der nahenden Ferien hatten die Steins keine Bedenken gehabt, wenn ihre Tochter etwas weniger Schlaf bekommen würde. Als sie alles verstaut und sich gebührend bedankt und verabschiedet hatten, fielen die Mädchen müde in den Rücksitz. Sie sprachen nicht viel auf der Heimfahrt. Nur Charlotte wollte von Paulina wissen, ob dies denn nicht ein schöner Tag gewesen wäre. »Doch«, kam es sofort bestätigend von hinten, aber sonst fügte Paulina nichts hinzu. »Es ist einfach schön, wenn man im Sommer Geburtstag feiern kann, da sieht alles so viel hübscher aus, nicht wahr?« »Ja, hübscher«, wiederholte Paulina Lorchens Worte, aber es klang ziemlich geistesabwesend. Sie lehnte den Kopf an das Fenster und blickte auf die träge dahinfließende Elbe, die sich im Mondlicht dieses bezaubernden Sommerabends spiegelte. Charlotte suchte in der Dunkelheit nach Chaijms Hand.
Als Lorchen etwa zwanzig Minuten später ihren Rock sorgfältig über die Stuhllehne hängte, fiel ein winziges Stück Papier zu Boden. Sie stutzte und hob es auf. Sie musste es mehrmals entfalten, aber schließlich erkannte sie Paulinas Schrift. In schlampigen Buchstaben hatte die ein paar Worte darauf gekritzelt: »Ich glaube, das war mein letzter Geburtstag an dieser Schule«, buchstabierte Lorchen.

*

Der schwarze Mercedes jagte in hohem Tempo durch die hereinbrechende Nacht. Der Baron warf den Hut auf die Rücksitzbank. Hasjo jaulte kurz auf, vermutlich hatte ihn das Geschoss seines Herrn unglücklich getroffen. »Tut mir leid, alter Knabe«, bedauerte dieser, während er mit dem Handrücken die feuchte Stirn trocknete. Michail hätte sich am liebsten auch seines Mantels entledigt, aber dazu wäre es nötig gewesen, an den Straßenrand zu fahren und anzuhalten. Das kam jedoch nicht infrage. Also versuchte er aus den Ärmeln zu schlüpfen, um das lästig warme Kleidungsstück wenigstens von den Schultern streifen zu können. Er drosselte dabei seine Geschwindigkeit nicht im Geringsten, obwohl er während der Prozedur zweimal weit über die Mitte hinaus auf die linke Fahrbahnseite geriet. Michail hatte während der vielen hinter ihm liegenden Kilometer die Zugkraft dieses Acht-Zylinder-Kompressormotors genossen. Die Anschaffung des horrend teuren Wagens war das einzig Richtige gewesen, obwohl er wusste, dass dieser ihn bei der Einfuhr nach England nochmals eine stattliche Geldsumme kosten würde. Katja würde ihm diesen Kauf sicherlich vorwerfen und sich eine Zeit lang weigern mitzufahren, aber das würde sich schon geben. Er liebte nun einmal schöne Autos, und die waren nur für Geld zu haben. Michail fuhr sich rasch mit der Hand über Augen und Gesicht. Seit weit mehr als achtundvierzig Stunden hatte er kein Bett gesehen, und abgesehen von einigen kurzen Nickerchen auch keinen Schlaf gehabt. Er hatte fieberhaft gearbeitet. Meinrad und die anderen ebenso, ja, natürlich. Aber Michail war maßlos wütend gewesen, dass Stolzfuß immer noch nicht die richtigen Papiere ganz fertiggestellt hatte, als er endlich in dessen abgelegener Werkstatt angekommen war. Die letzte Strecke dorthin musste er mit einem Bauernfuhrwerk zurücklegen, weil natürlich ein Wagen wie der seine für zu großes Aufsehen gesorgt hätte, und das durfte beim besten Willen nicht sein. Darüber war eine Menge kostbarster Zeit vergangen, und allein der Umstand, dass er sowieso noch zu Westenberg wollte, milderte seine Erregung etwas. Dennoch war es das erste Mal seit Jahren gewesen, dass Michail von Witte seine Beherrschung verloren hatte. Er hatte den armen Stolzfuß so angebrüllt, dass dieser ganz verschreckt auf seinem alten Melkschemel zusammengesunken und für eine Weile noch bleicher geworden war, als er ohnehin schon aussah. Obwohl der Baron genau wusste, dass sein Zornesausbruch, der nun einmal über den armen Meinrad hinweggegangen war, im Eigentlichen nicht diesem gegolten hatte. Aber das musste man als Nebensächlichkeit verbuchen. Michail würde nur noch ein paar wenige Stunden zur Verfügung haben, und die mussten reichen. Er konnte beim besten Willen keine Rücksicht mehr auf Befindlichkeiten nehmen. Der Baron umklammerte das Lenkrad mit beiden Händen und ballte sie zu Fäusten. Er spürte, wie sich abermals ein Wall des Zornes in ihm aufbaute. Zögernde Geister waren ihm im Innersten verhasst! Jenseits aller Kunst der diplomatischen Geduld, die er eigentlich vortrefflich beherrschte, konnte man sich in gewissen Dingen keine Unentschlossenheit leisten! Seit Wochen bereiteten ihm diese Leute eine Menge Risiko und Kopfzerbrechen, und er musste zugeben, dass ihn das mitunter sehr verärgerte. Schon seit fast einem halben Jahr hatte er bei Katja und Carla in England sein wollen. Stattdessen aber befand er sich immer noch in diesem vermaledeiten tausendjährigen Reich, ständig zwischen Preußen und Sachsen hin und her reisend. Oh ja, es war ein gut getarntes Versteckspiel, in dem er sich eine gewisse Handlungsmöglichkeit verschafft hatte, aber dennoch konnte es durch besonders findige Beobachter jederzeit aufgedeckt werden. Dann würde es auch für ihn kritisch werden, darüber wusste er nur zu gut Bescheid. Seine Kontakte ins Auswärtige Amt waren nach wie vor dicht genug, aber seine Informationen sprachen dafür auch eine umso deutlichere Sprache. Eine ganz und gar nicht erbauliche, sozusagen. Einzig das Versprechen, das er Thea und der Gruppe gegeben hatte, band ihn daran, noch hier zu sein. Und das war es ja gerade! Seit Monaten war die Gefahr zum Greifen nahe, aber nein, man musste es ja aufs Äußerste ankommen lassen! Nun gut, jetzt ging es eben nicht mehr anders, und er sah sich gezwungen, das zu tun, was er eigentlich hatte vermeiden wollen.

Michail ging nicht vom Gas, obwohl er im Schein seiner Wagenlampen einen Fuchs am Straßenrand entdeckte. Es kam ihm nicht darauf an. Dennoch war er erleichtert, als das Tier in raschen Sprüngen den Rückzug antrat. »Hasjo?«, fragte er nach hinten. Der Hund hob augenblicklich den Kopf und spitzte die Ohren. »Dass du mir ja keine Dummheiten machst heute Nacht und gefälligst wie immer genau das tust, was ich dir sage, verstanden? Selbst wenn es dir gegen den Strich gehen sollte. Du kannst es doch noch, oder?« Ein kurzes Bellen war die Antwort. »Gut«, lobte Michail und griff nach einer mit dickem Filz ummantelten Feldflasche, die auf dem Beifahrersitz lag. Vor zwei Stunden hatte Meinrads alte Tante siedend heißen Bohnenkaffee da hineingefüllt, schwarz und stark. Er war tatsächlich noch lauwarm. Wieder steuerte er das schwere Auto nur mit einer Hand, und auf der holprigen, schmalen Straße war dies eine nicht ganz ungefährliche Angelegenheit. In ungefähr einer Stunde dürfte er Dresden erreicht haben, vorausgesetzt, er würde nicht mehr aufgehalten werden. Tastend griff er unter seinen Sitz. Alles war an Ort und Stelle.

Paulina fühlte eine Erkältung aufziehen. Ihre Nase juckte, und sie musste andauernd niesen. Jetzt bekam sie auch noch Kopfschmerzen. Sie zogen von der Nasenwurzel in die Stirn hinauf, und jedes Mal, wenn sie sich bückte, stach es in ihren Schläfen, dass ihr fast übel davon wurde. Mathilde hatte die Stullen auf den Tisch im Esszimmer gestellt, aber Paulina hatte nicht im Geringsten das Verlangen, danach zu greifen. Sie hatte sich schon zwingen müssen, ein paar Schlucke von dem Kakao zu trinken, den sie eigentlich liebte. Aber der Geschmack der heißen Milch hatte plötzlich Ekel in ihr ausgelöst, und sie musste den Rest stehen lassen. Vor einer Stunde war Lorchen gegangen. Sie wollte sie eigentlich gar nicht mehr sehen, aber Lorchen hatte am Telefon so sehr geweint, dass Paulinas Mitleid mit ihr stärker gewesen war als der Kummer um sich selbst. Doch durch Lorchens Anwesenheit war es auch nicht besser geworden, weder bei dieser noch bei ihr. Deswegen war sie froh, dass die

Freundin von ihren Eltern abgeholt worden war. Paulina schlenderte durch die stille Wohnung. Es war unerträglich, aber sie mochte nicht hinunter in den Laden gehen, wenn dort auch noch alles beim Alten und es somit noch heimeliger war als hier oben. Aber die Großeltern waren jede übrige Stunde mit Fritz und Mathilde beschäftigt, und auch jetzt noch saßen sie unten beieinander. Hinten im Kontorstübchen, bei Schummerlicht, um niemanden aufmerksam zu machen. Paulina schrak zusammen, als das Telefon ging. Sie starrte auf den schwarzen Apparat, als wäre er ein schlafendes Ungeheuer, das jeden Moment wach werden und sie anfallen könnte. Obwohl Großvater es seit einiger Zeit leiser gestellt hatte, kam ihr das Schrillen unerträglich laut vor. Wer konnte das sein um diese Uhrzeit? Sollte sie rangehen? Sie musste, denn sie hatten doch vereinbart, bis zu ihrem Verschwinden nach außen hin alles so normal wie möglich zu gestalten. Hinunterrennen, um Großmutter zu holen, dauerte zu lange. Großvater kam nicht infrage. Neuerdings war für ihn als *Sowjetjuden* das Leben noch gefährlicher geworden als bisher. Es reichte, dass er nur einmal knapp einer Verschleppung entgangen war. Bis heute wussten sie nicht, wem oder welchen Umständen sie das zu verdanken hatten. Paulina schluckte und räusperte sich dann laut. Sie würde es wagen müssen! Mit zitternden Fingern griff sie zögernd nach dem Hörer, gab sich dann aber einen Ruck und riss ihn nahezu von der Gabel. Sie meldete sich laut und deutlich, hielt aber so lange die Luft an, bis sie die vertraute Stimme hörte. »Thea, Mensch, Thea, ich ...«, fast kamen ihr die Tränen. »Hör gut zu, meine Kleine, und versprich mir jetzt ganz fest, dass du alles tust, was ich dir sage, und dass du sehr tapfer sein wirst, ja?« Theas Worte klangen so eindringlich, dass Paulina nur nicken und ein »Mhm« in die Muschel krächzen konnte.
Keine zwei Minuten später stieg sie mit zitternden Knien und auf Zehenspitzen die knarrende Treppe hinunter und schlüpfte durch die Flurtür in den Laden. Sie tat im Dunkeln die wenigen Schritte auf das Kontorstübchen zu und klopfte kurz, bevor sie eintrat. Vier aufgerissene Augenpaare richteten sich auf sie. »Wir müssen fort, noch heute Nacht!«, sagte Paulina mit heiserer Stimme. Sie hatte kaum ausgesprochen, als sie eine anschwellende Woge von zunächst nicht genau erkennbarem Lärm, vermischt mit lautem Geschrei, immer näher kommen hörten. Sie lauschten wie erstarrt in die Dunkelheit des Ladens hinaus und sahen einander erschrocken an. »Die Kundgebung am Rathausplatz«, flüsterte Fritz nach einigen Schrecksekunden und fasste Chaijm am Arm. »Los, hinauf mit euch in die Wohnung!«, befahl er und löschte das Licht in dem Stübchen. »Ihr schließt hinter euch ab, und ich und Mathilde bleiben hier, uns werden sie nichts tun!« Er schob Chaijm förmlich zur Tür hinaus, und Mathilde sah Charlotte bittend an. »Bitte geht!« »Sch'ma Israel«,

murmelte Chaijm, während er durch die Dunkelheit tapste und vom Laden hinauf in den Hausflur trat, »es hätte sich doch nur noch um zwei Tage gehandelt!« »Still jetzt«, herrschte Charlotte ihn an und zog Paulina hinter sich her. In dem Augenblick, als Fritz die Tür hinter ihnen schloss, ertönte ein ohrenbetäubender Knall, und das Klirren Tausender Glasscherben machte die böse Vorahnung zu Gewissheit. »Gott im Himmel«, entfuhr es Charlotte, bevor sie sich die Hand auf den Mund presste. Als sie einige Stufen nach oben geschlichen waren, ging im ersten Stock die Tür auf. Der weißhaarige Kopf der alten Frau Helmer erschien, mit gelöstem Haar, einen Morgenrock über das Nachthemd geworfen. In diesem Moment ging für Sekunden die schrillende Hausglocke. Charlotte griff nach dem Geländer. Sie erstarrten alle vier. Vom Laden her rührte sich nichts. Chaijm und Charlotte wechselten ein paar Blicke, und Paulina spürte plötzlich, wie die knochige Hand der Alten nach ihr griff. Wieder schellte es, und dann wurde gegen die Eingangstür gehämmert. »Aufmachen, Judenpack, oder wir werden euch das Fürchten lehren!« Paulina fing an zu zittern. Sie musste die Kiefer aufeinanderpressen, um nicht mit den Zähnen zu klappern. Ihre Hoffnung, dass es eventuell Theas Vater sein könnte, der geläutet hatte, war schlagartig zunichtegemacht worden. Erst da fiel ihr ein, dass sie ja noch gar keine Zeit gehabt hatte, die Großeltern von dem Telefonanruf zu unterrichten. »Ich werde gehen«, sagte Chaijm mit fester Stimme. »Großvater, nein!« Paulinas Stimme überschlug sich. Sie klammerte sich an Chaijms Arm und zog so sehr daran, dass dieser beinahe strauchelte. Ihre Augen waren angsterfüllt. »Ja, ist denn das die Möglichkeit, um diese Uhrzeit brave Volksgenossen zu stören!«, polterte plötzlich eine laute Männerstimme von oben. Mit schnellen, energisch auftretenden Schritten kam Wilhelm Meinert das Treppenhaus herunter. »Wenn das der Führer wüsste«, brüllte er aus Leibeskräften. Gerade als Frau Helmer die Seeligmanns in ihre Wohnung winken wollte, kam er im ersten Stock an. »Sind Sie verrückt, was wollen Sie bei der wehrlosen Frau!«, raunte er dem verängstigten Grüppchen leise zu. »Los, gehen Sie rauf in meine Wohnung, die Tür ist offen, aber abschließen, ja? Und das Mütterchen setzt sich sofort in den Lehnstuhl mit'm Strickstrumpf und hält den Mund, klar? Ich mach das schon!« Er deutete mit den Armen in die befohlenen Richtungen, dann setzte er seine überlaute Schimpftirade fort, indem er hinunter zur Haustür ging. »Wenn das der Führer wüsste, dann würde er hart durchgreifen, das muss man sich als deutscher Staatsbürger nicht gefallen lassen«, hörten sie ihn noch, als die oberste Wohnungstür bereits hinter ihnen ins Schloss fiel.

Wilhelm Meinert gelang es tatsächlich, einen Teil der marodierenden und plündernden Horde abzuwehren. Allerdings hatte er nicht verhindern können, dass die Chocholatérie arg in Mitleidenschaft gezogen wurde. Während er damit zu tun hatte, die jungen Männer an der Haustür erst einzuschüchtern und dann wegzuscheuchen, indem er sich für einen ehemaligen Boxkämpfer und alten Parteigenossen ausgab, der schon lange nicht mehr mit Juden unter einem Dach wohnen würde, schloss er die Haustür mit zitternden Fingern wieder ab. Eine bessere Taktik war ihm für den Moment nicht eingefallen, zum Glück war er groß und breitschultrig genug, um sich für genügend muskelstark auszugeben. Nicht umsonst war er schließlich der Nachfahre eines Hufschmiedes! Er hoffte nur inständig, dass keine ernsthaftere Nachhut kommen würde, und deshalb unternahm er auch nichts weiter, als er bemerkte, wie sie im Laden wüteten. Etwas musste man in Kauf nehmen. Glas war zu ersetzen, Menschen nicht. Fritz hatte sich unterdessen todesmutig den Zerstörern entgegengestellt. Mathilde war es angst und bange dabei, aber sie tat es ihm gleich. Wenn schon, nahm sie sich vor, dann sollten sie sie alle beide verprügeln, vielleicht würde das ja Marlene die Augen öffnen. »Meine Herren, ich bitte Sie!«, riefen sie und Fritz unablässig gegen den Lärm und die höhnisch lachende Meute an. »Dies ist doch gar kein jüdisches Geschäft mehr hier, meine Frau und ich, wir sind Arier, so verstehen Sie doch! Wir können es ihnen beweisen!« Fritz fuchtelte wild mit den Armen und deutete auf Mathilde, die verzweifelt zwischen Scherben und der auf dem Fußboden verstreuten Schaufensterdekoration umherkroch, um zu retten, was zu retten war. »Karl-Otto, hierher«, schrie sie plötzlich, als sie aufblickte und in dem Getümmel ihren ältesten Neffen entdeckte. Mit einer zerbrochenen Porzellanétagère in der Hand stieg sie in das Schaufenster, um so nach draußen auf die Straße zu gelangen. Sie durfte Karl-Otto nicht aus den Augen verlieren, er würde ihnen bestimmt helfen! Er war doch ein lieber Junge! Erst jetzt fiel ihr auf, dass kaum Uniformen unter den Plünderern auszumachen waren. Dennoch gab es keinen Zweifel daran, wo sie herkamen. Sie rannte ein Stück nach links, weil sie den Gesuchten nicht mehr sehen konnte. Dabei rammte sie einen breitschultrigen Blonden, der sie mit einem Schlag gegen die Schulter von sich stieß, sodass sie taumelte. Als sie die Hauswand im Rücken spürte, schlug sie auch schon mit dem Kopf dagegen. Ihr wurde übel, aber sie riss tapfer die Augen auf. »Hermann, du?« Der Blonde starrte sie sekundenlang an. Er trug eine braune SA-Kluft. »Hermann, Hermann, schämst du dich nicht?«, keuchte Mathilde beinahe tonlos und sah dem Jungen direkt ins Gesicht. »Seitdem du laufen kannst, bekommst du hier Schokolade und Kuchen geschenkt, und du hast es immer gerne genommen. Kind, Kind, wo sind deine strahlenden Augen geblieben?« Mathilde fühlte etwas Warmes in ihrem Nacken, bevor sie bewusstlos niedersank. Als sie die Augen wieder öffnete, kniete Fritz neben ihr. Hermann war nicht mehr zu sehen, und der Lärm, den sie vernahm, kam von weit her.

»Sie sind weitergezogen«, flüsterte Käthe Meinert, obwohl sie hätte in normaler Lautstärke sprechen können, und ließ die Gardine fallen. Dann verließ sie die Wohnung, um vorsichtig nachzusehen, was sich unten täte, wie sie sagte. Noch nie hatten die Meinerts so für die Seeligmanns Partei ergriffen wie gerade eben. Bis vor wenigen Wochen waren diese ja noch ihre Vermieter gewesen, jetzt war das Haus auf den Schwager Charlottes übergegangen, und dies hatte die Seeligmanns selbst zu Mietern gemacht. Wilhelm Meinert hatte das Hauswartamt übertragen bekommen, ein Angebot, das ihm gelegen gekommen war. Er brauchte noch eine kleine Tätigkeit für den Ruhestand. Der Laden war ebenfalls in den Besitz des Herrn Platten gegangen, allerdings würde das Ehepaar Niederau diesen betreiben. Es war den Meinerts sehr recht gewesen, dass somit weiterhin alte Bekannte im Hause ein und aus gingen. In diesen Zeiten konnte man froh sein, wenn man wusste, mit wem man es zu tun hatte. »Das werden wir Wilhelm nie vergessen dürfen.« Charlotte ergriff als Erste das Wort, als die Beschützerin die Wohnung verlassen hatte. »Ich hätte es nicht vermutet, dass er so denkt, du?« »So oder so?«, gab Chaijm mit verzerrtem Gesichtausdruck zurück. Dann fuhr er von seinem Platz auf, weil erneut die Türglocke gegangen war. »Was war das?« Auch Paulina und Charlotte schossen in die Höhe. Kamen sie doch wieder zurück? Paulina sah auf ihre Uhr. »Gegen halb elf«, hatte Thea gesagt. »Michail«, rief sie und begann wieder zu zittern wie Espenlaub. Dabei war Charlotte froh gewesen, dass sie sich gerade ein wenig beruhigt hatte. »Michail ... Großvater ... er holt uns, wir müssen mit, sofort ... Thea war es ... am Telefon, vorhin, nur den Handkoffer, nicht mehr ... auch nicht mehr warten, sonst ist es endgültig zu spät!« Charlotte nahm Paulinas Kopf zwischen beide Hände. »Kind, beruhige dich, was redest du da? Erst übermorgen reisen wir ab, am Freitag«, sprach sie leise auf Paulina ein und wollte sie an ihre Brust ziehen. »Schabbes, ja«, brummelte Chaijm leise, »trotzdem war es eindeutig die Hausglocke, psst!« Noch einmal war ein leises Schnarren zu hören. Paulina befreite sich mit einem Ruck aus Charlottes Umklammerung. »Er ist es, ganz bestimmt, die anderen läuten anders, so wie vorhin, los, kommt!« Paulina ging in die Knie und ballte verzweifelt die Fäuste. »Nun glaubt es mir doch, ich bin nicht übergeschnappt!«, schrie sie und bekam einen Hustenanfall. Sie packte mit beiden Händen die fragend blickenden Großeltern und zog diese aus dem Wohnzimmer hinaus auf den Flur. Die Meinert'sche Wohnungstür war verschlossen. Paulina wollte schon mit den Fäusten dagegentrommeln, als Chaijm sie wegriss. Sie hörten, wie von außen der Schlüssel ins Schloss gesteckt wurde. Chaijm winkte Charlotte und Paulina von der Tür weg, aber sie standen wie erstarrt. Jeder Muskel in ihren Körpern war bis in die kleinsten Fasern gespannt. Noch bevor sie ihn zu sehen bekamen, vernahmen sie Fritz' Stimme. Er rief leise Chaijms und Charlottes Namen und schlüpfte dann rasch herein. Die Seeligmanns atmeten hörbar auf. »Fritz«, sagte Chaijm mit zitternder Stimme, und unendliche Erleichterung lag darin. Aber Fritz winkte rasch ab. »Der Baron«, hauchte er. »von Witte! Er sucht euch, ihr müsst augenblicklich verschwinden, er ist über schreckliche Dinge in Kenntnis gesetzt worden, sagt er, ihr müsst weg, sofort, los kommt!« Er packte Charlotte leidenschaftlich am Arm, während er mit der anderen Hand die Wohnungstür wieder öffnete und Chaijm und Paulina in den stockdunklen Flur hinauswinkte. Der Schweiß lief ihm an beiden Schläfen entlang. So hatte Charlotte den hageren, wortkargen Mann noch nie erlebt. Sie spürte förmlich, wie er bebte. Paulina hatte also nicht phantasiert! Mit einem Mal fiel die Starre, die sich seit dem ersten schrecklichen Klirren der Glasscheibe Charlottes bemächtigt hatte, von ihr ab. Sie hatte begriffen. Dies würde also ihr Abschied von der Victoriastraße sein! Während sie im spärlichen Schein von Fritz' Taschenlampe die Treppen hinabhasteten, holte Chaijm den Wohnungsschlüssel aus seiner Westentasche. Seit gestern trug er seinen kompletten Anzug. Trotz der Dunkelheit erkannte Paulina die Gestalt von Theas Vater. »Michail«, rief sie leise, und sein Lächeln, als er sich nach ihr umdrehte, machte ihr ein wenig Mut. Er würde ihnen helfen, sie und die Großeltern endlich in Sicherheit bringen! Erst als Großvater die Tür aufsperrte und sie sich alle drei in die fast leere Wohnung drängten, überkam sie ein furchtbarer Schmerz. Zwar saßen sie seit Tagen auf gepackten Koffern, aber dass nun der Augenblick des Abschiednehmens von ihrem behüteten Zuhause so über sie hereinbrechen würde, damit hatten sie nicht gerechnet. Paulinas Augen füllten sich mit Tränen, und ihre Lippen begannen wieder so sehr zu zittern, dass sie Mühe hatte, sie unter Kontrolle zu halten. Aber sie hatte Thea vor einer Stunde und den Großeltern immer wieder seit mehreren Wochen beinahe täglich fest versprochen, ein tapferes Mädchen zu sein. Sie wollte es ja! Wenn es doch nur nicht so schrecklich schwer wäre! An Mama und August dachte sie in diesem Moment nicht. Berlin schien Lichtjahre von Dresden entfernt zu sein.

Michail gab lediglich knappe, leise gesprochene Anweisungen, aber dennoch hatte seine Stimme etwas Beruhigendes an sich. Wie mechanisch ging Paulina in ihr Zimmer, kniete sich auf den Fußboden und zog den kleinen Handkoffer unter ihrem Bett hervor. Dann nahm sie das Negerpüppchen von ihrem Kopfkissen und drückte es an sich. Sie wagte nicht, das Licht anzudrehen, doch die Flurbeleuchtung aus der Diele warf einen schwachen Schein in den Raum. Nur noch ein paar winzige Sekunden wollte sie hier alleine sein. Sie lehnte die Tür an, und das tauchte das Zimmer in völlige Dunkelheit. Sie kniff die Augen zu und spürte die heißen Tränen auf den Wangen. Mit den Fingern drückte sie die Lider zusammen, bis es wehtat und die Kreise kamen. Stechend weiße ineinanderlaufende und wieder auseinanderstrebende runde Muster tauchten auf und verschwanden in schwarzer Unendlichkeit. Die Wolle des Strickpüppchens sog ihre Tränen in sich auf. So blieb sie stehen, bis sie die Hand ihres Großvaters in ihrem Nacken spürte. »Es ist Zeit, mein Kind«, hörte sie ihn sagen, als sie die Augen öffnete. Großvater nahm ihr das Köfferchen ab und hielt ihr den Mantel hin. Sie schlüpfte hinein, ohne Chaijm anzusehen, er sollte nicht bemerken, dass sie doch nicht tapfer sein konnte. Das Püppchen ließ sie in der Manteltasche verschwinden, dann hängte sie sich das gehäkelte Beutelchen um, das ihr einstens Mama geschenkt hatte, und zog die Baskenmütze über die Locken. Auch die Großeltern trugen bereits Hut und Mantel, und Michail stand mit zwei Koffern in der Hand unter der geöffneten Wohnungstür. Von da an ging alles vollends sehr schnell. Wortlos gingen sie dicht nebeneinander die Treppe hinunter, Chaijm hielt die Taschenlampe tief unten und beleuchtete nur die einzelnen Stufen. Aber außer Michail hätten sie vermutlich alle blind hinunter und zur Haustüre gefunden, zu oft waren sie diesen Weg gegangen. Michail öffnete die Haustür und winkte sie dann heraus. Mathilde stand dicht an die Hauswand gedrängt, und neben ihr blitzten Hasjos Augen auf. Es war ungewöhnlich finster an diesem Abend. Paulina sah automatisch zu der Straßenlaterne hinauf. Sie brannte nicht. Auch die nächste und die übernächste waren dunkel. »Auf Wiedersehen!«, schluchzte Mathilde mit erstickter Stimme und hielt sich die Hand vor den Mund. Paulina wandte sich ab, sie konnte die grauhaarige über die Jahre lieb gewonnene Frau nicht ansehen. Chaijm und Charlotte drückten ihr stumm die Hand, dann gab Michail Hasjo ein leises Kommando. Sie drückten sich so schnell wie möglich an den Häusern vorbei, der große Hund immer dicht neben ihnen. Plötzlich tauchte Fritz' Gestalt aus der Dunkelheit auf. »Es ist alles in Ordnung«, raunte er ihnen zu, dann strich er ohne jedes weitere Wort erst Paulina und dann Charlotte über die Wangen. Auf Michails leisen Befehl hin gingen sie einfach weiter. Als Paulina sich umdrehte, sah sie gerade noch, wie Fritz und Großvater sich innig umarmten. Es war das erste Mal, dass sie so etwas bei Männern sah. »Paulina, sieh, wo du hintrittst«, mahnte Charlotte. Nach einigen weiteren Metern trafen sie auf Wilhelm Meinert. Auf seinen Wink hin bogen sie in einen schmalen Durchgang zwischen zwei Häusern und liefen im Eilschritt auch hier immer dicht an der Wand entlang. Paulina kannte den Winkel, hier hatten sie früher liebend gerne Verstecken gespielt, und Lorchens Brüder benutzten ihn bis heute für ihre wilden Jungenspiele. Sehr zum Missfallen der beidseitigen Hausbesitzer. Auf dem grasbewachsenen, unebenen Untergrund gerieten sie mehrmals ins

Stolpern, und Chaijm verlor den Hut, als er sich nach vorn abfangen musste. Er überlegte sich schon, ihn liegen zu lassen. Aber er trat darauf und hob ihn dann doch rasch auf. Nach wenigen Augenblicken, die ihnen wie eine Ewigkeit vorkamen, gelangten sie in die Walpurgisstraße. Dort hatte Michail den Wagen abgestellt. Dank Wilhelm Meinerts raschem Zupacken war das Gepäck in kürzester Zeit verstaut und sie konnten einsteigen. Chaijm vorne, Paulina und Charlotte im Fond, Hasjo zu deren beider Füße. So geräuschlos wie möglich drückten Wilhelm und Michail die Wagentüren zu, Wilhelm zuletzt die Fahrertür von außen. Dann startete Michail vorsichtig den Motor. Erst als er in die Ferdinandstraße einbog, schaltete er das Licht ein. Dann griff er unter seinen Sitz und holte ein kleines verschnürtes Paket hervor. Er reichte es Chaijm mitsamt einem Taschenmesser hinüber. »Die Papiere«, sagte er nur.

Als gegen zwei Uhr in dieser Novembernacht die fast hundertjährige Dresdner Semper-Synagoge das gleiche Schicksal erlitt wie die meisten ihrer Schwestern in den deutschen Großstädten und unzählige jüdische Menschen, vor allem Männer, aber auch Frauen und Kinder, im ganzen Reich verhaftet, geschlagen und ermordet wurden, als achttausend jüdische Geschäfte blinder Zerstörungswut und brutalsten Plünderungen anheimfielen, waren Chaijm und Charlotte bereits auf dem Weg nach Nordwesten. Paulina lag sicher neben Thea in einem warmen Bett im Witte'schen Heidehaus und hörte dank Eleonores Vorsorge durch Dr. Spittler allmählich mit dem heftigen Zittern und dem haltlosen Schluchzen auf. Die alten Seeligmanns waren ausgestattet mit allen nötigen Papieren für die Ausreise aus Deutschland und die Einreise nach England. Chaijm und Charlotte reisten als Oskar und Martha von Kluge, ihres Zeichens entfernt Verwandte der von Wittes, und aus Paulina wurde in dieser Nacht Emilie Mann.

*

Viola spülte die Tablette mit einem kräftigen Schluck hinunter. Es störte sie nicht, dass der Chardonnay zu warm war. Heute Abend würde sie mit Greta zu Stolzfuß hinausfahren, und sie würden zusammen feiern. Sie würde Charlie um eine Flasche Champagner bitten und dann noch etwas von ihrem eigenen Wein mitnehmen. Auch Meinrads perfekter Arbeit hatten sie es zu verdanken, dass die Eltern nach England fliehen und Paulina gut getarnt in Dresden bleiben konnte. Sie nestelte die kolorierte und schon deutlich abgegriffene Postkarte von der Insel Usedom wieder zwischen die doppelte Lage des ledernen Einbandes von Gretas Kirchengesangbuch. Möge Jahwe oder Christus dort ein bewahrendes Auge auf sie werfen, wer von den beiden dafür infrage kam, war ihr nicht so wichtig. Sie konnte mit beiden leben. Nur daran gab es keinen Zweifel: In diesem Buch waren die wenigen Zeilen besser aufgehoben als bei ihr. Sie trank aus, stand auf und streckte sich. Heute war er nun endlich da, der gute Tag, nachdem sie sich so verzehrt hatte. Sie würde ein Bad nehmen, um den Geruch der vergangenen Nacht von Haut und Haaren zu waschen. Sie wickelte den Morgenmantel enger um Schultern und Taille und knotete den Gürtel noch etwas fester – der Morgenmantel war schon wieder weiter geworden. Die Ereignisse der letzten Wochen hatten nicht gerade dazu beigetragen, ihren Appetit zu steigern. Seit dem neunten November hatte sie sich auch nicht mehr bei August im Hotel blicken lassen. Es war besser, damit zu warten, bis wieder etwas mehr Ruhe eingekehrt war. Nur bei Charlie trafen sie sich weiterhin einmal die Woche, und dort sorgte dann August dafür, dass sie etwas Ordentliches zwischen die Zähne bekam. Gewöhnlich ließ er sich von einem seiner Küchenjungen etwas herrichten, das er dann in Charlies Wohnung zubereitete. Es kam ihnen zugute, dass August das Kochhandwerk damals im Wiener Kaiserhof von der Pike auf gelernt hatte. Mit ihren Kochkünsten stand es nicht gut.

Ungeduldig sah sie auf die Küchenuhr, es war Viertel vor zwölf. Noch eine halbe Stunde, dann würde sie es wagen können, das Badewasser einlaufen zu lassen. Greta kam meistens gegen sieben vom Nachtdienst zurück und schätzte es sehr, wenn sie wenigstens bis um die Mittagszeit herum ungestört schlafen konnte. Heute Morgen hatte ihre lang andauernde Nachtschicht geendet. Als Viola zu sich gekommen und in die Küche gegangen war, hatte sie schon von Weitem das Gesangbuch auf dem Esstisch entdeckt. In diesem trug Greta die schriftlichen Nachrichten der Emigranten mit sich herum, in völlig verschlüsselter Form natürlich. Wenn das Buch auf dem Tisch lag, bedeutete dies, dass es etwas enthielt, was für Viola von Bedeutung war. Die alten Postkarten mit den Grüßen aus der Sommerfrische tarnten die Ankunftsnachrichten der Flüchtenden an ihrem endgültigen Zielort und wurden in Umlauf gesetzt, sobald es den Ausgereisten gelungen war, sich, auf welchen Wegen auch immer, persönlich bei der Heimatgruppe zu melden. Auch alte Feldpostbriefe, alte Glückwunschkarten jeglicher Art, wertlose Inflationsgeldscheine und sogar ausgeschnittene Todesnachrichten von ehemaligen Verwandten wurden mit entsprechenden Bedeutungen versehen und dienten so als unverfängliche Träger unterschiedlichster Nachrichten, von den besten bis zu den schrecklichsten. Alles hatte Greta schon in ihrem Gesangbuch transportiert, und das kleine, kompakte Ding schien sein spezifisches Gewicht zwischen Gramm- und Zentnereinheiten verändern zu können ... Heute war es federleicht gewesen.

Viola hatte keine Lust mehr zu warten. Sie ging ins Badezimmer und drehte den Hahn auf. Erstaunlicherweise fror es sie heute einmal nicht, nachdem sie den Morgenrock und das Nachthemd abgestreift hatte. Das veranlasste sie dazu, auch so zur Toilette zu laufen. Als sie auf Zehenspitzen über den Flur huschte, erschien Greta mit verschlafenem Gesicht unter ihrer Schlafzimmertür. Viola zögerte nicht einen Augenblick und fiel der verdutzt dreinblickenden Freundin um den Hals. »Danke, danke, danke ...« Ein ums andere Mal wiederholte sie dieses Wort und bedeckte dazwischen Gretas Wangen und Hals mit schnellen Küssen. Greta legte die Arme um Viola. »Dank Gott und Meinrad und iss mehr, sonst kriegt August demnächst blaue Flecken«, bemerkte sie trocken. Viola hielt abrupt inne, warf lachend den Kopf nach hinten, stellte sich auf die Zehenspitzen und drehte vier gekonnte Pirouetten, die sie jeweils mit weit ausholenden Sprüngen verband. »Ihre Weiblichkeit ist trotz allem von erstaunlicher Blüte, und sie kann sich immer noch mit der gleichen Anmut bewegen wie einst« dachte Greta. »Vorausgesetzt, sie ist nüchtern«, schoss es ihr aber gleich darauf durch den Kopf und sie schluckte an dem bitteren Nachgeschmack dieses Gedankens. Immer noch war es ihr nicht gelungen, Viola dem Alkohol zu entreißen. Dabei war sie sich einmal so sicher gewesen, dass sie es so weit bringen würde. »Willst du hier einen zweiten Wannsee eröffnen?«, rief sie der weiterhin Tanzenden zu, »oder war das Wasser etwa für mich gemünzt?« »Wir könnten es ja zusammen ... !«, schallte es in einem unzweideutigen Singsang zurück, und Viola lugte mit verführerischem Blick hinter dem Rahmen der Toilettentür hervor zu Greta hin, die eben am Becken im Badezimmer einen Waschlappen nass machte. »Nee, lass man, meen Liebjen, dit kannste mit deim Aujustjen machen, vielleicht passt der ja noch hier rinn.« »Soll ick ihm holen? Sofooort?« Die letzte Silbe hatte Viola lang gedehnt und nach oben gezogen. Der Waschlappen verfehlte sein Ziel nur knapp, weil Viola gerade rechtzeitig die Toilettentür hinter sich zugezogen hatte, nicht aber ohne noch vorher rasch mit dem Hintern zu wackeln. Greta seufzte. Wen wunderte da noch etwas? »Nich in meener Jejenwart«, rief sie, während sie den triefenden Lappen vom Boden aufhob. »Na, wat gloobste denn, wie sich der Herr Stolzfuß im Adamsjostüme ausmacht, der wird doch ooch über det Gleiche verfüjen wie meen Aujustjen, oder sollte ick mir irren?« Greta streckte dem Spiegel die Zunge heraus und verdrehte die Augen. »Na hör mal! *Du* hast doch jesacht, dat er keen Mann nich is!« Sie wrang den kalten Lappen über Violas dampfendem Badewasser aus und drehte den Hahn zu. Dann trocknete sie die Wasserspritzer, die quer durch das Bad und auf dem Dielenboden entlangliefen. ´«Gretajen«, flötete es hinter der Lokustür, »biste mir immer noch böse wejen dem Meinrad, oder kann ick et wajen rauszutreten?« Greta überlegte kurz. »Nur wenn du den Meinrad nich mehr nich leiden kannst und mir mal endlich gloobst, det der'n janz feiner Kerl is, ooch wenn er nich so'n schneidijer Hühne is wie der schöne Herr Leibfried!« »Ick tu's ja schon lange, du hast det nur noch nich jemerkt, det is janz bestimmt so, so wahr ick Viola Seeligmann heiße!« »Aha!« Greta tat empört. »Jetzt bin ick et wieder, die im Unrecht war, det is doch immer dat selbe mit dem Fräulein Seeligmann, immer sind et die anderen, nich? Und bejib dir schon raus, bevor dein Wasser hier zu Eis jefriert!« Greta streifte das Nachthemd über den Kopf und begann sich mit schnellen Bewegungen abzuwaschen. Kalt. Im Spiegel sah sie Viola aus der Toilette kommen. »Nun aber rinn mit dir«, sagte sie mit ernsterem Tonfall als eben noch. Als Viola sich vorsichtig in das heiße Wasser gleiten ließ, stellte Greta fest, dass sie sich nicht getäuscht hatte: Die Lippen und die Haut unter den Fingernägeln der Freundin waren blau gefärbt. Greta atmete tief durch.

»Gretajen, setz dir zu mir, ick muss dir wat sajen«, bat Viola. »Darf ick mir noch 'n Hemd und 'ne Hose holen, oder haste vor, in die nächsten Sekunden abzuleben?« Greta zog fragend die Stirn hoch. »Ne, keene Sorje nich, den letzten Willen verschieb ick noch um 'ne Jeschichtsepoche.« Viola räkelte sich und ließ aus einer Flasche reichlich Badezusatz ins Wasser laufen. Greta wickelte das Handtuch um sich und verließ das Bad. Nach einer Weile kam sie in Unterwäsche gekleidet zurück, das feuchte Tuch über dem Arm. Sie legte Violas Handtuch auf den Wannenrand und ließ sich darauf nieder. »Nun?« Viola streckte den linken Arm aus dem Wasser und fuhr mit dem nassen Zeigefinger langsam Gretas Adern auf deren Handrücken entlang. Sie sah nachdenklich aus. Greta hatte Geduld. »Weißt du«, begann Viola zögernd und sah die langjährige Freundin offen an. »Du denkst vielleicht, dass ich dir Meinrad madig machen will, weil ich dir keinen Mann gönne oder weil er vielleicht nicht ganz so beeindruckend aussieht wie August, aber was sind schon Äußerlichkeiten, nicht wahr?« Greta nickte. »Nur ...« Viola umfasste Gretas Finger. »Nur«, setzte sie noch einmal an, »Mensch Greta, warum muss es ein Jude sein?« Viola lehnte sich zurück. Ihre langen Haare sogen sich voll Wasser. Greta bemerkte, dass die Blaufärbung von Violas Haut trotz des warmen Wassers immer noch nicht wesentlich zurückgegangen war. Das missfiel ihr. »Sag bloß, du hast August erst gefragt, ob er ein Arier oder ein Jude wäre, und dann hast du gesagt: ‚Also gut, wenn du den Ariern angehörst, verliebe ich mich in dich, solltest du aber vom Stamme Juda sein, kannst du nicht mit mir rechnen.' War es so?« Greta grinste breit, und Viola schnitt eine Grimasse. »Du weißt genau, was ich meine, ich meine, August und ich ...« »Ihr seid euch glücklicherweise in einer Zeit über den Weg gelaufen, als man es sich noch leisten konnte zu lieben, wen man mochte. Das meinst du doch, oder?« »Du sagst es.«

»Und Meinrad und ich leisten es uns eben heute auch noch, so einfach ist das, mein Täubchen.« Greta lachte Viola an und machte Anstalten, sich zu erheben. Aber Viola fasste nach ihrer Hand und setzte sich so ruckartig auf, dass ein ganzer Schwall Wasser über den Wannenrand schwappte. »Mensch, ich bin schon gewaschen!«, rief Greta und entriss sich Violas Umklammerung. Das Wasser lief ihr an den Beinen hinab. Sie warf ihr eigenes feuchtes Handtuch auf die Pfütze am Boden. Viola murmelte eine halbherzige Entschuldigung. »Greta, bitte!« Ihre flehende Stimme ließ die Angesprochene aufhorchen. Sie ging in die Knie und legte ihre Unterarme auf den kalten Wannenrand. »Da ist noch was, hab ich recht?« Viola nickte. »Du wirst nicht glücklich werden mit ihm«, sagte sie leise, während sie den Kopf auf ihre aus dem Wasser ragenden Knie legte, »sieh mich an!« Es klang unendlich traurig. Greta tat es in der Seele weh. »Ich dachte, ihr liebt euch noch immer wie am ersten Tag?« Sie hatte ganz leise gesprochen. »Das tun wir auch, Greta, aber das ist es nicht!« »Nein?« Greta ließ einen Arm ins Wasser baumeln und machte mit den Fingern winzig kleine Kräuselwellen. »Es macht dich kaputt, ganz langsam kaputt, verstehst du?« Violas gedämpfte Stimme hatte einen kehligen Unterton, weil sie sprach, ohne das Kinn von den Knien zu nehmen. Sie sah Greta nicht an, sondern verfolgte mit ihren Augen die kleinen Wellen, die von deren gleichmäßigen Bewegungen herrührten. »Erst glaubst du, dass es dir nie etwas ausmachen wird, dass deine Liebe stark ist, dass es dir egal ist, ob du sie geheim halten musst oder nicht. Ja, es kann einem sogar einen besonderen Nervenkitzel verschaffen und Freude machen. Dann, mit der Zeit, merkst du, dass du auf manches verzichten musst, wenn du dich nicht mit deinem Geliebten in der Öffentlichkeit zeigen darfst, aber du bringst auch dieses Opfer gerne. Irgendwann jedoch stellst du fest, dass es sehr anstrengend ist, weil du vieles alleine machen musst, was sonst ein Mann für dich tun würde. Er hält dir nicht die Hand, wenn du seine Kinder gebierst, er bringt dir keinen Kaffee ans Bett, er trägt dir keine Taschen und er darf dir nicht zur Seite sein, wenn du ihn am meisten brauchst. Du lebst in ständiger Furcht, entdeckt zu werden, musst fortwährend auf der Hut sein, darfst möglichst wenig Spuren hinterlassen, die auf ihn deuten könnten. Du musst dein Verlangen nach ihm unterdrücken oder es woanders stillen. Jede Bekanntschaft, die du schließt, kann dich in Gefahr bringen, du musst aufpassen, dass du dich nicht betrinkst, wenn du in Gesellschaft bist, weil du versehentlich etwas Verkehrtes sagen könntest, ja, nicht einmal im Schlaf kannst du ganz beruhigt sein, weil man dich bei etwaigen Gelegenheiten hören könnte, wenn du im Traum sprichst. Aber das alles ist keine Mark wert gegen die Tatsache, dass man heutzutage an Rassenschande sterben kann! Die Liebe ist todsicher geworden, Greta, und das frisst dich auf! Jahr um Jahr nagt es ein Stück mehr an dir, wie eine lautlose ekelhafte Ratte, bis sie dich krank gemacht hat und du die hirnlosesten Dinge tust, nur damit dir das Kostbarste erhalten bleibt, was du hast. Du tanzt auf einem großen Tisch, um den lauter lüsterne und hinterhältige Wölfe sitzen, und du siehst, wie sie sich das Maul lecken und ihnen der Speichel von den Lefzen trieft, du hörst, wie sie ihre Krallen wetzen, und du musst so tun, als ginge dich das alles nichts an! Alles Weitere aber wird davon abhängen, wie viel Glück du hast. Und ihm, dem Mann meine ich, geht es genauso!« Viola verstummte und blickte auf die auslaufenden Wellen. Gretas Hand bewegte sich nicht mehr. Es war still im Badezimmer. Nach einer Weile begann Greta, Violas nasse Haarenden um ihre Finger zu wickeln. Das war es also! Und sie hatte keine Ahnung davon gehabt, all die Jahre nicht! Keine Ahnung, wie sehr Viola unter der weitgehend geheim gehaltenen Beziehung zu August litt. Keine Ahnung, welche Gefühle sie vielleicht täglich niederkämpfen musste, welche Gespenster in ihren einsamen Nächten vor ihrem Inneren auftauchten. Greta musste mehrmals schlucken. »Der Wein hilft dir, es zu vergessen, nicht?« Zu mehr als einem Flüstern reichte es nicht. Viola nickte kaum merklich mit dem Kopf. Greta schob der Freundin ihre warme Hand unter die offene Haarpracht und streichelte sie zwischen den Schulterblättern. Die Wirbel standen scharf hervor. Viola war in einem Zustand wie damals, vor Jahren, als sie beide häufiger Hunger hatten, selten satt waren und sich ihren Lebensunterhalt nicht immer mit den angesehensten Methoden verdienen mussten. Vierzehn Jahre war das her, was war alles über sie hinweggegangen seitdem? Und was würde noch folgen? Sie musste stark bleiben, alles andere würde nicht helfen! Greta beugte sich vor und drückte ihren Kopf an Violas. So verharrten sie eine Weile. »Wir werden es schaffen«, sagte sie leise, aber bestimmt. »Du und August, ich und Meinrad. Und eines Tages werden wir aus unseren Verstecken kriechen und sagen: ‚Seht uns an, hier sind wir, jawohl, und ihr habt uns nicht kleingekriegt!'« Viola hob langsam den Kopf und wandte ihn Greta zu. »Meenste?«, fragte sie mit erstickter Stimme. »Dat will ick aber jesagt haben!« Greta stand auf. »Los, eenmal abtauchen, ick wasch dir die Nachtläuse aus den Haaren!« Viola rutschte nach vorn und tauchte den Kopf ins Wasser, bis nur noch das Gesicht herausschaute. Sie schloss die Augen und lächelte.

1939

Liebe Paulina,
ich schreibe Dir diesn Brief weil ich nichts sagen darf. Vater hat es mir ferboten. Es ist zu gefärlich wenn es so viele Leute vorher wissen. Warum weis ich aber auch nicht, weil es doch ganz normal ist seine babka zu besuchen. Aber er möchte es halt so und ich darf es nicht vermasseln hat er gesagt, sonst schlegt er mich. Wir gehen am 20.ten. Antek nimmt uns auf seinem Lastauto mit. Er fehrt bis nach Breslau, dan müßen wir zu fuß gehen oder eine andere Fahrgelegenhaid suchen. Vater hat gesagt, ich muß gut laufen und darf auch nicht schlap machen, bis nach Warschau ist es ein weiter Weg. Ich wäre so gerne mit der Eisenbahn gefahren aber wir haben kein Geld dafür. Wenn ich wieder da bin, kann ich für die Druckerei Botengenge machen, dan verdiene ich selber. Dan kaufe ich mir eine Fahrkarte für die Eisenbahn und Du fehrst mit, das ferspreche ich Dir. Ich wünsche Dir schöne Ferien in Berlin. Viele Grüße dein
Freund Kolja Littek
P.S. sei nicht draurig dass ich fort gehe ich freue mich, denn ich habe ja noch nie meine babka gesehen und sie ist gut, sagt Vater. Ich glaube sie ist so gut wie Deine.

Paulina faltete das Blatt wieder zu. Das heißt, eigentlich fiel es schon längst von alleine zu einem kleinen Rechteck zusammen. Zu oft hatte sie es in den vergangenen neun Monaten in der Hand gehabt, sodass die Kanten bereits kleine Risse aufwiesen. Die ganzen Jahre davor hatte sie den letzten und einzigen Brief von Kolja nicht so oft gelesen wie seit ihrer Ankunft im Heidehaus. »Babka«, murmelte sie und sah versonnen vor sich hin. Zum unzähligsten Mal fragte sie sich, ob Koljas Großmutter sich wirklich als eine so gute herausgestellt hatte, wie dieser es gehofft hatte. Kolja hatte ja, als er diesen Brief geschrieben hatte, noch gar nicht gewusst, dass er nicht mehr wieder nach Dresden zurückkommen würde. Sie und die Großeltern auch nicht. Erst nach mehreren Monaten hatten sie von Antek erfahren, der die beiden damals mit nach Breslau genommen hatte, dass Koljas Vater von Anfang an geplant hatte, für immer in Warschau zu bleiben. »Für einen polnischen Juden ist in Deutschland kein Platz mehr«, soll Stephan Littek gesagt haben. Er hatte recht behalten. Auch Antek war inzwischen nicht mehr in Deutschland. Er war einer der mehreren Hundert polnischen Juden gewesen, die im vergan-

genen Oktober innerhalb von wenigen Tagen aus Dresden ausgewiesen worden waren. Man hatte Schlimmes gehört von dieser Aktion, die nicht nur über die hiesigen, sondern über die meisten anderen polnischen Juden in Deutschland hinweggegangen war. Aufgrund dieses Ereignisses hatte der junge Student Herschel Grynspan in Paris auf den deutschen Diplomaten Ernst vom Rath geschossen. Die Antwort der Nazis hierauf war die schreckliche Nacht gewesen, die Paulinas letzte in der Victoriastraße war.
Paulina schob das schmutzig graue Papier in den dazugehörigen Umschlag, auf dem mit etwas ungelenker Handschrift ihr Name geschrieben stand. Sie legte ihn zuoberst in die Zigarrenkiste, auf den Geburtstagsbrief von Mama und August. Unter den anderen Postsachen befand sich die abgegriffene Ansichtskarte von Heringsdorf, die zwar von einer ihr völlig unbekannten Person geschrieben worden war und zudem aus dem Jahr 1910 stammte, aber dennoch eine ungeheure Bedeutung hatte. Die winzigen Umschläge, die Lorchens zahlreiche Botschaften verbargen, hielt sie mit einem Haarband zusammen. Mit Lorchen tauschte sie sich mittels Konrad aus. Der besorgte, seit sie hier draußen war, auch den kleinen Garten der Steins, und so konnten die Freundinnen über ihn ihre Zettelchen und Briefchen austauschen. Allerdings hatte das den Nachteil, dass sie immer etwas verschmutzt ankamen, denn Hände und Kleider eines Gärtners waren nicht blütenrein. Aber dafür roch das Papier nach den verschiedensten Düften. Von Veilchen über Brunnenkresse, Schnittlauch, Ringelblumen, Rosen und nicht zuletzt nach feuchter Erde. Paulina schnupperte gerne daran. Auch der nun schon anderthalb Jahre alte, lange rätselhaft gebliebene Brief von Thea mit den ersten Hinweisen auf ihren heutigen Aufenthaltsort befand sich in der Kiste. Dann natürlich die Nachrichten von den Großeltern. Es waren nur drei, bis jetzt. Zu groß war die Gefahr, dass durch den Schriftverkehr Hinweise auf ihr Versteck im Heidehaus in die falschen Hände kommen konnten. Wenn Großvater und Großmutter schreiben wollten, konnten sie das nur an die Adresse der Westenbergs in der brandenburgischen Mark. Diese gaben dann die Post an eine Berliner Bekannte weiter, und die wiederum ließ sie einer Sekretärin zukommen, die im Auswärtigen Amt arbeitete. Diese junge Frau kannte einen der Leierkastenmänner der Gruppe, dessen Eltern in Pirna ein Lebensmittelgeschäft betrieben und der sie alle paar Wochen besuchte. Hier holte dann Alwine die Post ab, während sie dort einkaufte. Andersherum ging es genauso. Paulina fand das alles fürchterlich kompliziert, denn es würde auf diese Weise niemals möglich sein, innerhalb weniger Tage eine Nachricht zu den Großeltern zu schicken oder aber eine zu erhalten. Auf Telefonanrufe sollten sie laut Michails Anraten besser verzichten.

Überhaupt, der Baron. Paulina wäre froh, wenn er noch hier wäre. Er war nur noch drei Mal bei ihnen aufgetaucht, seitdem er die Großeltern in jener Nacht eigenhändig bis nach Gronau gebracht hatte, wo sie von einem anderen Eingeweihten in Empfang genommen wurden und in die Niederlande eingereist waren. Theas Vater hatte danach noch mehreren anderen Paaren auf ähnliche Weise zur Flucht verholfen. Dann war er noch einmal nach Prag gefahren, weil er die ehemalige Nachbarin Löwenstein zum Verlassen der tschechischen Hauptstadt bewegen wollte. Aber da war ihm der Einmarsch der Wehrmacht ins sogenannte Protektorat zuvorgekommen. Er war in ernsthafte Schwierigkeiten geraten, weil einer seiner ehemaligen Mitarbeiter bei der Bank sich als ein besonders gründlicher Nationalsozialist entpuppt und ihn beschattet hatte. So war er gezwungen gewesen, die Stadt, in der er so lange mit seiner Familie gelebt hatte, bei Nacht und Nebel zu verlassen. Ohne die alte Frau Löwenstein, die Paulina durch Theas Schilderungen kennengelernt hatte und die den wertvollen Flügel besaß, auf dem Theas Schwester Carla hatte üben dürfen. Obwohl Paulina die Frau noch nie gesehen hatte, musste sie oft an sie denken. Seither war Michail nicht mehr nach Dresden gekommen. Unnötige Beweislasten musste man im Voraus zu verhüten wissen, lautete seine Erklärung. Er beschränkte seinen Wirkungskreis nur noch auf Berlin und dessen Hinterland, besser gesagt den Kontakt zu den Westenbergs und dem Auswärtigen Amt. Immer noch nicht war er für immer nach England gegangen, sondern nur, um seine Familie zu besuchen. So lange es ging, wollte er hierbleiben. Nur den großen Mercedes hatte er im Vereinten Königreich gelassen und sich hier einen Volkswagen gekauft. Der sei unauffälliger, wie er sagte. Paulina lachte kurz auf, als sie daran dachte. Was man nicht alles dem Begriff »unauffällig« zurechnen musste. Auf Briefe, Notizzettel und andere kleine Gegenstände passte das Wort ja. Sogar ein Treffen zwischen zwei Menschen konnte man so gestalten, dass niemandem auffallen musste, was sie miteinander zu tun hatten. Auch eine einzelne Person konnte unauffällig in einer Menge verschwinden, nur ein Auto? Passten »unauffällig« und »Auto« überhaupt zusammen? Wohl kaum. Schließlich fuhr nicht jeder Hanswurst eines, wenn es auch immer mehr davon gab und selbst in Dresden das Überqueren der Straße mittlerweile ein gefährliches Abenteuer sein konnte.

Eleonore rief zum Mittagessen. Paulina stand vom Bett auf und sah in den Spiegel. Sie fuhr sich mit der Hand durch den rotbraunen Schopf. Sie hasste diese Frisur, oder besser gesagt: dieses undefinierbare Etwas, das sich auf ihrem Kopf gestaltete. Das Henna war ein scheußliches Pulver, und außerdem führte es in Verbindung mit ihren dunklen Haaren zu einem unansehnlichen

Farbgemisch, das an einen verwahrlosten Straßenköter erinnerte. Hasjos Fell war eine Augenweide dagegen. Demnächst würde Thea wieder mit der Schere an ihr herummodellieren. Die Haare wuchsen einfach zu schnell. Aber wenn sie dann so kurz waren und sich ihre Locken eng am Kopf kringelten, sah sie vollends aus wie eine Kuh. Das hatte sie kürzlich gedacht, als sie mit Alwine, spät abends in der Dunkelheit, bei den Seilers im Stall gewesen war und die Kühe sie dort mit riesigen Augen angeglotzt hatten. Die hatten die gleichen Kräusellöckchen auf der Stirn wie sie. »Blödes Gesicht«, sagte sie halblaut in den Spiegel, dann schmetterte sie die Tür hinter sich zu. Das konnte man hier draußen wenigstens tun. In der Victoriastraße hatte es deswegen immer eine Strafpredigt gegeben, wenn diese auch nur aus einem Wort, das heißt aus ihrem Namen, bestanden hatte. Hier rief niemand mit warnendem Unterton »Paulina!«. Doch wie oft schon hatte sie sich gewünscht, dass es nur einmal jemand täte! Aber Eleonore und Thea vergingen lieber vor lauter Güte. Nur Alwine und hin und wieder auch Konrad gaben zeitweilig ein etwas raueres Wort von sich, und manchmal, wenn Alwine Konrad auszankte und Paulina es zufällig mitbekam, hörte sie geradezu genüsslich zu. In der Zwischenzeit hatte sie auch herausgefunden, weswegen. Es erinnerte einfach an Großmutter und Großvater. Manchmal musste sie deswegen lachen, allerdings schossen ihr dann zuweilen hinterher auch die Tränen in die Augen.

Sie roch es schon von Weitem. Pfannkuchen. Nicht schon wieder! Paulina verdrehte die Augen und verlangsamte ihre Schritte. Hätte sie nur nie gesagt, dass sie die mochte! Sie schlenderte den Gang entlang und die Treppe hinunter. »Wo bleibt sie denn?«, hörte sie die etwas ungehaltene Stimme der Wirtschafterin. Die mochte eigentlich keine Pfannkuchen, aß sie aber tapfer mit ihnen. Paulina grinste. Warum war sie eigentlich noch nie auf den Gedanken gekommen, die Dinger einfach abzubestellen? Sie hatte doch offensichtlich so etwas wie ein Sonderrecht hier. »Narrenfreiheit«, würde Großmutter das nennen. Aber die war ja nun mal nicht da. Gerade als sie ihren Entschluss gefasst hatte, flog unter Alwines kräftigem Ellbogenstoß die Küchentür auf. »Na, endlich kommt das gnädige Fräuleinchen, gut geschlafen?«, lautete ihre etwas spöttische Begrüßung. Paulina deutete auf den in allen Braun- und Gelbtönen schattierten Stapel, den die Köchin auf einem flachen Teller balancierte. »Heute gibt es das Zeug für eine ganze Weile zum letzten Mal, wetten?« Alwine setzte einen verwunderten Blick auf. »Ich weiß genau, dass du sie nicht magst!«, triumphierte Paulina, zwängte sich an der verdutzt Dreinschauenden vorbei und ging schnell voraus, um die angelehnte Speisezimmertür zu öffnen. Die Rechnung ging auf. Hundertprozentig. Paulina hätte zweimal beinahe die Beherrschung verloren, als sie beobachtete, wie Alwine leicht angewidert an den Pfannkuchen herumwürgte und so rasch wie möglich zwei riesige Löffel voll Apfelmus hinterherschob. Der säuerliche Geschmack der ersten Augustäpfel war allerdings tausendmal erfrischender und um ein Vielfaches ansehnlicher als der abgestandene ockerbraune Brei aus den Einweckgläsern. Wenigstens das war heute ein neuer Genuss. Das zweite Mal hatte Paulina sich nur mit Mühe das Lachen verkneifen können, als sie Konrads seligen Gesichtsausdruck bemerkte, der sich nach ihrer Verkündigung, ihr sei noch ein anderes Lieblingsgericht eingefallen, durch das man die Pfannkuchen gerne ersetzen könne, über sein wettergegerbtes Antlitz gelegt hatte. Natürlich fragte Eleonore zurück, worum es sich denn handle, und selbstverständlich könne Alwine ruhig etwas anderes kochen. »Aber es muss nicht jede Woche sein«, beeilte sich Paulina zu sagen und gab sich Mühe, so bescheiden wie möglich zu klingen. »Oh, warum nicht, wenn du es magst?« Zum Glück war Thea noch nicht da, denn die hätte sie vermutlich durchschaut. »Also nein, es ist einfach nicht nötig, man soll sich ja nicht einseitig ernähren!« Eleonore lächelte. »Ach Kind«, sagte sie, »du sollst es doch gut haben hier bei uns, richtig gut, oder etwa nicht?« Diese Frage, die aber mehr eine Feststellung war, war an Alwine und Konrad gerichtet. »Mhm, gut, joah«, ließ sich Konrad vernehmen, während er eifrig nickte. Alwine fragte nur zurück, ob man denn jemals daran gezweifelt hätte, und gut haben hieße ja bei Weitem nicht nur gut essen. »Ich schätze deine direkte Art, Alwine, wie recht du hast!« Eleonore legte das Besteck beiseite und wandte sich gespannt Paulina zu. »Nun, was steht also morgen auf unserem Speiseplan?« »Gefilte Fisch!«, verkündete die lauthals. »Näh, koscher konn isch nüscht, Eleonore«, entfuhr es Alwine prompt. Paulina und Eleonore begannen gleichzeitig zu lachen und Konrad, dessen Gesicht bei dem Wort Fisch förmlich zusammengefallen war, zu husten. »Alwine, du bist einfach herrlich!«, rief Eleonore. »Ich weiß schon, weshalb ich dich damals nicht mehr fortgelassen habe!« Paulina fuchtelte ganz ungeachtet der Tischmanieren mit dem Messer in der Luft herum. »Ich kann's auch nicht, das mit dem Koscheren, stell dir vor, und Großmutter konnte es erst recht nicht, aber Großvater hat immer gesagt: ‚Der Fisch schwimmt, wo er will, und der Geist Jahwes weht, wo er will, und das hat dieser schon dem Propheten Elija beigebracht.' Paulina keuchte, weil sie gesprochen hatte, ohne Atem zu holen. »Wunderbar«, lachte Eleonore. »Hättste was gegen Räucheraale? Mit Kartoffeln, anstatt dem Gefilten?«, lenkte Alwine ein. »Nee, Fische gehen alle, aber Aal geht nicht!« Paulina schüttelte entschieden Kopf. »Bis zum heutigen Tag hab ich 'n Aal auch für'n Fisch gehalten, da muss ich 'nem Irrtum aufgesessen sein«, brummelte Konrad. Wieder lachten sie. Diesmal auch Alwine, und sogar der oft so wortkarge Konrad stimmte glucksend mit ein. Sie einigten sich auf panierte Fische, weil Paulina sehr schnell zugab, dass sie in Wirklichkeit doch nicht so besonders auf den Gefilten aus war. Aber den ganz eigenen Geruch und die Art, wie Großmutter den Fischsud und das dazugehörige Gemüse zubereitet und Großvater dieses Mahl zelebriert hatte, das war es, was sie mit dem Gericht in Verbindung brachte.

Als sie vom Essen aufstanden und Paulina zusammen mit Alwine das Geschirr abwusch, sah sie nach draußen und freute sich schon auf ihren Ausgang, wie sie es nannte. Tagsüber verließ sie das Haus und den Garten noch nicht. Auch sollte sie nie ohne Kopfbedeckung nach draußen und nie in ihren feineren Kleidern. Sollte sie jemand aus der Nachbarschaft oder sonst jemand, der am Haus vorbeiging, wider Erwarten sehen, so musste gewährleistet sein, dass man sie wenigstens aus einigen Metern Entfernung nicht als Paulina Seeligmann erkennen konnte. Die Seeligmanns waren offiziell ausgewandert, alle miteinander. Die Baronin hatte ihre Nachbarschaft glauben gemacht, dass sie sich eines elternlosen Mädchens aus Berlin angenommen habe, damit es bei Alwine die Haushaltsführung lernen solle. Eleonore, die bekannt dafür war, ein Herz für junge Menschen zu haben und bis heute ihre eigene Kinderlosigkeit aufrichtig bedauerte, hatte nirgendwo einen Hauch des Argwohns wahrnehmen können, als sie nach und nach mit dieser Geschichte herausgerückt war. Das Mädchen wäre sehr scheu, weil unter unglücklichen Bedingungen groß geworden, schäme sich seines ausgeprägten Berliner Dialektes und seines kranken linken Beines, an dem die Kinderlähmung schuld wäre, und man müsse sich nichts dabei denken, wenn es sich zurückhielt und auch nicht gerne außer Haus ginge. Das würde sich im Laufe der Zeit vielleicht geben, aber man müsse eben viel Geduld haben mit so einem verstörten Wesen. Sie sei froh, dass Thea als weiterer junger Mensch bei ihr sei, dies würde der armen Emilie sicher guttun. Außerdem werde sie, Eleonore, die Kleine unterrichten, denn das sei, bedingt durch die Kinderlähmung, ziemlich vernachlässigt worden, und heutzutage könne man es einfach nicht mehr dulden, dass ein junger Mensch keine Bildung erführe. Zugegeben, Eleonore hatte regelrecht üben müssen, um diese erfundene Geschichte aufsagen zu können, ohne rot zu werden oder sich durch Steckenbleiben verdächtig zu machen. Sich mit dem Gedanken anfreunden zu müssen, ihre Mitmenschen anlügen zu müssen, hatte sie mehr Überwindung gekostet, als sie gedacht hatte.

Aber es würde nicht anders gehen. »Nur so und nicht anders, liebe Cousine, darüber sei dir im Klaren«, hatte Michail ihr gesagt. »Was glaubst du, tue ich alles, um zu ermöglichen, dass wenigstens ein paar Einzelne es schaffen werden, sich rechtzeitig in Sicherheit zu bringen? Es ist so gesehen ein ganz und gar unehrliches Geschäft, und vielleicht werden wir eines Tages dafür büßen,

aber wähle, solange du die Wahl noch hast!« Lange hatte Eleonore nicht überlegen müssen. Als sie ihre Geschichtenkonstruktionen in- und auswendig kannte, hatte sie Alwine damit konfrontiert. Die jedoch beherrschte das Ganze schneller als vermutet. Dass Thea keinerlei Mühe damit haben würde, war von Anfang an klar gewesen. Sie hatte doch selbst lange genug ein Doppelleben geführt. Im Grunde tat sie es bis heute, wenngleich sie sich auch von der Mitarbeit in der Gruppe zurückgezogen hatte und sich ausschließlich ihrer Kunst widmete. Aber nach wie vor ließ sie sich Thea nennen, und Eleonore vermutete, dass sie es auch dabei belassen würde.
»Was tust du jetzt?«, wollte Paulina von Alwine wissen, als sie die gusseiserne Pfanne vom Spülstein hochwuchtete, um sie abzutrocknen. »Wärst du heute früh schon mit mir aufgestanden, würdest du so eine Frage jetzt nicht stellen müssen, du!« Alwine tippte Paulina mit dem Finger auf die Nasenspitze. Mit einem schrillen »Igitt!« fuhr diese sich mit dem Geschirrtuch ins Gesicht, und im nächsten Augenblick knallte die Pfanne auf den steinernen Fußboden. Alwine fuhr herum. »Biste toll geworden? Du kannst ja gleich raus auf die Straße gehen und rufen: Hierher, ich bin die Paulina Seeligmann, kommt alle zu uns und seht mich an!« Die Augen der Köchin funkelten. Paulina tupfte sich die Wasserspritzer von der Haut und schüttelte sich wegen des feuchten, von Schmalzgeruch getränkten Lappens. »Ist ja schon gut«, murmelte sie kleinlaut und stemmte das Objekt ihres Schreckens auf den Küchentisch. Eine Weile war nichts außer dem Klappern von Geschirr und dem Öffnen und Schließen von Schubladen oder Schranktüren mehr zu hören. Konrad steckte kurz den Kopf durch die Tür, die in den Garten führte und des warmen Wetters wegen gewöhnlich offen stand. Auf Alwines Blick hin blieb er aber stumm. Er zog nur die Mundwinkel nach unten und machte sich rasch wieder aus dem Staub. So viele Frauen auf einem Haufen waren seiner Meinung nach ohnehin nicht das Beste. Aber man musste sich eben in die Gegebenheiten schicken. Besser, man sprach nicht zu viel darüber. Kaum dass er gegangen war, ging die Tür zum Flur hin auf, und Eleonore kam herein, um sich nach der Ursache des Lärms zu erkundigen. Paulina rollte entnervt mit den Augen, da sie mit dem Rücken zu Eleonore stand. »Oh, wir hatten nur einen kleinen Ehekrach, ist aber schon vorbei! Tut mir leid, wenn wir die Mittagsruhe dabei gestört haben!« Paulina lächelte flüchtig. Alwine war ein Goldstück. Sie erinnerte sie manchmal so sehr an Großvater, der auch häufig mit Bemerkungen solcher Art für Entspannung sorgte, wenn es zwischen ihr und Großmutter Reibereien gegeben hatte. Sie drehte sich um und lächelte Eleonore bestätigend an. Alwine zwinkerte ihr zu. »So, so«, schmunzelte die Baronin und erklärte, dass sie sich noch nicht hingelegt hatte, weil sie noch eine Mentorenstunde vorberei-

ten und auf Post habe warten wollen »Nur Rechnungen und Papierkram«, beeilte sie sich zu sagen, als sie merkte, wie Paulina bei ihrer Erwähnung der Post unwillkürlich aufgehorcht hatte. Obwohl sie wusste, dass es auf dem normalen Wege keine Briefe und dergleichen für sie geben würde. Eleonore schmerzte die tagtägliche Enttäuschung des Mädchens, und sie zog gerade ernsthaft in Erwägung, es einfach zu wagen, mit der Kleinen einen Ausflug in die Heide zu machen, da ging laut und durchdringend die Hausglocke. Die drei erstarrten. »Ich erwarte heute keine Studentinnen, und du?«, flüsterte Eleonore der Köchin zu. Die schüttelte den Kopf. Paulina warf das Handtuch auf den Tisch und huschte zur Küchentür hinaus. Sie würde hinauf in ihr Zimmer rennen, sich die Dienstmädchenkleider anziehen und den Staublappen holen müssen. Wo, zum Kuckuck, hatte sie den beim letzten Mal liegen lassen? Sie schwor sich, ihn das nächste Mal bestimmt wieder an seinen dafür vorgesehenen Platz zu hängen, als der Gong noch mal ging. »Thea!«, rief Alwine in einem Anflug plötzlicher Erkenntnis. Paulina ließ sich auf eine Stufe nieder. Ihr Herz klopfte wild. »Ich werde ihr noch den Hintern versohlen müssen, wenn sie es nicht begreift!« Paulina zog eine hämisch grinsende Grimasse, die ihrer plötzlich aufkeimenden Wut auf Thea Ausdruck verlieh. Alwine war in Fahrt, und sie hatte nicht gehört, dass Eleonore sie deswegen gerügt oder ihr widersprochen hätte. Als die Haustür aufflog, fiel Thea beinahe mit herein, weil sie sich vermutlich an dem Griff festgehalten hatte. Der energische Wortschwall, der über sie hereinbrach, zeigte sofortige Wirkung. »Es tut mir ja leid, aber ich hab einfach nicht dran gedacht, und es ist ja auch nichts ...« Thea sah zerknirscht aus, als sie Paulina auf der Treppe entdeckte. Die zuckte mit den Schultern und starrte auf ihre Schuhe. »Wo kommst du denn so plötzlich dahergeschneit, das war doch absolut nicht vorgesehen?« Erst jetzt schaltete sich Eleonore ein. Ihre Stimme klang vorwurfsvoll. Das gab es höchst selten. »Tante Leo, ich ... ich weiß, dass ich mich hätte anmelden sollen, es ist nur ...« Theas Augen füllten sich mit Tränen. »Na, so schlimm ist es ja nun auch wieder nicht«, brummte Alwine und wandte sich zum Gehen. »Ist es wohl! Papa ist verschwunden, und noch vor Ablauf einer Woche geht der Krieg los!«, brach es aus Thea.

Alwine blieb abrupt stehen. »Dazu muss ich nicht das Auswärtige Amt aushorchen, das kann ich auf jeder lumpigen Reichsfettmarke lesen, Herrgott noch mal!«, entfuhr es ihr lautstark. Dem funkelnden Blick ihre Chefin hielt sie eisern stand. »Reichsfettmarke!« klang es in Paulina nach, als sie sich erhob und langsam einige Stufen nach unten stieg.

Sie wussten nicht, worüber sie besorgter sein sollten. Über den unbekannten Verbleib Michails oder die sichere Information des Krieges wegen, die er Thea noch hatte zukommen lassen. Ob das Ganze in irgendeiner Weise miteinander zusammenhängen könnte, wussten sie nicht. Zwar redete man schon seit Wochen von einem eventuell bevorstehenden Krieg, und es gab genügend Anzeichen, die dafür sprachen. Aber nach dieser väterlichen Nachricht, hatte Thea so schnell wie möglich von Berlin aufbrechen wollen, ohne jedoch Greta und Viola nicht noch einen kurzen Besuch abzustatten. Doch keine der beiden war zu Hause gewesen. Im Theater war Viola nicht zu finden gewesen, und auch sonst konnte ihr niemand sagen, wo sie sein könnte. Im jüdischen Krankenhaus hatte man ihr nur gesagt, dass die Frau Doktor freihabe und zu ihren Geschwistern hinausgefahren wäre. In ihrer Verzweiflung war Thea ins Leibfried gegangen und hatte nach dem Direktor verlangt. Wenigstens August hatte sie noch ganz kurz sprechen können, und ihr war schnell aufgefallen, wie unruhig dieser sonst so selbstsicher wirkende Mann gewesen war. Sie hatte ein so großes Bedürfnis verspürt, die Berliner Freunde zu sehen, bevor sie wegfuhr. Vielleicht konnte sie diese irgendwie vorwarnen, vielleicht wäre es von Bedeutung für sie, dass sie einen winzigen Vorsprung hatten. Sie hatte Angst. Am Abend des 26. August hatte sie sich dann ein weiteres Mal mit ihrem Vater treffen wollen – wie vereinbart im Gruban. Aber er war nicht gekommen. Sie hatte ausgeharrt, bis sie der Verdunklungsstunde wegen hinausgeworfen worden war. Daraufhin hatte sie beschlossen, doch noch einen Tag zu bleiben, um es am nächsten Abend noch einmal zu versuchen. Ihr Vater war doch zuverlässig wie ein Schweizer Uhrwerk! Aber auch ein zweites Mal hatte sie vergeblich gewartet, es war schrecklich. Wegen der Truppenbewegungen hatte sie es jedoch nicht mehr geschafft, Berlin mit dem Nachtzug zu verlassen, und so war sie sehr verzagt in die kleine Pension nach Wilmersdorf zurückgekehrt, in der sie gewöhnlich schlief, wenn sie in der Hauptstadt war. Dort hatte sie die Nacht zugebracht. Ihr Zimmer war bereits wieder vermietet gewesen, jedoch hatte die Portiersfrau Mitleid mit ihr gehabt und ihr einen Sessel in dem kleinen Büro angeboten. Erst gegen zehn Uhr am heutigen Vormittag hatte sie es geschafft, eine Fahrkarte nach Dresden zu ergattern. Im Stillen hatte sie gehofft, dass ihr Vater vielleicht noch im Heidehaus eine Nachricht hinterlassen hatte. Als Eleonore dies jedoch kopfschüttelnd verneinte, liefen Theas Tränen wieder. Sie sahen einander hilflos schweigend an.

»Was ist eine Reichsfettmarke?«, durchbrach Paulina schließlich die unerträgliche Stille, in der man nur Theas leises Schniefen gehört hatte. Eleonore und Alwine wechselten böse Blicke, und Thea fuhr von ihrem Stuhl auf und rannte hinaus. Paulina fühlte, wie sich ihr Körper anspannte. Sie musste etwas Falsches gesagt haben. Bevor das Zittern sie übermannte, würde sie Reißaus nehmen müssen. Im selben Augenblick wie Alwine stand auch sie auf, nur war sie schneller als diese. Sie beachtete Eleonores mehrmaliges Rufen nicht. Als sie die Treppe hinaufgestürmt und in ihrem Zimmer angelangt war, schloss sie leise die Tür, drehte den Schlüssel herum und warf sich auf ihr ungemachtes Bett. Sie trommelte mit den Fäusten auf die Matratze, dann kroch sie unter die schwere Daunendecke. »Ich hasse euch alle, alle, alle, alle ...« Unzählige Male schrie sie das hinaus. Bis es ihr so heiß und die Luft so feucht wurde, dass sie glaubte, ersticken zu müssen. Sie schleuderte das Federbett auf den Boden, vergrub das Gesicht in ihrem Kissen und begann haltlos zu weinen.

Eleonores und Alwines Klopfen hörte sie beim ersten und zweiten Mal nicht. Beim dritten Mal wollte sie es nicht hören, holte das Federbett wieder und rollte sich darunter zusammen. Irgendwann schlief sie ein. Als sie durch erneutes Klopfen und Eleonores leises Rufen geweckt wurde und der Wecker auf ihrem Nachttisch bereits halb sieben zeigte, meldete sie sich mit einem leisen »Ja«. »Das Abendessen ist fertig!« Eleonores Stimme klang sehr freundlich. Trotzdem erteilte Paulina ihr eine Absage, indem sie behauptete, sie habe keinen Hunger. »Dann setzt dich doch einfach so zu uns, hm?« Paulina zögerte kurz. »Nee, ich bin müde.« Es stimmte nicht, aber es fiel ihr nichts Besseres ein. »Kind, ich ... wir sollten noch einmal reden!«, versuchte es Eleonore ein weiteres Mal. Paulina sagte eine Weile gar nichts, aber sie spürte, dass Eleonore noch nicht weggegangen war. Sie stand leise auf und schlich auf Zehenspitzen zur Tür. Sie ließ sich auf dem Fußboden nieder und zog die Beine an den Körper. Dank der dicken Teppiche auf den Dielen ging das alles geräuschlos vonstatten. »Juden bekommen keine Reichsfettmarken, nicht wahr?« Sie hörte, wie Eleonore sich draußen bewegte. »Doch, sie bekommen auch welche, natürlich«, war deren Antwort. »Allerdings ...« »Man stempelt ihnen ein großes, dickes schwarzes ‚J' hinein wie in ihre Kennkarten, stimmt's? Juden ab fünfzehn müssen sich nämlich damit ausweisen, sonst werden sie ins Gefängnis gesteckt, und jüdische Kinder können den arischen Lehrern und Klassenkameraden nicht mehr zugemutet werden, und sie dürfen auch nicht studieren! Juden dürfen nicht mehr in die Oper, nicht ins Kino und nicht ins Theater, sie dürfen sich nicht auf die Parkbänke setzen und manche Straßen nicht mehr benutzen! Sie können keine Ärzte und Zahnärzte mehr sein oder zu solchen gehen, sie müssen den Schmuck und das Familiensilber abgeben, dürfen nicht mehr im Speise- und im Schlafwagen fahren, und man nimmt ihnen ihre Wohnungen und Häuser und bald die Autos und den Führerschein weg und sie müssen im Judenhaus wohnen! Ist es nicht so?« Mit den letzten Sätzen hatte sie sich den letzten Rest an Luft aus dem Zwerchfell gepumpt, und die Adern an ihrem Hals waren so schmerzhaft angeschwollen, dass sie unwillkürlich die Hand darauflegte. Es war ihr, als fiele sie zusammen wie ein missglücktes Soufflé. Sie fühlte sich schlecht, aber sie konnte nicht anders. Warum tat sie Eleonore das an? »Oh Paulina, ich weiß, wie furchtbar ...«, kam es von draußen. »Nein, du weißt es nicht!«, schrie Paulina. »Du weißt gar nichts und Alwine nicht und Thea nicht und Konrad und Lorchen und alle. Am allerallerallerwenigsten aber Mama und mein schöner Herr Vater, das Naziparteimitglied August Leibfried!« Eigentlich wollte sie noch sagen »nur Großvater und Großmutter wissen es«, aber plötzlich war sie sich da gar nicht mehr sicher, ob die überhaupt ahnen konnten wie sie sich fühlte, sie waren unendlich weit weg. Sie begann zu frösteln. Die Türklinke wurde langsam heruntergedrückt, aber Paulina machte keine Anstalten aufzustehen. »Ich gehe jetzt, lass es mich wissen, wenn du mich brauchst und ich dir helfen kann, du weißt, dass ich da bin, immer, auch heute Nacht!«, sagte Eleonore leise, und Paulina hatte das Zittern in deren Stimme nur zu gut wahrgenommen. Aber erst nach einigen Minuten, als sie, sosehr sie auch lauschte, nichts mehr hören konnte, stand sie auf und spähte durch das Schlüsselloch. Sie sah aber die dunkle Fläche des schweren Schrankes auf der gegenüberliegenden Flurseite. Dennoch konnte sie sich nicht entschließen aufzumachen. Eigentlich öffneten sie um diese Zeit meistens die Fensterläden, um die frische Luft hereinzulassen, aber heute hatte sie keine Lust auf die warmen Gelb- und Rottöne der spätsommerlichen Abendsonne. Sie knipste die Nachttischlampe an und suchte nach ihren Büchern. Eigentlich las sie ja gerade die Gripsholmgeschichte. Das Bändchen war ja schmal genug, dass man es unauffällig in dem Zwischenboden des Kleiderschrankes verschwinden lassen konnte, es war ja offiziell verboten. Aber irgendwie war ihr jetzt nicht nach »Claire und Wolf«. Sollten die beiden doch bleiben, wo der Pfeffer wächst, und so lange miteinander auf der Wiese liegen, bis sie von den Heuschrecken gefressen würden! Sie zog die schon reichlich abgegriffenen »Geschichten aus dem Hundertsechzig-Morgen-Wald« unter einem Stapel Kleiderschnitte hervor. Sie warf das Buch quer durch das Zimmer, und es landete tatsächlich auf ihrem Bett. »Bäh«, machte sie und streckte die Zunge heraus. Dann sah sie an sich hinunter und blieb einen Augenblick unentschlossen stehen. Sie ging zum Waschtisch. Das Wasser in dem Krug würde ihr heute reichen. Zur Toilette würde sie noch später gehen können. Langsam begann sie sich auszukleiden. Sie ließ alles einfach fallen, mitten im Zimmer, da, wo sie stand. Das Nachthemd lag auch noch auf dem Boden, vor dem Bett. Sie streifte es über. Als sie dabei die Arme nach oben streckte und den Rücken durchdrückte, fuhr ihr ein stechender Schmerz in den Unterleib. Sie verbiss sich einen Schrei und krümmte sich zusammen. Sie ging in die Knie und stützte sich mit den Händen am Boden ab. Ein seltsames Unwohlsein überfiel sie. Sie schloss die Augen und konzentrierte sich auf die Kreise. Ganz allmählich ließ es nach. Als sie sich vorsichtig aufrichtete, war der Schmerz fast verschwunden. Sie tapste zum Waschtisch und schenkte sich einen Schluck Wasser in das immer bereitstehende Glas. Erst jetzt merkte sie, wie durstig sie war. Sie trank den ganzen Krug leer, weil sie plötzlich das Gefühl hatte, als wäre sie ausgetrocknet wie eine ganze Wüste. Dann legte sie sich ins Bett und schlug das Kapitel auf »In welchem Ferkel ein Heffalump trifft«. Wie liebte sie diese Geschichten von Christopher Robin! Sie las, bis ihr die Augenlider brannten. Aber sie war noch nicht müde. Also machte sie weiter. Irgendwann schlug das Ungetüm von einem Regulator, das Eleonore in der unteren Etage stehen hatte, zehnmal. Also würde sie jetzt Schluss machen. Sie legte das Buch beiseite. Aber der Schlaf kam nicht. Sie lag einfach da und machte die Augen zu. Irgendwann konnte sie das Bedürfnis, zur Toilette zu gehen, nicht mehr unterdrücken. Erst jetzt schloss sie die Tür auf. Aber anstatt eine gute Minute später wieder in ihr eigenes Zimmer und in ihr Bett zu schlüpfen, blieb sie, wie von einer unsichtbaren Macht angezogen, einige Meter weiter vor Theas Räumen stehen. Sie legte den Kopf an die Tür und horchte. Alles war still. Auch das Licht brannte nicht. Zentimeter um Zentimeter drückte sie die Klinke nach unten. Abgeschlossen! Enttäuscht ließ sie die Schultern fallen und beförderte den Türgriff ebenso langsam wieder nach oben. Dann ging sie weg. Gerade als sie in ihr Zimmer schlüpfen wollte, hörte sie es. Thea hatte aufgeschlossen! Auf Zehenspitzen rannte Paulina noch einmal den Gang entlang zurück. Thea lag bereits wieder. Sie schlug die Bettdecke zurück. »Komm her, meine kleine Raubkatze«, flüsterte sie. Paulina legte sich dicht neben die Freundin und suchte deren Hand. »Sag mir bitte alles, was dein Vater dir über Emilie Mann erzählt hat«, bat sie flüsternd.

Vier Tage später, in den frühen Morgenstunden des 1. September 1939, begann der Krieg.

*

Chaijm ging müden Schrittes zur Tür. »Ich geh dann mal«, rief er, ohne sich umzudrehen. Er erhielt keine Antwort. Charlotte verharrte seit drei Wochen in einer Art lebendiger Totenstarre. Chaijm fühlte sich zurückversetzt in eine Zeit, die ihm wie aus längst vergangenen Jahrhunderten erscheinen wollte. Viele ihrer Tage hatte Charlotte damals in einem ähnlichen Zustand verbracht, als ihnen das zweite Kind gestorben war. Nur damals war er jung gewesen, voller Hoffnung und Tatendrang und hatte alle seine Energie dafür genutzt, seine kleine Familie zu versorgen. Und Viola war da gewesen und hatte Charlotte förmlich dazu gezwungen, sich einen Rest an Lebendigkeit und Tatkraft zu erhalten. Aber jetzt waren sie allein, einsam, ohne eine wirkliche Aufgabe, dazu noch alt und so bitter fremd. Doch nein, es stimmte nicht ganz! Wären sie nicht nach endlosen Pensionszimmern und winzigen Privatunterkünften, die eher an Abstellkammern erinnerten als an Wohnungen, hier draußen bei den von Wittes gelandet, hätten sie einem trostlosen Dahinfristen entgegensehen müssen. Trotzdem waren sie sich einig, dass sie es, im Gegensatz zu vielen ihrer Leidensgenossen, geradezu königlich gut hatten. Deshalb verbat Chaijm sich auch das Klagen und das Sich-gehen-Lassen. Allein seine Sorge um Paulina und Viola, und neuerdings auch die um den Baron, verleiteten ihn zu düsteren Gedanken, deren Übermacht er sich manches Mal mit aller Kraft erwehren musste. Heute war Katja mit Carla nach London gefahren, weil diese ein Vorspiel im Konservatorium zu absolvieren hatte. Das Mädchen war ungeheuer fleißig und begabt. Sie genossen ihr Klavierspiel, meistens jedenfalls, aber in den vergangenen Wochen hatte Charlotte es kaum noch ertragen, und ihn hatte es endlos traurig gestimmt. Es war die Nachricht vom Krieg gewesen, die sie alle in diese mutlose Lage versetzt hatte. Und, was noch dazu kam, sie hatten seither keine Nachricht mehr vom Baron erhalten. Normalerweise nahm er, sooft es ging, Kontakt mit seiner Frau auf, aber seit dem 26. August war nichts mehr gekommen. Katja war ungeheuer tapfer. Mit aufrechtem Gang und freundlichem Blicken ihnen gegenüber ertrug sie täglich die quälende Ungewissheit. Vorgestern war der junge Herr erschienen, Victor. Er hatte seine Mutter und die kleine Schwester auch heute nach London gefahren. Sicherlich bedeutete Katja die Anwesenheit des Sohnes eine kleine Beruhigung. Auch Konstantin, der Älteste, rief alle drei Tage aus Amerika an. Er war es auch, der Chaijm über seine Mutter hatte ausrichten lassen, dass dieser sich ruhig in seiner Werkstatt beschäftigen und umsehen dürfe, wenn er Lust dazu habe. Chaijm hatte lange gezögert, das Angebot anzunehmen, aber erst in den letzten Tagen hatte er zögernd davon Gebrauch gemacht. Er hatte schnell gespürt, wie gut es ihm tat. Es lenkte ihn für einige Stunden ab. Er studierte Konstantins Zeichnungen, die er schon als Junge gemacht und akribisch katalogisiert und archiviert hatte. Sie waren von einer erstaunlichen Präzision und voller neuer Ideen. Der Junge hatte Talent, zweifelsohne, und er ging mit ziemlicher Sicherheit in seinem Ingenieursberuf auf. Auch jetzt war Chaijm auf dem Weg in die Werkstatt. Zuvor würde er allerdings noch eine kleine Runde durch den Park drehen, um sich mit frischer Luft zu versorgen. Zu seinem Leidwesen hatte er Charlotte heute partout nicht dazu bewegen können mitzugehen. Er musste sie meistens lange dazu überreden, und oft schon hatte er sie einfach am Arm gepackt und vom Bett oder vom Sofa hochgezogen, aber an diesem Morgen war all seine Mühe umsonst gewesen. Dann sollte sie doch in den Gemäuern verkümmern! Er war einfach ärgerlich und hatte keine Lust mehr, sie ständig zu bedrängen. Es war ihre Entscheidung, sie war weder meschugge noch gebrechlich! Natürlich, sie waren beide gealtert, seitdem sie am 9. November des vorigen Jahres Dresden verlassen hatten, aber immer noch waren sie gesund und trotz aller Strapazen in einem akzeptablen Zustand. Charlotte war immerhin erst neunundfünfzig, er sechsundsechzig. In diesem Alter hatten seine Eltern Russland verlassen und in einem völlig fremden Land, mit anderen Gewohnheiten und fremder Sprache, von vorn angefangen. Und sein Schwiegervater hatte in diesem Alter seine Fabrik noch fest im Griff gehabt. Nein, dachte Chaijm, wir dürfen nicht ans Aufhören denken! Henry öffnete ihm die schwere Tür, weil er eben auch hinausging. Chaijm mochte ihn und bedauerte es umso mehr, dass er sich noch nicht richtig mit ihm unterhalten konnte. »Thank you«, nickte er dem Grauhaarigen zu. »A wonderful day, isn't it?« Chaijm nickte eifrig und lächelte. »Ja, yes, wonderful!« Ob er es nicht doch noch wagen sollte? Katjas Angebot, ihm die Sprache von Grund auf beizubringen, bestand nach wie vor. Vielleicht würde er es doch noch tun und dann eines Tages Paulina damit überraschen. Außerdem war man einfach nur ein halber Mensch, wenn man die Sprache des Landes, in dem man sich aufhielt, nicht richtig beherrschte. Chaijm winkte dem Gärtner noch kurz zu, dann ging er die beiden Sandsteinstufen hinunter und betrat den knirschenden Kies.

Ungefähr zehn Meilen weiter südlich trat zur gleichen Zeit ein bärtiger Mann auf die steinerne Schwelle eines kleinen Gasthauses. Er stand leicht gebückt, denn die niedrige Tür des lang gestreckten Gebäudes war ganz offensichtlich nicht für Menschen seiner Größe gemacht. Um seinen Rucksack auf den Rücken zu schwingen, musste der Wanderer ins Freie treten. Er blieb stehen und sah zuerst nach rechts, dann nach links die schmale Straße hinunter, bevor er zwei Finger in den Mund steckte. Ein lang gezogener Piff durchschnitt die verschlafene Stille des sonnigen Herbstmorgens. Keine fünfzehn Sekunden später tauchte hinter einem Schlehendickicht ein Hund auf und stürmte in riesigen Sätzen auf den Wartenden zu. Der hatte mittlerweile einen grauen Filzhut auf seinem Kopf zurechtgerückt und nach einem knorrigen Stock gegriffen, der neben der Eingangstür lehnte. »Wo hast du dich schon wieder herumgetrieben, du?«, lachte der Fremde und fasste dem Tier mit festem Griff ins Nackenfell. »Nimm noch eine Schnauze voll«, befahl er ihm dann. An der Hausmauer stand ein verbeulter Napf mit klarem Wasser, welches das Tier mit seiner langen Zunge gierig in den Rachen beförderte. Dann schüttelte es sich, dass es nur so spritzte, leckte das

Maul und sah seinen Begleiter erwartungsvoll an. »Heute schaffen wir das, das kann ich dir sagen, los, marsch, was glaubst du, was die für Augen machen!« Das Bellen des Hundes klang hell, und der Hall hing noch in der Luft, als er bereits wieder davonjagte, einem vom Rest dieser friedlichen Welt nicht wahrgenommen Geräusch nach. Der Wanderer legte den Kopf in den Nacken und lachte lauthals. Er pfiff das Tier nicht zurück, da es genau die Richtung eingeschlagen hatte, in die sie ohnehin gehen mussten. Heute war ein guter Tag, und er hoffte inständig, dass er bei Weitem der beste der hinter ihm liegenden Wochen werden würde. Diese Aussicht schien die abgemagerte und leicht verwildert aussehende Gestalt förmlich zu beleben. Der allen Menschen, denen er bisher in dieser Gegend über den Weg gelaufen war, völlig unbekannte und oft sehr misstrauisch beäugte Mann schritt weit aus, seine müden Knochen ignorierend, so gut es ging.

Michail von Witte hatte einen langen und gefährlichen Weg hinter sich gebracht, bis er am gestrigen frühen Abend endlich die Küste Englands erreicht und mit einem Seufzer großer Erleichterung den sicheren Boden der Insel betreten hatte. Auf diese Weise zu reisen lag weit jenseits dessen, wie er es seit seiner frühesten Jugend getan hatte und gewohnt war. Aber er war angekommen, lebendig, wenn auch sehr mitgenommen, und Hasjo, dieser treue Freund, war ihm allein durch eine Verkettung glücklicher Zufälle erhalten geblieben. Das war ihm in jenem Augenblick das Wunderbarste gewesen. Ansonsten hatte er keine nennenswerten Dinge mehr bei sich. Außer dem, was er auf dem Leibe trug, hatte er nicht ein Stück frischer Wäsche mehr, und seine sonstigen Kleider waren die eines Handwerksburschen, der auf Wanderschaft war. An Papieren besaß er lediglich den englischen Ausweis, der ihn als George Morris ausgab und der den Stempel der Stadt London trug. Eine zerknitterte Viertelpfundnote nannte er noch sein Eigen und die alte Feldflasche von Meinrad Stolzfuß' mindestens genauso alter Tante. Ein Feldstecher aus dem Besitz eines Kriegsveteranen, der in Frankreich geblieben war, und die geflickte Joppe des Bauern, der ihn und Hasjo mehrere Tage verborgen gehalten hatte, waren der einzige Inhalt seines Reisegepäcks. Die ausgeblichene Landkarte, die er gleich nach seiner Ankunft in einer winzigen Verkaufsbude von einem betagten Mütterchen erworben hatte, half ihm, sich zu orientieren. Die Gegend hier war ihm noch fremd, denn er hatte nie die Zeit besessen, sich lange genug umzusehen, um sich Wege und Dörfer vertraut zu machen. Obwohl er nun wirklich in Sicherheit war und keine Mühe haben würde, sich auf gesetzlich legitime Art auszuweisen, wenn es nötig werden sollte, hielt er es dennoch für das Richtige, sich so lange als eben jener Morris auszugeben, bis er vor den Toren von Hazelgrove stehen würde. So belanglos wie möglich zu erscheinen war ihm wie ein ständig folgender Schatten zu eigen geworden.

Er hatte seit seiner Ankunft in England nichts anderes tun können, als sich darauf zu freuen, endlich Katja und Carla in die Arme zu schließen, um dann so schnell und so sicher wie möglich nach Dresden und Berlin Kontakt aufzunehmen. Die Tatsache des Kriegszustandes würde dies jedoch erheblich erschweren. Seine einzige Hoffnung war dabei jetzt erst recht sein alter Freund Westenberg.

Die Vorstellung, wie seine Familie und Freunde vor Sorge um ihn vergehen würden, war nicht angenehm gewesen. Manchmal hatte sie ihn geradezu in die Verzweiflung getrieben. Aber wenn er der Hoffnung auch nur einen Funken Nahrung geben wollte, dass es außer ihm niemanden von der Gruppe und keinen ihrer Schützlinge erwischt hatte, dann musste er sich das Bedürfnis, Kontakt aufzunehmen, gänzlich verbieten und sich allein auf sein eigenes Fortkommen konzentrieren. Als sich vor einigen Wochen der schwere Riegel der eisernen Zellentür in der Berliner Prinz-Albrecht-Straße hinter ihm geschlossen hatte, war er mit dem Gedanken umgegangen, sich jeden Augenblick vom diesseitigen Leben zu verabschieden, ohne noch einmal seine Frau und seine Kinder in die Arme schließen zu können. Der scheinbar Unerschütterliche hatte zum ersten Mal in seinem Leben gespürt, wie es ist, wenn einen jeglicher Mut verlässt. Zwar wusste er, wie dicht das Netz war, das er um sich und seine Mitstreiter gewebt hatte, und wie gut er seine Gedanken beieinander halten und sich auf seine Redegewandtheit verlassen konnte. Aber er wusste eben auch um die gewaltsame Macht der Methode, wenn es darum ging, aus Menschen Informationen herauszupressen. Der hehre Grundsatz all jener, die sich dazu hergaben, das Gute mit aller Kraft zu verteidigen und lieber selbst elend zugrunde zu gehen, als einen anderen zu verraten, zeigte hier sein wahres, bitteres Gesicht. Dorthin wo er sich in seinen siebenundfünfzig Lebensjahren zuvor noch niemals auch nur annähernd befunden hatte, hatten ihn die letzten neunundzwanzig Tage mehr als einmal gebracht. Als er dann zum Schluss noch auf dem alten Gehöft nahe der holländischen Grenze siebzehn Stunden in einem stinkenden Loch gefangen war, wo die Feuchtigkeit sich all seiner Kleider bemächtigt und eine Ratte ihm ein Loch in den Unterschenkel gebissen hatte, jegliche ungeschickte Regung jedoch den sicheren Tod bedeutet hätte, war er zum ersten Mal zu der Überzeugung gekommen, dass er ein alter Mann war. Zu alt zumindest, um weiterhin ein solch riskantes Leben zu führen. Vabanquespielen dieser Art, die ihn in jungen Jahren zu Höchstleistungen angespornt hatten, war er nun offenbar doch nicht mehr gewachsen. An diesem Ort hatte er sich geschworen, niemals wieder eine andere Identität anzunehmen, als die ihm vom Augenblick seiner Geburt an gegebene, vorausgesetzt, er würde es wider Erwarten doch schaffen, noch einmal davonzukommen. Und nun war er so kurz vor seinem Ziel, dass es ihm vorkam, als winke ihm das höchste Glück auf Erden, das einem Menschen je beschieden sein könne.

Als Hasjo das erbeutete Kaninchen vor seinen Füßen auf den Boden fallen ließ und in Erwartung eines Lobes den Schweif heftig hin und her warf, beugte sich Michail in einem plötzlichen Aufwallen seiner Gefühle zu dem Hund hinunter und legte seine Arme um dessen Hals. Er vergrub sein bärtiges Gesicht in dem warmen Fell und spürte dem schnellen Herzschlag des jagenden Tieres nach. Auch Hasjo war mager geworden, und doch war er noch voller Energie, und seine Freude an der Bewegung schien immer noch die alte zu sein. Einen Moment lang überwältigten den Baron seine angestauten Empfindungen. Er ließ ihnen freien Lauf. Hier draußen in der Einsamkeit der Natur würde er es sich erlauben können, und sein vierbeiniger Kamerad würde ihn nicht verraten. Als er Hasjo nach einer Weile wieder freigab bemerkte er, dass das Karnickel weg war. Michail lachte von Herzen und blinzelte seine verschleierten Augen frei. »Er hat es richtig gemacht, Hasjo!«, rief er und umschloss dessen Schnauze mit seiner großen Hand. »Tot stellen und weiterleben, und dann so lange Geduld haben, bis der richtige Augenblick gekommen ist, so haben wir es auch geschafft, nicht wahr, mein Guter?« Michail tippte mit seiner Nase gegen die des Hundes. Die feuchte Kälte fühlte sich so herrlich lebendig an!

Chaijm hob erstaunt den Kopf. Konnte er sich so vergessen haben? Der kurze Blick auf seine Taschenuhr bestätigte es ihm: Es war Viertel nach zwölf. »All right, I'm coming«, nickte er Henry zu und lächelte. Maybell, die resolute Köchin, duldete kein Zuspätkommen. Aber damit kannte Chaijm sich aus. Es machte ihn nicht nervös. Mit stoischer Ruhe räumte er die großen Blätter in die aufgeschlagene Mappe, die auf der Werkbank ausgebreitet lag. Henry verschwand ebenso leise und diskret, wie er gekommen war. Dafür liebte er den alten Knaben. Chaijm verspürte keinen großen Hunger. Auch heute würde die Atmosphäre am Mittagstisch nicht besonders appetitanregend sein. Der Inhalt ihrer Gespräche, wenn sie denn überhaupt zustande kamen, drehte sich um den Krieg, die Vermutungen über dessen Verlauf und Dauer und natürlich über den ungeklärten Verbleib des Barons. Allerdings versuchte Katja stets, es nicht so weit kommen zu lassen, dass sie in einer noch bedrückteren Stimmung wieder vom gemeinsamen Essen aufstanden, als sie zusammengekommen waren. Chaijm war unendlich dankbar für die Gesellschaft, in welche die von Wittes ihn und Charlotte, ohne lange nachzudenken, aufgenommen hatten. Aber heute war Katja nicht da und auch das Mädchen nicht. Er vermisste die Kleine, weil sie ihn so an Paulina erinnerte, auch wenn sie völlig anders aussah und auch ein anderes Wesen hatte als diese. Aber Carla war im selben Jahr geboren worden wie Paulina und entwickelte sich wie diese allmählich zu einer jungen Frau. Allerdings war sie sehr scheu und zurückhaltend, hatte die allerbesten Manieren, was man trotz Charlottes und seiner Bemühungen von Paulina nicht immer behaupten konnte, und sie war so weißhaarig und hellhäutig, dass es Chaijm manchmal beinahe unecht vorkam. Dennoch, sie war ein junges Wesen, dessen Anwesenheit ihm eine tägliche Brücke zu seiner schmerzlich vermissten Enkeltochter schlug. Chaijm legte die Schlaufen, die an der Unterseite der Mappe befestigt waren, um die Knöpfe auf dem Deckel und verließ den Schuppen, in dem die Werkstatt des jungen Barons untergebracht war. Mit dem riesigen Schlüssel, der bereits an einigen Stellen Rost angesetzt hatte und sich schwer im Schloss drehen ließ, sperrte er die etwas windschief hängende Tür zu und spürte dabei, wie die Sonne seinen Rücken angenehm wärmte. »Wie es wohl in Deutschland aussieht in diesen Herbsttagen«, murmelte er. »Ach, könnte man doch wenigstens für einen Augenblick hinüberspähen, nur um sich zu vergewissern, dass sie noch in Sicherheit sind und zu essen haben.« Chaijm führte manchmal Selbstgespräche. So hörte er wenigstens seine eigene Stimme, wenn Charlotte schon stundenlang keine Silbe von sich gab. So gerne er früher geschwiegen und die Stille genossen hatte, so sehr war es ihm in der Zwischenzeit verhasst, wenn alles verstummt war. Gerade aus diesem Grunde schätzte er auch die Anwesenheit der von Wittes und die von Maybell und Henry. Wenigstens hörte man Stimmen, und wenn es auch häufig in einer Sprache war, von der er nur Brocken verstand, so zeugte es doch von Leben. Chaijms Gefühl sagte ihm, dass er sich jetzt sputen müsse, wenn er nicht Maybells Unmut gänzlich auf sich ziehen wollte. Er würde vorsichtshalber noch einmal nach Charlotte sehen. Wenn sie noch in der gleichen Stimmung war wie vor ein paar Stunden, dann würde er allerdings nicht lange versuchen, sie zum Essen zu bewegen. Er wurde es allmählich leid, den Wachhund zu spielen. Chaijm fuhr herum. Hatte da nicht eben ein solcher gebellt? Oder hielt ihn sein Geist schon zum Narren und er hatte bei dem Gedanken an einen Hund sogleich einen gehört? »Im Kopf soll es anfangen, wenn man verrückt wird«, brummte er und tippte sich mit dem Zeigefinger an die Schläfe. Zwischen dem Werkstattschuppen und dem Wohnhaus lag keine große Entfernung, aber der von Rhododendren und Hortensien gesäumte Kiesweg verlief größtenteils auf der nach Norden gewandten Seite des Hauses, sodass Chaijm nicht sehen konnte, was sich nach Süden hin abspielte. Gerade als er nach dorthin um die Ecke bog, wurde oben im ersten Stockwerk ein Fenster aufgerissen. Chaijm schrak förmlich zusammen, als Charlottes Stimme so laut und hell seinen Namen rief, wie er es seit Ewigkeiten nicht mehr gehört hatte.

Er spürte, wie ihm die Knie zitterten, als er nach oben sah. »Chaijm, sieh doch, da hinten!«, schrie sie wild gestikulierend und deutete mit weit ausgestrecktem Arm in die Ferne. Jetzt erst wandte er seinen Blick von seiner aufgeregten Frau, die mit den glühenden Wangen und den gelösten Haaren plötzlich aussah, als wäre sie wieder ins Leben zurückgekehrt. Er hatte sich also doch nicht geirrt, denn was da in hohem Tempo auf Hazelgrove zujagte, war zweifelsohne ein Hund! Er kniff die Augen zusammen und legte eine Hand an die Stirn, weil er von der hellen Mittagssonne geblendet wurde. »Chaijm!« Wieder erklang Charlottes Rufen, aber als er zu ihr hinaufblickte, sah er lediglich die leere Fensterhöhle. «What happens, old friend?« Henry trat neben Chaijm, vermutlich vom Rufen Charlottes aufgeschreckt. »Henry, sag, dass es wahr ist, was ich da sehe«, murmelte Chaijm kopfschüttelnd. Der Gärtner sah ihn ungläubig an, weil er natürlich kein Wort verstand, aber Chaijms Blicke verrieten ihm annähernd, worum es gehen musste. Er tat es Chaijm gleich und schirmte ebenfalls seine Augen mit der Hand ab. Chaijm fuhr sich über das Gesicht, und seine Lippen zuckten. »Er ist es, ja, er ist es! Oh, Ewiger!«, sagte er leise.

1941

In Paulinas Hüfte und Knien zog es unangenehm. Zwar hatte sie das Nachziehen des linken Beines sich so zu eigen gemacht, dass sie sich außerhalb des Hauses nicht mehr konzentrieren musste, um es ja nicht zu vergessen. Aber die unnatürliche Bewegung führte dazu, dass sie regelmäßig Beschwerden bekam, wenn sie lange und schnell zu Fuß unterwegs waren. Sie trug eine schwere Tasche, während Alwine und Eleonore jeweils einen Korb schleppten. Nach Pirna ging sie längst am Tage mit. Man wurde tatsächlich mutiger mit der Zeit. Allerdings traute sich Paulina nach wie vor nur in der Dunkelheit nach Dresden hinunter, obwohl es sie so oft dahin zog und sie schon manchmal dazu verleitet war, einfach in die Elf zu steigen und ganz belanglos durch die Straßen der Altstadt zu schlendern. Erst letzte Woche hatte sie nur mit viel Mühe der Versuchung widerstanden, einen kleinen Besuch bei Fräulein Gustorff zu wagen. Sie sehnte sich so sehr nach den Klavierstunden und auch nach dem alten Fräulein. Aber immer wenn sie mit Thea im Schutz der Nacht in der Stadt war, gingen sie über den Neumarkt und sahen wehmütig zur Wohnung der Klavierlehrerin hinauf. Den ganzen Sommer über waren sie allerdings nur einmal in den Genuss gekommen, und seitdem es die Verdunkelungspflicht gab, war es ohnehin nicht mehr möglich, einen zufälligen Blick auf die Bewohner eines Hauses oder einer Wohnung zu erhaschen, wenn sie sich im Schein der dort brennenden Lichter hinter den Gardinen oder den offen stehenden Fenstern bewegten.

Trotz ihrer augenscheinlichen Behinderung strebte Paulina den beiden älteren Damen voraus und musste sich bremsen, um nicht einen zu großen Abstand zwischen ihnen zustande kommen zu lassen. Heute war einer der seltenen Tage, an denen sie zum Laden der Eltern des Leierkastenmannes gefahren waren. Zwar besaß Paulina eine Kennkarte, die sie als Emilie Mann ausgab, aber sie war immer noch nicht als offizielle Bewohnerin Bühlaus gemeldet, sehr zum Missfallen von Eleonores Gefährten Kilian. Aber Eleonore hatte bisher zu große Angst gehabt, dass, wenn sie mit Paulina auf einem Amt einen misstrauischen Beamten gegenüberstünde, das Ganze auffliegen könnte. Allerdings wirkte sich diese Sache auch auf den Erhalt von Paulinas Bezugsscheinen für Lebensmittel, Kleider und Schuhe aus, denn sie besaß schlicht und ergreifend keine solchen. Diese wurden in Berlin von Emilies Vater für die Versorgung versteckt lebender Juden benötigt, und Eleonore befand von Anfang an, dass sie an dieser Stelle auch unverzichtbar waren. In Pirna, wo sie häufig einkaufte, wunderte sich niemand darüber, aber Eleonore ging davon aus, dass die Ladenbesitzer ziemlich genau darüber Bescheid wussten, was es mit dem angeblichen Berliner Mädchen auf sich hatte. Schließlich waren sie über die Tätigkeit ihres Sohnes unterrichtet, und nach wie vor ging über diese Leute die Nachrichtenbeförderung sowohl von der Hauptstadt als auch von England kommend. Und nach wie vor dauerte das sehr lange und war eine ebensolche gefahrvolle Angelegenheit.

Paulina griff mit ihrer freien Hand an den Bund ihres Rockes und rückte ihn im Gehen zurecht. Immer wieder rutschte er nach unten, und spätestens wenn er ihr an den Hüftknochen hing, musste sie ihn hochziehen. Alwine sah es von hinten und schüttelte den Kopf. »Ich werde mich wohl heute Nachmittag dranmachen müssen, das wächst sich noch lange nicht aus«, keuchte sie und sah Eleonore vielsagend an. »Es scheint alles nur in die Länge zu gehen bei ihr«, seufzte die. Alwine hatte im vergangenen Jahr einige von Paulinas Kleidern, Röcken und Blusen an Säumen und Ärmeln verlängert. Aber nicht zu allen hatte sie den passenden Stoff auftreiben können, und manche Schnitte saßen trotz all ihrer Bemühungen einfach nicht mehr, weil es schlicht Kinderkleider waren. Der Rock, den sie heute trug, gehörte eigentlich Thea, und was die Länge betraf passte er wunderbar. Aber Thea war kein Kind mehr und hatte, trotzdem auch sie rank und schlank war, die Figur einer erwachsenen Frau. Trotz ihrer siebzehn Jahre war Paulina aber immer noch dürr und hatte eine knabenhafte Figur, wenn auch ihr Gesicht alle kindlichen Züge abgelegt hatte. Aber daran war nicht nur das Erwachsenwerden schuld, darüber waren sich Eleonore und Alwine einig. Umso mehr bedauerten sie es.

Paulina zog die Jacke etwas fester um die Schultern und blieb einen Augenblick stehen, damit die beiden Frauen wieder aufschließen konnten. Zum Glück regnete es nicht mehr wie in den vergangenen Tagen, aber dafür war es herbstlich an diesem späten Vormittag. Sie waren so früh aufgebrochen, um noch genügend ergattern zu können, und deshalb bereits schon wieder auf dem Nachhauseweg. Paulina stellte die Tasche auf den Boden, und als sie aufsah, blieb ihr Blick an einem alten Mann auf der gegenüberliegenden Straßenseite haften. Er führte ein Kind an der Hand, ein Mädchen, vielleicht zehn oder zwölf Jahre alt. Paulina schoss eine heiße Röte ins Gesicht, sie nahm rasch die Tasche wieder hoch und kehrte der Straße den Rücken zu. Ihr Herz pochte wie wild. Sie trat ganz nahe an das Schaufenster der kleinen Eisen- und Haushaltswarenhandlung und tat so, als studiere sie sehr interessiert das magere Angebot. Gleich darauf waren Eleonore und Alwine bei ihr. »Lasst uns ganz schnell weitergehen«, flüsterte Paulina. Alwine schritt voran, aufrecht und selbstsicher, hinter ihr Paulina und neben dieser die Baronin, am Rand des Bürgersteiges. »Hat dich jemand erkannt?«, fragte diese Paulina, als sie einige Meter wortlos zurückgelegt hatten. Paulina schüttelte den Kopf, ohne Eleonore anzusehen. »Ich aber«, antwortete sie leise und stockte, denn das, was sie vor wenigen Augenblicken so entsetzt hatte, sah sie jetzt ein zweites Mal: Unwillkürlich griff sie sich an das linke Vorderteil ihrer Strickjacke und hielt es krampfhaft mit der Hand fest. »Paulina!, was ist mit dir?«, keuchte Eleonore, bemüht, so leise wie möglich zu sprechen und, so gut es ging, mit Alwine und Paulina Schritt zu halten. Alwine warf einen kurzen Blick nach hinten. »Nimm gefälligst die Hand da weg und geh aufrecht!«, zischte sie und bedachte Paulina mit einem nachdrücklichen Blick, bevor sie sich wieder nach vorn wandte. Sie mussten sich an verschiedenen Leuten vorbeizwängen. Als ihnen erst auf weitere Entfernung wieder jemand entgegenkam, drehte Alwine abermals den Kopf nach hinten. »Und sag gefälligst Guten Tag und mach ein anderes Gesicht!« Paulina biss sich auf die Lippen. Sie merkte, dass Eleonore sie ansah, und sicherlich hatte die mal wieder herzzerreißendes Mitleid mit ihr. Aber sie hatte Alwine nicht Einhalt geboten. Paulina blickte stur geradeaus. Demnächst würden sie aus der Stadt hinaus sein, und dann war es nicht mehr weit bis zur Gärtnerei. Einmal mehr war sie froh darüber, dass sie mit dem Pferdewagen fahren konnten und nicht die Bahn benutzen mussten. In den folgenden Minuten grüßte Paulina wenigstens mit einem Kopfnicken und einem gemurmelten »Guten Tag« die Entgegenkommenden. Aber sie hatte Mühe, den Menschen dabei in die Augen zu sehen. Es kostete sie eine ungeheure Überwindung, aufrecht zu gehen und einigermaßen munter in die Welt zu sehen. Jedes Mal hatte sie das Gefühl, als würde sie von den entgegneten Blicken durchbohrt und die ganze nackte Wahrheit würde vor all diesen Menschen offen gelegt werden. Dabei war sie so erleichtert gewesen, dass sie im letzten Jahr zuversichtlicher und mutiger geworden war, als sie sich das zuvor hatte träumen lassen. Dass sie mittlerweile, wenn sie auf die Straße ging, niemand anderer war als Frau Barons Emilie aus Berlin, die zwar ein klein wenig scheu und einfältig, aber trotz ihrer Behinderung anerkannt war, hatte ihr Auftrieb gegeben. Die wenigen Bühlauer, mit denen Paulina gelegentlich zu tun hatten, begegneten ihr sehr freundlich. Dennoch hielt sie sich möglichst selten in der Reichweite anderer Leute auf.

Paulina hatte diese unbekannte Emilie ins Herz geschlossen. Von jener denkwürdigen Nacht an, als sie und Thea vor Sorge wegen des plötzlichen Verschwindens von Theas Vater und dem drohenden Ausbruch des Krieges ganz mutlos gewesen waren und Thea ihr dann alles, was sie wusste, über Emilie und deren Herkunft erzählt hatte, fühlte Paulina eine seltsame Liebe zu diesem Mädchen, das sie allerdings nie hatte kennenlernen können. Es war einige Zeit, nachdem Michail von Witte es besucht hatte, an Knochentuberkulose gestorben und heimlich an einer allein seinem Vater bekannten Stelle außerhalb von Berlin begraben worden. Was Paulina am meisten berührte, war jedoch, dass Emilie gewusst hatte, dass sie ihren Namen einem jüdischen Mädchen weitergeben sollte, damit dieses geschützt werden könne. Sie hatte noch erfahren, dass sie Paulina hieß, genauso alt war wie sie und sogar ähnlich aussah. In vielen verzweifelten Stunden hatte Paulina der Gedanke an dieses Mädchen beschäftigt und ihr geholfen, mutig zu bleiben. Es musste etwas Ungeheures sein, mit dem Wissen zu sterben, dass es da einen Menschen geben würde, in dem man sozusagen weiterlebte. Ob es einen trösten konnte, darüber war sich Paulina allerdings nicht ganz im Klaren.

Als sie die belebten Straßen hinter sich gelassen hatte, verlangsamte Alwine das Tempo etwas und reihte sich neben Paulina und Eleonore ein. »Was war denn nun?«, wollte sie wissen, und Paulina hörte an ihrem Tonfall, dass sie nicht mehr ärgerlich war. Sie fuhr sich mit der Zunge über die trockenen Lippen. Sie hatte Durst, wusste aber, dass sie kein Wasser bei sich hatten. Alwine kramte in ihrer Rocktasche und beförderte drei Bonbons zutage. Ihr Anblick ließ Paulina förmlich das Wasser im Mund zusammenlaufen. Alwine hielt ihr die Hand hin. »Aber nur, wenn du jetzt endlich herausrückst, weswegen wir diesen Dauerlauf durch halb Pirna veranstaltet haben!« »Na ja, so schlimm war es nun auch nicht«, beschwichtigte Eleonore. Sie hatte Angst gehabt. »Habt ihr einen alten Mann mit einem Mädchen an der Hand gesehen?«, erkundigte sich Paulina bei den beiden Frauen. »Tausende in meinem bisherigen Leben, ja«, witzelte Alwine, während Eleonore nur ein fragendes Gesicht machte und überlegte. »Nein, heute ist mir da niemand aufgefallen«, sagte sie dann. »Mir aber«, erklärte Paulina, »und wir kennen uns, aber sie haben mich nicht gesehen.« »Na, Gott sei Dank, dann ist ja alles gut, und deswegen sind wir so gerannt?« »Alwine!« Eleonores Stimme klang mahnend. »Bist du sicher?«, wollte sie dann wissen. Paulina nickte. »Ganz sicher.« Eleonore und Alwine fragten gleichzeitig, um wen es sich denn bei diesen Leuten gehandelt hätte. »Ich kenne sie, weil sie in der Chocolatérie einkauften, und sie gingen auch in die Synagoge. Sie heißen Birnbaum, und der Mann ist in Großvaters Alter, das Mädchen bestimmt seine Enkeltochter, denn die Birnbaums haben auch einen Sohn, soviel ich weiß, und den hat seine arische Frau verlassen, und das Kind wollte damals bei dem Vater bleiben, weil die Mutter einen anderen heiratete, der keine Judenkinder im Haus haben wollte. Großmama hat das gewusst und mal Mathilde erzählt, als ich zufällig durch den Laden gegangen bin.« Paulina hatte leise und ohne abzusetzen gesprochen, dabei aber gedankenverloren in die Ferne gesehen. Eleonore seufzte und berührte sie kurz an der Schulter. »Feine Weiber sind mir das«, sagte Alwine brummig und nahm ihren Korb wieder auf. Damit ging sie Eleonores Blicken aus dem Weg, denn diese waren in diesem Moment sicher nicht die liebevollsten, das wusste sie. Dennoch meinte sie das, was sie sagte. Sie machte nun einmal keinen Hehl daraus, was sie von Frauen hielt, die die Aufzucht ihrer Kinder nicht selbst in die Hand nahmen, und wenn diese auch gleich Viola Seeligmann hießen! Der, so war sich Alwine sicher, hätte sie auch noch beigebracht, was sie zu tun gehabt hätte, wäre sie ihr zur rechten Zeit untergekommen!

Den eigentlichen Grund, weshalb Paulina jedoch über den Anblick der beiden Birnbaums so erschüttert war, verschwieg sie. Endlich waren die drei bei der Gärtnerei angekommen, die Konrads Schwager, oder besser gesagt: dessen Sohn, betrieb, der allerdings schon seit dem Frühsommer eingezogen und an der Ostfront war. Deshalb hatten die Alten die Geschäfte wieder in die Hand nehmen müssen. Deren altgedienter Knecht, ein dürres Männchen, fuhr die Heidehaus-Frauen, nach ihrem Einkauf immer nach Hause. In dieser Gärtnerei hatte auch Konrad alles organisiert. um in einem Teil des Witteschen Parks Gemüse und Kartoffeln anzupflanzen. Die Zeiten, denen man entgegenging, verhießen nichts Gutes, hatte er eines Tages zu Eleonore gesagt, und so wäre es das Beste, rechtzeitig vorzusorgen.

Heute war es kühl auf dem Wagen, und Paulina war schon nach der Hälfte des Weges durchgefroren, obwohl sie zuvor vom schnellen Laufen so erhitzt gewesen war. Sie saß mit Eleonore auf einer Klappbank, die auf der Ladefläche des Gefährts an der rückwärtigen Seite des Kutschbockes angebracht war. Alwine hatte vorne neben dem Alten Platz genommen. »Paulina, was beschäftigt dich?«, fragte Eleonore leise und rückte noch etwas dichter zu ihr heran. Sie sah, wie Paulina zitterte, sie hatte auch unter der Strickjacke nur die dünne Bluse an. Aber es war Paulinas verstörter Blick, der sie mehr in Sorge versetzte als die zu leichte Kleidung. Paulina sagte nichts, bis ihr nach einer Weile die Tränen über die Wangen kullerten. Eleonore nahm ihre Hand. Sie war eiskalt. »Sie taten mir so leid«, stammelte Paulina, »der alte Mann ging so gebeugt ... und das Mädchen, Leo ...« Paulina entzog Eleonore ihre Hand und bedeckte ihr Gesicht. Sie wollte nicht, dass der Fuhrmann mitbekam, dass sie weinte. Aber Alwine fing mit dem Alten ein Gespräch über die Landwirtschaft an und sorgte für eine genügend laute Unterhaltung, was ihr keine Mühe machte, da der Mann schwerhörig war und die Hufen der Pferde ein Übriges dazu beitrugen, um für genügend Lärm zu sorgen. Paulina wischte sich mit den Ärmeln der Jacke über die Augen, ehe sie Eleonore ansah. »Das Mädchen war so weiß im Gesicht, und der Großvater ist mindestens einen halben Meter kleiner geworden, seitdem ich ihn das letzte Mal gesehen habe.« Eleonores Gesicht überzog ein schmerzliches Lächeln. »Ach Kind!« Sie zog Paulina zu sich her. Sollte sich der alte Knecht doch denken, was er wollte, sie hatte eben ein besonders inniges Verhältnis zu ihrem Dienstmädchen. »Es ist der Stern«, sagte Paulina nach einer Weile so leise, dass Eleonore erst einige Sekunden dem Klang der Worte nachhören musste, um sicherzugehen, richtig verstanden zu haben. Sie seufzte stumm und schloss die Augen: Ja, natürlich, Paulina musste es heute zum ersten Mal gesehen haben. Seitdem alle Juden von sechs Jahren an verpflichtet waren, den gelben Stern zu tragen, waren erst wenige Wochen vergangen, und Paulina war wohl seitdem nicht mehr draußen gewesen oder hatte eben dann keine Juden mit dem Stern gesehen. Zwar war Paulina von dieser Sternpflicht unterrichtet gewesen, denn seitdem sie damals weinend hinter ihrer verschlossenen Zimmertür alle Verbote aufgezählt hatte, welche die jüdische Bevölkerung bis dahin getroffen hatten und von deren Erlassen sie mittels der Briefchen, die sie über Konrad mit Lorchen wechselte, in Kenntnis gesetzt worden war, gingen sie im Heidehaus mit allen Informationen ganz offen um. Paulina las die Zeitung, hörte den erlaubten deutschen Rundfunk, und hin und wieder hörten sie gemeinsam die BBC. Eleonore und Alwine waren schnell zu der Erkenntnis gekommen, dass es keinen Wert hatte, Paulina die Entwicklung der Dinge so lange vorzuenthalten, bis sie es schließlich selbst herausfand oder zu Heimlichkeiten verleitet wurde. Das machte alles noch verkehrter. Thea war da manchmal anderer Ansicht. Aber das lag wohl in der Hauptsache darin begründet, dass diese nur schwer mit ansehen konnte, wenn Paulina litt, und deswegen am liebsten alles von ihr fernhalten würde, was dazu Veranlassung geben könnte. Allerdings, so wurde Eleonore in diesem Augenblick klar, schien es eben doch ein großer Unterschied zu sein, lediglich um einen Sachverhalt zu wissen oder ihn aber mit den eigenen Augen zu sehen. Ganz zu schweigen von denen, die es dann auch am eigenen Leib spüren mussten. Ja, es stimmte! Selbst sie, die sie nun in den zurückliegenden Wochen schon etliche Menschen mit dem gelben Stern gesehen hatte, darunter auch Alte und Kinder, war über diesen Anblick erschüttert. Und man sah es den Leuten geradezu an, wie sehr sie sich wünschten, unsichtbar in der Menge verschwinden zu können. Sie gingen meist schnell, mitunter regelrecht hastend, die Augen auf den Boden geheftet, beschämt, ängstlich, unsicher. Die Kinder verschreckt mit großen fragenden Augen. Dann gab es aber auch Tage, an denen man niemanden mit einem Stern sah, nicht einmal unter ganz vielen Leuten. So hatte sie auch heute die von Paulina beschriebenen Personen nicht wahrgenommen. Eleonore erschrak beinahe bei dem Gedanken. Konnte das am Ende bedeuten, dass man schon nicht mehr hinsah, sich innerlich dagegen abschirmte, sich etwa bereits daran gewöhnt hatte und es als nichts Außergewöhnliches mehr betrachtete? Oder gingen die meisten Juden gar nicht mehr außer Haus? Aber viele von ihnen waren doch schon lange zur Zwangsarbeit verpflichtet worden, darunter auch die meisten jungen Leute. Also konnten sie nicht einfach zu Hause bleiben, und sie mussten ja auch einkaufen. Eleonore schüttelte über sich selbst den Kopf: Es war ja absurd, was sie hier dachte! Juden durften nicht mehr zum Arzt – außer zu einem von der Gestapo eingesetzten Krankenbehandler, im Dresdner Fall war das Dr. Katz, sie kannte ihn gut. Einkaufen durften sie nur in wenigen Läden, und das auch nur zu sehr eingeschränkten Zeiten, die kaum mehr als zwei Stunden am Tag umfassten. Dazu wurde das Angebot in ziemlich regelmäßigen Zeitabständen meistens um mehrere Artikel gekürzt. Dieser Tage waren es die Rauchwaren gewesen. Nun konnte man auf Zigaretten, Schokolade, Kuchen und sonstige Genusswaren verzichten. Aber nur mit sehr wenigen Sorten an Gemüse, Obst und gänzlich ohne Fleisch auszukommen, keinen Kaffee, keine Milch, keinen Fisch, kein Geflügel kaufen zu dürfen und davon auf lange Zeit gesund bleiben zu sollen, widersprach allen Grundregeln der menschlichen Ernährung. Für Kleider, Schuhe, Stoffe, Leder und verschiedene Hygieneartikel gab es keine Bezugsscheine oder Karten mehr für die Juden. Nur noch wenige der Dresdner Juden wohnten in ihren eigenen Häusern oder Wohnungen, sie hatten keine Telefone mehr und durften die Straßenbahn nur noch auf dem Perron benutzen. Es war ein System dahinter, daran zweifelte Eleonore mittlerweile nicht mehr, obwohl sie den Gedanken nicht zu Ende denken mochte und ihn, sobald er kam, verbannte. Allein, dass sie wenigstens Paulina vor all dem schützen konnte, verschaffte ihr etwas Erleichterung. Aber sie dachte oft an die vielen, die alles gerade so über sich ergehen lassen mussten, wie es kam. »Was hast du gesagt?« Eleonore neigte den Kopf nach links. Paulina setzte sich wieder aufrecht hin und sah Eleonore an. »Es war plötzlich so gewesen, als sähe ich Großvater und mich.« »Du meinst in diesem Herrn Birnbaum und in dem Mädchen, nicht wahr?« Paulina nickte. Sie wollte nicht weinen, aber es war so schwer, die aufsteigenden Tränen zurückzuhalten. Sie blickte von Eleonore weg, doch der scharfe Wind tat sein Übriges. Sie benutzte noch einmal den Ärmel der Strickjacke. Die Wolle kratzte im Gesicht und verursachte zusammen mit den Tränen ein Brennen auf Haut und Lippen. Sie fing an zu zittern und sehnte sich nach Hause, in ein warmes Bett. Aber kaum dass sie daran dachte, schämte sie sich dafür. Es war ja so schrecklich selbstsüchtig von ihr! Bestimmt sehnten sich Herr Birnbaum und seine Enkelin, wenn sie sich recht erinnerte, hieß sie Angelika, auch nach einem warmen, weichen Nest, in das sie sich legen konnten, um einfach so lange fest zu schlafen, bis alles vorbei wäre. Warum hatte nur sie allein ein solches

Glück, Menschen wie Eleonore zu kennen? Warum nur gab es niemanden, der den alten Mann und das Mädchen bei sich zu Hause versteckte, damit sie nicht mit diesem Zeichen herumlaufen mussten? Warum war ihnen niemand behilflich gewesen, um rechtzeitig wegzugehen? Warum hatte sie fast alles zu essen und davon noch mehr als genug, während andere Hunger litten und nichts mehr einkaufen durften? Paulina spürte, wie es an ihr zerrte. Sie zog die Jackenärmel über die Hände und kauerte sich zusammen. »Kind, du frierst ja entsetzlich!«, stellte Eleonore fest, versicherte dann aber mit zuversichtlicher Stimme, dass sie demnächst die Steigung erreicht hätten und sie ja dann bald zu Hause wären. Paulina war plötzlich alles egal. Sie fühlte sich nur unendlich matt. Ungeachtet ihrer staubigen Schuhe nahm sie die Beine auf die Bank und zog sie dicht an sich heran. Dann legte sie den Kopf auf die Knie und machte die Augen zu. Sie sah die Blicke nicht, die Alwine und Eleonore wechselten, auch achtete sie nicht darauf, was der Kutscher sagte.

Noch am Mittagstisch, keine Stunde, nachdem sie nach Hause gekommen waren, fühlte Paulina den Rücken herauf und über den Nacken verlaufende Schmerzen bis in den Kopf hinaufziehen, die in ihr eine Welle von Übelkeit verursachten. Immer noch waren ihre Füße eiskalt, obwohl sie ein weiteres Paar warmer Socken angezogen hatte. Zuerst sagte sie gar nichts, aber Eleonore merkte schnell, dass etwas nicht stimmte. Sie bat sie, noch aufzuessen, und dann könnte sie sich auf das Sofa im Salon legen, und Alwine würde ihr eine Wärmflasche machen. Paulina bemühte sich, aber sie schaffte den Teller beim besten Willen nicht. Das Kopfweh wurde von Minute zu Minute heftiger und sie fühlte sich immer elender. Die beiden Frauen betrachteten sie stumm, Alwine beeilte sich, fertig zu werden. Paulina fühlte, wie ihr der Schweiß ausbrach, gleichzeitig jagte aber ein kalter Schauer nach dem anderen durch ihren Körper. Sie warf das Besteck hin und stand rasch auf. Sie schaffte es gerade noch in den Garten und übergab sich unter der Trauerweide. Sie spürte noch wie eine kräftige Hand sie am Oberarm packte, dann verlor sie das Bewusstsein.

*

Eleonore rang stündlich mehr mit sich. Schon zweimal war sie sich absolut sicher gewesen, richtig zu handeln. Sie hatte nach dem Telefonhörer gegriffen und die ersten beiden Ziffern der Nummer gewählt. Dann war sie ein weiteres Mal von den Zweifeln übermannt worden, und wieder hatte sie den Hörer auf die Gabel gelegt. Jetzt saß sie ein drittes Mal vor dem Apparat und starrte ihn an, als hinge von diesem schwarzen Ding die Zeitenwende ab. Im Grunde genommen war es auch so, auch wenn es keineswegs in der Gewalt des Telefons lag, ob ein Leben weiter oder zu Ende gehen würde. Aber sie würden es nicht schaffen! Ohne Arzt und Medikamente war Paulina verloren, es sei denn ... Eleonore krampfte die Hände ineinander. Ihre Großmutter hatte sie einst gelehrt, dass es einen gab, der Macht hatte, Wunder zu tun. Sie schüttelte verzweifelt den Kopf. Vielleicht war es ja auch das Wunder des Telefons, von dem die längst Verblichenen keine Ahnung gehabt hatten. Dafür aber kannte sie es und musste nichts anderes tun, als endlich davon Gebrauch zu machen. »Lass kein noch größeres Unglück über uns kommen!«, flüsterte sie in den dunklen Raum hinein. Dann wischte sie die Hände an der Schürze ab und straffte ihren schmerzenden Rücken. Die Nummer konnte sie auswendig.

Doktor Spittler kam gegen 22 Uhr, und Eleonore weihte ihn in die Sache ein. Sie hatte es riskieren müssen, ansonsten hätte sie den Arzt nicht davon abbringen können, Paulina ins Krankenhaus zu bringen. Dort aber wäre sie ihrem Schutz entglitten. Von so vielen Menschen umgeben, wäre die Gefahr, entdeckt und verraten zu werden, zu groß gewesen. Nun hoffte sie einfach, dass der Doktor, den sie nun schon so lange kannte, das, was sie ihm anvertraut hatte, für sich behalten konnte und keinen Verdacht ausstreute. Freilich war es nicht zu verbergen, dass es einen Krankheitsfall im Hause gab, allein das Auto des Doktors war ja zu sehen. Aber dass man krank sein durfte, war ja nicht verboten. An mögliche weitere Gefahren mochte Eleonore gar nicht denken, im Moment zählte nur, dass es doch wieder einen Hoffnungsschimmer gab. Hätte sie Doktor Spittler nicht gerufen, wäre es für Paulina zu spät gewesen, und selbst jetzt, auch wenn fürs Erste vermutlich abgewendet, war die Gefahr noch nicht überwunden. Das hatte der Arzt klar zu verstehen gegeben.

Zwei Tage danach gab es eine zweite Krise, die Paulina abermals an den Rand des Todes und die anderen vier Bewohner des Hauses an den Rand ihrer seelischen und körperlichen Kräfte brachte. Sie wichen nicht von Paulinas Seite, denn sie wurde von Schüttelfrösten und Hustenanfällen gequält, die sich mit Schweißausbrüchen und Fieberphantasien abwechselten. Sie rief nach den Großeltern und nach Lorchen, auch einige andere Namen waren dabei, immer wieder aber waren es die der Birnbaums: »Angelika!« und »Herschel!«, immer wieder. Dabei versuchte sie sich aufzurichten, streckte die Arme aus und fuchtelte mit den Händen. Es dauerte zum Glück immer nur wenige Augenblicke lang, bis sie erschöpft und mit kaltem Schweiß auf der Stirn still dalag und nur noch ihr keuchender Atem zu hören war. Diese Phasen entpuppten sich zur völligen Überraschung der beiden erfahrenen Frauen als Konrads Stunden. Er war, sooft er konnte, zugegen, und Eleonore musste immer um Fassung ringen, wenn sie sah, wie er Paulinas durchsichtige, wie Porzellan aussehenden Hände ganz behutsam in die seinen legte, die voller Schwielen und von Sonne und Erde dunkel gefärbt waren. So saß Konrad dann oft lange, den grauen Kopf gesenkt, stumm. Dennoch hatte Eleonore das Gefühl, als erreiche seine Anwesenheit Paulina in irgendeiner Weise. Sie vermochte es nicht zu erklären: Über das Gesicht des Mädchens lief eine Veränderung, die aber nicht beunruhigend war. Im Gegenteil. So ging schließlich auch diese zweite Nacht vorbei, in der Eleonore schon insgeheim versucht hatte, sich auf das Schlimmste vorzubereiten Es waren schreckliche Stunden. Als es dann endlich dämmerte, schlug Paulina plötzlich die Augen auf und sagte mit dünner, aber dennoch klarer Stimme zu Konrad: »Großvater, du musst den Regulator aufziehen, er ist stehen geblieben.« Dann fielen ihr die Augen wieder zu, aber auf ihrem Gesicht zeichnete sich ein ganz schwaches Lächeln ab. Für einen Augenblick sah sie dabei fast schelmisch aus. Alwine und Eleonore warfen einander nur stumme Blicke zu und rangen mit ihren Gefühlen, während Konrad sich schwerfällig erhob. »Na, dann werd ich mich wohl an die Uhr machen müssen, guten Morgen, meine Damen«, sagte er mit brüchiger Stimme und verschwand, ohne sich noch einmal umzudrehen. Eleonore schlug die Hände vors Gesicht. Alwine war rasch bei ihr und fasste sie fest an den Schultern. »Jetzt wird nicht zusammengebrochen, Frau Baron, jetzt gibt's ein stärkendes Frühstück von Alwine, und dann wird geschlafen, das ist ein Befehl, Hacken zusammen und aufrecht stehen!« »Jawohl ... Herr Feldwebel«, presste Eleonore heraus und angelte nach den Schürzenzipfel. »Alwine, ohne dich wüsste ich nicht ...« »Aha, das Fräulein Künstlerin«, bemerkte die Angesprochene just in diesem Augenblick mit süffisantem Unterton, während sie Eleonores angesetzte Dankesrede abwinkte. Den Rest verkniff sie sich, die Baronin würde schon selber sehen. »Ach, Thea!«, hörte sie da ihre Chefin bereits mitleidig sagen, als sie das schwankende Elend unter der Zimmertür entdeckt hatte. Aber Eleonore hatte keine Lust auf Vorhaltungen. Schließlich hatte sie Thea selbst weggeschickt vor ein paar Stunden, weil sie bemerkt hatte, dass diese immer hysterischer zu werden begann, als sich bei Paulina ein zweites Mal eine Krise anbahnte. Auch wenn sie von Dr. Spittler darauf hingewiesen worden waren, hatten sie nicht damit gerechnet, dass es noch einmal so heftig werden könnte. Irgendwann hatten Theas Jammern und ihre gleichzeitige Unfähigkeit, irgendetwas Gescheites zu sagen oder zu tun, Eleonores Nerven überstrapaziert, und so hatte sie ihr befohlen, ins Atelier zu gehen oder in der Bibliothek auf dem Sofa zu nächtigen. Geschlafen hatte die wohl, aber nicht lange, und ob sie im Atelier gewesen war, konnte man nicht sagen. Ihr Zustand bedurfte keiner weiteren Erklärung. Thea war schlicht und einfach betrunken. Sturzbetrunken, um genau zu sein. Nun gut. Eleonore streichelte der jungen Frau über ihre blassen Wangen und legte ihr den Arm um die Taille. »Sie schläft ganz ruhig, siehst du, und ich glaube, jetzt hat sie es wirklich geschafft!«, flüsterte sie. »Schlafen ... ja ...« Theas schwere Zunge brachte nicht mehr zustande, aber aus ihren Augen lösten sich dicke Tränen.

*

Viola schleuderte August das Papier entgegen. »Sie hätte sterben können! Sterben, verstehst du?« »Habe ich mich je über ein schlechtes Gehör beklagt?«, gab dieser frostig zurück. »Du tust gerade so, als wäre ich schuld daran! Was kann ich denn dafür, wenn die da drüben in Sachsen nicht imstande sind, auf sie aufzupassen? Du wolltest sie doch nicht mit nach England lassen, du, nicht ich!« »Was, bitte schön, hat das mit England zu tun?« Viola stemmte die Arme in die Hüften. Charlie zog die Augenbrauen hoch, es forderte ihn heraus wie in alten Zeiten, wenn Frauen sich angriffslustig zeigten. »Es hat damit zu tun, dass man dort auch als Jude einen Arzt aufsuchen und in ein Krankenhaus gehen darf und Medizin bekommt und ... und ... na, eben damit, dass das Kind dort besser aufgehoben wäre!« Charlie beobachtete Viola aus den Augenwinkeln heraus. Er hätte August ohrfeigen können, des Nachsatzes wegen. Wenn er auch dasselbe dachte wie dieser, so schien August in diesem Moment vergessen zu haben, dass auch er Viola nicht davon hatte abbringen können, Paulina hier in Deutschland zu behalten. Charlie hatte ja immer daran gezweifelt, ob er sich überhaupt darum bemüht hatte. Aber das waren olle Kamellen. Was zu spät war, war zu spät. »Sie hatten einen Arzt!« Viola schob ihre Hüfte nach links und sah August von unten herauf triumphierend an. »Gut so«, dachte Charlie im ersten Moment, doch dann ging es ihm wie August. »Sag das noch mal«, forderte dieser Viola auf, und der lauernde Unterton in seiner Stimme verhieß nichts Gutes. Charlie schaffte es gerade noch, das Glas abzustellen, bevor er mit einem Satz hinter der Theke hervorgesprungen war und August in den ausgestreckten Arm fiel. »August!«, herrschte er ihn an und war erstaunt über den kräftigen Muskelstrang, den er unter dem Hemdsärmel des Freundes spürte. Seitdem Axel in diesen verd... Krieg eingezogen worden und natürlich sofort an der Ostfront gelandet war, lagen Augusts Nerven blank. Das musste die Angst sein, die man um sein eigen Fleisch und Blut hatte, sobald man es nicht mehr in seiner Nähe wusste und jederzeit eingreifen konnte, um es vor Unglücken zu bewahren. Anders konnte sich Charlie das nicht zusammenreimen, zumal er mindestens genauso sehr um Axel bangte wie August. Augusts jetzige Reaktion bestärkte ihn nur noch in seiner Theorie. August hatte um seine Tochter genauso Angst, sonst würde ihn die Tatsache, dass Paulina bei einem Arzt gewesen und damit Gefahr gelaufen war, erkannt und denunziert zu werden, nicht in einen solchen inneren Aufruhr versetzen. Er konnte ihn verstehen, aber dennoch durfte er nicht zulassen, dass er sich so vergaß! Charlie löste seine Faust. August schüttelte sich und rückte den Ärmelbesatz zurecht. Er ließ sich auf die Bank hinter dem Tisch fallen und legte sich hin. »Mach mir ein Bier fertig«, bat er Charlie, »und solltest du noch Bratkartoffeln haben ...« Viola zog ein verächtliches Gesicht. Bratkartoffeln waren ihr zuwider, zumal man sie neuerdings sozusagen als »Brennkartoffeln« bezeichnen musste, denn von der Reichsfettmarke wurde man auch in Berlin schon lange nicht mehr fett und die angebratenen Kartoffeln somit auch schon lange nicht mehr glänzend. Aber Hunger hatte auch sie, großen sogar. Also würde sie abwarten, was Charlie servieren würde. Obwohl sie eigentlich keine Lust mehr hatte, mit August von einem Teller zu essen. Er hatte zum wiederholten Mal die Hand gegen sie erhoben. Wenn er sie auch noch nie wirklich geschlagen hatte, so war allein die Geste genug. Andererseits wusste sie genau, dass sie ihn gereizt hatte. Seitdem Axel weg war, war er wie verwandelt. Er fürchtete um den geliebten Sohn, ja, natürlich, aber das war es ja gerade! Axel hinten, Axel vorn, Axels Pakete, Axels Briefe, Axels warme Unterhosen, Axels Zigaretten. Immerfort ging es um Axel! Viola nahm ein Weinglas vom Regal und trat an den Hängeschrank. Heute würde sie jedenfalls nicht mehr nach Hause gehen, also konnte sie trinken, so viel sie wollte. Greta hatte Nachtdienst, würde sie also nicht vermissen, und die Judensperrstunde hatte bereits begonnen, bevor sie hierhergekommen war. Aber sie ging ja ohnehin nicht mit dem Stern spazieren. Sie war doch nicht meschugge! Viola lachte auf. »Was glaubst du, Charlie, wen ich gestern Abend getroffen und mit wem ich höchstpersönlich angestoßen habe?«, flötete sie und legte ein kokettes Mienenspiel auf. Charlie verdrehte die Augen, solange er ihr den Rücken zuwandte. August lag immer noch reglos auf seiner Bank. »Naaa?« Viola zog die Silbe sekundenlang in die Länge und zog sie in die Höhe wie eine anlaufende Sirene. »Hättest du ihn mal lieber erschossen, anstatt mit ihm zu trinken«, kam es von der Bank her. Charlie hatte heute Abend keine Lust auf die ewigen Streitereien der beiden. »Wenn ihr euch nicht zusammenrauft, werfe ich euch raus, alle beide!«, drohte er und schwenkte dabei die Bratpfanne. »Und wenn du mit diesem Klumpfuß noch einen einzigen Schluck Champagner trinkst, bekommst du hier niemals wieder ein Nachtquartier, klar?« Eine Weile hörte man nichts mehr, denn Augusts Grinsen ging geräuschlos vor sich. Viola war zu perplex, und Charlie fand, dass er sich endlich deutlich genug ausgedrückt hatte. Und wiederholen tat er sich äußerst ungern.

Das echte Butterschmalz zischte und spritzte, als Charlie eine für schlechte Zeiten beträchtlich ausnehmende Portion davon in die heiße Pfanne warf. Viola sah erstaunt von ihrem Glas auf. »Woher hast du das denn?«, wollte sie wissen und riss die Augen auf. »Betriebsgeheimnis«, war Charlies knappe Antwort. Viola leckte sich die Lippen. Ihr lief das Wasser im Mund zusammen, als sie den Berg bereits gekochter und geschälter Kartoffeln entdeckte, der in einer großen Emailleschüssel aufgehäuft war. Sie würde nicht nur genug trinken, sondern auch genug essen können! Bestimmt würde das auch August besänftigen. Von der Theke aus sah sie nur einen Teil seiner Beine und seine Füße mit den feinen schwarzen Herrenschuhen. Sie glänzten wie immer und sahen so aus, als wären sie noch kaum einmal über eine schmutzige oder staubige Straße gegangen. Es waren diese tadellos geputzten und glänzenden Schuhe gewesen, die Viola von Anfang an bei August aufgefallen waren. Und seine Hände. Diese schönen, kräftigen Hände mit den perfekt manikürten Fingernägeln. Beides war so geblieben bis heute. Einen Augenblick fühlte sie eine ungeheure Sehnsucht. Sie stellte sich auf die Zehenspitzen und spähte hinter den Tisch. August hatte die Augen geschlossen, und seine Hände lagen auf dem Brustkorb. Zu Violas Sehnsucht gesellte sich ein aufwallender Schmerz. Sie fühlte sich auf einmal schwach, und ihre Beine begannen zu zittern. Sie nahm einen kräftigen Schluck von dem Rotwein und stellte das Glas leise auf den Tisch. Sie musste sich setzen. Auf der kürzeren, abgewinkelten Seite der Bank ließ sie sich vorsichtig nieder, August musste es ja nicht merken. Sie betrachtete ihn eine Weile, widerstand aber der Versuchung, ihm durch die Haare zu fahren. Sie fühlte sich so müde. Hoffentlich war Charlie bald mit den Kartoffeln fertig, denn vermutlich brauchte sie einfach etwas zu essen. Heute hatte sie noch nichts Dergleichen gesehen, und gestern Nacht war es spät geworden und der Champagner hatte ihr Magenschmerzen verursacht. Seit einiger Zeit schon vertrug sie ihn nicht mehr so gut. Andererseits half er ihr, die Umstände zu ertragen, unter denen sie ihn trinken musste. Aber davon hatten August und Charlie ja keinen blassen Schimmer! Und genau das machte sie wütend. Doch im Moment fühlte sie sich einfach nur ausgelaugt. Dabei hatte es ihr eben noch richtiggehend Lust verschafft, August herauszufordern. Sie schüttelte fast unmerklich den Kopf und fuhr sich über das Gesicht. Mit ihrem Perlmuttring blieb sie dabei an ihrer Lippe hängen. Sie stöhnte leise auf, lehnte sie sich zurück und machte die Augen zu. Das Zischen der Kartoffeln erfüllte den kleinen Raum, und der Duft von Gebratenem, hing bald in der Luft wie eine unsichtbare Wand. Viola sog ihn ein, aber irgendwie empfand sie plötzliche eine Abneigung dagegen. Ihre Augen suchten das Weinglas, aber es schien ihr zu weit weg zu sein, um es ohne aufzustehen herziehen zu können. Woher, nochmal, kam nur diese ungeheure Schlappheit? Plötzlich fiel ihr die Dextrose ein, die Greta ihr gegeben hatte. Sie musste noch in ihrer Handtasche sein. Sie wollte sich gerade aufraffen, als Charlie sich von seiner Pfanne abwandte und zu ihr hinübersah. Er erschrak, als er ihr blasses Gesicht bemerkte, durch das ihre Augenringe nur noch tiefer und dunkler in Erscheinung traten. Viola deutete zu dem Stuhl hinüber, auf dem sie und August ihre Mäntel abgelegt hatten. Das Wort »Tasche« hatte er problemlos von ihren Lippen ablesen können. Vielleicht schlief August ja, und sie wollte nicht so laut reden. Charlie brachte ihr das edle Stück aus feinstem Krokodilleder. August hatte eben Stil! Tatsächlich fand Viola, was sie suchte. Charlie fielen ihre zitternden Hände, mit denen sie hastig die Tasche durchwühlte, sofort auf, auch dass ihr Schweißtropfen auf der Stirn standen, entging ihm nicht. Aber er sagte nichts, sondern füllte nur ein Glas mit kaltem Wasser und stellte es wortlos vor sie hin. Sie sah ihn nicht an, bevor sie das ganze Wasser, ohne abzusetzen, leerte, dann blickte sie auf und verlangte sehr charmant lächelnd noch eines. Charlie war froh, instinktiv das Richtige getan zu haben. Er hatte schon fieberhaft überlegt, was er täte, wenn sie hier ohnmächtig zusammenbrechen würde. Einen Arzt hierherkommen zu lassen war ausgeschlossen, und in die Wohnung schon gar nicht. Die einzige Hoffnung wäre Greta, aber wo konnte man die so schnell schon herholen? Sie war doch fast immer im Dienst, zumindest erzählte Viola das. Der Zucker half. Viola spürte schnell, dass er sie belebte. Es war ein Gefühl tiefer Dankbarkeit, das sie nun mit einem Mal erfasste. Paulina lebte noch! »... Ich bin noch ein bisschen wackelig auf den Beinen und werde schnell müde, aber in meiner Lunge gibt es keine Geräusche mehr, und das ist das Wichtigste, hat Doktor Spittler gesagt...«, hatte Paulina geschrieben. Plötzlich kam Viola ein kühner Gedanke, der sie geradezu beschwingte. Als Charlie die Bratpfanne mit Nachdruck auf den Tisch stellte, erwachte auch August wieder zum Leben und richtete sich auf. »Idiot!«, murmelte Charlie in das Rauschen des einlaufenden Wassers hinein, in dem er später das Geschirr waschen würde.

Sie stopften sich mit Bratkartoffeln voll, bis sie mehr als satt waren, und tranken Unmengen Wein. Charlies Flaschenlager sah man allmählich den Schwund an, aber er hatte trotzdem noch genug, und seine Quellen waren noch nicht versiegt, wenn sie auch nicht mehr ganz so reichlich sprudelten. Hin und wieder brachte auch August einen guten Tropfen mit, obwohl auch er mit seinem Vorrat strenger haushalten musste denn je. Die meiste Zeit aßen sie schweigend, aber das war Charlie immer noch lieber als die wortreichen Sticheleien zwischen August und Viola. Es hatte einfach etwas Beruhigendes, beieinander zu sein.

Sie erfuhren es dann schließlich von der BBC. Unten im Keller war der Empfang fürchterlich schlecht, es rauschte und knackte, aber trotz ihres schon deutlich angetrunkenen Zustandes waren die beiden Männer in der Lage, zu hören und zu verstehen, was geschehen war. Viola hingegen hörte zwar, verstand aber die Bedeutung nicht gleich. Charlie langte nach der Weinflasche, füllte Augusts Glas auf und hob das seine. »Uff'n Weltkriech, Kamerad, er wird als der zweete in die Jeschichte einjehen, den ersten ham wir ja schon hinter uns jebracht! Aba pass uff, wenn wir uns weiterhin so stramme halten, dann ham wir zwee, du un icke, noch mal ne jünstje Jelejenheit, uns det eiserne Kreuz zu verdienen, aber diesmal nehm ick det für die erste Klasse, daruff kannste Jift nehmen! Prosit!« »Prosit, alter Frontkämpfer, ick für meen Teil melde mir lieber beim Jullaschjeschwader an, mit deen Kanonen kenn ick mir deutlick besser aus als mit den neumodjen Schießjewehren.« August stieß sein Glas so heftig an das von Charlie, dass der Wein überschwappte und auf Violas Knien landete. Sie saß auf Augusts Schoß und hatte, den Kopf auf seine Schulter gelegt, eine Melodie aus der Fledermaus gesummt. »Was tust du denn da?«, empörte sie sich. »Der schöne Wein, und überhaupt, wieso stoßt ihr ohne mich an?« Sie versuchte aufrecht zu sitzen und zog ein Schmollgesicht. »Weil dit nüscht für junge Frauen is, det Kriecheführn, un ooch nich für abjehalfterte Ackerjäule wie unsereens, nich wahr, Aujust?« Charlie lachte rau. August sprang auf, womit Viola nicht gerechnet hatte. Sie konnte sich nicht halten und sackte zu Boden. »Es is ne ausjewachsene Scheiße, det Janze!«, schrie August, »Weder für uns Olle noch für de Grünschnäbel, und ooch nich für det beste Alter is der Kriech jut, nich für die Weiber, sieh se dir doch an, aber am wenjisten für die Kinderchen!« August schnaufte, setzte das Glas an und trank es in einem Zug leer. Mit dem Handrücken fuhr er sich über den Mund. »Keener hat wat davon, nur die da oben«, fuhr er fort, »aber die verrecken nich, det müssen immer nur die andern, und wir tun dit früher oder später ooch, und bei unsereens kommt et ja nich mehr so janz druff an, Charlie, nich?« Augusts Stimme senkte sich wieder, und er hatte Mühe, sich aufrecht zu halten. Charlie stierte vor sich hin, Viola saß noch immer am Boden, das Glas in der Hand, die Beine fast vollständig entblößt, Spuren des Rotweins auf den Strümpfen. »Aba die da«, August sprach noch leiser und noch langsamer, »die schöne Frau da und unsere Kinderchen, die hättn schon noch jenüchend Zeit, um sich det Lebens zu freuen, aba se werden ooch uffjefressen vom Krieche, ick spür et janz deutlich, Scharlie, janz hier drinne ...« August Leibfried wankte auf die Eckbank zu, ließ sich darauffallen, legte den Kopf auf den Tisch und begann zu schluchzen wie ein kleiner Junge.

Sie hatten Glück, dass in dieser Nacht, vom 7. auf den 8. Dezember 1941, niemand in Charlies Keller kam, um zu kontrollieren. Eine betrunkene Jüdin in Gesellschaft zweier betrunkener Arier, die zusammen den Feindsender abgehört hatten; mehr als genug, um zu Tode zu kommen. Auch ohne Krieg.
Als Charlie einige Stunden später neben August und Viola aufwachte, beschloss er, dass er bis zum Ende dieses verdammten Krieges, vorausgesetzt, er würde ihn lebend überstehen, nie wieder einen Tropfen Alkohol anrühren würde.
Vier Tage später, am 11. Dezember 1941, zählte auch Amerika zum offiziellen Feind des Deutschen Reiches. Adolf Hitler triumphierte.

*

»Ich muss überarbeitet sein«, dachte Mathilde und rieb sich mit beiden Händen die Augen. Sie würde die Feiertage nützen müssen, um genügend zu schlafen. Nur noch morgen würde sie durchhalten müssen, dann konnte sie den Laden absperren. Sie griff nach der Schere, um das grüne Band zurechtzuschneiden. Zwei Päckchen hatten sie noch zu richten, dann war sie mit den Vorbestellungen fertig. Bestimmt kämen zwar morgen auch noch ein paar Allerletzte, aber es würde sich in Grenzen halten, denn es gab ja nicht mehr so viel. Allerdings war sie sich sicher, dass es noch genügend Markensparer gab, die sich an ihrem Sortiment freuen würden und sich erst kurz vorher entschieden, sie einzutauschen. Na ja, es konnte ihr recht sein, das Geschäft musste weitergehen. Als sie zum Schaufenster ging, um die Orangentrüffel zu holen, hörte sie es wieder: Jemand klopfte gegen die Scheibe! Gab es wirklich so dreiste Leute? Dass sich kurz nach Ladenschluss noch jemand bemerkbar machte, weil er sich verspätet hatte, das gab es hin und wieder. Aber es ging bereist auf acht Uhr zu, und das Geschäft war seit über eine Stunde geschlossen. Auch wenn Mathilde keine Angst hatte, so war ihr doch etwas unheimlich zumute. Sie hatte nur das mickrige Schummerlicht im Stübchen an, und Fritz hatte, wie immer, die Verdunkelung geprüft, bevor er nach Hause gegangen war. Also konnte es auch nichts zu beanstanden geben. Als es das dritte Mal klopfte, beschloss Mathilde, sich zu rühren. Falls es doch der Blockwart wäre, würde er es ihr vorhalten, wenn sie sich nicht bemerkbar machte. Sie formte einen Trichter um beide Hände. »Wer ist da?«, rief sie und horchte gespannt. Alles blieb still. Sie rief ein zweites Mal und fuhr gleich darauf mit klopfendem Herzen zurück. Hatte sie richtig gehört? Fritz hatte ihr noch nie gesagt, dass sie schlecht hören würde, und er musste es beurteilen können, denn er hörte wie ein Luchs. Mathilde zögerte nicht lange. Wenn ihr Gehör sie wirklich nicht betrogen hatte, dann musste sie rasch hinaus! Sie machte aber nicht die Ladentür auf, das würde zu lange dauern. Sie huschte schnell in den Flur und lief zur Haustür. Sie brauchte nur einen Spalt zu öffnen und hinauszuspähen, um die Gestalt zu erkennen, die in einen dicken Pelz gehüllt war. »Juden dürfen keine Pelze mehr tragen!«, schoss es ihr durch den Kopf. »Warum, verflixt, fiel ihr nichts Besseres dazu ein?« Sie fühlte sich tief beschämt, als sie Viola an dem weichen Ärmel packte und ins Haus zog. Sie legte einen Finger an die Lippen und deutete der unerwarteten Besucherin an, ihr rasch in den Laden zu folgen. »Um Himmels willen, Viola, wo kommst du denn auf einmal her?«, flüsterte sie trotz der geschlossenen Flurtür. »Na, von Berlin natürlich«, lachte die und drehte sich mit erhobenen Armen einmal um ihre Achse. »Sie ist noch immer eine Spielerin«, dachte Mathilde, während sie Viola zum Stübchen schob. Sie schob der Jüngeren den Hocker hin und nahm selbst an dem niedrigen Tischchen Platz. »Es ist noch alles beim Alten«, lächelte Viola zufrieden, als sie sich in dem winzigen Raum umsah. Mathilde sah verlegen auf ihre Hände. »Ja, auch draußen, weißt du, ich will deinen Eltern irgendwann alles wieder so zurückgeben, wie sie es verlassen haben.« »Mhm«, machte Viola nur, dann sah sie die schmale Person schelmisch an. »Aber du weißt schon Mathilde, dass Schokolade grau wird, zu bröckeln anfängt und die Maden anzieht, wenn man sie zu lange aufhebt. Also ich will sagen: Hab mal nicht den Ehrgeiz, Mutter und Papa mit denselben Pralinen zu empfangen, wie sie sie verabschiedet haben!« Die beiden Frauen lachten herzlich. Woher haben sie alle nur diesen unvergleichlichen Humor?, dachte Mathilde und verdrängte den aufkommenden Schmerz. Wie oft schon hatte sie Chaijms Talent, eine angespannte Situation mit dieser ganz bestimmten Art von Mutterwitz zu entschärfen, schmerzlich vermisst. Genau dies fehlte auch Fritz, und er war in sich versunkener denn je, seitdem die Seeligmanns nicht mehr da waren. »Aber«, begann Mathilde, wusste jedoch nicht so recht, wie sie weitermachen sollte. Viola kam nicht in Verlegenheit. »Ich weiß schon«, lächelte sie und legte den Kopf leicht schief. »Du willst wissen, wie ich hergekommen bin, warum ich noch einen Pelzmantel trage und sicher fragst du dich auch, warum ich ohne Stern gehe?« Mathilde nickte und fühlte sich entlarvt. »Siehst du, ich bin eine Präsentationsjüdin, sozusagen, ein besonders gehegtes Exemplar einer besonders bedrohten Spezies, aber ein paar von uns braucht man noch.« Mathilde war ein wenig verwirrt. »Fragt sich nur, wie lange noch«, fügte Viola hinzu und schürzte die Lippen. Dann stand sie auf. »Tja, Mathilde, so ist das nun mal, aber wenn du die Wahrheit wissen willst: Es ist ein schmutziges Geschäft, das alles, und ich habe es nicht mehr ausgehalten vor Sehnsucht nach Paulina und nach dem allem

hier.« Mathilde fuhr das Herz in die Hose. Sie wollte also ernsthaft Paulina sehen, ins Heidehaus hinausfahren, einfach mal so dort an der Tür läuten und sagen: »Hier bin ich?«
War Berlin denn nicht in Deutschland oder ging es den Juden dort etwa noch besser als anderswo? Oder war am Ende irgendetwas mit Viola geschehen, das man ihr zwar nicht ansah, sie aber verrückt gemacht hatte? Mathilde wurde unruhig. »Viola ... ich meine ... äh, weißt du, es ist nur so ...« Viola fuhr herum, während Mathilde verzweifelt um Worte rang. »Was ist mit Paulina?«, stieß sie hervor und packte Mathilde an den Schultern. »Ist irgendetwas? Ich weiß, dass sie krank war, sie war todkrank, aber sie hat mir doch selbst geschrieben, dass sie ...« »Psst! Nein es ist nichts!«, sagte Mathilde schnell. »Du musst dir keine Sorgen machen!« Allmählich kroch doch die Angst in ihr herauf. Wenn nur Fritz nicht schon gegangen wäre! Was sollte sie denn mit dieser Frau machen, wenn sie die Nerven verlor? »Also«, bemühte sie sich, den Faden möglichst ruhig wiederaufzunehmen, »es ist nur so, dass selbst Paulina noch kein einziges Mal hier im Laden gewesen ist, weil es zu riskant ist, und nur in der Dunkelheit hat sie sich anfangs hin und wieder einmal mit Thea in die Stadt gewagt, wenn der Professor, also ich meine Eleonores Bekannter, Herr Keyserling, sie mit seinem Auto abholte, und dann nur für ganz wenige Minuten. Aber dann ist Paulina ja Emilie Mann und trägt ein Kopftuch und die Haare anders und so. Sie tun alles da draußen, damit Paulina nicht erkannt wird, und bis jetzt ist auch alles gut gegangen, nur ...« Mathilde verschränkte die Finger ineinander, dass es wehtat. »Viola, man kennt dich hier doch auch, und wenn dich jemand beobachtet und merkt, dass du ohne Stern gehst und ... es gibt so viele bösartige Menschen, und du bist in Gefahr, ob du es wahrhaben willst oder nicht! Sei vorsichtig, bitte, denn niemand darf auf den Gedanken kommen, dass es sich bei dem angeblichen Hausmädchen von Eleonore um Paulina handeln könnte.« Mathilde ärgerte sich, dass sie in so einem Durcheinander daherredete, aber ihr fehlten einfach die richtigen Worte, um das zu sagen, was sie dachte. Wüsste sie zu ihrem großen Leidwesen nicht von ihrer eigenen Tochter, wie groß der Hass der Nationalsozialisten inzwischen auf alles Jüdische angewachsen war, wäre sie tatsächlich manches Mal dazu verleitet, nicht alles zu glauben, was sie erfuhr. Aber vor seinem eigenen Fleisch und Blut konnte man sich nicht verschließen, so schmerzlich es war. Mathilde konnte sich nicht erinnern, je einmal mit der Tochter der Seeligmanns Mitleid gehabt zu haben, aber in diesem Moment tat sie es zutiefst. Die große Frau saß zusammengesunken vor ihr auf dem Hocker und ihre schlanken Hände hingen schlaff von ihren Knien. »Morgen ist Heiligabend«, sagte Viola leise. »Ja«, war alles, was Mathilde herausbrachte, während sie fieberhaft über-

legte, was sie tun könnte. Aber ihr Gehirn kam ihr vor wie zugenagelt. Nach einer Weile erhob sich Viola. »Gute Nacht, Mathilde, es war schön, dich gesehen zu haben, und ich bin sicher, du verrätst mich nicht!« Mathilde nahm die angebotene Hand und hielt sie einen Augenblick zwischen ihren beiden fest. »Viola, ich will es dir bestimmt nicht verbieten, das Kind zu sehen, das glaubst du mir doch, oder?« Viola lächelte gütig. »Aber natürlich tue ich es, wenn du versprichst, mir auch zu glauben, dass ich mein Kind nicht in Gefahr bringen will.« Viola beugte sich rasch zu der verblüfften Mathilde hinunter und hauchte ihr einen Kuss auf die Stirn. Dann verließ sie das Stübchen, steuerte zielstrebig auf die Flurtür zu, blieb an dieser einen Augenblick stehen und sah in die Dunkelheit des Ladens. »Und dass du mir ja daran denkst, die Schokolade zu verkaufen, bevor Mama wieder auftaucht, sie kann altes Zeug nicht leiden!« Mathilde nickte bestätigend und presste die Lippen aufeinander. Als sie nur wenige Sekunden später voll bitterer Selbstanklagen draußen auf der Victoriastraße stand, war von Viola weit und breit nichts mehr zu sehen.

Paulina freute sich auf Weihnachten, auch wenn es bereits das dritte war, das sie nun hier im Heidehaus verbrachte. Aber sie war einfach froh, dass sie sich ganz allmählich wieder kräftiger zu fühlen begann. Zwar schlief sie noch viel und hatte oft das Bedürfnis, sich wenigstens hinzulegen, aber sie verspürte wieder öfter Lust, sich zu bewegen und irgendetwas anderes zu tun, als dazuliegen und zu lesen oder das Grammophon spielen zu lassen. Sie hatte Alwine geholfen, einen Stollen zu backen. Zwar war es eigentlich verboten, da die Zutaten, die man dazu benötigte, erheblich gekürzt worden waren, aber dank Alwines guten Beziehungen zu den Bauern der Umgebung, war sie nicht ausschließlich auf das angewiesen, was es auf die Marken zu kaufen gab. Konrad hatte ein kleines Tännchen organisiert, und Thea war mit Eleonore auf den Dachboden gestiegen, um den Baumschmuck hervorzuholen.

Paulina trat an das Küchenfenster. Sie hielt sich einfach gerne bei Alwine auf. Erstens war es in der Küche meistens warm, und zweitens tat ihr deren fürsorgliche Art gut, die sich aber ganz und gar nicht übertrieben bemutternd ausnahm, wie es hin und wieder bei Eleonore der Fall war. »Du vermisst die frische Luft, nicht?« Woher hatte Alwine nur dieses beinahe untrügliche Gespür für das, was in einem vorging? »Ich weiß gar nicht mehr, wie es sich anfühlt, da draußen«, gab Paulina lakonisch zurück. »Warum will Eleonore mich noch nicht hinauslassen, weißt du es, Alwine?« Das gleichmäßige Schaben von Alwines Messer, mit dem sie eine Karotte ihrer Schale entledigte, füllte für einige Sekunden die Stille, die zwischen den beiden entstanden war. »Wenn man einen Menschen unter seinen Händen beinahe hat sterben sehen, lässt man ihn nicht mehr gerne aus den Augen.« Jetzt war es Paulina, die nicht gleich wusste, was sie sagen sollte. Sie war es überdrüssig zu hören, dass sie hätte sterben können, denn schließlich konnte sie nichts dafür. Andererseits aber beängstigte sie der Gedanke, deswegen vielleicht in Zukunft wieder mehr unter der Aufsicht Eleonores zu stehen, so wie es auch in den ersten Monaten ihrer Anwesenheit im Heidehaus der Fall gewesen war. Ein wenig aussichtsreicher Gedanke. »Wenn du nicht herumtrödelst, schaffst du ein paar Runden ums Haus, bevor die Chefin wieder auftaucht, sie hat sich zurückgezogen, um Geschenke einzupacken, und außerdem ist es schon ja dunkel.« Paulina sah Alwine dankbar lächelnd an, aber die streifte gerade die Karotten und das Grünzeug in die Pfanne, um den Braten für Morgen vorzubereiten, und das Zischen des heißen Fettes ließ ohnehin kein Reden in normaler Lautstärke zu. Aber Alwine schien auch diesmal Paulinas Unschlüssigkeit zu spüren. Sie sah nur kurz von ihrer konzentrierten Arbeit auf und machte eine Kopfbewegung nach links. Über dem Stuhl, in dessen Richtung die Köchin gezeigt hatte, lag deren aus dicker Wolle gehäkeltes Schultertuch. Paulina zögert nicht lange. Sie griff nach dem dunkelgrauen Umhang und warf ihn über. Das Öffnen der Tür kam ihr beinahe wie ein heiliges Ritual vor, und sie spürte, wie ihr Herz zu klopfen begann. Dann war sie draußen. Die feuchtkalte Abendluft war wie ein belebendes Elixier. Paulina sog sie mit geöffnetem Mund tief in ihre Lungen. Es stach nicht einmal, es tat nicht weh, weder im Hals noch in den Bronchien, sie bekam keinen Hustenanfall, geschweige denn den Anflug eines Reizes. Paulina legte den Kopf in den Nacken und sah hinauf in den sternklaren Himmel. »Ich glaube, ich bin tatsächlich unbeschadet davongekommen«, dachte sie, was sie in den letzten Wochen manchmal bezweifelt hatte, wenn sie sich so müde und innerlich wie ausgedörrt gefühlt hatte. Sie tat einige vorsichtige Schritte nach vorn, vom Schutz des Hauses weg. Als sie über ihre Schulter hinweg zurücksah, entdeckte sie Alwines Gesicht am Küchenfenster, das ihr aufmunternd zulächelte. Sie liebte diese zupackende Frau. Paulina legte die Finger an ihre Lippen und warf der Köchin eine Kusshand zu. Dann zog sie die Stola ein wenig fester um die Schultern und ging am Küchenanbau vorbei. Einige Runden ums Haus und ein paar Meter in den Garten würde sie sich gönnen. Mehr war zu riskant, denn sie wusste ja nicht, wann Eleonore wieder in Erscheinung treten würde, und sie wollte sie nicht gerade verärgern, indem sie ihre Gebote umging. Thea war im Atelier und arbeitete noch, vermutlich war sie mit Weihnachtsgeschenken beschäftigt, wie meistens in letzter Minute. Paulina hatte nichts zum Verschenken, und es betrübte sie eigentlich sehr. Aber ihre Krankheit hatte es ihr unmöglich gemacht, sich mit irgendwelchen Handarbeiten oder Basteleien zu beschäftigen, ganz abgesehen davon, dass Eleonore über sie wachte wie ein Schießhund. Aber sie würde es nachholen und ihre Dankbarkeit dann zeigen, wenn es ihr wieder richtig gut ging und sie mehr von dem tun konnte, was sie selbst wollte. Sie ging nahe der Wand entlang, als sie auf die Südseite des Hauses trat, so konnte Eleonore sie auch gewiss nicht vom Fenster ihres Arbeitszimmers aus sehen. Sie strich mit der linken Hand an dem Sockelstein vorbei, und seine kühle Rauheit sorgte für ein Kribbeln in ihren Fingern, das sie aber als angenehm empfand. Am liebsten hätte sie ihr Gesicht kurz dagegen gedrückt, weil es sich auf einmal so heiß anfühlte. Als sie die große Fläche der Terrasse vor sich hatte, zögerte sie einen Moment und vergewisserte sich dann, ob auch tatsächlich niemand am Fenster oben zu sehen war. Sie würde einfach schnell sein müssen, um die Terrasse zu überqueren. Während des Laufens bemerkte sie aber nach einigen Metern, wie es ihr in den Beinen zog. Sie war direkt froh, als sie am anderen Ende des Hauses angekommen war, und bog schnell um die Ecke. Konnte es wirklich sein, dass einen diese lächerliche Entfernung aus der Puste brachte? Sie blieb stehen, um Atem zu schöpfen. Trotzdem war es ein gutes Gefühl, sein Herz nicht aus Angst oder der Krankheit wegen pochen zu fühlen, sondern weil man sich aus reiner Lust bewegt hatte und der Körper aus der Ruhe gekommen war. Paulina strich sich mit beiden Händen über Gesicht und Haare. Die Locken fühlten sich weich und leicht an, feuchte Luft hatte ihnen immer schon gutgetan. Plötzlich überkam sie eine große Wehmut, die mit einem Schlag ihr wohltuendes Aufleben zunichtemachen wollte. Sie griff mit beiden Händen fest in ihre Haare und umklammerte sie im Nacken. Erstaunlicherweise waren sie trotz ihrer Krankheit gewachsen. Vor allen Dingen aber war von dem künstlich erzeugten rotbraun Ton fast nichts mehr zu sehen. Wie schön wäre es doch, die Locken wieder lang und offen tragen zu dürfen, so wie früher. Komisch, dachte sie, *früher,* ich denke schon wie eine alte Jungfer. Wie lange ist *früher* denn her? Zwei Jahre oder eine Ewigkeit? Würden die Großeltern jetzt gerade in diesem Augenblick auch an früher denken? Mama? Seitdem sie Mama geschrieben hatte, dass sie krank gewesen war, hatte sie nichts mehr von ihr gehört. Was, wenn es ihr nicht gut ging? Wenn sie …? Paulina musste gegen das Bedürfnis ankämpfen, sich gegen einen Baumstamm zu lehnen. Es war doch grade eben so schön gewesen! Sie drehte sich einmal langsam um sich selbst. Die weichen Fichtennadeln unter ihren Schuhen gaben keinen Laut von sich. Überhaupt war es hier draußen unheimlich still. Wieder legte sie den Kopf in den Nacken und sah nach oben in den hohen Wipfel der meterlangen Heidefichte. So erhaben sollte man über den Dingen stehen können wie dieser Baum! Kerzengerade, immer dem Licht nachstrebend, aber fest verwurzelt in einer dunklen Unsichtbarkeit, in der so viel Kraft stecken musste, dass man Jahrzehnte lang dem Wetter trotzen konnte. Eigentlich hätte sie jetzt heulen können, aber sie verwehrte es sich, denn sie war doch der frischen Luft wegen rausgegangen und nicht, um dunkle Gedanken zu haben. Die konnte man sich auch drin im Haus machen. Für einen weiteren Rundgang würde ihre Kraft schon noch reichen, und dann konnte sie wieder zu Alwine in die Küche schlüpfen. Bestimmt würde ihr diese eine heiße Schokolade machen, wenn sie darum bäte, denn Alwine brachte es trotz kleinster Kriegszuteilungen zustande, nach wie vor leckere Dinge zu zaubern. Als sie unter dem Schutz des Nadelbaumes hervortrat und sich der Hausseite zuwandte, hörte sie ein Motorengeräusch. Es kam nur sehr langsam näher, aber Paulina horchte konzentriert. Sie ging noch einige Schritte an der Nordseite des Hauses entlang, so würde sie der Straße näher sein, ohne jedoch vondort her gesehen werden zu können. Die Wagen der benachbarten Autobesitzer erkannte sie bereits seit Langem. Das war wichtig, denn so konnte sie immer rechtzeitig entscheiden, ob sie sich nun aus dem Blickfeld begeben oder dort, wo sie sich gerade befand, bleiben wollte. Durch die Stille, die an diesem Vorweihnachtabend hier draußen herrschte, war das Motorengeräusch gut zu hören, und Paulina war sich ganz sicher, dass der Wagen in ihrer Straße fuhr, und vor allen Dingen aber, dass sie ihn keinem der Bekannten zuordnen konnte. Ihr Herz begann heftig zu klopfen. Sollten sie etwa ungebeten Besuch bekommen? Diesen ganz bestimmten, den sie fürchteten wie keinen anderen? Panik erfasste sie, und sie sah sich Hilfe suchend um. Sie musste unbedingt ins Haus, oder war es nicht doch besser, hier draußen zu bleiben? »He, he, wir sind doch nicht etwa auf der Flucht?« Paulina fuhr herum. Mit einem Sprung war Thea bei dem kreidebleichen Mädchen. »Was ist denn los, Paulina?« Sie war zu Tode erschrocken ob ihren geweiteten Augen. »Da kommt ein fremdes Auto, Thea!« Erst jetzt horchte diese mit gerunzelter Stirn auf das deutlich näher kommende Geräusch. »Was tust du denn auch hier draußen?«, flüsterte sie dann. »Obwohl?« Sie sah sich suchend um. »Komm schnell!« Thea nahm Paulina an der Hand und lief ihr voraus, erst dicht am Haus entlang, dann schnell unter der Fichte hindurch, an die sich ein ganzes Stück frei einsehbares Gelände anschloss. An dessen Ende befand sich eine Reihe dicht verholzter Sträucher, hinter denen sie verschwinden konnten. Während sie rannten, hörten sie mit großer Anspannung auf das Auto. Es musste sich noch einmal deutlich verlangsamt haben und in der Zwischenzeit ungefähr auf der Höhe des Hauses angelangt sein. Thea zog Paulina unerbittlich weiter, obwohl sie hörte, wie geräuschvoll diese den Atem einsog. Aber sie musste durchhalten, bis sie wenigstens in der Nähe des Zaunes waren. Man hörte die schrecklichsten Dinge, oft hatten sie Hunde dabei ... »Es ist weg«, keuchte Paulina, »ich ...«

»Komm wenigstens noch bis zur Hecke«, raunte Thea ihr zu. Die letzten Meter stolperten sie mehr, als dass sie liefen, dann ließen sie sich hinter dem üppigen Buchs auf den Boden fallen. Thea zog die um Luft ringende Paulina dicht an sich heran. Sie war froh, dass sie in unmittelbarer Nähe der hölzernen und nur an einer einzigen Stelle befestigten Zaunstaketen waren, die Konrad an dieser Stelle in den Eisenzaun eingesetzt hatte und durch die man schnell und unbemerkt hindurchschlüpfen konnte, um im angrenzenden Heidewald zu verschwinden. »Ich höre jetzt auch nichts mehr«, flüsterte sie Paulina ins Ohr, die sich daraufhin etwas aufrichtete. Sie hielt einen Moment die Luft an, um nicht von ihrem eigenen Atmen abgelenkt zu werden. Dann schüttelte sie den Kopf. »Vielleicht sind sie schon im Haus?«, überlegte sie dann aber laut. »Glaube ich nicht, wir hätten Stimmen gehört in dieser Totenstille hier.« Paulina war schon wieder etwas mutiger. Eine Weile sahen sie sich fragend an. Es war wirklich unglaublich still um sie. Nicht der leiseste Hauch eines Windes war zu vernehmen, kein Rascheln von Bäumen, Sträuchern oder vertrockneten Blättern, die auf der Erde lagen, auch kein noch so winzig kleines Geräusch, das von einem Tier stammen könnte, einem Vogel oder einer Maus, von denen es hier unzählige gab. »Sie sind weg, bestimmt«, versuchte Thea sich und Paulina Mut zuzusprechen. Paulina zog die Schultern hoch. »Lass uns trotzdem noch hierbleiben«, schlug Thea vor. »Warten wir eine Viertelstunde, und dann gehe ich mal vorsichtig nachsehen, ja?« Paulina nickte. Es waren lange Minuten. Sie sahen anfänglich mindestens jede halbe davon auf Paulinas Uhr. Irgendwann begann diese zu frösteln, und als Thea das bemerkte, zog sie ihre Strickjacke aus und befahl ihr, sich daraufzusetzen. »Sonst kriegst du einen feuchten Hintern und einen Blasenkatarrh, und ich muss mich vor lauter Sorge um dich wieder betrinken, igitt, und es ist scheußlich, wenn man das dann hinter sich bringen muss, glaub mir.« Thea schnitt eine fürchterliche Grimasse und schüttelte sich angewidert. Sie mussten einfach lachen. So leise es ging, aber es nahm doch etwas von der Angst. »Habe ich es richtig verstanden, dass du dich meinetwegen betrunken hast? Wann war das denn, ich habe es gar nicht mitbekommen!« »Ach du!« Thea zog Paulinas Kopf zu sich her und fuhr ihr mit den Fingern durch die Haare. »Da bist du doch ganz weit fort gewesen, so weit schon, dass ich dachte, du kämst nie mehr wieder zu mir zurück, und das war es ja es gerade, was so unerträglich war.« Sie schwiegen eine Weile. »Was hättest du getan, wenn ich wirklich ...« Paulina brach ab, ehe sie ganz leise ihren angefangenen Satz beendete. »...wenn ich wirklich nicht mehr wiedergekommen wäre?« Thea umschloss Paulina fest mit ihren Armen, sodass es dieser fast wehtat und vergrub ihr Gesicht in deren Haaren. »Ich wäre auch gegangen«, flüsterte sie dann. Paulina hätte gerne gefragt, wohin, aber sie brachte den Mut nicht auf dazu. Sie schluckte ein paarmal, damit der Kloß im Hals verschwinden sollte. Sie spürte Theas warmen Atem in ihren Haaren. Sie war nicht allein, nein, sie war es niemals gewesen, ihr ganzes bisheriges Leben lang, auch wenn sie sich tausendmal so gefühlt hatte. Sie hatte niemals das gehabt, was andere Kinder hatten, Mutter und Vater nämlich, aber sie hatte anderes, am Ende sogar Besseres? Großmama, Großvater, Kolja, die Freundinnen, wenn auch nur Lorchen übrig geblieben war, Eleonore, Alwine und Thea und noch andere – vielleicht musste sie ja sogar auch Mama und August dazuzählen, Greta, ja natürlich, Greta, was hatte ihr die bedeutet, wenn sie Mama in Berlin besucht hatte. Dann Mathilde und Fritz, die Steins, Konrad, der Alwines knappen Auskünften nach auch an ihrem Krankenlager gesessen hatte, der gute Alte. Michail von Witte, dem sie und die Großeltern ihre Rettung zu verdanken hatten und in dessen Familie jetzt die Großeltern in Sicherheit waren. Sie hatte es unendlich gut, und es quälte sie, dass sie nicht einen einzigen Grund zu nennen wusste, warum gerade sie dazu auserwählt sein sollte. Warum waren gerade ihr diese wunderbaren Menschen geschickt worden, während Tausende anderer den Bösen hilflos ausgeliefert waren, wie etwa Großvater Birnbaum und die kleine Angelika? Zum unzähligsten Mal sah sie diese beiden verzagten Gestalten vor sich, als sie mit ihren gelben Sternen gekennzeichnet durch die Straßen gegangen waren. Was mochte wohl in der Zwischenzeit mit ihnen geschehen sein? Lorchen hatte ihr schon so lange keine Beobachtungen mehr aufgeschrieben. Dabei wollte sie doch nicht, dass man sie schonte. Sie musste es wissen, alles, alles was herauszufinden war, alles, was mit den Juden geschah! Es war wie ein unstillbarer Drang, auch wenn es ihr Seelenqualen bereitete.

Sie saßen regungslos. Es war das erste Mal seit Paulinas Krankheit, dass sie sich so nahekamen. Paulina hatte so oft in den vergangenen Wochen unter dem Eindruck gelitten, dass Thea sich verändert habe. Als läge etwas zwischen ihnen, eine unbestimmte Scheu. Manchmal verzweifelte Paulina beinahe an dem Gedanken, dass, während sie in dem undurchdringbaren Nebel ihrer Fieberanfälle gelegen hatte, irgendetwas Umwälzendes passiert sein musste, das man ihr aber verschwieg, vielleicht um sie zu schonen. Aber alle waren noch da, alles sah aus wie vorher, der Krieg war nicht zu Ende – und sonst? Plötzlich fühlte sie eine ungeheure Dankbarkeit. Sie zitterte nicht mehr, und die Spannung war gewichen. Die ganze Zeit hatten sie kein Auto mehr gehört, keine Stimmen, kein Hundegebell. Die feuchte Nebelluft hüllte sie und Thea ein wie der weiche Mantel einer guten Fee. Sie fühlte sich so lebendig wie seit Monaten nicht. Sie hatte keine Ahnung, ob die Viertelstunde, die sie warten wollten, nun schon vorüber war oder nicht. Die Angst war plötzlich so weit weg. Vorsichtig löste sich Paulina aus Theas Armen und hob den Kopf. Sie merkte, wie Thea ein wenig zurückwich und ihre Arme dann schlaff herunterfielen. Erst jetzt sah sie, dass Thea weinte. Wie lange wohl schon? Erst als Paulina sich die Locken aus dem Gesicht strich, spürte sie, wie feucht die von der Winterluft waren. Sie lehnten die Köpfe aneinander, Stirn an Stirn.

Als sie wenig später hintereinander Alwines Refugium betraten und deren strafenden Blicken standhalten mussten, war weit mehr als eine halbe Stunde vergangen, seitdem Paulina die Küche verlassen hatte. Später berichtete Eleonore, dass sie vom Fenster ihres Arbeitszimmers aus ein elegantes Auto beobachtet hatte, das ihr unbekannt gewesen war, und um ein Kennzeichen lesen zu könne, sei es bereits zu dämmerig gewesen. Es sei größtenteils in einer hellen und nur über den Rädern in einer dunklen Farbe lackiert gewesen. Vorne hätten zwei große Personen gesessen, ein Mann mit Hut und eine Frau im hellen Pelz. Der Wagen sei in auffallend langsamer Geschwindigkeit die Straße hochgekommen, hätte dann auf der Höhe des Tores kurz angehalten und wäre dann in rascherem Tempo weitergefahren, in die nächste Straße eingebogen und in der Dunkelheit verschwunden. Sie hätte absichtlich lange genug hinter dem abgedunkelten Fenster Position bezogen und gewartet, aber es wäre nicht mehr aufgetaucht. Sie hatte die Mädchen und Alwine gefragt, ob ihnen ein Wagen mit den dazu beschriebenen Personen bekannt wäre, aber die hatten nur verneinend den Kopf geschüttelt. Allerdings war Eleonore der bedeutungsvolle Blick entgangen, den die drei untereinander gewechselt hatten, weil sie in diesem Moment damit beschäftigt gewesen war, die Platte mit den Weihnachtsliedern auf das Grammophon zu legen. Irgendwann, kurz bevor sie beschlossen, ins Bett zu gehen, sagte Paulina plötzlich gedankenverloren: »August besaß immer einen Wagen, der in hellem Beige lackiert war, einen Mercedes, irgendwas mit S und K nannte er ihn, wenn ich mich recht erinnere. Da konnten aber nur zwei Leute drinsitzen, mit Mama hat er immer Ausflüge in die Mark gemacht damit, oder an die Ostsee.« Sie hatte immer langsamer gesprochen und dabei unter schweren Lidern in das letzte glühende Rot des Kaminfeuers gestarrt. »Kind, du bist müde«, war Eleonores Kommentar gewesen.

1942

Eines schönen Abends im Mai hatte der Professor bei Eleonore angerufen und seinen Besuch angekündigt. Er müsse dringend mit ihr reden, denn manche Dinge würden jetzt einfach keinen Aufschub mehr dulden.
Die beiden führten seit Jahren eine lose Freundschaft. Hätten sie nicht beide schon ein gewisses Alter erreicht, hätten sie bestimmt den Mut aufgebracht, zu heiraten. Kilian war ja Witwer, aber er hielt es einfach nicht für schicklich, mit annähernd sechzig Jahren noch einmal zu heiraten. Auch wenn Tochter und Sohn ihn mehrmals dazu ermutigt hatten und vor allen Dingen Eleonore für die beste Frau für ihren alternden Vater hielten. Sie wäre seiner Person gewachsen, behaupteten sie.
Eleonore machte ähnliche Erfahrungen. Michail spottete, seitdem er den Professor kennengelernt hatte, dass Eleonore sich nur davor scheue, in ihrem Alter die stürmischen Launen des Frühlings über sich ergehen zu lassen, und Angst habe, die Contenance zu verlieren. Dabei wisse sie gar nicht, wie herrlich sich das mitunter anfühlen könne. Wie oft hatten sie über diese Sache herzlich miteinander gelacht, sie und Michail, denn diesem nahm sie Äußerungen solcher Art nicht übel. Aber er war eben ein Mann, und diesen gestand man andere Dinge zu als einer Frau. Eleonore hatte sich von Kind an für eine höhere Bildung interessiert und diese auch auf ihr Drängen hin erhalten. Leider hatte sich aber dann später kein männliches Wesen im Dunstkreis der Wissenschaft gefunden, das Interesse an einer studierenden Frau gehabt hätte. Höchstens vielleicht an einer Künstlerin, aber in diesem Bereich war sie nun einmal nicht gut genug gewesen. Sie haderte jedoch nicht damit, eine Universität besucht zu haben, nur die Tatsache, dass ihr Mann und Kinder verwehrt bleiben sollten, hatte sie oft bedauert. Als dann Kilian in ihr Leben getreten war, genoss sie seine ihr offen zugetane Art und den geistigen Austausch mit ihm, der jedoch auch manches Mal in erhärtete Streitgespräche überging, welche sie beide aber geradezu anspornten. Aber es zeigte einfach, dass sie sich nicht gleichgültig waren und er sie für fähig hielt, ihn mit gut durchdachten Argumenten eines Besseren zu belehren. Wenn sie auch weder Tisch noch Bett miteinander teilten, bedeuteten sie sich doch mehr, als sie es sich eingestanden. Was allerdings einen Teil der Sache mit Paulina betraf, hatten sie bisher zu keinem gemeinsamen Nenner gefunden. Das war auch der Grund für Kilians Besuch an diesem Frühlingsabend.

Er war keineswegs dagegen, dass Eleonore das Mädchen bei sich aufgenommen hatte, im Gegenteil. Aber er war von Anfang an dafür eingetreten, dass die offizielle Emilie Mann natürlich auf dem Einwohneramt gemeldet und Dresden-Bühlau als ihr erster Wohnsitz eingetragen würde. Theas Vater war freilich derselben Meinung gewesen, aber Eleonore hatte es bisher tatsächlich umgangen. Sie befürchtet viel zu sehr, dass Paulina dann dem Zugriff der Hitlerjugend ausgesetzt wäre. Was, wenn man sie zwänge, zu den Veranstaltungen zu gehen und sie dort vielleicht auf ehemalige Kameradinnen träfe? Eleonore rechnete einfach damit, dass die Geschichte mit dem armen Berliner Mädchen plausibel genug wäre und es niemandem in ihrer Umgebung einfiele, sich für dessen rechtlichen Status zu interessieren. Alle ihre Nachbarn beschäftigten mal kürzer und mal länger bleibende Mädchen, und sie war ja selbst auch noch nicht auf die Idee gekommen, nach deren Arbeits- und Aufenthaltserlaubnis zu fragen. Selbstverständlich ging man davon aus, dass alles in geordneten Bahnen ablief! Allerdings hatte Eleonore schon gehofft, dass es die Nationalsozialisten nicht mehr jahrelang geben würde, und vor allem nicht, dass es wirklich zu einem Krieg von dem Ausmaß des jetzigen kommen würde. Tatsächlich war es nun aber so, dass mit der Dauer des Krieges die Gefahr für das Leben der jüdischen Bevölkerung und all jener, die nicht in das Bild des rassenideologischen Wahnes passten, stetig größer wurde.
Und genau das versuchte Kilian Keyserling nun Eleonore in aller Schärfe klarzumachen. Als er am Tag vor seinem Besuch im Heidehaus von einer ehemaligen Kollegin auf das junge Mädchen bei der Frau Baronin angesprochen worden war, sah er den Zeitpunkt zum Handeln endgültig für gekommen. Schließlich war Eleonore eine bekannte Person, auch wenn sie nur noch gelegentlich in eher privaten Kreisen kleine Seminare hielt. Und immer wieder einmal bekam sie Besuch von ehemaligen Studentinnen. Zwar waren die meisten »koscher«, wenn man so wollte, aber man konnte dennoch nie wissen.
»Du wirst nicht umhinkommen, Paulina nun endlich offiziell hier zu melden, wenn du sie weiterhin beschützen willst«, begann der Professor unumwunden sein Gespräch. »Leo, wo ist dein scharfer Verstand geblieben, für den ich jederzeit die Hand ins Feuer gelegt hätte?«, forderte Kilian seine »Baronin«, wie er sie oft zärtlich nannte, regelrecht heraus. »Seit drei Jahren tanzt ihr auf einem Vulkan und bildet euch ein, dass das Glück gerade euch besonders hold sein würde, warum, zum Teufel, aber sollte es das? Noch ist niemand misstrauisch geworden, aber je älter Paulina wird und je länger sie da ist, umso größer sehe ich die Gefahr werden, dass jemand sich Gedanken macht, warum sie nicht am gleichen Jugendleben teilnimmt wie ihre Altersgenossen. Deshalb warte nicht,

bis sie vor deiner Haustür stehen und du in Erklärungsnöte kommst, sondern begib dich in die Offensive, jeder dumme Soldat weiß, dass man von diesem Posten aus länger verteidigen kann, und wenn wir schon dabei sind ...«, Kilian holte Luft, »schließlich weißt du ganz genau, dass dir nicht ewig ein sogenanntes Dienstmädchen und eine Wirtschafterin zustehen, zumal ... zumal du kein kriegswichtiger Betrieb bist.« Er lachte bitter. »Sprich nicht so!«, herrschte Eleonore ihn schließlich an, weil sie keinen Augenblick mehr länger ertragen konnte, was er sagte, aber er ließ sich nicht beirren. »Oh doch, meine Liebe, glaubst du etwa, ich stehe sozusagen dumm herum, lahm wie ein törichter, alter Esel – neben den Frauen, die mir ans Herz gewachsen sind, und schaue nur so zu, wie ... wie ... man mich eines Tages dieser Goldstücke berauben wird?« Er riss sich die Brille von der Nase und putzte sie mit Inbrunst mittels eines riesengroßen weißen Taschentuches, während er nach Worten suchte. Er trat ans Fenster und holte noch einmal tief Luft, schwieg aber doch. Eine Weile blieb es still. »Mach weiter, wenn du noch etwas zu sagen hast«, ließ sich Eleonore dann vernehmen.

»Ach, klingt das alles sentimental und voll schlechten Pathos wie ein altes Rührstück. Aber gerade das ist es nun mal nicht, sondern wir befinden uns mitten in der bitteren Wirklichkeit, und ich weiß, meine Liebe, dass du sie genauso gut kennst wie ich. Es tut mir leid!« Kilians Stimme klang auf einmal unendlich müde. Gedankenverloren schwenkte er seine Brille hin und her, während er noch immer in die Dunkelheit hinausstarrte. Sie hatten weder die Vorhänge zugezogen noch die Fensterläden geschlossen, und deshalb hielten sie sich im Finsteren auf. Eleonore saß stumm an dem alten Herrenschreibtisch ihres Großvaters, den Kopf in die Hände gestützt, voll aufgewühlter Gedanken. Wie viel Zeit sie in diesem Schweigen verbracht hatten, konnten sie im Nachhinein nicht mehr sagen. Irgendwann hatte der alte Regulator unten im Flur Mitternacht geschlagen. Da erst war Eleonore aufgestanden. »Heute Nacht wirst du in meinem Hause bleiben, mein Lieber, und in den nächsten Tagen werde ich Emilie Mann zu einer offiziellen Person hier machen.«

Nach starkem Herzklopfen und großer Nervosität, die Paulina und Eleonore beschlichen hatte als sie sich eine gute Woche später hinunter in die Bautzener Landstraße aufs Rathaus begeben hatten, waren sie mehr als erleichtert, als sie aus der beklemmenden Atmosphäre der Amtsstube hinaus wieder auf die Straße getreten waren.

Alle Papiere wurden als einwandfrei angesehen, was sie im Heidehaus allerdings fast nicht anders erwartet hatten, denn die meisten von ihnen, wie die Urkunde, die Emilies Geburt und sie somit als die Tochter von Paul und Irma

Mann, geborene Genter, bestätigte, waren ja echt. Allerdings hatte Paulina jetzt eine neue Kennkarte, die mit einem Stempel der Dresdner Stadtgemeinde Bühlau versehen war. Paulina trug ja mittlerweile die hennabearbeiteten Haare nicht mehr ganz kurz, sondern Kinnlang und mit dichten Stirnfransen. Mittels eines Glätteisens waren die Locken zu großen Wellen geworden. Zudem, trug Paulina eine Brille allerdings nur mit ganz normalem Fensterglas ausgestattet, die Thea einmal bei einer Theateraufführung hatte mitgehen lassen, und natürlich trat sie, wie von Anfang an, das linke Bein nachziehend in Erscheinung. Manchmal tat sie das auch zu Hause, was allerdings immer häufiger keinem von ihnen mehr auffiel, am wenigsten ihr selbst. Bemerkten sie es aber, amüsierten sie sich doch jedes Mal darüber.

Keine drei Tage nach Paulinas Meldung kam ein auf »Emilie Mann« ausgestellter Brief ins Haus, nicht mit der Post, sondern persönlich von einem Boten der Behörde ausgestellt. Es war die Benachrichtigung über die verpflichtende Teilnahme für alle jungen Menschen zwischen siebzehn und fünfundzwanzig Jahren am Reichsarbeitsdienst. Man befand vonseiten der Behörde, dass man im Heidehaus keine weitere Person für Haushaltsdinge benötigte, da nicht genügend fürsorgepflichtige Bewohner dort leben würden, und Paulina an wichtigeren Stellen für den »Dienst an Volk und Vaterland« eingesetzt werden sollte. Paulina bemühte sich, das Ganze einigermaßen gefasst aufzunehmen, obwohl ihr das Herz pochte wie wild, als sie das Papier mit dem unseligen Stempel in der Hand hielt.

Lorchen hatte die Benachrichtigung schon lange bekommen und würde auch, sobald sie vollends die letzte mündliche Abiturprüfungen hinter sich hatte, für mindestens ein halbes, vermutlich aber für ein ganzes Jahr antreten müssen. Das hatte Paulina mittels der längst bewährten Zettelmethode erfahren. Lorchen hatte große Angst vor diesem Dienst, obwohl sie auch aus Erzählungen älterer Mädchen wusste, dass es Stellen gab, wo es einem nicht schwer gemacht wurde und die Arbeit, die man tun musste, ganz erträglich war. Die Arbeit war auch das Letzte gewesen, was Paulina gefürchtet hatte. Sie war bereit, vieles zu tun, wenn man sie dafür nur unbehelligt ließ. Die Tatsache hingegen, dass sie nicht wusste, mit welchen Menschen sie dabei unwillkürlich zusammentreffen würde, versetzte sie in Unruhe.

Eleonore hatte die Benachrichtigung einigermaßen gefasst aufgenommen, denn dass dies die ganz normale Folge von Paulinas Registrierung sein würde, war ihr immer klar gewesen. Die einzige Hoffnung, die sie hatten, war eine Aussicht auf eventuelle Freistellung oder aber auf eine Anstellung Paulinas bei einer der Bühlauer Bauernfamilien, deren Männer fast alle eingezogen waren und von denen einige mit kleineren Kindern und den Alten die Wirtschaft am Laufen hielten. Auch Alwine und Konrad halfen oft diesen Frauen, die die schwersten Arbeiten zu leisten hatten. Sogar Thea ließ sich hin und wieder dazu bewegen, ansonsten verbrachte diese viel Zeit in ihrem Atelier. Andererseits rechnete sie jedoch seit geraumer Zeit damit, als ledige Frau entweder zum sogenannten »Zwecke des deutschen Volkswohles« oder aber zur »Unterstützung der kriegswichtigen Industrie« dienstverpflichtet zu werden. Bis dahin wollte sie ein bestimmtes Werk soundso weit gebracht haben, sagte sie immer. Worum es sich dabei genau handelte, wusste niemand, denn sie hatte sich den Zutritt in ihr Atelier nur mit vorheriger Absprache erbeten. »Zur Audienz bei kaiserlicher Hoheit«, nannte Alwine das süffisant. Allerdings hatte Paulina auf eine Zutrittserlaubnis verzichtet, als sie diesen ihren ersten öffentlichen Brief als »Emilie Mann« erhalten hatte. Sie war durch den Park gelaufen und unvermittelt in Theas Reich gestürzt. »Mein Gott, Paulina, ist etwas geschehen?«, hatte die voller Schreck gerufen, nicht zuletzt, weil diese die Tür so heftig aufgerissen hatte. »Es geschieht dauernd etwas, nur du merkst hier nichts davon in deinem Künstlerhimmel«, entfuhr es ihr. Sie ließ sich vor der verdutzten Freundin auf das alte Sofa fallen und wedelte mit den Armen den aufgewirbelten Staub durch die Luft. »Hör auf, Wind zu machen, sonst sind wir nachher gepudert wie, äh ... na wie Augusts Hofputen halt!« Paulina verdrehte die Augen: »Die vom Starken oder die von Leibfried?« Sie lachten lauthals. Dabei warf Paulina Thea den aufgerissenen Brief zu, der genau auf der Bleistiftzeichnung landete, über der diese gerade saß. Thea wusste sofort, worum es sich handelte. Trotzdem wurde sie blass und wischte sich gleich darauf mit einem Taschentuch die Stirn. »Aber es war abzusehen, Leo hat es ja immer gesagt. Und? Was sollen wir machen? Vielleicht weiß der Professor jetzt auch einen Rat?« »Sei nicht gemein, er hat ihn schon gegeben, und du warst dabei.« Thea blickte verwundert auf, weil sie von Paulinas offensichtlicher Gelassenheit überrascht war. Irgendwie beschämte sie das. Sie beugte sich weit vor und stützte den Kopf auf die Ellbogen. So betrachtete sie Paulina einige Augenblicke, während diese angestrengt an die Decke sah und schließlich voll gespielter Empörung sagte: »Wenn der Reichsreinigungsminister das sähe, dann würde er sofort eine Abteilung vom Arbeitsdienst anfordern, damit hier mal wieder ordentlich sauber gemacht werden würde, denn auf dem Grundstück einer deutschen Frau darf man keinen Dreck dulden.« Wieder war es ihr Lachen, dass die beiden von dem Druck, der auf ihnen lag, befreite. Irgendwann, als sie sich wieder beruhigt hatten, legte sich Paulina ganz auf das Sofa, während Thea die Arme auf den Tisch fallen ließ und mit einem tiefen Seufzer den Kopf darauflegte. »Weißt du Emilie«, sagte sie nach einer Weile, sah aber nicht, wie Paulina fast unmerklich zusammengezuckt war. »Ich habe mal ein kleines Mädchen kennengelernt, es muss Jahre her sein, aber ich weiß es noch ganz genau, denn es war im Zug auf dem Weg nach Berlin. Es wollte seine Mutter besuchen und ich meinen Verlobten. Ich kann dir sagen, das war vielleicht eine Göre! Schlagfertig und vorlaut, ja, ja, und beinahe wäre sie aus dem Fenster gefallen, wenn ich sie nicht hereingezogen hätte, sie hatte nämlich einen kleinen Freund, der ihr wohl damals schon Liebesbriefe schrieb.« »So?« Paulina hatte die Augen geschlossen und lächelte. »Was du nicht sagst, aber es klingt interessant, erzähle weiter.« »Das kleine Ding hat es mir einfach angetan, es ist ein wunderhübsches Mädchen gewesen, du hättest es mal sehen sollen, ich bin mir sicher, dass du es auch gemocht hättest. Es war die beste Zugfahrt von Dresden nach Berlin, die ich je gemacht habe«, fuhr Thea fort, als der erwartete Kommentar ausgeblieben war, »denn es war einfach lustig, und das Mädchen hat mir damals schon Mut gemacht, genau das zu tun, was ich vorhatte, obwohl ich mich davor fürchtete.« »Ach, hat sie das?«, kam es vom Sofa her. »Hat sie.« Von draußen klopfte es an eines der schräg gestellten Fensterchen. Wegfliegen sollte man können, wenn es brenzlig wird, dachte Paulina. Ohne hinausgesehen zu haben, war ihr klar, dass das Klopfen von Eichendorff war, der sich auf dem Gesims niedergelassen hatte. Der Rabe war inzwischen so zutraulich geworden, dass er ihr und Thea aus der Hand fraß, wenn sie ihm mit ausgestrecktem Arm einen Leckerbissen anboten. Bei Alwine und Eleonore, erst recht aber bei Konrad tat er das nie. Sie amüsierten sich oft darüber, und Alwine entwickelte geradezu einen Ehrgeiz, sich das Vertrauen des Tieres zu erobern. Erfolglos bisher. »Ich werde auch mit dem Zug von hier nach Berlin fahren, vielleicht treffe ich das Mädchen dort. Ich glaube, ich könnte ihn auch gebrauchen!« »Ihn?« Theas Stimme klang heiser. »Den Mut natürlich, den dir die Göre von damals gegeben hat.« Paulinas Worte hingen in der Luft. Still zwischen all den Staffeleien, vollgekritzelten und leeren weißen Blättern, zwischen unzähligen Bleistiften und Graphitstummeln, behauenen und rohen Steinen, die mit weißen Tüchern behängt oder einfach nur so dastanden, übersäht von einer puderigen Mischung aus Staub, in allen Schattierungen zwischen Weiß und blassem Gelb, Dunkelgrau und fadem Hellblau. Die aufsteigende Frühsommersonne fiel durch das Oberlicht herein und wärmte Paulinas Füße. Auf einmal hatte sie das Gefühl, als gälte es, sich mit dieser ganzen Geborgenheit und Wärme, die ihr im Moment noch zuteil wurde, regelrecht vollzusaugen, wie ein Schwamm, um genügend Vorrat zu haben, wenn sie den Widrigkeiten da draußen ausgesetzt sein würde. Eichendorff versuchte sein Glück noch ein letztes Mal, dann drehte er sich von der Scheibe weg, hob die Schwanzfedern und ließ etwas fallen.

Er hüpfte er ein paarmal in der Mauernische, in die das Fenster eingelassen war, hin und her und schwang sich dann zu anderen Zielen auf. Thea hatte ihn beobachtet, während Paulina zu schlafen schien. So ruhig und gleichmäßig atmend lag sie da. Sie ist eine Frau geworden, eine junge anmutige Frau, trotz allem! Thea biss sich auf die Lippen, weil diese plötzliche Erkenntnis die Spur eines Schmerzes durch ihr Gemüt jagte. Ich würde sie vom Fleck weg heiraten, wenn ich ein Mann wäre, dachte sie, aber wie sollte ein junger Mann in dieser Zeit denn die Möglichkeit haben, eine solche Kostbarkeit zu entdecken? Die jungen Männer waren weg und wurden im Krieg zu Versehrten, alterten vorzeitig oder gingen als tote Helden in diese verdammte Vaterlandsgeschichte ein! Und der Rest war entweder zu jung, längst vergeben oder zu alt. Und was dann noch übrig blieb, käme nie in Betracht, weil es entweder ein Jude, ein Fremdarbeiter, ein Kriegsgefangener oder sonst einer, den zu lieben gesetzeshalber verboten war. Nicht dass es ihr um sich selbst gegangen wäre, sie hatte bisher keine besonders große Sehnsucht nach einem Mann gespürt. Vielleicht lag es aber nur daran, dass sie diesem *Einen*, den die Dichtung in allen Facetten besang, noch nicht begegnet war. Aber der Anblick dieses schönen Menschenkindes da vor ihr war auch im Hinblick auf die Liebe zwischen Mann und Frau ein schmerzlicher, und nicht nur deswegen, weil sein Schicksal immer bedrohlicher zu werden schien. Thea musste auf einmal an Viola denken. Zu Neujahr hatte diese Paulina einen Brief geschickt und ein kleines Paket mit einer feinen cremefarbenen Bluse, die ihr angeblich nicht mehr passte, weil sie zu dick geworden wäre. Thea grinste. Wer wurde in diesen Zeiten zu dick? Und schon gar nicht Viola! »Hast du das Mädchen seither einmal wiedergesehen?«, unterbrach urplötzlich Paulina Theas Gedanken. Thea hob den Kopf. Jetzt hatte die wandernde Sonne auch den Rand ihres Tisches erreicht und leckte an ihren Fingern. Wie gut diese warme Berührung tat! »Ja, natürlich, was denkst du!«, beeilte sie sich zu sagen, während sie noch darüber nachdenken musste, was Paulina gemeint hatte. »Manchmal treffe ich das Mädchen täglich, stundenlang, dann unterhalten wir uns, lesen uns vor, manchmal tanzen wir auch ein bisschen, verbotene Sachen wie Tango und Charleston, aber natürlich auch den guten alten Walzer, Menuette und all so ein Zeug. Wir treffen uns auf ein Mittagessen oder einen Kaffee oder eine Zigarette.« Sie sog hörbar die Luft ein und blies imaginären Rauch aus. Über Paulinas Gesicht huschte ein Lächeln. »Es kann gut Klavierspielen, weißt du? Manchmal spielt es zur Unterhaltung, wenn seine Gastgeberin Gesellschaften gibt und feine Herren und Damen da sind, aber davon gibt es eigentlich keine mehr, denn manche haben sich über Nacht von Prinzen zu ekligen giftsprühenden Kröten verwandelt, scheußlich, absolut zu meiden, wo es nur geht, brrr!« Thea schüttelte sich,

dann fuhr sie mit gesenkter Stimme fort. »Manchmal spielt das Mädchen aber auch ganz lange nur für sich alleine auf dem Flügel und so leise, dass man fast nicht hören kann. Es spielt verbotenen Chopin hinter verschlossener Tür und Mendelsohn-Bartholdy und Schuhmann und so, die Kinderszenen, weißt du? Manchmal, wenn ich grade nicht hier drin bin oder mich aus einem bestimmten Grund betrinken muss, dann höre ich ganz heimlich dem Klavierspiel zu ... und ... ach, es ist einfach ... so schön.« Thea schluckte. »Manchmal ist es aber auch so, dass ich das Mädchen tagelang nicht finden kann, weil ... es muss nämlich Theater spielen, und es muss aufpassen, dass es den Text nicht vergisst und ... und die Regieanweisung. Ich habe das selbst auch einmal versucht, aber ich bin zu dämlich dafür.«
Paulina lag immer noch reglos da. »Aber weißt du, was das Beste ist?« Thea erwartete keine Antwort, bevor sie weitermachte. »Das Mädchen ist gewachsen und keine Göre mehr, aber es kann immer noch lustig, sehr schlagfertig und sehr mutig sein. Und es ist ... ja, es ist ein Schwan geworden, aber kein stolzer, nein, nein, kein stolzer, nur ein unendlich schöner ... anmutiger ... lautlos dahingleitender Schwan ... ja.« Ihre Stimme war ganz leise geworden, während sie sich aufrecht hingesetzt und nach einem bestimmten Bleistift geangelt hatte. »Bleib bitte einfach so liegen«, flüsterte sie.

*

Lorchen versuchte den Staub aus der Nase zu bekommen. Aber das rote Kopftuch war voll davon. Der Schweiß lief ihr geradezu von der Stirn, und die Haare klebten am Kopf. Trotzdem band sie das Tuch wieder um, denn die sengende Sonne verbrannte die Kopfhaut regelrecht. Aber man merkte es erst am Abend, wenn man im Bett lag, denn der leichte Wind, der fast immer über das Land strich, war in dieser Hinsicht trügerisch. Paulina machte die Hitze nicht so viel aus. Sie tat sich schwer mit den ungewohnten Geräten, ihre Arme und Schultern taten ihr weh. Vor allem aber des Hinkens wegen waren es der Rücken und die Hüfte, die sie manchmal so sehr schmerzten, dass sie sich die Tränen verbeißen musste. Dennoch war es letztlich nicht die Arbeit, unter der die beiden Mädchen litten. Ihre Not hieß im Augenblick Hedda Dombrowski und war die Verwalterin des Gutes, auf dem Paulina und Lorchen als Erntehelferinnen eingeteilt waren. Sie schliefen auch auf dem Hof, weil es zu weit war, jeden Abend zurück ins Lager zu fahren, und so waren sie von den anderen abgeschnitten, was ihnen nicht unrecht gewesen war. Doch hier auf dem Gut mussten sie härter und länger arbeiten und bekamen dabei weniger zu essen als die übrigen Mädchen in der Gemeinschaftsunterkunft. Die Wochenenden verbrachten sie allerdings auch dort, und bis jetzt waren sie einigermaßen auszuhalten gewesen, wenn auch solche Dinge wie Fahnenfeiern und das Singen nationalsozialistischer Liedern, oft eine große Wut verursachten. Lorchen kannte das ja aus dem BDM und versuchte den Rat ihres Vaters auch an die Freundin weiterzugeben: »Denk an was Schönes oder stell dir die Nazissen mal auf dem Örtchen vor und sing das Zeug ab, hier rein und hier raus, nur so kann man es ertragen.« Paulina stellte sich manchmal noch ganz andere Dinge vor, aber die behielt sie lieber für sich, denn dazu war Lorchen zu hygienisch erzogen, wie sie Lorchens Kinderstube in Gedanken bezeichnete. Trotzdem war deren Rat nicht der allerschlechteste. Manches galt es einfach abzuwickeln wie eine tägliche, wenn auch lästige Pflicht. Allein die dennoch fast immer gegenwärtige Sorge um ihre Person zerrte an ihren Nerven und ließ sie nie so frei und unbeschwert sein wie die anderen. Aber es war von unschätzbarem Wert, dass sie und Lorchen beieinander waren und keines der Mädchen von früher her kannten. Lediglich die anfangs neugierig gestellten Fragen danach, was denn mit ihrem Bein los wäre und wie es sich anfühle zu hinken und so weiter, waren Paulina sehr lästig gewesen, aber sie hatte auf alles Antworten parat gehabt, welche die Kameradinnen schnell zufriedenstellten. Die meisten bewunderten die große Emilie nur, weil sie trotz dieser Einschränkung so schnell und geschickt war und alles arbeiten konnte, was sie auch machten. Welcher Fügung Paulina und Lorchen es zu verdanken hatten, dass sie als einzige der Dresdner Mädchen weit weg nach Pommern gekommen waren, sollten sie nie erfahren. Aber es war ihnen fast wie ein übernatürliches Zeichen vorgekommen als sie gemerkt hatten, dass sie beide in demselben Zug gelandet waren, der sie in die Nähe von Stettin bringen sollte.

»He da, hier wird sich nicht auf die Harke gestützt! Hier wird gearbeitet, und nicht am hellllichten Tag gefaulenzt!« Die Dombrowski thronte auf dem rotbraunen Pferd, von dem Paulina behauptete, dass es bestimmt das größte wäre, das es auf der Welt gäbe. Als die Reiterin dem Tier die Sporen gab und es davonstob, wirbelte es noch mehr Staub auf, und Lorchen schüttelte sich vor lauter Husten. Ihre Augen tränten fürchterlich. Sie rückte das Kopftuch zurecht, aber es scheuerte nur auf den nass geschwitzten Haaren. Paulina brannten die Innenflächen der Hände. Die Blasen vom Vortag waren aufgegangen. »Warum müssen gerade wir dieses Weib ertragen und die anderen dürfen zu lauter netten Leuten gehen mit süßen kleinen Kindern?«, beschwerte sich Lorchen verzweifelt. Paulina spürte, wie ein Rinnsal aus Schweiß über ihren Nasenrücken lief. Sie wischte es mit dem Handrücken weg. »Hast du schon bemerkt, dass nicht nur wir hier leiden?« Lorchen sah sie fragend an. »Wir sollten froh sein, dass diese Kuh wenigstens sonst nicht mit uns spricht, denn für was anderes als gebellte Imperative reicht ihr Verstand nicht aus!« Lorchen sah sich erst erschrocken um, grinste dann aber breit und bog die schmerzenden Schultern nach hinten. Das Feld, auf dem sie in mehreren Reihen Stroh zusammenrechten, schien kein Ende zu nehmen. Es reichte bis zum Horizont. Dabei war es bereits fünf Uhr! Die ersten Knechte hatten sich schon mit den voll beladenen Karren auf den Weg gemacht, gegen sechs wurde das Vieh unruhig. »Ich werde es nie lernen«, klagte Lorchen und begann noch einmal von Neuem, das trockene Stroh mit dem ungewohnten Handwerkszeug zusammenzuraffen und aufzuhäufen. »Warum muss das Ding auch so riesig sein und ich so kleinwüchsig und dumm und lahm, und du machst mich auch noch zum Narren, indem du mir davonrennst!« »Fang jetzt bloß nicht an zu heulen«, keuchte Paulina, »ich kann es doch auch nicht, und der einzige Unterschied zwischen uns ist nur, dass ich großwüchsig und dumm und lahm und ungeschickt bin, guck dir meine Hände an, sie sind ruiniert, und dabei ist heute erst Dienstag!« »Ihr solltet nicht so viel rädden, das nur hält unnötig auf«, kam es von hinten. Paulina und Lorchen fuhren erschrocken herum. Es war der Mann, den sie Andrzej nannten. »Wie haben Sie das hier nur vierzig Jahre ausgehalten?«, brach es aus Paulina heraus, während sie im gleichen Augenblick über ihre Unvorsichtigkeit erschrak. »Weil es nicht immerr warr so schräcklich böse, wie es ist mit neue Herrin, sie ist eine Leuteschänderrin, aber Andrzej weiß, dass sie eines Tages es muss büßen, weil sie ist nicht nurr böse zu altem Polen wie ich, sondern auch zu ihre eigene Leute, und was ist sehrr schlimm: zu schähne, liebe junge Mädchen!« Er lachte mit weit geöffnetem Mund, aber fast stimmlos pfeifend. Dann legte er kurz zwei Finger auf die Lippen und sah sich verschwörerisch um. »Aber pscht, Mädchen mich nicht verrratten, ich sähä, dass ihr seid gute deitsche Mädchen, sehr wohlerrzoggen und nicht dumme Nazis, und wenn irgendwas soll sein, ihr verrsprecht, ihr kommt zu Andrzej, ich auch gut, gute Pole Andrzej.« »Dziekuje, du Przyjaciel«, sagte Paulina und lächelte den Alten gerührt an. Sie spürte den kraftvollen Druck seiner rauen, abgearbeiteten Hände, dann rechte er weiter, was das Zeug hielt, und war in Windeseile meterweit von ihnen entfernt. Lorchen kam aus dem Staunen nicht heraus. »Warum hast du mir nie gesagt, dass du Polnisch kannst, und was hat das nur zu bedeuten, will er etwas von uns, Geld oder so?« »Ooch, Lorchen!«, rief Paulina leicht gereizt, während sie angestrengt versuchte, den riesigen Strohberg aus den Zähnen der Harke zu befreien. »Ich habe nur Danke gesagt und dass er ein Freund sei. Also beruhige dich, er will kein Geld!« Lorchen nickte erleichtert.

Genau zwei Tage hielten Paulinas Hände noch durch, dann waren sie völlig aufgescheuert und bluteten. Zuerst hatte sie versucht, sich Taschentücher darum zu wickeln, aber das hielt nicht, und die Falten, die der Stoff unwillkürlich warf, drückten sich erneut in die brennenden Wunden. Es würde nicht mehr anders gehen: Sie musste bei der Verwalterin vorsprechen und sich arbeitsunfähig melden. Es kam wie befürchtet. Mitleidslos ließ die herrische Frau eine Schimpftirade auf Paulina niederprasseln, nannte sie eine Drückebergerin und eine verwöhnte Großstadtgöre, die ja keinen blassen Schimmer davon habe, wo das Brot herkäme, das sie jeden Tag essen würde. Und so etwas schicke ihr dann das Reich, und mit so einem liederlichen Material solle man dann den Krieg an der Heimatfront gewinnen, und nicht einmal mit fünf verkrüppelten Bohnenstangen und einem Haufen alter Pollacken könne man einen strammen, deutschen Mann ersetzen! Das Böseste aber war der letzte Satz, mit dessen Ende Paulina dann auch durch ein gebrülltes »Und jetzt raus hier« hinausbefördert wurde: »Das Schmarotzen habt ihr wohl von den Juden und den Zigeunern gelernt!«, hatte sie geschrien. »Vielleicht sollte man mit euch das Gleiche machen wie mit ihnen!« Lorchens Augen waren immer größer geworden, als sie von draußen zugehört hatte. Nur mit Mühe gelang es ihr, die Tränen zurückzuhalten aus lauter Wut, Mitleid, Angst, Ratlosigkeit – und irgendwie mischte sich auch ein Gefühl der Scham darunter. Auch Paulina war den Tränen nahe, sie wusste im Augenblick nicht, was ihr die größeren Schmerzen verursachte: die geschwollenen Hände oder die demütigenden Worte dieser Frau. Sie hakten sich beieinander ein wie früher, wenn sie von der Schule nach Hause gegangen waren und eine von ihnen aus irgendeinem Grund unglücklich gewesen war. Sie hatten beide im Stillen gehofft, dass Paulina irgendetwas für ihre geschundenen Hände bekommen könnte, aber dazu war ihr jeglicher Mut vergangen. Was sollte sie denn jetzt tun? Lorchen würde demnächst antreten müssen. Sie hatten weder Verbandszeug noch sonst ein Mittel zur Hand. Lorchen kam zuerst darauf, dass sie doch Andrzej fragen könnten. Er sei gut, habe er doch gesagt, und wenn etwas sein sollte ... Paulina zögerte. Sie wollte nur ins Bett zurück und sich die Decke über den Kopf ziehen. »Los, suchen wir ihn«, drängte Lorchen. »Demnächst muss ich mit den anderen weg, und dann hilft dir hier keiner mehr!« Das überzeugte. Sie liefen los. Andrzej wohnte nicht im Gesindehaus, sondern in einem winzigen Häuschen, das ungefähr fünfhundert Meter westlich vom Gutshof gelegen war. Sie wussten, dass es ihnen verboten war, zu der polnischen Bevölkerung Kontakt aufzunehmen, aber auf dem Hof und bei der Arbeit ließ sich das kaum vermeiden. Wenn es sich auch auf wenige Worte beschränkte und sich mehr in stummen Gesten oder Blicken äußerte. Aber schon mehr als einmal hatte ihnen je-

mand von den Bediensteten aus der ärgsten Verlegenheit geholfen, damit die Beschimpfungen und die Sanktionen der Herrin eine Spur glimpflicher verliefen. »Was, wenn sie uns erwischt?«, schnaufte Paulina. »Dann soll sie uns zurückschicken, dann dürfen die andern Mädchen mal hierher!«, rief Lorchen über die Schulter hinweg.
Der heutige Sommermorgen war so erfrischend kühl. Die Sonne tauchte die weite Landschaft in ein goldgelbes, warmes Licht. Es hatte etwas Unwirkliches an sich, fand Paulina, und es kam ihr vor wie ein wunderschönes Gemälde. Es tat gut. Andrzej hatte sie vermutlich schon von Weitem gesehen. Er ließ gerade das windschiefe Gartentürchen hinter sich zufallen, als die Mädchen in den schmalen Seitenweg abbogen, der zu ihm führte. Sie vermieden es alle drei, sich etwas zuzurufen, bevor sie einander nicht gegenüberstanden. Nach einem kurzen »Guten Morgen« streckte Paulina dem Alten nur ihre Hände hin. Als er den Kopf schüttelte und sie aus seinen kleinen Knopfaugen mitleidig anschaute, musste sie schlucken. Sie wollte so gerne etwas sagen, aber sie brachte nichts heraus. »Haben Sie vielleicht etwas zum Behandeln?«, fragte Lorchen. Andrzej bedeutete den Mädchen, dass sie sich auf den Findling setzen sollten, der am Wegrand stand. »Ich habe die beste Mittel von ganzem grroßen Deitschen Reich, hier drin in meine Hausapothäke und hier«, er tippte mit seinen zerfurchten Fingern auf seinen Brustkorb, »in mein Herzapothäke.« Dann verschwand er. Paulina wischte das Gesicht an den Ärmeln des Kleides ab und zog die Nase hoch. »Glaubst du an Engel?«, fragte sie Lorchen unvermittelt. »Hhm«, machte die und zog die Schultern hoch. »Ich hab es mal, ja, aber jetzt? Weißt du, in meiner Kinderbibel haben sie Flügel, und sie heißen Gabriel oder Michael und kommen bei Nacht, im Traum.« »Steht vielleicht nicht auch was von Polnischen drin, die verrunzelt sind und die Andrzej oder so genannt werden?«, sagte Paulina, als der Alte bereits wieder in Erscheinung trat, einen Blechkasten unter dem Arm. »Es ist nicht viel Zeit Kinderr, es muss gehen schnell!« Er stellte Paulina das Behältnis auf den Schoß, klappte den Deckel auf und zog ein braunes Fläschchen heraus. Dann drückte er Lorchen zwei Verbandsrollen in die Hand und durchstöberte den Kasten nach etwas, was er aber wohl nicht finden konnte. Seine polnischen Worte konnte Paulina nicht verstehen. Der Blechkasten schepperte, als er ihn wieder zuschlug, aber er trug ihn nicht zurück, sondern ließ ihn auf dem schmalen Grasstreifen hinter dem Gartenzaun verschwinden. »Kinderr, wir müssen gehen schnell, sonst ... Das Öl du verrteilst auf ganze Wunden, dann trocknen lassen, ein bisselchen, und dann erst dünne Rolle darauf und dann dicke. Heute Abänd aufmachen und gleiche wiederr von vorrn, aberr nicht zubinden für Nacht, verstehst du? Offen lassen, Luft ist gut, hier, auf Land, nicht in große Stadt Berlin oder

Dräsdän!« Wieder lachte er sein hohes, heiseres Lachen und sah dabei aus wie ein zu alt gewordener Lausbengel. Während er gesprochen hatte, waren sie schon einige Schritte auseinandergegangen – Paulina und Lorchen auf dem Weg, den sie gekommen waren, Andrzej an seinem Gartenzaun entlang. »Wo will er denn noch hin«, wunderte sich Lorchen, während sie wieder zu laufen begannen. Wenige Augenblicke später überholte ihr Helfer sie auf einem alten, verrosteten und in allen Teilen klappernden Fahrrad, seine graue Schirmmütze schwenkend und »Viel Glick, scheene Mädchen« rufend, wobei er in ein gefährliches Schlingern geriet, weil er, anstatt geradeaus zu schauen, sich nach den beiden umgedreht hatte. Der Anblick des schaukelnden Alten brachten, diese unweigerlich zum Lachen. »Ich ... ich glaube beinahe, dass ich doch mal was von polnischen Engeln gelesen habe!«, rief Lorchen Paulina zu und winkte ihr noch einmal, bevor sie sich zu der Sammelstelle der Feldarbeiter begab, während Paulina in Richtung des Gesindehauses ging.

Paulina schlich sich in ihre gemeinsame Kammer, die zuhinterst unter dem Dach des strohgedeckten niedrigen Gebäudes lag. In der brütenden Hitze, die sich dort aufstaute, war an eine erholsame Nachtruhe kaum zu denken, und sie verfielen meist erst gegen Morgen in einen totenähnlichen Schlaf, von dem sie dann nur noch zerschlagener, als sie es am Abend zuvor gewesen waren, aufstanden. Sie versuchte, so gut es ging, ihre Hände zu verbinden. Die Linke mit der Rechten ließ sich ja noch bewerkstelligen, aber umgekehrt wurde es schwierig. Als es ihr nicht glückte, entschied sie sich, die rechte Hand eben auch den Tag über offen zu lassen, bestimmt war das immer noch besser als ein feuchter, schlecht sitzender Verband. Sie legte sich auf ihr Bett und starrte die Strohbündel an. Was sollte sie tun? Hier in dieser Räucherkammer den ganzen Tag verbringen? Unmöglich, sie würde zerschmelzen! Jetzt ging es gerade noch, aber sie schätzte, dass es bald unerträglich wurde. Genau eine Stunde später schreckte sie hoch. Nass geschwitzt. Sie war eingeschlafen und hatte ein fürchterliches Wirrwarr zusammengeträumt. Was sie aber wirklich für einige Augenblicke aus der Fassung brachte, war, dass sie im Traum mit Viola im Kranzler gesessen und die irgendetwas von einem kleinen Kind gesprochen hatte. Aber ihre Mutter hatte gar nicht ausgesehen wie sonst. Sie hatte ein blaues Arbeitskleid an, wie sie und Lorchen, und trug auch eine Brosche des Reichsarbeitsdienstes, ausgestattet wie die ihren mit dem Hakenkreuz, das von zwei Ähren gehalten wurde. Mamas Gesicht war alt gewesen und so ockerfarben und ihre Haare grau. Sie hatte ihr leidgetan. Paulina setzte sich auf und fuhr sich über die ausgetrockneten Lippen. Sie musste zum Brunnen, sonst verdurstete sie! Als sie auf den Hof trat, war glücklicherweise immer noch niemand zu sehen. Offenbar waren um diese Zeit doch alle auf den Feldern. Sie ging an den lang gezogenen Stallungen vorbei. Die Pferde waren draußen, die Kühe auch. Lediglich bei den Schweinen war man zu Hause. Paulina lächelte bei dem Gedanken. Um die Hundehütte machte sie einen großen Bogen, denn ihr Bewohner kam ganz nach seiner Herrin. Im Unterschied zu dieser war er aber immer an die Kette gelegt. Der Brunnen war eine Herausforderung. Um frisches Wasser zu bekommen, musste sie den massiven Schwengel des eisernen Ungetüms in Gang setzen, was ihr der schmerzenden Hände wegen kaum gelingen wollte. Und sie konnte das fließende Wasser ja nur in ihre nicht verbundene Hand laufen lassen, denn zu pumpen und gleichzeitig direkt am Rohr zu trinken war ein Ding der Unmöglichkeit. Aber sie konnte es ohne Wasser nicht länger aushalten. Aus dem Trog zu trinken ekelte sie, denn man wusch sich auch die Hände darin. Ihr Blick fiel auf die Fenster der großen Wirtschaftsküche. Sie würde es einfach wagen, dort hineinzugehen. Bestimmt würde sich ein Gefäß finden lassen, in das man frisches Wasser pumpen und aus dem man gleichzeitig trinken konnte. Als auf ihr mehrmaliges Klopfen an der zur Hälfte offen stehenden Tür niemand Antwort gab, betrat sie die Küche vorsichtig. »Guten Tag, Doswidanja, ist hier vielleicht jemand?«, rief sie. Nichts regte sich. Paulina blieb stehen und sah sich zögernd um. Noch niemals hatte sie so eine Küche gesehen. Allein der riesige Herd mit der gemauerten Esse darüber war mindestens so groß wie die ganze Küche zu Hause bei Eleonore. Riesige Töpfe und Kasserollen standen darauf, und von der Esse hingen Rührlöffel, deren Aussehen Paulina an diejenigen erinnerte, mit denen die Waschfrauen in Bühlau die Wäsche rührten. Linkerhand standen ungeheuer dunkle Schränke auf gewaltigen Sockelblöcken, beidseitig von dicken gedrechselten Säulen umrahmt. Stumm und trotzig, gänzlich schmucklos. Fast bedrohlich, fand Paulina. An der dem Hof zugewandten Seite lief eine meterlange Bank entlang, direkt unter dem Fenster, und zur Raumseite hin stand ebenfalls eine, nur ganz gerade und ohne Lehne. Dazwischen ein Tisch, zerfurcht von unzähligen Rillen, auseinandergetriebenen, tiefen Spalten und Astlöchern. Hier aßen also die Angestellten, und für Lorchen und sie war vielleicht kein Platz mehr, denn weswegen sonst mussten sie ganz allein ihr knappes Essen in dem Wohnflur des Gesindehauses einnehmen? Aber hier sah es beleibe nicht aus, als würde es ärmlich zugehen! Vor lauter Staunen hatte Paulina ihren Durst vergessen, aber als ihr Blick auf die aufgereihten Blechtassen fiel, die an Haken unter dem beeindruckenden Wandbrett hingen, spürte sie ihr großes Verlangen nach Wasser wieder. Sie überlegte nicht lange, es musste schnell gehen. Auch wenn sie bisher keine Menschenseele gesehen hatte, wusste sie doch nicht, wer sich noch hier aufhielt. Auf Zehenspitzen rannte sie auf das hängende Ungetüm eines Geschirrregals zu, schnappte sich den hintersten Becher und huschte wieder zurück. Ihr Herz klopfte heftig. Auf einmal war es hier so unheimlich.

»Du hast das Hinken vergessen!« Zu Tode erschrocken fuhr Paulina herum. Neben den wuchtigen Schränken stand eine kleine schwarzgekleidete Frau mit weißen Haaren und einem faltigen Gesicht. Paulina war starr vor Schreck und umklammerte mit ihren Händen den kalten Emaillebecher. »Du musst keine Angst haben vor mir, ich beobachte dich schon lange, nicht erst heute, und ich wollte gerade zu dir gehen, weil ich es nicht mehr mit ansehen kann, wie man mit euch umgeht.« Ganz langsam war die alte Frau auf Paulina zugegangen, solange sie gesprochen hatte. »Du bist keine von denen«, fuhr sie unbeirrt fort und tippte mit ihrem Finger auf Paulinas Brustkorb, genau an die Stelle, wo auf deren Arbeitskleid die Ansteckbrosche des Reichsarbeitsdienstes befestigt war. »Und deine kleine Gefährtin auch nicht«, vollendete die alte Dame ihren Satz. Paulina schüttelte heftig den Kopf, immer noch unfähig zu sprechen. »Du hast Durst, nicht?« Paulina nickte und entspannte sich ein wenig, weil die Stimme der Frau eigentlich angenehm klang, und bis jetzt hatte sie auch keinen lauernden Unterton daraus vernommen. Paulina stammelte eine Erklärung wegen des Durstes und der Hände, aber die Alte winkte einfach ab, ging in den Hof, und hieß Paulina die Tasse halten, während sie mit beiden Händen den Pumpenschwengel betätigte. Paulina trank in gierigen Schlucken alles auf einmal hinunter.

Es war ein Glück, dass sie Adele begegnet war. Sie bat Paulina in ihre Wohnung, die sich in dem niedrigen Backsteinanbau auf der Ostseite des Gutshofes befand. Es war das sogenannte Altenteil. Die Situation der Familie war tragisch, die alte Dame erzählte sie Paulina in nur wenigen Sätzen. Sie war seit vielen Jahren Witwe. Einer ihrer Söhne war bei einem Unglück ums Leben gekommen, der andere, der das Gut übernommen hatte, hatte bei diesem Unfall beide Beine verloren. Dessen damalige Frau, die aus Berlin stammte, hatte das Landleben und dazu noch den pflegebedürftigen Mann irgendwann nicht mehr ertragen und war mit den drei kleinen Kindern gegangen. Hedda Dombrowski war die Ziehtochter eines hinterpommerschen Gutsbesitzers, mit dem die alten Herrschaften früher bekannt gewesen waren. Diese Tochter hatte sich nun mit Haut und Haaren der Landwirtschaft verschrieben und war, laut der Auskunft der alten Dame, eine bessere Gutsverwalterin als mancher Mann. Was die Qualität ihrer Arbeit und des wirtschaftlichen Ertrages anbelangte, nicht aber was den Umgang mit Menschen betraf. Das konnte Paulina bestätigen. Da Hedda jedoch auf dem Hof der Pflegeeltern keine Zukunft gehabt hätte, weil sie ja außerhalb der Geschwisterrangfolge stand, war sie in kürzester Zeit hierhergekommen, als es sich herumgesprochen hatte, dass der junge Herr niemals wieder auf dem Feld würde arbeiten können. Nur aufgrund ihrer tadellosen Arbeit konnte das Erbe des Mannes aufrechterhalten und seine Versorgung gewährleistet werden, die schon bis zum jetzigen Zeitpunkt viel Geld für den Aufenthalt in Krankenhäusern und Sanatorien verschlungen hatte. Aber es war mit Hedda Dombrowski ein unseliger Geist auf das ganze Gut gekommen. Die Mutter des gegenwärtigen Gutsbesitzers hielt sich aus allem raus. Sie meinte, es wäre besser so, denn auch ein kranker Sohn könne nicht zeitlebens vom Rat seiner Mutter abhängig sein müssen. Über diesen Berichten hatte Paulina Vertrauen zu der alten Dame gefasst. Sie durfte sie beim Vornamen nennen. Als Lorchen am Abend wiederkam, fand sie Paulina in einer besseren Stimmung wieder, als sie diese am Morgen verlassen hatte.

Paulinas Hände heilten rascher, als sie gedacht hatte. Zweifelsohne lag das an der Arznei, die sie von Andrzej bekommen hatte. Allerdings sahen sie ihn nach diesem Ereignis einige Wochen lang nicht, und als er wieder auftauchte, schien er irgendwie verändert zu sein. Verschreckter und zurückhaltender, und als Paulina ihm das Fläschchen und die gebrauchten Verbände zurückgab, die sie zu ihrem Leidwesen nicht hatte reinigen können, strich der Alte ihr nur wortlos über die Handrücken und lächelte. »Du gutes Herrz und dein Lorrchen auch, und auch Andrzej ist gut, du glaubst doch, odärr?«, hatte er nur gesagt und dabei so bekümmert ausgesehen. Paulina hatte nur genickt, weil sie nicht wusste, was seine Worte wirklich zu bedeuten hatten. Dann war er schnell davongegangen, und sie hatte ihm lange hinterhergesehen. Seither sahen sie sich selten, weil sie und Lorchen ständig wechselnde Aufgaben bekamen. Adele, die alte Gutsherrin, schlossen sie ins Herz, und allein das Wissen, dass es sie gab, war hilfreich. Wenn es die Arbeit auch nicht erleichterte und sie nach wie vor von der Verwalterin gepiesackt wurden. An den Wochenenden konnten sie jeweils für zwei bis drei Stunden Adele besuchen, denn zum Treffpunkt des Arbeitsdienstes fuhren sie schon lange nicht mehr. Hedda Dombrowski brauchte die Mädchen sonntags anscheinend dringend für Stallarbeiten und war nicht willens, sie von einem ihrer Knechte zu dem Lager fahren und dort wieder abholen zu lassen. Eigentlich verstieß das gegen die Regeln, aber diese schneidig auftretende Frau verschaffte sich sogar bei einer Reichsarbeitsdienstführerin den nötigen Respekt, sodass sie bekam, was sie wollte.
Aber die Beziehung zu Adele machte die letzten Stunden der Sonnabende und den Sonntag wertvoller, als es im Lager je hätte sein können. Ohne Fahnenfeier und Tagesparole, die ständig von Fleiß und Geist und tapferem Heldentum handelte. Hier konnten sie ihr Leid klagen und sich manchen Rat holen,

wie man eine Arbeit am besten verrichtete oder wie sie sich verhalten sollten. Sie durften sich Bücher von ihr mit in die Kammer nehmen oder auch bei ihr lesen, sie sprachen über den Krieg und dessen Verlauf, wovon sie allerdings nur wenige oder bereits veraltete Nachrichten mitbekamen, und was man davon glauben konnte, war ohnehin nicht so genau auszumachen. Adele erzählte manchmal von früher, wenn sie inständig darum baten, und bald fingen sie an, die Geschichten zu lieben, auch weil sie oft von so viel Originalität und Humor gekennzeichnet waren, trotz allem Schweren, das es offenbar auch in früheren Zeiten zu ertragen gegeben hatte. An den Sonntagen genossen sie den kostbaren Kaffee und Adeles Napfkuchen mit den Rosinen. Sie backte ihn in der großen Küche, die Paulina seit ihrem ersten Zusammentreffen nie mehr betreten hatte. Auf Adeles Fragen hin erzählten auch die Mädchen von zu Hause. Allerdings ließ Paulina dabei Lorchen den Vortritt, und die verfiel dann regelmäßig ins Schwärmen. Paulina warf nur hin und wieder etwas ein und hoffte nur, dass alles gut ging. Es nahm sich schwierig aus, denn sie mussten sich sehr konzentrieren, damit sich nicht ein Fehler einschlich und sie etwa plötzlich anfingen von der Schule zu reden oder sich sonst irgendwie verplapperten. Adele war ihnen schnell so vertraut gewesen, als würden sie sich schon Jahre kennen. Aber sie bohrte nie unangenehm nach, gerade auch wenn Paulina oftmals nicht ganz eindeutig antwortete und manchem auswich. Worüber Paulina sich die meisten Gedanken machte, war, dass Adele nicht ein einziges Wort mehr über das Hinken verloren hatte, obwohl sie doch ahnen konnte, dass es nicht echt war. Merkwürdigerweise beängstigte es sie aber nicht, dass die alte Dame das herausgefunden hatte. In einer anderen Situation wäre das fatal gewesen. Sie musste bei dem Hinken bleiben, es stand als besonderes Kennzeichen in ihren Ausweisen, obwohl sie anfänglich sehr dazu verleitet war, es hier in der Abgeschiedenheit des Hofes einfach aufzugeben. Aber es erschien ihr doch sicherer, es beizubehalten.

Adele, das fanden sie bald heraus, war eine fromm. Sie lass täglich in einem schwarzen Andachtsbuch und in der Bibel und erzählte hin und wieder, was ein gewisser junger Pastor gesagt hätte. Dietrich, nannte sie ihn nur. Paulina beeindruckte die aufrechte Haltung dieser Frau. Sie musste einmal sehr viel bessere Zeiten erlebt haben, schon die Ausstattung ihrer Wohnung ließ darauf schließen. Sie hatte eine feinfühlige Art, verzärtelte einen aber dabei nicht. Ihre Kleidung war etwas altmodisch, wie Paulina es von älteren Fotografien kannte. Adele trug außer ihrem Ehering und einer elfenbeinfarbenen Brosche, die das Relief eines Mannes und zweier Knaben zeigte, kein Schmuckstück. Lorchen lag ihr zu Füßen, Paulina bewunderte sie, glaubte aber, niemals so schicksalsergeben sein zu können. Allerdings focht sie in manchen schlaflosen

Nachtstunden innere Diskussionen mit sich selbst aus, weil sie zu der Erkenntnis gekommen war, dass sie sich genauso widerstandslos in ihr bisheriges Leben gefügt hatte, wie sie es Adele insgeheim ankreidete. Sie war niemals gefragt worden, ob sie bei den Großeltern leben wollte, ob sie damit zurechtkam, vater- und eigentlich auch mutterlos aufzuwachsen, ob sie Klavierspielen oder Tanzen wollte, und am allerwenigsten, ob sie in diesem verfluchten Deutschland ein Leben leben wollte, dass doch gar nicht das ihre war. Und doch war es das. Sie hatte jeglichen Grund, dankbar für genau dieses Schicksal zu sein, denn was hätte ihr denn Besseres geschehen können im Unterschied zu so vielen anderen? Dennoch verblieb dieses bittere Gefühl, sich immer gefügt zu haben, ohne je die Rebellion, die sie aber sehr wohl kannte, wirklich auskosten zu dürfen. Immer hatte sie diese niederkämpfen müssen, weil es die Umstände nun einmal nicht erlaubten, und es war kein Ende dieses Zustandes abzusehen. Wenn sie versuchte, mit Lorchen über diese Dinge zu reden, endete es stets mit betretenem Schweigen und unguten Empfindungen. Dann vermisste sie Thea und Alwine so schrecklich. Lorchen plagte meistens hinterher ein fürchterlich schlechtes Gewissen, wenn sie wütend auf andere Leute gewesen war oder Rachegefühle gehegt hatte. Sie hingegen litt darunter nicht allzu sehr. Manchmal fragte sie sich sogar, ob sie dem Leben gegenüber gleichgültiger oder gar abgestumpfter geworden war. Kein schöner Gedanke, aber er erschütterte sie in diesen Tage nicht.

Es war schon Ende September, als Paulina und Lorchen zwei Tage lang nur trockenes Brot und eine Art Milchsuppe vorgesetzt bekamen, weil sie es trotz aller Anstrengung nicht geschafft hatten, eine ganze Wiese mit der Sense zu mähen und dann auch noch das Gras mit dem zweirädrigen Holzkarren nach Hause zu bringen, bevor ein schweres Gewitter niedergegangen war. Dabei hatten sie gearbeitet wie die Verrückten, und Lorchen war mit der scharfen Sense auf Tuchfühlung geraten, glücklicherweise aber lediglich mit einer Schürfwunde am Schienbein davongekommen. Am Abend dieses zweiten Sanktionstages schlichen sie sich heimlich, als die Dunkelheit schon hereingebrochen war, aus ihrer Kammer und suchten bei Adele Unterschlupf. Sie schliefen auch bei ihr. Paulina auf dem Sofa in der Stube, Lorchen neben Adele im Doppelbett. Das Gesindehaus wurde um zehn Uhr von dem Vorknecht geschlossen, und wer bis dahin nicht in seinem Bett lag, musste sehen, wo er die Nacht über bleiben konnte. Aber das brachte weder die Mädchen noch ihre alte Freundin aus der Fassung. Es war etwas ganz anderes an jenem Abend, das für ihre aufgewühlte Stimmung sorgte. Am späten Nachmittag waren sie ins Büro der Verwalterin bestellt worden. Meistens verhieß das nichts Gutes, und sie verspürten

Angst, als sie sich auf das herrische »Herein« hin gleichzeitig durch die breite Tür schoben. Es dauerte nicht lange, bis sie wieder draußen waren, und es war weder ein böses Wort noch ein böser Blick gefallen. In einem eher gelangweilten Ton hatte ihnen die Dombrowski, während sie in irgendwelchen Akten herumsuchte, aus einem Papier vorgelesen, welches man ihr vom RAD-Lager zugestellt hatte. Es setzte sie darüber in Kenntnis, dass »die Verpflichtete von Stein, Hannelore, geb. am 1. Januar 1924, und die Verpflichtete Mann, Emilie, geb. am 1. August 1924, auf den 6. Oktober nach Dresden zurückbeordert werden« wo sich von Stein am 7. Oktober bei Zeiss-Ikon zu melden habe und Mann am 8. Oktober im Johannstädter Krankenhaus. Zur weiteren Verwendung. Heil Hitler!« Damit waren sie entlassen. Als sie schon draußen waren, noch völlig verwirrt und mit wild durcheinanderwirbelnden unterschiedlichsten Empfindungen, rief ihnen die Verwalterin nach, dass sie ihre Kleider waschen lassen sollten und am 2. September um fünf Uhr in der Früh, von Jakov zum Bahnhof nach Stettin gebracht werden würden.

Erst als sie, jeweils in eine Decke gehüllt, auf Adeles Sofa saßen und warme Milch tranken, machten sie ihren Herzen Luft. Die ganze Mischung aus Freude über die baldige Heimkehr und das Ende der schweren Arbeit hier und der Sorge, was in Dresden auf sie zukäme, aber auch der Schmerz über den Abschied von Adele hingen in deren Wohnzimmer wie eine Nebelschwade. Die große Furcht aber, dass mit Paulinas Dienst, mitten in der Stadt, die Gefahr für sie in eine unkalkulierbare Höhe schoss, konnten sie nicht beim Namen nennen, und das quälte sie beide am meisten. Es war das ungute Gefühl, dieser ihnen so wichtig gewordenen Vertrauensperson etwas vorzuenthalten. Aber sie hatten nicht mit Adeles Intuition gerechnet. Als es schon gegen halb zwölf ging und sie lange schweigend im Schein der alten Stehlampe gesessen hatten, sagte diese plötzlich leise, aber bestimmt: »Emilie, bevor du weggehst und ich dich vermutlich auf dieser Welt nie mehr wiedersehen werde, lass mich doch nicht im Unwissen darüber, wer du wirklich bist.« Noch ehe Lorchen reagieren konnte hörte sie zu ihrem großen Entsetzen die Freundin sagen: »Ich heiße Paulina Seeligmann und bin jüdisch .«

1943

Viola raffte ihre Kleider zusammen und stopfte sie in die Tasche. Dann warf sie den Mantel über, schlüpfte in ihre Schuhe und warf im Hinausgehen einen kurzen Blick in den Spiegel. Es musste auch so gehen, und außerdem: Welche Frau sah heutzutage noch aus wie ein frischer Blumenkohl im Morgentau? Dazu schon gar nicht eine wie sie, demnächst vierzig Jahre alt, dem Berufsleben entzogen, als Mutter versagt, als Ehefrau nie infrage gekommen und als Geliebte eine zweitklassige Besetzung! Sie warf die Tür hinter sich zu und nahm den Fahrstuhl bis ins Untergeschoss. Schon seit langer Zeit vermied sie es, den offiziellen Hoteleingang zu benutzen. Auch wenn sie möglichst selten bei Tageslicht in der Öffentlichkeit erschien und Fromm schon lange eingezogen war, hielten sie und August es für sicherer, das Haus über den Wirtschaftshof zu betreten und zu verlassen. Sie fröstelte nun doch etwas, als sie durch den langen Flur ging. Ihre Schritte hallten von den bis auf halbe Höhe gekachelten Wänden wider, und irgendwie erinnerte sie dieses rhythmische Klopfen plötzlich an einen Schmiedehammer, der ein glühendes Eisen bearbeitet. Der Gedanke jagte ihr einen Schauer über den Rücken, und sie beschleunigte ihren Schritt. Sie beschloss, sich doch noch auf der am Ende des Flures liegenden Toilette das Kostüm über das dünne Chiffonkleid zu ziehen. Trotzdem heute bereits der 30. April war, war es kälter an diesem Morgen, als sie vermutet hatte, und ein kurzer Blick auf ihre Uhr zeigte ihr, dass sie noch genügend Zeit hatte, bis die ersten, wenigen Angestellten hier auftauchen würden. Augusts Wecker musste also um eine halbe Stunde vorgegangen sein. Dabei legte er doch normalerweise äußersten Wert auf Genauigkeit. Aber was war schon noch normal, seitdem Axels Heldentod gemeldet worden war? Stalingrad. Allein der Klang dieses Wortes war so metallen, dass man, sobald man es hörte, meinte, von umherfliegenden Schrapnellen in Deckung gehen zu müssen. Sie mochte gar nicht daran denken, was der arme Junge dort erlebt hatte! Viola war froh, als sie die Tür zum Vorraum der Toiletten erreicht hatte. Sie ging erst gar nicht erst in eine Kabine, sondern warf ihren Mantel über den Handtuchhalter neben dem Waschbecken und zog die anderen Kleidungsstücke aus der Tasche. Noch immer zog sie die Röcke über den Kopf, anstatt mit den Füßen hineinzusteigen, zumal sie ja Schuhe trug. Ihre Mutter hatte es nicht geduldet, wenn man in die Röcke stieg, die Gefahr, dass man dabei das Futter zerriss, wäre zu groß, hatte sie immer gesagt. Das Rascheln des Seidenstoffes war so laut, als sie ihn über den Kopf zog, dass sie nicht hörte, wie genau in diesem Moment die Tür hinter ihr aufgemacht wurde. Als Viola den Knopf am Bund geschlossen hatte und sich umdrehte, um nach der Jacke zu greifen, sah sie in die lüsternen Augen Alfred Hochleitners.

Als Greta viele Stunden später an diesem Tag und völlig übermüdet gegen halb neun vom Nachtdienst nach Hause kam, fand sie Viola in der Badewanne. Ein kurzer Blick auf die leeren Weinflaschen und auf die Spuren auf dem Körper der Freundin ließ Greta mit Entsetzen ahnen, was geschehen war. Später konnte sie sich nicht erinnern, je einmal so nahe am Rand ihrer seelischen Kraft gestanden zu haben wie in diesem Augenblick. Vermutlich war es allein ihrer beruflichen Routine zu verdanken gewesen, dass Viola noch rechtzeitig ins jüdische Krankenhaus eingeliefert werden konnte.

*

Paulina tropfte der Schweiß von der Stirn, und ihre Finger schmerzten, während sie mit dem schon beträchtlich feuchten Tuch versuchte, die nassen Bettgestelle trocken zu bekommen. Es war heute wie alle Tage: Die Betten und Nachtschränke waren noch nicht zu Ende, dafür aber die trockenen Tücher. Und auch heute würde sie es eben wie alle Tage machen müssen und zum Schluss mit einem nassen Lappen putzen und, wenn es nicht reichte, für den Rest ihre Schürze nehmen. Alle machten es so, denn sogar Putzlappen waren rar geworden, weil man an den Stoffen sparte. Man konnte nur hoffen, dass Wasser und Desinfektionslösung, die ebenfalls streng rationiert waren, die gefährlichsten Keime von den Krankenmöbeln gespült hatten. Man durfte es sich gar nicht ausmalen, was einem alles an den Händen kleben bleiben konnte bei dieser Arbeit. Gummihandschuhe hatte es nur anfangs welche gegeben. Ein Paar, denn Gummi war ebenfalls knapp, und das war nun mehr als ein Dreivierteljahr her, und die Handschuhe hatten sich schnell zu Fetzen aufgelöst. Der Gedanke, jeden Tag mit Krankheitserregern und Wundsekreten in Verbindung zu kommen, war nicht sehr angenehm. Wenigstens aber sah man das Zeug nicht mit dem bloßen Auge. Doch wer wusste schon, ob man sich die unsichtbaren Dinger nicht längst eingefangen hatte und sie sich bereits in einen hineinfraßen, still, schleichend, heimtückisch vermehrend, nur darauf wartend, eines Tages zum großen Schlag auszuholen und ihrem Opfer ein Ende zu bereiten. »Finale« nannte man das im Sport, »fine« in der Musik und »Exitus« in der Medizin. Kein erbaulicher Gedanke. In einer Stunde hatte sie Feierabend, vorausgesetzt, sie schaffte die restlichen Betten bis dahin. Aller-

dings hob die Aussicht darauf ihre Laune keineswegs, im Gegenteil, denn dann begann der dritte und somit wieder einer der gefährlichen Abschnitte ihres Tages. Dagegen war die nicht einzuschätzende Bedrohung durch Bakterien und Viren direkt ein Kinderspiel. Der tägliche Weg hin und zurück von Bühlau ins Johannstädter Krankenhaus glich einem Gang durch ein unübersichtliches Dickicht, in dem man jeden Augenblick damit rechnen musste, dass sich einem jemand in den Weg stellte, der nicht Gutes im Sinn hatte. Und das zweimal täglich für mehrere Kilometer, weil sie einen beträchtlichen Teil der Strecke zu Fuß zurücklegte. Die Sonntage, das bisschen Urlaub und die freien Tage ausgenommen. Und das seit neun Monaten. Noch weitere vier Wochen würde sie durchhalten müssen. Dann, so hoffte sie, würde der Arbeitsdienst endgültig vorbei sein, nachdem er nun bereits zum dritten Mal verlängert worden war. Auch Lorchen hatte noch Dienst. Zwei Wochen in der Frauenklinik auf der Neugeborenenstation. Sie war nach drei Wochen Dienst bei Zeiss-Ikon dorthin beordert worden – glückselig über diese Wendung, weil sie es kaum ausgehalten hatte, zwischen all den Zwangsarbeitern irgendwelches kriegswichtiges Zeug zu montieren. Ihr Vater hatte im Klinikum vorgesprochen, da Lorchen großes Interesse daran hatte, Kinderschwester zu werden, und siehe da, es hatte geklappt. Paulina beneidete Lorchen ein bisschen. Allerdings nur, weil sie sich der Winzlinge annehmen durfte, was ein weitaus schöneres Erlebnis sein musste, als sich mit eisernen Bettgestellen und allerhand menschlichen Hinterlassenschaften an kalten Nachtschränken und Bettpfannen zu beschäftigen, gekachelte Fußböden zu schrubben und schwere Säcke voller Wäscheberge hin und her zu schleifen. Ansonsten war sie froh, hier unten tätig zu sein, auch wenn man dabei körperlich schwer arbeiten musste. Es hatte aber den entschiedenen Vorteil für sie, dass sie bedeutend weniger Menschen begegnete als Lorchen dort, über der Erde. Und bisher war ihr glücklicherweise hier unten noch niemand gefährlich geworden!
Paulina richtete sich auf und gab dem Bett einen kräftigen Fußtritt. Sollte es doch dort an der Wand vor sich hintrocknen! Die Wahrscheinlichkeit, dass man es in den nächsten Stunden brauchen würde, war gering, und sie hatte nur noch ein einziges trockenes Tuch zur Verfügung, dafür aber noch vier nasse Nachtschränke. Sie ging durch den kleinen Aufenthalts- und Büroraum in die dahinter liegende Kammer, in der sämtliches Putzzeug aufbewahrt wurde. Sie würde den letzten Lappen holen müssen, wenn sie die Nachtschränke einigermaßen trocken hinterlassen wollte, denn sonst würden sie Wilhelmines strenger Kontrolle nicht standhalten und sie durfte nicht gehen. Als ihr Blick auf den Tischkalender fiel, der auf dem Schreibtisch im Büro stand, bemerkte sie, dass sie genau heute in einer Woche Geburtstag hatte. Zwar war der Ka-

lender vom vorigen Jahr, denn Papier war knapp, und nur noch die Chefärzte und die Oberschwestern hatten die Kalender des laufenden Jahres erhalten, alle anderen mussten sich mit den vorjährigen begnügen und einfach einen Tag dazurechnen. Man hatte es aber schnell gelernt, und so rostete schon der Verstand nicht ein, schließlich hatte er hier unten sonst nicht viel zu tun, wie Wilhelmine zu sagen pflegte. »Jetzt bist du 'ne alte Schachtel von neunzehn Jahren, und hast noch nicht einmal die Schule abgeschlossen«, sagte Paulina zu sich selbst, während sie das Leinentuch aufschüttelte. Es war schon reichlich fadenscheinig in der Mitte. Sie zuckte die Schultern und warf es unwillig in die Luft. Dann schaute sie sich kurz um, bevor sie mit halb geschlossenen Lippen murmelte: »Aber dafür bist du bestimmt die einzige Jüdin im Tausendjährigen Reich, die es unbemerkt zu einem ganzen Jahr Arbeitsdienst gebracht hat, feine Sache, gut gemacht, du solltest einen Antrag auf ein Parteiabzeichen stellen!« Es war widerlich. Ihr Zynismus war immer beißender geworden in letzter Zeit und sie hasste sich eigentlich dafür. Vor allem, wenn sie zu Hause so sprach und dabei Eleonores schmerzlichen Gesichtsausdruck sah, die jeden Tag vor Angst verging, bis sie und Thea wieder vom Dienst nach Hause kamen. Thea arbeitete nun auch schon seit fast einem Jahr bei der Straßenbahn. Sie hatte es allerdings vorgezogen, sich freiwillig zu melden, bevor sie zu anderen Beschäftigungen herangezogen wurde. Viele Frauen waren zu Arbeiten verpflichtet worden, die früher die Männer verrichtet hatten – die schon nicht mehr verwendungsfähig waren oder mausetot, gefallen für Führer, Volk und Vaterland. »Vaterland!«, sagte Paulina verächtlich. »Was ist das schon?« Dann verbot sie sich ihre lauten Selbstgespräche. Noch konnte das Denken wenigstens keiner hören. Sie bearbeitete das feuchte Nachtschränken mit ihrer angestauten Wut, sodass es krachte, als sie die Schublade zuwarf. Was fing man denn mit einem Vaterland an, das die einen seiner Kinder in ein gewisses Auschwitz oder Theresienstadt oder sonst wo einsperrte, sozusagen ohne Wiederkehr, und die anderen in so was wie Stalingrad schickte? Rückkehr zu neunzig Prozent ebenfalls ausgeschlossen! Und die man nirgendwo mehr hinschicken konnte, zermürbte man so lange an Ort und Stelle, bis auch sie aufgaben. Spätestens dann hatte sich das mit dem Vaterland auch erledigt, denn man brauchte keines mehr.

»Diensthabende Mann, willst du nur putzen oder demnächst in die Wehrmacht eintreten?« Paulina schrak aus ihren Gedanken auf und schnellte mit hochrotem Kopf nach oben. »Abteilung Nahkampf, Unternehmen Nachtkasten«, lachte Wilhelmine, während sich ihr umfangreicher Oberkörper rhythmisch auf und ab bewegte. Warum bloß sieht man es manchen Leuten kein bisschen an, dass das Essen seit Jahren rationiert ist?, schnellte es durch Paulinas Hirn. »Unternehmen Untergrund«, gab sie dann in gewohnter Manier zurück. »Äh, ich meine natürlich Hintergrund, da soll es wenigstens etwas weniger lebensgefährlich sein«, verbesserte sie sich rasch, aber Wilhelmine war schon weitergegangen. »Nimm's nicht zu genau, man kann auch von Blindgängern erschlagen werden, mein Vater wurde das anno 1917!«, rief diese, dass es nur so von den gekachelten Wänden hallte. »Aber da hast du ja noch nicht mal in die Windeln gesch…, haha!« So rasch, wie Wilhelmine gekommen war, war sie auch wieder verschwunden. Paulina pumpte die Backen auf und blies dann die Luft hörbar hinaus. Ihr Gesicht glühte. Sie konnte froh sein, dass Wilhelmine bei aller strengen Regimentsführung im Grunde ein guter und viel wichtiger noch, kein misstrauischer Mensch war. Aber wenn sie, Paulina, nicht aufpasste, unterlief ihr irgendwann doch ein grober Fehler, der dann das Misstrauen vielleicht herausforderte. Sie verspürte plötzlich eine große Müdigkeit und einen brennenden Durst. Am liebsten hätte sie sich auf eines der Betten fallen lassen, von denen sie drei noch nicht abgedeckt hatte. Sie hätte in den Personalraum gehen und einen Schluck aus ihrer Flasche nehmen können, aber irgendwie war es ihr wichtiger, so schnell wie möglich mit ihrer restlichen Arbeit fertig zu werden. »Ach, Emilie!«, hörte sie Wilhelmines Stimme wieder und sah deren Kopf in der Tür, durch die sie eben entschwunden war. »Du kannst dann Schluss machen für heute, ich werde auch gehen, Unternehmen Landpartie, du verstehst schon!« Paulina nickte eifrig und hob die Hand zu einer verschwörerischen Geste. »Danke, ja, es ist einfach wunderschön auf dem Land draußen, ich verstehe!«, rief sie und wartete noch einen Augenblick, bis Wilhelmine endgültig verschwunden zu sein schien. »Aha, daher der Umfang«, sagte sie leise und musste lachen. Dann warf sie den nassen Lappen quer durch den Raum. Er klatschte gegen die Wand des Personalzimmerchens und flog zu Boden. Als sie die riesigen weißen Leintücher über die letzten Betten gebreitet und ihr Geschirr aufgeräumt hatte, ging sie an ihren Spind, um die Kleider zu wechseln. Währenddessen ließ sie sich ihren Heimweg durch den Kopf gehen. Im Sommer, wenn es ewig nicht dunkel wurde, zumal die Uhr ja in der Zwischenzeit um zwei Stunden vorgestellt war, hatte man keine Chance, sich in der schützenden Dämmerung mit etwas weniger Sorge unter die Leute zu begeben. Obwohl ihr die Angst vor der Stadt und den Menschen schon längst keine Schweißausbrüche oder rasendes Herzklopfen mehr verursachte, so war sie doch immer noch äußerst angespannt und sehr konzentriert, wenn sie das Krankenhaus verließ. Bisher war alles gut gegangen, tatsächlich schien noch nie jemand bemerkt zu haben, dass Paulina Seeligmann sich nach wie vor in Dresden aufhielt. Obwohl es ihr manchmal beinahe wie ein schlechter Scherz vorkommen wollte, weil sie selbst schon so viele bekannte Gesichter in der Menge gesehen hatte. Aber niemand schien von ihr Notiz zu nehmen. Hatte sie sich denn tatsächlich so sehr verändert? Oder lag es einfach daran, dass niemand mit ihr rechnete und man deswegen auch gar nicht fähig war, sie zu erkennen? Etwa die Umkehrwirkung des Sprichwortes, so im Sinne von: Aus dem Sinn, also auch aus den Augen? Sicherlich, die Brille und die anderer Frisur kannte man von früher nicht an ihr, aber an ihrem Gesicht konnte sie ja nichts Gravierendes verändern. Ein Mann konnte sich wenigstens einen Bart wachsen oder eine Glatze scheren lassen.

Diese Woche war eine andere Route dran. Sie wechselte ihren Weg von Zeit zu Zeit, um nicht durch Regelmäßigkeiten aufzufallen. Als sie einige Meter auf der Fürstenstraße gegangen war, kam ihr plötzlich ein verwegener Einfall. So schlecht war das mit dem Bart doch gar nicht, wenn man sich keinen wachsen lassen konnte, musste man eben zu anderen Mitteln greifen. Theas Freundin aus dem Theater hatte schon mit manchem ausgeholfen, warum nicht auch mit einem Bart? Sie könnte sich eine von Theas Hosen, ein Hemd und ein paar ihrer Schuhe ausleihen, und dann würde sie endlich einmal dem zuweilen schier unwiderstehlichen Sog nachgeben, und über den Neumarkt schlendern, vor der Frauenkirche verweilen, vielleicht sogar hineingehen und sich eine Weile in die Bänke setzen, bei Pfunds einkaufen und dann von dort aus zu Fräulein Gustorffs Wohnung hinaufschauen. Kurz nach Weihnachten 1941 hatte sie das letzte Mal mit Thea dort gestanden, und manchmal musste sie sich regelrecht zusammennehmen, um nicht wie früher ganz selbstverständlich mit der Achtzehn in die Johann- oder die Wilsdruffer Straße zu fahren, von dort zum Neumarkt oder zum Altmarkt zu gehen, die Läden anzuschauen, bei Kreutzkamm eine heiße Schokolade zu trinken und bei Renner Rolltreppe zu fahren, mindestens zweimal rauf und zweimal runter. Wie oft war sie anfangs ihrer Bühlauer Zeit in Gedanken diesen Weg gegangen, dann war das Verlangen danach weniger geworden, irgendwann hatte ihr der bloße Gedanke daran, sich unten in der Stadt aufzuhalten, Angst gemacht. Dann auf einmal in Stettin, auf dem seltsamen Gut, war das Heimweh nach der Dresdner Altstadt wieder aufgewacht, und seitdem sie nun beinahe täglich von Bühlau herunterfuhr, wuchs es manchmal ins schier Unerträgliche. Wie oft dachte sie sehnsüchtig daran, doch nur ein einziges kurzes Mal vor Großmutters Laden stehen zu können und durch die Scheiben hineinzuschauen. Mathilde zu beobachten, wie sie die Kundinnen mit den Hüten und die Herren mit den feinen Anzügen und den gewienerten Schuhen bediente. Es passte natürlich nicht zusammen, denn die Damen mit den ausgefallenen Hüten schienen, ebenso wie die Herren in den feinen Anzügen und Schuhen, irgendwie vom Erdboden ver-

schluckt worden zu sein, jedenfalls sah sie selten welche, wenn sie unterwegs war. Auch wusste sie, dass Mathilde den Laden nur noch zwei oder drei Stunden täglich geöffnet hatte, was sollte sie es auch länger tun, es gab ohnehin nur was auf Marken, und das war nicht eben viel. Eleonore kaufte natürlich immer noch bei Mathilde ein, aber auf den Pralinenschachteln stand ja längst in einer ganz neuen schnörkellosen Schrift Schokoladenwaren Heinrich Platten, und über dem Schaufenster prangte derselbe Schriftzug. Immerhin aber war Heinrich der Mann von Großmamas Schwester, und wenn er auch die Geschäftsanteile mit einem anderen Unternehmer teilte, so war doch in bester Absicht miteinander vereinbart worden, dass für spätere Fälle das Ganze wieder in die Hände der Seeligmann-Familie fallen sollte. Paulina aß allerdings immer mit einer gewissen Zurückhaltung die Schokolade und die Pralinen, die Eleonore einkaufte. Natürlich konnte Heinrich nichts dafür, dass längst nicht mehr alles ein so feines und exzellent abgestimmtes Aroma hatte wie früher, er musste mit den Zutaten zurechtkommen, die zu beziehen waren, und deren Qualität ließ von Mal zu Mal mehr nach, das musste selbst dem Geschmacklosesten in Sachen Schokoladenwaren auffallen. Da mochten die Rezepturen noch immer die alten sein. Andererseits kamen sie im Heidehaus doch recht regelmäßig in den Genuss aus der Platte'schen Fabrik, dafür, dass die Markenrationen beständig kleiner geworden waren. »Von nichts kommt auch nichts, aber manchmal kommt doch was«, kommentierte Alwine das Ganze mit stoischer Gemütlichkeit. Paulina schüttelte den Kopf über sich selbst. Was hatte sie über Schokolade zu philosophieren, während andere nicht einmal genügend Kartoffeln hatten! Den Juden jedenfalls war die Ration schon wieder gekürzt worden, hatte Kilian neulich mit nach Hause gebracht.
Paulina wäre beinahe über einen daherrollenden Ball gefallen. »He, du Hinkefrau, pass auf, der ist meiner!«, klang es entrüstet von der gegenüberliegenden Straßenseite. Hatte es tatsächlich Hinkefrau geheißen? Plötzlich fand Paulina sich von einer Schar spielender Kinder umringt, die sie alle irgendwie anzustarren schienen. Die einen scheu, die andern keck, und ein paar von ihnen kicherten. Ein mageres Kerlchen mit abstehenden Ohren hielt den im Rinnstein davonrollenden Ball mit dem Fuß auf und sah Paulina herausfordernd an. Sie fühlte eine plötzliche Wut in sich aufsteigen, wie vorhin schon, als sie den Nachtschrank bearbeitet hatte. Am liebsten hätte sie dem frechen Bengel eine Ohrfeige verpasst, und ihre Empörung steigerte sich noch mehr, weil sie wusste, dass sie sich das niemals würde erlauben können. »Nun guck nicht so frech, sehe ich vielleicht so aus, als würde ich den Ball klauen wollen?«, fauchte sie den Jungen an und bemerkte noch im Vorbeigehen mit einer gewissen Genugtuung seinen verdutzten Gesichtsausdruck, der durch die

Segelohren noch komischer wirkte. Sie hörte, wie die anderen Kinder johlten und lachten und wie eines davon rief: »He, Andon, die hats dir ober gegäbn nu, do guckste ganz scheen dumme aus dr Wäsche«? Paulina grinste, schalt sich aber zugleich. Sie hatte sich gehen lassen, erst herumgeträumt und weder darauf geachtet, wer an ihr vorübergegangen war, noch, wo sie sich eigentlich befand, und dann hatte sie auch noch mit Kindern gesprochen, die unter Umständen etwas davon zu Hause erzählten und sie mit Sicherheit wiedererkennen würden, wenn sie hier noch einmal vorbeikommen sollte. »Herrschaft, was ist heute los mit dir?«, zischte sie sich selbst an. Hatte sie schlagartig damit aufgehört, die Lage ernst zu nehmen? Das durfte ihr nicht passieren! Sie konnte es nicht darauf ankommen lassen und so tun, als wäre sie eine Schlafwandlerin, die demnächst ganz bestimmt von irgendeiner guten Fee vom Dach geleitet und zurück in ihr sicheres Bettchen gebracht wurde. Und am nächsten Morgen wachte sie auf und wusste von all den bösen Dingen nichts mehr. Oh nein! Genauso war es nämlich nicht! Mama konnte vielleicht so leben, aber sie nicht. Mama ging nach wie vor ohne Stern und fuhr auch noch mit der Straßenbahn. Zumindest war das den letzten Nachrichten zu entnehmen gewesen, die sie erreicht hatten. Allerdings waren die schon viele Wochen alt, und Änderungen waren stündlich zu erwarten, zumindest in diesen Dingen.
Kilian hatte gestern Professor Klemperer gesehen und ein paar Worte mit ihm wechseln wollen, was aber kaum möglich gewesen war. Kilian war erschüttert von dem Zustand des von ihm sehr geschätzten Mannes gewesen, der um Jahre gealtert, mager und sehr hoffnungslos, ja, beinahe apathisch gewirkt habe. Paulina hatte die ganze Nacht daran denken müssen. Sie war sich sicher, dass Kilian noch viel mehr wusste, aber er sprach nie über Einzelheiten. Einzig über das, was er im Februar selbst mit angesehen hatte, als das Judenhaus in der Sporergasse evakuiert worden war und die meisten der Bewohner schließlich mit vielen anderen für mehrere Wochen auf den Hellerberg in ein Lager gepfercht wurden, hatte er detaillierter erzählt. Damals waren ihr die Tränen gekommen, und sie hatte zum ersten Mal seit Langem wieder so geweint, dass sie anschließend zu nichts mehr fähig gewesen war. Eleonore hatte den armen Kilian deswegen gerügt, und seither hatte er nur noch wenig verlauten lassen. Aber Paulina hatte ihm einige Tage nach dieser Geschichte gesagt, dass er sich keine Vorwürfe machen solle, denn sie wolle unbedingt auch weiterhin alles hören, was er in Erfahrung bringen könne. Sie hätte nicht das Recht, so zu tun, als wäre sie eine besonders Auserwählte, die sich keine Gedanken über das Schicksal der Juden machen würde. Im Nachhinein hätte sie sich am liebsten geohrfeigt für dieses Gerede. Angesichts dessen, was geschah, war es doch nichts weiter als eine hehre, aber leere Phrase. Aber in diesem Moment

hatte sie es ganz so gemeint und im Grunde genommen tat sie es bis heute. Nur quälte sie oft der Gedanke, dass sich das, was sie empfand und eigentlich so gerne sagen oder zeigen oder sonst irgendwie zum Ausdruck bringen wollte, niemals in Worte fassen ließ. Es würden doch immer die falschen oder die nicht ganz genau zutreffenden sein! Eigentlich hatte sie sich schon so oft vorgenommen, nur noch zu schweigen aber es machte einen so entsetzlich einsam. Und vielleicht führte dieses dann genau dazu, dass sie ihrer aufgestauten Gedanken und Empfindungen irgendwann doch nicht mehr Herr wurde und sie sich zu Dingen wie gerade eben hinreißen ließ. Ach, sie hatte einfach so genug von alledem, so genug! Paulina stöhnte. Warum war es eigentlich immer noch so entsetzlich heiß, es war doch schon sieben! Ihr ganzer Körper schien zu brodeln, und sie spürte eine solche Hitze in sich, dass es schmerzte. Alles fühlte sich an wie wund gescheuert. Ihre Fußsohlen brannten, und die Falten von den feuchten Strümpfen verursachten schmerzhafte Scheuerstellen. Schon den ganzen Tag über hatte sie es immer wieder in der Lunge gestochen, und jetzt kam es wieder, bei jedem tieferen Atemzug. Dabei hatte sie noch einen unendlich langen Weg vor sich. Sie atmete oberflächlicher und verlangsamte ihren Schritt ein wenig. Sie ging an der Trinitatiskirche vorbei und bog in die Arnoldstraße ein. So nah wie möglich drückte sie sich an der Mauer des Friedhofes entlang, denn die dahinter stehenden Bäume warfen wenigstens einen Schatten, wenn es auch kein kühler war. Auf der Straße und in den Gärten war niemand zu sehen. Wenigstens etwas.

Später wusste sie nicht mehr, was ihr in diesen Sekunden den Impuls gegeben hatte: Wie von einer mechanischen Steuerung gelenkt, verließ Paulina die Arnoldstraße rechter Hand und bog in die Tatzbergstraße ein. Nach wenigen Metern Entfernung erreichte man dort das Nordportal des Friedhofes. Paulina ging hindurch und folgte dem breiten Weg ein ganzes Stück. Irgendwann bog sie nach links ab. Ab und zu blieb sie einen Moment stehen und sah nach oben, dann drehte sie sich langsam um ihre eigene Achse und ließ ihren Blick über die alten Bäume und die sich nach allen Seiten hin ausbreitenden Efeuteppiche schweifen. Zwischen all diesem üppigen, viele Jahrzehnte alten Wuchs ragten die Grabmale aus Sandstein und Granit wie über alle Mühen des Lebens erhabene Zufluchten über die darunterliegenden Ruhestätten. Paulina sog diesen Anblick in sich auf wie ein ausgedörrter Schwamm. Immer weiter folgte sie ihrer eingeschlagenen Richtung nach links. Sie las nicht, was auf den Steinen stand. Wusste sie doch von früheren Besuchen, dass viele berühmte Persönlichkeiten hier ihren letzten irdischen Platz gefunden hatten. Unter ihnen auch Theas Lieblingsmaler, Caspar David Friedrich. Und sogar Großmamas Großeltern waren hier begraben. Es war still, aber dennoch nicht im eigentlichen Sinne totenstill. Es ging keinerlei Bedrohung von dieser Ruhe aus. Paulina ging immer weiter. Sie schien ganz allein zu sein. Irgendwann blieb sie stehen, weil sie die Mauer vor sich liegen sah, der sie ganz unbewusst zugestrebt war. Dahinter lag der jüdische Friedhof, auf dem die Urgroßeltern Seeligmann lagen. Sie war manchmal mit Großvater dort gewesen und hatte dann stets einen kleinen neben Großvaters größeren Stein auf das bescheidene Grabmal gelegt. Paulina hatte auf einmal das Gefühl, als würden ihre Arme und Schultern mit jeder Sekunde schwerer. Wieder spürte sie diese ungeheure Müdigkeit, die sie in letzter Zeit oft überfiel. Sie blieb eine Weile im Schatten des riesigen Baumes stehen. Dann sah sie sich noch einmal nach allen Seiten um und ging in eine andere Richtung weiter. An einem Grab, dessen Randeinfassung längst überwachsen und an dessen aufrecht stehendem Stein ein Bronzerelief angebracht war, ließ sie ihre Tasche einfach zu Boden fallen und ließ sich darauf nieder. Erst jetzt, als sie in die Knie ging, fiel ihr auf, dass sie irgendwann mit dem Hinken aufgehört hatte. Nur seit wann und wo, wusste sie nicht mehr. Aber es war ihr einfach egal. Sie war nur müde, so unendlich müde. Von irgendwoher kamen Vogelstimmen, hell, klar, melodiös. Paulina lehnte sich mit dem Rücken gegen eine von zwei weiteren ovalen Sandsteinplatten, die rechts und links neben dem Sockel des Grabsteins standen. Sie schloss die Augen und seufzte tief. Die Lunge schmerzte auf einmal gar nicht mehr. Sie wusste nicht, wann sie sich das letzte Mal so gefühlt hatte wie jetzt. Es war, als läge ein unantastbarer Friede wie ein unsichtbares Tuch über diesem Ort. Nach zwei Minuten schlief sie tief und fest am Grab Friedrich Wiecks, dem Schwiegervater Robert Schuhmanns.

Am Ende des Sommers 1943 gab es in Dresden von ehemals fünftausend noch ungefähr hundertachtzig Juden. Bereits im Frühsommer waren die israelitischen Gemeinden im gesamten Reichsgebiet aufgelöst worden. Mehr als fünfhundert Verbote hatte das Reichssicherheitshauptamt im Zusammenhang mit der jüdischen Bevölkerung Deutschlands seit 1933 erlassen. Mit einem Transport nach Theresienstadt am 21. Juni waren die letzten nicht in einer Mischehe lebenden oder als Mischlinge eingestuften Juden aus Dresden verschwunden. Die meisten der bis dahin verbliebenen sollten in den letzten der ehemals fünfundzwanzig Judenhäusern in der Sporergasse und in der Zeughausstraße und zusammengefasst werden. Unter ihnen Professor Klemperer und seine Frau Eva. Sie lebten unter den schwersten Bedingungen, leisteten stundenlange Zwangsarbeit bei kleinsten Essensrationen, gingen kilometerlange Wege zu Fuß in die Fabriken und zum Einkaufen, wurden auf offener

Straße beschimpft, gedemütigt, geschlagen und bespuckt. Sie waren oft kaum mit den allernötigsten Mitteln ausgestattet, die man brauchte, um den Alltag zu überstehen. Sie halfen einander aus, so gut sie konnten. Die ständige Angst vor den immer noch anhaltenden brutalen Hausdurchsuchungen sowie das Wissen, dass auch sie jederzeit aus ihren Wohnungen, ihren Betten, von der Straße und vom Arbeitsplatz weggeholt, ins Gestapogefängnis oder gleich ins Konzentrationslager gebracht werden konnten, zerrte unbarmherzig an ihren Nerven. Weder vor den Greisen noch vor den Kindern machten die grausamen Vollstrecker halt.

*

Paulinas Arbeitsdienst war inzwischen tatsächlich zu Ende gegangen. Nicht zuletzt hatte sie das Dr. Spittler zu verdanken, der ihr aufgrund ihres gelähmten Beines und des angeschlagenen Gesundheitszustandes ein Attest ausgestellt hatte. Allerdings spürte sie manchmal das Verlangen, wieder außerhalb des Heidehauses arbeiten zu können, denn die Tage schleppten sich oft lange und quälend dahin. Lorchen war ungeheuer beschäftigt und kam höchst selten, und wenn, dann ging sie ihr irgendwie auf die Nerven. In ihren dunkelsten Stunden spielte sie sogar mit dem Gedanken, einfach in die Stadt zu gehen, herumzulaufen, ohne eine Lahme zu spielen, allen Leuten ins Gesicht zu sehen und, wenn sie jemanden kennen würde, auf ihn zuzugehen und »Guten Tag, ich bin Paulina, kennst du mich noch?« zu sagen und das einfach so lange zu tun, bis es eines Tages schiefgehen würde. Dann müsste sie sich nicht weiter schuldig fühlen, dass sie übrig geblieben war, allein weil sie einfach unverschämtes Glück gehabt hatte. Und sie müsste auch nicht mehr an Kolja denken. Wie oft versuchte sie sich in den letzten Wochen vorzustellen, wie er wohl inzwischen aussehen würde, ob sie ihn, gesetzt den Fall, sie träfe ihn einmal wieder, denn überhaupt erkennen würde?
Aber es war müßig, vielleicht lebte er schon lange nicht mehr, weil er verhungert war bei der Großmutter, die er doch gar nicht gekannt hatte, und wer wusste es schon: die ihn vielleicht gar nicht hatte haben wollen? Unterträglich, der Gedanke. Axel war auch tot. Also konnte sie es sich auch ersparen wenigstens noch auf einen Halbbruder zu warten. Außerdem müsste sie nicht mehr dauernd an Großvater Birnbaum und Angelika denken und auch nicht mehr an die arme Emilie, deren Vater, Großmutter und Bruder ständig so tun mussten, als ginge es ihr gut und sie genese voll und ganz in der guten Dresdner Luft. Haha, welch eine schlechte Komödie!

Sie fühlte sich bisweilen so schrecklich allein und verlassen. Von den Großeltern kamen nur spärliche Nachrichten, der Krieg ließ nicht mehr zu, und von Mama war nichts anderes zu erwarten. Durch ihre Arbeitsdienste war auch die Zeit mit Thea so knapp geworden, dabei liebte sie es so, sich auf deren altes Sofa im Atelier zu legen und diese entweder beim Arbeiten zu beobachten oder mit geschlossenen Augen auf die Geräusche zu hören, die entstanden, wenn sie malte oder Steine bearbeitete. Gelegentlich half sie Alwine im Haus und in der Küche, manchmal auch Konrad im Garten, aber das strengte sie ihres Beines wegen zusehends an. Und sie kümmerte sich hin und wieder um das Neugeborene der jungen Frau Seiler, der Alwine regelmäßig unter die Arme griff. Aber das alles erfüllte sie nicht, und sie merkte, dass ihr zu viel Zeit blieb, um sich Gedanken zu machen. Und dennoch: Immer wieder spürte Paulina auch diese ungeheure Sehnsucht danach zu leben, zu lachen, bis zur totalen Erschöpfung zu tanzen und zu lieben. Mit allen Sinnen und ihrer ganzen jungen Kraft. Wen, wusste sie nicht, aber zuweilen war es ihr, als gäbe es diesen Jemand schon ewig lange und als würde er nichts anderes tun, als nur darauf zu warten, endlich von ihr gefunden zu werden.

Eleonore konnte manchmal kaum mit ansehen, wie Paulina sich immer mehr in sich zurückzog, und deutlich schwermütige Züge erkennen ließ. Sie verbrachte eine Menge Zeit in der Bibliothek und las oft ganze Nächte lang, weil sie ohnehin nicht schlafen könne, behauptete sie wenigstens. Hin und wieder schloss sie sich in ihr Zimmer ein, und jedes Mal, wenn sie dann nach Stunden wieder auftauchte, sah man ihr an, dass sie geweint hatte. Sie war oft blass und hatte dunkle Ringe unter den Augen, und Eleonore hatte den Eindruck, dass sie wieder dünner geworden war. Zudem klagte sie oft, wenn sie lange auf den Beinen gewesen war, über Schmerzen in den Hüft- und Kniegelenken. Dr. Spittler, dem Eleonore über ihre Sorge um das Mädchen ihr Herz ausschüttete, untersuchte Paulina eines Tages und fand die Bestätigung dessen, was er sowieso gewusst hatte: Durch das nun jahrelange erzwungene Hinken hatte Paulinas Bewegungsapparat eine einseitige Belastung erfahren. Er vermutete auch, das es ihren Knochen an wichtigen Aufbaustoffen mangelte. Das Wachstum und die Entwicklung vom Kind zur Frau waren ja in diese Zeit gefallen und hatten ihren Tribut gefordert. Dr. Spittler mochte keine Schönfärbereien und machte ihnen klar, dass Paulina eigentlich unverzüglich auf das Hinken verzichten müsse, gänzlich, nicht nur wenn sie zu Hause wäre. Er verordnete ihr spezielle gymnastische Übungen, ließ sie aber nicht im Unklaren darüber, dass er sich keine allzu große Wirkung davon versprach. Eleonore war sehr erschrocken gewesen über diese Diagnose, nicht minder beunruhigte sie

jedoch die Gleichgültigkeit, mit der Paulina dies aufgenommen hatte. »Oho, dann nennen sie mir einfach eine wunderwirksame Heilmethode, mit der sich meine augenblickliche Verwandlung von einer lahmen Ziege in ein munter springendes Böckchen erklären lässt, dann kann ich liebend gerne von heute auf morgen das Hinkebein vergessen«, hatte sie gesagt und dabei auch noch gelacht. Auf Eleonores mahnendes »Paulina!« war die nur aufgestanden und hatte sich zum Gehen gewandt. »Ach, Leochen, nimm es nicht so schwer, eines Tages, wenn das alles hier vorbei sein sollte, muss ich doch auch ein bleibendes Andenken daran haben. Die echte Emilie ist an der Knochentuberkulose gestorben, ich spiele sie nur und werde garantiert nicht *daran* zugrunde gehen, heutzutage gibt es dafür wirksamere Methoden.« Kaum hatte sie das gesagt, war sie zur Tür hinaus gewesen, und hatte Eleonore und Hans Spittler grußlos verlassen. Eleonore war fassungslos gewesen und Dr. Spittler hatte ihr eine Medikamentenschachtel und ein Röhrchen in die Hand gedrückt und nur gesagt: »Geben Sie ihr davon, wenn es schlimmer werden sollte«.
Auch Paulinas Klavierspiel hatte nachgelassen, nicht in der Qualität, aber in der Häufigkeit, mit der sie sich an den Flügel setzte. Wenn sie es dann allerdings tat, war ihr Spiel nach wie vor ungeheuer dynamisch und erstaunlich brillant. Sie hatte sich auch im Laufe der Jahre aus Eleonores unerschöpflicher Literatur Stücke beigebracht, die sie bei Weitem nicht gekonntt hatte, als sie hergekommen war. Diese Stunden waren es dann auch, an die Eleonore sich klammerte und die sie mit neuer Hoffnung erfüllten. An manchen Tagen aber war Paulina trotz allen Drängens und guten Zuredens nicht zum Spielen zu bewegen. Ihre Hände schmerzten, sagte sie dann, oder der Flügel wäre so verstimmt, dass man es keine Sekunde lang ertragen könne. Allerdings hatte sie im Bezug darauf nicht ganz unrecht. Doch im Moment hatte Eleonore keine Lust, den Stimmer ins Haus zu holen. Sie hielt es für besser, alle, die man nicht unbedingt brauchte und von denen man zu wenig wusste, nicht so nahe an sich heranzulassen und überdies war es keineswegs so, dass das Instrument nicht mehr anzuhören war. Auch Kilian und Thea fanden es bei lange nicht so schlimm wie Paulina.

Eines Abends, als es schon deutlich nach Herbst aussah, Konrad auf Eleonores Geheiß zum ersten Mal den Kamin im Salon angefeuert hatte und Kilian zu Besuch da war, schlug Eleonore, einer plötzlichen Eingebung folgend, Paulina vor, sich doch einmal in der Woche mit Kilian zusammenzusetzen und sich von ihm in die Sphären der Mathematik einführen zu lassen. Mit ihr könne sie das Gleiche in der Chemie tun. »Ich, rechnen?«, fragte Paulina gedehnt und starrte in ihr Weinglas. Thea kicherte. »Na ja, du dürftest ja nicht vergessen haben, dass du es immerhin acht Jahre lang täglich in der Schule getan hast, und ich meine, das, was du mir gezeigt hast, sind keine schlechten Zeugnisse gewesen.« Sie bemerkten, wie ein kleines Lächeln über Paulinas Gesicht huschte, und tauschten ein paar Blicke aus. »Es muss Jahrhunderte her sein«, kam es dann aus deren Sessel. »Ja, gerade deswegen«, fuhr Eleonore eifrig fort, »du bist ein intelligentes Mädchen, und es tut mir so weh zu sehen, wie ...« »Ich verdumme«, fiel Paulina ihr kalt ins Wort und nahm einen kräftigen Schluck. Eleonores Ausbruch kam für alle unverhofft: Sie stellte ihr Glas mit Nachdruck auf das runde Tischchen und schoss in die Höhe, dass selbst Kilian auffuhr und sich hinsetzte wie ein Schuljunge, den man zur Ordnung gerufen hatte. »Mein liebes Kind, jetzt will ich dir mal etwas sagen«, hob sie an. »Von der Nacht an, in der Michail dich hierhergebracht hat, bis zum heutigen Tag schlafe ich keinen Abend ein und erwache keinen Morgen, ohne dass mein erster Gedanke und meine erste Sorge und ...«, fügte sie deutlich leiser hinzu, »mein erster Schrei zum Himmel niemand anderem gilt als dir, und seitdem du diesen einen Abend erst halb in der Nacht vom Dienst heimgekommen bist und ich bis heute keine Ahnung habe, was dir da widerfahren ist, weiß ich, dass ich ein gebrochener Mensch sein werde, wenn dir etwas zustoßen sollte! Aber ich weiß auch, dass ich dich deswegen nicht einsperren und dich in deinem Fortkommen hindern darf, denn es werden hoffentlich wieder Zeiten kommen, in denen man sich frei bewegen, denken, sagen und tun darf, was man für richtig hält. Auch wenn ich mich damit abfinden muss, diese Zeit vielleicht nicht mehr so lange zu erleben oder sie am Ende nicht einmal mehr anbrechen zu sehen, so hast doch du alles das noch vor dir, was ich schon genossen habe! Ich kann es kaum mit ansehen, dass ein junger Mensch unter solchen Umständen aufwachsen muss! Sogar um die Schule hat man euch betrogen, aber Denken ist gefährlich, oh ja! Paulina, Liebes, ich kann es nicht ertragen, wie es immer dunkler und trüber in dir wird, wie es dich auffrisst und zu Boden drückt, bitte lass mich dir helfen, es muss auch nicht die Mathematik sein, nicht wahr, Kilian, und schon gar nicht die Chemie, aber lass mich dir bitte helfen, deine Gedanken mit etwas zu füllen, was dich interessiert, was dir Freude bereiten könnte, was dich beschäftigt und ablenkt, ich ...« Eleonore rang um Luft und weitere Worte. »Ich ... du bist in meinem Herzen wie mein eigenes Kind und ...« Eleonore ließ sich erschöpft neben Kilian nieder. Der nahm ihre zitternde Hand. Thea kullerten längst die Tränen übers Gesicht, aber Paulina starrte noch immer düster vor sich hin und drehte das Weinglas langsam zwischen den Fingern. Außer dem Knistern des Feuers war nichts mehr zu hören. Fünf unerträglich lange Minuten schwiegen sie.

»Ich war auf dem Friedhof damals an dem Abend. Trinitatis, wisst ihr? Und es war so still und voller Frieden dort, so ein bisschen wie ... wie ...« Im Himmel, dachte Paulina, wollte es aber nicht aussprechen und sagte stattdessen: »Wie früher, als alles noch gut war und ich an Großvaters Hand dort hin gegangen bin. Ich bin eingeschlafen, weil ich auf einmal so müde wurde und ich mich so sicher gefühlt habe, wie seit Ewigkeiten nicht mehr.« Sie wartete einige Augenblicke, ehe sie fortfuhr. »Dann, als ich aufgewacht bin, war es schon dämmrig, und ein uraltes Mütterchen war ganz nah vor meinem Gesicht. Es trug ein schönes helles Sommerkleid, eines wie Großmama es noch von ihrer Mutter hatte, und es hatte ein hellen Hut auf dem Kopf. Es streichelte mich ganz sachte, weil es nicht wusste, ob ich tot war oder nur schlief. Ich bin auch überhaupt nicht erschrocken, als ich es gesehen habe, seine Augen waren so gütig, und ich hatte auch das Gefühl, ihm nicht zum ersten Mal begegnet zu sein.« Immer noch sah Paulina auf ihr Glas, und immer noch war es im Salon totenstill. »Ich bin dann aufgestanden, und wir haben uns zusammen auf eine Bank gesetzt«, fuhr Paulina unbeirrt fort, »und ich habe dem Mütterchen erzählt, dass ich vom Dienst gekommen bin und was ich da zu tun hatte und dass ich so müde war und nur ein wenig ausruhen wollte. Es hat mich unentwegt angesehen und immerzu gelächelt. Dann hat es meine Hände genommen und gesagt, dass man mit solchen Fingern lieber Klavierspielen solle, anstatt sie mit nassen Putzlappen und scharfer Seifenlauge zu ruinieren. Als ich dann erzählte, dass meine Hände auch schon der Arbeit mit Rechen und Mistgabeln ausgesetzt waren, hat das Altchen meine Hände gestreichelt und einen Kuss darauf gehaucht. ‚Man beraubt die einen um ihre Jugend, die anderen um ihr Hab und Gut und um ihr nacktes Leben und wieder manche um beides', hat sie dann gesagt. Mehr nicht. Ich habe mich auch gewundert, weil sie gar nicht wissen wollte, wie ich heiße.« Paulina nippte an ihrem Glas. Sie hörte, wie Thea schniefte, sah aber nicht zu ihr hin. Sie würdigte nach wie vor weder Eleonore noch Kilian eines Blickes, und als auch nach weiteren Sekunden noch niemand sprach, holte sie noch einmal tief Luft. »Ihr könnt euch gar nicht vorstellen, wie froh ich war, dass ich das Mütterchen nicht mit der Emilie-Geschichte belügen musste«, sagte sie leise und schluckte. »Wir sind dann aufgestanden, weil ich sagte, ich müsse gehen, ich hätte noch einen weiten Weg vor mir. Wir haben kein Wort mehr gesprochen, bis wir das Portal vor uns gesehen haben. Da ist sie stehen geblieben und hat mir die Hand auf den Arm gelegt und gesagt: »Nicht wahr, du bist Friedrich Winters Urenkelin.«
Mit einem leisen Aufschrei schlug Eleonore die Hand vor den Mund. Paulina sprach einfach weiter. » ‚Ich habe dich erkannt', hat sie gesagt, ‚weil du genauso aussiehst, wie einstens seine jüngste Tochter, Julia, ein wunderbares Mäd-

chen.' Dann meinte sie nur noch, sie hätte einmal mit Friedrich in enger Verbindung gestanden, und ich solle ihr versprechen, dass ich ganz fürchterlich auf mich aufpasse. Sie bat mich, vorauszugehen und mich nicht mehr nach ihr umzudrehen. Ich tat es doch, aber da war sie verschwunden, aber es ist wirklich genau so gewesen, ich habe das alles nicht geträumt.« Der Regulator im Flur schlug mehrmals. Paulina leerte ihr Glas mit einem Zug und sah zur Zimmerdecke hinauf. Auf Kilians Gesicht lag ein Ausdruck von Verwunderung und Zweifel, während Eleonore mit einem Schwall von Empfindungen rang und Thea hemmungslos schluchzte. »Ihr braucht keine Angst zu haben«, sagte Paulina mit fester Stimme, während sie sich erhob und an die Vitrine trat. Sie schenkte sich noch einen Schluck nach. »Dieses alte Fräulein wird mir nicht gefährlich werden, niemals. Ich glaube, dass sie so etwas war wie ein Engel an diesem Tag, ich glaube nämlich an sie, wisst ihr? Lorchen und ich haben in Pommern einen gesehen, der konnte sogar Radfahren, mit dem klapperigsten Ding, das ihr euch vorstellen könnt.« Paulina nahm einen weiteren Schluck. Nun würde sie auch den Rest noch loswerden: »Nachdem ich den Friedhof verlassen hatte, bin ich dann bis zur Diakonissenanstalt zu Fuß gegangen, um dort erst in die letzte Elf zu steigen. Kurz vor der Haltestelle ist mir dann das Herz in die Hose gerutscht, denn wenige Meter vor mir tauchte plötzlich Marlene Niederau auf, ganz und gar nicht engelsgleich.« Kilian konnte sich ein Schmunzeln nicht verkneifen. Das Kind war manchmal geradezu ungeheuerlich! »Wenn es nicht so dunkel gewesen wäre«, lauschte er Paulinas weiteren Schilderungen, »hätte sie mich bestimmt in dem Moment erkannt, als sie sich umdrehte, ich mich aber gerade noch rechtzeitig in den Eingang eines Hauses geflüchtet hatte. Da war ich dann sozusagen festgeschraubt, weil diese Kuh sich nicht vom Acker machen wollte und ständig an der Haltestelle auf und ab ging. Glücklicherweise fuhr sie dann irgendwann der Stadt zu. Zu diesem Zeitpunkt war aber die letzte Elf weg, und ich musste zu Fuß gehen, im Dunkeln und durch den Wald jawohl, das war alles!« »Barmherziger Gott«, entfuhr es Eleonore mit erstickter Stimme. Sie sah Paulina nur unentwegt an und hätte sie so gerne in die Arme genommen. Aber die Art und Weise, in der das Mädchen dastand und sprach, ließ ihr die eigenen Gefühle so nichts sagend erscheinen. War dieses junge Menschenkind am Ende doch stärker als sie alle zusammen? Musste man es vielleicht gar nicht mit zuweilen schier unerträglicher Angst und Sorge hüten? »Ach, was ich dir schon lange sagen wollte, Eleonore«, forderte Paulinas Stimme ihre Aufmerksamkeit noch mal ein, »eines Tages werde ich das Abitur nachholen, deine Bibliothek um ein paar Exemplare erweitern und mich dem Studium der Literatur und der Historie verschreiben und auch ganz bestimmt herausfinden, warum es Kaiser, Könige,

Bettler und Dichter geben muss. Und«, setzte sie nach, »wie es dazu kommen konnte, dass es Hitlers gibt!« Es hing in der Luft wie ein Urteilsspruch. Mit einem Schlag fühlte sich Kilian tief getroffen. Während Paulina gesprochen hatte, war sie zur Tür und schon hinausgegangen, erschien dann aber noch einmal mit lachendem Gesicht: »Ach, aber vorher wird der Flügel gestimmt, er klingt grauenhaft.« Die drei Zurückgeblieben lauschten dem Schnappen des Türschlosses nach und außer Theas Schniefen war noch einmal für lange Augenblicke nichts zu hören. »Ich weiß gar nicht«, sagte Eleonore dann nach einer Weile mit zitternder Stimme, »wann das Kind zuletzt so viel am Stück mit uns gesprochen hat. Glaubt ihr, dass alles wieder gut wird?«

1944

Viola lag angezogen auf dem Bett und starrte zu der baumelnden Glühbirne hinauf. Der Keramikschirm der Lampe war schon bei einem der letzten Angriffe zu Bruch gegangen. Sie hielt sich das Kissen rechts und links auf die Ohren gepresst und schmetterte ein Lied aus Lehars Lustiger Witwe. »Sie sind eine anständige Frau / Das weiß ich ja leider genau / Doch können sie wirklich mir glauben / Sie predigen hier einem Tauben.« Eine fürchterliche Detonation ließ sie zusammenfahren. Heute wäre ein guter Tag zum Sterben, fand sie, denn genau heute war es ein Jahr her, seitdem dieser widerliche Kerl im Sportpalast den totalen Krieg ausgerufen hatte, den die wie hypnotisierten Massen jubelnd einforderten. Das hatten sie nun davon! Also würde auch sie wie Millionen andere an diesem totalen Krieg zugrunde gehen. Für ein Jüdin durchaus ein privilegierter Tod. Sie würde an den Bomben sterben und nicht am Gas! Und auch nicht am Alkohol! Als sie damals im jüdischen Krankenhaus aufgewacht war und Greta wie ein Häufchen Elend an ihrem Bett gesessen hatte, hatte sich Viola vorgenommen, wenn es denn schon sein musste, bei lebendigen Sinnen und klarem Verstand aus diesem Leben zu gehen und nicht im Delirium. Sie hatte es mit Gretas unermüdlicher Unterstützung tatsächlich geschafft, vom Alkohol loszukommen. Es war die Hölle gewesen, aber sie hatte durchgehalten, eisern, und irgendwann hatte es nachgelassen. Sie hatte es überlebt, wider Erwarten. Aber manchmal verzehrte sie sich geradezu in dem quälenden Bedürfnis, sich sinnlos betrinken zu können. Nur um alles zu vergessen!

Das Kabel mit der Glühbirne wackelte wie ein Hundeschweif. Das Krachen der Einschläge und das ohrenbetäubende Knallen, wenn Fensterscheiben zerbarsten, Dachziegel, Stuck, Putz und Möbelstücke zu Boden fielen und zersplitterten, kam ihr heute noch ärger vor als gestern und vorgestern. Sie sang noch lauter. »Erreich ich auch niemals mein Ziel / erkaltet doch nie mein Gefühl …« Ihr Bett wackelte unaufhörlich, aber das wäre normal, sagte man, denn die Schwankungen der Gebäude steigerten sich von Stockwerk zu Stockwerk. Also war es unterhalb des Speichers eben am stärksten. Hinter ihr tat es einen gewaltigen Schlag, dem ein sekundenlanges gleichmäßiges Poltern folgte. Das Bücherregal! Viola bemühte sich erst gar nicht, sich aufzurichten und nachzusehen. Ab heute würde sie die Bücher einfach in niedrigen Stapeln zusammenlegen und den sowieso schon längst um seine Verzierungen gekommenen

Schrank an Ort und Stelle liegen lassen. Man konnte seine Rückwand als Tisch oder als sonstige Ablage verwenden. Aus dem schmalen Fensterschlitz sah sie den Himmel plötzlich wie taghell erleuchtet, dann folgte ein Einschlag, der ihren Körper förmlich erbeben und ihren Herzschlag in ein beinahe schmerzhaftes Hämmern verwandelte, und gleich darauf wandelte sich alles in das Orangerot auflodernde Feuer. »Ich kenn die Gefahren / ich muss sie ertragen / ich kann ihnen nimmer und nimmer entsagen!«, brüllte sie mehr, als sie sang, und schleuderte das Kopfkissen mit aller Kraft an die gegenüberliegende Wand. Es fiel zu Boden und riss Axels Bild mit sich herunter.

Auch diesmal ging es vorüber, und sie lebte noch. Als das bellende Flakgeräusch weniger wurde und nur noch vereinzelte Einschläge zu hören waren, dafür aber das Rufen der Menschen und lautes Feuerprasseln zu vernehmen waren klopfte sie sich den weißen Kalkstaub von den Armen und schnaubte ein paarmal, um Mund und Nase freizubekommen. Den Rest des Gesichtes wischte sie mit dem bereitliegenden feuchten Waschlappen ab. Dann erhob sie sich und schaute sich in der kleinen Kammer um. Es sah eben so aus wie nach jedem Angriff. Allerdings entdeckte sie erst jetzt die am Boden liegende Fotografie. Rahmen und Glas waren natürlich hin. »Wat machste aber ooch für Sachen, meen Kleener, et is jefährlich, einfach so von de Wände zu springen«, lachte sie das Bild an und blies den Staub fort. »Ach, Axeljen«, sagte sie dann zu dem blond gelockten Buben, dessen große Augen ein wenig ängstlich aus dem hübschen Gesicht sahen und dessen speckgepolsterte Händchen den Teddybären fest umklammerten. »Wenn du sehen könntest, wat hier los is um uns rum, und mich hier in deene Bude hocken, im Schlafrock, abjetakelt, verbraucht wie'n abjeschabtet Küchenbrett, jerupft wie 'ne Jans und ausjepresst wie 'ne Appelsine. Aber die jibt et nun schon lange nich mehr, die Appelsinen, och hier im Haus nich, wahrscheinlich nich mal mehr im janzen Reich.« Sie zog geräuschvoll die Nase hoch und schluckte fest. Der feine Staub verstopfte einem alle Poren und reizte die Schleimhäute. »Wenigstens musste mir nich mehr so mit ankieken, du musst mir nich bedauern, du würdest mir soiso nich mehr möjen, wenn du wüsstest, wat aus mir jeworden ist, nur für deen Vata tut et mir entsetzlich leid und ooch für deene Mutta, wenn se mich ooch als Judenhure beschimpft, aber dat darfste ihr nich übel nehmen, weeste, nee, nee, denn sie hat mir und dein Vata alle Jahre keen Stein nich in die Weje jelegt, nur jetzte, jetz is se janz alleene, wo du nich mehr da bist, und ick, die ihr den Mann jekloot hat, hab meen Kindjen noch, wenn ick ooch nich ne jute Mutta war, dat is nich eenfach zu ertrajen – für ihr nich und für mir nich.« Viola drückte einen Kuss auf das Bild und hängte es ohne Glas und mit verschobenen Leisten an den alten Platz zurück. Kurz darauf klopfte es, aber bevor sie etwas sagen konnte, stand August in dem niedrigen Zimmerchen. Er seufzte erleichtert und wollte Viola an sich drücken, aber sie schlüpfte unter seinen Armen hindurch. Er fuhr sich über den staubigen Kopf. Seine Haare waren grau geworden, nicht nur vom Staub. »Ich ertrage es einfach nicht mehr länger, wenn du hier oben liegst, ein Treffer und ...« »Glaubst du, ich ertrage es, wenn du dort oben mit lächerlichem Männerspielzeug ratatatam machst und künstliche Lichtstrahlen an den Berliner Himmel malst? Flugabwehrkanonen, phfff«, machte sie verächtlich. »Und hilft es? Du kannst ja zum Fenster hinaussehen, aber ich nehme an, du hast für heute auch genug zu Gesicht bekommen.« August ließ sich müde auf das Bett fallen. »Kann man so sagen«, war seine knappe Antwort. Er streckte seine Arme nach Viola aus. Sie baute sich vor ihm auf und stützte die Ellbogen in die Hüften. »Du bist mager wie ein Backfisch geworden«, stellte August lakonisch fest. »Wenn der Krieg vorbei ist, füttere ich dich wieder raus, ich mag deine Rundungen etwas runder haben, wenn ich ehrlich sein darf.« Viola klemmte die Augen zu schmalen Schlitzen zusammen. »Ach, was du nichts sagst, trotzdem lässt du dich nicht davon abhalten, mich gierig anzusehen.« August schürzte die Lippen und tat so, als schmolle er. »Och, ich schau doch nicht gierig, nur ein bisschen ... ich finde dich trotzdem immer noch schön, auch ...« »Auch was?«, fragte sie lauernd. »Auch wenn ich mager bin, ungewaschen, unfrisiert, mit verdorrten Brüsten?« Sie beugte sich weit vor, schnellte aber zurück, als August nach ihr griff. »Und schlaffen Schenkeln«, warf sie noch nach. »Ach, mach mir nichts vor, ihr Männer seid doch alle die gleichen, sie brauchen es nur für ... für ...« Sie wandte sich ab. August ließ die Arme fallen und schloss die Augen. Er konnte es machen, wie er wollte! Immer wieder endete es damit. Er hätte sich ohrfeigen können, dass er eine Bemerkung zu ihrer Figur gemacht hatte. Dabei hatte er einfach nur das Verlangen nach *ihr*, seiner Viola und nicht nur nach irgendeinem weiblichen Körper. Sie liebte er nach wie vor, sonst keine! Aber jetzt, wo er jeden Augenblick mit ihr so genoss wie in den ersten Jahren, wo er innerlich so einsam war wie kaum einmal zuvor und allein einzig die Tatsache, dass sie immer noch da war, ihn aufrecht hielt, entzog sie sich ihm oder ließ seine Nähe einfach nur über sich ergehen. Spannungslos, gleichgültig. Ja, manchmal hatte er sogar das Gefühl, als empfände sie Ekel. Es machte ihn traurig und wütend zugleich. »Warum bist du nicht hinuntergegangen vorhin?« versuchte er die angespannte Atmosphäre in angenehmere Bahnen zu lenken. »Bunker sind für Juden verboten, und du weißt es ganz genau. Also rede nicht solches Zeug.« Auch das schien schiefzugehen. Er hörte, wie sie herumhantierte. »Aber doch nicht hier bei mir, in meinem eigenen Hause! Meinetwegen, wenn du draußen unterwegs bist, aber hier ...« »Ach, hör doch auf«, fiel sie ihm ins Wort,

»auch hier ist es Juden nicht erlaubt, in den Keller zu gehen, wie lange meinst du denn noch, du könntest über dich und deinen Besitz alleine bestimmen, hä? Du bist ein Naivling, wenn du das meinst, Herr Direktor August Leibfried, denn du bestimmst schon lange nichts mehr, aber ich glaube langsam, du hast es nicht einmal bemerkt.« Ihre Stimme wurde lauter, und wenn er nicht rechtzeitig eingriff, dann konnte das unangenehme Folgen haben, obwohl er sich sicher war, dass außer ihm noch niemand hier vom Luftschutzraum nach oben gekommen war. »Ich verstehe nicht ganz genau, was du sagen willst«, gab er mit gesenkter Stimme zurück, »aber wenn du die Freundlichkeit hättest, mich arglosen Menschen aufzuklären, dann tu es bitte so, dass nicht die halbe Welt erfährt, wie dumm ich bin.« Viola schwieg ein wenig beschämt und suchte nach einem Pullover, fand aber zuerst die Hose und zog sie an. »Willst du dich noch mal anziehen, es ist doch schon spät genug, um zu Bett zu gehen? Und ich denke, für die nächsten paar Stunden wird Ruhe sein.« Seine Frage klang wirklich interessiert. »Na, siehst du!«, triumphierte Viola, »ich sag es doch. Im Bett war ich schon die ganze Zeit, denn für Juden und Verbrecher ist der Tag gefährlich und für Arglose und Unerfahrene die Nacht. Mein Liebling, es gibt keine günstigere Zeit für ein Objekt wie mich, als im Chaos eines gerade vorübergezogenen Strafgerichtes unbehelligt spazieren zu gehen, um wenigstens das minimalste Pensum an frischer Luft zu schnappen, das ein Säugetier, Gattung Mensch wohlgemerkt, nun einmal braucht.« August machte die Augen auf und setzte sich kerzengerade hin. »Gut, dann komme ich mit«, sagte er bestimmt. »Ich entstamme nämlich derselben Gattung.« Viola blieb vor Überraschung der Mund offen stehen. »Bist du noch ganz bei Trost?«, sagte sie dann langsam, jedes einzelne Wort betonend. »Oder hast du deinen Verstand mit einem Geschoss durch eine Flakkanone in den Himmel gejagt?« »Oh nein, ich bin im Vollbesitz meiner geistigen und körperlichen Kräfte, und das, was ich tue, tue ich! Ende der Bekanntmachung.« Er erhob sich und zog an Violas Pullover, in dessen Rollkragen gerade ihr Kopf steckte. Er stupste sie mit dem Zeigefinger auf die Nase und setzte rasch einen Kuss darauf. Er würde sich nicht unterkriegen lassen! Sollten sie ihm meinetwegen alles nehmen, Sohn, Haus und Arbeit, meinetwegen auch einen Arm oder ein Bein, aber nicht Viola. Er war bereit, alles über sich ergehen zu lassen, aber um diese Frau würde er weiter kämpfen, viel zu lange schon war er ein Feigling gewesen!

Viola warf sich ein Kopftuch über die Haare und zog es möglichst tief ins Gesicht. Der alte Mantel von Gretas Mutter, eines der wenigen Kleidungsstücke die sie hatten retten können, nachdem ihre gemeinsame Wohnung getroffen worden war, leistete ihr gute Dienste. Er war warm, wenn auch schwer und sehr lang. Aber er verdeckte viel, und das war nicht unerheblich. August

konnte dieses Ding nicht leiden, aber er hatte es aufgegeben, etwas dagegen zu sagen. Sie nahmen die Hintertreppe. Über den Hauptaufgang würden ihnen jetzt zu viele der bunt durcheinandergemischten Leute begegnen, die in der Zwischenzeit das Leibfried bevölkerten. Auch einige von Violas ehemaligen Kollegen waren darunter, ansonsten Ausgebombte, Flüchtlinge, Alte, Mütter mit kleinen Kindern, Alleinstehende. August war sich sicher, dass auch die eine oder andere zwielichtige Gestalt hier einen Unterschlupf gefunden hatte. Er versuchte, nicht darüber nachzudenken. Solange er Viola hier hatte, war es ihm nicht so wichtig, wer sonst noch in seinem Hause ein und aus ging. Im ersten Stockwerk waren die Hotelzimmer noch nicht mit Flüchtlingen belegt, allerdings verirrte sich auch nur noch höchstselten ein Gast hierher. Zeitungsleute oder hier und da jemand, der seine Verwandten oder Bekannten besuchen wollte, aber Berlin war in der Zwischenzeit ein zu gefährliches Pflaster geworden, als dass man sich freiwillig lange dort aufhalten wollte. Allein den Restaurantbetrieb hielt August noch am Laufen, wenn es sich auch nur noch um einfache Gerichte handelte, die Hochleitner kochte und servierte. Er beschäftigte außer diesem niemanden mehr, alles, was sonst noch anfiel, erledigte seine Frau. Wer von seinen ehemaligen Angestellten nicht eingezogen oder für kriegswichtige Dienste verpflichtet worden war, war alt, und die paar von denen, die noch da waren, reichten völlig aus, um den übrig gebliebenen Betrieb am Laufen zu erhalten. Nach wie vor hatte seine Frau einen besseren Überblick über das Ganze als er, und er bewunderte sie dafür. Er selbst tat Dienst bei der Flak. Es war genauso gekommen, wie Charlie es einstens vorausgesehen hatte, in jener Nacht, in der sie so viel getrunken hatten, dass ihm noch zwei Tage danach elend gewesen war. Männer bis sechzig und Knaben ab sechzehn waren das letzte Aufgebot. Und so hatte es ihn kurz vor seinem einundsechzigsten Geburtstag getroffen. Allerdings hatte er kein Bedürfnis, als Held zu sterben.
August ging Viola voraus. Die Tür auf den Hof hatten die andauernden Erschütterungen des Erdbodens stark verzogen, sodass man sie nur noch mit ziemlicher Kraftanstrengung öffnen und schließen konnte. Es war nicht so kalt hier draußen, wie es die Jahreszeit normalerweise erwarten lassen würde. Alle vierundzwanzig bis achtundvierzig Stunden sorgten ja schließlich Spreng- und Brandbomben für Hitze und Wärme, so makaber dies war. Das stets gegenwärtige Geräusch knisternder Flammen, begleitet von menschlichen Rufen und dem Geräusch herunterfallender Steine und berstendem Holz, empfing die beiden auch jetzt, als sie sich durch Schutt und Geröll einen Weg über den Hof auf die Straße bahnten. August streckte seine Hand nach hinten aus und fühlte darin unverzüglich die Violas. Sie fühlte sich an

wie immer: kräftig, sehnig, dabei aber weich und warm. Als sie schließlich die Friedrichstraße erreicht hatten, blieben sie eine Weile stehen und schauten nach allen Richtungen. August wollte wissen, in welche Richtung Viola gehen wolle. Sie zuckte erst unschlüssig mit den Schultern bevor sie ein knappes »Da lang« zur Antwort gab. Also nach links, die Leipziger entlang, Richtung Potsdamer Platz. August fragte nicht nach, was sie bewogen hatte, diese Entscheidung zu treffen. Aber auf jeden Fall kam man, wenn man nur lange genug ging, auf diesem Weg zu Charlie. Im Schein des grünlich gelben Lichtes, in dem das Rot des Feuers förmlich zu tanzen schien und wie eine bewegte Theaterszenerie aussah, gingen sie mal neben mal hintereinanderher. Stumm, ohne sich anzusehen. Von überall her kamen Menschen. Sie kletterten aus scheibenlosen Fensterhöhlen, krochen aus Kellerlöchern und hinter Bretterverschlägen vor, rannten oder gingen müden Schrittes mitten auf der Straße, zwischen Bombentrichtern und umherliegenden, oftmals brennenden Gegenständen und vielen Menschen hindurch. Manche schrien irgendwelche Namen oder einfach nur in irgendwelchen Wortfetzen ihren Schmerz hinaus, andere sprachen nichts dafür aber zeugten ihre Gesichter von dem, was in ihnen vorging. Wieder andere trugen Koffer und verschnürte Kartons oder Wäschebündel mit sich herum. Eine Frau schob einen Kinderwagen, in dem nicht nur ein Kind transportiert wurde, wenn überhaupt, dachte Viola im Vorbeigehen, sondern es thronte ein beträchtlich schwankender Stapel aus allerlei Hausrat und Bettzeug darauf. Aber was Viola an diesem längst nicht ungewöhnlichen Bild fesselte, war der kleine Junge, der sich am Mantel seiner Mutter festhielt und ihr hinterherstolperte. Er mochte höchstens vier Jahre alt sein, aber sein blasses Gesichtchen war nicht das eines Kindes. Es war leer, und die Augen schienen in weite Fernen zu blicken. Er hatte allergrößte Mühe, mit der davonstrebenden Frau Schritt zu halten, aber sie schien keinerlei Bedauern mit ihm zu haben. Als die beiden an ihnen vorbei waren, drehte sich Viola noch einmal um und sah gerade, wie der Junge strauchelte und fiel. Direkt auf sein Gesichtchen. Die Frau packte in nur am Arm und zog ihn hoch. Was sie zu ihm sagte, konnte Viola nicht hören, das Zischen der geborstenen Wasserleitung, die unweit von ihnen eine heiße Fontäne in die Luft jagte, war zu laut. Aber eine tröstliche Geste ließ die Mutter des armen Kerlchens jedenfalls nicht erkennen. Zum ersten Mal an diesem Abend griff ein großer Schmerz nach Violas Seele. Sie konnte ihren Blick gar nicht mehr von der Frau und dem Kind abwenden, und erst als August ein heftiges »Vorsicht!« schrie und Viola zur Seite riss, verlor sie die beiden Gestalten aus den Augen. Um ein Haar wären sie auf ein lang gestrecktes, zusammengeschnürtes Etwas getreten. August hatte es im Schat-

ten der ausgebrannten Ruinen für eine Teppichrolle gehalten und deswegen nicht daran gedacht auszuweichen. Man musste ja ständig über Hindernisse steigen, sonst kam man überhaupt nicht vorwärts. Aber erst im letzten Moment hatte er gemerkt, dass es ein Mensch war, der da lag. Man brachte viel fertig in diesen Tagen, aber einfach auf einen Menschen treten, das konnte er nicht. Weder über einen Lebenden noch über einen Toten. »Sieh nicht so genau hin«, raunte er Viola zu und zog sie noch weiter nach links, um einen stecken gebliebenen Blindgänger möglichst rasch und so weiträumig wie möglich zu umgehen. Plötzlich stand Viola in aller Schärfe ein Bild vor Augen, von dem sie gar nicht geahnt hatte, dass sie es noch immer in sich trug: Es war das Bild jenen Mannes, auf den sie damals als junges Mädchen beinahe getreten wäre. Wie oft war man dazu verdammt, das Gleiche zu erleben? August zog sie unerbittlich weiter, und jetzt ging es ihr beinahe so wie dem kleinen Jungen vorher. Ihr blieb nichts anderes übrig, als ihm zu folgen. Sie sah weder auf den Boden noch dem Verlauf der Straße entlang oder auf die Menschen. Ihr Blick heftete sich an den Ärmel von Augusts feldgrauer Joppe. Er war noch da, und sie liebte ihn noch immer mit all der Kraft, die sie noch hatte! Mehr war ihr nicht geblieben. Wenn sie vorhin da oben unter einer Bombe der Royal Air Force gestorben wäre, hätte der Welt nichts gefehlt, nur diesem einen! Am liebsten wäre sie stehen geblieben, hätte August zu sich hergezogen und sich an seiner breiten Brust unter seiner Joppe vergraben, für alle unsichtbar, nur sie und August alleine. Auf einmal wurde ihr bewusst, wie sehr sie mit allen Fasern ihres Lebens an diesem Menschen hing!
Überwältigt von ihren Empfindungen, hatte sie nicht sofort gemerkt, wie August abrupt stehen geblieben war. Sie prallte förmlich auf seinen Rücken, und im gleichen Augenblick spürte sie dessen beide Arme sich um ihren Körper schlingen. »Bleib bloß da hinten«, zischte er, den Kopf leicht zur Seite gewandt. »Und mir folgen, ganz dicht!«, befahl er heiser. August schob sich erst langsam rückwärts, dann machte er einige seitliche Schritte nach links, immer seinen Arm in ihre Flanke pressend. Sie drückte ihre rechte Wange an seinem Rücken. Nur so konnte sie sehen, dass er auf einen weit in der Mauer zurückgesetzten Hauseingang zusteuerte. Nach einigen Metern waren sie der Mauer so nahe, dass Viola sie hätte berühren können. Da plötzlich hörte sie es: »Vorwärts, du altes Judenschwein, wirst du dich wohl beeilen, wir werden dir schon noch die Eile lehren, was glaubst du, wie schnell du in deinem Alter noch springen kannst, du Methusalem, warte nur ab!« Viola gefror das Blut in den Adern. »Schnell!«, hörte sie Augusts sich fast überschlagende Stimme. Sie musste in irgendetwas Flüssiges getreten sein, jedenfalls waren ihre Schuhe und Strümpfe augenblicklich durchtränkt. Plötzlich packte August sie

am Arm und zog sie durch die offen stehende Haustür in einen finsteren Flur. Viola hatte aus dem Augenwinkel heraus eine ganze Reihe Menschen mit erhobenen Armen gesehen und mindestens zwei SS-Uniformen.
Sie zitterte am ganzen Leib. August hielt sie fest umklammert und drückte ihren Kopf an seine Brust. »Es gibt hier einen Hinterausgang«, flüsterte er ihr ins Ohr. »Wir müssen nur warten, bis sich unsere Augen an das Dunkel gewöhnt haben, dann suchen wir ihn, ja?« Viola nickte. Genau dreißig Sekunden später zerrissen zehn Pistolenschüsse den vom Feuer erwärmten Luftstrom dieser gespenstischen Nacht. Noch kaum einmal war es Viola so still auf der Welt vorgekommen wie in diesen Augenblicken danach.
Sie fanden keinen Hinterausgang, obwohl August sich sicher war, dass es einen gab. Er wollte das Haus nicht zur Straße hin verlassen. Erstens würden sie dann sofort schutzlos ausgeliefert sein, und zweitens war der unmittelbaren Nähe der Schüsse nach damit zu rechnen, dass mindestens zehn erschossene Menschen da lagen. Diesen Anblick wollte er Viola und sich ersparen. Das Haus schien völlig unbewohnt. Zumindest war ihnen noch niemand begegnet, sie hatten keinerlei Geräusche gehört, die auf die Anwesenheit von Menschen schließen ließen, alles war finster und eiskalt und jeder Schritt hallte von den Wänden und schien das ganze Treppenhaus bis ins oberste Stockwerk zu durchwandern. August zog Viola der Treppe zu und tastete sich vorsichtig einige Schritte nach oben. Außer dem Knarren der hölzernen Stufen war nichts zu hören. »Hallo?«, rief August nach einer Weile. Außer seinem Echo kam nichts zurück. »Nicht!«, flehte Viola. »Komm, lass uns ganz schnell von hier verschwinden, ich will nach Hause!« Aber August winkte ihr und stieg unaufhörlich weiter. Jetzt wusste er, wo sie sich befanden! Hier hatte einst ein Klassenkamerad von ihm gewohnt: Carl-Gustav Weihrauch. Ein- oder zweimal war er als vielleicht neunjähriger Junge hier gewesen. Deshalb auch die sichere Erkenntnis über eine Hintertür, die in den schmalen Gartenstreifen führte. Die Leute waren Juden gewesen, aber glücklicherweise bereits vor Hitlers Zeit nach Amerika gegangen. Er konnte sich noch genau an die Wohnung erinnern. Irgendetwas zog ihn unaufhaltsam nach oben. »August, nicht! Nicht hier!«, schrie es in Viola, aber ihre Kehle brachte nur heisere Laute hervor. Ein ganzes Heer abscheulicher Gefühle war plötzlich in ihrem Inneren aufgestiegen. Inzwischen hatte sie gemerkt, dass es diese leer stehende Wohnung da oben war, in die Hochleitner sie einmal geschleppt als sie ihm nicht mehr rechtzeitig hatte entrinnen können. Warum nur war sie nicht vorhin im Bombenhagel gestorben? Ihr Zittern wurde noch stärker. Nach der ersten Treppenbiegung stand August vor der ungewöhnlich breiten Tür. Man sah noch, wo einst das Messingschild mit dem Namen der Bewohner angebracht gewesen war. Nun

prangte ein Siegel mit einem Hakenkreuz darauf, das allerdings schon ziemlich zerfetzt und verblichen war. Immer noch hielt er Violas Hand umklammert, als er feststellte fest, dass die Tür nur angelehnt war. Hier oben war es bedeutend heller als unten im Flur, denn durch ein Fenster fiel der Schein der umliegenden Brandherde. »Es ist offen, hier hat mal jemand gewohnt, den ich gekannt habe als Kind«, raunte er Viola zu und schob zwei Finger in die offene Spalte. Sie brachte keinen Laut hervor, sah ihn nur mit vor Entsetzen geweiteten Augen an. »Nur mal kurz hineinschauen, bis dahin haben die da draußen sich bestimmt verzogen«, flüsterte er »Ich glaube, hier hat seit Jahren niemand gewohnt!« In diesem Moment hörten sie unten die Haustür schlagen, und schwere Stiefel dröhnten auf den steinernen Fließen. Geistesgegenwärtig riss August die Tür auf und verschwand dahinter, die widerstrebende Viola hinter sich herziehend. So leise es ging, versuchte er die Tür ins Schloss zu drücken, aber es gelang ihm nicht. Also ließ er sie angelehnt und sah sich suchend um. Die schweren Schritte waren bereits auf der Treppe! Glücklicherweise hielten sie sich nun schon so lange im Dunkeln auf, dass sie genügend sehen konnten. Ein Teppich dämpfte ihre schnellen Schritte, als sie einen breiten Flur entlangrannten und in eines der hinteren Zimmer bogen. Es stand ein Bett darin, das mit einem weißen Überwurf abgedeckt war, der bis zum Boden reichte. Es bedurfte keiner Worte. Innerhalb von Sekunden waren sie darunter verschwunden. Violas Herz raste wie wild, und sie fühlte eine heftige Übelkeit aufsteigen. August befühlte sein Hosenbein. Der kleine Revolver war noch da.

*

Thea war starr vor Schreck. Sie hatte eben während des letzten Bissens ihres Mittagsbrotes nach der Zeitung gegriffen. Sie erkannte die Köpfe sofort, noch bevor sie die Seite ganz umgeschlagen hatte, obwohl nur Profile abgebildet waren: Verdi, dessen wirklichen Namen sie nie gekannt hatte, Lohengrin, also Johann Schreiner, und Mörike, der kein anderer war als Meinrad Stolzfuß, Gretas Verlobter. Wie eine Ertappte ließ sie die Zeitung zufallen und sah sich kurz um, bevor sie diese in ihrer Tasche verschwinden ließ. Keine der Kolleginnen hatte es bemerkt, sie rüsteten sich bereits wieder und überprüften ihre Uniformen oder packten ihre Sachen zusammen. Sie fühlte ihr Knie zittern, aber sie durfte sich nichts anmerken lassen. Es war also geschehen! Das, wovor sie sich so lange gefürchtet, aber womit sie in der Zwischenzeit fast schon nicht mehr gerechnet hatte, war eingetreten. Die Gruppe war aufgeflogen! »Staatsfeindliche Umtriebe« hatte in fett gedruckten Lettern neben den Fotografien gestanden. Das Blatt brannte in ihrer Tasche, als trüge sie ein offenes Feuer mit sich herum. Sie fühlte sich schwindlig und musste gegen ein Ohnmachtsgefühl ankämpfen. Dabei sollte sie eigentlich schon im Führerhaus sitzen! Verspätungen wurden nicht gerne gesehen, auch wenn sie sich gehäuft hatten in letzter Zeit. Aber es blieb ihr nichts anderes übrig, als durchzuhalten, erst um halb fünf war ihre Schicht zu Ende. Sie rannte durch die Halle, um noch einigermaßen rechtzeitig loszukommen. »He, Thea, ist dir der Leibhaftige begegnet oder hast du was ausgefressen, dass du so rennst und so aussiehst wie ein Leichentuch?« Gundas Spott war beißend wie immer, und eigentlich war sie es gewohnt, aber heute war es, als bohre er sich in Theas Fleisch. Sie musste sich zwingen, ruhig zu bleiben. »Weder noch, aber ich hab schon eine Abmahnung wegen Zu-spät-Kommens!« rief sie nach hinten und versuchte zu lachen. »Und noch eine muss nicht sein!« Sie war noch nie so froh gewesen, dass sie in ihrer Fahrerkabine verschwinden und von hier wegkommen konnte. Erst gestern hatten sie davon geredet, dass die Gruppe es tatsächlich bis heute geschafft zu haben schien, unentdeckt zu bleiben. Welch schaudererregender Gedanke, dass zu diesem Zeitpunkt einige dieser mutigen Menschen in den Folterkellern der Gestapo gequält wurden. Gestern hatte sie sich auch wieder einmal so geschämt, dass sie so feige gewesen war und schon vor fünf Jahren die Gruppe verlassen hatte und so behütet ihrer Kunst nachgehen konnte. Die Vorstellung, was mit Meinrad, Verdi und Johann nun geschah, oder vielleicht schon geschehen war, zeriss ihr fast das Herz. Meinrad war ja zudem noch ein jüdischer Mischling! Erst nach einer Weile, als sie schon fast die ganze Steigung bergab gefahren war, befiel sie erneut ein schrecklicher Gedanke. Was, wenn man weitere Spuren entdecken würde, wenn man zu Greta und über diese zu Viola oder auf Westenberg, das Auswärtige Amt, zu ihrem Vater und zu ihr ...? Thea schien alles vor den Augen zu verschwimmen, und sie musste schnell blinzeln, um aus dem sich verschmelzenden Durcheinander von Schienensträngen, Menschen, Bäumen, greller Sonne und einem Gemisch aus allen Farben ein klares Bild zu erkennen. Die Bremsen der Elf kreischten durchdringend, als sie den Hebel zog. Einige Fahrgäste sprangen zur Seite und reckten empört die Hände in die Luft. Thea zwang sich zu ein paar entschuldigenden Gesten und einem bedauernden Gesichtsausdruck. Niemals, sagte sie sich in diesem Augenblick, hätte sie das ausgehalten, was die anderen Gruppenmitglieder über Jahre hinweg getan hatten – und auf die das Schlimmste mit ziemlicher Sicherheit erst jetzt zukommen würde. Sie überlegte fieberhaft, was sie tun sollte, als sie wieder anfuhr. Es war einfach unmöglich, plötzlich zu verschwinden. Sie konnte sich krankmelden, Dr. Spittler war bereit, solche Dinge zu tun, das hatte er ihnen allen zugesichert, aber das war keine wirkliche Lösung. So konnte sie allerhöchstens für zwei bis drei Wochen dem Dienst fernbleiben und sich vielleicht irgendwo versteckt halten, aber wenn sie irgendjemand besuchen wollte und sie weder zu Hause noch im Krankenhaus antreffen sollte, machte sie sich verdächtig. Vor allem aber, und das schien ihr das Schlimmste, sie konnte, egal, was sie unternahm, nichts riskieren, das die Aufmerksamkeit zu sehr auf das Heidehaus – und damit verbunden auf Paulina – lenken würde. Mit dieser Schuld würde sie niemals leben können! Ihr Magen krampfte sich zusammen. Warum war sie nur hiergeblieben und nicht mit den Eltern nach England gegangen? »Papa, wenn du doch hier wärst und mir sagen könntest, was ich tun soll«, dachte sie und fühlte schon wieder die Scham in sich aufsteigen, weil sie als dreißigjährige Frau so etwas dachte. Wie furchtlos kam ihr dagegen Paulina oft vor. Dann fiel ihr ein, dass ihr Vater einmal gesagt hatte, wenn je etwas passieren sollte, wäre es oft besser, man verhielte sich zunächst wie gewohnt, aber mit noch erhöhter Vorsicht und immer mit der Möglichkeit, durch eine Hintertür schnell und unauffällig verschwinden zu können.

Nur mit Mühe und Not brachte Thea ihren Dienst an diesem Junitag hinter sich. Als sie dem alten Hombach ihren Wagen am Albertplatz übergab, entschloss sie sich kurzfristig, nicht wieder mit der nächsten Bahn hinauf zum Depot zu fahren, sondern zu Fuß zu gehen. Obwohl sie sich so matt fühlte, versprach sie sich von der frischen Luft und dem Gang durch den schattigen Wald eine Art innere Beruhigung. Als sie sich gerade zum Gehen wandte, fiel ihr ein, dass sie ja versprochen hatte, Mathilde noch aufzusuchen. Eleonore und Alwine hatten nach Pirna gehen wollen, um irgendetwas in der Gärtnerei abzuholen. Sie seufzte tief und blieb einen Augenblick unschlüssig stehen. Sie hatte es versprochen. Aber diesen Weg würde sie nicht auch noch auf Schusters Rappen zurücklegen. Also ging sie wieder zurück zur Haltestelle, um wenigstens den größten Teil des Weges zu fahren. Sie musste nicht lange warten, bis sie einsteigen konnte. Wenige Minuten später wollte sie gerade am Friedrichsring die Bahn verlassen, als sie verblüfft einer hoch aufgeschossenen Gestalt nachblickte, die eine Hose und ein Hemd trug, die aussahen wie die ihren. Zumindest die Zusammenstellung der Farben erregte ihre Aufmerksamkeit. Die Hose war graugrün, das Hemd bestechend weiß. Aber Thea entschied, dass sie eine bessere Figur darstellte in dieser Kleidung, weil sie nicht so an ihr herumschlotterte. Auch der Strohhut, den die Person trug, war für den Kopf zu groß. Die Proportionen passten nicht zueinander, und so etwas kratzte unwillkürlich in ihren Künstleraugen. Nun, mittlerweile musste man eben anziehen, was man hatte. Kleider bekam man nur auf Bezugsscheine, und die standen einem lediglich in so großen Abständen zu, dass man gezwungen war, alles so lange wie möglich zu tragen oder auszubessern. Immer mehr Frauen gingen in Hosen und Hemden, die sie von ihren oftmals gefallenen Männern, Brüdern oder Verlobten abänderten oder auch einfach so anzogen. Man drehte sich nicht mehr nach ihnen um wie früher, als sie angefangen hatten, in Männerkleidern zu gehen. Als Thea ausgestiegen war und sich umsah, konnte sie den Strohhut unter all den anderen Köpfen nicht mehr ausmachen. Sie würde sie beeilen, sehnte sie sich doch danach, so schnell wie möglich wieder aus der Stadt hinauszukommen. Gerade machte sie die Ladentür auf, als Mathilde schon von innen abschließen wollte. »Thea, Sie!?«, rief diese verwundert und freudig überrascht zugleich. »Habt ihr heute alle Sehnsucht nach der Chocolatérie?« »Ja«, sagte die gedehnt, »aber ... aber Alwine und Leo wollten doch nach Pirna, waren sie denn auch schon hier?« Mathilde winkte ab und legte sofort hinterher zwei Finger an die Lippen. »Ja, ja, Pirna, sie hatte es erwähnt, als sie das letzte Mal hier war. Was führt Sie zu mir? Ich habe da noch etwas, dahinten, kommen Sie.« Thea folgte der hastig Sprechenden, aber genau dieses Verhalten erregte ihr Misstrauen. Eleonore hatte sich doch gerade deswegen gebeten, heute zu Mathilde zu gehen, weil sie selbst nicht dazu kommen würde! Aber sie wollte erst einmal abwarten, man bildete sich schnell etwas ein, und außerdem waren ihre Nerven einfach überspannt. Mathilde führte sie in ihr Stübchen, lief dann aber erst noch einmal in den Laden zurück, kurbelte die Jalousie herunter und schloss ab. »So, fertig für heute.« Sie fuhr über ihre weiße Schürze und fing, ohne Thea zu beachten, hinter einem kleinen Verschlag zu kramen an. Nach kurzer Zeit förderte sie eine Holzschachtel zutage. »So, das sind die Spezialitäten fürs Heidehaus, wie immer mit besonderem Gruß von dem Herrn Platten, Sie wissen schon, für seine Paulina, sie ist ja seine Nichte, nicht wahr, und für die Menschen, die sie hüten und ...« »Aha«, sagte Thea, »so ist das also. Ich habe mich schon immer gewundert, dass wir mehr Schokoladenwaren essen, als uns die Marken zuteilen, aber es ist exzellent, und wir leiden auch bestimmt nicht darunter.« Sie lachten beide herzlich. Als Thea in die verschmitzten Augen der alt gewordenen Mathilde schaute, fühlte sie, dass der Bann gebrochen war. »Mathilde«, sagte sie leise, »Sie verschweigen mir etwas.« Mathilde schlug die Augen nieder, dann zog sie Thea am Arm und bedeutete ihr, sich auf einen der Hocker zu setzen. Als sie die Tür vom Stübchen in den Laden geschlossen hatte, räusperte sie sich und sah dann Thea offen an. »Ihr seid nicht im Bilde darüber, dass Paulina in der Zwischenzeit regelmäßig hier auftaucht, stimmt's?« Thea schluckte und fühlte augenblicklich das Gleiche wie heute Mittag, kurz nach der Zeitungsmeldung. Sie klammerte sich mit beiden Händen an den Sitz des Hockers. »Waas? Sie machen Witze!« Etwas anderes fiel ihr nicht ein. Mathilde schüttelte den Kopf. »Beim ersten Mal war ich mir nicht sicher, auch beim zweiten Mal noch nicht, denn sie trug Männersachen, wissen Sie.« »Meine Hose! Meine Bluse und...!« Thea sprang auf. »Mathilde, ich habe sie gesehen, vorhin, als ich aus der Achtzehn gestiegen bin ... am Altmarkt.« Sie setzte sich wieder. »Ich hätte es doch merken müssen, aber ich war so, so ...« Thea schlug die Hände vors Gesicht. Plötzlich brachen sich die ganze aufgestaute Angst und der Druck der letzten Stunden ihre Bahn. Mathilde, die ganz hilflos war und sich schalt, dass sie sich nicht besser an der Kandare gerissen hatte, strich der jungen Frau zaghaft über den Rücken. Was sollte sie auch sagen? Ihr Herz zersprang ja selbst jedes Mal vor Sorge, wenn sie Paulina auf der gegenüberliegenden Seite vor dem Schaufenster vorbeigehen sah. Erst ging sie die Victoriastraße hinunter Richtung Ferdinandplatz, dann ungefähr zehn Minuten später auf demselben Weg zurück. Immer so zwischen vier und fünf am Nachmittag, alle acht Tage. Als das Beben bei Thea allmählich nachließ, holte Mathilde ein weißes Herrentaschentuch aus ihrer Schürze. Sie nahm immer die von Fritz, da ging mehr rein. Thea nahm es dankend an, schnäuzte sich geräuschvoll und wischte sich Augen und Gesicht. »Es tut mir leid, dass ich ... so war es nicht gedacht, aber ... aber ich habe heute schon einmal etwas Schreckliches erfahren, aus der Zeitung, wissen Sie und nun das!« Thea fühlte schon wieder Tränen aufsteigen. »Warum tut sie das nur, Mathilde, sie setzt doch alles aufs Spiel, ja, es ist das Spiel mit dem Feuer schlechthin, nicht wahr?« Mathilde zog die Augenbrauen nach oben und setzte sich wieder. Einige Augenblicke sprachen sie nichts. »Sie ist eben doch ein wenig wie ihre Mutter, und wenn Sie es auch nicht glauben, sie hat das von ihrem Vater und dem Großvater, Chaijm war in gewisser Weise auch so und auch Charlotte, weil der alte Friedrich Winter ...« »Ach, Mathilde, Familiengeschichten sind keine Ausrede«, winkte Thea müde ab. Mathilde schürzte die Lippen. »Sind sie doch«, entgegnete sie leise, aber bestimmt. »Sie werden es schaffen, die Seeligmanns, alle, glauben Sie mir.« Thea blinzelte die alte Frau an. »Geben Sie mir was von dieser Überzeugung, nur einen verschwindend kleinen Teil davon möchte ich gern haben, dann wäre mir leichter«, flüsterte sie mit bebenden Lippen.

Sie blieb zwei Stunden bei Mathilde und schüttete dieser ihr ganzes Herz aus. Es tat so gut, sich Luft zu machen! Irgendwann hatte es geklopft, und Fritz war erschienen, weil er sich über den Verbleib seiner Frau Gedanken gemacht hatte. Als Thea schließlich auf die Uhr sah und entsetzt feststellte, wie spät es war, fuhr sie auf, um sich zu verabschieden. Bevor Fritz ihr die Ladentür öffnete, um sie hinauszulassen, legte Mathilde ihr die Hand auf den Arm und sah sie bittend an. »Sagen Sie nichts zu Paulina, nicht meinetwegen, ihretwegen. Sie ist nicht für den Käfig geschaffen, auch nicht für den besten, und sie wird wissen, wann es genug sein wird.« Thea nickte. Irgendwie waren ihr Mathildes

Gegenwart und das wenige, was sie in ihrer Schlichtheit gesagt hatte, wie Balsam auf die Seele. Sie konnte einfach nicht anders, als sich zu der kleinen Frau hinunterzubeugen und sie auf die Stirn zu küssen. Als Fritz die Tür hinter der jungen Frau geschlossen hatte sagte er zu Mathilde: »Für morgen wird die Invasion erwartet, und ich glaube, diesmal ist es sicher.«

*

Eine Woche später wagte Paulina es noch einmal. Ein letztes Mal, hatte sie sich vorgenommen. Dann würde sie für den Rest des Sommers nicht mehr in die Stadt gehen, frühestens wieder im Herbst, wenn es zeitig dunkel wurde. Vielleicht war bis dahin der Krieg ja schon vorüber. Seitdem die Engländer und die Amerikaner in der Normandie gelandet waren und auch vom Osten her die Front näher rückte, wenn man dem Glauben schenken durfte, was Eleonore und Thea meinten, Radio Moskau entnehmen zu können, waren sie wieder etwas zuversichtlicher.

Paulina war sich ziemlich sicher, dass Mathilde sie beim letzten Mal gesehen und auch erkannt hatte. Aber Mathilde bedeutete keine Gefahr.

Heute wollte sie sich auch nicht mehr bis in die Victoriastraße wagen, man durfte nicht anfangen, sich in Sicherheit zu wiegen und dabei zu keck werden. Das Unglück um die Gruppe zeigte das deutlich, wenn sie auch wie Thea nicht glaubte, dass Unvorsichtigkeit der Grund für die Festnahme der drei gewesen war. Um Meinrad machten sie sich die allergrößten Sorgen, und damit verbunden natürlich auch um Greta. Diese Sache hatte sie auch bewogen, mit den Stadtbesichtigungen, wie sie es nannte, aufzuhören. Auch wenn sie es genoss, alles das zu sehen, was ihr so vertraut war und was sie so liebte, besonders in diesem herrlichen Frühsommerwetter, so kostete sie es doch unendlich viel Kraft. Jedes Mal, wenn sie wieder unbehelligt zurückkam und durch die hintere Küchentür ins Haus schlüpfte, hatte sie das Gefühl, augenblicklich zusammenzubrechen, und spätestens wenn sie in ihr Zimmer kam, war es ihr nach Weinen zumute. Manchmal tat sie es, manchmal auch nicht, aber sie schloss sich danach immer ein, weil sie allein sein musste. Schon als sie nach dem zweiten Mal zurückgekommen war, hatte ein Glas Milch auf dem Küchentisch gestanden, darunter ein Zettel auf dem *Reserviert für Emilie* gestanden hatte. In altdeutscher Schrift. Alwine fragte nie nach. Nicht, wie die Milch geschmeckt hatte, und nicht wo sie gewesen war. Sie sagte einfach gar nichts. Eleonore, so glaubte Paulina, ahnte etwas, hielt sich aber zurück, vermutlich weil sie ihr nach jenem Abend im letzten Herbst versprochen hatte, sie nicht mehr zu bedrängen, wie der Hütehund das Schaf. Paulina rechnete es ihr un-

endlich hoch an, besonders weil sie wusste, wie Eleonore trotz allem im Stillen litt und sie nach wie vor in Gedanken umhegte wie einen Säugling. Auch deswegen wollte sie die Stadtgänge aufgeben. Sie hatte sich auch inzwischen darangemacht, die Bibliothek nach einem bestimmten Prinzip zu bearbeiten, um sich so einen Teil der Literatur anzueignen. Es kostete Zeit. Zwischendurch las sie Mascha Kaléko und lernte vieles davon auswendig. Besonders die Berliner Dialektgedichte hatten es ihr angetan. Nach wie vor hütete sie den kleinen Werner, er war ihr richtig ans Herz gewachsen, aber je älter er wurde, umso anstrengender war es, auf ihn aufzupassen. Es war kein schönes Gefühl, wenn sie ihn suchen musste, weil er entwischt war. Er krabbelte so flink, dass dies unversehens geschehen konnte. Besonders dann, wenn Paulina nebenher las.
Dass Thea von ihren Ausflügen etwas mitbekam, glaubte sie nicht. Denn sie war ja ständig mit der Straßenbahn unterwegs. Deren Linie mied Paulina tunlichst, was dank Konrads Fahrrad auch nicht weiter problematisch war, bis auf die unbarmherzige Steigung, die man auf dem Rückweg überwinden musste. Zudem kam Thea meistens sofort nach dem Dienst nach Hause und verschwand im Atelier, ohne jedes Mal danach zu fragen, wo Paulina wäre und was sie gerade machen würde. Einzig die Sache mit den Kleidern konnte Thea auffallen, obwohl sie in dieser Jahreszeit die grüne Hose ja nicht trug, und von den Hemden besaß sie längst nicht nur das eine. Aber bis jetzt hatte Thea noch nie etwas gesagt, auch keine Bemerkungen gemacht und nicht misstrauisch gewirkt. Dennoch hatte Paulina sich vorgenommen, nichts zu verheimlichen oder abzustreiten, wenn irgendeine der Frauen sie auf die Sache ansprechen würde.
Sie setzte den großen Strohhut auf und zog das schmale Gummiband um das Kinn. Sie brauchte es, damit es den Hut durch den Fahrtwind nicht anhob und er davonflog. Es war einfach sicherer, dieses Ding zu tragen, es warf einen Schatten auf ihr Gesicht, und sie konnte trotzdem darunter hervorlugen und ihre Umgebung beobachten. Eleonore war mit Alwine zu den Bauersleuten gegangen, sie tat es anstatt ihrer, weil sie nicht wollte, dass sie zum Hinken gezwungen war. Thea hatte heute die spätere Schicht zu fahren und war noch im Atelier. Konrad schob ihr das Rad aus dem Schuppen und verabschiedete sie wie immer mit einem gebrummten: »Gomm bloß wieder und lass den alten Gonrad nüscht alleene.« »Tu ich, Gonrad, tu ich, du weeßst ja, Ungraut vergeht nüscht«, gab sie lachend zurück und machte sich damit selbst Mut. Dann schwang sie sich auf den Drahtesel. Jedes Mal, wenn sie damit die ersten paar Meter fuhr, fiel ihr Andrzej ein, und sie dachte wehmütig an ihn und an Adele. Am Gartentürchen stieg sie wieder ab und schob das Rad ein Stück. Dann setzte sie sich auf und trat mit ihrem rechten Bein in die Pedale, wäh-

rend sie das linke lediglich dazu benutzte, erst mit dem Knöchel, dann mit der Innenseite des Wadenbeines die Pedale wieder nach oben zu befördern. Sie hatte rasch eine Fertigkeit darin entwickelt, so vorwärtszukommen, nicht zuletzt deshalb, weil sie früher schon einen Mann beobachtet hatte, der trotz eines steifen Beines Rad gefahren war. Nur im Hüftgelenk quälte sie diese Bewegung, und es zog bisweilen sehr in den Muskeln. Bis sie das meiste von Bühlau hinter sich gelassen hatte, fuhr sie auf diese Weise, dann ging es bergab, und sie konnte richtig aufsitzen. Sie genoss es jedes Mal mehr: Wenn ihr der warme Wind über die Arme strich und ins Gesicht blies, erschien es ihr manchmal, als berühre sie irgendeine Hand aus einer fernen Welt, die zu sagen schien: Paulina, ich bin immer noch da, spürst du es? Es hätte stundenlang so gehen können, sie bedauerte es immer, wenn das Rad langsamer wurde, weil die Straße wieder ebener war. Auf der Höhe des Waldschlösschens überquerte sie die Straße nach links und schob das Rad ein Stück. Dort gab es eine Stelle, an der sie von der Straße weg ein Stück hinter Bäumen und Büschen entlanggehen konnte, und von dort aus hatte man einen herrlichen Blick auf die Elbe und die Silhouette der Stadt. Seitdem es Sommer war, konnte Paulina von diesem Anblick gar nicht genug bekommen. Hier verweilte sie auf dem Hin- und auf dem Rückweg. Der Fluss lag auch heute da wie ein endloser Seidenschal, der lautlos vom Himmel geschwebt und einfach liegen geblieben war. Das Wasser glitzerte in der Sonne, als tanzten Millionen kleiner Edelsteine darauf, und das saftige Grün neben den Steinen und dem Sand, die das flache Bett des Flusses säumten, umrahmte den Fluss mit einer ungeheuren Lebendigkeit. Paulina holte tief Luft und sog alles in sich auf, so viel nur davon in sie hineinzugehen schien. Dann ließ sie ihren Blick auf den Kuppeln, Türmen und Balustraden ruhen, die zum Schloss, der Akademie, den Kirchen, dem Zwinger und dem Opernhaus gehörten. In diesen Momenten vermisste sie die Großeltern mehr denn je. Und auch nach Mama hatte sie in den letzten Wochen immer wieder einmal ein großes Verlangen verspürt. Seit mehr als fünf Jahren hatte sie keinen von ihnen mehr gesehen, nicht einmal Mama hatte von Berlin hierherkommen können, dabei war es ihr doch so wichtig gewesen, dass sie bei ihr in Deutschland blieb. Aber es war Michails Anraten nach einfach viel zu riskant, sich gegenseitig zu besuchen, und sie hatten sich den Tatsachen ergeben. Manchmal dachte sie daran, dass Mama sie vielleicht gar nicht mehr erkennen würde. Sie sähe aus wie Julia Winter, hatte doch die alte Frau auf dem Friedhof gesagt, und Paulina konnte sich beim besten Willen nicht daran erinnern, jemals ein Bild von dieser Julia gesehen zu haben, geschweige denn, dass ein Wort über sie gefallen wäre. Großmamas einzige lebende Schwester war Marielouise, und die sah ganz anders aus. Paulina schlug die Augen wie-

der auf. Sie wollte nicht sinnieren und sich damit diesen Tag verderben. Außerdem war sie jetzt schon so lange hiergeblieben, wenn sie sich nicht beeilte, war auf dem Heimweg keine Zeit mehr dazu. Sie schob das Rad wieder auf die Straße und begann weiter der Stadt zuzufahren. Ihr Gefährt stellte sie neben einem Schuppen, der zum Diakonissenkrankenhaus gehörte, ab. Dort arbeite eine Nichte von Konrad, und er hatte bei ihr die Erlaubnis dazu eingeholt. Zu Fuß schlenderte sie bis zum Albertplatz vor, und dann bezog sie Stellung, um sich nach möglichst eingehender Prüfung für eine Bahn zu entscheiden, die sie wenigstens über die Augustus- oder die Carolabrücke bringen konnte. Wenn sie ein ungutes Gefühl hatte, ging sie auch diesen Weg zu Fuß. Ansonsten fuhr sie gedanklich ja immer nur eine Station weit, sollte sie dann jemanden einsteigen sehen, der ihr missfiel, stieg sie aus, wenn nicht, blieb sie sitzen. Heute kam sie weit. Als sie über den Zeughausplatz ging, fiel ihr wehmütiger Blick auf die Lücke, welche die Synagoge, die Großvater immer Tempel nannte, dort hinterlassen hatte. Es sah aus, als hätte jemand in einem Bild radiert. Ein kalter Schauer jagte ihr den Rücken hinunter. Sie wusste ganz genau, dass sie in dieser Straße an zwei Häusern vorbeiging, in denen Juden wohnten. Wenn sie sich vorstellte ... Sie verdrängte den Gedanken und ging schneller. Heute hatte sie eigentlich nur ein Ziel. Sie wollte auf den Neumarkt, für eine Weile in die Frauenkirche gehen und, wenn es irgendeine Möglichkeit geben sollte, zu Fräulein Gustorff hinaufsteigen, wenigstens bis zur Wohnungstür.
Eine halbe Stunde später saß sie tatsächlich in der Frauenkirche, den Hut neben sich und den Kopf in den Nacken gelegt. Sie war wie immer mit klopfendem Herzen eingetreten, aber nicht weil sie Angst hatte, sondern weil sie sich immer noch nicht sicher war, ob sie nun wirklich hierherkommen durfte oder nicht. Dabei ging es nicht um ihre Illegalität. Sie beschäftigte der Gedanke, dass sie weder getauft und somit das Mitglied einer Kirche noch eine Bat Mizwa mitgemacht und Mitglied der israelitischen Gemeinde gewesen war. Sie war einfach nur Paulina Seeligmann, die zufällig ein paar jüdische Großeltern hatte. In den Tempel konnte sie nicht mehr, der war ja zerstört worden. Waren von denen, die die Synagogen niedergebrannt hatten, wohl die meisten Getaufte einer Kirche? »Gott«, flüsterte Paulina ganz leise, »was sagst du denn dazu? Wohnst du jetzt allein hier und bist aus dem Tempel ausgezogen? Dann hätte ich all die Jahre irgendetwas Falsches gedacht.« Eine halbe Minute lang presste sie fest die Lider zusammen und wartete auf die Kreise. Stattdessen aber sah sie immer nur das Gesicht des Mannes, dessen emporgereckter Arm von einem breit auseinanderlaufenden Lichtstrahl getroffen wurde. Es war ein Bild der acht Kuppelgemälde, die sie eben betrachtet hatte. Sie machte die Augen wieder auf. »Und du, Jesus Christus?«, flüsterte sie weiter, wobei

sie jedoch kaum die Lippen bewegte. »Warum behaupten die einen, du seiest der Messias, die anderen lassen dich höchstens als Propheten gelten, und Thea vermutet sogar, du könntest eine Erfindung der Menschen sein? Warum hast du nicht deutlich genug gesagt, wer du wirklich bist? Wäre dann vielleicht alles einfacher geworden? Oder haben wir dich am Ende nur nicht richtig verstanden? Sie betrachtete noch einmal die in hellen Pastellfarben gehaltenen Kuppelbilder, als mit einem Mal wieder Großmamas Schmuckkästchen vor ihrem inneren Auge auftauchte. Das geschnitzte Holzding, das sie als Kind stets an dieses Gebäude hier erinnert und jene merkwürdige Vorstellungen in ihr geweckt hatte. Aber diese Riesenhand aus dem Himmel, die ihrer Phantasie nach eines Tages ganz behutsam an die Laterne greifen und die Kirchenkuppel wie einen Deckel nach oben ziehen würde, sodass man wenigstens einen kurzen Blick auf das Geheimnis erhaschen konnte, das dieses erhebende Bauwerk barg, war bis heute nicht erschienen. Einfältige Kinderträumereien! Paulina seufzte. Allerdings hatte sie immer noch das Gefühl, dass es mit all diesen Sachen, die sich in einem unbekannten Raum zwischen Himmel und Erde abzuspielen schienen, eben doch ein unermessliches Geheimnis auf sich hatte. Wenn es nun nur darauf wartete, ergründet zu werden? Was gäbe sie darum, es zu können! Am Ende mochte darin ja so etwas wie eine Erklärung oder wenigstens eine vage Antwort auf diese quälende Frage liegen, warum alles so gekommen war!
Paulina fühlte sich auf einmal erschöpft. Dieses Nachdenkenmüssen machte einen so müde. Dabei musste sie doch aufmerksam bleiben, und abgesehen davon tat ihr der Nacken weh. Die menschliche Anatomie schien allein für den Blick nach oben nicht ganz geeignet zu sein. Sie legte die Hände um den schmerzenden Hals und richtete ihren Blick geradeaus, dem Altarraum zu. Plötzlich stellte sie sich vor, wie vor ein paar Hundert Jahren der alte Bach energischen Fußes und mit wehendem Mantel hereingeschritten kam und den Orgeltisch in Beschlag genommen hatte, um dann, nach heftiger Bearbeitung sämtlicher Tasten, Register und Pedale, dem Meister Silbermann auf den Kopf zuzusagen, ob das Instrument seiner Bestimmung gerecht wäre oder nicht. Herrlich! Sie musste unwillkürlich lächeln. Diesen Mann hätte sie doch zu gerne kennengelernt. Aber wie viele Generationen vor und auch nach ihr mussten sich mit seiner Musik begnügen, die ihren Komponisten bis heute mühelos überdauert hatte. Manchmal schwankte Paulina, ob sie sich nicht doch lieber der Musik verschreiben sollte. Aber sie hatte bereits zu viele Jahre verloren. Man musste es eben hinnehmen. Nein! Genau das wollte sie doch nicht mehr, alles nur so über sich ergehen lassen wie Adele in Pommern! Paulina löste die Hände vom Nacken und legte sie einen Augenblick auf das Ge-

sicht. »Lass mich nicht aufgeben!«, formte sie mit tonlosen Lippen. Dann gab sie sich einen Ruck und griff nach ihrem Hut. So schön es hier war, sie musste ans Gehen denken. Sie erhob sich, verharrte jedoch noch einen Augenblick in der Bankreihe. Dann warf sie den beiden Engeln, die auf dem Orgelprospekt saßen, eine Kusshand zu. »Dass ihr mir ja nicht davonfliegt, bis ich wiederkomme, ich brauche euch noch!«, grüßte sie nach oben und schämte sich ein bisschen ihres losen Benehmens solch himmlisch-abgeklärten Wesen gegenüber. Aber nur für zwei Sekunden. Dann verfing sich ihr Blick noch ein letztes Mal in der Szene des Altarraums. »Und dich brauche ich besonders!«, flüsterte sie dem schwebenden Engel zu, der seine Hand über dem angefochtenen, zu ihm aufschauenden Christus ausstreckte. »Der Stärkende!«, fuhr es ihr durch den Kopf. Von diesem Engel könnte Großmama gesprochen haben, wenn sie sich – was nicht allzu häufig vorgekommen war – für eine halbe Stunde in die Frauenkirche zurückgezogen hatte, um »gestärkt« zu werden, wie sie es genannt hatte. Mit einem Mal durchströmte Paulina eine eigenartige Wärme, gleichzeitig fingen ihr aber die Knie an zu zittern, und sie fühlte eine Schwäche in sich aufziehen. Rasch verließ sie das Gestühl und ging dem Ausgang zu.

Als sie nach draußen trat, stach ihr das grelle Sonnenlicht in die Augen. Sie setzte den Hut auf und nahm sich dann vor, erst noch einmal die Kirche zu umrunden, bevor sie sich wirklich dazu entschloss, zu Fräulein Gustorffs Wohnung zu gehen. Als sie zum zweiten Mal an der bronzenen Statue Martin Luthers angekommen war und feststellte, dass die Leute, die vorbeigingen, weit genug von ihr entfernt waren, brummelte sie vor sich hin: »Du sollst gelegentlich abfällige Bemerkungen über gewisse Leute gemacht haben, alter Freund und Schwede, aber da ist dir ein Fehler unterlaufen, Herr Doktor.« Sie kicherte leise, tippte an ihren Hut und sagte laut: »Uff Widdersähn auch!« Die Schwäche von eben war restlos verschwunden. Paulina spürte ihre ganze junge Kraft. Es tat gut!
Beschwingter als alle anderen Male zuvor steuerte sie die Richtung ihres eingeplanten Zieles an. Heute schien eine Art gleichgültiger Trägheit über der Stadt zu liegen. Es waren nicht viele Menschen unterwegs. Wozu auch, einzukaufen gab es nichts Gescheites, ins Café gehen konnte man nur noch höchst selten, Besuche machte man nicht am Werktag und schon gar nicht um diese Uhrzeit. Die Frauen schufteten, die Männer waren nicht da oder lagen im Krankenhaus oder unter der Erde, und die Kinder waren verschickt. Ein dummer Vergleich. Verschicken tat man Pakete und Briefe, aber doch nicht Kinder. Nazigerede, dachte sie angewidert. Die Alten mussten den Haushalt der jungen Frauen führen, damit diese das Kriegszeug zusammenschrauben und die

Arbeit der Männer machen konnten, und die ganz kleinen Kinder hüten oder die Halbwüchsigen bekochen, damit die für den Nachschub taugten. Fragte sich nur womit man sie herausfütterte. Das Essen war sehr einseitig geworden, wie konnte davon ein sechzehnjähriger Junge satt werden? Wenn sie daran dachte, was Axel hatte verspeisen können! Der Gedanke an ihn tat weh.
Paulina nahm sich vor, wie selbstverständlich durch die Haustür zu gehen und erst drinnen einige Zeit abzuwarten und zu lauschen. Es rührte sich nichts. »Also, rasch!«, machte sie sich selber Mut und huschte auf Zehenspitzen die ersten Stufen hoch. Ganz nah am Rand, dort, wo die Wandseite verlief, denn da knirschte es am allerwenigsten. Sie stützte sich mit den Händen ab, um nicht das Gleichgewicht zu verlieren. Im Nu war sie die erste Treppe oben, jetzt schnell über den Absatz, dann die zweiten acht Stufen! Schade, dass sie keine Klaviertöne hören konnte! Demnach schien gerade niemand Unterricht zu haben. Aber die gute Helene gab immer noch Stunden, sagte Kilian zumindest, und er verbreitete in der Regel keine Falschmeldungen. Im Gegensatz zu anderen. Plötzlich schoss ihr ein Gedanke durch den Kopf. Wenn niemand da war, konnte sie doch ... nur einmal, ganz leise klingeln. Wenn das Fräulein es dann nicht hören würde oder nicht da war, konnte sie ja schnell ... Unten ging die Haustür auf. Paulinas Herz begann zu rasen. »Wohin?« Weit und breit kein Schrank, keine Truhe, kein Verschlag, keine Mauernische, nichts. Zweifellos kam jemand die Stiege herauf, wenn auch langsam und sehr beschwerlich und mit seltsam stockendem Rhythmus. Paulinas Knie fühlten sich an wie Pudding. Ihr wurde heiß und kalt auf einmal. Nach oben zu laufen wäre genau das Falsche. Was, wenn der Unbekannte in der obersten Wohnung wohnte? Im Treppenhaus war sie schutzlos! Der Schweiß lief ihr an den Schläfen entlang, und die klopfenden Schritte kamen immer näher. Es würde ihr also gar nichts anderes übrig bleiben! Sie zog mit beiden Händen an der Hutkrempe und rückte die Kopfbedeckung somit schräg nach vorn ins Gesicht. Dann peilte sie mit zitternden Fingern den Klingelknopf an und drückte so fest und so lange darauf, dass man es von außen schrillen hörte. »Lass sie da sein!«, schrie sie innerlich. Gerade als sie noch einmal den Knopf ansteuern wollte, ging die Tür langsam auf, und das alte Fräulein erschien und starrte sie mit offenen Mund und aufgerissenen Augen an. Paulina schüttelte nur heftig den Kopf und sah dabei aus dem Augenwinkel heraus eine ungeheuer breitschultrige Gestalt, auf deren blondem Haarschopf eine Soldatenmütze saß, die Treppe erklimmen. An Krücken. Keine zwei Sekunden später warf Paulina Helene Gustorffs Wohnungstür hinter sich zu und verriegelte sie von innen mit der Kette.
Dem alten Fräulein quollen unaufhörlich die Tränen aus den Augen, und ein ums andere Mal nahm sie Paulinas Gesicht zwischen ihre Hände. Die waren

noch faltiger und noch schmaler geworden, und auch sonst war Helene sehr alt geworden. Sie wirkte angegriffen und lebensmüde. Paulina schilderte ihr ihre Lage in kurzen Sätzen. Und auch, weswegen sie jetzt hier saß. »Es liegt ein Fluch auf unserem Vaterland, Paulina«, sagte Helene mit brüchiger Stimme, »und ich habe mir schon oft gewünscht, gehen zu dürfen. Aber ist es nicht auch unrecht, wenn man so denkt, und ihr müsst noch weiter aushalten?« Sie sah so bekümmert aus, als sie das sagte, dass Paulina auch für eine Weile um ihre Fassung rang. »Es wird bald vorbei sein, mit dem Krieg, meine ich, wir hören den Feindsender, wissen Sie, und da hört sich das ganz anders an.« Was man sonst noch über die BBC erfuhr, sagte sie dem Fräulein lieber nicht, sie hätte sich auch glücklicher geschätzt, wenn sie nichts Dergleichen je gehört hätte. »Ja, der Krieg«, bemerkte Helene nachdenklich, »aber weißt du, wir haben in diesem Jahrhundert schon einmal verloren, und es ist daraufhin nicht lange besser gewesen.« »Fräulein Gustorff«, Paulina hatte vor, das Thema zu wechseln, »wer war der Mann, der vorhin die Treppe heraufgekommen ist, irgendetwas an ihm ist mir bekannt vorgekommen.« »Ach, Kindchen, ich mag es dir gar nicht sagen« schniefte die alte Dame nach einer kleinen Pause, in der sie Paulina ins Wohnzimmer geschoben hatte. »Sie müssen!« Paulina hatte nicht so hart klingen wollen. Helene trat ans Fenster und sah hinaus. »Es ist Hermann gewesen«, sagte sie dann. »Hermann Sieber.«

Es war wie ein Schlag in Paulinas Magengrube. Hermann Sieber, dieser Rohling, dem sie nach ihrer letzten Klavierstunde vor fünf Jahren auch hier im Treppenhaus begegnet war. »Unfassbar«, presste sie heraus und schüttelte mehrmals den Kopf. »Ich kann es nicht glauben. Was, wenn er mich gesehen hätte?« Der Gedanke daran jagte ihr einen kalten Schauer über den Rücken, aber im selben Augenblick überfiel sie auch eine große Wut. »Aber was tut dieses ... dieser Nazi in diesem Hause hier, Klavierstunden wird er ja keine mehr nehmen!« Sie lachte höhnisch. »Paulina«, sagte Fräulein Gustorff gequält, »du darfst so nicht reden, er ... er ist ein gebrochener Mann.« »Gebrochen, ja, ja.« Paulina hatte keine Lust, nicht *so* zu reden. »Gebrochenes Bein ist nicht gleich gebrochener Mann, und es stellt sich da nur die Frage, wer gebrochener ist, ich oder er?«, ereiferte sie sich. »Er ist blind.« »Ach, dann bin ich also ganz umsonst fast vor Angst gestorben!«, brach es aus Paulina heraus. Helene erwiderte gar nichts. »Fritz ist auch fast blind, und das seit dem letzten Krieg«, sagte Paulina etwas verlegen in die entstandene Stille hinein. Helene tupfte sich mit dem Taschentuch die Augen. »Sein Bein ist ab, kurz nach der Hüfte«, sprach sie leise weiter, »und er hat nur noch eine Hand, die linke. Seine Mutter hat ihn erst aufgepäppelt, aber sie ist zwischenzeitlich gestorben, und da hat man die Wohnung verpfändet, weil sie verschuldet war. Jetzt lebt er oben in der Dachkammer, zwei winzige Zimmerchen, eine kleine Koch- und Waschstelle, mehr nicht.« »Oh, ich bin gerührt!« Helene Gustorff fuhr herum und funkelte ihre ehemalige Schülerin an. »Paulina!«, sagte sie scharf, und diese zuckte wegen der unerwartet festen Stimme der Lehrerin zusammen. »Mit dem Hass fängt es an, hier drin!« Sie hielt sich die Hand auf das Herz. Paulina biss sich auf die Lippen und schwieg. Von der Kreuzkirche schlug es fünfmal, den Glocken der Frauenkirche wie immer eine knappe Sekunde voraus. »Ja«, sagte Paulina trotzig. »Genau da!«

Sie saßen bis elf Uhr auf der Terrasse, später an diesem Abend. Paulina hatte den Frauen ihre Stadtbesichtigungen gebeichtet und auch, dass sie Konrad eingeweiht hatte. Als Eleonore lakonisch gemeint hatte: »Und ich hatte geglaubt, ihm in seinem Alter die Ohren nicht mehr lang ziehen zu müssen«, wusste Paulina, dass es keine Moralpredigt hageln würde. Nur als Thea damit herausgeplatzt war, dass sie Bescheid wisse und woher, war Paulina doch für einen Moment die Sprache weggeblieben. »Jetzt fällt selbst dir nichts mehr ein, was?«, hatte Thea sie geneckt. »Es ist das letzte Mal gewesen heute. Bevor dieser Krieg nicht zu Ende ist, werde ich die Stadt nicht mehr betreten, das ist gewiss«, eröffnete Paulina ihren Zuhörern ihre Entschlüsse. Sie besiegelten das Ganze mit einer Flasche Wein, Thea und Paulina gönnten sich eine Zigarette und Eleonore rauchte eine leichte Zigarre. Als sie alle schon pafften und Rauchwölkchen in die Dunkelheit bliesen, sagte Alwine plötzlich: »Mädchen, mir auch eine!«

Drei Tage darauf kam ein Brief. Erneute Dienstverpflichtung für alle Frauen bis fünfzig, Befreiung krankheitshalber nur noch in den allerschwersten Fällen möglich. Auch Dr. Spittler waren jetzt die Hände gebunden.

*

Es war nicht zu begreifen! Auch für Greta nicht. Warum nur war es schiefgegangen, zum wiederholten Mal? Sollte es denn nie ein Ende nehmen? Musste man ausharren bis zum bitteren Finale? Wenn man es denn noch erleben sollte, ohne bis dahin vollends den Verstand verloren zu haben? Unaufhaltsam war es seit diesem denkwürdigsten 20. Juli weitergegangen, den Greta je erlebt hatte. Und es war schlimmer noch als je zuvor, hatte sie den Eindruck. Sie durfte nun endgültig nicht mehr im jüdischen Krankenhaus arbeiten, selbst wenn sie es gewollt hätte, ohne jeglichen Verdienst, wie seit zwei Jahren schon. Jetzt arbeitete sie im Elisabeth-Diakonissen-Krankenhaus. Die Sorge um ihren Verlobten fraß an ihrer Seele, jeden Augenblick, in dem sie nicht durch die Geschehnisse um sie herum abgelenkt wurde. Seit Wochen war Meinrad in Sachsenhausen, und sie hatte noch nichts von ihm gehört. Verdi war nach Groß-Rosen gebracht, Johann Schreiner bei einem Fluchtversuch erschossen worden. Allein die Hoffnung, das Meinrad es irgendwie schaffen würde, dass die Front schneller näher rückte und alles bald ein Ende hatte, veranlasste sie dazu, weiterzuarbeiten und einfach weiterzuleben. Sie war froh, bei Charlie Unterschlupf gefunden zu haben, und sogar erleichtert, dass ihre und Violas Wohnung zerstört und das meiste verbrannt war. So gab es nichts Verdächtiges mehr zu finden. Und in Charlies Haus lebten lauter etwas nebulöse Gestalten, jedenfalls aber niemand, der den Nazis nahestand. Trotzdem wusste man nie. Es wurde mehr denunziert denn je. In den vergangenen sechs Monaten hatte man zahlreiche Juden, die im Untergrund lebten, gefunden und weggebracht oder sofort getötet. Unter ihnen auch Franz Weihrauch, den alten Mann, den Viola und Paulina einstens bei einer Zugfahrt kennengelernt hatten. Erschossen, direkt vor dem Haus, in dem einst sein Neffe gewohnt hatte. Nach dieser Sache hatte sie zum ersten Mal geglaubt, dass Viola wieder zu trinken anfangen würde. Sie hatte tagelang im Bett gelegen, nicht gegessen, kaum reagiert, nicht einmal auf die Bomben. Irgendwann hatte sie dann von einem Moment auf den anderen schreckliche Weinkrämpfe bekommen, sodass August nach ihr geschickt hatte, weil er sich nicht mehr zu helfen wusste. Danach war Viola wieder normal gewesen. Sie war und blieb ihr eine unbegreifliche Persönlichkeit. Aber ihre Liebe zu ihr war ungebrochen.

Greta war hundemüde, konnte aber doch nicht schlafen. Das Attentat hatte eine Verhaftungswelle in Gang gesetzt, die ungeheuer war. Viele der Festgenommenen waren schon nicht mehr unter ihnen. Greta wälzte sich von einer Seite auf die andere und fragte sich, wo Charlie blieb. Demnächst würden die Sirenen losgehen, und er war mal wieder unterwegs. Aber wo man mehr Glück hatte, war nicht zu sagen. Wenn man es nicht in den Keller oder den Bunker schaffte, sah es schlecht aus. Viola ging nie in den Bunker. Für die Juden verdoppelten die Fliegerangriffe die Gefahr regelrecht.

Kaum hatte sie zu Ende gedacht, da ging es los. Greta fühlte sich so bleischwer, dass sie einen Moment ernsthaft darüber nachdachte, es einfach wie Viola zu machen und liegen zu bleiben. Angenommen, Meinrad lebte schon nicht mehr, war das Leben ohnehin nicht mehr lebenswert. Aber es bedurfte eines Volltreffers, und sie hatte schon zu viele Verletzte gesehen, welche die Bomben überlebt hatten. Keine schöne Vorstellung. Also packte sie ihren Rucksack und begab sich mit den anderen ins Treppenhaus. Charlie würde schon irgendwo unterschlüpfen. Heute kamen die Flugzeuge früher als die Tage zuvor. Greta zwängte sich neben zwei junge Frauen und einen alten Mann. Der Alte war schon lange im Haus, sie kannten sich, die jungen Mädchen waren wie sie Ausgebombte. Die ersten Einschläge waren noch etwas weiter entfernt, es schien aus dem Westen zu kommen. Aber dabei würde es nicht bleiben. Schon zwei Minuten später saßen sie mit eingezogenen Köpfen da, weil sich alles direkt neben und über ihnen abzuspielen schien. Es war grässlich. Man konnte sich an so etwas niemals gewöhnen, selbst wenn man es versuchte. Irgendwann ging das Licht aus, aber auch das gehörte zum Programm. In dem Moment, als Greta aufschaute, damit sich ihre Augen in der Dunkelheit zurechtfänden, bebte die Erde unter einem unbeschreiblichen Krachen und Bersten. Im gleichen Augenblick wurde sie an die Wand gedrückt. Es riss ihr die Beine weg, obwohl sie saß. Plötzlich war der Keller von hellen Blitzen erleuchtet. »Phosphor!«, schoss es ihr durch den Kopf, und erst im Schein dieses Lichtes merkte sie, dass die Stahltür aus den Angeln gerissen und die halbe Wand, in der sie verankert war, den Blick auf die Straße freigab. Voller Entsetzen fuhr sie auf, denn dort, wo vor einer Minute noch Menschen gesessen hatten, ergoss sich ein Wall aus Schutt und Staub, und bis zu ihr war der Boden bedeckt mit roten Ziegelsteinen, Mörtelbrocken und Glassplittern. Wieder krachte und blitze es draußen, und der weißblaue Schein der Blitze gab einen grauenvollen Blick auf die Szenerie frei. Greta sah unter dem Schuttberg ein Bein hervorschauen. Greta hätte schreien mögen vor Wut und Schmerz. Ein scharfer Brandgeruch wurde durch das aufgerissene Loch hereingeweht. Erst jetzt blickte sie hinter sich und sah, dass der Alte, dessen Körper sie gerade noch neben sich gespürt hatte, zur Seite gekippt dort lag, wo sie gerade aufgestanden war. Eins der Mädchen hielt sich wimmernd den Unterschenkel umklammert, während das Blut zwischen ihren Fingern hervorlief. Das andere saß stumm da und starrte mit schrecklich geweiteten Augen ins Leere. Was sollte sie tun? Sie fuhr sich ratlos durch die Haare, während das verletzte Mädchen sie flehend ansah. Gretas Tasche mit dem Verbandszeug war genauso begraben wie die Menschen unter der ehemaligen Wand. Ein weiterer ohrenbetäubender Schlag ließ Boden und Wände erzittern und dröhnte in Gretas Kopf und Brustkorb. Unwillkürlich riss sie die Hände nach oben und sah dabei, wie der Körper des alten Mannes von der Bank fiel. Sie spürte einen heftigen Schmerz in ihrer Kniekehle und knickte ein. Der Geröllhaufen schien sich förmlich in Bewegung gesetzt zu haben und ergoss sich jetzt fast durch den gesamten Raum. Sie mussten raus hier, wenn sie nicht verschüttet werden wollten! Sie musste es schaffen, die beiden Mädchen wegzubringen! Sonst gab es hier niemanden mehr, dem man noch helfen konnte. Schrecklich! Greta kramte ihren Rucksack unter der Bank hervor. Sie musste die Wunde des einen Mädchens versorgen, für sich selbst würde sie später Zeit haben. Sie legte der Verletzten die Hand auf den

Kopf und sprach ihr gut zu. Aber das unaufhörliche Donnern und Krachen machte es unmöglich, sich zu verstehen. Also zog Greta sanft an der Hand, die das Mädchen verzweifelt auf die Wunde presste. Das Schienbein war bis zum Knochen aufgerissen, und das Blut tränkte mittlerweile den Strumpf und den Schuh. Sie zerrte das Leinenhandtuch, das die gestickten Initialen ihrer Mutter trug, aus ihrem Rucksack und wickelte es dem Mädchen um die böse Wunde. Ohne lange nachzudenken streifte sie einen ihrer Schuhe ab und zog sich einen Strumpf aus. Damit machte sie den Handtuchverband einigermaßen dingfest. Mehr konnte sie im Moment nicht tun. Sie hatte auch noch ein Röhrchen Schmerztabletten bei sich, davon gab sie dem Mädchen eine halbe und ließ es einen Schluck aus ihrer Wasserflasche nehmen.
»Wir versuchen jetzt hier herauszukommen!«, schrie sie dann. Das verletzte Mädchen sah sie aus seinem tränenverschmierten Gesicht ungläubig an, und im selben Moment wurde der Körper des daneben sitzenden von einem heftigen Schütteln erfasst und es verdrehte die Augen nach oben, sodass man nur noch das Weiß hervorblitzen sah. »Oh Gott«, schrie Greta innerlich, »Epilepsie, und das jetzt!« Sie stieg schnell über die herumliegenden Steine, um sich auf die ungeschützte Seite des Mädchens zu stellen. Es durfte nicht umfallen. Gemeinsam mit der Verletzten konnte sie die Krampfende vor dem Schlimmsten bewahren. Sie hatte nur Sorge, dass sie es hinausschafften, ehe alles zugeschüttet war. Ersticken wollte sie hier unten nicht.

Zur selben Zeit saß Viola im Luftschutzraum des Leibfried und versuchte, die bösen Blicke von Augusts Frau tapfer zu ertragen. Sie wusste, dass die sie nicht ausliefern würde, dazu hätte sie zu lange und zu viele Gelegenheiten gehabt. Viola wusste, was sie dieser Frau zu verdanken hatte, trotz allem. Aber seit Axels Tod begegnete diese ihr mit einer solchen Feindseligkeit, dass es Viola, soweit es nur irgend ging, vermied, sie zu sehen. Sogar bis dahin, dass sie auf den Keller verzichtet hatte. Aber das hatte sich mittlerweile geändert. Sie wollte am Leben bleiben! Dafür wollte sie alles in Kauf nehmen, auch die Gefahr, doch noch denunziert zu werden. Das, was sie im Februar erlebt hatten, als Franz Weihrauch mit neun anderen untergetauchten jüdischen Leuten erschossen worden war, konnte ihr jederzeit auch passieren, sie wusste es. Aber der Versuch, am Leben zu bleiben, war es dennoch wert.
Manchmal hatte Viola schon ernsthaft darüber nachgedacht, sich nach Dresden durchzuschlagen, aber sie fühlte sich zum einen zu kraftlos dazu, und zum anderen wollte sie doch Paulina nicht gefährden. Viola litt unter Übelkeit und war immer müde, und bei dem, was es zu essen gab, konnte man sich keine überschüssige Energie aneignen. August wusste es noch nicht, bei jedem An-

griff nahm sie sich vor, es ihm danach zu sagen, aber noch nie war die Gelegenheit günstig gewesen. Er war sowieso angegriffen und zerstreut in letzter Zeit, sie kannte ihn so gar nicht. Aber heute würde sie es tun. Wenn sie heute übrig blieb, wie man sich in Berlin mittlerweile grüßte, dann würde sie ihn mit dieser Nachricht überraschen. Sie lächelte leise vor sich hin, als sie sich sein Gesicht vorstellte.

Ein gewaltiger Schlag ließ den Keller erzittern, und das Licht flackerte einige Male. Viola war es nicht einmal unrecht, wenn es manchmal dunkel war, dann fühlte sie sich nicht so beobachtet und musste auch nicht dauernd überlegen, wo sie selbst hinsehen sollte. Sie lehnte sich etwas zurück, spürte aber dabei einen unangenehmen Druck auf den Wirbeln. Wie die meisten Leute behielt auch sie den Rucksack immer auf. Man verlor so keine Zeit beim Suchen, wenn man schnell hinausmusste, und man hatte die Hände frei. Viele trugen auch noch Koffer mit sich herum, sie aber nicht. Es behinderte einen nur. Der nächste Einschlag war so heftig, dass man ihn im Körper spüren konnte und manche sich unwillkürlich an die Brust fassten. Gleich darauf folgte eine zweite solche Detonation, und Viola sah gerade noch, wie sich sprühende Funken in Sekundenschnelle die elektrische Leitung entlangfraßen, dann spürte sie Schmerzen wie Messerstiche auf Gesicht und Händen. Einige schrien auf, auch diejenigen, die rechts und links von ihr saßen, aber sie selbst drückte nur die Augen zu und fuhr sich mit den Fingern im Gesicht herum. Glassplitter! Ein Glück, dass die meisten Frauen Kopftücher übergeworfen hatte und man Mäntel und Jacken trug, aber um die Gesichter zu schützten, taugten nur Gasmasken, doch die benutzte man eben nur im äußersten Notfall. »Die Deckenlampen sind geplatzt, es hat einen Kurzschluss gegeben«, meinte eine Männerstimme. »Irgendwas schmort hier«, stellte er dann gleich darauf fest. Viola roch es auch. Sekunden später rief jemand »Feuer!«, und Viola riss die Augen auf. Direkt ihr gegenüber schlugen Flammen unter einer Sitzbank hervor, und man konnte deutlich sehen, dass es ein Zeitungsstapel war, der brannte. »Welcher Wahnsinnige hat denn das gemacht?«, rief eine Frauenstimme, und sofort entstand ein Durcheinander. Die Gier der Flammen fraß sich geradezu in das gebündelte Papier, aber die meisten starrten nur gebannt darauf, anstatt etwas zu tun. »Decken, Mantel, Ersticken«, alles war zu hören, aber niemand machte Anstalten, seine Sachen zu opfern. Viola hatte es zuerst gar nicht beachtet, aber plötzlich ging Augusts Frau neben ihr mit einem Löschwassereimer in der Hand vorbei. Sie würdigte Viola keines Blickes. Mit Schwung kippte sie den ganzen Eimer über die Zeitungen, und sofort war der Raum mit lautem Zischen und beißendem Rauch erfüllt. Es brannte in den Augen und reizte die Atemwege, und irgendjemand fing fürchterlich an zu husten. Aber wenigstens war das Feuer aus. Viola befühlte wieder ihr Gesicht und biss sich dabei auf die Zähne. Mit spitzen Fingern versuchte sie, sich von den Glassplittern zu befreien, aber es wurde erschwert durch das Blut, das die Finger glitschig machte und verklebte. Es tat höllisch weh, aber sie musste es versuchen. »Meine Hände!«, jammerte die Frau neben ihr, die sich als eine Gräfin ausgab, was aber niemand glaubte. »Alles ist voller Glas, bei Ihnen auch?« Viola gab nur ein knappes »Ja« zurück. »Sie haben es auch im Gesicht, warten Sie!«, sagte die angebliche Adelige wieder, ich hab es gleich geschafft dann helfe ich Ihnen!« Viola wollte gerade dankend ablehnen und sagen, es gehe schon, als ihr jemand auf den Rücken schlug, dass sie zusammenzuckte, und als sie sich zur Seite drehte, erkannte sie selbst in der Dunkelheit voller Entsetzen Hochleitners Gesicht! Woher kam der so plötzlich? Viola war sich sicher, dass er vorher nicht im Keller gewesen war. Er musste im Tumult des Feuers hereingekommen sein. »Dieser Dame nehme ich mich schon selbst an, danke«, sagte er mit einem höhnischen Lächeln und zog Viola unsanft hoch. »Nein, nein«, stammelte Viola, »es ist wirklich nicht nötig, ich werde es schon aushalten können, bis es vorbei ist.« Sie fühlte jetzt eine größere Angst in sich als die ganze Zeit vorher. Sie zog ihre Hand zurück, aber der Griff war eisern. Hochleitner näherte sich ihrem Gesicht, und sie roch, dass er getrunken hatte. Ihr wurde augenblicklich übel. »Zier dich bloß nicht, hier wird dich sowieso keiner retten!« Er entblößte in einem schrecklichen Grinsen seine großen Zähne und wandte seinen Kopf in die Richtung, aus der Augusts Frau eben mit dem Wassereimer gekommen war. Viola versuchte noch einmal, sich zu befreien, aber je größer ihr Widerstand war, umso fester wurde sein Griff. Beim nächsten Krachen zog er sie an sich heran und drehte sie blitzschnell zur Seite, sodass sie vor ihm zu stehen kam und ihr sein Körper den Rückweg versperrte. Dann schob er sie vor sich her in die Richtung, aus der er so überraschend hinter ihr aufgetaucht war. Hochleitner schob seinen Arm zwischen Violas Rucksack und ihren Rücken und dirigierte sie so in den schmalen Durchgang, der nach wenigen Metern zu einer der beiden Luftschutztüren führte. Viola wusste, dass es diesen Ausgang gab, aber bis jetzt war immer nur der andere benutzt worden. Sie hatte keine Ahnung, wohin diese Tür führte. Umso überraschter war sie, als sich Hochleitner plötzlich gegen die Wand drückte und diese nachzugeben schien. »Los, rein da, und wenn du schreist, bist du in einer halben Stunde bei der Gestapo.« Violas Angst wandelte sich schlagartig in blinden Hass um: Und wenn sie ihn umbringen musste oder er sie totschlagen oder vor die Gestapo zerren würde, nie mehr würde sie sich diesem widerwärtigen Hund überlassen! Unter ihrem Herzen wuchs Augusts Kind heran, und dieses unschuldige Wesen würde sie vor Hochleitner verschonen! Kaum dass ihr Peiniger hinter ihr durch das

Mauerloch gestiegen war und Viola einige Meter einen so engen Gang entlanggetrieben hatte, dass sie seitlich gehen mussten, wusste sie nicht mehr, wo sie sich befanden. Hochleitner leuchtete den Weg mit einer Taschenlampe aus, aber alles, was es zu sehen gab, waren alte, feuchte Backsteinwände hinter und vor ihr, und sie stellte fest, dass es gleichmäßig bergab ging. Das Krachen der Bomben war seltsamerweise leiser geworden, vielleicht war der Angriff schon bald vorüber. Sie versuchte sich etwas einzuprägen, aber es war sinnlos. Ratten huschten über den Boden. Aber die erschreckten sie nicht. Waren sie unter dem Hotel, unter der Straße, unter anderen Häusern? Ihr Peiniger trieb sie unaufhörlich vor sich her. Plötzlich riss er sie am Arm zurück und wollte sich an ihr vorbeizwängen. Viola musste sich so eng an die Wand pressen, wie es der Rucksack nur zuließ. »Ab jetzt geh ich voraus«, sagte er schwer atmend. In diesem Augenblick fiel ihr erst auf, dass ihr Gesicht nicht mehr schmerzte und das Blut getrocknet sein musste. »Vorwärts!«, befahl seine eiskalte Stimme. Nach einigen weiteren Metern endete der Gang in einem winzigen viereckigen Raum, der mit Balken abgestützt war. Eine morsch aussehende Holztür, die oben abgerundet war und nicht bis zur Decke reichte, gab den Blick in einen weiteren Gang frei, in den Hochleitner nun hineinleuchtete. Durch diesen Gang ging es weiter. Er war doppelt so breit wie der bisherige, aber so niedrig, dass Viola gar nicht aufrecht darin gehen konnte, im Gegensatz zu ihrem Verfolger, und der Fußboden bestand plötzlich nur noch aus weichem Lehm anstatt aus Beton. Die Wände waren mit Holzstangen und Brettern ausgekleidet, die Decke alle paar Meter mit ähnlichen Befestigungen abgestützt wie der viereckige Raum vorhin. Viola lief ein eiskalter Schauer über den ganzen Körper. Sollte sie hier unten enden? Man würde sie nie finden! Sie hatte kein Zeitgefühl mehr, und mit ihm schien auch ihr Mut geschwunden zu sein. Sie hörte Hochleitners schweren Atem, und irgendwo ganz entfernt fingen die Sirenen an: Vorentwarnung. Demnächst würde August sich auf die Suche nach ihr machen! Viola war verzweifelt.

August war den ganzen Tag unruhig gewesen, konnte aber selbst nicht genau sagen, warum. Es bestand kein Zweifel mehr an der Sache, und er musste sich eigentlich nicht noch ein weiteres Mal vergewissern. Aber trotzdem hatte er es gewagt, sich gegen Abend in das Haus mit der ehemaligen Weihrauch'schen Wohnung zu schleichen. Er war völlig unbehelligt hinein- und auch wieder herausgekommen. Er sollte das Risiko nicht umsonst eingegangen sein: Das illegale Warenlager, in dem er auch Wein-, Champagner- und sonstige Spirituosenflaschen aus seinem Bestand wiedergefunden hatte, hatte er mit seiner Kamera aufgenommen. Damit konnte er Hochleitner endlich nach all den Jahren vergeblicher Versuche dingfest machen – oder wenigstens noch so lange in Schach halten, wie es nötig sein würde. August wünschte sich wie alle anderen auch, dass der Krieg lieber heute als morgen zu Ende wäre. Er war nun einundsechzig Jahre alt, hatte keinen Erben mehr, und vermutlich würde es auch gar nichts mehr zu vererben geben, wenn das hier alles vorbei war. Er hatte genug vom Arbeiten und genug von dieser Stadt, die mittlerweile etwas derartig Morbides verströmte, dass man Tod und Verderben förmlich riechen konnte. Aber er war trotz allem noch bei bester Gesundheit, hatte noch einen guten Freund. Aber das, was ihn als Zukunftsgedanken beflügelte, war nun einmal Viola. Wenn sie das alles hier überstehen sollten, dann würde er sie heiraten und Paulina als seine Tochter offiziell machen. Er würde irgendwo weit weg ein Häuschen bauen und dort seinen Lebensabend verbringen. Aber vorher würde er dafür sorgen, dass sein Restaurantchef seiner gerechten Strafe zugeführt wurde.

Er war gerade dabei gewesen, sich aus dem Weihrauch'schen Keller davonzustehlen, als er das Dröhnen der ersten Flugzeuge hörte. Seinen Flakposten besetzte heute Heinz, dessen Nachnamen er allerdings nicht einmal kannte. Jedenfalls kam dieser mit der Bedienung des Geschützes besser zurecht als er, August, und jetzt noch nach Hause zu laufen war ihm zu riskant. Also blieb er unten, das Haus war gut gebaut, und der Tunnelgang war tief unter der Erde. Auf dieses unterirdische Labyrinth war er gestoßen, als er eines Abends auf der Suche nach der Hintertür in den Garten war, die er damals, als er mit Viola hier in Bedrängnis geraten war, nicht gefunden hatte. Natürlich gab es die Tür noch, aber auch noch etwas anderes. Allerdings hatte er sich nie weiter als ungefähr hundert Meter in den weit in die Erde getriebenen Stollen gewagt, das war ihm doch zu unsicher erschienen, und er vermutete, dass sich dort entweder Juden oder andere Menschen, die das Tageslicht scheuen mussten, aufhielten, denn der Lehmboden war voller Schuhabdrücke, die alle nicht alt waren.

August hatte sich vorgenommen auszuharren, bis die Entwarnung ganz zu Ende war, dann würde er zum Ausgang laufen und das Haus möglichst rasch durch eben jene Hintertür verlassen. Gerade als er festgestellt hatte, dass die Vorentwarnung demnächst in die Vollentwarnung übergehen würde, hörte er es und erschrak zu Tode. Das war unzweifelhaft *seine* Stimme gewesen, die da »Los, vorwärts!« gebrüllt hatte. August lief, so schnell er konnte. Auf keinen Fall durfte er diesem Menschen hier unten begegnen! Bestimmt hatte der Widerling weitere arme Juden aufgespürt, die er zuvor mit Lebensmitteln und Bezugsscheinen angelockt und willfährig gemacht hatte. Wie hasste er diesen Menschen, und wie hasste er sich dafür, dass er ihn jemals eingestellt hatte! Er schob den Ärmel seiner Joppe über die Taschenlampe, so dass er nur gerade soviel sehen konnte, um nicht gegen die Wand zu laufen. Jetzt hörte er auch eine Frauenstimme. Die Sirene lenkte ihn für einige Sekunden ab, und er war schon fast bei der Falltür angekommen, als er ruckartig stehen blieb, weil ein gellender Schrei das düstere Gewölbe zerriss: Viola! Er rang nach Luft und drückte sich mit dem Rücken gegen das morsche Gebälk an der Stollenseite, damit er nicht in die Knie ging. Der kalte Schweiß brach ihm aus, und für einen Moment dachte er ans Sterben. Aber in Sekundenschnelle entfesselte genau dieser Gedanke seine ganze körperliche und seelische Kraft. Er lief einige Meter zurück in den dunklen Gang und erfasste sofort die schreckliche Lage. Als Viola ihn sah, befreite sie sich mit einem lauten Schrei aus dem Griff ihres überraschten Peinigers. August Leibfrieds Schuss verfehlte sein Ziel nicht.

1945

Konrad schimpfte mal wieder wie ein Rohrspatz. Alwine ermahnte ihn am laufenden Band, er werde, wenn er nicht seinen Mund hielte, auf seine alten Tage noch am Münchner Platz landen. Er solle nur nicht meinen, dass er dort ein Essen wie von ihr gemacht vorgesetzt bekomme! Paulina grinste, als sie ihre Kartoffeln zerkleinerte. »Es ändert ohnehin nichts mehr«, sagte Kilian, der bestens über das Vorrücken der Front im Osten wie im Westen informiert war. Er hörte im Gegensatz zu ihnen Radio Luxemburg. Dass Konrad nichts vom letzten Aufgebot des Volkssturms hielt, verbreitete er bei jeder Gelegenheit. Aber abgesehen davon, schienen wie er viele andere auch nichts davon zu halten. Am allerwenigsten die Soldaten, denen Paulina inzwischen täglich begegnete, wenn sie mithelfen musste, diese aus den Lazarettzügen zu bergen und zu versorgen. Deren geschundene Körper und verhärmte Gesichter sprachen deutlich genug. Viele von ihnen waren zu erschöpft, um lange zu reden, oder aber die Schmerzen raubten ihnen die Kraft dazu. Doch es gab auch noch andere. Die deklamierten immer noch in irrigen Worten den Endsieg, die Vergeltungswaffe, die wahre Wunder vollbringen sollte, die Treue zum Führer und die Feigheit der deutschen Wehrmacht. Sie schimpften über Verräter und Juden, Polen und Russen, sprachen abfällig von Negern und Gummifressern. Fürchterlich fand Paulina diese Art von Männern. Ein Ekel überlief sie oft geradezu, wenn einer von ihnen nur den Mund aufmachte und dann selten etwas anderes herauskam als Hassreden und abfällige oder aber höchst schlüpfrige Bemerkungen. Aber man musste einfach so tun, als höre man es nicht, Widerspruch war sowieso zwecklos. Ganz anders war es bei den Flüchtlingen, unter ihnen fühlte sie sich besser, auch wenn es so viele Elendsgestalten darunter gab, deren Anblick sie mit quälendem Mitleid erfüllte. Besonders die Ältesten und die Jüngsten unter ihnen schienen oft dem Tode näher als dem Leben. Die Mütter aber, die verzweifelt nach ihren Kindern riefen und unablässig durch die oft teilnahmslos wirkende Menschenmenge liefen, erschütterten Paulina fast noch mehr, und die vielen, deren stummes Entsetzen man in ihren Gesichtern lesen konnte, brannten sich in ihre Seele ein. Sie musste sich oft dazu zwingen, in den Nächten an sie zu denken und die Bilder der Menschen zu verscheuchen, wenn sie vor ihrem inneren Auge auftauchten. Erst jetzt, wo es bis zum Ende vermutlich nicht mehr lange ging, sah sie zum ersten Mal dem Leid so ins

Angesicht. Was würde man eines Tages noch zu sehen bekommen? Sie versuchte sich von diesen dunklen Gedanken abzulenken, so gut es nur ging. Selbst auf dem verstimmten Flügel spielte sie wieder häufiger.
Heute war sie für die Nachtschicht eingeteilt. Eigentlich war sie dazu nicht verpflichtet, hatte aber darum gebeten. Die Nacht fürchtete sie weniger, im Gegensatz zu Lorchen, die es lieber mochte, am Tage zu arbeiten und in der Nacht zu Hause sein zu können. Seit November war sie wieder eingezogen worden, zum Roten Kreuz, obwohl sie keinerlei Vorkenntnisse gehabt hatte. Dr. Spittler fand, dass es die sicherste Art speziell für sie wäre, denn es ginge nur darum, mit der Arbeit fertig zu werden, und im Chaos, das die übervolle Stadt im Moment beherrschte, hatte keiner Zeit, sich um die Herkunft von Rotkreuzhelferinnen zu kümmern. Na, wenn er sich nur mal nicht irrte, der Gute. Paulina spülte den Rest ihres Essens mit einem kräftigen Schluck Wasser hinunter und lehnte sich zurück. Sie war satt. »Gehst du wieder rüber?«, wollte sie von Thea wissen. Die nickte mit vollen Backen. »Ich komm dich besuchen, wenn es recht wäre.« »Klor«, kam es zwischen zwei heißen Kartoffeln zurück. »Du solltest aber auch schlafen«, mahnte Eleonore vorsichtig. »Schlafen kann man wunderbar dort hinten«, bemerkte Paulina, was Thea augenblicklich bestätigte: »Du folltest fie mal schnarchen hörn, fo lang ich fleiffig seichne!« »Fo, fo, fleiffig nennt man das heutzutage«, brummte Konrad. Sie lachten. In dem Moment schellte es an der Haustür. Sie sahen einander kurz an, aber Eleonore war schon aufgestanden. »Es wird Kilian sein, er hat vorhin angerufen«, erklärte sie, während sie hinausging. »Auch gut, meinte Alwine, dann hat sie Ablenkung.« Sie zwinkerten einander vielsagend zu, und Konrad zupfte verlegen an seinem grauen Schnauzbart. Der war in den letzten Jahren immer länger geworden, und die Enden zwirbelte er neuerdings nach oben. Paulina erinnerte das laufend an Urpapa. Konrad meinte, dass man besser daran täte, wenn man denn schon einen Oberlippenbart trüge, ihn eher nach Kaiser- als nach des Führermode zu tragen. Kilian bekam auch noch etwas von den Kartoffeln und der eingemachten Rote Beete angeboten, was er dankend annahm. Er habe Professor Klemperer gesehen, berichtete Kilian dann. In der Strehlener Straße. Wo er doch in der Zeughausstraße wohne. An der 52 habe er an der Tür geläutet, dort wohnten seines Wissens noch Juden. Er vermute, dass eine weitere Evakuierung gen Osten anstünde und der Gauleiter sich vor seinem Abgang die Genugtuung verschaffen müsse, die letzten Juden vollends aus Dresden zu vertreiben. Eleonores entsetzter Blick war zu Paulina hinübergegangen, aber in deren Gesicht war weder Betroffenheit noch eine sonstige Regung zu sehen. Sie starrte in ihr Glas hinein und sagte dann trotzig: »Die Allerletzte werden sie nicht kriegen!« Dann schob sie geräuschvoll ihren Stuhl zurück und trank aus. »Komm, Thea, lass uns ins

Atelier gehen, was glaubst du, wie warm die Sonne dort hereinscheint, es ist Frühling heute, seht doch nur.« Sie hatte schnell und mit hoher Stimme gesprochen und sich bereits der Tür zugewandt. Thea stand auf und folgte ihr, während die Alten stumm sitzen blieben. In Thea waren auf dem Weg nach draußen schon wieder die Tränen hochgekrochen, aber sie bemühte sich, sie zurückzuhalten. Sie schob ihren Arm unter Paulinas Ellbogen durch und legte kurz ihre Wange an deren Schulter, aber die sah gar nicht zu ihr hin. »Es tut mir so leid für dich, das mit den Juden zu hören, und jetzt macht es mir nur noch mehr Angst, wenn ich weiß, dass du da unten in der Stadt bist.« Paulina blieb abrupt stehen, den Kopf kerzengerade, den Blick nach vorn gewandt. »Nun hör endlich auf damit, ich frage mich seit Monaten, warum du nicht schon längst zerschmolzen bist vor lauter Angst! Sie haben dich noch nicht gekriegt, obwohl du jeden Tag dreimal darauf wartest, und auch mich noch nicht, obwohl ...« Ihre Stimme senkte sich zu einem heiseren Flüstern. »... ich seit Jahren manchmal vierundzwanzig Stunden am Tag an nichts anderes denke.« Sie sah Thea beschwörend an: »Wenn wir nicht augenblicklich damit aufhören, werden wir tatsächlich irgendwann vor lauter Angst eine Riesendummheit machen oder völlig meschugge werden oder an Sorgengeschwüren eingehen, und die ganze Scheiße hier ist sinnlos gewesen. Willst du das?« Thea schüttelte in schnellen Bewegungen den Kopf und sah Paulina ob deren Ausdrucksweise mit einer Mischung aus Verblüffung und Entsetzen an. »Jetzt glotz halt nicht so, sonst könnte man dich glatt für eine von Seilers Kühen halten!« »Dann würde mich wenigstens die braune Sch... nicht jucken.« Sie platzten gleichzeitig los, wie sie es früher so oft getan hatten, aber es war ein Durcheinander von Lachen und Weinen, das da aus ihnen herausbrach. In diesem Moment hatte Paulina das Gefühl, dass ihre seelische Kraft nicht mehr lange reichen würde.

Sie verbrachten den ganzen Nachmittag im Atelier. Paulina auf dem Sofa, die erste Zeit mit geschlossenen Augen. Zwischendurch döste sie auch. Irgendwann bat Thea Paulina, ihr doch etwas aus den Eichendorff-Sammlungen vorzulesen. Paulina entschied sich für »Das Marmorbild«. Es tat ihnen gut, sich auf sonnenbeschienene Hügel der Toskana und in die Stadt Lucca entführen zu lassen und sich der romantischen Geschichte von einem Sänger und einem jungen Edelmann zu widmen. Zwischendurch musste Paulina eine Pause machen, damit ihre Stimme sich erholen konnte. In einem dieser Momente brachte Alwine ihnen echten, wenn auch etwas dünnen, weil gut gehüteten Bohnenkaffee. »Einfach so, weil es heut so schön ist«, sagte sie und schmunzelte, als die beiden wissen wollten, wieso sie an einem gewöhnlichen Werktag so etwas serviert bekämen. Als Alwine wieder hinausging, ließ sich der gefiederte Eichendorff auf der Schwelle der Tür nieder und hielt den Kopf schief. Paulina lachte. »Er hat gerochen, dass wir seinen Namensvetter bemüht haben, vielleicht ist er eifersüchtig?« »Komm her, von mir kriegst du was, die da drin lesen dir nur Bücher vor, die kein Mensch versteht!«, sagte Alwine spöttisch und kramte tief in ihrer Schürzentasche auf der Suche nach Krümeln. Sie wurde sogar fündig, aber Eichendorff wartete, bis sie die Brocken vor ihm auf den Boden fallen ließ. Dann pickte er sie in Windeseile auf und bat um mehr, auf Vogelart.

Als die beiden ihren Kaffee und die zwei kleinen von Alwine gebackenen Schnitten gegessen hatten, las Paulina weiter. Thea hörte irgendwann auf zu zeichnen, schob das Papier weit von sich und legte den Kopf auf die Arme. Irgendetwas an Paulina erinnerte Thea plötzlich an Viola. Sie schloss die Augen und hörte noch aufmerksamer zu. Das war es! Es musste in den letzten Jahren passiert sein, allmählich und ganz unmerklich: Die ehemals sehr helle Kinderstimme Paulinas war deutlich dunkler und voller geworden. Es war die Stimme Violas. Zum ersten Mal konnte Thea ein wenig von dem nachspüren, was Eleonore so lange betrauert hatte: Es musste schön sein, Kinder zu haben! Sie seufzte. Welch ein absurder Gedanke in diesen Zeiten, in denen einem garantiert viel Kummer erspart blieb, wenn man sich nicht um das Überleben seiner vielfach väterlosen Kinder sorgen musste. »Alle schwiegen«, las Paulina, »die Sonne ging soeben auf vor ihnen und warf ihre funkelnden Lichter über die Erde. Da schüttelte Florio sich an allen Gliedern, sprengte rasch eine Strecke den anderen voraus und sang mit heller Stimme:

Hier bin ich Herr! Gegrüßt das Licht!
Das durch die stille Schwüle
Der müden Brust gewaltig bricht
Mit seiner strengen Kühle!
Nun bin ich frei! Ich taumle noch
Und kann mich noch nicht fassen –
Oh Vater, du erkennst mich doch
Und wirst nicht von mir lassen!

Von der letzten Seite der Geschichte drang nichts mehr an Theas Ohren. Sie schlief eine Stunde lang tief und fest, Paulina nur zehn Minuten weniger. Sie fuhren auf, als Eleonore eintrat und sie merkten, dass es bereits dämmerte. Paulina musste sich beeilen, um nicht zu spät zum Dienst zu erscheinen. Als sie später in der Stadt angekommen war, um sich in der Dienststelle des Hauptbahnhofes ihre Anweisungen abzuholen, waren britische Bomberverbände bereits seit zwei Stunden unterwegs, Kurs: Südost.

*

Es war die Hölle! Paulina hatte jegliches Zeitgefühl und die Orientierung verloren, nachdem sie den Keller verlassen hatte. Aber ihrem Gefühl nach musste sie in der Nähe der Zeughausstraße sein. Sie war nicht mehr in die Richtung des Hauptbahnhofes zurückgegangen. »Bring dich bloß in Sicherheit!«, hatte Erna ihr nachgerufen, als der erste Vollalarm gekommen war. Genau das hatte sie getan. In ihren Lungen stach es fürchterlich. Jeder Atemzug schnitt in ihren Brustkorb, und das Herz schlug ihr im Hals mit der Wucht eines Steines. Der Puls in den Schläfen schmerzte geradezu höllisch. Das ungeheure Brausen des Feuersturms übertönte alles, was ihre vor Entsetzen geweiteten Augen sahen. In diesen Stunden, die wie Ewigkeiten schienen, hätte sie den Tod gegen das eingetauscht, was sie zu sehen verdammt war. Sie hatte nur einen Gedanken: die Elbe! Sie würde nicht brennen, und dort konnte man trinken. Sie fühlte, wie ihre Kräfte schwanden, aber sie durfte nicht stehen bleiben! Sie stemmte sich gegen den Wind und hielt den feuchten Stofffetzen vors Gesicht gepresst, den ihr jemand beim Verlassen des Kellers zugesteckt hatte. Die Hitze wurde immer erbarmungsloser. Plötzlich sah sie eine riesige Feuerwand vor sich, die ihr den Weg versperrte. Auch die anderen verirrten Gestalten um sie her blieben stehen. Sie hatte längst aufgehört, sich an Menschen zu halten oder sich darum zu kümmern, wer neben ihr war. Es wechselte ständig. Die sengende Hitze und die unbarmherzig heißen Steine unter den Schuhsohlen trieben sie weiter. Sie entschied sich dafür, die Feuerwand linker Hand zu umgehen. Erfolglos. Sie stolperte über ein verkohltes Etwas und schrie auf vor Entsetzten und Schmerz, als sie hinfiel und sah, dass es sich um menschliche Überreste handelte. Die Innenflächen ihrer Hände fühlten sich an wie in kochendes Wasser getaucht. Sie rappelte sich wieder hoch und wurde im nächsten Augenblick zur Seite und einige Meter mitgerissen. Ein Mann packte sie am Arm, als der Rest einer Hausfassade unter unbeschreiblichem Getöse zu Boden ging. Ein meterlanges glühendes Eisenstück bog sich wie ein Blumendraht und wurde dann von einem weiteren Stück einstürzender Mauern geknickt. Paulinas Zähne klapperten förmlich aufeinander. Sie konnte nicht lange stehen bleiben, sonst würde sie aufgeben! Sie nickte ihrem Beschützer dankend zu und entwand sich ihm. Er rief ihr irgendetwas nach, aber sie drehte sich nicht mehr um. Vor ihr türmten sich Berge aus glühenden Steinen, Schutt, brennenden und qualmenden Gegenständen; ein fürchterlicher Gestank erfüllte die brodelnde Luft. Zwischen all den Trümmern aus Stein und Stahl die Menschen! Verkohlte, Entstellte, Zerbrochene, manche klein wie Kinder, Zusammengebackene, Übereinanderliegende, leere Helme und leere Hüllen aus Knochen. Arme, Beine, Rümpfe. So viele, dass Paulina sich zuweilen sicher war, dass sie es sich nur einbildete. Aber dann wusste sie wieder ganz genau, dass dies alles Wirklichkeit war, und sie war überzeugt, dass sie in den nächsten Sekunden wahnsinnig werden würde. Der Schein des sich unaufhörlich durch alles fressenden Feuers gab diesen schonungslosen Blick auf das ganze Grauen frei. Über das Darunter in den Kellern, in den Kratern und den zusammengefallenen Häusern dachte Paulina gar nicht nach. Es gab nur noch das, was man sah. Sie tat es den anderen Vorwärtsstrebenden gleich. Ungeachtet aller Gefahr und aller Elendsempfindungen erklomm sie die Schuttberge und das Geröll, um dem Verlauf des vor ihr liegenden Straßenzuges zu folgen. Aber sie hatte das Gefühl, auf der Stelle zu treten. Ihr wurde übel. Sie keuchte und spürte, wie ihr das Atmen immer schwerer fiel. Ihre Kehle war wund, und das ganze linke Bein schmerzte, als würde ein eigenes Feuer darin brennen. Sie kämpfte um jeden Meter. Irgendwann wurde sie von einem kleinen Jungen am Ärmel gezogen. »Mama« konnte sie von seinen blutigen Lippen ablesen. Mehr nicht. Nur immer wieder »Mama«. Sie schüttelte den Kopf. Der Kleine klammerte sich an ihren Rock und stolperte ein Stück hinter ihr her. Aber als sie ihn an die Hand nehmen wollte, zog er seinen Arm erschrocken zurück und rannte weg, auf eine andere Gestalt zu. Erst jetzt begannen Tränen über Paulinas Wangen zu laufen. Was hätte sie darum gegeben, wenn der Kleine bei ihr geblieben wäre, wenn sie ihn hätte auf den Arm nehmen, sein blut- und rauchverschmiertes Gesichtchen an sich drücken und ihn zu seiner Mutter bringen können! Sie schluchzte immer heftiger und achtete immer weniger auf ihren Weg. Sie ließ sich nur noch mit dem Menschenstrom treiben. Mal schloss sie sich anderen an, dann blieb sie hinter ihnen zurück. Sie reichte Hände und bekam welche gereicht. Manchmal nickte sie oder schüttelte den Kopf, aber sie sprach nie ein einziges Wort. Das Prasseln der meterhohen Flammen, die aus den Trümmerbergen und den ausgehöhlten Häusern schossen, und der Funkenregen, der unberechenbare Fontänen in alle Richtungen schoss, umgarnten sie irgendwann in der Art monotoner Geräusche, die man beim Einschlafen hört und die einen irgendwann in eine raum- und zeitlose Ferne zu tragen scheinen. Sie hatte nicht gemerkt, dass es bereits seit einer ganzen Weile regnete. Irgendwann blieb sie einfach stehen und legte den Kopf in den Nacken. So stand sie und nahm nicht mehr wahr, was um sie herum geschah. Sie war ganz allein mit dem Feuer. Ihr Blick versank in dem brüllenden Rot, vor das sich immer wieder schwarze Rauchwolken zogen. Auf einmal fühlte sie sich leicht und frei. Die quälenden Schmerzen in ihrem linken Bein waren verflogen, ja, sie hatte sogar das Gefühl, als berühre ihr Fuß schon gar nicht mehr die Erde. »Nun bin ich frei! Ich taumle noch!«, schrie sie in die glühende Luft und breitete die Arme aus. Sie holte noch einmal so tief Luft, wie es noch möglich war. »Oh Vater, du erkennst mich doch und wirst nicht von mir lassen!« Die ungeahnte Kraft ihrer eigenen Stimme und dieser entfesselte Tanz noch nie gesehener Farben versetzte sie in einen Rausch, der alle Sinne betäubte. Für Sekunden war es ihr, als durchbrächen ihre Augen den blutroten Himmel und vor ihren Blicken täte sich ein gleißend weißes Licht auf.

Sie kam zu sich, weil sie von weit her ihren Namen rufen hörte und einen brennenden Schmerz auf ihrer Wange spürte. »Paulina!« Immer wieder »Paulina!«, heraus aus einem undurchdringbaren Gewirr von Stimmen und Lauten, das anschwoll und verebbte wie Meeresrauschen. Fetzen von Schreien und hysterischem Weinen flogen zu ihr hin und flohen wieder vor ihr. Sie wollte ihre Augen öffnen und etwas sagen, aber es kam nur ein Stöhnen heraus. Die Stimme, die ihren Namen rief, war ihr fremd, und sie konnte nichts denken. Dann benetzte jemand ihre Lippen, und sie spürte Wasser in ihrem ausgetrockneten Mund. Es tat unendlich gut. Nur das erste Schlucken löste ein Stechen im Kopf aus. »Mehr«, bat sie. Ihr Kinn war so starr und die Lippen schienen so aufgequollen, dass sie diese fast nicht bewegen konnte. Das unbekannte Wesen schob ihr den Arm unter den Kopf und drückte ihn ein wenig hoch. Sie lechzte förmlich nach der kühlenden Flüssigkeit, und einen Moment lang war sie sich sicher, doch an einem guten Ort angekommen zu sein. Das Wasser belebte ihre Sinne allmählich, und sie spürte, wie ihr jemand über die Haare strich. Wo war sie? War sie im Himmel oder immer noch die Erde? Wo waren die Explosionen? Das Rot? Die Leichen? Sie riss die Augen auf und drückte sie aber sofort wieder zu, weil sie fürchterlich brannten. Es musste Tag sein! Und es gab Schuhe, Beine, Füße, die über alles hinwegstiegen. Mehr hatte sie nicht erkannt. Doch unversehens war alles wieder da, klarer denn je. Sie fror auf einmal so, dass es wehtat. Aber es fehlte ihr die Kraft zum Weinen. Wieder strich ihr die Hand über die Stirn, und wieder hörte sie ihren Namen, nun ganz nah an ihrem Ohr. Diesmal öffnete sie die Augen langsam, auch den Kopf hob sie nun ohne Hilfe ein wenig an. »Thomas, bist du das?«, flüsterte sie. Die Antwort war ein Nicken. »Ich hab dich gefunden, weil ich Lorchen suchte.« »Hast du?«, wollte Paulina wissen. Thomas schüttelte den Kopf, und dann kullerten ihm die Tränen über das noch so kindlich aussehende Gesicht. »Gott, lass Lorchen noch leben!«, schrie es in Paulina. Zum ersten Mal dachte sie in diesem Augenblick an die anderen, die genauso tot oder lebendig sein konnten wie sie selbst. Eleonore, Thea, Alwine, Konrad, die Steins, Mathilde, Fritz, Helene Gustorff. Sie stöhnte auf. Es war nicht zu ertragen! Sie konnte nicht einfach hier liegen bleiben und auf irgendetwas warten, und wenn es der Tod wäre. Sie musste weg, musste irgendetwas erfahren, sehen, jemanden finden, alles von sich verlangen, obwohl ihr selbst das Einfachste in diesem Moment unmöglich schien. »Nimm dich zusammen«, sagte sie zu sich selbst, »irgendwie hast du es bis hierher geschafft, aber es wird noch nicht reichen.« Sie drehte ihren Kopf nach rechts und links, und es war so, wie sie vermutet hatte: Sie lag inmitten eines Durcheinanders von unzähligen Menschen und deren Habseligkeiten. Thomas folgte ihren Blicken mit irrenden Augen. Sie war zugedeckt mit einem schweren jägergrünen Mantel. »Von meinem Großvater«, sagte der rührende Junge, als er Paulinas fragendes Gesicht sah. »Ich hab den Mantel schnell noch aus dem alten Schrank im Keller gezogen, bevor wir raus sind ... und es ist alles kaputt.« Er wischte sich mit den Händen über das Gesicht. »Ich weiß«, flüsterte Paulina, »hilfst du mir?« In dem Moment fiel ihr ein, dass sie gar nicht wusste, wo sie war. »Elbeauen«, sagte Thomas nur, aber das Wort hatte für Paulina einen seltsam beruhigenden Klang. »Gut«, flüsterte sie. »Du musst aber weg hier, ich kann dich auch stützen, du bist doch jüdisch?« Wieder war Thomas ganz nah an Paulinas Ohr gekommen. Sie griff nach der schmutzigen und blutverkrusteten Jungenhand. »Noch eine Minute ruhe ich mich aus«, sagte sie leise, »dann hilfst du mir auf und ... dann gehst du weiter, Lorchen suchen, ja?« Thomas nickte. »Und du?« Sein ganzes Gesicht war ein einziges stummes Fragezeichen. Paulina sah den kleinen Jungen wieder vor sich, der sie nach seiner Mutter gefragt hatte. Aber es gab kein Wort für das, was sie empfand. »Das hier«, dachte sie, »ist das Ende jeglicher Kindheit.«

Zuerst schien es nicht zu gehen. Aber Paulina biss sich auf die Zähne und nahm alle Kraft zusammen. Heftige Schmerzen durchzuckten sie und ihr wurde für einen Moment schwarz vor Augen, als sie sich vollends aufrichtete und versuchte, ihr Gewicht auf beide Beine zu verteilen. Thomas war ein schlaksiger Junge, dafür aber beinahe so groß wie Paulina. Er hielt tapfer stand, als sie, auf ihn gestützt, einige erste Schritte vorwärtswankte. Sie wagte gar nicht, ein zweites Mal an sich hinunterzusehen. Die Strümpfe hingen in Fetzen herunter, die Schuhe hatten Löcher und bei beiden waren die Absätze weg. Das linke Bein war überzogen mit einer dick verkrusten Schicht aus Blut und Schmutz, ihr Rock war zerrissen und gab auf einer Seite den Blick auf den Strumpfgürtel frei. Die anderen Menschen um sie und Thomas herum sahen nicht minder abgerissen und elend aus, manche von ihnen sogar noch mehr als sie selbst. Paulina versuchte sich zu strecken. Erst jetzt sah sie, dass sie sich ja auf dem Neustädter Ufer befanden. Aber was sich vor ihren Augen auftat, ließ sie allen Schmerz und alle Schwäche vergessen. »Thomas«, sagte sie langsam und beinahe tonlos, »unser Dresden gibt es nicht mehr.« Sie blieben eine Weile stehen, beide wussten nicht, wie lange, und starrten auf das, was sich unter dem schwarzen Rauchgewölk noch immer in den lodernden Flammen und der Glut des Feuers krümmte. Es sah aus wie die kümmerlichen Reste einer riesigen Sandburg, die von einer Meereswelle überspült und mitgerissen worden war. Nur dass diese Ruinen anstatt von Wasser von Bomben und Feuer zerfressen und ausgehöhlt wurden. »Thomas, ich danke dir, dass du mir geholfen hast, aber nun musst du unbedingt weiter, Lorchen suchen, ja? Ich werde versuchen, so schnell wie möglich wegzukommen, es geht schon!« Thomas blickte sie so bekümmert an, dass sie gar nicht anders konnte, als ihm wenigstens annähernd glauben zu machen, dass es ihr gut genug ginge, um sich in Sicherheit zu bringen, auch wenn sie keine Ahnung hatte, ob es so etwas überhaupt noch für sie gab. Außerdem war es ihr nicht weniger wichtig als ihm, dass Lorchen gefunden wurde. Es fiel Thomas sichtlich schwer, Paulina zu verlassen, und auch sie hätte ihn lieber bei sich gehabt, anstatt ihn loszuschicken. Aber sie durfte ihn weder aufhalten noch konnte sie ihn beschützen. Sie zog ihn zu sich heran, anstatt ihm die Hand zu geben, und küsste ihn auf die Stirn. Er umarmte sie auf eine jungenhaft scheue Art, und sein Blick sprach mehr als genug. Alle paar Schritte drehte er sich um und winkte ihr. Als er sich schon einige Meter entfernt hatte, rief Paulina noch einmal nach ihm. »Thomas, wie alt bist du jetzt?« Er legte seine Hände trichterförmig um seinen Mund. »Zwölf!«, hallte es zurück. Dann rannte er los. Paulina fühlte sich unendlich verlassen. Sie kam nur schleppend vorwärts. Sie hatte das Gefühl, steif gefroren zu sein, obwohl das Feuer die Luft erhitzte. Überall waren Menschen mit Handkarren oder Kinderwagen, auf die sie alles Mögliche geladen hatten. Bettzeug, Töpfe, Stapel von Papieren und natürlich die Kinder selbst, aber auch Alte, Verletzte, Rußgeschwärtzte, Schmutzige, halb Angezogene, ja, auch fast nackte Leute, nur eine Decke oder sonst ein loses Kleidungsstück übergeworfen, bewegten sich wie mechanisch in verschiedene Richtungen. Die Blicke oft starr und fast erloschen, manche regelrecht irr, sodass Paulina wegsehen musste, weil sie ihr Angst machten. Sie versuchte tapfer, alle Hindernisse zu überwinden. Hin und wieder gab es auch Leute mit Fahrrädern. Allerdings war es an manchen Stellen gar nicht möglich, ein rollendes Fuhrwerk vorwärts zu bewegen. Hügel von Steinen und Geröll, häufig glühende Eisenteile, Fensterrahmen, ja, ganze Wandteile, an denen man noch Reste von Uhren oder Bilderrahmen sehen konnte, versperrten den Weg. Teile von Wasch- und Klosettschüsseln, Möbelstücke, das Holz schwelend, verkohlt, geborsten. Vieles zu unkenntlichen Klumpen verschmolzen und verbeult. Material und Mensch. Der Anblick war fürchterlich. Paulina bemühte sich, so wenig wie möglich hinzusehen, aber sie war gezwungen dazu, wenn sie nicht auch noch auf einen leblosen Körper treten wollte. An einer verbogenen Straßenlaterne übergab sie sich. Als es vorbei war, stolperte sie einfach weiter. Wenigstens hatte sie nichts, was sie tragen musste. Ihr eigener Körper war ihr Last genug. Ihrem Orientierungsvermögen nach musste sie sich auf der Kasernenstraße befinden. Sie wollte die Hauptstraße meiden und hatte sich nach Osten hin orientiert, um möglichst schnell in Richtung Bautzener Straße zu kommen. Mittlerweile dachte sich auch darüber nach, dass die anderen sie suchen könnte, und vielleicht war es deshalb gar nicht klug, sich an Nebenstraßen zu halten. Wie mochte es wohl draußen in Bühlau sein – wie hier vielleicht? Aber sie konnte nicht sehen, wie der Himmel dort aussah. Zeitweise spürte sie ihre Schmerzen gar nicht mehr, sie wurde nur noch vorwärtsgetrieben wie eine von ihren alten Spielzeugfiguren, die man mit einem Schlüssel aufzog und die unaufhaltsam liefen, bis das kleine Werk abgelaufen war. Wieder bekam sie schrecklichen Durst, aber es war kein Wasser in Sicht. Nicht einmal Pfützen, keine tropfenden Wasserhähne. Sie musste jemanden anbetteln, wenn sie nicht vor Durst umkommen wollte. Aber sie hatte keinen Mut dazu. Die Leute hatten alle mit sich selbst zu tun. Irgendwann tippte ihr eine junge Frau auf die Schulter und bat sie um etwas zu trinken. Paulina verneinte und sagte ihr dann, dass sie selbst am Verdursten wäre. Sie sähe jemandem ähnlich, den sie kenne. »So, so«, gab Paulina von sich. Sie befürchtete jeden Augenblick, dass sie nach ihrem Namen fragen würde und wohin sie wolle. Aber nichts davon geschah. Wenigstens aber hatte Paulina auf die Armbanduhr der Frau schielen können, die unter dem zerrissenen Ärmel der Bluse gut sichtbar war. Sie zeigte halb zehn.

Konrad bewegte sich langsam durch die Massen von Trümmern und die umherirrenden Menschen. Er begutachtete alle, die er sah, auch die Toten. Er drehte alle um, die mit dem Gesicht nach unten lagen, betrachtete lose herumliegenden Schuhe und Kleidungsstücke, sah in Krater und studierte alle Teile von Menschen, die noch als solche zu erkennen waren. Aber er war nicht der Einzige, auch andere taten das. Abscheu und Entsetzten hatten sich in seinem Gesicht festgesetzt. »Flandern«, hatte er schon mehrmals vor sich hin gemurmelt. »Flandern, nur noch ärger.« Er war schon lange unterwegs, und obwohl der Tag bereits so weit fortgeschritten war, hatte er keine Spur von Paulina entdecken können. Thea hatte er aus den Augen verloren, aber sie hatten einander versprochen, sich um halb zehn wieder am Neustädter Ende der Augustusbrücke zu treffen. Er bereute es, sie mitgenommen zu haben. Sie hätte der Chefin gehorchen und zu Hause bleiben sollen. Das, was man hier zu sehen bekam, war nichts für Naturen wie Thea. Es war überhaupt für kein menschliches Wesen geeignet! Hier hatte der Leibhaftige gehaust, das stand fest. Der Leibhaftige käme in den unterschiedlichsten Verkleidungen daher, auch in den allerherrlichsten – hatte seine Großmutter immer gesagt –, um die Menschen zu täuschen und zu verführen. Konrad fühlte bei aller quälenden Sorge, die ihn überfiel, wenn er an das Mädchen dachte, und bei allem Grauen, das ihn erfasst hatte, einen ohnmächtigen Zorn in sich. Er musste offenbar ein alter Mann werden, ehe er begriff, was das bedeutete. Dass man mit Versuchungen aller Art durchs Leben gehen musste, war ihm nicht fremd, er war beileibe kein Heiliger gewesen, aber dass ein ganzes Volk, dass Millionen Leute, unter denen doch bestimmt eine ganze Menge Gescheiter gewesen waren, sich von einem so teuflischen Wahn hatte verführen lassen, das ging über seinen Verstand hinaus. Das hier musste so eine Art Rache sein, zumindest aber ein Teil davon. Oder war es nur ein neuer, anderer Wahn, der da über ihnen ausgeschüttet worden war? Es war nicht die Zeit, um darüber nachzudenken. Er würde der Baronin nicht unter die Augen treten können, ohne das Kind, egal, wie. Noch nie in all den Jahrzehnten, die er nun bei ihr war, hatte er sie enttäuscht. Er würde es nicht fertigbringen, das wusste er. »Dann werde ich ins Wasser gehen«, murmelte er, als er die Elbwiesen schließlich verließ und sich auf den Weg zu dem vereinbarten Treffpunkt machte.

Thea wankte im Strom der Menschen über die Brücke und zitterte am ganzen Leib. Als sie bei Konrad angekommen war, schüttelten beide nur den Kopf. Theas Zähne schlugen so sehr aufeinander, dass sie nicht imstande war, irgendetwas zu sagen. »Warum bist du auch noch mal drüben gewesen, ich habe doch gesagt, du sollst es mir überlassen«, warf Konrad ihr mit müder Stimme vor, schalt sich aber zugleich einen Narren. Er reichte ihr versöhnlich seinen Arm. »Komm, versuchen wir es hier, aber jetzt bleibst du bei mir, wer weiß, vielleicht ist sie schon auf dem Nachhauseweg«, versuchte er sich und Thea Mut zuzusprechen. »D... d.... die Kinder«, stotterte Thea, »d... die to... toten, am Bahnhof ...« »Sie sind im Himmel jetzt, es wird das Beste sein, du weißt, was Paulina erzählt hat, von der Flucht und so, sie wären nicht mehr glücklich hier geworden.« Konrads Trost war ihm selbst nicht geheuer, aber wenigstens hörte er sich halbwegs wie einer an. »Ja, ja«, murmelte Thea hastig, »ja, ddd... du... hast recht, Konrad. Aaa... aber die anderen, die ... die w... wären es noch. G... glücklich, m... meine ich, oder?« »Weiß nicht«, war Konrads knappe Antwort. Er fragte sich, ob das jetzt so bliebe, mit dem Stottern. Manche Kinder taten das ja bekanntlich nach einem Schock. Er hätte sich einfach weigern sollen, sie mitzunehmen. Und genützt hatte es bisher ja auch nichts. Jetzt musste er auch noch auf sie aufpassen. »K... Konrad, wohin g... gehen wir?«, wollte Thea wissen, während dieser sie einfach weiterzog und darauf achtete, dass sie nicht über irgendetwas fiel. »Zum Markt und dann erst mal nach Osten«, bemerkte er kurz, weil er sowieso nicht glaubte, dass es Thea wirklich aufnahm. »Sie wird versuchen, nicht auf dem Hauptweg zu gehen, wenn sie nach Hause will«, überlegte er laut weiter und riss Thea zur Seite, weil sie plötzlich vor einem Hundegerippe standen. Es musste Theas Augen entgangen sein, denn sie blieb stumm. Plötzlich kam ihm ein Gedanke. Er würde Thea wieder nach Hause schicken. Aber er verwarf diesen Einfall sofort wieder. Wenn sie nicht aufhörte zu zittern, konnte sie unmöglich Rad fahren. Aber es war ein Unding mit ihr, sie war völlig herunter, und in diesem Zustand konnte er nicht mit ihr in Kellern und Trümmern suchen. Wer wusste, was sie noch ausplapperte. Immer noch bedeuteten für Paulina die Menschen die größte Gefahr. Vorausgesetzt, sie lebte noch. Der Gedanke war so ziemlich das Unerträglichste, was er sich im Augenblick vorstellen konnte: seine Paulina, einen dieser schauderhaften Tode gestorben! Dem Alten wurde übel. Dann wäre es besser gewesen, das Mädchen wäre damals, als er an seinem Krankenlager gesessen hatte, von ihnen gegangen.

Paulina wurde immer elender. Sie würde es nicht schaffen! Der Durst war quälend! Manchmal begannen ihr die Bilder vor den Augen zu verschwimmen, und alles vermengte sich zu einem düsteren, grauschwarzen Schleier, und der ganze Lärm schien sich zu entfernen. Angst überfiel sie. Sie durfte nicht noch einmal die Sinne verlieren, ihr fehlte bereits ein ganzes Stück Erinnerung, sie wusste beim besten Willen nicht mehr, wie sie zu den Elbwiesen gelangt war. Vermutlich war sie für tot gehalten worden. Aber was wäre gewesen, wenn andere Leute sie aufgelesen hätten, solche, die ihr nicht wohlgesinnt waren? Auf einmal stand ein Bild vor ihren Augen, aber sie wusste nicht, ob es ein Traum gewesen war: jüdische Leute, mit dem Stern auf den Mänteln, wie sie aus dem Feuer geflohen waren, ja doch! Sie konnte sich jetzt deutlich daran erinnern! Ein älterer Mann mit einem Koffer in der Hand und ein jüngerer mit einem Kind auf dem Rücken, und dann eine Frau. Sie hatte ein Brille getragen wie sie selbst. Erst jetzt bemerkte sie, dass ihre eigene Brille verschwunden war. Aber die jüdischen Leute! Plötzlich fiel ihr Kilian ein. Sein Bericht von den vermutlichen Evakuierungsbefehlen, die seiner Einschätzung nach von Professor Klemperer ausgetragen worden waren – wann war das gewesen? Gestern? Paulina stöhnte auf. Sie musste demnach tatsächlich in der Zeughausstraße gewesen sein, in der Nähe der Gemeindehäuser neben der Synagoge, so wie sie vermutet hatte. Dort musste es gewesen sein, wo sie in den brennenden Feuerhimmel und irgendwann in das eigenartig weiße Licht gesehen hatte. Genau da aber hörte ihre Erinnerung auf. Ihre Knie zitterten so sehr, dass sie einen Moment stehen blieb, aber das machte es nur noch schlimmer. Sie musste weiter, sonst würde sie auf der Stelle umfallen! Sie sog an ihrer Zunge und fuhr sich über die Lippen, um ihren Speichelfluss anzuregen. Aber es war alles ausgetrocknet, und ihre Lippen rissen auf, als sie den Mund verzog. Tausend kleine Nadelstiche im Gesicht. Wenn ihr doch nur jemand entgegenkäme! Wo waren die Engel auf einmal? Sie wankte und streckte ihre Hand nach dem Laternenpfahl aus, der vor ihr stand, zog sie aber sofort wieder zurück, denn das Eisen war siedend heiß. Ihre Hände sahen schrecklich aus und schmerzten auf einmal höllisch. Paulina traten die Tränen in die Augen. »Lieber Gott«, stammelte sie, »wenn du noch da bist, dann nimm mich sofort zu dir, oder lass noch ein einziges Mal die Engel kommen, nur noch einmal, bitte!« Sie presste einen Augenblick die Lider aufeinander, um wieder klarer sehen zu können, und spürte, wie die Tränen auf ihren Wangen und den aufgerissenen Lippen brannten. Mit dem Ärmel ihrer Jacke tupfte sie sich den Mund und öffnete die Augen wieder. »Aber ich will doch Großvater noch einmal sehen … und Großmutter«, brach es aus ihr heraus. »Die Arme«, hörte sie plötzlich eine helle Stimme hinter sich. »Wo sind denn ihre Großeltern?«, wollte eine andere dann wissen, und Paulina bemerkte einen alten Mann neben ihr und dann eine Frau mit einem Kind. »Fort«, sagte sie leise. »Na dann.« Es war die Frau, die das gesagt hatte. So schnell wie die Leute aufgetaucht waren, verschwanden sie auch wieder, das heißt, sie ließen Paulina hinter sich und strebten an ihr vorbei. Das Kind, das auf einer Handkarre saß, ein vielleicht achtjähriges Mädchen mit langen blonden Zöpfen, sah Paulina so lange nach und winkte ihr ein paarmal, bis die Leute zwischen all den anderen aus der Stadt Strebenden untergetaucht waren. Paulina hatte zurückgewinkt, und sie glaubte sogar, dem Mädchen zugelächelt zu haben. Sie schleppte sich immer langsamer vorwärts, obwohl sie überzeugt davon war, auch nicht einen einzigen Stein mehr überwinden zu können. Es ging trotzdem. Was war das für eine Kraft, die sie schließlich doch immer weitertrieb? Hatte das am Ende mit den Engeln zu tun? Irgendwann, als sie einem Loch in der Straße ausweichen wollte, stolperte sie über einen anderen Gegenstand und schlug der Länge nach hin. Ein junges Mädchen riss sie jedoch sofort wieder hoch und stammelte eine Entschuldigung, hastete aber gleich weiter. Paulina taumelte einen Augenblick vor Schwäche und vor Schmerzen im linken Bein. Sie hatte einen Schuh verloren und versuchte, ohne sich zu bückenn wieder in ihn hineinzuschlüpfen. Aber war gänzlich hinüber. Gerade als sie im Begriff war, eben ohne den Schuh weiterzugehen, hörte sie den gellenden Schrei, der sie förmlich erstarren ließ: »Paulina!«

Konrad hatte gar nicht so schnell denken können, wie ihm die Hand ausgerutscht war. Zwei Sekunden lang starrten sie einander mit offenen Mündern an. Konrad Thea und Thea ihn. Die kräftige Rechte des Alten zeichnete sich auf Theas Wange ab. Dann liefen sie beide los. Konrad holte das Letzte aus sich heraus: Sekunden später schlang er seine Arme fest um Paulina.

Am späten Nachmittag, als Paulina gewaschen und mit versorgten Wunden im Bett lag und endlich Schlaf gefunden hatte, schlich sich Eleonore leise aus deren Zimmer und schloss sich weinend in ihr Arbeitszimmer ein. Dass das Kind wieder zurückgekommen war, erschien ihr als das Teuerste, was ihr jezuteilgeworden war. Sie fiel auf die Knie und verharrte so eine lange Zeit. Dann ging sie zum Telefon, wählte eine Berliner Nummer und verlangte einen Herrn Leibfried, August. »Sie ist wieder da, und sie lebt«, sagte sie in den Hörer. Viel mehr war es nicht.

*

Lorchen und ihr Bruder Manfred waren unter den unzählbaren Menschen, die auf dem Heidefriedhof begraben wurden. Thomas und seine Mutter hatten alle drei Angriffe auf die Stadt überlebt. Herr Stein hatte sich zu diesem Zeitpunkt bereits in englischer Gefangenschaft befunden. Kilian hatte herausgefunden, dass Thomas und seiner Mutter in Loschwitz bei Bekannten untergekommen waren. Die beiden waren laut Kilians Auskunft nervlich sehr angeschlagen, gerade auch der Junge. Mathilde und Fritz Niederau, ihre Tochter Ingeborg, deren Mann und ihr kleiner Sohn lebten auch nicht mehr. Ebenso Helene Gustorff und Hermann Sieber. Der Tod der geliebten Menschen traf Paulinas Seele wie ein Hammerschlag, aber merkwürdigerweise wühlte sie der Hermanns auf eine ganz andere, ihr fast unheimliche Art und Weise auf. Es war trostlos.

Konrad und Kilian waren tagelang zunächst zur Bergung der Leichen eingesetzt, später dann zu Räumungsarbeiten. Thea musste bereits nach wenigen Tagen wieder bei der Straßenbahn Dienst tun, wenn auch nur für wenige Stunden. In den Außenbezirken wurde der Verkehr wieder aufgenommen. Die übrige Zeit war sie ebenfalls zu Trümmerräumarbeiten eingesetzt. Das Stottern aber, das Thea angesichts des Grauens in der brennenden Stadt widerfahren war, war von dem Augenblick an wieder verschwunden gewesen, als Konrad ihr eine Ohrfeige gegeben hatte aus lauter Zorn, dass sie anstatt Emilies Paulinas Namen gerufen hatte, als diese von ihnen beiden gleichzeitig entdeckt worden war. Eleonore und Alwine waren mit Paulinas Pflege, der Versorgung der Leute und der weiteren Hilfe auf Seilers Hof beschäftigt. Kilian lebte

nun auch bei Eleonore, weil seine Wohnung in Blasewitz erheblichen Schaden davongetragen hatte. Außerdem war noch Konrads Nichte, die im Diakonissenkrankenhaus gearbeitet hatte, bei ihnen untergekommen und brachte später noch eine Freundin mit, ebenfalls Diakonisse. Aber wenigstens waren alle, die hier Unterschlupf gefunden hatten, nicht gefährlich. Die Stimmung im Heidehaus war an manchen Tagen sehr bedrückt. Aber über allem lag dennoch Dankbarkeit, an der sie sich aufrichteten und durch die sie die Kraft fanden, weiterzumachen: Paulina war noch da!
Sie selbst bezeichnete es immer wieder als ein Wunder, das durch gar nichts zu erklären wäre. Deshalb mochte sie es auch nicht, wenn Überlegungen laut wurden, wie und warum es überhaupt den Überlebenden gelungen war, davongekommen zu sein. Es hatte ihrer Meinung nach weder an deren Geschick und auch nicht allein an den jeweiligen Aufenthaltsorten gelegen. Sie selbst war ja auch eine Zeit lang in einem Keller gewesen, aus dem man später mehr als vierzig Tote geborgen hatte. Paulina fand sogar, dass angesichts dessen, was ihr widerfahren war, der Begriff Glück wie ein nichtssagendes Etwas klang. Sie konnte es nicht aussprechen, mochte es nicht hören. Überhaupt redete sie wieder wenig, zeigte annähernd die ähnlichen Anzeichen wie in der Zeit, bevor sie ihre heimlichen Stadtgänge unternommen hatte. Ihre Genesung schritt nur sehr langsam vorwärts, was aber niemanden wunderte, denn der Zustand, in dem sie von Konrad und Thea nach Hause gebracht worden war, war besorgniserregend gewesen. Paulinas Bein war eine einzige Wunde, ihre Handflächen waren voller aufgeplatzter Brandblasen, ihre Haare zum Teil versengt und Gesicht und Lippen von blutigen Rissen überzogen, in denen sich Rußteile und Schmutz abgesetzt hatte. Ihre Augen waren tagelang entzündet und geschwollen. Alwine tat, was sie konnte. Kochte Kräuter- und Teeaufgüsse, wechselte Umschläge und Verbände und hatte ihre sämtlichen selbst hergestellten Salben und Tinkturen zu Paulinas Behandlung aufgebraucht. Auch Dr. Spittler lebte nicht mehr, und Eleonore hatte nicht den Mut, einen anderen Arzt um Hilfe zu bitten. Selbst die beiden Krankenschwestern kamen kaum an etwas heran. Die Medikamentenvorräte waren ohnehin zum großen Teil vernichtet, die verbliebenen wurden strengstens überwacht. Manches bekam man aus dunklen Kanälen, die aber ein gefährliches Terrain waren. Mit unbeirrbarer Härte hatte der Gauleiter angeordnet, alle Geschäftemacher, Plünderer und Gerüchte Vertreibende erschießen zu lassen. Es gab Dutzende standrechtliche Vollstreckungen. Auch jetzt machte man noch eine regelrechte Jagd auf Juden. Kilian war einmal Zeuge einer solchen Aktion geworden, als er mit Konrad Trümmer geräumt hatte und dort jemand halb tot vor Angst entdeckt worden war.

Immer wieder hatten sie auch befürchtet, dass Paulinas Lungen etwas abbekommen hatten, denn sie atmete anfangs nur schwer und oft röchelnd. Aber das hatte sich dann nach einigen Tagen schlagartig gebessert, und auch die Verletzungen zeigten zaghafte Anzeichen der Heilung. Allerdings neigte Eleonore zu der Überzeugung, dass die Wunde in Paulinas Seele das eigentlich Unheilbare bliebe. Sie trauerte unsäglich um Lorchen und deren Bruder Manfred, um Helene Gustorff, Fritz und Mathilde und um den Laden und das Haus der Großeltern, ihr eigentliches Zuhause. Das Negerpüppchen, das die ganzen Jahre über an die Lampe gelehnt verbracht hatte, die auf Paulinas Nachttisch stand, hielt sie oft stundenlang in den Händen, und wenn nicht, lag es immer auf ihrem Kissen. Sie weinte oft so lange, bis sie keine Tränen mehr hatte und nur noch dalag, mit geschlossenen Augen, und ihr schmaler Körper von stummen Schluchzern geschüttelt wurde. Oft fiel sie dann in einen unruhigen Schlaf, aus dem sie immer wieder schreiend hochschreckte. Das alles erschöpfte sie zusätzlich. Eleonore saß häufig an ihrem Bett, um sie zu trösten, aber sie hatte in den ersten Tagen den Eindruck, als wäre Paulina in diesen Tiefen des Schmerzes und der Trauer völlig unerreichbar. Das bekümmerte sie sehr. Man würde viel Geduld haben müssen.

Nach einigen Wochen kamen dann doch auch andere Stunden, in denen Paulina munterer war. Dann humpelte sie im Haus herum oder umrundete es, immer der Mauer nahe, damit sie sich anlehnen konnte. Eleonores Wanderstock lehnte sie ab. Sie sei doch kein altes Weiblein, man hätte sie ja auch schon vorher hinkend ertragen, und überhaupt wolle sie ja nicht auf Wanderschaft gehen. »Erfolge« nannte Alwine das kurzerhand, wenn Paulina solche Unternehmungen oder Äußerungen machte.
Neben all diesen Dingen wurde aber auch eine ganz andere Sorge immer größer und drängender. Der Roten Armee eilte kein guter Ruf voraus. Das, was Paulina von den zahllosen Flüchtlingen aus den Ostgebieten gehört hatte, nährte keine guten Erwartungen. Wenn sie auch wenig davon sprachen und über jede Nachricht über ein Voranrücken der Front froh waren, weil sie auf eine Beschleunigung des Endes hoffen ließ, so hegten sie doch immer sehr gemischte Gefühle, wenn es um die zu erwartende Besatzung ging. Kilian hatte eine Schwester in München, dort wartete man auf die Amerikaner. Von ihnen hatte man noch nicht viel gehört. Außerdem war der Gedanke an eine Flucht absurd. Es gab kein Benzin für Autos, die wenigen Züge, die noch fuhren, waren überfüllt mit Soldaten, und sich zu Fuß auf den Weg zu machen, das tat man nur in der allergrößten Bedrängnis. »Man muss abwarten, was kommt. Wir haben schon vieles überstanden«, meinte Eleonore.

*

Eines Abends in den letzten Märztagen waren Eleonore, Kilian und Thea im Salon versammelt und Alwine noch bei den Seilers. Die beiden Krankenschwestern hatten Dienst, und auch wenn sie im Haus gewesen wären, hätten sie sich nie mit in den Salon gesetzt. Sie waren freundlich, aber stets zurückhaltend und entschuldigten sich laufend, dass sie Umstände machten und so schnell wie möglich wieder in ihre Zimmer in der Stadt zurückwollten. Konrad hatte seine Nichte einmal angeknurrt, dass sie und ihre haubentragende Freundin entweder den Mund halten oder augenblicklich verschwinden sollten, und in deutlichen Worten nachgeschoben: »Denn wenn du es schon so demütig haben musst, kannst du ja ruhig unten in deinen Ruinen wohnen!« Daraufhin waren die Entschuldigungen aus- und die beiden Frauen dageblieben. Aber sie waren sowieso die meiste Zeit im Dienst und kamen nur, um zu schlafen. Paulina lag auf dem Sofa nebenan in der Bibliothek und las Otto Ernsts »Humoristische Plaudereien«. Anderes ließ sich im Moment nicht ertragen. Gerade als sie bei den letzten Zeilen der »Marienbader Kur« angelangt war, wurde sie vom Läuten des Telefons aus ihrer Phantasie gerissen. Auch die anderen im Salon erschraken: Sie erwarteten keinen Anruf, und Nachrichten waren in dieser Zeit mit einer weitaus höheren Wahrscheinlichkeit schlecht als gut. Eleonore ging hinaus auf den Flur und verschwand in der Nische unter der Treppe, in der das Telefon stand. Thea und Kilian lauschten aufrecht sitzend im Salon, während Paulina, das Buch auf dem Gesicht, am liebsten gar nichts gehört hätte. Aber es war nicht zu vermeiden. »Es ist Konstantin!«, schallte es so laut vom Flur her, dass Thea im Salon augenblicklich aufsprang und Kilian erleichtert dreinschaute und sich zurücklehnte. Paulina hingegen musste erst einen Augenblick nachdenken, ehe sie begriff, dass es sich bei dem Namen um Theas ältesten Bruder handelte.

Eine Minute sprachen Eleonore und Konstantin miteinander, dann hielt Thea es nicht aus. Aber auch ihr war nur ein kurzer Genuss beschieden. Länger ginge nicht, sagte der Bruder. Doch es reichte völlig aus, denn sie wusste vor lauter Aufregung gar nicht, was sie sagen sollte. Konstantin nannte sie immer nur Sonja. »Sonja my Sunny, my dear, wie ich mick freue, dich bald wieder zu sähän!«, hatte er voller Lachen gesagt, und Thea hatte gerade noch in den Hörer rufen können: »Und ich erst! Aber du hast ein miserables Deutsch«, dann klickte es in der Leitung. »Du auch«, rief aus der Bibliothek. »Man *ist* oder *spricht* Deutsch, *hat* aber nicht.« Eleonore hätte Paulina am liebsten an den Ohren gezogen. »Ach entschuldige, Kleine, aber es ist einfach so wonderful!« Thea ließ sich ihre Freude nicht nehmen. Sie hüpfte zu Paulina, die nicht die geringsten Anstalten machte, sich zu bewegen, und brachte mit ein paar gezielten Handgriffen deren Haare in Unordnung. »Darf man denn erfahren, was der freudige Anruf bedeutet?«, ließ sich Kilian aus seinem Sessel im Salon vernehmen. Es war schnell erzählt. Konstantin hatte sich als Dolmetscher den amerikanischen Truppen angeboten und befinde sich in »Heidelbörg«, berichtete Eleonore lachend. Er werde sich wieder melden, später, denn jetzt müsse er Schluss machen, er täte etwas streng Verbotenes. Sie waren ganz aus dem Häuschen. »Es ist so ein gutes Gefühl, Konstantin in Deutschland zu wissen, ich hab ihn jahrelang nicht gesehen, bestimmt erkenne ich ihn nicht mehr wieder, aber es ist auch so schrecklich, wenn man weiß, dass er mittendrin ist, wo es doch so lebensgefährlich zugeht!« Aus Thea sprudelte es nur so heraus. »Fragt sich nur, für wen es gefährlicher ist: für den Soldaten oder den harmlosen Stadtbewohner«, brummte Paulina »Nicht dass du denkst, ich habe keine Sorge um deinen Bruder«, schob sie eilig hinterher. »Tja, ja«, lautete Kilians knapper Kommentar, unterstrichen von bedächtigem Kopfschütteln und zusammengezogenen Augenbrauen. »Und war das alles?«, wollte er dann wissen. »Das kann man alles in zehn Sekunden sagen.« »Na, hör mal«, ereiferte sich Eleonore und sah ihren Gefährten vorwurfsvoll an: »Ich bin ja auch zu Wort gekommen!« Sie ging zu dem niedrigen Schränkchen, wo die Spirituosen aufbewahrt waren. »Ich glaube, das ist ein Schluck wert, was sagt ihr?« Sie fand Zustimmung. Als sie Kilian das Glas reichte, warf sie ihm ein nur mit den Lippen geformtes »Später« zu. Gleich darauf kam Alwine, und dann zeigte sich sogar Konrad, was ungewöhnlich war. Aber er könne nicht schlafen und so … »Komm her, Konrad«, lud Eleonore ihn ein, »ich habe schon immer gesagt, dass du zu unseren abendlichen Runden gehörst, aber du warst ja immer stur.« »Jeder bei seinem Stand«, war die knappe Antwort, und Paulina verdrehte die Augen, weil sie das von Fritz Niederau auch immer gehört und nie hatte leiden können. Die Erinnerung an ihn und Mathilde durchfuhr sie wie der brennende Schmerz, wenn Alwine ihr immer die Verbände abgemacht hatte. Sie musste plötzlich schlucken und hatte gar keine Lust mehr auf einen Cognac. »Was gibt's denn zu feiern, ist der Krieg grade ausgegangen, oder wandelt der Herr Professor nun doch noch auf Freiersfüßen?«, hörte sie Konrads Stimme. Sie brachen in schallendes Gelächter aus. »Konrad, du bist einfach unverbesserlich!«, japste Thea. »Wenn du jünger wärst, würde ich dich heiraten.«

Es wurde spät an diesem Abend, bevor sie sich zur Ruhe begaben. Irgendwann, als alle gegangen waren und nur noch Kilian und Eleonore im Salon saßen, sah der grauhaarige Mann seine Gefährtin an. »Und?«, fragte er mit hochgezogenen Augenbrauen. »Sie sind längst weg«, beruhigte er Eleonore dann sofort, als diese prüfend zu der Tür hinübergesehen hatte. »Konstantin hat mir von seinem Vater ausrichten lassen, dass er uns raten würde, Richtung Westen zu gehen, sofern wir eine Möglichkeit sehen würden. Wenn nicht, sollten wir Frauen uns gute Verstecke suchen, wir würden sie brauchen können. Du weißt, was das bedeutet«, sagte sie nach einer kurzen Pause. Kilian nickte und küsste Eleonore auf die Stirn.

*

Viola hatte die Fenster weit geöffnet und sog die warme Luft tief in ihre Lungen. Sie konnte sich nicht erinnern, dass ihr einmal aufgefallen war, wie sehr der Frühling duftete. So eine Blütenpracht wie hier hatte es in Berlin zuletzt nicht mehr gegeben. Bäume barsten unter Bomben und gingen im Feuer auf, Gärten wurden durchpflügt, Wurzeln und Knollen unter Trümmern begraben oder ihrer schützenden Erde beraubt. Das hielt keine Pflanze aus. Trotzdem hatten sich auch dort noch Knospen und Blätter ihren Weg aus dem Gehölz gebrochen, aller Zerstörungswut zum Trotz. Viola legte ihre Hand auf den gewölbten Leib. Wie hier.

Gretas Schätzungen nach hatte sie noch ungefähr drei bis vier Wochen. Es wurde auch Zeit. Sie wurde immer schwerfälliger. Sie hoffte nur inständig, dass sie so lange hier bleibendurften, bis sie sich wieder frei in Deutschland bewegen konnten. Gestern waren sie angekommen. Sie hatten gefroren und gehungert, in zerstörten Bahnhofssälen, in Sammelunterkünften und heillos überfüllten Gasthäusern, geschlafen, oft genug auf kalten und verschmutzten Fußböden. Und jetzt hier, endlich! Gestern Abend hatte sie geweint, bis sie vor Erschöpfung eingeschlafen war, heute hatte sie keine Tränen. Ihr war mehr als bloßes Glück widerfahren! Und August war so stolz auf sie!

Wer sie nur flüchtig ansah, konnte ihre Schwangerschaft ohne Weiteres übersehen. Sie war so hager, und während ihrer Reise hatte sie ständig den viel zu großen Mantel getragen. Der von Gretas Mutter. »Greta«, seufzte Viola leise. »Du wirst ihn wiederfinden, deinen Meinrad, bestimmt. Außerdem, weißt du noch, wie du mir versprochen hast, dass alles gut wird, damals, als ich Paulina ...« Violas Lippen zitterten. »Und dann«, flüsterte sie in die herrliche Frühlingsluft hinaus, »in der Badewanne, als wir ...« »Führst du wieder Selbstgespräche?« Augusts Bartstoppeln kitzelten ihren Nacken. »Mit Greta«, sagte sie leise.

August hatte bald, nachdem er von der Schwangerschaft erfahren hatte, vorgehabt, Viola hier herzuschicken, aber ihr war der Gedanke, sich von ihm zu trennen, ein weiteres Mal unerträglich gewesen. Wenn je herauskommen sollte, was an jenem Abend in dem unterirdischen Gang zwischen dem Hotelkeller und dem Weihrauch'schen Haus passiert war, würde sie lieber mit August und ihrem ungeborenen Kind aus dem Leben gehen. »August!«, war es eines Abends aus Viola herausgebrochen, und sie hatte ihn so verzweifelt dabei angesehen: »Entweder wir versuchen beide abzuhauen oder wir bleiben beide in Berlin, und wenn es nicht mehr anders gehen sollte, dann hast du ja noch den Revolver. Aber ich will nicht noch einmal ein vaterloses Kind gebären, bitte!« Das hatte ihn überzeugt.

August hatte einen guten Bekannten, der wesentlich jünger war als er. Dieser Mann hatte als Vertreter einer süddeutschen Firma gearbeitet hatte, die das Leibfried bis in die Anfangsjahre des Krieges hinein mit speziellen Teigwaren beliefert hatte. »Spätzle« nannte man die. Aber ebenso sehr wie sich seine Gäste über diese Namen amüsiert hatten, waren sie auch davon angetan gewesen, und die Köche hatten stets eine stattliche Menge davon gebraucht. Die beiden Männer hatten sich von Anfang an gemocht und blieben sich, auch noch nachdem der Schwabe eingezogen worden war, verbunden. Walter Lercher war bereits im ersten Kriegsjahr schwer verwundet worden und half nun, soweit er konnte, auf dem Bauernhof seiner Schwester, deren Mann noch an der Front war. »Wenn dir die Berliner Luft einmal zu heiß werden sollte, dann komm zu mir«, hatte er ihm eines Tages vom Lazarett aus geschrieben. August hatte das nie vergessen. So waren Viola und er schließlich von Berlin in ein schwäbisches Dorf in der Nähe von Stuttgart gekommen. Charlie hatte ihnen auf dem Schwarzmarkt Flüchtlingsscheine und Fahrkarten besorgt, die August hatte teuer bezahlen müssen. Was die Sache aber wirklich gefährlich gemacht hatte, war die Tatsache, dass August fahnenflüchtig war, weil der Volkssturm inzwischen auch über 60-jährige Männer verpflichtete. Deshalb ging August in der Öffentlichkeit gebeugt und hatte sich einen Stoppelbart wachsen lassen, der sein Gesicht noch grauer und älter machte. Er gab sich als an Asthma leidender Vater von Viola aus, was sich einigermaßen vortäuschen ließ. Sie hieß Schulz, er Schwarz, sie kämen aus Pommern und hätten bei den Fliegerangriffen auf die Trecks alles verloren. So hatten sie es sich zurechtgelegt. Aber irgendwann hatten sie bemerkt, dass die Menschen viel zu sehr mit sich selbst beschäftigt waren, um ihnen gefährlich zu werden, und sie beschlossen, einfach weiterhin August und Viola zu sein, zwei Leute aus Berlin, die sich zusammengetan hatten. Mehr wollte auch niemand wissen, wie Walter Lercher ihnen sagte. »Hier draußen seid ihr sicher, wir fragen die Leute nicht aus, schlimm genug, dass man in solche Zwangslagen kommt«, hatte er zu den beiden gesagt, nachdem er ihnen ihr Stübchen auf der Bühne, wie er den Speicher zu Violas Belustigung nannte, zugewiesen hatte. »Es ist sowieso bald aus, die Franzosen sind hier ganz in der Nähe, und ihr müsst ja nicht gleich im Flecken rumkrakeelen, dass ihr ein Liebespaar seid.« Viola kicherte, als sie an diese Unterhaltung gestern Abend dachte, und streckte ihre Beine auf dem Bett aus, auf das sie sich nach ihrer kleinen Luftkur vorhin am Fenster wieder gelegt hatte. Sie schloss die Augen. Dass man das Dorf den »Flecken« nannte, amüsierte sie, aber sie konnte sich daran erinnern, dass sie dieses Wort auch schon in alten Geschichten gelesen hatte. »Flecken, wie niedlich«, murmelte sie noch einmal. Sie hatten eine lustige Ausdrucksweise, die Schwaben, und einen Dialekt, von dem man nicht viel verstand. Aber die Leute waren ihr sympathisch. Die junge Frau und die gesund aussehenden Kinder, die sie mit ihren Kulleraugen so offen angeschaut hatten, hatte sie bereits ins Herz geschlossen. Sie würde es schon noch herausfinden, welche Begriffe man hier für was verwendete. Aber zuerst würde sie versuchen, nach Dresden zu telefonieren. Sie musste einfach Paulinas Stimme hören. In Gedanken an diese schlief sie ein.

*

Paulina stand vor ihrem Kleiderschrank und sah ratlos hinein. Sie musste sich von den Sachen trennen, die ihr endgültig nicht mehr passten. Vieles hatte Alwine geändert, aber nicht alles. Das grüne Sommerkleidchen, das sie einstens mit Mama in Berlin gekauft hatte, bei Wertheim ... Sie fuhr sich mit dem Finger über die Lippen und sah gedankenverloren nach draußen. Für einen Moment stand eine Welt vor ihren Augen, die Jahrhunderte zurückzuliegen schien. Sie, mit weißen Strümpfchen und den weißen Riemchenschuhen, die Locken mit einem von Großmutter selbst bestickten Seidenband am Hinterkopf zusammengehalten, fröhlich an Mamas Hand hüpfend. Paulina machte ein paarmal die Augen auf und zu. Mama, dachte sie dann. Diese wunderschöne Frau ist tatsächlich meine Mutter! Wie viel Zärtlichkeit hatte oft in ihren Blicken gelegen, wenn sie ihr gegolten hatten ... Und wie viel Wehmut! Paulina riss die Augen auf, bis die Lider schmerzten. Warum, verdammt, »sah« sie jetzt, in diesem Augenblick, in dem sie sich mit ganz anderen Sachen befassen sollte, zum ersten Mal diese stumme Trauer, die stets über Mamas Blicken gelegen hatte? Sie schüttelte sich, als könnte sie ihre Erinnerungen auf diese Weise loswerden. Mama hatte ja auch so anders sein können. So unendlich fern, so kühl und so barsch, selbst dann, wenn sie ihr gegenübergesessen und dabei oft mit deren schönen Fingern gespielt hatte.

Ein Klopfen an ihrer Tür unterbrach ihre Gedanken. Es war Eleonore. Sie schloss die Tür, trat hinter Paulina und legte ihr die Hände auf die Schultern. »Es ist schwer, nicht?« »Mhm«, machte Paulina nur. »Kilians Schwester hat angerufen«, fuhr Eleonore fort, »es geht nicht bei ihr, sie kann beim besten

Willen nur zwei Leute aufnehmen, ihre Tochter ist bereits auf dem Weg zu ihr, mit fünf Kindern, sie hat alles verloren, Mann, Haus und Besitz.« Paulinas Blick fiel wieder auf das luftige Sommerkleidchen. Sie würde es niemals irgendwo zurücklassen. »Ach ja?«, sagte sie und fühlte sich plötzlich so leicht. »Dann bleibe ich eben hier, bei Alwine und Konrad, Thea wollte ohnehin nicht fort, wegen der Werkstatt, und dann könnten vielleicht du und Kilian ...« »Nein!«, hörte sie Eleonores Stimme in ihrem Rücken, leise, aber bestimmt, und sie spürte, wie der Druck ihrer Hände fester wurde. »Wir bleiben alle hier, wie wir es beschlossen haben, alle oder keiner. Wir werden einige Maßnahmen ergreifen und dann ...« Paulina grinste. »Gut, heben wir gleich heute Nachmittag eine Grube im Garten aus, werfen wir den Flügel rein und das Silber und das Porzellan und deinen Schmuck und die gesamte Bibliothek, die letzten Weinflaschen und Spirituosen, unsere besten Kleider und was sonst noch wichtig ist, und dann setzen wir uns auf alte Stühle in einem leer geräumten Haus, malen uns zuvor Pestbeulen und Pockennarben auf die Gesichter, schwärzen unsere Zähne und verdrehen die Augen, was glaubst du, wie schnell die Russen weg sind.« Sie musste nach Luft schnappen, weil sie alles in zwei kurzen Atemzügen heruntergerasselt hatte. Eleonore drehte Paulina sanft zu sich um und sah ihr offen ins Gesicht. »Paulina«, ihre Stimme klang sehr ernst, »verrate mir eines: Bist du in den Augenblicken, in denen du so sprichst wie gerade eben, wirklich so furchtlos oder tust du es nur, um deiner Angst Herr zu werden?« Paulina senkte die Augenlider und sah dann an Eleonore vorbei zum Fenster hinaus. Ihr Blick blieb in der Blautanne hängen. »Kennst du dich in deiner Bibliothek aus, Leo?«, fragte sie dann leise. Eleonore merkte, das Paulinas Nasenflügel bebten. »Ich fürchte fast, dass du dich inzwischen schneller darin zurechtfindest als ich.« »Mhm«, machte Paulina wieder, bevor sie zögernd weitersprach: »Der Augenblick ... ist jenes Zweideutige ... darin sich Zeit ... und Ewigkeit vereinen.« Eleonore sah Paulina einige Momente lang fragend an, aber die ließ keinen Blick von draußen zu. In ihrem Kopf arbeitete es fieberhaft. Sie musste doch verstehen können, worauf das Mädchen hinauswollte! Ihre Vermutung war nur vage, aber es war ein Versuch: »Du hast Kierkegaard gelesen ...?« Paulina nickte. Eleonore nahm deren Kopf zwischen beide Hände und zog sie zu sich heran, »Du hast zu früh erwachsen werden müssen und ich konnte es nicht verhindern, wenn ich auch tausendmal meinte, dich vor allem bewahren zu können! Oh Paulina!« Eleonore konnte ihren Schmerz nicht verbergen. Nun war sie es, die ihre Blicke nach draußen lenkte. »Aber je länger du bei mir bist, umso mehr meine ich zu erkennen, dass du schon mehr vom Leben verstanden hast als wir alle.« Paulina schluckte den Kloß im Hals hinunter. Dann legte sie ihre Arme beherzt um Eleonore: »Du *hast* mir nach den Großeltern das beste Zuhause geschenkt, dass ich haben konnte, und es *hat* mich bewahrt – vor *allem*.« Sie drückte die Augen zu und spürte die Tränen an den Wangen. »Ich hab dir noch nie richtig Danke gesagt, und ich schäme mich so dafür.« Sie schwieg einen Moment. »Ich habe nicht mehr verstanden als ihr alle«, sprach sie dann weiter, »aber als ich glaubte, im Feuer sterben zu müssen, da habe ich in den brennenden Himmel gesehen und ...« Es war so schwer! »Du musst es mir nicht erzählen, wenn du nicht willst«, hörte sie Eleonore. »Da ... da war er plötzlich ganz hell und weiß, der Himmel, so als hätte jemand hinter der Feuerwand eine Tür aufgemacht, und ...« Sie spürte Eleonores starken Körper, und es tat so ungeheuer gut. »Seit diesem Augenblick, es muss einer der letzten gewesen sein, bevor ich ohnmächtig geworden bin«, fuhr sie leise fort, »weiß ich einfach, dass es irgendeine Verbindung zwischen allem Endlichen und allem Ewigen gibt. Es kann nicht anders sein! Und von dort her muss das kommen, was die Angst niederhalten kann, denn sonst wäre ich schon längst an ihr gestorben!« Eleonore ließ sie einfach reden. »Weißt du, als ich das letzte Mal in der unzerstörten Stadt gewesen bin, da habe ich mit den Engeln in der Frauenkirche gesprochen. Ich habe gesagt, sie sollen nicht wegfliegen, ich bräuchte sie noch. Aber jetzt sind sie nicht mehr dort unten, und manchmal ist es so, als hätten sie meine Seele mitgenommen, und das ist zehnmal schlimmer als das kaputte Bein. Ich will nie mehr in dieser Stadt leben, es sei denn, es gäbe irgendwann einmal wieder eine Synagoge und die Engel kehrten zurück, kannst du das verstehen?« Eleonore nickte. Sie weinten beide. Nach einer Weile des Schweigens löste sich Paulina von Eleonore. »Vielleicht erzähle ich dir auch einmal meine Geschichte von Großmutters Schmuckkästchen und der Frauenkirche, aber nur vielleicht – und wenn du mir versprichst, nicht zu lachen!« Während Eleonore ihr versicherte, dass sie das niemals tun würde, wandte sich Paulina ihrem immer noch offen stehenden Kleiderschrank zu. Sie schniefte ein paar Mal, dann sagte sie lächelnd: »Und wenn ich mich auch von diesem ganzen Zeug hier trennen müsste, das hier«, sie zog das grüne Chiffonkleidchen heraus, »würde ich niemals hergeben. Verstehst du das auch?« Eleonore nickte. »Dann hast du wirklich ein großes Herz«, lachte Paulina. Sie rannte zur Tür und rief der verdutzten Eleonore zu, dass sie schon seit einer Stunde dringend zur Toilette müsse. »Gott«, flüsterte die, »was hast du dir da nur ausgedacht?«

*

An einem Aprilabend gegen acht Uhr, als Konrad, Kilian und selbst Alwine damit beschäftigt waren, an verschiedenen Stellen im Park Löcher zu graben, um die wertvollsten Dinge darin zu verstecken, ging wieder einmal das Telefon. Eleonore war im Keller gewesen, und deshalb dauerte es lange, bis sie auftauchte, sodass Paulina bereits ernsthaft überlegt hatte, ob sie drangehen sollte. Aber sie hatte es noch nie getan und wollte es eigentlich auch jetzt nicht. Als Eleonore sich dann aber gemeldet hatte und Paulina einige Sekunden lang nichts hörte, schlich sie die Treppe hinunter, um zu lauschen. Sie schrak zusammen, als Eleonore ihren Namen rief: »Schnell, komm!« So rasch es ihr Bein zuließ, stürmte sie die restlichen Stufen hinunter. »Für dich!« Mit einem geheimnisvollen Lächeln hielt Eleonore ihr den Hörer hin und verschwand. Paulinas Herz raste, und sie musste erst noch zwei Sekunden warten und schlucken, bevor sie ein zaghaftes »Ja, hallo?« in die Muschel sprach. »Hier ist Mama!« Paulina ließ sich auf den Stuhl fallen. »*Du?*«, fragte sie gedehnt und fuhr sich über die trockenen Lippen. Die Verbindung war schlecht, es rauschte und knackte. Paulina hörte trotzdem, dass ihre Mutter weinte. »Mein Schatz, mein Schatz«, sagte sie nur immer wieder, und: »Wir sind in Sicherheit, dein Vater und ich, im Süden, bei ganz netten Leuten, weißt du, es hat geklappt.« Paulina wollte zurückfragen, was denn geklappt hätte, aber sie brachte nichts heraus. »Hier sind schon die Franzosen und die Amerikaner, und es ist schon fast vorbei, weißt du«, hörte sie es zwischen den Störgeräuschen. »... Berlin war fürchterlich, aber August hat uns herausgebracht, und es wird jetzt bestimmt alles gut, mein Schatz.« »Ja, bestimmt!« Mehr wollte nicht aus Paulina herauskommen. »Was sagst du? Du musst lauter reden!«, kam es zurück. »Bestimmt ist bald alles vorbei, aber wir wissen noch nicht, wer zuerst da sein wird!« Es krachte so laut in der Leitung, dass Paulina erschrocken zurückfuhr. »Mama! Bist du noch da?«, schrie sie. »... Noch! ... Paulina, ich will dir etwas sagen, eine ...!« Das letzte Wort war im Rauschen untergegangen. »Eine was?« »Überraschung« musste es geheißen haben, folgerte sie, als ihre Mutter das Wort wiederholt hatte. »Dann sag sie schnell ...!«, rief sie ungeduldig und drückte den Hörer mit beiden Händen fest an ihr Ohr. »Du bekommst ein Geschwisterchen!« Paulina riss die Augen auf. Sie musste sich verhört haben. »Was?« Sie brüllte es förmlich. »Bald ... vielleicht ... morgen kommen!« Jetzt drückte Paulina die Augen zu, bis es wehtat. Die Kreise kamen sofort. »Mama!«, rief sie. »Bist du ... ?« Es klickte. »Mama?« Nichts. Sie holte noch einmal tief Luft und brüllte in den Hörer. Dann ließ sie ihn langsam sinken und starrte auf den dunkelroten Wandteppich, mit dem das Telefonkämmerchen ausgekleidet war. »Verrückt«, sagte sie leise. Noch ganz benommen legte sie den Hörer auf die Gabel und schüttelte den Kopf, während sie anfing, laut vor sich hin zu reden. »Ein Geschwisterchen. Ich. Jetzt. Warum jetzt? Aber sie ist in Sicherheit, hat sie gesagt. Typisch Mama.« Sie fuhr sich mit den Händen über das Gesicht, bis es brannte. »Von August?«, entfuhr es ihr dann plötzlich. Ja, Mama hatte von August gesprochen, von ihrem Vater! Im Geiste suchte Paulina nach Jahreszahlen, aber ihr Gehirn gab nichts her. Seit der Brandnacht war das manchmal so. »Er muss ein alter Mann sein, vom vorigen Jahrhundert«, sagte sie laut. »Wer ist vom letzten Jahrhundert? Buh!« Paulina fuhr zusammen. Es war Thea. »Wie siehst du denn aus, ist was passiert?«, fragte die betroffen, als sie Paulinas Gesicht sah. Die sprang plötzlich auf und zog hörbar die Luft ein, weil ein stechender Schmerz durch ihr Bein fuhr. Dann trat sie aus der Nische in den Flur und tippte Thea mit dem Zeigefinger auf die Schulter. »Meine Mutter und mein Vater tun das, was eigentlich Leute in deinem Alter tun sollten, das ist passiert, und jetzt guck nicht schon wieder so!« »Was tun sie denn?«, fragte Thea vorsichtig und zog die Mundwinkel nach unten. »Sie bekommen ein Kind!«, empörte sich Paulina. »Vielleicht schon übermorgen, sie sind nicht mehr in Berlin, sondern irgendwo im Schwäbischen, wo angeblich die Franzosen und die Amerikaner schon sind, und um mir das zu sagen, hat meine Mutter mich gerade angerufen, jawohl, damit du's weißt! Pass auf, gleich fallen dir die Augen raus, aber dann hebst du gefälligst meine auch mit auf, weil die schon da unten liegen!« Sie hatte immer lauter und energischer gesprochen und zeigte mit dem Finger auf den Boden. Thea sah unwillkürlich auch dorthin. »Oh«, sagte sie dann, »oh weh.« Sie schwiegen ein paar Sekunden, dann prustete Paulina los, und Thea fiel mit ein. Sie lachten, bis ihnen der Bauch wehtat.

*

Im faden Lichtschein einer alten Sturmlaterne warf Konrad einen letzten Klumpen Erde auf das zugedeckte Versteck. »Kämpfend bis zum letzten Atemzuge, fürs Vaterland!«, presste er zwischen den Zähnen hervor. »Dass ich nicht lache, feige dahingegangen ist der Wüstling, aber erst ...!« »Willst du wohl!«, zischte Alwine. »Ich hab dir schon mal gesagt, du sollst dich hier draußen an der Kandare nehmen, die Nacht hat Ohren!« Eichendorff pickte einen langen Wurm aus der Erde und bauschte sich flügelschlagend vor Alwine auf. Konrad lachte: »Ja, sag's ihr nur, dass ich recht habe!«, beugte er sich zu dem schwarzen Tier hinunter, das daraufhin mit einer flinken Bewegung die Beute in seinem Schlund verschwinden ließ. »Du solltest durch Deutschland fliegen und es mit dem Rest dieser widerlichen Kreaturen genauso machen wie mit diesem fetten Gewinde da, mein Lieber!« Der Rabe legte den Kopf schief und hüpfte dann wieder umher, nach weiteren Leckerbissen Ausschau haltend. Eleonore und Kilian hatten schon begonnen, die abgestochenen Rasenstücke wieder

dicht nebeneinanderzusetzen, damit die frische Erde nicht das Versteck verraten konnte. Heute Abend hatten sie die letzte Kiste verstaut, alles andere, was sich noch an wertvollen Dingen im Haus befand, war nun eben dem ausgesetzt, was kommen sollte. Sie versuchten es sich möglichst nicht zu genau auszumalen. Kilian hatte auch aus seiner Wohnung manches von dem geborgen, was er nicht eventuellen Diebstählen und Plünderungen überlassen wollte. Ihre Aktion hatte sich an diesem Abend etwas hinausgezögert, weil sie alle um das Radiogerät herumgesessen hatten. Als die Meldung von Hitlers Tod durchgegeben wurde, hatten sie sich einen winzigen Schluck aus einer letzten der beiden Weinflaschen gegönnt, die Eleonore und Kilian zurückbehalten hatten. Anschließend waren die Männer und Alwine noch einmal in den Garten gegangen, hatten die letzte gut verpackte Büste und einige von Theas Zeichnungen in das ausgegrabene Loch gesenkt und es dann verschlossen.
Einige Stunden zuvor waren urplötzlich Heinrich und Marielouise Platten aufgetaucht, um sich nach Paulina zu erkundigen. Sie hatten sich verabschieden wollen, da Heinrich sicher war, dass er als ehemaliger Fabrikant in der sowjetischen Besatzung nichts Gutes zu erwarten hätte. Die Fabrik, Friedrich Winters Villa, ihr eigenes Haus, der Laden und alles, was sonst noch an Immobilien der Familie gehört hatte, waren zerstört. Ihr Sohn war in Frankreich schwer verwundet worden und befand sich mit Frau und Kindern irgendwo im Fränkischen. Dorthin wollten sie auch. Aber nicht, ohne vorher Paulina noch Auf Wiedersehen zu sagen. Eleonore hatte dieser Auftritt nicht ganz gefallen, hatten doch die beiden in all den Jahren außer den besonderen Schokoladenlieferungen Paulina so gut wie nichts zukommen lassen. Andererseits war sie auch froh gewesen, dass die Plattens sich nicht eingemischt hatten. Paulina freute sich schon, dass die beiden gekommen waren. Sie spürte, wie den beiden der Verlust ihres Besitzes und der Tod eines großen Teils ihrer Angestellten, vor allem aber der beiden Niederaus, sehr naheging. Ihre Empfindungen waren echt, man sah ihnen den großen Schmerz an. Aber Paulina hatte nie eine innigliche Verbindung zu Großmamas Schwester und deren Mann gehabt, und so war ihr der Abschied auch nicht allzu schwergefallen. Man hoffe, dass man sich wiedersähe, natürlich, und man sei guter Zuversicht, dass Paulina, wenn wirklich alles vorbei sei, wieder als freier Mensch leben könne. »Nicht in Dresden«, war deren Kommentar dazu gewesen – sie hatte ihn sich nicht verkneifen können. Aber die Plattens hatten ihr nicht widersprochen. Paulina hatte den beiden lange nachgesehen, als sie die Straße hinuntergegangen waren. Ein alt gewordenes Paar in gebeugter Haltung. »Sie werden nie mehr wiederkommen«, hatte sie gemurmelt, bevor sie wieder durch das Gartentürchen ins Haus gegangen war. Auf der ganzen Straße hatte ein emsiges Treiben ge-

herrscht. Auf den angrenzenden Grundstücken ging es ähnlich zu wie bei ihnen. Man versuchte, die wichtigsten Dinge vor den herannahenden Truppen in Sicherheit zu bringen. Es wirkte aber alles ein bisschen hilflos und beinahe theaterhaft, fand Paulina. Wie eine riesengroße Kulisse in einem Schauspielhaus ohne Wände und Begrenzungen und ohne Programm, das den Zuschauern den Sachverhalt erklärte. Jetzt lag sie in ihrem Bett und konnte mal wieder nicht schlafen. Sie drehte das Negerpüppchen in ihren Händen und starrte in die Dunkelheit. Bestimmt lag Thea genauso wach nebenan. Aber Paulina konnte sich heute nicht aufraffen, zu ihr hinüberzuschleichen. Thea war beunruhigt, dass ihr Bruder sich nicht noch einmal gemeldet hatte, aber Kilian meinte, dass dies nicht ohne Weiteres möglich wäre. Kontaktaufnahme mit dem Feind wäre mit Sicherheit verboten, denn noch wäre der Krieg ja nicht zu Ende. Es würde reichen, dass Konstantin das Risiko eines solchen Anrufes *einmal* eingegangen war. Trotzdem machte Thea sich große Sorgen um den Bruder. Paulina konnte das verstehen. Aber Sorgen machten einen so entsetzlich müde und sie schienen dieselbe Wirkung wie Gift zu haben, das einen lähmte, Stück für Stück, bis es einen unfähig machte, auch nur einen Schritt zu tun oder einen klaren Gedanken zu fassen. Genau dieses Gefühl der Starre fürchtete sie abgrundtief, aber sich dessen zu erwehren ging in manchen Stunden und Tagen beinahe über ihr Vermögen. Man musste sich ablenken. Sie spielte jeden Tag lange auf dem Flügel, und es machte ihr plötzlich nicht mehr so viel aus, dass er verstimmt war. Meistens schloss sie dann die Augen und gab sich der schönen Musik und schönen Bildern hin, die vor ihren inneren Augen auftauchten. Ähnlich war es mit den Büchern. Sie konnte viele Passagen annähernd auswendig, vor allem natürlich Gedichte. Aber auch Zitate aus Romanen oder Beschreibungen, die einen besonders lebendigen Eindruck hinterlassen hatten, versuchte sie sich oft in Erinnerung zu rufen, wenn sie einfach nur dalag und nicht schlafen konnte.

Sie warf sich unruhig hin und er und drückte das Püppchen an ihre Wangen. »Ach, Lorchen«, flüsterte sie, »wenn du wüsstest, was es mir bedeutet. Wenn ich irgendwann hier weggehe – und ich werde es«, sprach sie weiter in die Dunkelheit, »dann werde ich einen Koffer haben, für den man mich wahrscheinlich für verrückt erklärt: mit einem Negerpüppchen darin, einem Zigarrenkasten mit zerfledderten Zettelchen und ein paar Briefen, einem grünen Kinderkleidchen, Bücher und Klaviernoten, Urpapas silbernem Brieföffner, Urgroßmutters Ohrringen, ein paar Fotografien, dem immerwährenden Kalender mit den gepressten Blumen und einem Holzkästchen mit verdorbenen Pralinen. Mit einer Feder von Eichendorff, einem Efeublatt vom Trinitatisfriedhof und mit einem Glas voller Kreide und Sandsteinstaub aus Theas Atelier.« Sie drückte das Negerpüppchen an ihre Lippen. Der Gedanke, das alles hier zu verlassen, war eigentlich schrecklich, aber dennoch war das Heidehaus nur als eine vorübergehende Bleibe gedacht gewesen, und obwohl ihr hier alles so ans Herz gewachsen war, war es nicht ihr eigentliches Zuhause. Mama und August waren nicht mehr in Berlin – und Greta? Ob sie noch lebte? Meinrad? Niemand wusste etwas von ihnen. Nach Berlin zog sie nichts.

Aber sie würde nicht mehr länger als nötig in Dresden leben können, und die Vorstellung, dass die Großeltern zurückkämen und vor diesen Verwüstungen stehen würden, brach ihr beinahe das Herz. Sie musste es ihnen ersparen! Paulina hatte Theas Klopfen nicht gehört. Aber als ihre Bettdecke angehoben wurde, war sie so unendlich dankbar, dass diese gekommen war. Sie rückte zur Seite, und Thea machte es sich bequem. So lagen sie eine ganze Weile und sprachen kein Wort. »Thea«, unterbrach Paulina schließlich die Stille, »bist du eigentlich sehr traurig darüber, dass du noch keinen Mann gefunden hast?« Statt einer Antwort kam eine Frage. »Glaubst du etwa, ich hätte mir hier in Deutschland einen gesucht?« »Mensch, Thea, es sind nicht alle Nazis!« Paulina spürte, dass sie sich tatsächlich ein bisschen angegriffen fühlte, und es machte sie unsicher. Thea blies ihr in den Nacken. Es kitzelte. »Natürlich nicht, meine Kleine«, sagte sie zärtlich, »du weißt ja, dass ich mal einen Verlobten in Berlin hatte, und der war natürlich ein ganz exzellenter deutscher junger Mann.« Paulina hörte das Schmunzeln aus Theas Stimme heraus. Es versöhnte sie. »Ach ja, ich erinnere mich, der Jarnix-Wilhelm oder Karl oder Justav – oder wie hieß er och gleich?«, berlinerte sie. »Na hör'n se mal, meen Frolleinchen, dit wissen se nich mehr, und dann woll'n se meene Brautjungfer sein?«, gab Thea schlagfertig zurück. »Aber im Ernst«, fuhr sie dann aber gleich fort, »manchmal bin ein bisschen traurig, dass es für mich noch keine Gelegenheit gegeben hat, aber wirklich nur manchmal, und außerdem ... wo ... hätte ich denn sollen ...?« »Du konntest nicht, weil ich hier war, und du durftest nicht einfach so jemanden an dich heranlassen. Du hast nie Leute mitgebracht, aus der Akademie oder so, und auch Eleonore hat immer weniger Gäste gehabt, und Alwine und Konrad empfingen keine Verwandtenbesuche und so, ihr habt auf alles verzichtet, meinetwegen, damit mir niemand zu nahe kommt und Verdacht schöpft, dass ich nicht ein armes Mädchen aus Berlin bin, war es nicht so?« Paulina hatte es einfach loswerden müssen.

Thea blies die Backen auf und überlegte einen Augenblick. »Doch, es war so – auch«, sagte sie dann langsam. »Aber wir haben uns genau dafür entschieden, und wenn du mir auch sonst alles, was ich je gesagt habe, nicht glauben willst, dann tu es wenigstens jetzt. Ich habe es nie, niemals bereut, es so gemacht zu haben. Und die anderen auch nicht. Papa wollte mich eigentlich nach England holen aber ich habe es abgelehnt. Ich wollte hierbleiben, da, wo du bist und ... und Männer«, sie unterbrach sich kurz, »sind nun mal keine zu finden gewesen, weil man sie samt und sonders für den Krieg verbraucht hat. Auch die, die man hätte lieben und heiraten können. Und nun muss man sich mit dem zurechtfinden, was noch da ist – ich *und* du.« »Danke!«, flüsterte Paulina nur. Eine lange Zeit lauschten sie auf ihren gegenseitigen Atem. Der Regulator im Flur unten schlug einmal. »Was denkst du?«, fragte Paulina irgendwann in die Stille hinein. »Ich denke gerade daran, wie wir beide den Fußweg vom Dorf nach Hazelgrove wandern und dort vor der Haustür stehen mindestens fünf Menschen: mein Papa und meine Mama, meine kleine Schwester Carla, die ich wahrscheinlich nicht wiedererkennen werde, und deine Großmama und dein Großvater!« »Die mich auch nicht mehr wiedererkennen werden«, presste Paulina heraus. Einige Minuten später stütze sich Paulina auf ihren Ellbogen und kramte unter ihrem Kopfkissen nach einem Taschentuch. »Wir sind alte Heultanten«, lachte sie, bevor sie sich geräuschvoll die Nase putzte und dann Thea das zerknüllte Tuch hinstreckte. »Hier, willst du auch mal?« »Nein danke!«, rief die und sprang aus dem Bett. »Ich geh jetzt, es ist schon morgen, äh ... heute.« Paulina zog sich das Bettzeug zurecht, dabei fiel das Püppchen hinaus. Sie suchte mit der Handfläche den Fußboden ab, bis sie es fand. »Komm her«, flüsterte sie leise, »wir schlafen jetzt, sonst haben wir keine Kraft mehr für England.«

Zur gleichen Zeit wurde in einem Stuttgarter Behelfskrankenhaus ein winzig kleines Mädchen geboren. Es wog gerade vier Pfund, und maß höchstens vierundvierzig Zentimeter. Aber es schien gesund und blinzelte mit seinen blauen Augen neugierig in die Welt. »Friederike Charlotte Seeligmann, Hautfarbe: rosig«, schrieb die Hebamme in die Karteikarte. Zwei Stunden später starb seine Mutter. Sechs Tage darauf, am 8. Mai 1945, war der Krieg zu Ende.

*

Paulina hatte Kilian noch nie so außer sich gesehen. Bisher war er immer so etwas wie ein ruhender Pol unter ihnen allen gewesen. Aber das, was geschehen war, erschütterte ihn immer noch: Als ein von vielen Dresdnern sehr geschätzter Mann, mit einer weißen Fahne den heranziehenden Truppen entgegengegangen war, um sich als Unterhändler zur Verfügung zu stellen und einen letzten Nachangriff der feindlichen Stellungen zu verhindern, wurde er von SS-Leuten hinterrücks erschossen und starb mitten auf der Prager Straße. Kilian sah düster in die Runde. Keiner entgegnete etwas, nicht einmal Eleonore und auch nicht Konrad. Alwine war bei Frau Seiler. Die arme Frau war am Rande ihrer Kräfte, zu viel hatte sie über sich ergehen lassen müssen, das bisher Schlimmste davon in den letzten Tagen. Aber um des Kindes und der gebrechlichen Schwiegereltern willen raufte sie sich immer wieder zusammen. »Wenn Alwine jetzt nicht gleich auftaucht, werde ich unruhig«, warf Eleonore ein. »Ich finde, es ist Zeit!« Sie sah automatisch auf ihren Arm, aber die Uhr war ja nicht mehr da. Kein großer Verlust angesichts dessen, dass sie verschont geblieben war und Thea und Paulina rechtzeitig in das alte Kellerloch im Garten gelangen konnten, das dank Konrad wieder begehbar gemacht worden war, nachdem er es schon vor mehreren Jahren entdeckt hatte. Die Soldaten, die bis jetzt bei ihnen gewesen waren, hatten sich einigermaßen anständig benommen. Sie hatten sich an den Vorräten gütlich getan, hatten mit den Stiefeln auf dem Sofa gelegen und hatten, als Kilian und Eleonore mehrfach beteuerten, dass weder Alkohol noch Gold oder weitere Armbanduhren im Hause wären, zweimal in die Decke geschossen und dann den alten Regulator auf ihren Panjewagen geladen. Dann hatten sie noch eine Garnitur von Eleonores abgesteppten Bettzeug mitgehen lassen und waren lange in Paulinas und Theas Zimmer gewesen, obwohl die beiden ihre Kleider und sonstiges Zeug in einer alten Truhe auf dem Dachboden verstaut hatten. Und sie hatten Konrad mitgenommen. Das war an jenem Abend ihre größte Sorge gewesen. Er hatte aber nur helfen sollen, sie mit ihren Pferdchen und dem Wagen einigermaßen sicher in die Stadt hinunter zu begleiten, wobei Konrad zu Fuß die beiden Wege hatte zurücklegen müssen und erst mitten in der Nacht wieder zurückgekommen war. Mehrfach hatten sie ihm das Gewehr in den Rücken gehalten, und er hatte sich bereits innerlich von dieser Welt verabschiedet. Am Abend darauf waren andere gekommen, da hatten die beiden Männer allein das Haus gehütet und alle Frauen waren im Erdbunker. Kilian hatte draußen stehen bleiben müssen, bewacht von einem kleinen mongolisch aussehenden Mann, während Konrad eine Gruppe von ranghöheren Dienstgraden durch das Haus hatten führen müssen. Aber außer einigen Gläsern eingemachter Beeren und Apfelmus hatten sie nichts mitgehen lassen. »Und was hält der Herr Professor von unserem neuen Bürgermeister?«, versuchte Konrad das Thema zu wechseln. »Danach sollten Sie mich lieber nicht fragen, Herr Konrad, es könnte gefährlich werden.« »Kilian, du bist verbittert.« Eleonores Stimme klang müde. Sie war erschöpft. Jetzt, als endlich der Krieg aus war, auf dessen Ende sie hingelebt hatten, legte sich eine neue Angst auf die Menschen. Immerzu musste man auf der Hut sein! Dabei sehnten sie sich alle so nach Ruhe. So viele Leute waren ohne Hab und Gut und hungerten und hausten wie die Bettler. Aber irgendwie waren einem die Hände gebunden, man wollte helfen und wusste nicht so recht, wo man anpacken konnte, wo man es durfte. Es war so zermürbend. Sie hatten noch nicht einmal Lust dazu verspürt, die Weinflasche anzubrechen, die sie sich für den Frieden aufbewahrt hatten. Paulina sah von ihrem Buch auf. Sie saßen in der Bibliothek, denn erstens war es im Salon nicht mehr gemütlich und zweitens konnten die Frauen von hier aus schneller in den Garten gelangen. »Ich glaube, heute kommen sie nicht«, ließ Thea sich verlauten, die den ganzen Abend noch kaum ein Wort gesprochen hatte. Sie gähnte herzhaft. »Nur weil du müde bist.« Paulina klappte das Buch geräuschvoll zu und gähnte auch. »Sie werden sicher wiederkommen«, brummte Konrad, »denn ein ‚von' liebt man nicht in Sowjetrussland, nicht wahr, Herr Professor?« Kilian schüttelte den Kopf. »Ist nicht gern gesehen«, war sein knapper Kommentar. »Aber das Haus hier hat dem einen sehr gefallen, dem, den ihr nicht erlebt habt, meine lieben Damen, einer von den Höheren!« Konrad legte eine Kunstpause ein, weil sich nichts rührte. »Offizier war der bestimmt, und der ist sogar hier stehen geblieben und hat mindestens eine Viertelstunde gelesen.« »Was?« Das hatte also gewirkt! Konrad schmunzelte über so viel ungeteilte Aufmerksamkeit, und das von einer Sekunde auf die andere. »Da staunt ihr, ja, ja, aber ich sag euch die Wahrheit. Hier ist es gewesen«, er wies mit seiner Hand auf eine der Wände mit den Regalen. »Gerade auf seiner Augenhöhe hat er eins rausgezogen und aufgemacht und da reingeschaut. Ewig lang. Und kein Mensch sieht freiwillig in ein Buch hinein, wenn er nichts davon lesen kann, oder?« Er zwinkerte den jungen Frauen zu. »Nee«, sagten die beiden gleichzeitig. Paulina schoss aus ihrem Sessel. »Wo war das noch? Zeig es mir genau!« Sie rüttelte Konrad an der Schulter. Sie war plötzlich ganz aufgeregt, denn die Frage, was ein russischer Offizier wohl hier gelesen haben könnte, in einer Bibliothek, in der es nur Bücher in deutscher und ein paar in englischer Sprache gab, interessierte sie plötzlich brennend. Großvater war in Russland aufgewachsen, sie konnten nicht alle schlecht sein, genauso wenig wie es alle Deutschen waren. Konrad lenkte sie zu der Stelle, an der seiner Erinnerung nach der Offizier gestanden hatte. »Hier, schätze ich, auf dieser Höhe«, sagte er und legte seine breiten Hände links und rechts von Paulinas Kopf, aber eine Reihe höher als deren Augen reichten. Sie stellte sich auf die Zehenspitzen. »Aha, dann hat er Hugo gelesen. Les Miserables oder Der Glöckner von ...« » Üh was?«, unterbrach sie Konrad und drehte an seinem Bart. »Ein Russe, der Franzosen liest?« Thea lachte. »Aber doch sicher auf Deutsch, oder?« Jetzt lachten sie alle. »Ich muss zur Toilette, sonst passiert ein Unglück!«, rief Paulina und verschwand. Eleonore holte gerade Luft, um Paulina eine Ermahnung nachzuschicken, dass sie sich beeilen solle, als die Hausglocke ging. Sie fuhren zusammen. »Nein, bitte, nicht jetzt!«, jammerte Thea. Eleonore überfiel ein Schwindel, als sie aufstand. Konrad stürzte in den Wintergarten und riss die Tür auf, aber Thea und Eleonore blieben wie angewurzelt stehen und starrten Konrad an, der auch aufgestanden und schon zu der Verbindungstür in den Salon gegangen war. Konrad kam keuchend zurück. »Na los, wo bleibt ihr denn!«, fauchte er. »Nicht ohne Paulina«, sagte Eleonore fest, und Thea schüttelte den Kopf. »Und wo ist Alwine, Mensch!« Es klingelte ein zweites und gleich darauf ein drittes Mal. »Ich werde gehen.« Kilian machte die Flügeltür hinter sich zu. Konrad versuchte es noch einmal. »Raus mit euch, Frau Baron, bitte, ich werde sie ablenken, und dann kann die Kleine im Lokus bleiben oder aus dem Fenster, los, schnell!« Er flitzte wieder zur Wintergartentür. Aber die beiden Frauen kamen nicht. »Herrgott, ich versteh die Weiber nicht!«, zeterte Konrad in den Abend hinaus. Währendessen presste Paulina das Ohr an die Toilettentür und atmete kaum. Sie hatte es grade noch geschafft, sich einzuschließen. Es waren Kilians Schritte, die sie auf den Steinfließen hörte. Gleich würde er die Haustüre öffnen. Sie war gefangen! Das Fenster hatte sie schon immer als Fluchtweg ausgeschlossen, es war zu hoch und zu schmal, selbst für sie! Draußen war eben erst der Motor eines Militärwagens ausgemacht worden. Sie konnten die Fahrzeuge gut am Geräusch erkennen. »Kilian, mach es bloß richtig«, flehte sie innerlich. Es läutete wieder. Nur kurz, dann klopfte es. Kilian öffnete langsam die Haustür. Paulina überlegte gerade, ob sie diese wenigen Sekunden nutzen konnte, aber sie verwarf es, sie wusste nicht, wie viele es waren, da hörte sie Kilians Stimme: »Es sind keine Frauen da.« Zu spät für sie! »Aberr sie müssen mirr helfen«, sagte eine angenehme Männerstimme. »Ich suche keine Frau für, na, Sie wissen schon, es ist nicht gutt, dass die Soldatten so etwas tun.« »Nein, allerdings«, war Kilians prompte Antwort. »Sie sprechen gut Deutsch!« Die angenehme Erscheinung des Mannes erleichterte ihn so, dass er wagte, so etwas zu sagen. »Ich bin dorrt unten in diesserr herrlichen Stadt aufgewachsen, und ich suche jemanden von damals, sie warr noch ein kleines Mädchen damals, sozusagen *mein* kleines Mädchen, verrstehen Sie?« Kilian lächelte. »Ich glaube ja, ja doch, ich verstehe, aber Sie ... äh, ich ...« Der Offizier fiel Kilian ins Wort: »Ich bin Halbjude, polnischer Herrkunft ...« Weiter kam er nicht. Mit lautem Krachen flog die Toilettentür gegen die Wand, und Paulina starrte mit aufgerissenen Augen den fremden Mann sekundenlang an. »Kolja!«, schrie sie dann und stürzte sich in dessen ausgebreitete Arme.

An diesem Abend öffneten sie die Weinflasche. Auch Alwine traf irgendwann ein, starr vor Schrecken, weil sie das Militärauto hatte stehen sehen, aber wild entschlossen nachzusehen, was da vor sich ging. Zuerst hatte sie sehr ungehalten reagiert, als sie den Uniformierten mit den anderen dasitzen sah, und Eleonore musste ein Machtwort sprechen. »Wenn dir Paulina am Herzen liegt, dann kommst du jetzt sofort herein!«, hatte sie zu ihrer Köchin gesagt. Es hatte gewirkt. Konrad hatte zwar gebrummt, dass Alwine seinetwegen auch

Brunnenwasser in ihren eigenen Gemächern hätte trinken können, denn dann hätte er nicht nur ein Siebtel, sondern ein Sechstel Wein abbekommen. »Auf den Frieden«, sagte Eleonore, als sie allen ein Glas gereicht hatte. Kolja erzählte in groben Ausschnitten, wie sein Leben verlaufen war, nachdem er damals so überstürzt mit seinem Vater aus Dresden weggehen musste. Es war eine traurige, aber auch rührende Geschichte. Er hatte bis zum Beginn des Krieges mit seinem Vater zusammen bei der Großmutter in einem Warschauer Außenbezirk gelebt. Sein Vater war aber irgendwann am Alkohol gestorben. Ein Cousin seines Vaters hatte ihn dann in seine Familie aufgenommen. Dort hatte er bis zum Krieg einige schöne Lebensjahre zusammen mit den vier Kindern der Verwandten verbracht. Der Onkel, wie er ihn nannte, hatte im erlaubt, auf eine höhere Schule zu gehen, und dort hatte Kolja wissbegierig alles aufgesogen, was ihm in den Jahren bei seinem Vater verwehrt geblieben war. Dieser Onkel hatte auch sein Interesse an der Kunst geweckt, seine Pflegegeschwister hatten ihn gemocht und hatten ihn ein wenig Klavier und Cello spielen gelehrt. Aber dann war Koljas gesamte Familie im Warschauer Getto umgekommen. Er hatte sich immer wieder nach draußen geschlichen, wie viele andere Kinder und Jugendliche, und eines Tages war er einfach nicht mehr zurückgegangen und hatte sich der polnischen Untergrundarmee angeschlossen, die schon zu dieser Zeit zur Roten Armee Kontakt hielt. Dort hatte man ihn dann eines Tages für eine heikle Sache angeworben, die er nur annahm, weil er eine Möglichkeit errechnete, so nach Dresden zu gelangen. Er hatte es einfach nie verwunden, dass sein Vater ihn so von dort und von Paulina weggerissen hatte, und wollte alles tun, um eine Spur von ihr zu finden. Irgendjemand hatte ihn, nach vielen unbrauchbaren Auskünften, an die beiden übrig gebliebenen Steins verwiesen, die wüssten vielleicht Genaueres, wohin die Seeligmanns ausgewandert wären. Kolja hatte schließlich nach längerem Suchen Frau Stein und Thomas in Loschwitz gefunden. Aus Lorchens Erzählungen konnte sich Lorchens Mutter tatsächlich noch an einen Jungen namens Kolja erinnern, der einmal Paulinas Kinderfreund gewesen sein musste. Trotzdem hatte es Kolja enorme Überzeugungsarbeit gekostet, bis er sich das Vertrauen Frau Steins erworben hatte und sie ihm andeutete, wo er Paulina eventuell finden würde.

Kolja blieb bis Mitternacht. Eigentlich war das verboten, und nur seines Ranges wegen konnte er es wagen. Er hatte bereits, bevor er hierhergekommen war, bei seinem Vorgesetzten darum ersucht, das Heidehaus nicht zu beschlagnahmen. Vorerst hatte der es zugesagt, aber er könne »nicht alles machen«.

Paulina wollte Kolja gar nicht mehr gehen lassen. Aber sie musste es schließlich doch. »Paulina«, verriet er ihr, »ich werde nie mehr nach Warschau zurückgehen.« »Ich weiß, aber hier wirst du auch nicht leben können, es ist zu viel geschehen«, flüsterte sie. Er zog sie zu sich her und berührte ganz sachte ihre Stirn mit seinen Lippen, weil er auf einmal, da sie ganz allein miteinander waren, ihre Unsicherheit spürte. »Ich möchte in einem freien Land leben, wo man Jude sein darf und wo man sagen kann, was man denkt, du auch?«, flüsterte er. Sie konnte nichts mehr antworten. Er gab sie frei und ging zur Tür. »Ich komme wieder«, sagte er nur.

*

Zwei Monate später, an ihrem einundzwanzigsten Geburtstag, fuhr Paulina mit dem Zug in den Stuttgarter Hauptbahnhof ein. Die Hitze in den hoffnungslos überfüllten Zügen war fast nicht zu ertragen. Der Rucksack drückte unsäglich auf ihren Schultern, und ihr war übel. Das mochte allerdings daran liegen, dass sie nicht wusste, was sie erwartete. Als der Zug endlich zum Stehen kam, fing ihr Herz heftig an zu pochen. Jetzt hätte sie etwas darum gegeben, Thea oder Eleonore an ihrer Seite zu haben. Aber sie hatte allein reisen wollen. Es war ohnehin schier unmöglich, einen Platz in den Zügen zu bekommen, und wenn man die Besatzungszonen wechseln wollte, musste man Passierscheine und dafür wiederum gute Gründe haben. Alles war nur unter äußerst erschwerten Bedingungen möglich, aber auch alles. Trotzdem hatte es Paulina beinahe in eine Art Hochgefühl versetzt, sich einfach so unbehelligt unter die Menschen zu mischen. In Zügen, auf Bahnhöfen, in den zerstörten Städten. Sie war frei! Gleichzeitig lag aber auch eine große Schwere über ihrem Gemüt. Mama war tot, schon begraben. Sie hatte keine Möglichkeit mehr gehabt, sie noch ein einziges Mal zu sehen. Sie musste sie so in Erinnerung behalten, wie sie 1938 ausgesehen hatte. Vor sieben Jahren. Vielleicht war es auch gut so, versuchte sie sich zu trösten. Damals war Mama immer noch diese faszinierend schöne Frau gewesen, die sie nie anders gekannt hatte. Aber jetzt, in den nächsten Minuten, würde sie einem Mann gegenüberstehen, den sie fast gänzlich aus ihren Gedanken verbannt hatte. Was sollte sie ihm denn sagen? Und dann gab es da noch dieses Wesen, das nun einfach so da war, und sie wusste nicht, ob sie es lieben musste nur deswegen, weil es ... Sie drückte die Augen zu, weil ihr schwindlig war, aber es machte alles noch schlimmer. Zum Glück stand sie so eingekeilt zwischen den übrigen Fahrgästen und deren Gepäckstücken, dass sie schon allein deswegen nicht umfallen konnte. Aber die Hitze, der Schweiß und Uringestank, das Gekeife und die quengelnden Kinder raubten ihr fast den letzten Nerv. Als sie spürte, dass die vor ihr Stehenden endlich in Bewegung gerieten, schob sie sich ohne Rücksicht auf empörte Ausrufe und Schimpfereien vorwärts. Als ein Mann sie ein unverschämtes Weibstück hieß, schrie sie ihm über die Schulter hinweg zu, wenn er nicht wolle, dass sie ihm auf die Schuhe kotze, müsse er sich eben dünne machen. »Recht so!«, hörte sie es von irgendwoher, aber es interessierte sie nicht. Das Gewimmel auf dem Bahnsteig war unglaublich. Zuerst wurde man vorwärts geschoben. Nach und nach verlief sich die Menge, und sie konnte an den Rand eines Bahnsteigs gelangen, von wo aus sie sich nach mehreren Seiten umsehen konnte. Sie blieb eine Weile stehen. Nichts! Gerade als sie beschlossen hatte, einfach in irgendeine Richtung zu gehen, drehte sich nicht weit von ihr ein Mann in Hut und Mantel um. »Guten Tag, August«, sagte sie tapfer.

Eine Stunde stand Paulina an einer alten Wiege und betrachtete ein kleines Wesen, das so zerbrechlich aussah, dass sie zuerst gar nicht den Mut hatte, es zu berühren. Aber dann kam die Frau, die August mit Annemarie angesprochen hatte, und ermutigte sie, die Kleine herauszunehmen. Als sie sein Köpfchen in ihre Armbeuge legte und die weichen Flaumhärchen auf ihrer Haut spürte, durchströmte sie ein überwältigendes Gefühl. Die Kleine reckte sich und blinzelte. Paulina nahm ihren Arm hoch und rieb ihre Nase auf der weichen Säuglingsstirn. Das Baby strampelte mit den Füßchen und verzog die Lippen: Es war ein zauberhaftes Lächeln! Von einer so kleinen Schwester. Nur mühsam konnte Paulina ihre Tränen zurückhalten. Plötzlich spürte sie eine schwere Hand auf ihrer Schulter. Es war die Augusts. »Wenn du möchtest, können wir in den Garten hinausgehen, sie kann mit, draußen steht eine Kinderkarre.« Paulina nickte und ließ sich von August zeigen, wo es hinging. Der Garten war herrlich. Eine Wiese, so weit das Auge reichte, erstreckte sich vor ihren Augen. Ein Baum nach dem anderen stand darauf, voll mit kleinen Äpfeln und Birnen. Um einen der knorrigen Stämme lief eine Bank, und dort stand auch der niedrige Kinderwagen. Paulina mochte die Kleine gar nicht ablegen und behielt sie einfach im Arm, als sie sich neben August niederließ. Sie sprachen lange kein einziges Wort, sondern betrachteten nur das Kind. Irgendwann spürte Paulina, wie ihr der Schweiß den Unterarm entlanglief, und die Kleine hatte einen nassen Hinterkopf. August gab ihr sein großes Taschentuch. Damit trocknete sie das Kind ab und legte es dann in den Wagen. Es gluckste vergnügt vor sich hin und fuchtelte mit seinen Ärmchen und Beinchen. Irgendwann lehnte sich Paulina an den Baumstamm und zog die Knie an sich heran. Sie zupfte die Hosenbeine zurecht und schloss die Augen. »Paulina«, hörte sie nach einer Weile Augusts raue Stimme, »kannst du mir verzeihen?«
»Warum bist du in die Partei eingetreten?«, brach es schließlich nach langem Schweigen aus ihr heraus. Sie hatte nicht gesehen, wie August unter ihren

Worten zusammengesunken war. Aber er zögerte nicht lange mit seiner Auskunft. Paulina öffnete die Augen auch nicht, solange sie, ohne ein einziges Mal dazwischenzufragen, August reden ließ. Und er redete lang.
Das hatte sie alles nicht gewusst! Dass er unter den Druck seines Restaurantchefs geraten war, der ihn erpresst hatte, auch um den Eintritt in die Partei. Mamas wegen. Und Max Fallers, des jüdischen Pianospielers und Axels wegen, der von den Nazis verbotene Musik machte und in einen ebenso verbotenen Jugendclub gegangen war. Als er aber Hochleitners teuflisches Treiben durchschaut hatte, war es schon viel zu spät gewesen. Da hatte Mama längst nicht mehr spielen dürfen, weil Goebbels und seine Gefolgsleute sich aller Affären mit Schauspielerinnen und jemals unterschriebenen Ausnahmegenehmigungen radikal entledigt hatten und Hochleitner plötzlich wieder eine unbedeutende Nummer geworden war. Was dieser Mann Viola angetan hatte, verschwieg August der Tochter jedoch. Sie war beschwert genug. Er sprach nur davon, dass der Mann einer Organisation angehört hatte, die illegale Waffen- und Lebensmittelgeschäfte betrieben und Juden verraten hatte. »Während eines Fliegeralarms, nachts in einem Stollen unter der Erde, habe ich ihn erschossen«, beendete August seinen Bericht. Jetzt erst riss Paulina die Augen auf und starrte ihren Vater mit offenem Mund an.
Aber diesen schien noch etwas anders zu quälen. Er sprach weiter, in schnellen, knappen Worten. »Paulina, an all diese Dinge habe ich gar nicht gedacht vorhin, als ich dich fragte, ob ...« »Sondern?« Plötzlich meinte August, in Paulinas Gesicht Viola zu erkennen. Sein Herz krampfte sich zusammen. »Ich meinte, weißt du ... die Kleine, sie hat einen Geburtsschein bekommen, auf dem steht, bei ‚Vater': Karl-August Leibfried. Aber bei dir, da steht einfach ...«, Augusts Stimme versagte. »Nichts«, hörte Paulina sich sagen. August Leibfried weinte. »Nichts, nichts, nichts«, presste er heraus. »Ich schäme mich so sehr dafür, ich habe mich alle die Jahre dafür geschämt, und das sollst du wissen.« Paulina sagte gar nichts, weil sie unaufhörlich schlucken musste. Sie hatte ihm wohl unrecht getan. Irgendwas in ihrem Inneren machte sie sicher, dass es Mama gewesen war, die nicht gewollt hatte, dass Augusts Name in die Urkunden eingetragen wurde, warum, das konnte man wohl jetzt nicht mehr herausfinden. Es fiel ihr schwer, aber sie überwand sich und legte ihre Hand auf die Augusts. »Ich werde versuchen, es dir zu verzeihen ... und ich werde es Friederike gönnen, dass dein Name in ihren Papieren steht. Ehrlich.« Paulina nahm ihre Füße von der Bank und setzte sich aufrecht hin. »August«, sagte sie und lächelte. »Ich glaube, ich mag es nicht, wenn Väter ihrer lebendigen Töchter wegen weinen. Ich habe solchen Hunger, gibt es hier denn auch etwas zu essen?«

*

Es war einer jener trüben Tage, wie es sie im November gibt und denen man nicht ansehen kann, in welcher Tageszeit man sich befindet, da es morgens um neun Uhr genauso hell oder dunkel sein kann wie zur Mittagszeit oder nachmittags um vier.

Es blies ein kräftiger Nordostwind, der immer wieder ein paar Regentropfen dahertrieb. Thea sah besorgt zum Himmel. »Nun bleib nicht dauernd stehen!«, rief Paulina, die einige Meter vor ihr ging. »Es muss nicht mehr allzu weit sein, da vorn kommt ein Schild, siehst du?« Thea nickte und beschleunigte ihre Schritte. »Ich habe es mir nicht so schrecklich vorgestellt, ich glaube, ich brauche eine Rast«, keuchte sie. »Warum musstest du auch das ganze Zeug mitschleppen?« »Aber ich habe es dir doch gesagt!« »Bitte nicht schon wieder.« Thea blieb stehen und ließ den Rucksack zu Boden gleiten und fuhr sich mit dem Handrücken über die Stirn. »Woher hast du nur diese Ausdauer? Tut dein Bein dir nicht weh?« Paulina verdrehte die Augen. »Thea, es tut weh, ja, und wie! Aber bin ich deswegen hergekommen, um mein Bein zu bejammern, oder ...?« »Entschuldige, ich bin ein Esel und eine Heulsuse, los weiter«. Thea schwang den ausgebeulten Rucksack wieder auf die Schultern und nahm den Handkoffer auf. Paulina hatte weder das eine noch das andere überhaupt abgestellt. Sie gingen stumm nebeneinander her. Paulina biss die Zähne zusammen und bemühte sich, ihr Tempo zu zügeln, Thea ihrerseits versuchte, die bleierne Müdigkeit in den Beinen nicht zu beachten, und bemühte sich, mit der jungen Freundin Schritt zu halten. Beide spürten längst, dass ihre Kräfte nahezu aufgebraucht waren, aber der Gedanke, endlich am Ziel zu sein, beflügelte sie. Nun, da sie so kurz vor dem Ziel waren, unterhielten sie sich immer weniger miteinander, während sie sich die Tage davor immer wieder Geschichten erzählt hatten, um sich abzulenken und die schmerzenden Gliedmaßen, Hunger, Kälte, Ungewissheit und Angst zu ertragen. Heute Morgen hatten sie genüsslich die beiden letzten von sechs Zigaretten geraucht, die sie von einem älteren Mann in Belgien bekommen hatten. Sie waren hervorragend geeignet gewesen, um den Hunger zu dämpfen. Jetzt quälte er sie schon wieder. Aber sie würden es aushalten, bis sie da waren! Paulinas Gedanken wanderten ruhelos in irgendwelchen Weiten, die nicht zu fassen waren und in denen es keine Herberge zu geben schien. Vor neun Tagen hatten sie und Thea Dresden verlassen. Nach einem wochenlangen zermürbenden Hin und Her und endlosem Abwägen. Sogar heftige Wortwechsel hatten gelegentlich das Heidehaus erfüllt. Nun, da sie all die Jahre meistens friedlich miteinander umgegangen waren, hatten sie tatsächlich begonnen, sich zu streiten. Lautstark. Wortgewaltig. Und Paulinas Hang zu beißendem Zynismus hatte sie einige Male zu Äußerungen verleitet, für die sie sich später geschämt hatte.

Aber sie hatte, entgegen aller Bedenken und aller Schwierigkeiten, nichts mehr in Dresden gehalten. Keine Eleonore, keine Alwine, kein Konrad oder Kilian, nicht einmal das Glück, den lange vermissten Kolja so unverhofft in ihrer Nähe zu haben. Lorchen war nicht mehr da. Mathilde und Fritz nicht, kein Laden und kein Großelternhaus mehr, die Victoriastraße eine einzige Trümmerwüste. Weder die beiden Frauen Helmer noch Käthe und Wilhelm Meinert hatten Konrad und Kilian unter den Überlebenden finden können. Das Haus von Urpapa war fast gänzlich zerstört worden, und sie hatte es beim besten Willen nicht fertiggebracht, nach Überresten weder aus seiner noch den anderen Wohnungen zu suchen. Sie wollte die Bilder aus den glücklichen Tagen dort im Gedächtnis behalten. Sie hatte auch kein Bedürfnis gehabt, nach weiteren Personen, die sie gekannt hatte, zu forschen. Greta gab es noch, und auch Meinrad, was ihr sehr viel bedeutete, aber die beiden wollten so schnell wie möglich weg aus Deutschland. Das hatte sie von August erfahren. August, ja. Er war ihr Vater, und sie bedauerte ihn, weil er Mama nicht mehr hatte. Ansonsten war er ein Mann, den sie eigentlich nicht kannte. Das Einzige, was ihr schwerfallen wollte, war, die kleine Schwester zurückzulassen. Sie nicht in ihrer Nähe zu haben, sie in den Armen halten zu können. Andererseits hätte sie sich auch davor gefürchtet, durch sie fortwährend an Mama erinnert zu werden und aufziehen konnte sie das Kind beim besten Willen nicht, auch wenn sie in manchen Stunden ernsthaft darüber nachgedacht hatte. Eleonore hatte ihr sogar angeboten, sie dabei zu unterstützen. Aber irgendetwas hatte sich in Paulina dagegen gesträubt. Sie hatte das Gefühl gehabt, dass die Familie, bei der August untergekommen war, ihn und die kleine Friederike sehr gerne bei sich hatte. Die Frau versorgte das Kind wie ihr eigenes. Es war wohl besser, von einer Mutter aufgezogen zu werden, die nichts mit einem zu tun hatte, als von der eigenen Schwester, die selbst erst einmal so viel nachzuholen hatte. Auch Thea hatte ihr davon abgeraten. Nur Eleonore mit ihrem Hang zu guten Taten, die am liebsten alle verwaisten Kinder zu sich ins Haus geholt hätte, tat sich mit Paulinas Entscheidung schwer. Bis Kilian eingegriffen hatte.
Paulina lächelte und sah in den endlosen grauen Himmel, als sie an das winzige Schwesterchen dachte. Sie blies einen Kuss in die Luft und schielte zu Thea hinüber, aber die sah auf den Boden. Paulina würde Friederike ja nicht vergessen, sie konnte ihr später einmal Briefe schreiben, sie besuchen, ihr von Mama und von den Großeltern erzählen.

Die Großeltern! Ihretwegen hatte Paulina nichts anderes mehr im Sinn gehabt, als wegzukommen. War sie die sieben langen Jahre doch nur in Deutschland, oder besser gesagt: im Heidehaus, geblieben, weil Mama es so gewünscht hatte. Dabei kannte sie den eigentlichen Grund dafür bis heute nicht. Sie musste einfach versuchen, damit zurechtzukommen, dass es ihr ein ewiges Rätsel bleiben würde. Sie war sich sicher, dass weder die Großeltern noch August oder Greta den wirklichen Grund für Mamas Entscheidung gekannt hatten. Am Ende wahrscheinlich nicht einmal diese selbst. Aber im Moment war Paulina das alles nicht wichtig. Nun waren sie endlich hier und mussten der Landkarte nach nur noch ungefähr zwei Meilen vor sich haben.

»Wirst du auch immer aufgeregter?«, riss sie Thea aus ihren Gedanken. »Mhm«, brummte Paulina. »Ich weiß nicht genau, was es ist ... vielleicht ein großes durcheinandergeschütteltes Etwas, verstehst du? Ein Etwas in ziemlichem Aufruhr, wie das Wasser gestern.« »Ja, verstehe, und dieses Etwas ist so ein zusammengeklumptes Ding, das einem ständig in den Gebeinen und in den Eingeweiden umherrumpelt, mal im Bauch und dann im Kopf, und dann hockt es einem auf der Brust und fährt einem in die Hose, ja, so.« »Ziemlich genau so«, nickte Paulina. »Es ist gemein, das Ding, und hinterhältig, weil einem mal davon übel wird und mal könnte man platzen vor Freude, und zwei Sekunden später sitzt es einem im Hals, und man muss es runterwürgen, sonst fängt man sofort an zu heulen und wird nie mehr damit aufhören können.« »Fürchterlich, diese Etwas, man sollte es verbieten«, sagte Thea. »Einsperren, ohne Wasser und Brot«, erwiderte Paulina. »Aushungern, richtig«, gab Thea zurück. »Federn und teeren.« »Aufspießen.« »Vierteilen.« Sie schielten einander zu, und als sich ihre Blicke fingen, war es um ihre Beherrschung geschehen. Wieder einmal war es das Lachen, das ihnen dieses flaue Gefühl in der Magengegend nahm. Irgendwann waren sie gezwungen, stehen zu bleiben, weil sie stechende Schmerzen in ihren Seiten spürten. Sie stellten ihre Koffer auf den Boden, ließen aber die Rucksäcke auf, denn sonst kamen sie einem nachher nur noch schwerer vor. Paulina rang nach Luft und lehnte sich an die Mauer, die am Straßenrand entlanglief. Der Wind tat ihnen gut auf den erhitzten Gesichtern. Thea nahm ihr Kopftuch ab und hob es hoch. Es flatterte wie ein Segel. »Ich kann es kaum erwarten, und ich befürchte, ich falle vor Freude in Ohnmacht«, verriet sie Paulina. »Und du?« Paulina sah gedankenverloren in die Ferne und kniff die Augen zusammen. »Es ist seltsam, weißt du? Ich habe Angst davor, und im Moment würde ich am liebsten umkehren.« Sie hatte so langsam gesprochen, dass Thea gedacht hatte, Paulina würden die Sinne schwinden. Sie zupfte die Freundin am Ärmel. »Ich glaube es dir, dass du Angst hast, aber weißt du noch, was ich dir über das Mädchen erzählt habe, das ich früher mal, als ich noch jung und mit einem gewissen Gar-nix-Karl verlobt war, im Zug nach Berlin getroffen habe?« Thea kniff ein Auge zu und zog einen Mundwinkel nach oben. Paulina nickte langsam. »Das

kleine vorlaute, hast du das gemeint?« »Genau das.« »Wann hast du die Göre das letzte Mal getroffen?«, flüsterte Paulina. »Oh, erst vor ein paar Augenblicken ist sie mir erschienen, und ich wette mit dir, dass ...« Ihr blieb das Wort im Halse stecken, weil sie gerade bei einem kurzen Seitenblick bemerkt hatte, wie plötzlich ein riesiger Hund auftauchte und in langen Sätzen genau auf sie zusteuerte. »Hchhh!«, machte sie und gab Paulina einen kräftigen Rippenstoß. »Hu... Hund, äh, wie hieß er gleich, Hasjo?« Sie sahen einander mit aufgerissenen Augen an. Dann nickten sie heftig. »Hasjo!«, riefen sie aus Leibeskräften. »Hasjo, hierher!« Kaum dass das Tier bei ihnen angekommen war und sie neugierig beschnupperte, hörten sie eine Männerstimme rufen. »Papa!«, schrie Thea so laut, dass Hasjo laut bellend an ihr hochsprang. Michail von Witte erschien hinter einer lang gezogenen Schlehenhecke. Er saß auf einem Fahrrad und winkte wie ein Verrückter. Zwar hofften sie in Hazelgrove schon lange, dass die beiden kommen würden, aber dass sie so unverhofft vor ihm stehen würden, damit hatte er nicht gerechnet. Es war ein unbeschreiblicher Taumel. Sie erdrückten sich beinahe vor Freude und Erleichterung, lachten, während ihnen Tränen über die Wangen kullerten, redeten und gestikulierten wild durcheinander. Immer wieder fuhr Hasjo dazwischen oder umkreiste sie bellend. Irgendwann schickte Michail ihn mit einem eindeutigen Befehl nach Hause, und er verschwand innerhalb weniger Sekunden aus ihren Augen.
Keine halbe Stunde später schloss Paulina, außer sich vor Glück, die beiden schlohweiß gewordenen Großeltern in die Arme, fast auf den Tag genau sieben Jahre, nachdem sie sich in jenen Stunden, die als »Reichskristallnacht« in die Geschichte eingehen sollten, von ihnen verabschiedet hatte. »L' chaim!«, rief Chaijm Seeligmann immer wieder, während er Paulina so fest an sich drückte, als wolle er sie nie mehr hergeben. »L' chaim – auf das Leben!«

Nachwort

Paulina ist ein an authentische Geschehnisse angelehnter Roman.

Suchen Sie im heutigen Dresden nicht nach der Victoriastraße, es gibt sie ohnehin nicht mehr. Weniges existiert freilich noch, oder man sollte besser sagen: wieder, aber die Welt der Seeligmanns und ihrer Freunde werden Sie nicht mehr finden.

Der Fundus niedergeschriebener Geschichte ist umfangreich. Viele der in den Archiven niedergelegten Dokumente der NS-Zeit sprechen eine unmissverständliche Sprache. Einen geringen Teil der sog. Nürnberger Gesetze habe ich in genauem Wortlaut wiedergegeben. Wirklich ausdrucksstark berührend werden diese Fakten jedoch erst durch die persönlichen Erlebnisse und Erinnerung von Zeitzeugen.

Eine unerschöpfliche Quelle zu den Ereignissen jener Zeit waren für mich auch die Tagebücher Professor Victor Klemperers. Ausdrücklich danke ich Frau Dr. Hadwig Klemperer für ihre Zustimmung, die Person ihres Mannes in meinem Roman »auftreten« zu lassen.

Mein besonderer Dank gilt meinem Mann, meinen Söhnen, meiner Familie und all meinen Freunden, die mich mit PAULINA begleitet und ganz praktisch unterstützt haben.

Elisabeth Eberle

Autorenporträt

Elisabeth Eberle wurde 1966 geboren und wuchs nahe der Hermann Hesse-Stadt Calw auf.
Ein Leben ohne Bücher wäre in ihrem Elternhaus undenkbar gewesen. »Wollte man in meiner Familie überleben«, sagt sie mit einem Augenzwinkern, »musste man Lesen lernen, bevor man in die Schule kam – und Schreiben möglichst gleich dazu.«

Diese Basis führte sie dann auch - nach mehreren Umwegen - in das Berufsleben Bibliothek und Buchhandel und schließlich über die Cornelia-Goethe-Akademie in die Schreibende Zunft.

Bereits im Jahr 2000 hat sie einen lyrischen Textband mit dem Titel »Himmelsrichtung« veröffentlicht. Zudem sind Gedichte, Kurzgeschichten und Romanfragmente in verschiedenen Anthologien erschienen.

Mit PAULINA liegt nun ihr erster Roman vor. Nicht umsonst: Als knapp Dreizehnjährige stieß sie, angeregt durch verschiedene Ereignisse, auf jüdische Wurzeln...

Elisabeth Eberle lebt in der Nähe von Stuttgart. Sie ist verheiratet und hat zwei Söhne.